Charlotte Brontë

簡愛

Jane Eyre

夏洛蒂・博朗特＿＿著

李文綺＿＿譯

〈導讀〉

灰燼裡的真愛密碼
——我讀《簡愛》

如果時間齒輪倒轉，光陰逆流，我被迫必須重回中學時期，再次經歷那段風雨淒苦、路途泥濘的少女歲月的話，當然我會搏命反抗，若抗議無效則談判——必須發還當年助我度過難關的一切配備，我才願意啟程。那麼，光陰倒流旅途中，我隨身攜帶的最重要行李是書，其中，有一本《簡愛》。

即使離首次閱讀已數十年，我依然記得西洋名著中那三本帶給我澎湃感受的愛情經典：小仲馬《茶花女》、珍・奧斯汀《傲慢與偏見》及夏洛蒂・博朗特《簡愛》。在未被世俗污染的純粹心眼中，這三個故事釋放極大的情愛能量，其中，又以《簡愛》最能鍛練意志，激勵困頓之心。

因為，這是一個孤女突圍的成長故事，一個捍衛自我且勇於逐夢的女性故事，一個心靈契合，共度災厄的愛情故事，一個憑藉自身力量終於獲得命運理應給她所有補償的奮鬥故事。相較於《茶花女》：階級與悲劇、《傲慢與偏見》：性格與發現，我更珍惜《簡愛》所揭示的命運與補償的主題。

一個名叫簡愛的孤女，集一切悲苦於一身：父母雙亡、寄人籬下，飽受舅母輕視，表兄姊欺凌；她不止一無所有，連稍微可以改善處境的甜美外貌、溫馴性情都缺乏（女僕直言：「如果她是個又乖又漂亮的小孩，可能還有人會同情她的孤苦無依，可是像這麼一隻惹人嫌的小蟾蜍，不可能有人能夠對她施與愛心的。」）作者塑造簡愛堪稱心狠手辣，讓十歲女孩承受超齡磨難。接著，舅母乾脆送她到專收孤苦女孩的慈善學院，任其自生自滅。

是鳳凰，不怕火燎，是晶鑽，不畏刀磨，在那家飽受貧病威脅的學院歷練八年之後，簡愛踏出追尋自我人生的第一步，她來到豪富之家荊原莊擔任家庭老師。

在這裡，簡愛與長她近二十歲的荊原莊主人羅徹斯特先生展開一段驚心動魄的情愛試煉，歷經懸疑、破壞、分離、絕望，終於有情人結成眷屬。

階級與年齡的差距，不是夏洛蒂・博朗特要探討的，她對愛情裡的「複雜」深感興趣，是以安排一個歷盡情愛滄桑的中年男主角與一個毫無情愛經驗的純潔女子共同演繹高難度的「複雜」，看看尋找真愛與初戀兩股力量會激迸出什麼火花？是誰有本事御繁為簡，終於保全刻骨銘心的愛？是誰能扭轉看來不可逆的現實困難而開出一條生路？

這一切，顯然以簡愛的性格為關鍵。

作者運筆出神入化，刻劃人物細膩自然。她派下坎坷命運給簡愛，同時步步磨練，凸顯簡愛剛強不可屈服的膽識與個性。譬如，當舅母違背舅父照顧孤女的遺願，要送走十歲的簡愛時，她內心翻騰：「我一定要說出來，我一直受到殘酷的踐踏，如今非得反抗不可……」於是高聲向舅母反擊，數落她對她的凌虐。夏洛蒂描寫簡愛吶喊之後「靈魂開始擴張、狂喜，帶著一種前所未有的解放與勝利感，彷彿掙脫一道看不見的束縛，奮力爬進意想不到的自由之中。」這一刻劃為簡愛的性格定調，於是，我們毫不驚訝她進入孤女學校後遭遇的每一道難題只是更淬鍊其堅毅不撓的意志而已。磨刀練劍之後，她踏進那幢被陰鬱封鎖的大宅邸，改變了羅徹斯特的命運。

相較於簡愛身上的陽光力量，男主人翁羅徹斯特則顯得陰柔寡斷。他的外貌健壯、嚴肅、悒鬱令人生畏，實則內心極為溫厚、柔軟。他之所以身處泥淖之境正因為不忍之心太過，概括承受別人加諸於他的苦厄；他接受父親安排的婚姻遂有了瘋妻，不忍遺棄瘋妻遂阻斷幸福生活；他接受變心的法國情婦指派給他的私生女，不忍這小女孩孤苦伶仃所以帶回英國為她請家庭女教師。因一份柔軟心，他承受苦楚，也因這份柔軟心，他的人生有了翻轉的契機。

作者分頭操控簡愛與羅徹斯特這兩個在命運路上嚐盡酸楚與孤獨但內心十分高貴的人，為他們安排一場極具象徵意義的初相逢。

冬日夜暮低垂時分，路面仍覆蓋一層薄冰，簡愛於返回荊原莊途中坐在路邊獨自品味黃昏的寂靜，忽然聽見達達馬蹄，不一會兒，人馬摔倒，扭傷腳的正是自外地返回的羅徹斯特。天空掛著冷月，寒風徹骨，在這萬籟俱寂時刻，身量壯碩的羅徹斯特得向纖弱的簡愛求助，搭著她的肩，一跛一跛地走向受驚的馬。

自此，強弱位階已定，完全顛覆英雄救美、菟絲附女蘿的俗套，簡愛逐步取得主導地位；兩個月後某個深夜，簡愛及時自火舌中（事後得知是關在三樓的瘋妻偷溜出來縱火）叫醒熟睡的羅徹斯特，免去一場災禍，他握住她的手說：「妳救了我的命，我很高興能欠妳這麼大一筆人情債。」甚至稱她為「我珍愛的守護神」。由此可證兩人的對應關係。

簡愛固然因坎坷的成長經驗而流露憂傷神色，內心亦孤高，只有徜徉於自然景致或書籍之中才讓她悠遊自在，稍忘現實酷境。然而，她並未失去尋求幸福的意圖與行動力，受傷的心靈尚具有自癒功能，而且是強勁的自癒力。夏洛蒂對這部分的塑造可說不遺餘力，意欲刻劃出典型「雖千萬人吾往矣」的女性陽剛力量，這在浪漫小說中是罕見的。正因為這股生命力，簡愛能面對在孤兒學校被虛假的贊助人當庭羞辱要學生「避免跟她在一起，把她排除在妳們的遊藝之外，不准她加入妳們的交談。教師們，妳們必須監視她……懲罰她的肉體，以拯救她的靈魂……」，盡力為自己辯護，終於獲得師生接納。她面對摯友海倫罹患傷寒被隔離，趁夜深無人溜去海倫房間與她共度人生的最後一夜，兩個抵足而眠的少女不畏死亡威脅保住了友誼之淒美與聖潔，海倫死後被隨意葬於叢草土墩中，十多年後簡愛為她豎立有名有姓的石碑且刻上「復生」。種種經歷，無不淬鍊簡愛「置之死地而後生」的生命力量。

因這力量，她才能扭轉宛如被女巫的符咒封鎖、淪為往事之家回憶之所的陰森宅邸，才能「救贖」另一顆受傷的心靈——依恃勇氣而救、憑藉愛而贖回。

當然，夏洛蒂並未滿足於女性陽剛力量的展現而已，若是，當羅徹斯特與簡愛墜入情網之後只需動用幾處情節即可解除重婚困擾。讓有情人成眷屬（真這麼做這小說也就不值一讀），夏洛蒂在婚禮上活生生拆散羅徹斯特與簡愛，導致簡愛祕密出走，流離失所，羅徹斯特深受絕望打擊，日後遭火劫而身殘目盲，作者用盡殘酷手段為了演化本書另一主題：唯真愛能癒合一切殘缺。

主導權仍在簡愛手上，離開荊原莊後她再度從一無所有中站起來展開新生活，且因繼承一筆遺產而成為「不但富有，而且獨立，我是我自己的主人。」相較於羅徹斯特宛似槁木死灰的處境，簡愛有機會展翅高飛嫁入豪門攀附權勢，然而她再次忠於「自我」這崇高的價值，重回羅徹斯特身邊，因為「在他面前，我徹頭徹尾地活著，而他在我面前也一樣。」真愛無需多做解釋，真愛也不受現實澆潑而減其熱度，真愛往往必須靠彼此奮力贏得，而非天上掉下的禮物。當我們讀到歷盡滄桑之後羅徹斯特與簡愛「我們舉行的是一個寧靜的婚禮，在場只有他和我、牧師和書記」時，特別能感受繁華落盡只剩彼此的悠然境界。

出身牧師之家，姊妹皆具文采（兩位妹妹愛蜜麗・博朗特《咆哮山莊》、安・博朗特《阿格涅斯・葛萊》）的夏洛蒂（1816-1855）生於英國約克夏郡，身量嬌小、相貌平凡，據云生性內向、沉默寡言，然觀其畫像，悒鬱氣質裡藏著銳利眼神，絕非平凡之輩。在十九世紀仍受傳統價值束縛的英國，竟能塑造出具有高度女性自覺，勇於追求真愛不受世俗觀念操控的女性堪稱先鋒，試看夏洛蒂藉簡愛之口道出：「女人總被認為應該非常安靜，可是女人也和男人有一樣的感覺；她們像她們的兄弟一樣，需要運用她們的所有機能，需要一塊領域讓她們可以施展幹勁，她們分毫不差地跟男人一樣，會為過於嚴厲的限制而苦惱，為過於斷然的停滯而痛苦。而那些享有較多特權的同類卻說她們應該認分地做布丁、織襪子、彈鋼琴、縫口袋就好了，這真是心胸狹窄。」《簡愛》一書寫於一八四七年夏洛蒂三十一芳齡之時，有此識見，令人激賞。

馬奎斯曾說：「好小說是這世界的一個謎。」那麼，才氣縱橫的作者就是這世界的一個解答。《簡愛》之所以能通過時間窄門讓不同時代讀者讀出不同興味，在於它是一本活的有機體，如星鑽面面放光。夏洛蒂具有一支能呼風喚雨、令大海回瀾的妙筆，無論寫景抒情寓意皆極具敘述魅力；能馳目騁懷以季節容顏貼寫人物內心，能雄辯滔滔。讓男女主角以智識交手埋下惺惺相惜的愛意，又能忽遠忽近、欲迎還藏轉筆描寫愈來愈纏縛的情愫，更能寫盡破滅與絕望之苦，道出灰飛煙滅之後復合的狂喜。

在世上只活三十九年的夏洛蒂給了世人一部悲喜交集的愛情經典，自己卻在三十八歲結婚後只享九個月婚姻生活即病故，回到命運與補償的角度來看，也許《簡愛》就是她過於荒涼的一生的補償吧！

【導讀者簡介】簡媜，生於宜蘭縣冬山河畔，台大中文系畢業。現專事寫作。作品以散文爲主，著有《水問》、《只緣身在此山中》、《月娘照眠床》、《私房書》、《下午茶》、《夢遊書》、《胭脂盆地》、《女兒紅》、《頑童小番茄》、《紅嬰仔》、《天涯海角》、《好一座浮島》、《微暈的樹林》、《老師的十二樣見面禮》、《吃朋友》、《誰在銀閃閃的地方，等你》、《我爲你灑下月光》、《陪我散步吧》等。

譯者序

《簡愛》一書完成於一八四七年，不僅在當時造成轟動，至今還維持著盛名，深受各國讀者喜愛。國內近二十年來也有了許多譯本，大學外文系更是頻頻將它選定為課內外的閱讀作業，究竟其魅力何在？

譯者認為，這部作品的成就是多方面的。夏洛蒂・博朗特的確具備了所有好的小說家的特質：洞察力、感受力、思考組織能力與語言意象的表達能力。而此書猶有一點勝過其他作品：取材自切身經歷。前述各項能力也許是所有作家都多少具備的，然而唯有在切身經歷之上，它們才能作用到極致。描述真正深刻經歷過的感受與想法，才能散發出真正具有感染力的熱忱，論說出真正具說服性的思想。同樣的一段人生，有的人渾渾噩噩度過；有的人卻用心去聽、去看、去想，如此認真地去認識世界，再把自己的認識傳遞給同類，尋求共鳴與回應，尋求共同成長……，這是所有知識分子都在追尋的一種生活樂趣，如果您也正是懷著這類興趣的人，這本書必定會讓您得到很大的滿足。

本書如同作者自己所說，是個情節樸實的小說，譯者認為它最出色的地方，在於其中的思想論說、人物描寫與情感抒敘。書中的思想論說，涵蓋各種議題，客觀理性，條理清晰，讀者可以在閱讀過程中自行領略。值得一提的是，她尤其敢於、也擅長於挑戰腐敗的、不合理的壓迫。這包括淪為形式主義的偽善的宗教，以及階級上、權勢上或性別上的壓制。夏洛蒂在作者序言之中，明白指出偽道並不等於宗教，她抨擊前者，並不等於攻伐後者。當時，宗教對於西方社會的主宰與箝制力量非常大，神的旨意是一切道德原則的最高標準，而闡釋神的旨意的權力，完全落在神職人員身上，或是握有統治權、管理權的人身上，夏洛蒂在書中塑造了兩個角色，令人印象深刻地描述了握權者如何濫用神意之名，遂行自己專權之慾。

其中之一是羅伍德校長，那是較低層次的濫用，那樣的典型社會上普遍可見，她並沒有浪費太多篇幅在上面；她真正用心著墨的另一個例子，也就是後來的聖約翰，那是以神之名專權的另一種極端，是較高層次的利用，這個例子極為出色。在這個例子上，沒有可鄙的墮落，而且還不如說她在寫這個角色之時，甚至賦上了自己誠摯的敬佩與驚嘆。我們可說那個例子，是基督教福音精神落在一位專注、虔信、嚴格、重權，而且才學智力都極為傑出的人身上，所不可避免的後果。在那套教義體系的思考邏輯之下，他這樣的個性不可避免得走上傳教殉道之路，以殉道精神為道德的最高目標，而希望呼籲眾人都跟隨他的步伐。夏洛蒂藉著這個角色把虔信的神聖情操，自制自勵的毅力發揮到極致，然而書中女主角終究沒有跟隨他的召喚，這是人性掙脫宗教束縛的一大勝利。她強調那並不是因為缺乏勇氣，而是因為她心中有著更加難以割捨的珍寶：凡人的情感。

在這裡，她大膽地把人的需要放在神的使命之上，強調在人生之中，還有別的價值，是不該屈順於殉道精神之下的，她強調聖潔的博愛不屬於凡人，而只是屬於某一類特定的人，他們堅強、冷情、值得體諒與敬仰，卻不必然值得絕對服從。她堅持保留自己的意志，因為她與他並不抱持同樣的價值觀。而且她還聲明她相信自己不因為抱持這樣的價值觀，就違背正當天理，應受天譴。在社會上，像羅伍德校長那樣濫用神意的例子，很容易察覺，也立刻會遭到唾棄與反抗；但是像聖約翰這樣的例子，由於自身的才智熱忱，天生就具有領導感染之力，當他對神意的理解自成一套完整卻封閉的體系之後，你一旦走進那體系之中，便陷入了他的思想熱忱的羅網，很難走出來，那種宰制是很微妙深沉的，讓人無法立即洞視，而不知不覺承受其控制，淪為思想意志的奴隸。作者在此便是要解放這些不自覺的奴隸，因為沒有人是神，不管對方是否自居為神的差使，不管對方再優秀、再堅強，都還是同我們一樣，是具有肉身的人，同樣具有屬於人的局限，所以我們沒有必要把他當作偶像，去絕對崇拜、絕對服從。

其次，書中的人物創作極為鮮明生動，卻也極為犀利深刻。夏洛蒂在對於人的描述上，特別重視性靈才智評論，也穿插著強調人應該往自己的性靈才智去尋求資源。就算是在描繪外表，她多半加上由外表顯露出來的精神、氣質、性格或智力。她不停使用disposition、inclination、taste等字，來說明人在於性向素質、品味情操上的同異，只有同類人才互相吸引、互相滿足。她另外還頻頻使用mind、spirit等字，這些字意義多有重疊，卻不外乎心靈、心智、意志等意義，她極力倡導要探索、發揮這部分的力量，因為這是人真正的價值所在。書中許多家世出色、財富傲人、外貌奪目的角色，若是「心田貧瘠」，沒有屬於自己耕耘收穫的見識與情操，就會失去她的正面評價。儘管她欣賞視覺的、形式上的美，卻更重視性情的、思想上的深度。在她眼中，許多形式上的建構都自然瓦解，人的地位高低不該由外在階級來格定。性靈才智相當的人，儘管階級財富懸殊，本質上都應該是平等的。男人和女人擁有的內在潛力一樣大，所以男女也應該是平等的。

國內近幾年來，女性意識高張，女人重新反省自身的角色，不願再屈服於幾千年來父權社會的壓迫。然而女性主義就如歷史經驗上的其他革命思想，為了衝破沉重的枷鎖，它們一開始都具有相當程度的爆破力，衝破之後，卻往往立即失去平衡，飄浮於半空中，不知該落於何處。譯者自認為本書實在是女性反省自身價值定位的一個好參考，夏洛蒂一樣強調女人該開發並肯定自己在外貌之外的價值，以此爭取獨立自主的地位，但比較其他女性主義的著作，她並不完全以女性角色為主，並不一味凸顯女人的優點，抨擊男人的弱點，在書中，她不但造就了幾個傑出的女性角色，同樣也成就了兩位極其卓越的男性角色，分量一樣地重，譯者認為這樣的胸襟，才是真正在倡導平等，真正在推崇兩性和諧。

最後，我們撇開振振有詞的思想論說，來看看她溫柔細膩的一面。女主角是個情感極為豐富、感受力極其敏銳的人。只要受了別人的感情與好意，絕對察覺出來、銘記在心，並付上同等回報。天生的溫暖，讓她在所有人與人之間的相對關係上，都能產生深刻情感，不管是師生之間、主僕之間、同窗之間、手足之間，甚至是陌生人之間，都有表現方式不同的情感在。譯者認為其中同窗或手足間的描寫，是在女性作家的作品中較為少見的，我想這是作者得天獨厚的地方，大家都知道夏洛蒂有兩位妹妹同樣是著名作家，弟弟也具有文學與繪畫上的天分，她們自幼便一同讀書創作，互相琢磨，這種立足於才性相契的基礎而培植茁壯的感情，必定是精彩刺激又醇厚難捨的。

如此優秀的一個作品，譯者不敢自居有評論、甚至是詮釋的資格，翻譯過程中，都是極其虛心揣摩原意，再盡力以本國語言傳遞出來，萬不敢自以為絕無錯誤。這篇譯序，只是在前前後後共一年多的浸淫推敲之後，對作品的由衷欣賞，以及對讀者的真誠推薦。如果您在資訊爆炸的時代，厭倦了紛飛如絨毛羽絮的片面的、不持久的訊息，而想找個週末午後，找個陽光和煦的窗邊位置，沉下心來好好欣賞一些深刻完整的論述，這本書，便是個好選擇。

原序

《簡愛》的第一版不需要寫序，因此我沒寫；第二版則需要幾句話來表達我的謝忱以及幾項意見。

我的謝忱分為三部分。

對於讀者，我感謝他們包容地傾聽了一個樸實無華的故事。

對於報界，我感謝它為沒沒無聞的有心人，開闢了一個能接受公平評判的場地。

對於我的出版商，我感謝他們以他們的圓融練達、豐沛衝勁、實用眼光和坦然寬容，來幫助一位沒有名氣且無人推薦的作者。

報界和讀者群，對我來說只是一些模糊的人物，我只能以模糊的詞語來感謝他們；然而我的出版商們卻是明確的，幾位寬大的評論家也是，他們如此鼓勵我，只有寬宏大量而心靈高尚的人，才懂得這麼鼓勵一個掙扎中的陌生人。對於我的出版商和那些出類拔萃的書評家們，我由衷地說，先生們，我打心裡謝謝你們。

對那些曾經幫助過我、贊許過我的人致謝之後，我現在要轉向另一群人：就我所知，這是很小的一群，然而也不能因此而忽略。我指的是那些膽小懦弱、吹毛求疵的少數，他們對像《簡愛》這類作品的旨趣，都抱著懷疑態度。在他們眼裡，只要是不尋常的，就是錯誤；對於偏執——罪惡之母——的所有抗議，在他們耳裡聽來，都是一種對虔信——上帝在人間的攝政王——的侮辱。對於這些懷疑者，我要指出幾點明顯的區別，還要提醒他們一些簡單的事實。

傳統並不等同於道德，偽道並不等同於宗教；抨擊前者並不等於攻伐後者，揭去法利賽人❶的假面具，並不等於對荊冠❷舉起不敬之手。這些事情與行為，是截然相反的，就跟罪惡與美德的殊分一樣。人們太常混淆它們，它們不該被混為一談：表象不該被誤以為是真相，凡人心胸狹隘的教條，只能讓少數人自以為是、自命不凡，不該拿來代表基督的贖世教義。那之中——我要再說一遍——是有著差別的，在它們之間不客氣且清楚地畫出分界線來，是件好事，不是壞事。

世人也許不喜歡見到這些概念被分割開來，因為他們已經習慣於混淆它們，覺得把外表虛飾當作真正價值、以刷白的牆壁來代表潔淨聖地是方便的。他們也許會痛恨那個敢於細察與揭露，敢於掀起鍍金表層現出底下劣質金屬，敢於探進墳墓裡掘出屍骸的人，可是，儘管痛恨，他們還是受惠於他。

亞哈不喜歡米開亞，因為米開亞對他從來不作吉利的預言，只說凶事；也許他比較喜歡伽拿那的愛諂媚的兒子，然而亞哈本可以逃過一場血難的，只要他肯停止傾聽阿諛奉承，接受忠實勸戒❸。

我們這時代，有個人，他說的話，不是用來呵撫嬌嫩的耳朵的；在我認為，他的地位高過社會上的許多偉傑，就像音拉之子勝過那些猶大和以色列君王一樣。他說出的真理如音拉之子一樣深刻，說話的氣魄也一樣像先知般強而有力，態度也一樣大無畏而勇敢。寫《浮華世界》❹的那位諷刺小說家，受到崇高的敬仰嗎？我不知道；但是我認為，那些被他投擲譏諷的火藥，投射譴責的閃電的人之中，若是有幾人能夠即時接受他的警告，那他們或是他們的子孫或許還能免於基列拉末的致命劫難。

為什麼提起這個人？讀者，我提起他，是因為我認為我在他身上，見到了一位比同代人到目前為止所認可的還要精深、還要獨特的智者；因為我把他視為當代社會改革家當中的第一位，是要把扭曲的體系恢復到清廉正直的那群奮鬥者當中的領袖；還因為我認為評論他作品的人，尚未找到適合他的比喻，尚未找到能夠正確描述他的才華的字眼。他們說他像費爾丁❺；指的是他的智慧、幽默和喜劇才能。然而他與費爾丁之相似，就如同老鷹與兀鷹之相似；費爾丁會撲向腐肉，薩克萊卻從不如此。他的智慧是明燦的，他的幽默是迷人的，而這兩者與他的嚴肅天才之間的關係，就如同夏季雲層邊緣搖曳耍弄的片狀閃電，與蘊藏在雲層深處的致命電光的關係。最後，我提起薩克萊先生，是因為我要將這第二版的《簡愛》獻給他——如果他願意接受一位素不相識的陌生人的獻禮的話。

卡拉・貝爾❻

一八四七年十二月二十七日

❶法利賽人(Pharisee)：法利賽教派之教徒，古猶太教注重律法形式而墨守成規之保守派成員，指稱宗教上的形式主義者，偽善者。

❷荊冠(Crown of Thorns)：耶穌釘上十字架以前，被戴上荊棘編成的冠冕，作為愚弄。

❸舊約聖經《列王記上》第二十二章第八節，亞哈是以色列的邪惡君王。亞哈想攻打基列的拉末，召集四百位預言家諮詢是否可行。伽拿那的兒子西底加說可行，聲稱耶和華必將拉末交在亞哈手中。米開亞卻告訴亞哈，西底加是耶和華派來引誘亞哈到拉末去送死的。後來亞哈果然在拉末中箭，流血而死。

❹《浮華世界》(*Vanity Fair*)：英國作家薩克萊(William Makepeace Thackeray,1811-63)所著。諷刺英國社會中，貴族階級的貪婪自私和愚昧無知。

❺費爾丁(Henry Fielding,1707-54)：英國小說家，寫了二十五部政治諷刺喜劇《唐吉軻德在英國》，尖銳地諷刺當時英國的社會政治。

❻卡拉・貝爾(Currer Bell)：夏洛蒂・博朗特的筆名，因為當時文壇以男性作家主導，故在發表此篇作品時，暫以男性筆名行之。

第一章

那天是不可能散步了。早上我們倒是在僅剩枯枝的灌木林裡漫遊了一個小時，但打從午餐時間開始（沒有客人，所以里德夫人早早就用餐），冷冽的冬風夾帶陰鬱烏雲和滂沱大雨而來，於是額外的戶外運動就免談了。

我很高興；因為我從來都不喜歡長途散步，尤其是在寒風刺骨的午後。溼冷的黃昏，到家時已經手腳凍僵，心情在保母貝絲的斥責之下變得怏怏不樂，另外還由於自覺體力不及伊莉莎、約翰和喬治安娜・里德，而感到挫折沮喪。

前面說的伊莉莎、約翰和喬治安娜，現在正在客廳裡，簇擁在他們的媽媽身邊；她正斜臥在壁爐旁的沙發上，有寶貝兒女伴圍著（此時倒是不吵不鬧），顯得很幸福快樂。我呢，則被她排除在外，只說她很遺憾必須禁止我靠近她，直到她聽見貝絲說，或自己親眼看見我確實竭心盡力在學習培養更加隨和童真的脾氣，與更明朗可愛的態度——更加愉悅、坦率，更加自然——否則她真的必須禁止我享受一些特權，因為那只屬於那些快樂知足的小孩子。

「貝絲究竟說我幹了什麼啊？」我問。

「簡，我不喜歡吹毛求疵、打破砂鍋問到底的人；此外，小孩子用這種態度跟長輩頂嘴，實在太不像話。找別的地方去坐吧；如果說不出好聽的話，就閉上嘴。」

客廳旁邊連接著小小的一間早餐室，我不聲不響溜進去那裡面。裡頭有個書櫃，很快地我就為自己找了一本書，還特別找裡面滿是插圖的。我爬到窗臺上，收起雙腳，像土耳其人那樣盤腿而坐；然後，把紅色雪紋呢窗簾拉攏，便隱身在雙重遮蔽之中，彷彿坐在神龕裡被供奉著一樣。

我視線的右手邊，是一褶一褶的緋紅色窗簾布，左手邊則是一片片明淨的窗玻璃，它保護著我，而又不全然把我跟外面十一月的陰沉天氣隔絕開來。在我掀翻書頁的間隙中，總會細細欣賞一下外面的冬日午後光景。最遠處，是白茫茫的霧靄；近些是溼草坪和暴風襲擊後的灌木叢，連綿不斷的淒風追著苦雨，颳掃而過。

我回頭看我的書——畢維克的《英國禽鳥史》。大致上我不太關心書的內文，但是有幾頁說明文字，仍然讓身為孩童的我不忍當作空白略過，包括那些關於海鳥出沒地的論述，那些只有牠們居住的「孤岩獨岬」；以及提到挪威沿岸遍布島嶼，從最南端林內斯或稱內斯角，一直分布到北角——

那裡北洋，以巨大漩渦
席捲遠至北極荒蕪沉鬱之島
而大西洋之驚濤駭浪
湧入狂風暴雨肆虐之海布里地群島間

此外，我也無法不注意到那些淒冷荒涼的海岸：拉普蘭、西伯利亞、史卑茲伯根、新地島、冰島和格陵蘭，書中敘述它們「連綿無際的北極地帶，以及那些孤獨淒涼杳無人跡的地區——在此冰積雪阻之地，好幾世紀的嚴冬沉積下來的堅固冰原，像阿爾卑斯山般一層高過一層，映照出晶瑩光輝，團團圍聚在極地中，凝結重重嚴冰極寒之力。」對這些死亡般慘白的領域，我有著自己的想像：就像所有浮盪在孩童腦海中的似懂非懂的概念，朦朦朧朧，卻又出奇動人。引文裡的那些字句都跟後面伴隨著的小插圖相關，它們使得插畫裡頭那些孤獨聳立在浪花翻湧的大海中的礁石、擱淺在荒無人煙的海岸邊的破船，或是從層層雲霧中窺視沉船的陰森詭魅的月亮，都變得更加意味深長。

我說不出那個隱僻冷寂的教會墓地裡，究竟縈繞著一種什麼樣的情懷，它那刻著銘文的墓碑，它的大門，那兩棵樹，它的低地，圍繞在一道破牆中，而那彎剛升起的新月，為黃昏時刻做了註腳。

兩艘在死寂無波的海中停滯不前的船，讓我深信是海的幽靈。

壓附在竊賊背後包袱上的惡魔，我趕緊略過不看：那真是恐怖。

而遠遠蹲踞在一顆岩石上，眺望遠處絞首台旁圍觀群眾的那隻黑色長角的東西，我也一樣略過。

每幅圖畫都敘說著一個故事，對我尚未開發的理解力與不健全的情感來說，常充滿了神祕感，一方面卻深深吸引著我：這跟有時候在冬天的夜晚，貝絲偶爾心情好的時候講的那些故事一樣有趣。那時的她，會把燙衣板拿到育兒室的壁爐前，讓我們進去坐在旁邊，然後一邊熨平里德太太的蕾絲花邊，或是將她睡帽邊緣燙出縐褶，一邊在我們的熱切傾聽下，講述一些取材於古老神話故事或民謠，或者是《帕美拉》、《莫爾蘭伯爵亨利》中愛情和探險故事的片段（後來我才發現的）。

那時的我，有著畢維克在我膝上，覺得真是快樂；至少能夠自得其樂。我什麼都不怕，只怕被打斷，而這偏偏來得太快。早餐室的門被打開了。

「呦！憂鬱小姐！」約翰．里德叫道，然後頓了頓；他發現房間裡顯然沒有人。

「混帳！她跑到哪裡去了？」他接著說，「莉絲（伊莉莎的暱稱）！喬琪（喬治安娜的暱稱）！簡不在這裡；跟媽媽說她又跑出去淋雨了——這兔崽子！」

「幸虧有拉上窗簾。」我心裡想，多希望他不要發現我的藏匿處。不過約翰．里德也不可能自己發現；他的眼睛和頭腦都不夠靈快。但這時伊莉莎把頭探進來，立刻就說：「她在窗臺上，我確定，傑克（約翰的暱稱）。」

我馬上出來，因為我一想到傑克會來揪我出去，就渾身發抖。

「你要幹什麼？」我畏怯不安地說。

「說『你要幹什麼，里德少爺。』」他如此回答，「我要妳過來。」然後便在扶手椅上坐下，比了個手勢要我過去站在他身前。

約翰．里德是個十四歲的學生，比我大四歲，我才十歲。以他的年齡來說，他算是又胖又壯，皮膚黑黑髒髒的，顯得不太健康，容貌粗大，四肢肥短，寬手大腳。用餐時他慣常大吃大喝，這讓他變成因膽汁異常而脾氣暴躁，眼睛晦暗不清，臉頰鬆軟無力。他現在本應該在學校裡才對；但是他媽媽把他接回來，要他在家住一、兩個月，說是「由於他身體羸弱」。學校的老師邁爾斯先生說，若是家裡不要送這麼多糕餅甜食來學校，他一定不會有問題；而做媽媽的心裡面則迴避著這刺耳的意見，情願傾向於那個更精巧的想法，認為約翰的氣色不好是因為太過用功，或者是想家的緣故。

約翰對媽媽和妹妹們沒有什麼感情，對我則只是嫌惡。他對我頤指氣使盡情凌辱；這可不是一週兩次、三次，或一天一回、兩回的事情而已，而是無時無刻，永無寧日。我的每根神經都深深畏懼著他，只要他一靠近，我的每一吋肌肉、每一根骨頭都會畏縮起來。好多時候我被他所帶來的恐怖給驚嚇得不知如何是好，因為不管是他的威嚇，還是他的折磨，我都無處申訴；僕人們並不想因為幫我而得罪他們的少主人。里德夫人對這事也向來都是既盲且聾，從來沒有看見他打我，也沒有聽見他罵我，儘管他時常當著她的面這麼做；當然，背著她欺侮我的情形就更多了。

基於習慣性的順從，我來到他椅子前面。他先用大約三分鐘的時間對我吐舌頭，在不傷害舌根的情況下盡量伸長舌頭；我知道他很快就會出手了，我一邊擔憂著即將襲來的攻擊，一邊審視著他那暴力之前的醜惡模樣。不知道他是否看出我臉上的表情；因為，突然間，他二話不說就猛然揍過來。我一個踉蹌，退後了一、兩步才穩住身體。

「這是懲罰妳先前對媽媽回嘴的無禮，」他說，「還有妳鬼鬼祟祟躲在窗簾後面，還有妳兩分鐘前的眼神，妳這小賤鬼！」

早已習慣於約翰．里德虐待的我，從來沒有想過要回答這類辱罵，只想著應該怎麼捱過辱罵之後立刻會跟過來的毆打。

「妳在窗簾後面做什麼？」他問。

「我在看書。」

「書拿來。」

我回到窗臺去拿書。

「妳沒有權利拿我們的書。妳現在是寄生蟲，媽媽說的；妳沒有錢，妳父親沒有留財產給妳，妳應該去當乞丐，不該跟我們這些紳士的孩子們住在一起，跟我們吃一樣的飯，穿我媽媽的錢買的衣服。現在我要教訓妳亂翻我的書櫃，它們都是我的；這整棟房子都屬於我，至少幾年後就會是。去站在門邊，離鏡子和窗戶遠一點。」

我照做，一開始還沒意識到他的意圖；但是當我看到他舉起書本，比了比，做出要投擲的姿勢時，我本能地尖叫一聲閃開。不過來不及了，書已經丟出來，打中我，我跌在地上，頭撞到門而割傷，流出血來，痛得要命；我的恐懼越過了極限，其他情緒一湧而上。

「你這討厭而殘暴的小孩！」我說。「你簡直像個殺人狂——你像個刻薄的奴隸頭子——你就像是羅馬暴君！」

我讀過高得史密斯的《羅馬史》，形成了自己對尼祿、喀利古拉等人的印象。並且還暗自做了比擬，沒想到現在竟自然而然脫口而出。

「什麼！什麼！」他大吼，「她竟敢這樣說我？妳們聽見了嗎，伊莉莎和喬治安娜？看我不告訴媽媽去！不過首先——」

他直奔向我，我感覺到他緊抓住我的頭髮和肩膀；不過我也豁出去了。我看他真像是個暴君或殺人兇手。我感覺到一、兩滴血從頭上滴下來，流到脖子上，同時還清楚感到尖銳的刺痛：這些感覺在此刻淹沒了我的恐懼，讓我開始瘋狂地回應他的攻擊。我不太清楚自己兩隻手臂究竟做了什麼事，只聽到他不停罵我「小賤鬼！小賤鬼！」，狂呼怒吼。現在，他的援手都來了：伊莉莎和喬治安娜跑去通知里德夫人，她立刻上樓來到這裡，後面跟著貝絲和她的女僕阿寶。於是我們被拉開，然後我聽見下面的話——

「哎呀！哎呀！真是野丫頭，竟敢撲打約翰少爺！」

「有人看過這麼兇悍的樣子嗎？」

然後里德太太丟下一句話：「把她帶到紅屋子裡去關起來。」立刻便有四隻手落到我身上，把我硬抬上樓去。

第二章

我一路反抗，這是我從來沒有過的，不過這麼一來就大大加強了貝絲和阿寶原先對我所抱持的成見。事實是，我已經有點失去控制；或者該像法國人那麼說：我已經不是自己了。我很明白，剛剛那一時氣憤的反叛行為，必定已經讓我躲不掉各種奇怪的懲罰了，於是我便像所有造反的奴隸一樣，在絕望之中下決心索性反抗到底。

「抓住她的手臂，阿寶小姐；她簡直跟隻瘋貓一樣。」

「真可恥！真可恥！」那女僕說，「這行為真是令人不敢領教！愛小姐，竟然打一位小紳士，妳恩人的兒子，妳的小主人！」

「主人？他怎麼會是我的主人？難道我是僕人嗎？」

「不，妳比僕人還不如呢！妳白吃白喝，卻什麼都不必做。哪，坐下吧，好好反省妳的惡劣行為。」

這時候她們已經把我拖進里德太太所指的那間屋子裡，按在一張凳子上。我第一個反應是立刻像彈簧一樣跳起來，然而她們兩人四手及時將我抓住。

「妳若是不乖乖坐著，乾脆把妳綁起來！」貝絲說，「阿寶小姐，借用一下妳的吊襪帶；我的那副一定立刻就被她扯斷了。」

阿寶小姐便開始解開她肥敦敦的大腿上的那條吊襪帶。這種綑綁的準備與其附加的羞辱意味，讓我的激昂情緒稍微冷卻下來。

「不要解了，」我叫道，「我不動就是了。」

我兩手緊抓住凳子，作為保證。

「記住別動。」貝絲說。等她確定我已經順服了之後，便鬆開手，跟阿寶小姐兩人抱著胳臂站在那裡，板著臉狐疑地看著我，好像不相信我真的已經恢復理智了。

「她以前從來沒有這樣過。」最後貝絲轉頭對那女僕說。

「但是她骨子裡早就有這種劣根性了，」這是阿寶的回答，「我常跟太太說起我對這孩子的看法，太太也贊同。她是個鬼頭鬼腦的小傢伙，我從來沒有看過這麼小的女孩心機那麼深的。」

貝絲沒有接口，但是稍過一會兒便朝著我說：

「妳最好搞清楚，小姐，妳現在是在受著里德夫人的恩惠，是她在養活妳的。如果當初她拒絕收容妳，妳就只能去住救濟院了。」

這些話我都懶得回答，因為根本都是老套，打從我有記憶以來，生活中就充滿了這一類的暗示。這種指責我靠人養活的話，在我耳朵裡早就變成含糊不明的陳腔濫調，儘管聽起來讓人痛苦難受，意義卻已模糊。阿寶小姐附和著說：

「還有，妳可別因為太太願意把妳跟里德小姐和里德少爺一起撫養長大，就自以為妳跟他們地位相等。他們將來都會分到一大筆錢，妳啊！卻什麼都拿不到。所以妳最好認清自己的本分，謙卑一點，別讓他們看妳不順眼。」

「我們說的這些話，都是為了妳好，」貝絲補上一句，語氣不再嚴厲了，「妳應該學著讓自己有用些、討人喜歡些，那樣或許還能夠繼續在這裡住下去；如果妳變得脾氣暴躁而不懂規矩，我保證太太一定會把妳送出去。」

「而且，」阿寶小姐說，「上帝也會懲罰妳的，讓妳在發脾氣的時候突然死掉，到時看妳能去哪裡？走吧，貝絲，別管她，我說的話她不可能聽得進的。待會兒剩下妳自己一個人的時候，自己禱告吧，愛小姐。要是妳仍不知懺悔，說不定會有什麼邪惡的東西，從煙囪爬下來，把妳給抓走喔。」

於是她們走了，關上門，還順道上了鎖。

所謂紅屋是個多餘的房間，很少有人進來睡，其實可以說從來沒有，真的，除非是偶爾有一大批客人來到蓋茨海德宅邸，才有必要利用這裡面的所有設備；不過它倒是整個宅邸中最寬敞堂皇的幾個房間之一。有張桃花心木床，底座是四根粗大腳柱，吊著暗紅錦緞製的帳幔，像個猶太聖台似地兀立在正中央；兩扇大窗戶的窗簾通常是拉下的，還有型色相近的重重花彩垂幔半掩其上；地毯是紅色的；床腳邊的桌子上鋪著深紅色桌布；牆壁是淡黃褐色，帶著一點粉紅；衣櫃、梳妝臺、椅子都是烏黑油亮的老桃花心木所製。在周圍的深色調中，床上高高堆起的墊褥和枕頭，卻是刺眼的白色，上面鋪著雪白的馬賽布床單。不比它們遜色的是床頭邊那張附有坐墊的大安樂椅，也是白色，前面有個腳凳，看起來，我認為，就像個蒼白的皇座般。

這屋子冷颼颼的，因為難得生火；而且安靜，因為離育兒室和廚房都很遠；並且還很莊嚴，因為大家都知道這裡很少有人進來，只有女傭會在星期六進來，擦拭一下家具和鏡子上沉積了一星期的寂塵。而里德太太自己也會久久一次，進來檢查一下衣櫥裡某個祕密抽屜，那裡面存放著各種羊皮紙契據、她的珠寶箱，以及她已逝丈夫的小肖像；而最後這句話正說明了這間紅屋的奧祕——就是這個魔咒，使得它儘管富麗堂皇，卻顯得極其孤寂。

里德先生在九年前去世，而這房間就是他呼出最後一口氣的地方。他在這裡停靈，然後殯儀館的人將他的棺材由此抬出去。從那一天起，這裡就籠罩著一股陰森森的神聖性，於是再也不常有人進來。

我貝絲和惡毒的阿寶強迫我坐著別動的這張椅子，是個矮凳，靠近大理石壁爐邊。床就聳立在我面前。我的右手邊是那個黑黑高高的衣櫃，鑲板表面黯淡殘破的反影，使得它的光澤顯得斑斑駁駁。我的左手邊則是那扇包得密不通風的窗戶，衣櫃和窗戶之間，立著一面大鏡子，加倍重現出房間和床的空盪與莊嚴。我不太確定她們有沒有鎖上門，等我膽敢移動後，就站起來，走過去查看。哎喲，真的鎖上了！鎖得比任何一個牢房都要緊。走回來的時候，得從那面大鏡子前經過，我的眼睛彷如受到蠱惑般，不由自主地發現了鏡子裡的深幻。在那視覺的虛幻之中，一切都顯得比現實還要冷酷，還要陰暗，而裡面那個直瞪著我瞧的古怪小人影，蒼白的臉和手臂將那股幽冥模糊暈抹開來，在那一切都靜止不動的畫面中，只見兩個透著恐懼的晶亮眼珠子在轉動，看起來就像個真正的幽靈。我覺得它就是那些半仙半妖的小精靈中的一個，貝絲在晚上說故事時，曾說過它們會從羊齒藤蔓叢生的幽谷中爬出來，出現在夜黑猶在趕路的旅人眼前。我回到我的矮凳上。

那時的我很迷信，不過迷信還沒有完全征服我，因為我激昂的熱血仍舊餘溫未散，造反奴隸的那種忿恨氣勢還在體內激盪著。我得先將澎湃洶湧的回憶平息下來之後，才有空餘的心情來對目前的恐怖處境感到畏懼。

所有約翰．里德的暴虐凌辱，他妹妹們的傲慢冷漠，他母親的憎惡嫌棄，與所有僕人們的偏心勢利，全像沉積在井底的汙泥穢物般，在我紊亂的心緒中翻湧上來。為什麼我老是受折磨，老是被框喝，老是被指責，而且永遠都是錯呢？

為什麼我總是無法得到別人的歡心？為什麼不管我多麼努力要博取好感都沒有用呢？伊莉莎任性自私，卻受人尊敬。喬治安娜大小姐脾氣，尖酸刻薄，刁難找碴，霸道跋扈，卻得到所有人的寵溺；她的美麗，紅撲撲的臉頰，金色的鬈髮，似乎讓人一見到她就覺得愉快，都能因此包容她所有的缺點。約翰呢，則是誰都不敢違拗他，更別說懲罰他了；儘管他扭斷鴿子的脖子，弄死小孔雀，放狗去咬羊，亂摘溫室裡的葡萄果實，採下花房裡奇花異卉的花蕾，叫媽媽「老姑娘」，有時還諷罵她，說她跟他一樣皮膚黝黑，並公然違背她的指示，還時常撕破和毀壞她的絲綢衣物，然而他卻依舊是她的「親親小寶貝」。我戒慎恐懼不敢有錯，竭力要做好每件工作，卻只換得從早上到中午，中午到晚上，整天被人怒罵我淘氣、討厭、陰沉、鬼祟。

我的頭還因為先前的跌倒和挨打在流著血，沒有人責備約翰這麼胡作非為，我呢，只不過想阻止更多的無理暴力而起身反抗，卻得承受所有人的責難毀謗。

「不公平！——不公平啊！」我的理智說。痛苦的刺激將我的理智激發成儘管短暫卻早熟的魄力，決心也跟著勃然升起，慫恿我用某些奇特的權宜之計，來掙脫這忍無可忍的迫害——像是逃走，或者，如果逃不了，就再也不吃不喝，任憑自己死去。

那個陰沉的午後，我的靈魂是多麼驚恐不安哪！我整個腦子亂糟糟的，心情也忿忿不平！而且還得被迫在這麼樣的黑暗，這麼樣的曚昧不明中打這場心靈混戰！那時的我無法回答內心那個不斷提出的疑問：為什麼我要承受這樣的苦；而如今，隔了這麼多年——我不願說多少年——我終於看得一清二楚了。

我在蓋茨海德府是個異類，跟裡面的任何人都沒有相同點，無論是跟里德太太或她的孩子或她的愛僕們，都沒有絲毫一致的地方。如果說他們不愛我，那麼說實話，我也一樣不愛他們。對於這麼一個和他們之間任何人都格格不入，無論在性情、才能與性向上都與他們截然相反的異物，一個不懂得如何去投合他們的喜好、增添他們樂趣的無用的東西，一個只會懷著恨意，對他們的虐待越來越氣憤，對他們的見解越來越不屑，跟他們沒有任何共同情感的人，他們沒有必要以愛護之情相待。我知道，如果我是個聰明美麗、快樂活潑、天真無憂而又愛黏著人撒嬌的孩子——哪怕我還是一樣寄人籬下，一樣地無親無伴——里德夫人見了我一定也會高興一點；她的孩子們一定會像夥伴那樣對我真心一點；傭人們也就不會動不動就叫我在育兒室裡代人受過。

陽光開始離棄紅屋，已經四點多了，陰沉的午後漸漸轉為淒冷的黃昏，我聽見雨還在不斷地敲打著樓梯上的窗戶，風還在房子後面的樹林裡呼呼吹著；我漸漸變得像塊石頭一樣冷，接著，勇氣也消失了。我往常的自卑心情、自我懷疑、絕望失意，一齊像冰一樣澆熄了我剩餘的微弱怒火。大家都說我壞，也許我真的是壞，剛才我在想什麼啊，想把自己餓死？那一定是樁罪過。我夠資格死嗎？蓋茨海德教堂聖壇下的墓穴，是不是個誘人的地方？我聽說，里德先生就葬在這樣的墓穴裡；這個念頭又引得我想起他了，我越想越害怕。我已記不得他，但是我知道他是我的親舅舅——我母親的哥哥——他把我這個父母雙亡的孤兒帶到家裡，臨終時還一定要里德夫人答應，把我當作自己女兒一樣地扶養成人。在她的天性許可的範圍內，也許里德夫人以為自己算是遵守了諾言；可是，我畢竟不是她自己家的人，自從她丈夫去世以後，我和她再也扯不上什麼親戚關係，只不過是一個累贅的外人罷了，她又怎麼會真正地喜歡我呢？由一個勉強許下的諾言束縛著，不得不做一個自己無法喜愛的陌生孩子的母親，眼看一家人永遠要受到一個合不來的陌生人的妨礙，這一定是最令人厭煩的事。

我突然有了一個奇怪的想法。我不懷疑——也從來沒有懷疑過——如果里德先生在世，他一定會待我很好。如今，我坐在這兒，盯著白色的床單和昏暗的牆壁——偶爾還像中了咒蠱一樣情不自禁地瞄向那片微亮的鏡子——我開始想起了我所聽過關於死人的傳說，死人見活人違反了他們的遺囑，在墳墓裡便不會安寧，於是回到人間，來懲罰忘卻誓言的人，並為被虐待的人報仇。我想，里德先生的靈魂，受到了外甥女被虐待這件事的騷擾，說不定會離開它的住處——不管是在教堂的墓園裡，還是在逝者居住的什麼不可知的幽冥境域——而來到這間屋子裡，出現在我的面前。

我擦乾眼淚，忍住哭泣，生怕任何一種極度悲傷的表示，會引起某個超自然的聲音出現來安慰我，或者是從黑暗中引來一張頭戴光輪的臉龐，以怪誕的憐憫神情俯視我。這個想法，在理論上也許能給人安慰，可是我覺得如果真的實現，則未免太可怕了。我拚命想揮開這個想法，竭力要自己鎮定下來。我把垂覆在眼睛上的頭髮甩開，抬起頭，試著大膽環顧一下周圍，看一看這間黑暗的屋子；這時候牆上閃耀起一絲亮光。我在心裡自問，是月光從窗簾上哪個隙縫裡透進來的嗎？不像；月光不會動，而這個亮光卻會動。我瞧著瞧著，它忽然溜到了天花板上，在我頭頂上跳動。要是換了現在，我一下子就能猜得出，這多半是有人穿過草坪時，所提的燈籠發出的亮光；可是在當時，我腦子裡只想得到恐怖的事，而神經也在害怕之餘變得十分脆弱，於是我便把這一道迅速滑動的亮光，當作是從另一個世界來的第一個鬼魂。我的心怦怦亂跳，我的頭開始發燒，耳朵裡溢滿了一種聲音，我認定那是翅膀在撲動，身邊似乎有一樣什麼東西在，我感到壓力，透不過氣來；我的忍耐終於崩潰——於是我不由自主地發出一聲狂呼——我衝到門邊，死命地用力搖動門鎖。外面走廊裡有人奔跑過來；鑰匙一轉，貝絲和阿寶進來了。

「簡愛小姐，妳病了嗎？」貝絲說。

「多可怕的聲音！一直刺到了我心裡！」阿寶怒道。

「把我帶出去！讓我到育兒室去！」我嚷道。

「幹什麼！妳受傷了嗎？妳有沒有看見什麼？」貝絲再一次問我。

「哦！我看見一個亮光，我想一定有鬼要出現了。」我這時候抓住貝絲的手，她並沒有把手縮回去。

「她是故意叫嚷的！」阿寶帶著幾分嫌惡斷言道。「叫成了那樣！她若是疼得要命還情有可原，可是，她不過是要把我們都叫到這兒來。她那套小把戲瞞不了我的。」

「究竟怎麼回事？」又有一個聲音嚴厲地問道；里德夫人從走廊上過來，帽子大幅飄動，衣服挲挲沙沙響。「阿寶、貝絲，我相信我吩咐過妳們，把簡愛關在紅屋裡，一直到我自己來看她為止。」

「簡愛小姐叫得太響了，夫人。」貝絲辯白道。

「別理她，」這就是她唯一的回答。「別抓住貝絲的手，小丫頭。妳放心吧，用這些方法，還是不會讓妳出來的。我最恨人裝假了，特別是小孩子；我有責任讓妳知道，耍什麼花招都沒有用，妳還是得在這裡再待一個鐘頭，而且那時候，還要妳完全順服，不叫不嚷，才會放妳出來。」

「哦，舅媽，可憐可憐我！饒了我吧！我受不了——用別的方法懲罰我吧！我真嚇死了，如果——」

「閉嘴！這樣惡行惡狀，真讓人煩死了。」毫無疑問，這便是她心裡的想法。我在她眼裡，是個早熟的演員；她還真的把我看成一個惡毒卑鄙、陰險狡詐的混合物。

貝絲和阿寶退了出去。里德夫人見我像發瘋一樣這麼地沉溺在痛苦中哭個不停，覺得很不耐煩，便不再和我繼續談判，就猛力把我推回房間，鎖在屋子裡。我聽見她迅速走開。她走開後不久，我想我大概是昏了過去。於是這一幕就以昏厥作為結束。

第三章

我記憶裡，接下來的事情是，我像作了一場恐怖的噩夢似地醒了過來，看見面前是一片恐怖的紅光，裡面有交叉狀的一根根黑棒。我還聽見有人在說話，那聲音空盪盪的，彷彿被一股疾風或激流掩蓋住；我心情澎湃、不安，還有一種具全面壓迫性的恐懼感，困住了我所有其他的感知能力。不久，我覺察到有人在移動我身體，把我撐起來，扶著我成為坐姿，以前從來沒有人這樣溫柔呵護地抱過我或摟過我，我把頭靠在枕頭上，或者是某個人的胳臂上，覺得舒服極了。

五分鐘後，迷茫的雲霧漸散；我才清楚地知道自己正躺在自己的床上，那片紅光是育兒室的爐火。這時候是深夜，桌上點著一支蠟燭；貝絲站在床尾，手裡端著一個臉盆。有位男士坐在我枕頭旁邊的椅子上，低著頭看我。

知道屋裡有一個陌生人，一個不是蓋茨海德府的人，又跟里德夫人沒有任何親戚關係，讓我感到說不出的安慰與寬心，相信自己現在得到保護了，安全了。我的眼光離開貝絲（雖然在我眼裡，她遠不如阿寶那麼討厭），轉過去仔細打量那位男士的臉。我認得他，他是藥劑師羅伊德先生。如果有傭人生病，里德夫人偶爾會請他來看病；而若是她自己或孩子們生病，則請的是醫生。

「看看我是誰？」他問。

我說出他的名字，同時朝他伸出手，他握住我的手，微笑說：「我們不久就會沒事了。」隨後，他扶我躺下，告訴貝絲要多加小心，夜晚絕對不能驚擾我。他又吩咐了幾句話，並表示明天還要再來，然後就走了。這使我覺得很難過，有他坐在我枕頭旁邊的椅子上，讓我覺得有保障，有伴護。他走出房間帶上門之後，整個房子頓時變得黑暗下來，我的心再次下沉，承載不起那種難以言喻的悲傷。

「妳想睡嗎，小姐？」貝絲十分和善地問道。

我幾乎不敢回答她，生怕她下一句話又變得兇巴巴起來。「我試試看。」

「妳想喝點什麼或吃點什麼嗎？」

「不想，謝謝妳，貝絲。」

「那麼，我想去睡了，現在已經十二點多。不過如果妳夜裡想要什麼，儘管叫我。」

真是讓人吃驚的有禮！這使我有了勇氣提出一個問題。

「貝絲，我是怎麼了，病了嗎？」

「我想，妳在紅屋子裡哭得生病了吧；妳很快就會好的，別擔心。」

貝絲回到附近的女僕房裡。我聽見她說：

「莎拉，跟我到育兒室去睡，我今天晚上無論如何再也不敢跟那可憐的孩子單獨睡在一個房間裡了，說不定她會死掉。她昏過去真是怪事，我不知道她是不是看見了什麼。夫人也太狠心了。」

莎拉和她一起回來，兩人都上床睡下，臨睡前還低聲交談了半個鐘頭，我斷斷續續聽到了幾句，但已能十分明白她們在談什麼。

「不知什麼東西從她身邊經過，全身穿得白白的，又消失不見，」——「一條大黑狗跟在他後面，」——「門上傳來三下重重的敲擊聲，」——「教堂墓園裡有一道亮光，就在墳墓上，」——等等，等等。

最後兩人都睡著，爐火和蠟燭都熄滅。我卻清醒地度過了這麼一個失眠的漫漫長夜，清醒得簡直可怕，恐懼使我的耳朵、眼睛和心靈都同樣緊張，這是一種只有孩子才感覺得到的恐懼。

紅屋的這件事發生以後，並沒有留下什麼嚴重的或長期的身體疾病，只是讓我的神經受了一次震驚，我一直到今天還心有餘悸。沒錯，里德夫人，妳讓我的精神受到了摧殘，嚐到了可怕的痛楚。但是我應該原諒妳，因為妳並不知道妳做了什麼，妳扯斷我心弦的時候，還以為自己在改革我的不良根性。

第二天中午，我起來穿好了衣服，裹著披肩，坐在育兒室的壁爐旁邊。我感到虛弱乏力，幾乎撐不住自己的身體；但是，我最嚴重的病，卻是一種無法詮釋的心靈上的痛苦；這種痛苦不斷地叫我默默滴下眼淚，剛擦掉臉上一滴鹹鹹的眼淚，就又有了新的一滴跟著落下。然而，我想，我現在應該要快樂才對，因為里德家的人一個也不在這裡；他們跟他們的媽媽一起坐馬車出去了，阿寶也在另一個房間裡做針線，貝絲呢，一邊走來走去，忙著撿拾玩具、整理抽屜，一邊不定時對我說一、兩句過去少有的關懷話語。我這個人過慣了永遠挨罵、做苦工而得不到感謝的日子，處在眼前的這種待遇裡，原該感到像在和平天堂裡一般，可是我那受了摧殘的神經，現在已經落到沒有任何寧靜可以安慰它，也沒有任何樂趣能夠叫它興奮起來的地步了。

貝絲到樓下廚房去了一趟，帶回來一個餡餅，用色澤繽紛的盤子裝著。盤子上畫的是極樂鳥棲息在牽牛花和玫瑰花蕾的花環裡，這圖案常常在我心裡激起最熱烈的讚歎，我也曾要求過很多次，要把盤子拿在手裡，以便能仔細瞧個過癮，但始終被認為不配擁有這權利。這件珍貴的瓷器現在就擱在我的膝蓋上，貝絲還熱絡地要我吃盤子裡那個精緻可口的小圓麵餅。真是白費心機的恩惠！就像其他許多好久以來一直盼望卻得不到的恩惠一般，來得太遲了！我無法吃下這個餡餅。鳥兒的羽毛，花兒的色澤，很奇怪似乎都變得黯淡了。我把盤子和餡餅放在一邊。貝絲問我要不要看書，書這個字像一劑興奮劑一樣暫時發生了效用，我央求她到書房裡把《格列佛遊記》拿來。這本書我曾經興味盎然地看過一遍又一遍。我認為那是個真實的故事，而且發現自己在這本書之中，比起看神話故事還有著更濃厚的興趣；因為我曾經在指頂花葉和鐘形花中間，在蕈子下，在連錢蔓草覆蓋的古老牆根下，尋找過神話裡的那些小精靈，而從來沒有找到過，因此便認定了一個可悲的事實：它們一定都離開了英國，到哪個樹林更叢亂濃密、人煙更稀少的蠻荒異境去了。而小人國和大人國呢？我相信，都是地球表面確實存在的一部分，我毫不懷疑，將來有一天，當我出去長途旅行時，必定會親眼看見小人國的小小田地、小房屋、小樹木、小人、小牛、小羊和小小鳥，親眼看見大人國中像森林般巨大的麥田、巨大的猛犬、巨獸般的貓和高塔一樣的男女。然而，等我手裡拿到了這本心愛的書的時候——等我一頁頁翻看，想在那些奇妙的圖畫中尋找以前從未消失過的魅力的時候——一切卻都顯得唐突陌生而索然無味了。巨人都是些瘦骨嶙峋的惡魔，小人都是些惡毒陰險的小鬼，格列佛是最可怕、最危險的地方的一個最孤獨的流浪漢。我闔上書，不敢再看，把它放到桌上那個動都沒動過一口的餡餅旁邊。

這時候貝絲已經打掃好屋子，洗過了手，她打開一個小抽屜，那裡面盡是些零碎的華麗綢緞，她動手給喬治安娜的小娃娃做一頂新帽子。一邊做一邊唱歌，她唱的是：

在我們浪跡天涯的歲月裡，

好久以前。

我以前常常聽這首歌，總是聽得十分欣喜愉快；因為貝絲有一副好嗓子——至少，在我認為是如此。但是現在，儘管她的聲音依然甜美，我卻發現到旋律中難以形容的哀傷。有時候，由於專心工作，她把這首曲子唱得很低，相當低徊繾綣，「好久以前」四個字彷若葬禮中最悲傷的輓歌一樣吟詠而出。隨後她又唱起另一首民謠，這次就著實是首傷心小調了：

我雙足疲疼，兩腿疲軟
　長路迢迢，群山險矗
夕陽將逝，可憐的孤兒
　只見陰冷無月的前路

為何他們將我孤獨放逐
　到這灰石磊磊荒蕪之土？
人情澆薄，只有善天使
　照看著可憐孤兒的腳步

所幸徐吹晚風遙遠輕柔
　萬里無雲，眾星亮晃晃
慈悲的上帝，護祐人間
　恩賜給孤雛關懷與希望

即使我行經斷橋而跌落
　循錯誤光芒而誤入泥沼
仍有天父的承諾與祐福
　願懷擁孤兒，慰藉孤苦

雖然無依無靠，仍深信
　堅強毅力必助我至天堂
那裡是家，是安息之地
　上帝是可憐孤兒的友傍

「好了，簡小姐，別哭了吧！」貝絲唱完以後說道。她倒不如去對火燄說：「別燒了！」然而她怎能懂得我像牲品般承受的恐怖煎熬呢？上午羅伊德先生又來了。

「什麼！已經起來了？」他一進育兒室就說。「嗯哼，保母，她情況如何？」

貝絲回答說我很好。

「那麼她就應該顯得快樂些。到這裡來，簡小姐，妳叫做簡，對不？」

「是的，先生，我叫簡愛。」

「嗯哼，妳在哭，簡愛小姐，妳能告訴我為什麼哭嗎？妳哪裡疼呢？」

「沒有，先生。」

「噢！我敢說她是因為不能跟太太坐馬車出去而哭的。」貝絲插嘴說。

「我看不是吧！為什麼呢？因為她已經這麼大了，不會再這麼任性才是。」

我也是這麼想。這個沒有依據的誣賴，傷害了我的自尊心，我忍住辯駁道：「我有生以來從沒有為了這種事情哭過，我最恨坐馬車出去了。我哭是因為我覺得自己很不幸。」

「噢，呿，小姐！」貝絲說。

好心的藥劑師似乎有點一頭霧水。我站在他面前，他定定地凝視我；他眼睛小小灰灰的，不很明亮，但我要說此刻的它們有股穿透人的力量；他臉上的線條剛硬卻看來很和善。他趁空檔仔細審視我一番，之後說：「妳昨天是怎麼病倒的？」

「她摔倒了。」貝絲說，一樣又是插嘴進來。

「摔倒！為什麼，又像是小寶寶了。她這年齡難道還不會好好走路嗎？她總該有八、九歲了吧。」

「我是被人打倒的，」自尊心又一次受到屈辱，傷痛下讓我又為自己直言分辯，「不過我不是因為那樣生病的。」我接著說，羅伊德先生此時一邊抽了一口鼻菸。

他把鼻菸壺放回背心口袋時，響起一陣貫耳的鈴聲，那是僕人們的飯鈴，他也知道那鈴聲是什麼。「在叫妳了，保母，」他說，「妳下去吧，在妳回來之前，我可以講些道理給愛小姐聽。」

貝絲很想留下來，但是卻不能不去，因為準時用餐在蓋茨海德府是很嚴格執行的。

「若不是摔倒讓妳生病的，那麼是因為什麼呢？」貝絲走了以後，羅伊德先生繼續追問。

「我被關進一間鬧鬼的房間，直到天黑。」

我看到羅伊德先生微笑起來，同時也皺起了眉頭：「鬼！什麼啊，妳畢竟還是個小寶寶！妳怕鬼？」

「我怕里德先生的鬼魂：他死在那房間裡，也在那裡入殮。不管是貝絲或是其他任何人，如果可能，都不在晚上進去那房間；把我獨自一人關在那裡，又沒有蠟燭，實在很殘酷——殘酷得教我無法忘記。」

「胡說八道！而妳是因為這樣才覺得自己不幸嗎？現在是白天，妳也害怕嗎？」

「不怕，但是不久就又會是黑夜了；而且除此之外，我不快樂——很不快樂，因為一些別的事情。」

「什麼別的事情？可以舉幾件給我聽嗎？」

我多麼希望能盡情回答這個問題！然而要我組構好一個答案，又是多麼的困難啊！小孩子懂得感覺，卻還不能夠分析自己的感覺，即使當真分析出一部分，也還是不知道如何用言語陳述出來。然而我好怕失去這唯一且首次得以傾吐悲苦的機會，所以在我心亂如麻地愣了一會兒之後，還是勉力作出了一個軟弱無力卻完全真實的回答。

「例如，我沒有爸爸媽媽、兄弟姊妹。」

「可是你有個仁慈的舅母和表兄妹。」

我又愣了一下，然後笨拙地說：

「可是約翰．里德把我打倒，而我舅媽又把我關在紅屋裡。」

羅伊德先生又抽了一口鼻菸。

「妳不覺得蓋茨海德府是棟非常漂亮的房子嗎？」他問，「妳難道不覺得能夠住在這麼美麗的地方，實在值得感恩嗎？」

「這房子不是我的，先生；而且阿寶說我比一個僕人都還不配住在這裡。」

「啐！妳該不會傻到想要離開這麼華麗的地方吧？」

「如果我有別的地方可去，我會很樂意離開；但是除非我長大成人，否則是不可能離開蓋茨海德府的。」

「也許妳能——誰知道呢？除了里德夫人以外，妳有沒有別的親戚？」

「我想沒有，先生。」

「妳爸爸那邊的親戚，沒有嗎？」

「我不知道。我問過里德舅媽一次，她說我有可能有些姓愛爾的貧窮低賤的親戚，但是她一點都不清楚他們的情形。」

「如果妳有這樣的親戚，妳願意去找他們嗎？」

我省思了一下這個問題。貧窮對成年人來說很可怕，對小孩來說更是。小孩子們不太懂得有些窮人是辛勤工作而值得尊敬的一群，只曉得把這個字跟襤褸破衣、粗飯疏食、無火過冬、粗魯氣質與低劣罪行串連在一起，對我來說，貧窮，就是墮落的同義詞。

「不，我應該不想當窮人。」我如此回答。

「即使他們對妳很好也不要嗎？」

我搖搖頭，我看不出窮人有什麼辦法可以對別人好，況且要我學他們那樣講話，養成他們那樣的行為舉止，成為沒有教養的人，長大以後變成我在蓋茨海德村裡見過的那些窮女人一樣，在茅屋門口哺育孩子或者洗衣服。不，我還沒有這樣的英雄氣概，寧願降低身分換取自由。

「可是妳的親戚們當真都這麼窮嗎？他們是勞工嗎？」

「我搞不清楚，里德舅媽說，即使我有什麼親戚，一定也是要飯的那類，我才不想去要飯呢。」

「妳想上學嗎？」

我又再想了一下，我不太清楚學校是什麼，貝絲有時候會提到它，但說得好像是個年輕小姐都得穿著腳枷、綁著背板坐著，並且被要求都要行止優雅合宜。約翰．里德恨死了他的學校，且咒罵他的老師，不過，約翰．里德的品味對我一點影響都沒有。然而我心想，如果說貝絲所描述的這些學校紀律有點嚇人，那麼她所提及的這些小姐的求學成果，倒也同樣吸引人（貝絲來蓋茨海德府之前，擔任過另一個家庭的保母，這些就是她從那一家的小姐們那裡得來的訊息）。她誇獎她們畫出來的優美風景花卉，誇獎她們唱的歌、奏的曲，誇獎她們針織的錢包，以及她們所翻譯的法文書；聽得我心都飛起來了。此外，上學可以讓我得到徹底的轉變；它意味著有著一場長途旅行，且能完全脫離蓋茨海德府，並進入一個新生活。

「我一定會很想上學。」這是我沉思默想後說出來的結論。

「嗯哼，那麼，誰知道會發生什麼事呢？」羅伊德先生說，一邊站起來，「這孩子必須換換空氣，換換環境，」他自言自語補上一句：「心不太健康。」

這時貝絲回來了，同時也可聽見馬車骨碌骨碌地駛上碎石道的聲音。

「那是妳的女主人嗎，保母？」羅伊德先生說，「我走之前想先跟她談談。」

貝絲請他到早餐室去，提步領路。從以後發生的事情來看，我想藥劑師後來和里德夫人談話的時候，必定建議把我送到學校裡去；而這建議無疑立刻就被接受了，因為有天晚上阿寶和貝絲在育兒室裡做針線，以為我睡著了，便談起了這件事。阿寶說，她敢說太太一定很高興能甩掉這麼一個心地邪惡而惹人討厭的壞孩子，說我看起來好像一直在冷眼旁觀眾人，而腦子裡盤算著許多陰謀詭計。我想，阿寶一定是把我高估成一個未成年的蓋伊．福克斯❶了。

就在那時候，從阿寶小姐對貝絲的談話中，我第一次知道了我父親是個窮牧師，而我的母親不顧朋友們的反對嫁給了他，朋友們都認為她等於是自貶身分；我外祖父里德見她如此忤逆，一氣之下與她斷絕了父女關係，不把財產留給她。我父親在一個大工業城市裡當牧師，母親和父親結婚一年之後，那座城市裡正好在流行斑疹傷寒，我父親於探視窮人時，染上了斑疹傷寒，我母親也從他那兒染上這個病，兩人相繼去世，前後相差不到一個月的時間。

貝絲聽了這段話，嘆了口氣說：「愛小姐這麼可憐，還真值得同情。」

❶蓋伊．福克斯（Guy Fawkes）：一六〇五年十一月五日夥同舊教徒企圖炸毀英國國會的陰謀事件，蓋伊．福克斯當場被逮捕，處以絞刑。

「是啊，」阿寶回答，「如果她是個又乖又漂亮的小孩，可能還有人會同情她的孤苦無依，可是像這麼一隻惹人嫌的小蟾蜍，不可能有人能夠對她施與愛心的。」

「是不可能太喜歡她的，的確，」貝絲同意，「不管怎樣，若是喬治安娜小姐這樣的小美人處在同樣的情況下，一定會更叫人同情。」

「是啊，我真喜愛喬治安娜小姐！」熱情的阿寶叫道，「真是個小可愛！——長長的鬈髮和藍眼睛，臉色這麼甜美，好像是畫出來的一樣！——貝絲，我猜晚飯是吃威爾斯的兔子。」

「我也這麼想——配上烤洋蔥。走吧，我們下去吧。」她們走了。

第四章

跟羅伊德先生談過話，並聽見了貝絲和阿寶的交談之後，我燃起了足夠的希望，盼望事情好轉，看來轉機不久就會到來——於是我默默期望著、等待著。然而轉機卻遲遲不出現，幾個星期過去了，我身體恢復健康，心裡卻還惦念著那件事，不過再也沒有聽人提起過。偶爾，里德夫人會冷冷地瞟我幾眼，卻很少開口說話。自從我生了那場病，她更加將我和她的孩子隔離開來，規定我得一個人睡在一個小房間裡，一個人吃飯，且整天都得待在育兒室裡；我的表兄妹們卻無時無刻都能待在客廳中。至於送我去上學的那件事，她沒有透露出任何消息；但我直覺地非常肯定，這種與我住在同一屋簷下的生活，她必定再也無法忍受多久了。因為現今她的眼光，只要落到我身上，就馬上散發出一種比以前更加難掩的、根深柢固的嫌惡。

伊莉莎和喬治安娜顯然遵照指示，盡量不跟我說話。而約翰・里德只要一見到我，就對我吐舌頭，有一次還企圖懲罰我，但是當那種深沉憤怒與絕望引發我上次勃然大鬧的叛逆性情，再次促使我立刻採取反抗姿態時，他就識相地逃走了，一邊跑還一邊咒罵我打破了他的鼻子。我倒是的確對準了那個凸出部位，使盡我指關節的力量狠狠擊上一拳。不知道是那一拳，還是我凶狠的神情把他給嚇呆了，我恨不得乘勝追擊，無奈他已經跑到他媽媽身邊。我聽見他可憐兮兮地哭訴著「那個下流的簡愛」如何像隻野貓般撲到他身上等等，不過他立刻被媽媽粗暴地打斷——

「別在我面前提到她，約翰；我說過別靠近她的，她不值得我們的注意。我不要你或你妹妹們跟她在一起。」

而我這邊呢，在樓梯扶手上，脫口而出地大喊：

「他們才不配跟我在一起。」

里德夫人是個相當肥壯的女人，但是一聽到這奇怪而大膽的聲明，就敏捷地奔上樓來，一陣旋風般地把我抓到育兒室裡，重重摔在我的小床邊，惡狠狠地威脅我不准下床，也不准再說出隻字片語。

「里德舅舅會怎麼說妳呢，如果他還活著？」這句質問幾乎是情不自禁地跑了出來，好像我的舌頭沒有經過我意志上的同意就自己發聲說話了，我完全沒辦法控制。

「什麼？」里德夫人小聲說，她那向來冷靜自制的灰色眼珠子，被一種恐懼的神色打亂了，她放開我的手臂，瞪著我，彷彿實在不確定我究竟是個孩子還是個魔鬼。現在我決定繼續玩下去。

「我的里德舅舅在天堂上，可以看見妳的一切作為和心思，我爸爸媽媽也都看得見，他們知道妳整天把我關起來，知道妳恨不得我死掉。」

里德夫人很快就恢復神智，她使勁搖晃我，甩我兩個耳光，然後一句話都不說地就走了。貝絲的訓誡填補了接下來一小時的空檔，整段話舉例證明我是個任何人所撫養過最淘氣、最放肆的孩子，說得連我自己也半信半疑起來；因為，的確，我覺得胸膛裡似乎只有一些惡劣情緒在翻攪著。

十一月、十二月過去了，一月也過了一半。聖誕節和新年，蓋茨海德府和往年過節一樣，舉行歡樂的慶祝會，大家互換禮物，還有餐會和晚宴。這一切的歡樂，我當然都不准享受；唯一所能享有的樂趣，就是看伊莉莎和喬治安娜天天打扮得漂漂亮亮，穿著薄紗衣裳，圍著大紅腰帶，披著小心鬈起來的頭髮，下樓到客廳去，或是聽著下面彈奏的鋼琴和豎琴聲，聽管家和僕侍來來去去忙碌著，聽大家的玻璃杯和瓷器在喝茶時叮叮噹噹的碰撞聲，聽客廳大門開關間漏出來的斷續談話聲。若聽厭了，就從樓梯頂上回到育兒室去，在那裡，我雖然覺得有些哀傷，卻不再認為自己悲慘。說老實話，我一點都不想到人群裡，因為我在人群裡向來都很少受到注意，而只要貝絲對我親切友善，跟她一塊兒安安靜靜地度過一個傍晚，其實應該視為一種好待遇了，這讓我不必在整屋子的紳士淑女們間，每走一步就受到里德夫人可怕的目光監視。可是貝絲總是一把她的小姐們打扮好就往廚房或管家那些熱鬧的地方去，而且還得連蠟燭都帶去。於是我只能坐著，把木娃娃抱在膝蓋上，一直到爐火漸漸轉弱變暗。偶爾呢，望望四周，看除了我之外，這房間裡有沒有更壞的東西在作怪。等木炭轉成暗紅色後，我便趕緊脫掉衣服，胡亂扯掉蝴蝶結和帶子，爬上床躲避寒冷和黑暗。我總是抱著洋娃娃上床，因為人總得鍾愛個什麼東西吧，既然沒有更值得愛的，我只好設法疼愛一個小乞兒似的褪色木偶，從中汲取一點樂趣。現在想來，實在不懂當初我為什麼能懷著這麼可笑的感情來寵愛這個小玩意，甚至到了有點相信它有生命、有知覺的地步。我若不把它包在我的睡衣裡睡，便睡不著；唯有在它安全地、溫暖地躺在那兒時，我才感到快樂，相信它也同樣覺得快樂。

我等著客人離去，期待著貝絲上樓的腳步聲，看來，時間過得真是慢。這中間貝絲偶爾會上來找她的頂針或剪刀，或是帶個什麼來給我當作晚飯——一個小麵包或是一塊乾酪——我吃東西時她便坐在床上，等我吃完，她會把我的棉被塞好，吻我兩次，說：「晚安，簡小姐。」貝絲這麼和顏悅色時，我會覺得她是世界上最善良、最美麗、最慈悲的人；我滿心盼望她能一直這麼和藹可親，再也別氣得推我攆我，或者破口大罵，或者是叫我做太多的工作，這些情形在過去，實在是繁不勝數。現在想來，貝絲是個很能幹的人，因為她不管做什麼，總能做得漂亮俐落，此外她說故事的天分也很不凡；至少，以我對她講童話故事的印象來論斷，便是如此。如果我沒有把她的臉蛋和五官記錯，她還是個美人胚子。我記得她是個苗條的年輕小姐，有漆黑的秀髮、烏黑的眼睛、清秀端正的五官、健康明亮的膚色；只不過她脾氣暴躁，時晴時雨，對公平正義沒有什麼高明的概念。儘管如此，比起蓋茨海德府的其他任何人，我還是比較喜歡她。

一月十五日那天，約莫早上九點鐘，貝絲下樓去吃早餐，我和表兄妹們還沒被叫到他們的媽媽那邊；伊莉莎正在戴帽子，穿暖和的衣服，準備到花園去餵她的雞。這是她的嗜好。她也同樣喜歡把蛋賣給管家，把賣的錢存起來。她有做生意的天分，也有存錢的癖好；這不但表現在賣雞蛋、賣小雞上，也表現在跟園丁討價還價計較花根、花種和花枝的價錢上。園丁從里德夫人那兒得到過命令，小姐花壇上開的花，不管她要賣多少，他都得買下來；而伊莉莎只要有錢可賺，賣頭髮也願意。至於她的錢，最初是用破布或舊的鬈髮紙包起來，藏在某個偏僻角落裡，但是有幾包錢曾被女僕們發現，所以伊莉莎只好同意將這筆悉心守護的財產交給母親保管，以免哪天搞丟了。不過她要求媽媽付很高的利息——百分之五十或百分之六十不等，每一季領一次，這些帳，她都熱中而精確地記錄在小本子上。

喬治安娜坐在一張高腳凳上，對著鏡子梳頭髮，在髮浪間插上幾朵假花和褪色的羽毛，這些東西是她在頂樓某個抽屜裡找到的。我在鋪我的床，貝絲嚴格吩咐我，要在她回來之前把床鋪好（現在貝絲把我當作是保母的女僕，要我做些收拾房間、擦抹椅子之類的瑣事）。我鋪好被子，摺好我的睡衣後，便走到窗臺邊，要把那裡亂七八糟的圖畫書和木娃娃都收好；突然間我聽見喬治安娜命令我不准碰她的玩具（因為那些小椅子、小鏡子、精美可愛的小盤子和小杯子都是她的所有物），我立刻停住，接下來，沒有別的事情可以做，便對著窗上凝結的薄霜呵氣，呵出一塊透明部分，再從那裡探望外面的庭院。庭院裡的一切，在嚴寒的威力鎮壓之下，都悄然無聲，靜止不動。

從這個窗口，可以看見門房的小屋和車道，玻璃上的銀白霜晶才剛被我吹溶了一部分，我就看見大門被打開，一輛馬車駛了進來。我沒什麼興趣地看著它駛上車道；蓋茨海德府常有賓客乘車來訪，但是從來沒有哪一輛馬車載來我喜歡的客人過。馬車在房子前面停下，門鈴驟響，某個人前去開門，讓客人進屋子裡來。這一切在我來說，都沒什麼意義，我茫然無焦點的注意力立刻被一樣更活潑動人的東西給引走了。那是一隻飢餓的小知更鳥，牠飛過來，停在窗外那株緊靠著屋牆、葉子掉得精光的櫻桃樹上，不停啁啾啼鳴。我方才早餐所剩下的麵包和牛奶，還擺在桌子上，於是我拿起麵包捲咬下一口，把它弄碎，推開窗戶，將麵包屑放到外面窗臺上。就在這時候，貝絲匆忙跑上樓，來到育兒室。

「簡小姐，把妳的圍裙脫掉；妳在那裡幹什麼？今天早上洗過臉跟手了嗎？」答話之前，我又推了一次窗玻璃，想確定鳥兒能吃得到麵包屑；那扇窗戶被推得更開，我將麵包屑撒在窗臺和櫻桃樹上，然後關上窗戶答道：

「沒有，貝絲，我才剛把房間打掃好。」

「真是個麻煩又散漫的小孩！妳現在在那裡幹什麼？臉紅成這樣，好像做了什麼壞事，妳開窗戶幹什麼？」

我懶得回答她，貝絲這麼形色匆匆，也必定不會有時間聽我解釋；她把我推到洗臉臺那裡，用肥皂、水和一塊粗毛巾，惡狠狠地折磨了我的臉和手，幸好只是粗略簡短的擦洗；接著用鋼毛粗短的毛刷，把我的頭髮給弄整齊，剝下我的圍裙，然後急急忙忙把我推到樓梯口，要我立刻下樓去，說早餐室裡有人找我。

我本想問問是誰找我——想知道里德夫人是不是在那裡；但是貝絲早已不見蹤影，育兒室的門也在我身後關上。我一步步慢慢地走下樓。因為已經將近三個月的時間，我都被限制在育兒室裡，不能到早餐室、飯廳與客廳去，以至於現在這些地方對我來說，已變成可怕的區域，讓我幾乎不敢闖進一步。

此刻我站在空盪盪的走廊裡，面前就是早餐室的門，我停在那裡，緊張不安而不停發抖。看看這些日子以來，他們所加諸我身上的無理刑罰，把我變成了這麼樣一個慘兮兮的膽小鬼！我不敢轉身回育兒室去，也不敢向前走進客廳；十分鐘過了，我仍站在原地躊躇不前，突然早餐室的激烈鈴聲響起，才迫使我下了決定，我一定得進去。

「會是誰找我呢？」我在心裡自問，一邊用雙手轉動卡得緊緊的把手，轉了一秒鐘或兩秒鐘還轉不開，我勉強支撐著手勁不放。「在這房子裡，除了里德舅媽，還會見到什麼人呢？——男人還是女人？」把手終於轉動，門開了，我走進去，低低行個禮，然後一抬頭，只見——一根黑柱子！——至少，一晃眼間真像個黑柱子，但原來是個站得直挺挺、黑貂色的瘦長身影，杵在地毯上；而最上面那張嚴峻的臉，便彷彿是個雕出來的面具一樣，擺在柱頂上作為柱頭。

里德夫人還是坐在壁爐旁她慣常坐的那個座位，她做個手勢要我過去；我照做，然後她向那個石雕般的陌生人介紹我：

「這就是我向你提出申請入學的小女孩。」

他，因為那是個男人，慢慢轉頭面向我站立的地方，用濃眉底下那兩顆好奇的灰眼珠審視我一番，然後用男低音莊嚴地說：

「真矮小，幾歲了？」

「十歲。」

「這麼大？」這是他充滿懷疑的回答，然後又繼續打量我幾分鐘，一邊詢問我：

「妳的名字，小女孩？」

「簡愛，先生。」

我說話時抬頭向上看；他在我眼裡是個高大的紳士，但是由於我實在太矮小，於是他的五官便顯得特別巨大而同樣嚴肅古板，身形也是。

「嗯哼，簡愛，妳是個好孩子嗎？」

我不可能回答出肯定的答案，因為在我的小世界裡，似乎人人都持相反意見，所以我默默不言。里德夫人假模假樣地搖了下頭，隨即補上一句：「也許這問題越少談越好，布洛可赫斯特先生。」

「聽起來真令人遺憾！我跟她得好好談一談。」他垂直彎下腰，在里德夫人正對面的一張椅子上坐下。

「過來這裡。」他說。

我踩著地毯過去，他把我端端正正放在他跟前。好一張臉！現在他的臉降到了跟我幾乎一樣高的位置，好一個大鼻子！好一張嘴！好一副大暴牙！

「再也沒有什麼比一個淘氣的孩子更叫人傷心了！」他開始說道，「尤其是這麼小就這麼淘氣。妳知道淘氣的小孩死後都會上哪裡去嗎？」

「他們會下地獄。」這是我不必思索就說得出的正統回答。

「而地獄是什麼呢？妳能告訴我嗎？」

「一個都是火的坑。」

「妳想下去那裡，永遠被火燒灼嗎？」

「不想，先生。」

「那麼妳該怎麼避免呢？」

我仔細想了一下，但是當我想出了答案，卻荒謬得讓人人都能反對：「我得保持健康，不要死。」

「妳怎麼保持健康呢？每天都有許多比妳年紀小的小孩死去——才不過一、兩天前，我就埋葬了一個五歲大的小孩——一個好小孩，現在他的靈魂想必已在天堂中。但假如是妳被召走，我恐怕就沒辦法這麼說了。」

以我現在的處境，是沒辦法消除他的懷疑的，於是我僅只把目光移到他直立在地毯上的那兩隻大腳，嘆口氣，但願自己能離得遠遠的。

「希望這聲嘆息是來自真心，希望妳懂得懺悔自己為這位偉大的大恩人帶來了這麼大的困擾。」

「恩人！恩人！」我在肚子裡說，「他們都說里德夫人是我的恩人，若真是這樣，那麼恩人想必是個非常令人討厭的東西。」

「妳早晚都禱告嗎？」質問繼續進行。

「是的，先生。」

「妳讀《聖經》嗎？」

「有時候。」

「唸得愉快嗎？喜歡它嗎？」

「我喜歡〈啟示錄〉、〈創世記〉、〈撒母耳記〉、〈出埃及記〉的一小部分，還有〈列王記〉和〈歷代誌〉的一些部分，還有〈約伯記〉和〈約拿書〉。」

「〈詩篇〉呢？我想妳也喜歡吧？」

「不喜歡，先生。」

「不喜歡？噢，真是嚇人啊！我有個兒子，比妳還小，就已經會背六首聖歌了，而若你問他要吃一塊薑汁核桃酥餅還是要學一首讚詩，他會說：『噢！要學讚詩！天使們都唱讚詩，』他說：『我要做人世間的小天使。』於是他便會得到兩塊核桃酥餅，以獎勵他這麼小就這麼虔敬。」

「〈詩篇〉沒有意思。」我作出我的評論。

「可見妳的心腸不正；妳得祈求上帝幫妳換一副心腸，給妳一個全新而乾淨的心，帶走妳的鐵石心，換給妳血肉的心。」

我本想提出一個問題，問問換心手術究竟如何達成，卻被里德夫人給打斷；她要我坐下，由她來延續這場對話。

「布洛可赫斯特先生，我相信我三個星期以前寫給你的那封信裡面就已經說過，這小女孩的性情脾氣和我所期望的很不一樣；要是你讓她進羅伍德學校，讓校監和老師們來嚴厲管束她，並特別提防她愛騙人的這個壞毛病，那麼我一定會很高興。簡，我當著妳的面說這些話，是要妳死了心，別想欺騙布洛可赫斯特先生。」

我可以很害怕里德夫人，也可以很憎恨她，因為殘酷地傷害我是她的本性；只要在她跟前，我永遠都不得快樂。不管我多麼戒慎恐懼地順從她，不管我多麼竭心盡力討好她，種種努力還是都不被接受，所得到的報償只有上面那句話。現在，在一個陌生人面前，她的控訴像刀子般砍進我心裡。我模模糊糊地發現，在她指定我去過的那種新生活中的一切希望，都已經被她粉碎殆盡了。我感覺到，儘管尚不會表達，她已經在我未來的路途上，沿線播下了嫌惡和不友善的種子，因為我可以看得出，在布洛可赫斯特先生的眼睛裡，我已轉變成一個狡詐、邪惡的孩子，這樣的中傷，我能有什麼辦法治癒呢？

「沒有辦法的，真的！」我心想，急忙擦掉眼淚，努力忍住不哭，眼淚是我痛苦而無力的見證。

「就一個小孩來說，欺騙的確是個可悲的缺點，」布洛可赫斯特先生說：「欺騙近乎虛假，撒謊的人都會在火燄和硫磺的湖中受煎熬；不過，她一定會受到看管的，里德夫人。我會告訴田波爾小姐和其他老師們。」

「我希望能用適合她的教育方式來教育她，」我的女恩人接著說，「把她變成有用的人，謙卑的人；至於假期，如果您許可，請讓她都在羅伍德度過。」

「夫人，您的決定非常英明，」布洛可赫斯特先生答道，「謙卑是基督徒的美德之一，對羅伍德的學生來說，尤其適宜；所以我指示過，要特別留意培養學生這種美德。我已經研究過怎樣才是最好的作法，來把學生們世俗的驕傲態度壓下去；而且不過幾天前，還得到了令人滿意的證據：我的次女奧古絲妲跟她媽媽到學校去參觀，回來的時候叫道：『噢，親愛的爸爸，羅伍德的所有女孩子們看起來是多麼地安靜而樸素啊，頭髮都梳到耳朵後面，長長的圍裙，連身裙外面釘著小口袋——她們幾乎跟窮人小孩一樣！還有，』她說，『她們看著我和媽媽的衣服，好像從來沒有見過綢緞做的長禮服一樣。』」

「這種情形我相當贊同，」里德夫人接口說，「我就算找遍了整個英國，也很難再找出一個更適合簡愛這樣的小孩的制度了。堅毅，我親愛的布洛可赫斯特先生——在所有事情上，我都主張要堅毅。」

「堅毅，夫人，是基督徒的第一義務，羅伍德整個機構的所有事務安排中，都可以見到這項特色：簡樸的伙食、簡單的衣服、不講究的設備、刻苦而勤奮的生活習慣，這就是那裡的日常風氣，也是住在那裡的人所必須遵循的日常規矩。」

「好極了，先生。這樣的話，我也許可以放心地將這孩子託付在羅伍德做學生，讓她在那裡受到適合她身分地位與前途的教育了吧？」

「您可以的，夫人。她會被安置在照護特別挑選出來的植物的苗圃裡，我相信她也會非常感激自己被選來享受這麼珍貴的特權。」

「那麼，布洛可赫斯特先生，我會盡快將她送過去；因為，我可以這麼向你說，我已經迫不及待想要擺脫這個越來越討厭的責任了。」

「當然，當然，夫人。現在，我祝您早安。再過一、兩個禮拜，我會回布洛可赫斯特府去，我的好友副主教先生不願意太早放我回家。但我會寄個通知給田波爾小姐，要她等著接見新學生，所以接收的事情不會有問題的。再會。」

「再見，布洛可赫斯特先生，幫我問候布洛可赫斯特夫人和布洛可赫斯特小姐，奧古絲妲和席歐朵，還有布羅騰．布洛可赫斯特少爺。」

「我會的，夫人。——小女孩，這裡有本書叫做《兒童必讀手冊》，妳跟著祈禱文一起讀，特別是那則〈瑪莎——一個慣於說謊和欺騙的淘氣孩子的暴斃慘死經過〉。」

一邊說著，布洛可赫斯特先生一邊把一本縫著封皮的薄本子塞到我手裡，然後拉鈴叫馬車就位，便離開了。

留下我和里德夫人。好幾分鐘靜默地過去；她在做針黹，我看著她。那時的里德夫人大概是三十六、七歲的年紀，粗壯的骨架子，寬闊的肩膀，四肢強健，個子不高，但是胖得結實，而不是肥墩墩的胖法；她有著一張很大的臉盤，下顎格外發達而剛硬，眉骨很低，下巴又大又突出，鼻子嘴巴還算正常，稀疏的眉毛下，一雙缺乏真誠的眼睛在閃爍著。她的膚色暗沉黝黑，頭髮近乎亞麻色，整個體格堅固得跟一口鐘一樣——疾病從來沒辦法接近她。她是個嚴格而精明的管理人，全家大小和佃農們都在她的控制之下，只有她的孩子們，偶爾會違逆她的權威，或嘲弄她；她很講究穿著，而且企圖以風度儀態來與美麗衣飾相襯托。

我坐在一張矮凳子上，離她的安樂椅好幾碼遠，仔細觀察她的身材，端詳她的五官。我手裡拿著那本指定要我閱讀、敘述撒謊者暴斃的小冊子，那是作為給我的適當警告。剛才發生的事，里德夫人對布洛可赫斯特先生講的關於我的那些話，他們談話的整個內容，在我腦子裡都顯得鮮明、冷酷、螫人。每個字聽在我耳朵裡，都讓我像是清清楚楚碰觸到一樣，現在，一股忿恨在我體內翻攪著。

里德夫人從手上的工作中抬起頭來，視線落在我眼睛上，手指上靈活的動作也停了下來。

「出去，回育兒室去。」這是她的命令。一定是我的眼神，或者是什麼別的神情打擊到她、冒犯到她，因為她對我說話時，儘管竭力壓抑，仍難掩其極端的憤怒。我站起來，走到門口，又再走回來，走過整個房間，來到窗戶旁，然後走向她。

我一定要說出來，我一直受到殘酷的踐踏，如今非得反抗不可了；然而要如何反抗呢？我有什麼力量，來向我的仇人報復呢？我集結了全身的能量，喊出了這麼一句笨拙的話：

「我不是騙人的，如果我是，我早該說我愛妳了；可是我要聲明：我不愛妳；除了約翰．里德以外，你就是這世界上我最不喜歡的人了。這本寫撒謊的書，妳可以拿去給妳的女兒喬治安娜看，她才是撒謊的人，不是我。」

里德夫人的手定住不動，冷冷的雙眼寒冰徹骨般地直探進我眼睛裡。

「妳還要說什麼？」她問，那口氣不像平常人在對孩子說話，反倒像是在對成年仇敵說話。

她那雙眼睛、那聲音，將我所有的反感都給挑激起來。我從頭到腳都在顫抖，在難以控制的激憤之下悸動著，我接著說——

「我很高興妳不是我的親戚。我這輩子永遠不會再叫妳舅媽。我長大之後也不會來看妳；要是有人問我喜不喜歡妳，妳怎麼對待我，我會說，我一想起妳就噁心，而妳對我簡直殘酷得可悲。」

「簡愛，妳怎麼敢這麼說？」

「我怎麼敢，里德夫人？我怎麼敢？因為這就是事實。妳以為我沒有感情，所以一點愛、一點仁慈都不必給我，可是我卻不能這樣子生存下去；妳沒有絲毫憐憫心。我到死都不會忘記妳是怎麼推我的——那麼粗暴凶狠地推我——把我推回紅屋，鎖在裡面，儘管我當時這麼激動，痛苦得快要窒息，大喊：『可憐可憐我，里德舅媽！』而妳要我受的那個懲罰，只不過是因為妳那個壞兒子打了我——無緣無故地打倒我。不管誰問起，我都要把這個千真萬確的故事告訴他。別人以為妳是個好女人，但是妳又壞又狠心。『妳』才是個騙子呢！」

我話還沒說完，靈魂就開始擴張、狂喜，帶著一種前所未有的解放與勝利感，彷彿掙脫了一道看不見的束縛，奮力爬進意想不到的自由之中。這種感覺可不是沒來由的，里德夫人看起來好像被我嚇到了，針線活兒從膝上掉了下來；她舉起雙手，全身前後搖晃，扭曲著臉，像快要哭出來一樣。

「簡，妳搞錯了，妳怎麼了？怎麼抖得這麼厲害？要喝些水嗎？」

「不要，里德夫人。」

「妳想要什麼別的嗎，簡？我向妳保證，我是很想做妳的朋友的。」

「妳才不是。妳跟布洛可赫斯特先生說我是個壞胚子，愛騙人；我要讓羅伍德裡面的每個人都知道妳是怎樣的人，以及妳做的一切。」

「簡，這些事情妳不懂的。小孩子們如果有缺點，就得被更正。」

「欺騙不是我的缺點！」我用粗野高亢的聲音大喊。

「但是妳脾氣太烈了，簡，這點妳得承認吧；現在回育兒室去——這樣才是乖寶寶——躺一下。」

「我才不是妳的乖寶寶；我不能躺下。快把我送進學校去吧，里德夫人，因為我已經痛恨住在這裡了。」

「我絕對會早點送她進學校的。」里德夫人低聲自言自語道，然後收起針線活兒，迅速離開早餐室。剩下我一個人站在那裡，戰場上的得勝者。這是我打過最艱苦的一戰，也是我第一次獲得勝利。我在布洛可赫斯特先生站過的地毯上，站了好一會兒，享受著勝利者的孤獨感。一開始，我自顧自地微笑起來，沾沾自喜，可是這陣猛烈的快感，和我加速跳動的脈搏一樣，在我體內迅速淡退。一個小孩像我那樣跟長輩吵了架，像我那樣放肆地發洩自己的憤怒情緒之後，總免不了要經歷隨之而來的深自悔痛與反作用之下的一陣寒意。一壟石南荒地著了火，活跳跳、閃亮亮、狂烈烈，正可作為我指控威脅里德夫人時的心情象徵；而那塊荒地，在火燄熄滅後，焦黑枯萎，也正好代表了我隨後的心境，因為半個小時的沉默反省之後，我已看清楚自己方纔的行為真是瘋狂，而我這被人恨又恨別人的處境，真是淒涼。

我首次品嘗到丁點兒復仇的滋味，彷彿一種芳香的美酒，吞嚥時，溫暖誘人；然而過了之後，便只剩金屬般灼刺蝕人的感受，讓我覺得彷如中了毒一般。現在我願意去求里德夫人原諒了；但是，一半憑我的經驗，一半憑我的本能，我知道這麼做只會使她加倍嘲蔑地拒斥我，而將我天性中每一股狂暴的衝動，再次挑激起來。

我很願意使用一些比說狠話更高明的手段，願意為一些較不凶暴的感情，而非這種陰暗面的憤慨找一些滋養。我拿了本書——裡面是幾則阿拉伯的故事，然後坐下來試著要閱讀。然而我卻什麼都沒讀到，我的思緒老是在我和書頁間飄游不定，儘管那在以前曾經那麼地吸引我。我打開早餐室的玻璃門，灌木林非常死寂，黑漆漆的林木們被凝結在地面上，任憑陽光或微風都無法打破這份冷凝。我把連身裙翻上來包住頭部和手臂，走到外面，到一塊極其隱密的林園裡逛著逛著，穿過寂靜的樹林，掉落的樅果，秋天凍結住的枯樹殘株，穿過被狂風吹掃成一堆堆、如今又凍在一起的枯葉……，找不到一絲喜悅。我斜倚在一扇柵門上，望著裡面空空的牧場，沒有被飼養的羊群，只有割刈過、被冰雪染白了的一片短草地。那是個非常灰暗的天氣，天空幾乎晦澀無光，「大雪紛降不停」，籠罩住一切；雪花間歇落下，沒有融化地停息在堅硬的小徑和灰白的牧草地上。我站在那裡，一個十足狼狽的小孩，一遍又一遍地低聲自問：「我該怎麼辦？——我該怎麼辦？」

突然間我聽到清晰的叫喚聲：「簡小姐，妳在哪裡？來吃飯！」是貝絲，我很清楚，但是我沒有任何動作；她輕盈的腳步沿著小徑走過來。

「妳這小搗蛋！」她說，「叫妳，為什麼不來？」

貝絲的到來，跟我剛才的所有憂思雜念比起來，顯得令人愉快多了；儘管她還是跟往常一樣有點煩躁不悅。事實上，在我跟里德夫人吵了那場架且獲得勝利之後，我已經不會太在意保母一時發作的脾氣，甚至還真想沐浴在她青春心境的輕快氣息裡。於是我直接張開雙臂抱住她，說：「別這樣嘛，貝絲！別罵我了！」

這動作比我平常習慣的任何動作都要來得坦率而不畏怯。然而不知怎地，這使她很高興。

「妳真是個奇怪的小孩，簡小姐，」她說，低下頭看著我，「一個流浪、孤獨的小傢伙。我想妳要進學校去了吧？」

我點點頭。

「要離開可憐的貝絲，妳不難過嗎？」

「貝絲才不在乎我呢，她老是在罵我。」

「因為妳是那麼一個古怪、膽怯、害羞的小不點啊。妳應該大膽一點才是。」

「什麼！要我再多討些責罵嗎？」

「別胡說！不過妳是常受到壓迫，這是真的。我媽媽上個禮拜來看我的時候說，她絕不願自己的小孩處在妳現在的地位當中。好啦，進來吧，我有些好消息要告訴妳。」

「我看是沒有，貝絲。」

「這孩子！講這什麼話？妳盯著我的那雙眼睛怎麼這麼憂鬱呢！好吧，告訴妳，夫人和小姐們和約翰少爺今天下午要出去喝茶，而妳呢，就可以跟我一起吃下午茶。我會叫廚子給妳烤個小蛋糕，然後妳可以帶我看看妳的抽屜，因為我馬上就要幫妳收拾行李了。夫人希望能在一、兩天內就把妳送進學校，妳可以選擇要帶哪些玩具去。」

「貝絲，妳得答應我，在我離開之前，別再罵我了。」

「好，我答應妳，但是妳得當個很乖的小孩，不要怕我。萬一我說話太兇，別嚇得跳起來，那會叫人更加生氣。」

「我想我不會再怕妳的，貝絲，因為我已經習慣妳了；而且很快地，我又有另一群人好怕了。」

「如果妳怕他們，他們就不會喜歡妳。」

「就像妳一樣嗎，貝絲？」

「我沒有不喜歡妳，小姐；我相信我比其他所有人都要喜歡妳。」

「可是妳沒有表現出來。」

「妳這個精明的小東西！妳現在說話的方式和以前不同了，是什麼讓妳變得這麼大膽魯莽啊？」

「唉，我快要離開妳了，而且——」我本想提提我和里德夫人之間發生的那件事，但轉念一想，又覺得還是別說的好。

「那麼妳是很高興離開我囉？」

「才不呢，貝絲，真的，我現在有點難過呢。」

「現在！有點！我的小小姐說得多麼冷淡啊！我敢說，如果我要妳吻我一下，妳也不肯吧，妳會說妳有點不想吧。」

「我會吻妳，而且很願意，低下妳的頭。」貝絲彎下腰來，我們互相擁抱，然後我心滿意足地跟著她回屋子裡去。那個下午，便在平靜和諧之中度過，晚上貝絲講了幾個她最迷人的故事給我聽，還唱了幾首她最甜美的歌曲。即使是我，人生也有了幾許燦爛陽光。

第五章

一月十九日早上，鐘剛敲了五點，貝絲就拿著蠟燭來到我的小房間，看見我已經起床，且衣服都快穿好了。因為我在她進來的半個小時之前就已經起床，洗好臉，藉著逐漸下沉的半月光穿好衣服，月光從我小床邊窄窄的窗戶中流瀉進來。我要在那天離開蓋茨海德府，乘坐一輛會在六點鐘經過前門的馬車。只有貝絲一人已經起床，她在育兒室裡生好了火，現在正在給我做早餐。很少有小孩在旅行前的興奮心情裡還能吃得下東西的，我當然也一樣。貝絲催我吃幾匙熱牛奶和她為我準備的麵包，沒有用，只好用紙包一些比司吉放在我袋子裡；然後幫我穿上大衣和軟帽，自己則裹上披肩，跟我一道離開育兒室。我們經過里德夫人的臥室時，她說：「妳要不要進去跟夫人說再見？」

「不要，貝絲，昨天晚上妳下去吃晚飯時，她來到我床邊，說我今天早上不必去打擾她，或者是表兄妹們，並且要我記得她永遠是我的朋友，所以講到她的時候要帶著感激。」

「那麼妳怎麼說，小姐？」

「什麼都沒說，我用被子蓋住臉，轉身面向牆壁，不看她。」

「那樣不對，簡小姐。」

「那樣很對，貝絲，因為妳的夫人不是我的朋友，她是我的仇人。」

「噢，簡小姐！別這麼說！」

我們穿過走廊，從前門出去時，我叫道：「再見了，蓋茨海德府！」

月亮已經沉落，天色很暗；貝絲提著個燈籠，燈光投射在融雪後溼漉漉的臺階和碎石路面上。冬天的早晨陰寒凍人，我趕著步伐走在車道上，牙齒頻打哆嗦。守門人的小屋子裡點起了一盞燈，我們走到那裡時，看見守門人的妻子正在生火，我的行李箱在前一天晚上就送過來，綁好了放在門口。離六點只剩幾分鐘，等鐘一敲過六點，就聽見車輪聲遠遠傳來，告訴我們馬車已經到了。我走到門口，看著馬車的燈光在朦朧幽暗中，飛馳而來。

「她一個人走嗎？」守門人的妻子問。

「是的。」

「多遠的路？」

「五十英里。」

「這麼遠！我真不懂里德夫人怎麼放心讓她一個人走這麼遠的路。」

馬車到了，停在門口，拴著四匹馬，車上坐滿了乘客；管理人和馬車伕大聲催促著，我的箱子被抬了上去，我被人從貝絲脖子上拉開，因為我緊抱著她拚命親她。

管理人把我抱上車子，她向他大喊：「一定要好好照顧她啊！」

「嗯，嗯！」這就是他的回答。用力一甩關上車門，然後有個聲音喊道：「好了！」於是我們便繼續上路。就這樣，我被帶離貝絲和蓋茨海德府，駛向茫然的未知，在我當時看來是遙遠而神祕的地方。

那趟旅程我只記得一點點，只知道那一天對我來說真是段奇異的時間，似乎我們趕了好幾百哩以上的路程。我們經過了數個城市，在其中一個，很大的一個城市，馬車停下來，馬兒們被放開，乘客們下車吃飯。我被帶到一家小旅社去，管車人要我在那裡吃點東西；但是，由於我一點食慾都沒有，他便把我留在一個很大的房間裡，那裡面兩邊盡頭都各有一個壁爐，天花板上掛著一個枝形吊燈，牆上高高釘著一個紅色的小置物架，上面擺滿了各種樂器。我在這地方走來走去走了很久，覺得很陌生，非常害怕有人闖進來綁架我；因為我相信有拐騙小孩的事情，他們的作惡多端，常在貝絲的爐邊故事裡被描述得有聲有色。後來管車人終於回來了，我又一次被放上馬車，我的保護人爬上他自己的座位，吹動號角，然後我們嘎吱嘎吱駛上那個叫勒什麼城的「石子街」——

那天下午溼答答地來臨，還帶點薄霧。天色逐漸暗下來，我開始覺得我們真的離蓋茨海德府越來越遠了。我們不再穿越城鎮；郊野的風景改變了，一座座灰色的大山從地平線上隆起，隨著暮色漸深，我們沿著下坡來到一個山谷，那裡是黑壓壓的一片樹林，黑夜籠罩這片景色，許久之後，我聽見狂風在樹林間肆虐的聲音。

被這聲音給催眠，我終於陷入夢鄉。沒睡多久，就感到馬車突然停止而醒來，車門被打開，一個像是僕人的人站在門口，我在燈光之中看見她的臉孔和衣服。

「這裡有沒有一個叫做簡愛的小女孩？」她問道。我回答：「有。」就被抱下車，我的行李箱也被傳出來，馬車立刻開走。

長時間坐著不動，讓我全身僵硬，而且也在馬車的顛簸與車聲中被弄得恍恍惚惚，等我重新恢復知覺後，我看看四周，雨和風和黑暗填滿了整個空氣；然而，我模糊地看見前面有一道牆壁，牆上有扇門開著。我跟著我的新嚮導走進這扇門；她在身後帶上門，並上了鎖。現在可以見到一幢房子，或是好幾幢——因為這棟建築物遠遠鋪展開來——有著很多窗戶，其中有幾扇透著燃燒的燭火。我們走上一條寬闊的石子路，踩著水濺溼了衣服，來到一扇門口，然後那僕人領我穿過一個通道，來到一個生著火的房間，留我一人獨自待在那裡。

我站在那兒，就著火光溫暖我凍僵了的手指，然後向四處張望；沒有蠟燭，但是壁爐裡搖晃不定的火光，有一陣沒一陣地照出了糊著壁紙的牆、地毯、窗幔、閃閃發亮的桃花心木家具，原來這裡是個客廳，雖不如蓋茨海德的賓客休息室那麼寬敞華麗，倒是夠舒服了。當門被打開的時候，我正在仔細考究牆壁上的一幅畫，想搞清楚裡面畫的是什麼物品；有個人拿著一盞燈走進來，另一人緊跟在後面。

首先進來的那位，身材高䠷，深色頭髮，深色眼睛，有著白皙而寬闊的前額；她神色莊嚴，儀態挺秀。

「這小孩太小了，不應該讓她一個人來。」她說，把蠟燭放在桌上。她將我仔細端詳了一、兩分鐘，然後接著說——

「最好趕快讓她上床睡覺，她看起來很疲倦。妳累嗎？」她問，一手搭在我肩膀上。

「有點，夫人。」

「而且餓了，一定的。上床前，讓她吃點晚餐，米勒小姐。這是不是妳第一次離開父母親上學，我的小姑娘？」

我向她解釋我沒有父母。她問我他們逝世多久了，以及那時的我是幾歲，還有我叫什麼名字，是否懂得讀、寫，是否能夠做些縫紉工作；然後用食指輕輕地摸摸我的臉頰，說她希望我能做個乖孩子，然後要我和米勒小姐一同告退。

剛剛離開的那位小姐，大約二十九歲，而跟我一起走的那一位大概年輕個幾歲。第一位小姐的聲音、長相與氣質讓我留下深刻印象。米勒小姐則比較平凡，氣色紅潤，雖然有著操勞過度的憔悴神情，她的步伐和動作都很倉促，就像手頭老是有各式各樣苦差事要幹的人那樣。她看起來很像個助教，後來得知她確實是個助教。我跟著她，在這棟龐大而布局雜亂的建築物裡，走過一個個房間，穿過一個個通道；我們走過的那一部分房子完全寂靜，甚至有點陰森，一直到走出那部分，就聽見亂嘈嘈的人聲，立刻走進一間又寬又長的房間，房間兩頭各有兩張巨大的杉木桌，每張桌子上都點著一對蠟燭，桌邊的長凳上坐著一群各種年齡的女孩子，從九歲、十歲到二十歲都有。在蠟燭的幽暗光影中，我數不清她們的人數，儘管實際上不會超過八十個；她們都穿著統一的服裝，式樣古板而怪裡怪氣的褐布連身服，長長的荷蘭圍裙。現在是讀書時間，她們都專心地背誦明天的功課，我剛剛聽見的嗡嗡聲，就是她們合起來的整片低聲念誦聲。

米勒小姐指定我坐在靠近門邊的一個長凳上，然後走到這個長形房間的前首，喊道——

「班長們，把課本收回來放好！」

四個高高的女孩從不同桌子旁站起來，繞著桌子把書本收集起來放到一旁。米勒小姐又發出命令——

「班長們，去把晚餐盤拿過來！」

那幾個高個子女孩出去了，不一會兒就回來，每人拿著一個大盤子，上面擺著一份份東西，我不知道是什麼，盤子中央都放著一壺水和一個杯子。這些一份份的東西被傳遞過來，想喝口水的人都可以拿起杯子喝。輪到我時，我喝了，因為我很渴，但是沒碰食物，亢奮和疲勞使我什麼都吃不下；不過我現在看到那東西了，是一張薄薄的燕麥餅，被分成好多碎片。

晚飯後，米勒小姐帶領大家唸祈禱文，然後各班級兩兩一組，排隊上樓去。到這個時候，我已經被疲倦擊垮，幾乎沒有去注意臥室是什麼樣的一個地方了，只知道跟教室一樣也很長。今晚我得跟米勒小姐同睡一床；她幫我脫掉衣服，躺下來之後，我瞥了瞥那一長排的床位，很快地每張床上都佔據了兩個人；十分鐘後，唯一的那盞燈被熄滅，我於是在一片寂靜與闃黑中睡著了。

那一夜過得很快，我累得連夢都沒作，只醒來過一次，聽見風一陣陣怒吼著，大雨滂沱而下，還感覺到米勒小姐已經在我身旁睡下。再睜開眼睛時，鈴聲鐺鐺大響，女孩子們都已起床，正在穿衣服；天還沒破曉，房間裡燃著一、兩根燈芯草蠟燭。我也不情不願地起床；氣溫冷得凍人，我在一邊發抖的同時，盡可能把衣服穿好，等著有臉盆空出來就洗好臉。臉盆並不是很快就空出來，因為房間中央的洗手臺上的臉盆，六個女孩只能合用一個。鈴聲又再響起來，於是大家都排成一列，兩兩一組，就按著這樣的秩序走下樓去，走進照明陰暗的教室中；米勒小姐在這裡唸了祈禱文，然後喊道——

「分班！」

接著是好幾分鐘的大騷亂，米勒小姐在其間一遍遍喊著：「安靜！」與「秩序！」，等騷亂逐漸平息後，我見到所有人面對著四張椅子圍成了四個半圓，那四張椅子分別擺在四張桌子前面。大家的手裡都拿著書本，每張桌子上都有一本像是m聖經n的大書，四張椅子還空著。接著停頓了幾秒鐘，只有眾人低而模糊的嗡嗡聲，米勒小姐從這一班走到那一班，把這模糊不清的聲音壓下去。

遠處的一個鐘鐺鐺響起，馬上有三個女士走進房間裡來，每人都走向一張桌子，坐在自己位子上，米勒小姐坐到第四個座位去，那座位離門最近，圍繞在桌子旁邊的是最小的一群孩子；我被叫進這最低年級的一班，被安排在最後一個位子上。

現在正課開始了，白天的短禱文唸誦畢，便是聖經裡的幾段經文，隨後又唸了經裡的幾個章節，這樣子持續了一個小時之久。等這些早課結束，天已經全亮。現在那只孜孜不倦的鐘已敲上第四遍，每一班排好隊，到另一個房間裡吃早餐。一想到馬上就有東西吃，我真是高興！前一天吃得那麼少，我現在已經餓得幾乎奄奄一息了。

餐廳是個寬大的房間，天花板很低，光線朦朧不明，兩張長長的桌子上，放著幾盆冒著熱煙的東西，但讓我吃驚的是，它發散出來的味道，一點都不誘人。我看到那些註定得吞下這食物的女孩們，一聞到這味道，全都露出不滿的表情，行列最前面的第一班的高個子女孩們那兒，響起了嘀嘀咕咕的聲音：

「討厭！麥片粥又燒焦了。」

「安靜！」有個聲音叫道，不是那位米勒小姐，而是位高年級的教師，一個矮小黝黑的人，穿著時髦，不過帶點陰沉味兒，她走到其中一張桌子的最前面坐下，另一位較豐滿的女士則坐在另一張桌子前面。我找不到前一天晚上看見的那位小姐，她沒有出現。米勒小姐坐在我那張桌子的尾端；一位長相奇特、看上去像個外國人的老太太，坐在另一張桌子的尾端，後來我知道她是法文教師。我們做了一段很長的飯前禱告，唱了一首讚美詩；然後一個僕人為教師們端來一些茶點，便開始吃飯。

由於餓慌了，加上神智也不清楚，我便就著我自己那份，狼吞虎嚥地吃了一、兩匙，沒去想那是什麼滋味，可是最激烈的飢餓緩和下來後，我才知道手中的東西實在讓人見到就想吐；燒糊了的燕麥粥幾乎跟爛掉的馬鈴薯一樣噁心，就連飢餓本身，也馬上厭惡起它來。所有湯匙都慢慢地在移動，我看到每個女孩嚐一口自己的食物，試著要把它嚥下去；但是大部分都放棄了這努力。早餐時間結束，沒有人吃了早飯。為了這份實際上沒有吃到的食物，我們感謝了上帝，又唱了一首讚美詩，大夥兒撤離飯廳，回教室去。我是最後出去的那批，走過桌子的時候，我看見有位教師拿起一盆粥嚐了嚐，向其他教師看了看，她們臉上都露出不悅的神情；其中有一個，胖壯的那個，唸唸有詞說：

「噁心的東西！真是可恥！」

又過了十五分鐘才開始上課，這段時間裡整個教室喧騰鼓譟，因為似乎在這段空檔，是允許大聲而較自由談話的，大家都善用了這份特權。可憐的東西，這是她們唯一能有的慰藉。現在教室裡只有米勒小姐一位教師，一群大女孩圍站在她身旁，用嚴肅而惱怒的態度說話。我聽見有幾個人嘴裡唸出布洛可赫斯特先生的名字，而米勒小姐的反應是不贊同地搖搖頭，不過她也沒有做太大的努力來壓制眾人的憤慨，無疑地，她自己也處在相同情緒中。

教室裡的鐘敲了九響，米勒小姐離開她那小圈子，站到教室中央，喊道——

「安靜，回座位坐好！」

紀律獲得勝利，五分鐘後，這群亂烘烘的人就恢復秩序，喧鬧不休的七嘴八舌被相對的寂靜給壓制住。高年級教師們現在準時回到自己的崗位上，不過大家似乎都還在等待什麼。整整齊齊排坐在教室兩側的長凳上，這八十名女孩個個腰桿子挺得端端正正，一動也不動，看起來真是古板而怪異的一群人：頭髮平直向後梳，看不到一綹鬈髮，穿著棕色連身裙，領子做得高高的，喉嚨上圍著一圈窄窄的領布❶，衣服前面繫著荷蘭布小口袋（形狀有些類似高地人❷的錢袋），作為針線袋之用；全部都穿著羊毛長襪和鄉下人做的銅釦鞋子。這身打扮的女孩中，有二十幾個已經是完全成熟的大女孩，或者該說是年輕女人了，這樣的裝扮非常不適合她們，看起來就是覺得不對勁，即使是最美麗的那位也一樣。

我仍舊繼續看著她們，偶爾也仔細看看那些教師——沒有一個是我真正喜愛的，矮壯的那個有點粗魯，黑皮膚的那個太兇，那個外國人聲音刺耳而樣子古怪，米勒小姐呢，可憐的人！看起來臉色發紫，滄桑憔悴，操勞過度——就在我的目光游移過一張張臉時，整個學校的人同時站了起來，好像被同一條彈簧牽動一般。

什麼事？沒有聽見發命令啊，我被搞迷糊了。我還沒領悟過來，各班級的人又坐下了；不過，大家的眼睛都望向同一個點，我也朝著那方向看過去，看見了昨天晚上接見我的那個人。她站在這長形房間的最盡頭，就在壁爐邊，因為兩側盡頭都有爐火；她沉靜莊嚴地審閱這兩列女孩子。米勒小姐走過去，好像問她一個問題，得到了回答，然後走回原位，大聲說：

「第一班的班長，去拿地球儀！」

❶十七、八世紀婦女領口上的裝飾，可以拆下替換。
❷指蘇格蘭高地。

第一班班長領旨離開後，那位被請令的女士慢慢走到教室正中央。我想我必定有個挺發達的崇拜器官，因為我到現在還記得，當我的眼睛追隨著她的步履而行時，心中是怎麼樣的一股敬仰之情。那個時候，在大白天裡，她看起來高䠷、美麗、體態婀娜；棕色眼睛的虹彩透著慈藹的光芒，周圍的長睫毛線條一根根明晰整齊，凸顯出寬闊前額的白皙，深棕色額髮捲成那時候流行的圓圓的鬈髮，在當時，額際上的光滑髮辮長波浪髮式都已經不合時尚了。她的衣服呢，也是時興式樣，以紫色布料剪裁而成，襯著一種西班牙式的黑天鵝絨花邊；還有一只金錶（當時錶還沒有現在那麼普遍）閃亮亮綴在腰帶上。就讓讀者自己加上秀美的輪廓、蒼白但明淨的膚色、端莊的氣質儀態來完成這幅肖像吧，這樣的話，他至少還能在言語所能形容的最清晰的極限上，對田波爾小姐的容貌獲得一個正確概念。瑪麗亞・田波爾，這是後來我在她讓我帶到教堂去的祈禱書上看到的名字。

羅伍德的校長（這位女士的職位）朝著放在桌上的一對地球儀坐了下來，把第一班的女孩們叫到她身邊去，開始為她們上地理課；較低年級的幾個班也被其他老師喊了過去。歷史、文法等等的唸誦持續了一個小時，接著是書法和算術，然後是田波爾小姐為較大的女孩們上音樂課。每一堂課都按著時鐘計算時間，到最後終於敲了十二響。校長站了起來。

「我有一句話要對同學們說。」她說。

下課時間的騷動本來已經轟然響起，但她一出聲就讓大家沉靜下來。她繼續說——

「妳們今天早上吃了一頓無法下嚥的早餐，現在一定餓了，我已經命人準備麵包乳酪給大家做午餐。」

教師們帶著驚訝望著她。

「這件事我會負責。」她用解釋的口氣對她們補上一句，然後立刻離開教室。

麵包和乳酪立時端了進來，分給全校興高采烈、士氣煥然一新的學生吃。現在又有命令了：「到花園去！」每個人戴上一頂粗糙的草帽，上面還有著彩色棉布細條，並穿上一件灰色粗呢絨的披風。我也打扮成相同模樣，跟著人潮走出戶外。

花園是個寬廣的場地，被高高的圍牆圍住，外面的風景一隙都見不到；沿著其中一個邊牆，是一道有頂蓋的長廊，幾條寬闊的步道圍住中央一塊區域，那裡被劃分成幾十個小花壇，這些小花壇是指派給學生們耕種用的，每一塊都有個主人。花團錦簇的時候，無疑會很美，但是在現在這一月底，只見一片枯褐凋零的荒涼冬景。我顫抖著站在那裡，四處望望，今天的天氣對戶外運動來說實在太惡劣了——雖沒有真的下起雨來，但是天色被昏黃的濛濛霧氣弄得很暗，由於昨天氾洪的關係，整個腳底都泡在溼冷冷的土壤中。女孩子之中，較壯的幾個開始跑步，做起較動態的競賽，而那些蒼白瘦弱的女孩子們就躲到長廊下，擠成一塊，尋求遮蔽取暖，濃重的霧氣滲透進她們打著哆嗦的身子裡，我聽見她們之間頻頻傳出乾咳聲。

到現在為止，我還沒有跟誰說到話，也好像沒有任何人注意到我；我獨自站在那裡，十分孤單，不過對於這種孤立感，我倒是早已習慣，所以並不覺得太難過。我靠著長廊上的一根柱子，拉緊我的灰色披風裹住身體，試著要忘記體外咬囓著我的寒氣，與體內啃噬著我的飢餓，把自己置於觀望與思考的專注中。那些沉思默想太渾沌未名、支離破碎，不值得記下來。我幾乎還不清楚自己身在何處。蓋茨海德府以及我過去的生活，好像已經漂流到不可以道里計的遙遙遠方。現實是這麼模糊而陌生，對於未來，我也無法塑造出什麼樣的臆測。我環顧這個修道院般的花園，然後抬頭看看校舍——那是一棟大建築物，其中一半顯得又灰又舊，另一半則相當新。新的那部分包含教室和宿舍，都鑲著直條窗格子，給了它一種教堂模樣的外觀。門上有一個石製匾額，寫著：「羅伍德慈善學院──此部分重建於西元──，由本郡布洛可赫斯特府之諾爾蜜・布洛可赫斯特建立。」「向眾人綻放你的光彩，讓他們看見你的優良表現，以此榮耀你天上的父。」──〈馬太福音，第五章第十六節〉。

我一遍又一遍唸這幾句話，覺得其中蘊涵著一種解釋，但沒辦法完全了解它的意旨。我還推敲「慈善學院」的意思，想找出第一段文字和那段經文之間的聯繫，這時候背後響起了一聲咳嗽，引我回頭望去。我看見一個女孩坐在附近一張石凳子上。她正在埋頭看書，似乎看得出了神。我從我站著的地方可以看見書名──《拉瑟拉斯》❸；這名字使我覺得很特別，因此也就格外有吸引力。她翻書頁的時候，碰巧抬起頭來看看，我立刻對她說──

「妳的書有趣嗎？」我已經打算哪天請她把書借給我。

「我很喜歡它。」她停了一、兩秒打量我一下，然後回答。

「書裡說些什麼呢？」我接著問，我居然敢這麼樣和陌生人攀談，這勇氣幾乎不知道從何處來，這種作法和我的性情與習慣大相逕庭；不過我想一定是她那麼出神地看書，觸動了我哪兒的一根共鳴和弦吧；因為我也愛看書，雖然看的是膚淺幼稚的那一類。我沒辦法消化或理解那些內容嚴肅繁複的書。「妳看看吧。」那女孩回答，一邊把書遞給我。

我照著做，但光是簡短瀏覽一遍，就足以說服我書的內容不如名字吸引人。對我淺薄的品味來說，《拉瑟拉斯》看來像是本沉悶無趣的書。我看不到什麼關於仙女和妖精的故事；那密密麻麻印滿字的書頁中，似乎沒有什麼多采多姿、輕盈明亮的東西。我把書還給她。她默默接了過去，然後，一句話也沒說，就想再融回自己先前的專注情緒裡，又一次，我大膽地打斷她──

「妳能不能告訴我門上那塊石頭寫的是什麼意思？羅伍德慈善學院是什麼？」

「就是妳來住的這棟房子。」

「那他們為什麼把它叫做慈善學院呢？難道它有什麼地方跟其他學校不同嗎？」

「這是所帶點慈善性質的學校。妳和我，以及其他所有人，都是受救濟的孩子。我猜妳是個孤兒吧，妳爸爸或者媽媽去世了對不？」

「他們兩人在我有記憶之前就都去世了。」

「嗯，這裡所有的女孩子們，都失去了雙親或其中之一，這所學校叫做慈善學院就是因為它是在教育孤兒的。」

「難道我們沒付錢嗎？他們沒有收入白養我們嗎？」

「我們有付錢，每個學生一年十五鎊。」

「那他們為什麼還把我們稱做受救濟的孩子？」

「因為十五鎊作為伙食費和學費是不夠的，不足的部分就靠捐獻來支持。」

「誰捐？」

❸《拉瑟拉斯》(*Rasselas*)：英國作家薩謬爾・強生(Samuel Johnson)所著之小說。

「這附近以及倫敦地區的許多心地慈善的紳士淑女們。」

「諾爾蜜・布洛可赫斯特是誰？」

「按那石匾上的記載，應該是建造這部分新校舍的那位女士，這兒的一切都是由她兒子照管和治理。」

「為什麼？」

「因為他是這個機構的會計和經理。」

「那麼這房子不是屬於那個戴著錶、說我們可以吃麵包乳酪的那位高個子女士的囉？」

「屬於田波爾小姐？噢，才不是！我還真但願它是。她在這裡所做的一切都必須向布洛可赫斯特先生報告，我們的食物和衣服都是布洛可赫斯特先生去買來的。」

「他住在這裡嗎？」

「沒有——他住在兩英里遠的地方，一棟大宅邸裡。」

「他是好人嗎？」

「他是個牧師，據說做了很多善事。」

「妳說那位高個子女士叫田波爾小姐嗎？」

「是的。」

「那其他老師叫什麼名字呢？」

「紅臉頰的那位叫做史密斯小姐，她負責管理工作，還有裁縫——因為我們的衣服、圍裙、外套，各個都是自己做的；那位黑頭髮身材矮小的是史凱區德小姐，教我們歷史和文法，並監聽第二班的背誦功課；那位圍著披肩，用黃緞帶把手絹繫在腰際的是皮埃洛夫人，她來自法國的里爾，教我們法語。」

「妳喜歡這些老師嗎？」

「還滿喜歡的。」

「妳喜歡黑黑小小的那個嗎？還有那個什麼夫人的？我沒辦法像妳那樣唸她的名字。」

「史凱區德小姐脾氣急躁——妳得小心別惹怒了她。皮埃洛夫人倒還不算壞。」

「但是田波爾小姐是最好的一位，對不？」

「田波爾小姐非常好，非常能幹；她遠勝過其他老師，因為她懂的比她們多太多了。」

「妳在這裡很久了嗎？」

「兩年。」

「妳是孤兒嗎？」

「我媽媽去世了。」

「妳在這裡快樂嗎？」

「妳真是問太多了。我到現在已經回答妳很多問題了，我想唸書了。」

可是這時候召喚大家吃飯的鈴聲響了。全部人進入屋內。現在滿屋子裡瀰漫的那股怪味兒，比起早餐時候招待我們鼻孔的那味道，不見得有比較開胃些。飯菜裝在兩只白鐵大容器裡，發出一股臭肥肉的濃烈熱氣。我看見那堆東西裡有混在一塊兒煮的爛土豆和怪形怪狀的臭肉片。每個學生都分到一份，量還算豐富。我把能吃的都吃了，肚子裡納悶著，是不是每天的飯菜都像這樣。

午飯後，我們馬上轉往教室，課程又再開始，一直持續到五點才結束。

下午唯一值得記的事是：我看見那位跟我在長廊上談話的女孩，在上歷史課的時候，被史凱區德小姐揪了出來，罰她站在偌大教室的正中央。這樣的處罰對我來說簡直是奇恥大辱，尤其是這麼大的一個女孩了——她看來有十三歲，說不定更大。我本以為她會有些很痛苦羞恥的表現，然而出乎我意料之外地，她並不哭也不臉紅。在眾人的目光焦點中，儘管嚴肅，她就這麼鎮靜地站在那兒。「她怎麼能這麼沉默、這麼堅強地忍受下來呢？」我在心裡問著自己，「若是我處在她那情況下，我想我會巴不得地上裂個縫兒把我給吸進去。她看起來好像正在思考著超乎這懲罰、超乎這處境的什麼東西，想著不在自己身邊眼前的事。我聽過白日夢這回事——難道她現在就是在作白日夢嗎？她兩隻眼睛定在地板上，但我肯定她沒有真的看見地板，她的視線似乎迴轉向內，沉落到自己心裡頭了，我相信，她現在看到的，是她記憶裡的東西，而非真正的現實。我不曉得她究竟是怎樣的女孩——究竟是乖女孩還是壞女孩。」

五點一過，我們又吃了另外一餐，包括一小杯的咖啡，和半片黑麵包。我一口吞下我的麵包，津津有味地喝完咖啡；但如果能多來一份，我一定會很高興——因為我仍然餓。接著是半個鐘頭的娛樂時間，然後自習；然後是一杯水和一塊燕麥餅，然後祈禱、上床。這就是我在羅伍德的第一天。

第六章

第二天和以前一樣開始，我們藉著燈芯蠟燭的亮光起床、穿衣服，可是這一天早上，我們得免去洗臉這儀式，因為水罐裡的水都結冰了。從前一天的傍晚開始，天氣就變了，刺骨的東北風呼嘯著吹了一整夜，穿過我們臥室的窗縫，讓我們在床上直打顫，水罐裡的水也結成了冰。

那冗長的一個半小時的祈禱和《聖經》閱讀還沒結束，我已經覺得自己快凍死了。早餐時間終於來到，這天早上粥沒有燒焦，論品質倒還可以下嚥，只是份量太少了，我這一份看起來是多麼地少啊！真希望是它的雙份。

那天我被編進了第四班，還被指定了正式的功課和作業；在這之前，我一直是個旁觀者，看著羅伍德學校所進行的一切活動，如今也將要成為其中的一名演員了。一開始，由於我還不習慣於背誦，那些課文在我看來真是又長又難，那經常變幻的功課也一樣把我弄得頭昏眼花；所以當下午三點左右，史密斯小姐把兩碼長的布條、針和頂針等東西塞在我手裡時，我真是高興，她叫我去坐在教室的一個安靜角落裡，為細布條縫上邊。在那一個鐘頭裡，別人大部分也跟我一樣在做針線活兒，可是還有一班學生正圍著史凱區德小姐的椅子在讀書。因為周圍的一切都很安靜，我們可以聽見她們課文的內容，還可以聽見每個女孩子唸誦的方式，以及史凱區德小姐聽了之後的批評與讚賞。她們上的是英國史，在唸書的人中間，我看見了那位我在長廊上認識的女孩，這堂課剛開始的時候，她在這一班的最前面，卻為了一些發音上的錯誤或是語氣停頓上的疏忽，突然被降到最後一位去了。即使到了這麼不引人注意的地位，史凱區德小姐還是讓她成為眾所矚目的焦點，她一再一再對她說這樣的話：

「伯恩斯，」（這似乎是她的姓，這兒的女孩子們全是用姓來稱呼的，就跟別處的男孩子一樣。）「伯恩斯，妳站在鞋子的側邊上了，快把腳趾轉直。」「伯恩斯，妳抬著下巴真是難看，快縮進去。」「伯恩斯，我非要妳把頭挺直不可，我不許妳用這樣的姿勢站在我面前。」等等，等等。

一章書從頭到尾唸了兩遍，然後書本闔起來，女孩子們接受考問。這一課包括查理一世王朝的一部分，問了各種關於船舶噸稅、手續費和造艦稅等問題，大多數女孩子都好像答不上來，可是每一道難題到了伯恩斯那裡就解決了。她似乎把課文的整個內容都背在腦子裡了，在每個重點上她都能迎刃而解。我一直在指望史凱區德小姐能稱讚她，可是她非但不稱讚，反而突然大聲喝斥：

「妳這骯髒討厭的女孩！今天早上沒有把指甲洗乾淨！」

伯恩斯沒有回答，我對她的沉默感到訝異。

「為什麼，」我想，「她為什麼不解釋因為水結冰了，她根本不能洗指甲或洗臉啊。」

想到這裡，我的注意力被史密斯小姐給岔開了，她要我幫她拿著一束線，在她繞線的整段時間，她不停跟我聊天，問我有沒有進過學校，會不會畫樣、縫紉、編織等，使得我在她放我走之前，沒辦法再觀察史凱區德小姐的行為。等我回到自己的座位上時，她正在發命令，我沒聽清楚那命令是什麼意思，只見伯恩斯立刻走出教室，到裡面一間小小的放書的房間裡去，半分鐘之後回來了，手裡拿著一捆小樹枝，樹枝的其中一端捆在一起。她恭恭敬敬地行了個曲膝禮，把這個不祥的工具交給史凱區德小姐；隨即不等人命令，默默地解下圍裙。教師立刻用那捆樹枝在她脖子上狠狠打了十幾下。伯恩斯的眼睛裡沒有出現一滴眼淚；我在旁邊看著，不由得升起一股徒勞無功的怒火，連手指頭都氣得發抖了，只能停下活兒，然而她那張鬱鬱寡歡的臉，卻還是一如往常的表情，沒一點兒變化。

「頑固的女孩！」史凱區德小姐喊道，「怎樣也改不掉妳那邋遢的習慣，把教鞭拿走。」

伯恩斯服從命令走了。她從小書房裡出來時，我仔細看她，發現她剛把手帕放回口袋裡，瘦瘦的臉頰上還有一絲淚痕在微微發光。

傍晚的遊戲時間，我認為是羅伍德一天之中最快樂的時候。五點鐘大口吃下的那一點兒麵包和咖啡，雖不能耐住飢餓，卻能叫人重新有了生氣；白天受到的長時間約束，可以在此刻稍微鬆弛一下，教室也比早上溫暖得多——裡頭的火生得較旺些，為了多少可以代替那尚未點上的蠟燭；紅色的薄暮，獲得許可的喧鬧，嘈雜的人聲，給人一種快活的自由感。

在史凱區德小姐打她學生伯恩斯的那天傍晚，我跟平常一樣在長凳、課桌、笑鬧的人群中走來走去，沒有任何人作伴，然而我不覺得孤獨。只要經過窗口，我就有一時沒一時地掀起窗簾看看外面，大雪紛降，較低的窗戶上已經積起了雪；把耳朵湊在窗戶上，我能把屋外狂風的聲聲哀鳴，從屋內歡樂的鬧聲中分辨出來。

要是我最近剛離開和樂融融的家庭或慈愛的雙親，也許這一刻最會引起我離別的愁思。那陣風會叫我傷心，這嗡嗡嘈嘈的喧鬧聲會打擾我的安寧；但事實上，這兩者卻引起我一種奇特的興奮，讓我不安而激動起來，多希望風能號叫得再狂暴一些，昏暗的天色能再濃濁到變成漆黑，失序的喧鬧也能擴大到叫囂嘶吼的大騷動。

我跳過長凳，爬過桌子底下，來到一個壁爐前，看見伯恩斯跪在高高的鐵絲爐罩邊，湊著灰燼的餘光在看書，全神貫注，默不作聲，與書本外的周遭一切都隔絕開來。

「還是《拉瑟拉斯》嗎？」我走到她背後問她。

「是的，」她說，「我剛看完。」

五分鐘以後，她就把書闔起來，這讓我很高興。

「現在，」我心想，「也許我能逗她說話了。」我緊挨著她，在地板上坐下來。

「妳的名字是什麼呢？」

「海倫。」

「妳是從很遠的地方來的嗎？」

「我是從稍北一點的地方來的，差不多可說是在蘇格蘭邊境。」

「妳還會回去嗎？」

「我希望能回去，可是將來的事誰也說不定。」

「妳一定很想離開羅伍德吧？」

「不，為什麼想？我是給送來羅伍德受教育的，不達到那個目的，沒必要走。」

「可是那個老師，史凱區德小姐，對妳這麼兇呢。」

「兇？一點也不，她是嚴格，她討厭我的缺點。」

「要是我是妳，我就討厭她，向她反抗；她要是用那教鞭打我，我就把它從她手裡搶過來，當著她的面把它折斷。」

「妳也許不會做出這樣的事，不過，如果妳做了，布洛可赫斯特先生一定會把妳開除的，那就會使妳的親戚覺得很傷心。與其貿然採取一個行動，讓不良後果影響所有和妳有關的人，還不如忍住脾氣，去承擔那除妳之外沒有人能感受到的痛苦來得好；況且，《聖經》上也叫我們以德報怨❶。」

「可是挨打和在這麼多人的房間裡罰站，多丟臉啊，妳又是那麼大的女孩了，我比妳小得多，就覺得忍無可忍了呢。」

「可是既然躲避不了，就不能不忍受，遇到命運註定要妳忍受的事，妳光說受不了，是軟弱愚蠢的。」

她的話我聽得渾渾噩噩，這套忍辱負重的理論，我沒辦法理解；她對她的懲罰者所表示的寬容，我更是沒法懂或者同意。我還是覺得海倫·伯恩斯是藉著一種我的眼睛所見不到的光亮來看待事物的。我懷疑也許是她對我錯，可是我不願意深入去思考這個問題，像菲力克斯❷一樣，我把它留到以後有空的時候再去考慮。

「妳說妳有缺點，海倫，是什麼缺點呢？我覺得妳好像很好啊。」

❶新約聖經〈帖撒羅尼迦書〉第五章第十五節。

❷菲力克斯（Felix）：新約聖經〈使徒行傳〉第二十四章第二十五節。

「那麼就跟我學學吧，別只從外表看人。我的確像史凱區德小姐說的，很邋遢；我很少把東西收拾整齊，也從來沒有辦法保持整齊；我粗心大意，老是忘掉規矩；該做功課的時候在看閒書，做事沒有條理，而有時候我也跟妳一樣，說我受不了井井有序的安排。這一切都惹史凱區德小姐生氣，她天生愛整潔，一板一眼、要求完美。」

「而且兇暴殘酷。」我補充說，但是海倫．伯恩斯不同意我的說法，保持沉默。

「田波爾小姐會不會跟史凱區德小姐一樣對妳很兇？」

一聽到田波爾小姐的名字，就見到一絲溫柔的微笑掠過她嚴肅的臉。

「田波爾小姐十分善良，對任何人兇一點，哪怕是學校裡最壞的學生，都會讓她感到痛苦。她看出我的缺點，但只是溫柔地向我指出來，要是我做了件什麼值得稱讚的事，她就慷慨地給我獎勵。我的天性壞到了可悲的地步，甚至連她這麼溫和、這麼中肯的勸告也沒能把我的缺點革除，正是個有力的證明。她的讚美是我最珍視的，但是連她的讚美也不能鼓勵我繼續小心、謹慎。」

「這真是奇怪，」我說，「要小心謹慎是多麼容易啊。」

「我不懷疑在妳是容易的。今天早上我看著妳上課，看到妳很專心；米勒小姐講課和問妳問題，妳的思緒似乎一點都沒有飛走。而我的思緒呢，則老是會跑到別的地方去；在我該聽史凱區德小姐講課，並用心歸納她所說的一切時，卻常常就是聽不見她的聲音，像是陷入了夢境一般。有時候，我以為自己在諾森博蘭❸，周圍的聲音在我聽來，像是那條穿過深谷——我家附近一個地方——的小溪的汩汩水聲，於是在輪到我回答問題時，就得先把我叫醒，由於我一直在傾聽幻想中的小溪流聲，而不是現實裡的聲音，便答不上來了。」

「可是今天下午妳答得多好啊。」

「那只是剛好，因為我對於我們現在在唸的東西很感興趣。今天下午，我沒有夢到深谷，反倒是在思索，當一個人想做好事，像查理一世❹那樣時，怎麼會有時候做得那麼不正義、不明智；我認為那實在很可惜，有著這麼正直、善良的人格，卻除了王權以外什麼都看不見。要是他能把眼光放遠一些，看看人們所謂的時代精神的潮流就好了！不過，我還是喜歡查理——我敬仰他——我同情他，可憐的被謀害的國王！對，他的敵人們才是最壞的；他們沒有權利讓人流血。他們真是大膽，竟敢把他殺了！」

海倫現在是在自言自語；她忘了我對她所說的不很能夠理解，我對她論說的主題一無所知，或者該說是幾乎一無所知。我提醒她回到我的層次上來。

「田波爾小姐上課的時候，妳是否也一樣心不在焉？」

「當然不，不常，因為田波爾小姐一般總有些比我自己的心得更新鮮的東西要講；她的語言對我來說特別入耳，她傳授的資訊，往往正好是我所希望得到的。」

「這麼說，妳在田波爾小姐跟前是個好學生囉？」

❸諾森博蘭(Northumberland)：英格蘭北部的一個郡。

❹查理一世(Charles I.1600-1649)：英國斯圖亞特王朝(1625-1649)國王。對抗國會，壓迫清教徒，推行新政策打擊新興工商業，引起資產階級的革命，最後被國會處死。

「是的，那是被動的，我沒有做什麼努力，我只是順其自然。這種好可沒有什麼了不起。」

「很了不起呢，別人對妳好，妳就對他好。我一向就渴望能夠這樣。要是大家對殘暴而不講理的人總是一直和善順從，那些壞心眼的人可就要無法無天了；他們會永遠都不知道畏懼，永遠不會改正自己，只會變得越來越壞。當我們無緣無故受到打擊，就應該狠命回擊；我確定我們應該這樣——狠狠地教訓教訓那個打我們的人，叫他永遠不敢再犯。」

「我但願妳會改變妳的想法，等妳長大一點；妳現在只不過是一個還沒受教的小女孩。」

「不過海倫，我是這樣覺得，有些人，不管我怎麼努力討他們喜歡，他們還是堅持要討厭我，那我就不能不討厭他們；有些人，給我不公平的懲罰，那我就不能不反抗。這是很自然的事，正如有些人向我表示親愛，我就會去愛他，或者是在我覺得活該受罰的時候，我就順從地接受懲罰。」

「異教徒和野蠻民族才抱持這樣的信念，基督徒和文明民族是不承認這理論的。」

「怎麼說？我不懂。」

「最能征服憎恨的，不是暴力——最能醫治創傷的，也不是復仇。」

「那麼是什麼？」

「唸唸《新約》吧，看看基督是怎麼說的，看看祂是怎麼做的；以祂的話做為自己的律則，以祂的行蹟作為自己的榜樣吧。」

「祂怎麼說？」

「愛妳的敵人，那些咒罵妳的人，為他們祈福吧；那些恨妳、欺侮妳的人，要對他們好。」❺

「那樣的話我就得愛里德夫人了，這是我做不到的，我還得為她兒子約翰祈福，這更是不可能！」

輪到海倫．伯恩斯講話，她要我解釋給她聽；於是我便開始用自己的方式，將我的受苦經歷與心中的怨氣一股腦兒發洩出來。我一激動起來就變得尖酸刻薄，口沒遮攔，一點都不知保留些、和緩些。

海倫很有耐心地聽我講完；我本期待她發表她的意見，但是她卻什麼也沒說。

「看吧，」我沉不住氣地說，「里德夫人算不算是一個硬心腸的壞女人啊？」

「她無疑是對妳不好，因為，妳懂嗎？她不喜歡妳的個性，就像史凱區德小姐不喜歡我的個性一樣；但是妳把她對妳所做的、所說的一切，記得多麼清楚啊！看來她的不公平對待，在妳心裡面刻下了多麼獨特的深刻印象！苛待從來沒有像這樣在我感情上烙下痕跡過。如果妳能試著遺忘她的苛待，將受其攪動的激動情緒一併拋諸腦後，難道不會快樂些嗎？生命對我來說太過短暫，不能再拿來蓄恨記仇。我們在人世間，人人都背負著，且必定背負著許多罪過；但是我相信，不久之後當時機到來，我們都將卸下我們腐敗的軀體，而墮落與罪惡也將跟著那沉重的血肉之身與我們分離，只有靈魂的火花得以存續——亦即那不可觸摸的、生命與思想的法則，純潔得一如其最初離開造物主來賦活萬物之時一般；而它來自何處，就將歸向何處，也許再次移轉成某種更高乎人類的生命——也許按著榮耀的品級升等，從蒼白的人類靈魂躍升到光明的熾愛大天使！絕對不該反其道而行，由人墮落到惡魔嗎？不，我無法信持那樣的想法，我另有我自己的信條，那信條

❺新約聖經〈路加福音〉第六章第二十七至二十八節：「你們的仇敵要愛他，恨你們的要待他好，咒詛你們的要為他祝福，凌辱你們的要為他禱告。」

沒有任何人教過我，我也很少提及，但是在那信仰之中，我獲得喜悅，對那信仰，我謹守不放，因為它把希望傳給了眾人，使永生成為一種安息——一棟恢宏的家宅——而非恐懼，非深淵。此外，有了這個信念，我能夠清清楚楚把犯罪者與其罪孽區分開來，而能夠在憎恨後者之時，原諒前者；有了這個信念，我從未為了復仇而煩心，從未因墮落的事情而厭惡作嘔，而不公平的對待也從未把我打擊得意志消沉；我在平靜中生活，等待末日。」

海倫一直垂著頭，講完這句話的時候，垂得更低一些。我從她的臉上表情知道她不想再跟我交談了，情願與自己的思想對話。不過她得以沉思的時間並不多，有位班長在這個時候走了過來，那是一個舉止粗魯的大姑娘，用著很濃重的昆布蘭口音揚聲說——

「海倫．伯恩斯，要是妳不馬上去把妳的抽屜收拾整齊，收好妳的針線活兒，我就去叫史凱區德小姐來看！」

海倫的沉思夢想被打散，嘆了口氣，站起身來，沒有答話也沒有耽擱，服從班長的命令走了。

第七章

我在羅伍德的第一季，好像有一個時代那麼漫長，而且還不是黃金時代，為了要讓自己適應於新的規矩，適應於從未有過的許多工作，這一季等於是一段千辛萬苦、令人厭倦的掙扎奮戰。這些工作一點都不輕鬆，但是比起身體上所受的勞苦，那種戰戰兢兢擔心犯錯的憂懼，實在更加折磨人。

在一月、二月還有三月的一部分，積得厚厚的雪，以及一旦融雪後便幾乎無法通行的道路，讓我們全都不能到花園圍牆外面去活動，只除了上教堂。可是儘管有著圍牆的局限，我們還是每天得有一個鐘頭待在室外。我們的衣服太過單薄，抵擋不住嚴寒；我們沒有靴子，雪鑽進了我們的鞋子裡，還在裡面融化；我們沒戴手套的雙手都凍僵了，滿佈著凍瘡，腳也一樣。我到現在還能清楚記得，每天傍晚雙腳發脹時，所要忍受的那種令人心煩意亂的刺痛，以及早上把腫脹而皮開肉綻且僵硬的腳趾硬塞進鞋子裡的酷刑折磨。食物供不應求也令人著惱；正在發育的孩子食慾旺盛，但我們的食物幾乎還不夠養活一個孱弱的病人。糧食的缺乏造成了年幼學生受到虐待的現象，餓壞了的大女孩們，逮著機會就哄騙威嚇一塊兒來，要小一點的學生們把自己的糧份分出來。有好幾次，我把點心時間的那一小口珍貴的糖蜜麵包分給了兩個向我要的人，還把我那杯咖啡分一半給第三者，然後我自己嚥下所剩的一半，夾帶著餓急了而偷偷掉下的眼淚。

在那酷寒的季節，禮拜天是個陰慘的日子。我們得走兩英里的路程到布洛可橋教堂去，我們的贊助人們在那裡做禮拜。我們出發時就很冷，到達教堂的時候更冷；整個上午的儀式進行下來，我們幾乎都要凍得失去知覺了。由於路太遠不能回去吃午飯，所以在早上和下午的禮拜之間，便有冷肉和麵包傳給大家吃，分量還是跟平常的每餐一樣寒酸。

下午的禮拜結束以後，我們從一條沒有庇蔭的陡峭山路走回學校，冷冽的冬風從一排積雪的山峰向北邊吹捲過來，簡直要把我們的臉皮都颳掉了。

我還能記得，田波爾小姐輕快敏捷地走在我們這個委靡不振的行列旁邊，記得她拉緊了被徹骨寒風呼呼吹動的格子呢披風，說了些訓誡的話，還以身作則，鼓勵我們打起精神向前進，正如她所說的：「像個健壯的士兵。」另外幾位教師，可憐的傢伙，自己都已經有氣沒力的了，哪還顧得了鼓舞別人。

我們回到學校，多麼渴望熊熊爐火的光和熱啊！可是，至少對小女孩們來說，這是得不到的；教室裡每個壁爐前都立時圍上了兩排大女孩，小一點的孩子只能站在她們後面，擠成一群群蹲著，把凍僵臂膀裹在圍裙裡。

吃點心的時候，有一個小小的安慰，那就是有雙份的麵包——整整的一片，而不是半片——上面還塗了薄薄的一層可口的奶油；這是我們從一個禮拜天巴望到另一個禮拜天的每週一次的饗宴。我大部分時候都設法把這份豐厚的餐點留一半給自己，其餘那部分，總是不得不割愛給別人。

禮拜天晚上用來默誦教堂的教義問答和〈馬太福音〉的第五、六、七章；還要聽米勒小姐唸冗長的教條。她忍不住一再打呵欠，證明她也累壞了。在這些節目中常常出現的插曲是，大約會有五、六個小女孩演起猶推古❶的角色來；她們被睡意給擊垮，即使不是從三樓掉下去，也是從第四排凳子上掉下來，扶起來的時候已經奄奄一息。挽救的方法就是把她們推到教室中央，強迫她們一直站到聽完說教為止。有時候她們的腳不聽使喚，軟癱下來，在地上疊成一堆，那就不得不用班長的高凳子把她們支撐住了。

我還沒有提到布洛可赫斯特先生到學校來的事。確實，這位先生在我進學校以後的第一個月裡，絕大部分時間都不在家，也許是在副主教家裡多盤桓了一陣子。他不在令我很感欣慰，我想我不必說我有著特別怕他來的理由，不過他終於還是來了。

有一天下午（那時候我已經在羅伍德待了三個星期了），我坐著，手裡拿著塊石板，絞盡腦汁要解一道長長的除法算術題，當我的視線心不在焉地抬起來，望向窗外時，剛好看見一個人走過去。我幾乎是憑著本能認出了那個瘦長的身影；果然，在兩分鐘後，全校上下，包括教師在內，都一齊站了起來，不必抬頭，我也知道是在歡迎誰。在蓋茨海德府爐邊地毯上曾經不祥地對我怒容相向的那根黑柱子，此刻就在教室裡邁著大步走來走去，隨即站在田波爾小姐身邊——她自己也站起來了。這時我斜眼看了一下這塊建築結構。對，我猜對了，是布洛可赫斯特先生，他穿著鈕釦齊排扣緊的大衣，看上去比以前更頎長、更細瘦，也更嚴峻。

我自有理由害怕這個怪物出現。我還記得里德夫人說的那些惡意中傷我的性情等等的暗示，以及布洛可赫斯特先生答應把我的壞脾氣通知田波爾小姐和教師們的承諾。我一直在害怕他實現這個諾言——我天天提心吊膽等著這個「快來的人」，這個人只需報告一下我過去的生活與談話，就可以永遠把我冠上壞孩子的惡

❶猶推古（Eutychus）：新約聖經〈使徒列傳〉第二十章第八至九節：「我們聚會的那座樓上有好些蠟燭，有一個少年人，名叫猶推古，坐在窗台上，睏倦沉睡，保羅講了多時，少年人睡熟了，就從三層樓上掉下去，扶起來已經死了。」

名；如今，他已經在那裡了。他站在田波爾小姐身邊，靠近她的耳朵在低聲說話；我不懷疑，他一定是正在抖出我的劣根性；我痛苦而焦急地望著她的眼睛，隨時準備見到她的黑眸子向我投來嫌惡和輕蔑的一瞥。一方面我也拉長了耳朵在聽，我正好坐在靠近屋子前首的地方，他說的話我能聽見一大半，談話內容暫時解除了我眼前的恐懼。

「田波爾小姐，我看我在洛頓買的線可以用吧；我突然發現這種線拿來縫布襯衫再合適不過了，我還挑了一些和它相配的針。妳可以告訴史密斯小姐，我忘了開一張買織補針的備忘條子，不過，她得在下個星期交一些報告上來。還有，不管怎麼樣，她每次頂多只能給每個學生發一根針；給多了，她們容易粗心大意弄丟。噢，對了，還有！小姐，我希望妳們要多注意一下那些羊毛襪子！我上次來的時候，曾到菜圃去檢查那些晾在繩子上的衣服，看到很多黑襪子都沒有修補好；從那些破洞的大小看來，我可以確定這些襪子沒有保持經常修補。」

他停了一下。

「您的指示我們會遵從的，先生。」田波爾小姐說。

「還有，小姐，」他繼續發牢騷，「洗衣婦告訴我，說有幾個女孩子在一週內換了兩次乾淨的領飾；這太多了，規定上限制只能有一次。」

「我想我可以解釋一下那情況，先生。愛格妮絲和凱塞琳・強斯東在上個星期四的時候，受邀到洛頓去與一些朋友們喝茶，於是我准許她們戴乾淨的領飾去赴約。」

布洛可赫斯特先生點點頭。

「好吧，我就答應這一次，但請別讓這樣的情形太常發生。還有件事情也叫我吃驚，我在跟總管算帳時，發現上兩個星期中，竟然有一次讓女孩子們吃了午餐，還包括麵包和乾酪。這究竟是怎麼搞的？我查了一下規章，可沒見到上面有提到這樣的餐點。是誰立的新規矩？是根據什麼權力這麼做的？」

「這件事得由我來負責，先生，」田波爾小姐回答，「由於早餐做得太糟糕，學生們沒辦法吃，而我不敢讓她們一直餓到吃正餐的時間。」

「夫人，請允許我佔用妳一點時間。妳也知道我養大這些女孩子，並不是打算讓她們養成奢侈放縱的壞習慣，而是要訓練她們吃苦、忍耐、自謙。假使萬一有任何不合胃口的偶然小事發生，像是做壞了一頓飯，或是哪一道菜沒有熟或燒過頭，都不應該以更加精美的食物來補償這點損失，這樣滿足了身體，卻疏忽了這個機構的宗旨；應該用這件事來鼓勵她們勇於忍受一時的艱苦，以此激勵學生們的精神意志。在這種狀況下，一場簡短的訓話絕不會不合時機，一個明智的教師會把握這個機會，引述初期基督徒的苦行，引述殉道者的苦痛，引述我主的訓誡，祂曾要祂的使徒拿著十字架跟隨祂，引述祂說過的警言：人不能只靠麵包，還要靠上帝所說的每一句話生活；引述祂神聖的安慰：『假如妳們為我忍渴受飢，你們就是幸福的。』噢，夫人，當妳以麵包和起司代替燒壞的粥，餵進這些小孩的嘴裡時，也許可以餵飽她們的汙穢軀體沒錯，但妳可沒想到，妳這是在叫她們不朽的靈魂挨餓啊！」

布洛可赫斯特先生又停頓了一下——也許是講得太激動了吧。田波爾小姐在他剛開始說話的時候，本來是看著下面，但現在她抬起眼直視前方，而她的臉龐，原本就白得跟大理石一樣，現在還更加呈現出大理石的冰冷與堅定；尤其是她的嘴唇，閉得如此之緊，好像得用雕刻家的鑿子才能鑿得開似的，而她的眉宇間也逐漸形成了彷彿石化了般的嚴厲模樣。

這時，布洛可赫斯特先生站在壁爐前，兩手彎在背後，莊嚴堂皇地審視全校學生。突然他眨了下眼睛，好像看到了什麼眩惑或震驚他的眸子的東西似的，然後轉過身，用比先前更急速的聲調說：

「田波爾小姐，田波爾小姐，那——那鬈頭髮的女孩是怎麼搞的？紅頭髮，小姐，還滿——滿頭都是捲髮？」他用手杖指向那個可怕的對象，手還一邊在發抖。

「那是朱莉亞．席佛恩。」田波爾小姐靜靜地回答。

「朱莉亞．席佛恩，小姐！為什麼她，或者其他任何人，頭髮是鬈的？為什麼她可以違反這學校的一切戒條和規矩，這麼公然地隨世從俗——在這麼一個蒙受福音的慈善機構裡——留著這麼一大頭鬈髮？」

「朱莉亞的頭髮是自然鬈的。」田波爾小姐還是一樣，更冷靜地回答。

「自然鬈！是沒錯，但我們可不能順其自然啊！我希望這些女孩子都能成為承受神恩之子；還有，為什麼留著這麼多頭髮？我已經一再一再地囑咐過，頭髮都得梳得齊齊整整，要嫻靜端莊而且要樸素。田波爾小姐，那女孩子的頭髮一定要全部都給我剪掉；我明天會派個理髮師過來，我還看見其他人的頭髮也長得太長了——那個高個子的女孩，叫她轉過去，叫第一班的人全部站起來，臉給我朝牆壁。」

田波爾小姐用手帕摀了一下嘴唇，彷彿要把那忍不住揚起嘴角的一抹微笑給抹平似的；她下了命令。第一班的女孩們聽懂了該做什麼事的時候，都服從了，由於我的身體在凳子上稍微往後靠了些，所以看得見她們臉上不高興的表情，知道她們個個對於這操演多麼不滿。可惜布洛可赫斯特先生沒能夠看見；不然他也許會覺得，不管他怎麼擺弄杯子盤子的外觀，對於那裡面的東西，遠不如他所想像的那樣，他是怎麼也干涉不到的。

他細細地把這些「活獎牌」的背面審視了約五分鐘，然後宣布判決，這句話像最後審判的喪鐘一樣響起：

「頭頂上的那些髮髻都得剪掉。」

田波爾小姐似乎在抗議。

「小姐，」他接著往下說，「我要侍候的主人，祂的王國不是屬於這個世界的，我的任務是壓制這些女孩們肉體上的慾望，教導她們在衣著上要懂得羞恥心與端莊，而不是讓她們把頭髮編起來，或是穿一些花錢的服飾；我們面前的這些年輕人，一個個頭上都編著辮子，這都是虛榮心編的玩意兒。這些，我再說一遍，都得統統剪掉，想想浪費掉的時間，想想——」

布洛可赫斯特先生說到這裡被打斷了，因為有另外三個訪客走進教室，三個貴婦。她們真該早一點來，那就可以聽聽他那篇關於服裝的說教，因為她們都奢華地穿著絲絨、綢緞、皮衣。三位女客中年輕的兩個（十六、七歲的美麗姑娘）都戴著灰色獺皮帽，那是當時流行的款式，上面還插著鴕鳥羽毛，這優美的帽子的帽沿下面，是濃密的淺色鬈髮，鬈得精美絕倫；年齡較長的那位太太裹著一條貴重的貂皮邊絲絨披巾，額前還戴著法國假鬈髮。

這幾位貴婦人是布洛可赫斯特夫人和布洛可赫斯特小姐，田波爾小姐恭恭敬敬地接待了她們，請她們坐上教室前頭的上座。看來她們是跟她們那位擔任聖職的家屬一起坐馬車來的，在他和總管處理事情、查問洗衣婦、教訓校長的時候，她們就細細地查看樓上的房間。現在，她們對於管理床單被褥以及檢查內務的史密斯小姐提出一些批評和指摘。可是我沒有時間聽她們的話，因為另外有一些事情把我的注意力吸引去了。

在這之前，我一邊聽著布洛可赫斯特先生和田波爾小姐的對話，一邊沒有忘記小心注意保持自己的安全；我想只要我不讓他看見，就會是安全的。為了要達到這個目的，我坐在凳子上盡量往後靠，看上去像在忙著做算術，把石板舉得高高的，遮住我的臉。我原來很可以不被他注意，只是不知怎地，我那塊搗蛋的石板竟然從手裡滑了下來，砰一聲掉在地上，使得每個人都立刻轉過來看我。我知道這下子完蛋了，我彎下腰去撿起那塊破成兩半的石板，然後集中全身的力量，準備接受最壞的結果。最壞的結果終於來到。

「真是不小心的小孩！」布洛可赫斯特先生說，然後緊接著說——「是那個新學生，原來如此。」然後我還沒來得及吸口氣，就聽見他說：「我可不能忘記，我得說說她的事。」然後很大聲地說——那聲音對我來說多麼震撼啊！——「叫那個打破石板的小孩到前面來！」

若由著我自己，是連動一下都沒辦法的，因為我已經手腳發軟。不過坐在我兩旁的大女孩把我扶起來，把我推向前面那個可怕的法官，接著，田波爾小姐溫柔地把我扶到他的腳跟前，這時我聽見她的低聲勸語——

「別怕，簡，我看得出那是出於意外；妳不會受罰的。」

這仁慈的低語，像只匕首一樣刺進我心裡。

「下一分鐘，她就會把我當成一個偽君子而鄙視我了。」我心裡面想，而一想到這裡，我的脈搏裡就忍不住對里德與布洛可赫斯特這狼狽為奸的搭檔升起一股憤怒激動。我可不是海倫·伯恩斯。

「把那張凳子拿過來。」布洛可赫斯特先生指著一張很高的凳子說，一個班長剛從那張凳子上站起來，於是凳子被拿過來了。

「把這孩子放上去。」

於是我被放了上去，是誰抱我上去的我不知道。這時候根本沒辦法注意到這些細節，只知道他們把我舉到跟布洛可赫斯特先生鼻子一樣高的位置，他離我一碼遠，我只感覺到絲皮大衣浮泛著的一片紫橘色閃光和雲霧般的銀色羽毛在我下面擴延著、舞動著。

布洛可赫斯特先生清清喉嚨。

「各位小姐們，」他說，轉向他的家人，「田波爾小姐、教師們和各位孩子，妳們都見到這個女孩了吧？」

她們當然都見到了；因為我可以感覺到她們的視線，宛如聚火鏡一樣，燒灼到我的皮膚上。

「妳們看，她年紀還這麼小，看看她跟一般孩子沒什麼兩樣；上主恩寵地賜給她與我們所有人一樣的外形，沒有一點殘缺的地方指出她的特別。誰會想到，魔鬼已經在她身上找到了奴僕與代理人？然而，我還是得痛心地說，這的確是事實。」

停頓了一下——這時我開始硬著頭皮整理我癱瘓了的神經，開始覺得既已度過魯比孔河❷，就絕對躲不掉這場審判了，乾脆堅強地承受吧。

❷魯比孔河（Rubicon）：凱撒與職掌羅馬政府大權的龐貝在此河兩邊對峙，準備展開決定性的一戰，最後凱撒說：「骰子已經擲出了，就走吧！」龐貝的軍隊嚇得四散而逃。

「我親愛的孩子們，」那個黑色大理石教士帶著悲痛的語氣繼續講下去，「這是個悲哀、傷心的時刻；因為我有責任告訴妳們，這小女孩本可以成為上帝自己的羔羊，但她卻是個被驅逐的——不是真正的羔羊，而顯然是個外來的闖入者。妳們都得小心防著她，別學她的樣——如果必要的話，還應該避免跟她在一起，把她排除在妳們的遊藝之外，不准她加入妳們的交談。教師們，妳們必須監視她，看住她的一舉一動，對她說的話，都要好好地估量一下，還得細察她的行為，懲罰她的肉體，以拯救她的靈魂——如果這種救贖是可能的話，因為（說這些話讓我連舌頭也要打顫）這個女孩，這個孩子，這個在基督教園地上土生土長的小孩，比起許多跪在札格那特❸之前，對著梵天❹禱告的小異教徒還要壞——這女孩是——一個撒謊者！」

現在是十分鐘的停頓——在這時間內我發現——此時我已經完全抓回自己的神智了——三位布洛可赫斯特家的女人都拿出她們口袋裡的手巾，揉揉眼角，年長的那位前後搖晃著身子，而年輕的那兩位則低聲說：

「多嚇人啊！」

布洛可赫斯特先生接著說下去。

「這是我從她的女恩人，那位虔誠的、慈善的太太那裡聽來的。她見到她父母雙亡，便收養了她，把她當作自己的親生女兒般帶大。而她卻那麼惡劣、那麼可怕，用忘恩負義的行為來報答她的仁慈慷慨，使得她那位偉大的女恩人終於不得不把她和自己的孩子們隔開來，免得她的壞榜樣玷汙了他們的純潔。她把她送來這裡，希望能治好她，就像古時候猶太人把病人送到被天使攪動池水的畢司達池❺去一樣；還有，教師們，校長，我請妳們不要讓她周圍的水停止不動。」

布洛可赫斯特先生做了這個高明的結語之後，便把大衣最上面的一顆鈕釦整理一下，對他的家人低聲說了些話，她們便站起身來，向田波爾小姐鞠個躬，然後這些偉大的人兒們便氣派堂皇地踮著著輕盈而做作的步伐走出教室。我的法官在門口轉過身來，說——

「讓她在那凳子上再站半個鐘頭，今天剩下來的時間裡，不准有人跟她說話。」

於是，我就在那兒高高地站著；我曾經說過受不了這樣子的恥辱，如今卻在眾目睽睽之下，站在教室中央、恥辱的托座上。我那時的感受是怎樣，言語無法形容。但正當百感交集使我呼吸困難、喉嚨梗痛時，一個女孩朝著我走過來，走過我身邊；經過我的時候，抬起眼睛來看我。那眼睛裡投射出來的是多麼奇異的光芒啊！而那一線光芒又使我產生了一種多麼奇特的感覺！是怎麼樣的一種新的感情在支持著我！彷彿是一個殉道者，或是一個英雄，走過了一個奴隸或受害者的身邊，在經過的時候給了他力量。我控制住越來越鼓動的歇斯底里，昂起頭，在凳子上站穩身子。海倫．伯恩斯問了史密斯小姐一些關於針線的小問題，由於問題過於瑣碎而挨了罵，再回到她自己的位子上去，第二次經過我的時候，對我笑了笑。那是何等的一個微笑！我到今天還記憶著，這是真正的智慧與真正的勇氣的流露；它就像天使臉上的霞光一樣，照亮了她那特出的輪廓、瘦削的臉蛋和凹陷的灰眼眸。然而在那時候，海倫．伯恩斯的胳臂上卻戴著一個「不整潔動章」；因為不到一個鐘頭前，我聽見史凱區德小姐罰她明天中午只准吃麵包和白開水，全為了她抄習題的時候把練習

❸札格那特(Juggernaut)：印度教護持神庇司奴(Vishnu)的第八化身牧牛神訖里什那（Krishna）的神像。
❹梵天(Brahma)：印度教中三大神之一，為眾生之父。
❺畢司達池（Bethesda）：在耶路撒冷的一個池子，〈約翰福音〉第五章第二節，據說有天使按時下來攪動池水，有病的人下水就能治癒。

簿弄髒了。人的天性就是這樣地不能盡善盡美！哪怕是在最明亮的星球上，也會有這樣的小黑點；而史凱區德小姐那樣的眼睛就只看見了那些細小的缺點，看不見整個星球的耀眼光輝。

第八章

過了不到半個鐘頭，鐘敲了五下；學校下課了，全校學生都到餐廳去喝茶，我這才敢下來。這時候暮色已深，我隱身到一個角落去，坐在地板上。在這之前一直鼓勵著我的那道魔咒，開始消褪，取而代之的是反作用，很快地，狂潮般襲來的悲痛淹沒了我，我整個臉撲倒在地上。現在我哭了，海倫‧伯恩斯不在這裡，沒有任何東西支持我，剩下孤獨一人的我放聲大哭，眼淚淌到了地板上。我本是想要好好地表現，本想在羅伍德做那麼多事，交那麼多朋友，去博取尊重、贏得愛。而我也已經有了看得見的進步；就在當天早上，我坐到了我那班學生的第一個位子上去。米勒小姐熱烈地誇獎我，田波爾小姐微笑著表示讚揚；她還答應教我畫畫，讓我學法語，只要我在接下來的兩個月裡還有同樣的進步。此外我也成功地獲得了同學們的接納，和我年齡相仿的同學們把我當作和她們平等的人來對待，沒有任何人欺侮我；而如今，我又被打倒在地，又受到了踐踏，我還有可能再爬起來嗎？

「永遠沒有。」我想，渴望著自己能死掉。當我正破著嗓子哭著說出這個願望時，有一個人來到我身邊，我驚跳起來──海倫‧伯恩斯又來到了我的近旁，即將熄滅的火光剛好還能照出她正穿過這空盪盪的長形房間走過來的身影；她為我端來了咖啡和麵包。

「來，吃點東西吧，」她說；可是我把兩者都放到一邊，只覺得在目前這個情況下，一滴咖啡或一口麵包，都似乎會把我嗆到。海倫凝目注視著我，也許帶著驚訝，因為儘管非常努力，此刻的我尚無法把激動的心情平撫下來；我繼續大聲哭泣。她在我身邊的地上坐下來，雙臂抱住膝頭，把頭擱在膝蓋上；就以這個姿勢，她像個印度人一樣，始終不發一言。最後是我先開了口——

「海倫，妳幹嘛跟一個人人都認為是騙子的女孩在一起？」

「人人，簡？怎麼會呢，才不過八十個人聽見妳被稱做騙子，世界上有幾萬萬人呢。」

「但是我跟那幾萬萬人有什麼關係呢？我認識的這八十個人都瞧不起我。」

「簡，妳錯了，搞不好這學校裡，還沒有半個人瞧不起妳或不喜歡妳；許多人，我確信，還很同情妳呢。」

「在布洛可赫斯特先生那麼說之後，怎麼還會有人同情我呢？」

「布洛可赫斯特先生又不是上帝，也不是個偉大或值得敬仰的人，他在這裡並不大受人喜歡；因為他從來也沒試著表現得讓人喜歡。假若他特別寵愛妳，妳可能就會發現自己四周圍都是或明或暗的仇敵了，而事實上，絕大多數人，如果敢的話，應該都會向妳表示同情。教師們和學生們也許會在一、兩天內，用冷淡的視線看著妳，但是她們心裡面卻隱藏著友善的感情；而如果妳能堅持著好好表現，這些感情不久就會擺脫目前被壓抑住的狀況，而更明顯地表現出來。況且，簡——」她停頓了一下。

「怎樣，海倫？」我說，一邊把手放進她的手心裡，她輕輕撫摸我的手指，要把它們摩熱，繼續說——

「若妳自己的良心贊同妳，認為妳是無辜的，那麼就算是全世界都恨妳，認為妳壞，妳也還是不會沒有朋友。」

「不，我知道我應該自尊自重；但那是不夠的。如果其他人都不愛我，我情願死而不願活——我受不了被孤立、被仇視，海倫。聽我說，為了贏取妳，或是田波爾小姐，或者任何我真正愛的人的真實情感，我會心甘情願地折斷手臂，或讓一條公牛把我頂起來拋開，或站在踢人的馬後面，讓牠把馬蹄踹在我胸口上——」

「住口，簡！妳把人類的愛看得太重了。妳太衝動、太熱情了；那隻創造妳軀殼、賦與其生命的至高之手，不只給了妳那軟弱的自我和軟弱的生命，還為妳提供了別的資源呢。在這個塵世之外，在人類的種族之外，還有著一個看不見的世界，一個精神靈魂的王國，那世界就在我們身旁，因為它是無所不在的；而那些靈魂們都看顧著我們，因為它們的任務就是要守護我們，如果我們在痛苦和恥辱中死去，如果蔑笑把我們攻擊得遍體鱗傷，怨恨把我們給擊垮，都會有天使們看見我們的苦難，認可我們的清白（如果我們是清白的話。而我知道妳在布洛可赫斯特先生那指控上是無辜的，那只是他從里德夫人那裡間接聽來，又無力而誇大地說出來的罪控；因為我從妳熱忱的眼睛和明朗的前額上，可以看出妳的本性是真誠的）。而上帝只等著在我們靈魂和肉體分離的那刻，將全數的果報加冕給我們。那麼，我們又何苦讓自己淹沒在痛苦中呢？既然生命是如此短暫，而死亡是這麼確定的一道通向幸福、通向榮耀的門。」

我默然不語，海倫使我平靜下來了，但是在她傳播的這種寧靜中，卻摻雜著一種說不出的傷感。她說話的時候，我隱隱地感到一種悲哀，卻又分不清那是從何而來；在她說完以後，她的呼吸變得有些急促，短短地咳一下，我一時忘掉自己的悲傷，落進了對她的一種朦朧關懷當中。

我把頭靠在海倫肩上，兩手臂摟住她的腰；她把我拉過去靠在她身上，我們就這樣默默地待在寂靜之中。不過這樣坐了不久，又有一人進來了。本來天上有幾朵沉沉的烏雲，現在被揚起的大風捲開天際，裸露出月亮來，她的光輝從旁邊的窗口流瀉進來，滿滿地照在我們身上，也照亮了走進來的那個人影，我們當下就認出那是田波爾小姐。

「我是來找妳的，簡愛，」她說，「我要妳到我房裡去。既然海倫．伯恩斯跟妳在一起，也一起來吧。」

我們去了。跟隨著校長的帶領，我們穿過一些曲折複雜的走廊，爬上一道樓梯，才來到田波爾小姐的房間。房間裡升著一爐旺火，看上去很舒適。田波爾小姐要海倫．伯恩斯坐在壁爐一邊角上的一個低矮的扶手椅上，她自己則坐另一張，然後她把我叫到身邊去。

「情緒都過了嗎？」她問，低頭看著我的臉。「妳可把悲哀都哭完了？」

「我怕我永遠都哭不完。」

「怎麼說？」

「因為我是被冤枉的；而妳，小姐，和其他所有人，現在都要當我是壞孩子了。」

「我們怎麼認定妳，全看妳怎麼證明妳自己，孩子。只要妳繼續表現得像個好女孩，就會讓我們滿意的。」

「我會嗎，田波爾小姐？」

「妳會的，」她說，伸出手臂來摟住我，「現在告訴我，布洛可赫斯特先生所說的妳的那位女恩人，到底是誰？」

「里德夫人，我舅舅的妻子。我舅舅死了，把我交給她來照顧。」

「那麼，難道她不是自願撫養妳的嗎？」

「不是，小姐；她很遺憾自己不得不撫養我，只不過因為我舅舅死前曾要她承諾永遠扶養我，這是我經常從僕人們那邊聽來的。」

「嗯，那麼，簡，妳知道嗎，或者至少我要告訴妳，當一個罪犯被控訴時，總被允許能為自己辯護。妳被人指控了妳的欺偽，現在就向著我，盡力為自己辯護吧。就妳的真實記憶，把什麼都說出來吧，別添油加醋，也別誇張什麼。」

我在心裡深深決定，一定要說得盡量合宜──盡量正確；然後，在思考了幾分鐘，把我要說的東西有條有理地安排好之後，我把我悲哀的童年生活全數講給她聽。由於情緒已經都筋疲力竭了，我用的語言比平時一提到這個傷心主題時所發揮的要溫和得多；而且，謹記著海倫所說過的別沉溺在憎恨中的警告，我所放進的怨毒與苦惱，要遠比以往敘述時少多了。這樣稍微濃縮和簡化之後，聽起來更真實可靠；我一邊講一邊覺察到，田波爾小姐完全相信我的話。

在講故事的時候，我提到了羅伊德先生在我昏厥以後來看過我，因為我永遠也忘不了那一段嚇壞我的紅屋子的插曲，所以在詳細描述的時候，我的激動必定在某種程度上越出了界限，因為里德夫人不顧我狂野的求赦，把我第二次鎖在那間鬧鬼的黑暗屋子裡的時候，那股緊緊揪住我心臟的痛苦痙攣，在我記憶中，是無論如何都不能使它平緩的。

我說完之後，田波爾小姐不發一語凝視了我幾分鐘；然後說──

「我跟羅伊德先生有點認識，我會寫信給他；如果他的回信證實了妳的說詞，我會當眾為妳洗刷所有的罪名，不過對我來說，簡，妳現在已經是清白的了。」

她吻了吻我，讓我繼續留在她身邊（我很滿足能站在那裡，因為看著她的臉，她的衣服，她的一、二樣飾件，她白皙的前額，她一串串閃亮亮的鬈髮，還有那投射著光芒的黑色眼眸，我獲得一種屬於孩子的快樂），她開始和海倫．伯恩斯說話。

「妳今天晚上覺得還好嗎，海倫？今天咳得多不多？」

「我想，不怎麼多，小姐。」

「胸口的疼痛呢？」

「好些了。」

田波爾小姐站起來，握住她的手為她把脈；然後回到自己的座位上，在她坐回去的時候，我聽見她低聲嘆了口氣。她沉思了幾分鐘，然後讓自己打起精神來，愉悅地說——

「今天晚上妳們兩個是我的客人，我得把妳們當客人來款待。」她拉拉僕鈴。

「芭芭拉，」她對來答應的女僕說，「我還沒吃過茶點；把茶盤拿來，順便為這兩位年輕小姐擺兩個杯子。」

茶盤馬上就端來了。那瓷茶杯和那晶瑩發亮的茶壺，在我眼裡是多麼地美麗啊！還有那液體的芬芳，土司的香氣！不過，讓我失望的是（因為我開始覺得餓了），我發現那土司只有非常小的一份，田波爾小姐也發現了。

「芭芭拉，」她說，「妳不能再多拿些麵包和奶油來嗎？這裡不夠三個人吃呢。」

芭芭拉出去了，一會兒就回來。

「夫人，哈登太太說她是按平日的分量送來的。」

你們應該可以得知，這位哈登太太，就是總管，她的心和布洛可赫斯特先生的一樣，是用同一塊鯨魚骨和鋼鐵做的。

「噢，那好吧！」田波爾小姐回答，「我看，我們不行也得行囉，芭芭拉。」然後等到那女孩離開，她帶著微笑向我們補充說，「幸好這次我還有能力來彌補這個不足。」

她邀請我和海倫到餐桌邊，在我們面前各擺一杯茶，和一片美味卻很薄的土司，然後站起來，用鑰匙打開一個抽屜，從裡面取出一個用紙包住的包裹，隨即在我們面前打開，露出一個頗大的香籽蛋糕。

「我原想讓妳們一人帶一些回去的，」她說，「但是既然土司這麼少，妳們乾脆現在就吃吧。」她隨即著手將蛋糕慷慨地切成一份份。

那天晚上，我們像享受玉露神饌般地大吃了一頓；我們的女主人帶著滿意的微笑，看著我們用她大量提供的美食解飢，笑容中顯示出不下於我們的愉快。吃完茶點，盤子被端走了，她又把我們叫到爐火前；我們一人一邊在她身邊坐下。這時，她開始和海倫交談起來，能被允許傾聽她們的談話，真可以說是一種特權。

田波爾小姐氣質中總是帶著點寧靜，儀態中總是帶著點莊嚴，談吐總是文質彬彬，這些都使她不至於顯得狂熱、激動或急切，也使看著她的人的愉悅彷彿純淨了下來，而能在一種有約束力的敬畏感之下傾聽她的話；當時我的感覺就是這樣。至於海倫．伯恩斯呢？她卻把我給驚呆了。

令人精神煥然一新的餐點，明亮的爐火，加上她心愛導師的在場與好意；或者，也許比這一切更重要的是，她自己那獨特心靈中的某一樣東西，激起了她體內的潛在力量。這些力量醒過來，燃燒著；首先，在她那臉頰的淡彩中發光，在這以前我所見到的她的臉蛋，一直是蒼白的、毫無血色的；然後，又在她眼睛的流轉光澤中閃爍，使得她的雙眼突然呈現出一種比田波爾小姐的眼睛更獨特的美。這不是那種瞳色妍麗或長睫毛或眉目如畫的美，而是一種有著意義，有著靈動性，有著輻射光輝的美。接著，她的靈魂就像坐在她嘴唇上似地，滔滔不絕地說出許多話來；源頭是在哪裡，我無法知道。一個十四歲的少女，能有那麼寬廣、那麼生氣勃勃的心胸，來容納這不斷湧瀉出純潔、豐富而熱烈的辯才的源泉嗎？在那個對我來說是值得懷念的夜晚，海倫的談話就有著這個特點。她的心靈似乎要在短暫的片刻時間內，催緊腳步，活得像別人度過整個漫長人生一樣。

她們談論著我從來沒有聽見過的事物，談著古老的民族和古老的時代、遙遠的國家，已經發現或正在猜測的大自然奧祕。她們談著書籍，她們看的書真多啊！她們的知識多麼淵博啊！她們似乎非常熟悉法國人的名字和法國的作家。田波爾小姐問海倫是否還能偶爾擠出一點時間來溫習她父親教給她的拉丁文，一邊從架子上拿了一本書，叫她朗讀而且逐字翻譯一頁《維吉柳斯》❶，我的驚奇在這時達到了最高點。海倫照著做，我每聽一行就更尊敬她。她剛譯完，上床鐘就響了，這是不允許耽擱的。田波爾小姐擁抱了我們兩人，把我們摟在懷裡的時候，說——

「上帝保佑妳們，我的孩子們！」

她擁抱海倫的時間比我長一點，因為她更不情願放海倫走。讓她目送到門口的是海倫，她悲哀地再次嘆口氣也是為了海倫；為了海倫，她從臉頰上擦去一顆淚珠。

剛走到寢室，我們就聽見史凱區德小姐的聲音。她在檢查抽屜，她剛把海倫．伯恩斯的抽屜翻出來。我們一進去，海倫就被狠狠地罵了一頓。史凱區德小姐還要她第二天把六樣折得亂七八糟的東西別在她肩頭上。

「我的東西的確亂得丟臉，」海倫低聲對我說，「我原本倒真的想整理一下，只不過還是忘了。」

第二天早上，史凱區德小姐在一張厚紙板上用顯眼的字體寫了「邋遢」兩個字，把它像避邪符般綁在海倫那寬闊、溫和、聰明和顯得厚道的額頭上。她帶著它一直到傍晚，忍耐著，毫無怨言，把它看作應得的懲罰。下午放學以後，史凱區德小姐一走，我就奔到海倫面前，把它扯下來，扔到火堆裡。她所不能感到的怒火在我心裡燃燒了一整天，大滴的熱淚撲簌簌落在我的臉頰上，看著她那悲哀地順服的樣子，叫我心頭上生出難以忍受的劇痛。

在前面所述的那件事情發生的一星期後，去信給羅伊德先生的田波爾小姐收到了他的回信，看來他所說的與我的敘述相符。田波爾小姐召集了全校學生，宣布對所謂簡愛的罪過所做的調查，說她很高興能夠宣稱簡愛已經完全擺脫一切罪名。於是老師們過來跟我握手、吻我，我的各年級同學發出了一陣快樂的嘈嘈低語。

如此悲痛的包袱就這樣卸下了，我從這時候就開始重新努力，決心排除萬難闖出自己的路來。我辛勤地努力，獲得的成功和我的努力成正比。我的記憶力並不是天生很強的，透過練習有了進步；我的智力也在鍛

❶維吉柳斯（Publius Vergilius Maro, 70-19B.C.簡稱維吉爾），古羅馬時代的詩人。這裡指的是他的作品。維吉柳斯的作品〈安尼埃思〉，公認為一部羅馬建國史詩。其中第二章敘述特洛伊城的陷落。

錬之下變敏銳了，幾個星期之後，我升了一班，不到兩個月，我就被允許開始學法語和繪畫。我學了動詞etre❷的前兩種時態，那天還畫了我的第一間茅屋，順便提一下，那所茅屋的牆在斜度上勝過了比薩斜塔。那天晚上上床的時候，我忘了在想像中準備巴美賽德❸式的晚餐：熱的烤馬鈴薯，或者白麵包或新鮮牛奶，以前我總是用這方法來滿足內心的渴望。這一晚，我卻在黑暗中飽覽了理想的圖畫，全都是我親手畫的圖，隨心所欲描繪出來的房子和樹叢，畫意盎然的岩石和廢墟，一群群庫普❹式的動物，還有蝴蝶在玫瑰花苞上飛舞，鳥兒啄食熟了的櫻桃，藏著珍珠般的鷦鷯蛋的鷦鷯窩，盤裹在常春藤的嫩枝中，諸如此類的可愛的畫。我腦海裡還盤算著，是否有可能把皮埃洛夫人那天給我的一本小法國故事書流暢地翻譯出來；這個問題還沒圓滿地解決，我就已經甜甜地進入了夢鄉。

所羅門說得真好：「吃素菜，彼此相愛，勝過吃肥牛，彼此相恨。」❺

現在，我可不願意拿羅伍德和它的窮困，去換蓋茨海德府和它平日的奢華了。

❷etre：法語的「是」、「在」之意。

❸巴美賽德（Barmecide）：《一千零一夜》中的一個王子，假裝請乞丐赴宴，卻又不給任何食物，藉以愚弄窮人。

❹庫普（Albert Cuyp,1620-1691）：荷蘭畫家，擅長畫動物和風景。

❺所羅門（Soloman,1033-975B.C.）：以色列國王，富有智慧。這段話出自舊約聖經〈箴言〉第十五章第十七節。

第九章

但是，羅伍德的貧窮，或者不如說艱困，減輕了。春天的腳步漸近，實際上她已經來臨了，冬天的嚴寒消除，雪已融化，刺骨的寒風也緩和了。我那悲慘的雙腳，原先被一月的冷冽空氣凍得剝皮發腫到困難於行，現在在四月的陣陣和風吹拂下，開始消褪痊癒。黑夜和早晨不再用加拿大式的氣溫，凍住我們血管中的血；如今我們已經可以忍受必須在花園裡度過的遊戲時間，有時候若是遇上晴朗的天氣，這活動甚至可以開始稱為舒適而令人愉快的了。土色的花床上長出了鮮綠嫩芽，一天鮮活過一天，讓人不禁聯想到，希望之神似乎在夜裡走過這片綠芽，然後在每天早上，都可見到她留下了更加明豔的足跡。葉叢中探出朵朵鮮花：雪花蓮、番紅花、紫櫻草和金眼三色堇。現在在星期四的下午（放半天假），我們都會出去散步，那些時候還可以發現一些更加可愛的花朵，綻放在路旁的樹籬下。

我還發現，在我們花園的裝有尖釘的高圍牆外，有著一種極大的樂趣，一種只有地平線是界限的愉悅。那包括了重重壯麗山巒圍繞著一個大山坳的景致，又蒼翠又蓊鬱；還包括一條晶瑩清澈的淺石溪，裡面滿是暗色石塊和沖激四濺的水花。這景致和我在冬日的鐵灰色天空下看到的，是多麼地不同啊！那時候的它，被嚴寒給凍得僵凝生硬，覆裹在積雪之中，死亡般冰冷的霧，被一陣陣東風吹得飄飄蕩蕩，沿著紫色的層層山峰，滾下汀沼河洲間，直到混入山溪上凝凍的濃霧為止！那時候，山溪本身就是一條湍流，混濁、無以阻攔，它衝散樹林子，發出破空狂號，往往還因為挾著暴雨和席捲的雪雨，而使得聲音更加激烈而模糊難辨。而河岸上的森林呢，那看起來只像是一排排枯骨。

日子從四月進行到五月——那是個明朗祥和的五月，每天都是湛藍晴空，陽光和煦，吹送著輕柔的西風或南風。現在植物都生趣盎然地成熟了，羅伍德甩開了它的濃密秀髮，變成遍地的綠茵鮮花；大榆樹、白楊樹和橡樹的骸骨都雄偉堂皇地復活了。校中深幽的地方，雨後春筍般大量冒出許多森林植物，窪地裡覆滿了種類數不清的苔蘚，滿地繁茂的野生櫻草花，顯得好似奇特的地面陽光；它們的淡金色在陰影處閃閃發亮，彷彿是散落一地的最可愛的光輝。所有這一切，我經常而且盡情地欣賞，自由自在，沒有人看管我，而且幾乎都是獨自一個人。為什麼會有這不尋常的自由和樂趣，是有原因的，現在我有任務把它說給你聽。

當我說羅伍德環抱在山丘和樹林間，瀕臨在小河旁，是否把它說成是一個怡人的住所呢？的確，景色確是怡人，然而是否有益於健康，卻是另外一個問題了。

羅伍德所在的那個森林山谷，是個沼氣和瘴癘的溫床；隨著春天逐漸活潑旺盛起來的腳步，瘟疫也同樣活潑旺盛地繁衍起來，偷偷潛入孤兒院，把斑疹傷寒吹進了擁擠的教室和宿舍。於是，還沒到五月，這所女校就給變成了醫院。

半饑荒的狀態，加上感冒延治，使得大部分學生輕易就受到感染；八十個女孩子中，一下子病倒了四十五個。課上不成了，紀律也瓦解，少數幾個沒生病的，幾乎完全放任自由；因為醫務護理人員堅持，必須用經常運動來使她們保持健康；即使不是這樣，也沒有人有餘暇來看管或約束她們。田波爾小姐的全部注意力都被病人占去了：她整天住在病房裡，只在夜裡偷空去睡幾個小時。老師們全忙著為一些較幸運的女孩子們打包行李，或為她們的離校做準備，她們是一些剛好有親戚朋友能夠且願意叫她們搬離這傳染地區的學生。許多人已經感染上了，只回家等死；有些人死在學校裡，便立刻悄悄地埋葬，這種疾病的性質，不允許片刻耽擱。

當疾病就這麼進駐羅伍德，死亡便成了它的常客。然而儘管圍牆內滿是陰鬱和恐懼，房間和走廊裡蒸騰著醫院的氣味，藥和薰香也蓋不住大規模死亡的惡臭，戶外卻是五月的萬里無雲的陽光，照耀著陡峭的山崗和美麗的樹林。它的花園，也是百花齊放：蜀葵長得跟樹一樣高，百合花盛開，鬱金香和玫瑰爭艷，小花壇邊上喧騰熱鬧的粉紅色海石竹和紫紅色重瓣雛菊，多花薔薇在早上和晚上都散發出香料和蘋果的香味；而這些芬芳的珍寶，對於羅伍德的大多數居民來說，一無用處，只除了偶爾可以提供一把藥草，或是一束放在棺材上的鮮花。

不過，我和其他一些身體無恙的人，卻能盡情享受著這景色和這季節的美。他們讓我們從早到晚像吉普賽人一樣在樹林子裡遊蕩，我們愛幹什麼就幹什麼，愛去哪裡就去哪裡，我們也生活得比以前好些了。現在布洛可赫斯特先生和他家的人一步也不敢走近羅伍德，這裡的家務事沒有人來審查了；脾氣暴躁的總管，也因為害怕被傳染而走了。接替她的人原本是洛頓診所的女監工，還不熟悉這個新地方的規矩，飯食供應得比較寬裕些。再說，吃飯的人比較少了，而且病人吃得很少，盛在我們早餐碗裡的東西於是變多了些。若是沒有時間準備一頓正常的餐點——這情況我們常常遇到——她就給我們一大塊冷的派，或者一片厚厚的麵包和乾酪，我們會把它帶到樹林子裡，選個我們最喜歡的地方，大快朵頤。

我最喜愛的座位是一塊平滑的大石頭，白白的、乾乾的，從山溪的正中央凸出來，只有涉水才能走到那兒，我都光著腳丫子完成這高難度的動作。這塊石頭的寬度正好夠我和另一個女孩兩個人舒服地坐著。那時候我選擇來作伴的，是一個叫做瑪麗安．威爾森的女孩。她是一個精明伶俐，觀察力敏銳的角色，我喜歡和她在一起，一部分是因為她精靈機智而且有創意，一部分是因為她的態度讓我能夠覺得很輕鬆自在。由於比我大著幾歲，她對世事懂得比我多，能告訴我許多我愛聽的事，和她在一起，我的好奇心能夠得到滿足；而對於我的不好之處，她也都寬大地包容我，不管我說什麼，她從來不會強加抑制或約束。她喜歡敘述，我喜歡分析，她愛講，我愛問，所以我們兩人一拍即合；我們的交往，如果說沒有什麼長進，至少獲得不少樂趣。

那麼，這個時候，海倫．伯恩斯在哪裡呢？這些甜美的自由日子，我為什麼沒有跟她一起過呢？我把她忘了嗎？還是我卑鄙得對她那純潔的友誼感到厭倦了呢？的確，我上面說的瑪麗安．威爾森不如我的第一個相識，她只會講一些有趣的故事給我聽，或是在我刻意縱容自己去說些尖刻有力的閒話時，跟我一搭一唱。至於海倫，如果我說得不錯，她卻能使有幸且懂得欣賞她的談話的人，品味到更高層次的東西。

這是真的，讀者；我知道，而且可以感覺到這一點；雖然我是個不完美的人，有著很多缺點，而沒有什麼足以彌補的地方，但是我從來沒有對海倫．伯恩斯感到厭倦過，我對她所懷有的眷戀之情，也從來沒有停止過，這種感情和曾經鼓舞過我的心靈的任何一種感情相比，都是同樣地強烈、溫柔而充滿敬意。怎麼有可能不是這樣呢？海倫在任何時候，任何情況下，都對我表示出一種悄然的忠實友誼，從沒有因為不好的情緒而變得乖戾，也從沒有惱怒不耐過。只不過，在當時，海倫生病了，被搬到樓上不知道哪個房間去，我有幾個星期沒有看見她。人家告訴我說，她並沒有住在校舍裡闢為病房的那一部分，因為她生的是肺病，不是斑疹傷寒；無知的我，本以為肺病是一種較輕微的病，以為時間和調養必定會使她好轉。

有一、兩次，我看見她從樓上下來，使得那無知想法更加牢固：陽光絢麗的溫暖下午，田波爾小姐會陪著她到花園去，但是在這種場合，我是不允許去和她講話的；我只能從教室的窗戶裡看見她，而且不能看得很清楚，因為她總是全身裹著很多衣服，坐在遠處的長廊底下。

六月初，有一天傍晚，我和瑪麗安在樹林子裡待到很晚；我們和往常一樣，脫離了其他人，漫遊到很遠的地方，遠得迷了路，不得不到一間孤單單的農舍那裡問路。裡頭住著一個男人和一個女人，養了一群吃林中樹果為飼料的半野生的豬。等到我們回來，月亮已經升上夜空。一匹矮種馬站在花園門口，我們認得那是外科醫師的馬。瑪麗安推斷一定有人病得很重，所以才會在晚上那個時候還派人去把貝茨先生請來。她走進屋裡去，我繼續在外面逗留了幾分鐘，把我從林子裡挖回來的一把根種在我的花壇裡，為了怕耽擱到明天早晨根會枯萎。這件事做好之後，我在外面又多流連一會兒，因為降露的時候，花兒們聞起來會是如此地香甜。那是一個多麼舒暢的夜晚，那麼寧靜，那麼暖和；仍然留有餘暉的西方，那麼光明堂皇地預示著明天的好天氣；月亮這麼莊嚴地升起在肅穆的東天上。我注意著這一切，以一個孩子所能地欣賞著，這時腦海裡卻第一次出現這樣的想法：

「在這種時候，生病躺在床上，還有著生命危險，是多麼地悲哀哪！這世界真是可愛——若被從這世間召走，到那誰也不知道是哪裡的地方去，一定很可怕。」

於是我的腦子作出第一次認真的努力，要理解那些它曾經被灌輸的、有關天堂和地獄的說法，它生平第一次因為害怕而畏縮起來；它第一次回眼看看後面，看看左右，看看前面，卻見到周圍全是茫茫不可測的深淵，只感覺到它所在的那一個點。現在，其餘的一切都是朦朧不明的雲霧和渺茫虛空的深邃；一想到自己正在這一片渾沌中搖搖欲墜地陷落下去，它就不禁哆嗦起來。我正沉浸在這個新的想法中，卻聽到前門打開，貝茨先生走了出來，旁邊還有個護士。她看著他騎上馬離開之後，正要關門，我就奔到她身前。

「海倫・伯恩斯情況如何？」

「很糟糕。」她回答。

「貝茨先生是來看她的嗎？」

「是的。」

「他說她情況怎樣？」

「他說她在這裡的日子不多了。」

這句話，要是我昨天聽見，就只會理解為她就要被送回諾森博蘭的老家去，絕不會疑心是指她快死了；但是現在我卻立刻明白了，我的腦子恍然領悟到，海倫・伯恩斯已經在倒數她留在這世上的日子了，她即將被帶回靈魂的國度去，如果確有這樣一個國度存在的話。我體會到恐怖的一震，然後是一陣強烈的悲痛襲來，接著便感到一股渴望——一種必須要去見她的需要；於是我問她睡在哪個房間裡。

「她在田波爾小姐的房間裡。」護士回答。

「我可不可以上去跟她說話？」

「噢，不，孩子！那不太可能；而且現在這時間，妳該進屋裡去了，如果到降露的時候妳還耽擱在外面，會著涼發燒的。」

護士關上前門，我從通向教室的邊門進去。我剛剛好趕上時間，九點正，米勒小姐正在叫學生們去就寢。

可能是兩個小時以後，也許將近十一點，我一直沒辦法入眠，眼看著整個寢室寂靜無聲，便認定同伴們都已安詳熟睡，於是我輕輕地爬起來，在睡衣外面套上我的連身裙，沒穿鞋子，躡手躡腳從房間裡溜出去，開始尋找田波爾小姐的房間。它幾乎算是在房子的另一頭，不過我知道怎麼走；沒有被雲遮住的夏月，這兒那兒地從走廊窗戶流瀉進來，讓我能夠毫無困難地找到那房間。一股樟腦和燒焦的醋味兒，警告我傷寒的病房就在附近，於是我迅速地走過那些門，生怕守夜的護士聽到我的聲音。我怕被人發現了給送回來；因為我必須見到海倫——必須在她死去以前擁抱她——我必須給她最後一吻，和她交換最後一句話。

我走下樓梯，穿過下面房子的一部分，一聲不響地打開又關上兩道門，遇上了另外一段樓梯；我走上樓梯，迎面就見到田波爾小姐的房間。有道光線從鑰匙孔和門底下露出來，周遭瀰漫著寧靜的氣息。我走上前去，發現門微微開啟，也許是為了讓這沉悶的病房能接收點新鮮空氣。我不想躊躇不前，而且此刻滿懷衝動——靈魂和感官都在尖銳的悲痛下顫抖著——於是我推開門，往裡探望。我的眼睛搜尋著海倫，卻懼怕看到的是死亡。

緊靠著田波爾小姐的床，有張小欄杆床，半掩在白色帳子裡。我看到被子下面有身形輪廓，不過臉孔被帳子遮住了；與我在花園裡說過話的那位護士，坐在安樂椅上，睡著了；一支沒有剪去燭芯的蠟燭，昏黃地在桌子上燃燒著。並沒有看見田波爾小姐，我事後才知道，她被叫到傷寒病房裡，一個昏迷的病人那兒去了。我往前走，來到小床邊，我的手放在帳子上，然而我寧願先說話，再拉開它。我還是害怕見到一具屍體。

「海倫，」我輕聲喊道，「妳還醒著嗎？」

她動了一下，拉開帳子，我於是看見了她的臉，蒼白、憔悴，卻相當寧靜；她看起來幾乎沒什麼變，我的恐懼立刻消散。

「會是妳嗎，簡？」她用她獨有的溫柔的聲調問道。

「噢！」我心想，「她不可能就要死了，他們搞錯了；不然她不會說話和神情都那麼鎮定。」

我爬上她的嬰兒床，親吻她，她的前額冰冰涼涼，臉頰又瘦又冷，手和腕也一樣，不過笑容還是那副老樣子。

「妳為什麼來這裡，簡？現在已經超過十一點了，幾分鐘前，我才聽到敲鐘。」

「我來看妳的，海倫，我聽說妳病得很重，如果不來跟妳說說話，我沒辦法睡著。」

「那麼，妳是來向我告別的；也許妳來的正是時候。」

「妳要到別的地方去了嗎，海倫？妳要回家了嗎？」

「是的，回我好久以前的老家——我最後的家。」

「不，不，海倫！」我悲痛得說不出話來，胡亂嚥下許多眼淚，這時，海倫忍不住咳嗽了一陣，不過沒有驚醒護士。等她的咳嗽平息下來後，她筋疲力竭地躺了幾分鐘，然後她輕聲說——

「簡，妳的小腳沒穿鞋子；躺下吧，用我的棉被蓋住身體。」

我照著做，她用手臂圈住我，我於是依偎在她身上。在一陣長長的沉默後，她繼續說話，但仍舊輕輕地說——

「我很快樂，簡；當妳聽見我已死了的時候，妳務必不能悲傷，因為沒有什麼可以傷心的。我們總有一天都會死，而且這使我死去的病，並不痛苦；它是溫和而漸進的，我的心靈非常平靜。沒有親人會悲傷我的死：我只有一個父親，他最近剛結了婚，不會想念我。在年輕的時候就死去，讓我免除了許多苦難。我並沒有什麼天賦才能，可以在這世上闖出什麼名堂，有可能只會繼續地犯錯。」

「但是妳要去哪裡呢，海倫？妳看得見嗎？妳知道嗎？」

「我相信，我有信仰，所以我會去見上帝。」

「上帝在哪裡？上帝是什麼？」

「是我和妳的創造者，祂永遠不會毀滅自己創造的東西。我絕對仰賴祂的力量，完全信任祂的慈善。我數著時間，直到我的命數竭盡，將我回歸於祂，將祂顯露在我面前。」

「那麼，海倫，妳確定真有天堂這麼個地方，而我們死後，靈魂都會回到那裡去嗎？」

「我相信會有個未來國度，我相信上帝是仁善的，我可以不憂不懼地，將我不朽的部分交付給祂。上帝是我的父親、我的朋友；我愛祂，我相信祂也愛我。」

「那麼我死後，會再見到妳嗎，海倫？」

「妳會來到同一個極樂之境，讓同一個偉大的天地父母收容，這是毫無疑問的，親愛的簡。」

我又提出了一個疑問，只不過這次僅僅想在心裡面：「那國度是什麼？它存在嗎？」我的兩隻臂膀將海倫圈得更緊些；對我來說，她似乎從來沒有這麼親愛過，我有種放不下她的感覺，把臉窩在她的頸子邊。這時，她用最甜蜜的語調說——

「我真是舒服啊！最後那陣咳嗽讓我有點疲倦，我覺得好像可以睡著了。但是別離開我，簡；我喜歡有妳在身旁。」

「我會陪妳，親愛的海倫，沒有人能把我帶走。」

「妳夠暖嗎，親愛的？」

「是的。」

「晚安，簡。」

「晚安，海倫。」

她吻了我，我也吻了她，然後我們兩人很快就都睡著了。

我醒來的時候已經是白天了。是一個不平常的動作把我弄醒的；我抬頭看看，原來我在別人的臂彎裡：是護士抱著我。她抱著我穿過走廊，送我回寢室去。我沒有因為離開自己的床而挨罵，因為人們還有別的事要操心；沒有人可以回答我的許多問題。不過一、兩天之後我才聽說，田波爾小姐在黎明時回自己的房間，發現我躺在小床上，臉靠著海倫．伯恩斯的肩膀，手臂摟著她的脖子，我睡著了，而海倫卻——死了。

她的墳在布洛可橋墓地裡。她死後的十五年中，上面只由雜草叢生的土墩蓋著；如今，一塊灰色的大理石板標誌著這個地點，上面鐫刻著她的名字和「復生」這個字。

第十章

到現在為止，我已經把我微不足道的生命中的一些事件，詳細記載下來，對我生命中的最初十年，我寫了差不多一樣多的篇章。然而這並不是要寫成一本一般性的自傳，我只需要回想一些能夠引起人們某種程度興趣的記憶就行了，所以我現在跳過其中八年，幾乎完全略過不談，只寫幾行來保持前後連貫。

斑疹傷寒在羅伍德完成了肆虐的任務後，便漸漸從那兒銷聲匿跡，不過在那之前，它的毒害以及受害的人數，已經引來了公眾對這所學校的注意。大夥兒對這場天災的起源進行調查，一步步揭露出一些內情，激起了極大的公憤。這地點本身的不宜健康，兒童食物的質和量，烹飪用的帶鹹味的臭水，學生的粗劣的衣服和日常生活用品——這一切都被揭發出來；這次揭發帶來的結果，對布洛可赫斯特先生來說是屈辱的，對學校卻有所助益。

郡裡面幾個富有的慈善家捐出一大筆錢，讓學校在比較好的地理位置上，另外興建一棟比較適宜的校舍，還訂了新的規章制度，改善了伙食和衣服；學校的基金委託給一個委員會來管理。而布洛可赫斯特先生，由於他的財富和家世淵源不容忽視，還保持著掌管財務的職位，只不過在履行職務時，由幾位心胸較開闊、心地較慈悲的先生來協助辦理。他那督學的身分，也是一樣，變成和另外一些人共同分擔，那些人知道如何把情理和嚴格、舒適和經濟、同情和正直結合起來。學校於是受到改善，適時變成一個真正有用而且高貴的機構了。在這次改革之後，我繼續在裡面住了八年：六年當學生，兩年當老師；在這兩種身分上，我都可以為這所學校的價值和重要性作證。

我這八年的生活，規律不變，但不能說不快樂，因為並不是停滯不前。我有足以讓自己獲得優秀教育的能力，我喜歡某些課程，而且還有股要在所有面相都表現出眾的慾望，這一方面也因為我非常喜歡博得老師們的讚許，特別是我所敬愛的老師，這些都促使我前進。我充分運用自己的天賦，終於升到了第一班第一名的位置；接著，我被授與教師的職位。我滿懷熱忱地當了兩年教師；然而在期滿兩年的時候，我卻有了變化。

田波爾小姐經過了所有的變遷，到現在為止一直擔任著這所女校的校長；我的絕大部分學識都是拜她所授。她的友誼和交往一直是我的安慰，她擔任了我的母親、保護人的職責，在後來，又成為我的伴侶；就在這個時候，她結婚了。（她的丈夫是個牧師，一個很優秀的人，差不多可以說值得這樣一位妻子。）他們搬到很遠的一個郡去住，因此我就失去了她。

從她離開的那天起，我不一樣了；一切已經確立的情感，一切使我感到羅伍德在某種程度上算是我的家的聯想，全都跟隨著她一起消失。我從她那兒感染了一點她的好天性，承襲了許多她的習慣，還接收了一些平和的思想；我的心靈開始擁有一些控制得比較協調的感情。我相當順服於職責與紀律，我很安靜，我相信我是滿足的；在別人看來，甚至往往在我自己看來，我表現出來的樣子，都是一個克己而內斂的人。

但是，命運藉著納司密斯牧師，將我和田波爾小姐隔開了。在他們舉行婚禮後不久，我看著她身著旅行裝跨上驛馬車。我看著馬車爬上小丘，越過山丘頂而消失。然後我回到自己的房間裡，在那兒孤獨地度過這為了榮耀校長舉行婚禮而放的半天假。

我大半時間在屋子裡走來走去。我自認為這只是在惋惜我的損失，考慮怎麼來彌補；可是，當我結束我的省思，抬頭一看發現下午已經過去，夜晚早已來臨時，我突然豁然開朗，有了新的領悟——這一段時間裡，我經歷了一個轉化的過程，我的心靈已經褪去了它從田波爾小姐那兒借來的一切——或者不如說，我在她身邊所呼吸到的寧靜氣息，都已經隨她而去——現在的我，只剩下自己的本性，我感到那些舊時的情緒，又開始騷動起來。這不是像一根支柱被抽走了，而是像一個動機消失了；並不是我已經沒有保持平靜的力量，而是保持平靜的理由已經不復存在。我的世界幾年來一直囿限在羅伍德裡面，我的經驗一直不出乎它的規章制度；現在的我，想起了真實世界是遼闊的，想起有一個充滿希望和恐懼、感動和興奮的領域，正在等待有勇氣的人走進她的浩瀚無垠中，在她的諸般險境裡探求真正的學問。

我走到窗口，打開窗子，看看外面。窗外有著這座建築物的左右邊廂，有花園，有羅伍德的外圍，有山巒層疊的地平線。我的眼光越過所有其他的物體，降落在最遠處，那些藍色的山峰上。我渴望要攀越過的就是這些山峰；在那個巉岩荒地組成的邊界以內的地方，似乎便是個囚所，一個流放地。我的目光追隨那條白色的路，它蜿蜒過一個山腳，最後消失在兩山之間的峽谷中，我多麼渴望能夠再沿著它繼續看下去！我回想起以前曾經乘著馬車經過那條路；我還記得那時候正是日暮時分，我們從那座山上往下走來。從我第一次來到羅伍德的那天起，似乎已經過了很長的一段時間，而我卻一直沒有離開過它。我所有的假期都是在學校裡度過的，里德夫人從來沒有派人來把我接到蓋茨海德府去，不管是她也好，或是她家裡的什麼人也好，都沒有來看過我。我和外面的世界，沒有通信，也沒有隻字片語的連絡；我所知道的生活，就是學校的規定、學校的工作、學校的習慣與觀念，以及學校裡的聲音、臉孔、用語、服裝、愛好和憎惡。現在我感覺到這是不夠的，在短短的一個下午之內，我已經對八年來一成不變的日子感到厭倦。我渴望得到自由，為了自由，我興奮地透不過氣來，為了自由，我唸出了我的祈禱；然而那祈禱似乎隨著微微吹著的風飄散無蹤。於是我放棄祈禱，構想出一個較謙卑的懇求，懇求得到改變和刺激。而這個懇求，似乎也被揮趕到渾沌不明的空間去了。「那麼，」我半絕望地叫道，「至少賜與我一份新的差使吧！」

這時候一陣鈴響，宣告吃晚飯時間到了，把我給召下樓去。

從這時起到就寢，我一直沒有空閒時間繼續那被打斷的思緒，甚至到了就寢時間，和我同房間的那個教師還一直不停地閒聊瞎扯，讓我沒辦法回到我急著想再繼續思考的事情上來。我多麼希望睡眠能叫她住嘴啊！我總覺得好像只要再多想一下我剛才在窗前最後想到的那件事，就會想出什麼創見，好讓我獲得解脫似的。

葛萊斯小姐終於沉睡打鼾了，她是個遲鈍的威爾斯女人，在這之前，她那已養成習慣的鼻部旋律，對我來說向來都只是一種討厭的東西；而今晚，我卻很滿意地歡迎那最初幾個重音符的到來。脫離了干擾，我那半淹滅的思緒，又立刻復活起來。

「一份新的差使！這有點意思，」我自言自語（要知道，我這只是在心裡面想，沒有說出來），「我知道是這樣沒錯，因為這聽起來並不太動聽，它並不像那些自由啦、興奮啦、享受等字眼，聽起來是很讓人愉快沒錯，但是對我來說只不過是些聲音而已，空盪盪地一飄即逝，讓我覺得就連去傾聽它們都是在浪費時間。可是工作呢！就絕對不是浪費時間，那必定是實實在在的事。任何人都可以付出勞力。我在這裡付出我的勞力已經八年了，現在我只想到別處去付出。難道我連自己這份意願都不能得到嗎？這件事不可行嗎？可行的——可行的——這目的並不那麼難達成，只要我肯動動腦，想個法子來實踐它。」

我在床上坐了起來，為了讓方纔說的那個腦子能更加清醒。那是個寒冷的夜晚；我裹了一條披肩在肩膀上，然後開始全心全意地繼續思考。

「我想要什麼呢？一個新的職位，在一棟新的房子裡，處在新的面孔中、新的環境下。我渴望這些，是因為奢求任何更好的東西都是沒有用的。別人都是怎麼樣去找到一個新的職位的呢？他們委託朋友吧，我想。但我沒有朋友，還有很多其他人也沒有朋友，必須自己照顧自己，幫助自己；那麼他們的資源究竟是什麼呢？」

我說不上來，沒有什麼能回答我。於是我命令我的腦子找出一個回答，而且要快。它於是努力想，越想越快。我可以感覺到我的頭和太陽穴那裡的脈搏在跳動，可是它在千頭萬緒中想了將近一個小時，還是沒想出個結果。這徒勞無功的思索弄得我亢奮不安，於是我下床，在屋子裡走了一圈，拉開窗簾，看到一、兩顆星星，冷颼颼地顫抖起來，又爬回床上。

必定有個好心的仙女，趁我離開床的時候，把我所需要的建議放在我枕頭上；因為我一躺下來，這個建議就悄悄地、自然地來到我腦海裡：「那些找職業的人都登廣告，妳必須在《××郡先驅報》登廣告啊！」

「怎麼登呢？我對登廣告這件事情一竅不通啊。」

這時立刻有個答案順利地跳出來——

「妳得把廣告和廣告費放在信封裡，註明寄給《先驅報》的編輯，妳必須把它，妳的第一個機會，投到洛頓的郵局去。標明回函要寄到洛頓郵局給J. E.❶。寄出後一、兩個星期，妳就可以去問問看，如果有任何回函，再視情況行事。」

我把這計畫反覆思考了兩、三次，在心裡面反芻一番，確立出一套清楚可行的辦法後，便滿意地入睡。

隔天一大早我就起床，在學校打起床鈴之前，就寫好了我的廣告，封好它，並在信封上寫好了地址。廣告是這樣寫的——

「茲有年輕女士，具教學經驗（我不是當了兩年教師了嗎？），希望謀得家庭教師之職，教授十四歲以下兒童（我想到自己不過才十八歲，實在不適宜管教與自己年齡相近的學生）。具有教授良好英國教育中各項一般課程，以及法語、繪畫、音樂的資格（讀者，這在現在看來挺狹窄的技藝科目，在當時已經算是相當廣博的了）。回信請寄××郡，洛頓××郵局，J. E.。」

這個文件在我抽屜裡鎖了一整天。吃過午茶後，我向新校長請了假，說是要上洛頓去給自己辦點兒瑣事，還要給與我共事的一、兩個教師辦幾件事。她立刻答應，我就去了。那是兩英里的路程，傍晚的天氣潮溼，但是那時的白晝還很長；我去了一、兩家店，並把信投進郵局，然後冒著大雨回來，衣服溼漉漉的，心裡面卻感到鬆了一口氣。

接下來的一星期顯得很漫長，然而，像世上一切事物一樣，終於還是來到了最後一天，而且又是一個天氣宜人的秋日傍晚，我再次走在去洛頓的路上。順便提一下，那是條景色如畫的小道，沿著山溪鋪展，穿過溪谷中最討人喜愛的一段段曲線。可是那一天，我比較沒有想到牧草地和溪水的魅力，而是在想著信，想著信也許已經，或者也許還沒在我正前往的小城裡等著我。

我這次的表面任務，是去量尺寸訂做一雙鞋子，所以我先辦這件事，辦完之後，便從鞋店那兒，穿過清潔、安靜的小街，到對面郵局去。郵局有一位老太太在管理，她鼻子上架著角框眼鏡，手上戴著黑色連指手套。

「有J. E.的信嗎？」我問。

她透過眼鏡凝望著我，然後打開一個抽屜，在裡面翻尋了很長一段時間，長得讓我的希望都開始打退堂鼓。終於，在她把一個文件拿在眼鏡前面看了將近五分鐘之後，她隔著櫃台把它遞給了我，同時投給我一個好奇的、不信任的眼光──信是給J. E.的。

「只有一封嗎？」我問。

「沒有別的了。」她說。我把信放進口袋，轉身朝著回家的方向。我不能在那時候拆信；按規定我得在八點以前回學校，那時已經七點半了。

我一回去就有幾件事情在等著我。學生的自習時間，我必須坐著陪那些女孩子們，接著輪到我來讀祈禱文，看著她們上床，然後和其他老師一起吃晚飯。甚至到了最後就寢的時候，那個避不開的葛萊斯小姐還和我在一起；我們的燭台上只剩下短短的一截蠟燭了，我生怕她會再聊天聊到蠟燭熄滅。幸好，那頓份量很多的晚餐對她產生了催眠作用；我還沒脫好衣服，她就已經在打鼾了。還剩一吋的蠟燭，我把信拿出來；封蠟上蓋的是一個首字母F；我把信拆開，內容很簡短。

❶J. E.：簡愛(Jane Eyre)的縮寫。

「如果上星期四《××郡先驅報》刊登廣告的J. E.具有所述學識，並能提供品行與資格上令人滿意的證明，則可獲得一個職位，學生只有一個小女孩，未滿十歲，年薪三十鎊。請J. E.將證明、姓名、住址和全部詳細情況寄交：『××郡，米爾科特附近，荊原莊菲爾法斯太太』。」

我把這封信看了好久，字體是老式的，而且不太清晰，像是老婦人寫出來的字。這個環境倒是令人滿意，我心裡原本老是暗自在擔憂，生怕我這樣自作主張行事，會為自己惹上麻煩；最重要的是，我希望我努力的結果是值得尊重的，得體的，行止合宜（法文）的。現在我覺得，我手上這件事情裡頭有個老婦人在，倒也不壞。菲爾法斯太太！我看見她穿著黑色長服，戴著寡婦帽；也許面容嚴峻，但並不無禮，是英國老年人的可敬典型。荊原莊！毫無疑問是她的房子的名稱，我相信一定是個美麗的地方；不過我怎麼努力，也還是想像不出那建築物的精確平面圖。××郡米爾科特，我重新回憶了一下英國地圖。是的，我看見它了；郡和城鎮都看見了。××郡比我所住的這個偏僻的郡更靠近倫敦七十英里；那對我來說，就是一個優點。我渴望到有生機有活動的地方去。米爾科特是在A××河岸上的一個大型工業城，毫無疑問是個夠繁榮的地方，那樣子的話更好，至少會是個徹底的改變。這可並不是說我所憧憬嚮往的都是些長煙囪和煙雲——我為自己辯解：「也許荊原莊離城有好一段距離呢。」

這時候，燭窩終於塌了下來，燈芯滅了。

隔天必須採取新的步驟，我的計畫不能再藏在自己胸中了，為了讓它們成功實現，就得公開出來。在中午休息時間，我去找了校長，獲得她的接見，我告訴她我有希望得到一個新的職位，薪俸是目前的兩倍（因為我在羅伍德的年俸是十五鎊），請她把這件事情透露給布洛可赫斯特先生或者委員會的什麼人知道，確定一下他們是否允許我把他們提出來作為證明。她很熱心地一口答應在這件事上當中間人。第二天，她向布洛可赫斯特先生提出這件事，他說這個必須寫信問里德夫人，因為她是我的自然監護人。於是我便寫了一封信給那位夫人，她的回答說，我高興做什麼都可以，她早已放棄干預我的事情了。這張信條在委員會中傳閱，然後經過了對我來說最冗長的拖延之後，委員會終於正式宣布，他們同意我以自己的能力改善自己的狀況，而且附帶地向我保證，由於我在羅伍德當教師和當學生的表現一直都很好，不久之後我就會收到一張證明我品行和能力的文件，由學校的所有督學簽名作證。

因此，過了大約一個月，我收到了這張證明，並寄了一份給菲爾法斯太太，然後收到她的回信。她說她感到滿意，而且約定兩個星期以後，我開始在她家擔任家庭教師。

現在我忙著做各種準備，兩星期很快就過去了。我的衣飾不多，不過已夠用了，我只需用最後一天來收拾衣箱——那就是我八年前從蓋茨海德府帶來的那一個箱子。

箱子捆好了，釘上了名片。再過半個鐘頭，搬運伕就會來把它送到洛頓去，我自己明天一早也要到那裡去搭馬車。我刷過了我的黑布旅服，準備好軟帽、手套和暖手筒，還把每一個抽屜都檢查過，確定沒有遺漏了什麼東西；現在，沒有別的事好做，我只好坐下來，試著休息一下。然而我沒辦法休息：我太興奮了。今晚我即將結束生命的一個階段，明天就會開始另一個，在這中間，我是不可能睡得著的，我務必要熱切地看著這變化一步步實現。

「小姐，」有個僕人在大廳裡碰見我，我正在那裡徘徊踱步，像個神經緊張的人，「下面有個人想見妳。」

「一定是搬運伕。」我心想，問都沒問就跑下樓去。我穿過半開著門的後客廳，或者該說是教師休息室，要到廚房去，這時有個人跑出來——

「是她，我確定！——到哪兒我都認得出她來！」那人叫道，攔住我的去路，拉住我的手。

我定睛一看，看到一個女人，打扮得像是個體面的女僕，像是已婚，不過看來仍很年輕，長得很好看，黑髮黑眼睛，膚色鮮明有朝氣。

「哪，是誰來著？」她問道，這聲音和笑容，我覺得似曾相識，「我想，妳還沒忘記我吧，簡小姐？」下一秒鐘，我已經欣喜若狂地在擁抱她、親吻她了。「貝絲！貝絲！貝絲！」我只能說出這些話；她見我這樣，一邊笑，一邊哭起來，我們於是一道走進客廳去。火爐邊站著一個三歲小傢伙，穿著格子布罩衫和長褲。

「那是我兒子。」貝絲立即說。

「這麼說妳結婚囉，貝絲？」

「是的，將近五年了，嫁給羅伯特・利文，那個馬車伕；除了那邊的巴比，我還有個女兒，我將她命名為簡。」

「那麼妳不住蓋茨海德府了嗎？」

「我住在門房小屋裡，那個老門房走了。」

「嗯，那麼他們都過得如何呢？把他們的事都講給我聽，貝絲；不過先坐下吧，還有巴比，過來坐我腿上，好嗎？」巴比卻寧願躲到媽媽那兒去。

「妳沒有長得很高呢，簡小姐，也不怎麼結實喔，」利文太太繼續說。「我敢說學校沒有好好養妳吧；里德小姐比妳高出一個頭和肩膀，喬治安娜小姐幾乎是妳的兩倍胖。」

「我猜喬治安娜很美吧，貝絲？」

「非常美。去年冬天，她跟媽媽到倫敦去，那邊每個人都仰慕她，有個年輕的貴族還愛上了她，只是他的親戚們都反對這門婚事；然後——妳猜怎麼著？——他和喬治安娜小姐計畫私奔，不過他們被發現了，於是被阻攔下來。是伊莉莎小姐發現揭發他們的；我相信她是因為嫉妒吧；現在她和她妹妹貓狗不相容地過活，老是在吵架。」

「嗯，約翰・里德呢？」

「噢，他並沒有像他媽媽所期望地那麼出人頭地。他上了大學，卻被——當掉了，我想他們是這麼說的。後來他舅舅要他當律師，學習法律，然而他是這麼地浪蕩成性，我想，他們是永遠不可能把他塑造得多好的。」

「他長得怎樣？」

「他很高，有些人說他是個英俊的青年，可是他的嘴唇那麼厚。」

「里德夫人呢？」

「夫人表面上看來還是很結實健康，但是我想她心裡面一定不怎麼好受。約翰先生的行為並不使她高興——他花了很多錢。」

「是她派妳來的嗎，貝絲？」

「不是，真的。我一直都想來看妳，然後我聽說妳寫來一封信，要到這國家的另一個地方去了，我想我可得立刻出發，在妳還沒走遠前，來見妳一面。」

「我恐怕妳對我失望了吧，貝絲？」我笑著說，因為我看得出來，貝絲的眼神儘管流露著關懷，卻絲毫沒有讚賞的成分。

「不，簡小姐，倒不盡然如此。妳是夠優雅的了，看起來像個淑女，我原先預料的，也不過是這樣，因為妳在小時候，就不是什麼美人。」

貝絲這麼坦白的回答，讓我微笑起來；我感覺到那說得沒錯，不過我承認對這話的含意，我卻是不能完全漠然。十八歲的人，大多希望能討人喜歡，若是被證明自己並沒有擁有一個可以支持那願望的外貌，是不可能高興滿意的。

「不過，我敢說妳一定很能幹，」貝絲繼續說，為了要安慰我。「妳會什麼？妳會彈鋼琴嗎？」

「一點點。」

房間裡有一架鋼琴，貝絲走過去打開它，要我坐下來為她彈首曲子。我彈了一、兩首華爾滋舞曲，她聽得都入迷了。

「里德小姐可不能彈得這麼好！」她歡喜地說，「我一直都說妳在學習方面會超過她們，妳會畫畫嗎？」

「壁爐架上有一幅我的畫。」那是一幅水彩風景畫，我把它作為禮物送給校長，感謝她熱心在我與委員會間協調，她把它裱上了玻璃鏡框。

「啊，那真美，簡小姐！跟里德小姐的繪畫老師畫的任何一張畫比起來都不遜色，更別提那兩位年輕小姐，她們還差得遠呢。妳學了法語了嗎？」

「有的，貝絲，我會讀也會講。」

「薄棉布和帆布的針線也能做嗎？」

「能的。」

「噢，妳真是個道地的淑女了，簡小姐！我就知道妳能的；不管妳的親戚們有沒有注意到，妳都會出頭的。有件事我要問妳，妳有沒有從妳父親的親戚那邊聽見過什麼消息？」

「從來沒有。」

「嗯，妳也知道夫人總是說他們很窮而且卑微；也許他們是窮，但是我相信他們跟里德家的人同樣是上流人士；因為有一天，將近七年前，一位愛先生來到蓋茨海德府，想要見妳。夫人說妳住在五十哩外的學校裡，他顯得非常失望，因為他沒辦法逗留，即將出海到國外旅行，船在一、兩天後，就要從倫敦出發。他看起來完全是個紳士，我相信他是妳父親的兄弟。」

「他要去哪個國家呢，貝絲？」

「一個好幾千哩外的島，那邊的人釀酒——管家倒是告訴過我——」

「馬德拉嗎？」我試著問問看。

「是的，就是那裡——就是那個字。」

「那麼他去了？」

「是的，他在宅子裡沒有待幾分鐘，夫人對他很傲慢，事後還稱他為『來路不正的生意人』。我的羅伯特認為他是個酒商。」

「很可能，」我答道，「要不就是酒商的雇員或代理人。」

貝絲和我又多談了一個小時的往事，然後她不得不離開我了。隔天早晨在洛頓等馬車時，我又見了她幾分鐘。最後我們在那兒的布洛可赫斯特分支機構大門口分手，各自走上自己的路：她出發到羅伍德丘陵的山崗上，搭那輛送她回蓋茨海德府的馬車，我則爬上這輛即將送我到米爾科特那個未知環境的馬車，去接受新的工作，過新的生活。

第十一章

小說中新的一章，就像戲劇中新的一場。讀者，我這次把帷幕拉起來的時候，你得想像你看到的是米爾科特喬治旅館中的一個房間。那裡面有著跟一般旅館房間裡一樣的陳設：牆上是一般旅館房間都有的那種大花紋壁紙，還有一般旅館房間都有的那種地毯、那種家具、壁爐架上的裝飾，以及那種印畫——包括一幅喬治三世的畫像和一幅威爾斯親王的畫像，與一幅描述吳爾芙之死的畫。這一切全在天花板上垂吊下來的一盞油燈與旺盛爐火照明下，看得一清二楚，披著斗篷戴著軟帽的我，就坐在爐火邊。暖手筒和傘躺在桌子上，我正試著讓自己暖和起來，驅走身上的冰冷與麻木，那是連續十六小時暴露在十月天的寒氣中得到的結果：我在早上四點鐘離開洛頓，現在，米爾科特城裡的鐘正敲著八點。

讀者，儘管我看起來像是已經容身到很舒適的環境裡，我的心裡卻並不平靜無波。我本以為馬車在這裡停下時，會有個人來接我；所以在我一邊走下小僕役為了我的方便放在馬車底下的木製階梯時，就一邊急著四處張望，希望能聽到有人喊我的名字，或是看到一輛不管是什麼型式的馬車等著送我去荊原莊。可是看不到任何一點這樣子的跡象，我向侍者打聽是否有人問起過一位愛小姐，得到是否定的回答；沒有別的辦法之下，我只好請他們帶我到一間隱密的房間去。現在我就是在這兒等著，各種各樣的懷疑與恐懼，煩得我心神不寧。

對一個初出茅廬的年輕生命來說，這是個非常奇怪的經驗，感覺到自己在這世界上是孤獨無依，與所有聯繫都切斷而漂離著，不確定自己是否真到得了所該前往的港口，而許多障礙又阻止自己回到已經離開的那個地方。冒險的魅力使這種感覺變得甜美，暖洋洋的自豪感也為它加了熱；不過接下來的心跳害怕打亂了它。等到半小時過去而我還是孤獨一人，恐懼便凌駕於其他感覺之上了；我想起可以打鈴喚人。

「這附近有沒有一個地方叫做荊原莊的？」我詢問前來應答的侍者。

「荊原莊？我不知道，小姐；我去吧台問問。」他走了，一會兒就回來。

「妳姓愛嗎，小姐？」

「是的。」

「這裡有人在等妳。」

我跳起來，拿了我的暖手筒和雨傘，急忙走出來到旅館的走廊裡，有個男人等在開著的門邊，燈光點亮了的街道上，我隱約看見一輛繫著單馬的運輸工具。

「這該是妳的行李吧，我想？」那男人見到我後，相當唐突地冒出這句話，指著我放在走廊上的行李箱。

「是的。」他把它抬到那個運輸工具上，那差不多算是一種馬車吧，然後我坐進去；在他為我關上門之前，我問他到荊原莊有多遠。

「大約六英里路。」

「我們要多久才會到達？」

「剛好一個半小時吧。」

他綁緊車門，爬到外面自己的車座上，我們就出發了。我們的行進很遲緩，讓我有充分的時間沉思：我很高興自己現在已經接近這次旅行的終點了；在這輛雖不很高雅卻很舒適的馬車裡，我往後靠在車座上，從容地想了很多。

「我猜想，」我心想，「從僕人和馬車的樸素看來，菲爾法斯太太應該不是個非常趕時髦的人，這樣更好，我從來沒跟高貴名流相處過，只除了那麼一段時間，跟他們一起生活真讓我悲慘不堪。我不知道她是否只跟這個小女孩一塊過活，如果是這樣，只要她有那麼一點和藹親切，我就必定能跟她好好相處；我會盡全力，只不過很遺憾地，盡全力並不永遠管用。在羅伍德，的確，我下過那個決心，實踐了它，也成功地討了人喜歡；但是對里德夫人呢，我記得即使是盡了全力也只能得到唾棄。我祈求上帝，別讓菲爾法斯太太成為第二個里德夫人，但如果她是，我倒不是非得待在她身邊不可；糟就糟吧，再壞我也還可以重新登個廣告。不知道現在我們已經走多遠了？」

我把窗子拉下來，看看外面；米爾科特已經在我們後面了。從燈光的數目來判斷，它似乎是個相當大的地方，比洛頓大多了。就我所能看到的，我們像是在公有地上，不過仍有房屋零星散布在整個區域中。我覺得我們是在一個和洛頓不同的地區，人口較多，但比較沒那麼景色如畫，較熱鬧，但比較不浪漫了。

路很泥濘，夜霧濛濛；我的領路人讓馬兒一路上都緩慢地走，一個半小時給拉長到——我很相信，拉長到兩個小時，終於，他從座位上回過頭來說：

「妳現在離荊原莊不遠了。」

我又朝外面望望：我們正經過一所教堂，我看見它低矮寬闊的鐘樓映襯在天空下，它的鐘正敲著一刻，我還看見山坡上有窄窄一條燈火銀河，標誌著那是一座村莊或者村落。大約過了十分鐘，駕車人下了車，打開兩扇大門，我們走了進去，門在我們身後啪地關上。我們現在在一條車道上慢慢往上走，來到一所房子寬闊的正面；有盞燭火從某扇蒙著窗簾的凸肚窗裡透出光亮，其餘的窗戶都暗著。馬車在前門停下，一個女僕來開門，我下了車，走進門去。

「小姐，這邊走好嗎？」那女孩說。我跟著她穿過一間周圍有高門的四方形大廳。她帶我走進一個房間，那裡又生著火又點著蠟燭，這雙重照明讓我一開始被照得花了眼睛，因為那和我雙眼在前兩小時中已經習慣了的黑暗，形成強烈對比；不過，等到我的眼睛能看見的時候，一幅溫馨宜人的圖畫，呈現在我眼前。

一個小而精緻的房間：一張圓桌子擺在令人快活的爐火邊，一張扶手椅，高背、老式，上面坐著一位你所能想像得到的最整潔漂亮的小個子老婦人，戴著寡婦帽，穿著黑綢長袍，以及雪白的摩斯林細棉布圍裙，正好跟我想像的菲爾法斯太太一模一樣；不過沒那麼威嚴，模樣溫和多了。她正忙於編結，一隻大貓端莊靜雅地坐在她腳邊；總之，就家庭舒適的完美典型來說，這裡已經什麼都不缺了。很難想像能夠再有更令人放心的接見女家教的場面了：沒有氣勢懾人的壯麗堂皇，沒有令人發窘的莊嚴肅穆；而且，我一進去，老婦人就站起身，迅速而親切地過來迎接我。

「妳好嗎，親愛的？恐怕坐車坐得挺悶的吧；約翰駕車的速度太慢了。妳一定很冷，過來火這邊吧。」

「我想，妳是菲爾法斯太太吧？」我說。

「是的，妳說對了。請坐，別客氣。」

她引我到她自己的椅子前面，開始為我拿掉圍巾，解開我軟帽的帽帶，我請求她不必麻煩了。

「噢，一點都不麻煩，我敢說妳的手應該都快凍得麻木了吧。莉亞，去弄點熱的尼格酒，切一、兩片三明治來；儲藏室的鑰匙在這裡。」

然後她從口袋裡取出一大串像管家們用的鑰匙，交給女僕。

「現在，那麼，靠火近一點吧，」她繼續說，「妳隨身帶著行李嗎，有沒有，我親愛的？」

「有的，夫人。」

「我去叫他們把它送到妳房裡去。」說著就急急走出去。

「她待我像個客人般，」我心想，「我沒想到會受到這樣的禮遇；原本以為只會有冰冷與強硬而已，這可不像我所聽過的女家教的待遇啊。不過我不應該高興得太早。」

她回來了，親手把她的編織用具和一、兩本書從桌子上移開，騰出空間來放莉亞這時候端來的盤子，接著又親自把點心端給我。受到這種從來沒有受過的關懷，而且又是來自我的雇主和上司，讓我感到相當不知所措；可是，看來她並不認為自己在做什麼紆尊降貴的事，我也就認為最好還是默默接受她的款待。

「我今天晚上有幸見到菲爾法斯小姐嗎？」我把她給我的東西吃掉一部分之後，問她。

「妳說什麼，親愛的？我有點耳背。」這位善良的婦人回答，一邊把耳朵湊近我的嘴。

我把我的問題更加清晰地重複一遍。

「菲爾法斯小姐？噢，妳指的是瓦朗斯小姐！瓦朗斯是妳未來學生的姓。」

「真的嗎！那麼她不是妳的女兒囉？」

「不是——我沒有親人。」

我本該就著第一個問題繼續問下去的，問問看瓦朗斯小姐跟她究竟是怎麼樣的關係；但是我想到問太多問題不太禮貌，而且，我以後一定會聽到的。

「我真高興，」她繼續說，在我面前坐下，把貓抱到膝蓋上；「我真高興妳來了；現在多了個伴住這裡，一定會很愉快。荊原莊確實在任何時候都很令人愉快，因為這是棟很好的老宅子，也許近幾年沒怎麼翻修，但仍然是個很體面的地方；不過，在冬天，一個人孤單單地，實在會覺得很淒冷，即使是住在最好的房子裡也一樣。我說孤單是——莉亞是個好女孩沒錯，約翰和他老婆也是非常善良的人；然而，妳懂嗎？他們畢竟只是僕人，不能用平等的身分與他們說話，還必須怕失去權威，而得跟他們保持著距離。我確定去年冬天（如果妳記得，那是個非常嚴寒的冬天，並且不是下雪，而是風風雨雨的），從十一月到二月，除了肉販和郵差之外，沒有一個人來到這裡過；我每夜每夜孤零零一個人坐著，真的覺得好陰沉乏味啊，有時候，我叫莉亞進來唸書給我聽，但我想這可憐的女孩並不怎麼喜歡這工作，她覺得那很拘束。在春天和夏天的時候，會好些；陽光以及較長的白天，就有很大的不同了。然後，就在這個秋天剛來臨的時候，小亞黛兒・瓦朗斯來了，和她的保母。多這麼個小孩，就讓整個房子一下子有了生氣；現在，妳也來了，我一定會很快樂。」

聽著她說話，我心裡真的對這位高尚的夫人產生了好感；我於是把椅子拉得離她近一點，說我誠摯希望她以後能發現，我的陪伴真如她預期的那麼令人愉快。

「不過，我今天晚上不準備把妳留太晚，」她說，「鐘已經打了十二點，妳整天都在旅行，現在一定覺得累了。如果妳的雙腳已經烘暖，我就帶妳到妳的房間去。我準備了我隔壁那個房間給妳，那只是個小屋子，但我想，跟前面那些大房間比起來，妳會比較喜歡這一間；它們的家具是比較好沒錯，但是它們都那麼陰暗而孤獨，我自己從來不在那邊睡覺。」

我謝謝她為我做了這麼體貼的選擇，然後由於我真的在長途跋涉下筋疲力竭，便表示我想休息了。她拿起蠟燭，我跟著她走出房間。她先去看看大廳的門是否鎖好，從鎖孔中取下鑰匙之後，她帶我上樓。臺階和扶手是橡木做的；樓梯間的窗戶很高，鑲著窗櫺，樓梯和通向各個臥房的長走廊，都像是應該屬於教堂裡而不是住家。一種冷颼颼的、地下墓穴般的氣氛籠罩著樓梯和走廊，使人聯想起空盪和孤寂等不愉快的感覺；我很高興終於被帶到我的臥房裡，很高興看到房間小小的，擺設著普通的時式家具。

菲爾法斯太太向我道了聲親切的晚安，我拴上門，隨意看看四周。我的小房間這種比較活潑熱鬧的景象，在某種程度上揮走了那宏偉的大廳、那陰暗空盪的樓梯、那又長又冷的走廊所造成的恐怖印象。我想起在一天的身體勞頓、心裡焦急後，現在終於來到一個安全的避風港中。一股感恩的衝動在我心裡鼓脹起來，我在床邊跪下，向應受感謝的地方獻上了我的感謝；站起來以前，我沒有忘記再祈求一下在未來的路上能給我幫助，並給我力量，讓我得以蒙受這些似乎還不配獲得就已經受到真誠賜予的仁慈。那一夜，我的床上沒有荊棘，我孤獨的房間裡沒有恐懼。又疲倦又滿足，我很快地，且沉沉地睡去；等我醒來時，已經是大白天了。

這小房間看起來真是個明朗的小地方，太陽從色彩鮮活的藍色印花窗簾間照進來，照出了貼著壁紙的牆壁和鋪著地毯的地板，一點都不像羅伍德的光禿禿的拼木地板和污漬斑斑的灰泥牆，我一見到這景象，精神就振奮起來。表象對於年輕人有很大的影響。我想，一個較為光明美好的時期正在為我而展開，一個有著百花與快樂的時期，同時也有其荊棘和勞苦。我的各項官能，在場景改變，新的領域隨著希望出現的刺激下，似乎都被喚醒了。我不能精確地說出它們在期待什麼，不過那是一種愉快的東西：也許不只是在那一天或者那個月，而是在一個不明確的未來時期。

我起床，謹慎地穿著打扮；樸素是沒辦法的——因為沒有一件衣服不是做得極其簡單——但天性上的我仍然酷愛整潔美觀。不重視打扮，或是不管自己給人家留下什麼印象，都不是我的習慣；相反的，我一直希望盡可能使自己顯得好看些，在缺少美貌所許可的範圍內，盡量使自己討人喜歡。我有時候惋惜自己沒長得再漂亮一點，有時候希望能有玫瑰般的紅頰，挺直的鼻子和櫻桃小嘴；我多渴望能長得高，端嚴，有好身材；我覺得自己長得那麼矮小，那麼蒼白，五官那麼不合乎常規矩、特徵顯著，真是一種不幸。為什麼我會有這些渴望、這些惋惜呢？那很難說，當時的我沒法對自己說清楚；不過，我倒還有個理由，而且是合乎邏輯的、自然的理由。不管怎樣，在我把頭髮梳得服服貼貼，穿上黑色連身裙——這看來雖然像貴格教徒❶，至少有著極為合身的好處——再把乾淨的白色領飾整理好之後，我想我已可以夠體面地去見菲爾法斯太太了，我的新學生至少總不會厭惡地躲開我吧。打開臥房的窗戶，檢視一下梳妝臺上所有的東西都放整齊後，我打起精神走出來。

穿過鋪著地氈的長走廊，走下光滑的橡木階梯，我來到大廳，在那兒停留了一會兒，看看牆上的幾幅畫（其中一幅，我記得是一個穿胸甲的嚴峻男子，還有一幅是一位頭髮上敷著粉、戴著珍珠項鍊的女士），看看從天花板上垂掛下來的一盞青銅燈，以及一只大鐘，它的匣子是用橡木做的，雕刻得奇形怪狀，因為時間和摩擦的關係，呈現出烏木般的黑色。對我來說，一切都顯得莊嚴懾人；不過當時的我對富麗堂皇實在是不怎麼習慣。大廳的門開著，一半鑲著玻璃，我跨過門檻出去。那是個秋高氣爽的早晨，清晨的太陽和煦地照耀著已經染上褐色的小樹林，和猶然翠綠的田野。我走到草坪上，抬起頭來，眺望了一下這個宅邸的正面。它有三層高，體積不很巨大，卻仍然可觀，算是棟紳士的府第，而不是貴族的豪宅；房子頂上圍了一圈城垛，給了它圖畫般的美感。宅邸的灰色正面，在禿鼻烏鴉群居的林子的背景上，很顯著地給襯了出來，林子裡呀呀叫著的居民們此刻正四處飛著。牠們飛過草坪和庭園，停落在一個大草原上；一道傾斜的籬笆把草原跟這邊隔開。那邊有排高大的老荊棘樹，壯碩而盤根錯節，粗大如橡樹，這瞬時說明了這宅邸命名的由來。再過去是一壟壟山丘，不像羅伍德周圍的那些山丘般那麼高，那麼嶙峋，也不那麼像是一道道隔絕人世的屏障；不過，這些小山也夠幽靜、夠寂寞的了，而且似乎用一種隱遁的氣息把荊原莊包圍起來，我倒沒有預料到在離米爾科特的喧鬧地區那麼近的地方，會發現這樣的隱遁意境。有個小村落，與樹木摻雜不分的各家房舍屋頂，零零落落地散佈在其中一壟小丘的山坡上。那地區的教堂離荊原莊較近，堂頂上古老的鐘樓俯瞰著房子和大門間的一個土墩。

我還在享受著這清涼的景色和怡人的新鮮空氣，還在愉快地聆聽著禿鼻烏鴉的呀呀叫聲，還在觀察這所宅邸的宏大的灰色正面，想著它對於菲爾法斯太太那麼嬌小的婦人來說，可真是個大宅院，就這麼孤零零地住著；這時這位婦人卻在門口出現了。

❶貴格教徒（Quaker）：貴格教，基督教的一個教派，又稱公誼會、教友派。教徒主張絕對的和平主義。

「什麼！已經起來了？」她說。「我看妳是個早起的人喔。」我走到她跟前，她用和藹的親吻與握手迎接我。

「妳可喜歡荊原莊嗎？」她問。我告訴她說，我非常喜歡。

「是啊，」她說，「它是個美麗的地方；但是我擔心它就要變得亂七八糟了，除非羅徹斯特先生哪天想到，願意要來這裡久住——或者，至少，常來一些。大房子和好庭園都需要有個地主在才行。」

「羅徹斯特先生！」我喊了一聲，「他是誰？」

「荊原莊的主人啊，」她從容地答道，「妳不知道他叫做羅徹斯特嗎？」

我當然不知道，在這之前我從來沒有聽過這個人；不過這位老婦人似乎認為他的存在應該是個家喻戶曉的事實，每個人都應該憑著直覺就認得他。

「我本以為，」我繼續說，「荊原莊是妳的呢。」

「是我的？老天保佑妳，孩子。什麼想法啊！是我的？我不過是它的管家罷了——管理人。的確，我跟羅徹斯特母親那邊，是遠親的關係，或者，至少我的丈夫跟他是遠親。他以前是個牧師，任職於乾草村——那邊山丘上的那個小村落——靠近大門的那座教堂就是他的。現在這位羅徹斯特先生的母親姓菲爾法斯，是我丈夫的二等表親；不過我從來不想攀這種關係——事實上，這對我來說根本不算什麼，我只把自己當作是個普通的管家就好。我的雇主總是待我彬彬有禮，我不再貪求了。」

「那小女孩——我的學生呢？」

「她是羅徹斯特先生監護的孩子。他託我為她找個女家庭教師。我相信，他是打算要在郡裡把她扶養長大。於是她來到這裡，還跟著她的『波妮』（法語保母），她是這麼稱呼她保母的。」於是謎底揭曉，這個和藹善良的小老婦人不是什麼偉大的貴婦，而只是個跟我一樣靠薪金吃飯的人。我並沒有因此就減少對她的喜歡，反而覺得更高興。如此她和我之間的平等地位就是真實的了，而非只是她那方面委身親善的結果。這樣更好——我的身分更加自由了。

我正沉思著這個新發現，一個小姑娘沿著草坪奔跑過來，後面跟著她的保母。我看看我的學生，她一開始似乎沒有注意到我。她只是個小孩子，約莫七、八歲，身材纖細，有著白皙而五官細小的臉蛋，過長的頭髮呈波浪狀鋪展到腰際。

「早安，亞黛兒小姐，」菲爾法斯太太說，「過來跟這位女士說話，她是來教妳讀書的，要讓妳有一天成為一個聰明的女人。」她走過來。

「（法語）這是我的家庭教師？」她說，指著我，問她的保母，保母回答道——

「（法語），是的，當然。」

「她們是外國人嗎？」聽到法語，我驚異地問道。

「保母是外國人，而亞黛兒是在歐陸生的；而且，我相信她在六個月前都沒有離開過那裡。她剛來的時候，一點英語都不會講，現在總算能說法講一些了。我聽不懂她的話，她把英語和法語混得太厲害；不過也許妳可以很懂她的意思，我敢說。」

幸好我在這點上占著優勢：我的法語是一位法國女士教的；而且我總是注意盡可能多和皮埃洛夫人交談，此外，在過去的七年中，每天都默記一些法語——刻苦地注意矯正自己的腔調，盡可能接近地模仿我教師的發音——如此我在這種語言上，已經達到了一定程度的流暢與正確，在亞黛兒小姐面前就不大可能不知所措。她聽說我是她的家庭教師，就走過來，和我握手。我帶著她進去吃早飯，一邊用她自己的語言向她問了幾句話。開始時她簡短地回答，可是，當我們在餐桌邊坐下，當她用那雙淡褐色的大眼睛仔細審視我十分鐘以後，她突然開始流利地閒談起來。

「啊！」她用法語叫道，「妳說我們的話說得跟羅徹斯特先生一樣好。我可以和跟他一樣的跟妳說話了，蘇菲也可以。她一定會很高興，這裡沒有任何人聽得懂她的話；瑪丹菲爾法斯講的全是英語。蘇菲是我的保母；她跟我坐著一艘有冒煙的煙囪大船渡海過來——它真的冒煙呢！——我那時生病，蘇菲也生病，羅徹斯特先生也生病。羅徹斯特先生躺在一個叫做沙龍的漂亮房間裡的沙發上，蘇菲和我在另一個地方睡小張的床。我差點從床上滾下來，簡直跟個架子一樣。然後——瑪丹摩莎❷——妳叫什麼名字？」

「愛——簡愛。」

「唉？哇，我不會唸。嗯哼，然後我們的船在早上停住了，天還沒怎麼亮呢，停在一座大城市那兒——一座巨大的城市，有著烏漆嘛黑的房子，而且到處是煙，一點都不像我離開的那個乾淨漂亮的小城；然後羅徹斯特先生抱著我走過船舷上了陸地，蘇菲跟著過來，然後我們都登上一輛馬車。馬車帶我們到一個漂亮的大房子去，那房子比這個還大還美，叫做旅館。我們在那裡待了將近一個禮拜，我和蘇菲每天都在一個很大的綠地上散步，那地方叫做公園；那裡除了我以外，還有很多孩子，還有個池塘，裡面有漂亮的鳥兒，我都用麵包屑餵牠們。」

「她講這麼快，妳聽得懂嗎？」菲爾法斯太太問道。

我完全聽得懂，因為我已經習慣了皮埃洛夫人的流利舌頭。

「我希望，」那位好婦人繼續說，「妳能問她一、兩個關於她父母的問題。我不知道她是否還記得他們？」

「亞黛兒，」我問道，「妳在妳剛剛提到的那個漂亮小城裡面，是跟誰住在一起？」

「我很久以前跟媽媽住在一起，但是她現在到聖母瑪莉亞那裡去了。媽媽常教我跳舞和歌唱，還有朗誦詩歌。很多紳士淑女們來看媽媽，我常跳舞給他們看，或者是坐在他們的膝蓋上唱歌給他們聽，我喜歡那樣。妳要不要我現在為您唱首歌呢？」

她已經吃完了早餐，所以我允許她小試一下身手。於是她爬下椅子，走過來，坐在我的膝蓋上；然後，兩手裝模作樣地疊在胸前，把鬈髮甩到身後，抬起眼睛看著天花板，開始唱著某套歌劇裡的一首歌。那是一首棄婦的歌，那棄婦哀嘆了情人的背信忘義之後，求助於自己的驕傲；要僕人用她最耀眼的珠寶、最華貴的長禮服把她裝扮起來，決定在那天晚上的舞會上，去與那個說謊的人見面，用她舉止的歡愉向他證明他的遺棄對她的影響是多麼小。

對一個幼童歌手來說，選這麼個題材似乎很奇怪；但我想這種表演的目的，就是要聽聽喃喃童聲唱出來的愛情和嫉妒，是怎樣的調調，那真是非常差勁的趣味——至少我覺得如此。

亞黛兒把這首輕快的短歌唱得頗為悅耳動聽，帶著她那年紀的天真單純。表演完畢，她從我膝蓋上跳下

❷瑪丹摩莎（Mademoiselle）：法語的女家教老師。

來，說：「現在，瑪丹摩莎，讓我來為您朗誦點詩歌。」

擺了個姿勢後，她開始朗誦《老鼠同盟》——拉舫田的寓言。然後她就注意著抑揚頓挫、聲音悠婉、動作合宜，朗誦這首短詩，在她那年紀來說，確實很不尋常，這證明她曾經受人悉心訓練過。

「是妳媽媽教妳這首詩的嗎？」我問。

「是的。而且她常這麼說：『（法語）什麼？這些老鼠中的一隻對他說：講吧！』她要我舉起手——就這樣——讓我提醒自己在這個問句要提高聲調。現在，要我為您跳舞嗎？」

「不要，這樣就夠了。在妳媽媽像妳說的到聖母瑪莉亞那兒之後，妳跟誰住在一起？」

「跟佛雷得雷克夫人和她先生住，她照顧我，但是跟我一點親戚關係都沒有。我想她很窮吧，因為她沒有像媽媽一樣那麼好的房子。我在那裡沒有住很久，羅徹斯特先生問我要不要到英國來跟他住，我說要，因為我認識羅徹斯特先生比認識佛雷得雷克夫人還要久，而且他一直對我很好，送我很多衣服和玩具；但是妳看，他並沒有信守他的諾言，他帶我來了英國，卻又自己跑回去，我沒有再見過他。」

吃完早飯，亞黛兒和我到書房去；看來，那個房間，似乎已被羅徹斯特指示過要當作教室。大部分書籍都被鎖在玻璃櫃門裡，只有一個書櫃開著，裡面放著初等教育中有可能需要的一切書籍，還有幾本較軟性的文學作品、詩歌、傳記、遊記和幾部傳奇等等。我想他認為這些書是家庭教師私人閱讀所需要的。的確，這些書在目前來說已經很能夠滿足我了。它們和我在羅伍德所能蒐集到的幾本零零落落的書相比，在娛樂上和資訊上，似乎已經是很豐盛的收穫了。這房間裡，還有一架精細的木製鋼琴，全新而且音質非常優秀，另外還有一個畫架，和一對地球儀。

我發覺我的學生夠聽話了，但不大願意用功，對任何一種規律的工作，都不習慣。我覺得一開始就把她限制得太多是不明智的；所以，在我對她講了很多，讓她學到一點之後，整個上午時間已進行到接近中午的時候，我就讓她回到她的保母那裡去。然後我自己計畫在吃午飯前，畫幾張小小的素描給她用。

我正上樓去拿畫冊和畫筆的時候，菲爾法斯太太叫住我，說：「我想妳上午的上課時間已經結束了吧。」她在某個房間裡，摺式房門敞開著，她問我話的時候，我走進那房間。那是一個莊嚴堂皇的大房間，有紫色的椅子和帷幔、一張土耳其地毯、胡桃木嵌板的牆、一扇裝著很多彩色玻璃的大窗子，還有一個挑高的天花板，模鑄得極為高貴華麗。菲爾法斯太太正在替餐具櫃上的幾只精緻的紫色晶石花瓶撣塵。

「多美麗的房間啊！」我叫道，一邊東看看西看看，因為以前我連只有它一半顯眼堂皇的房間都沒看過。

「是啊，這是餐廳。我剛打開窗戶，放進一點新鮮空氣和陽光；這些房間少有人住，東西都變得潮濕了；那邊那個宴客室簡直跟地窖一樣。」

她指著一個和窗子式樣相同的大拱門，門上也和窗上一樣，掛著用泰爾紫❸染的帷幔，現在用簾環繫著。我爬上兩層寬闊的台階到拱門那裡，望進去裡面，我想我好似瞥見了仙境，裡面的景象在我初見世面的眼睛看來，是多麼地耀眼啊。然而這不過是一間十分漂亮的餐後交誼廳而已，裡面還有一間給仕女用的小休息室，兩個房間都鋪著白色地毯，地毯上似乎放著一個個色彩鮮明的花環；兩間屋子都是雪白的模鑄天花

❸泰爾紫（Tyrian-purple）：古希臘羅馬時代，採自貝殼的紫色或深紅色的高貴染料。

板，上面有葡萄和葡萄葉蔓的花紋，天花板之下，長沙發和矮凳閃耀著棗紅色的光彩，形成強烈的對比；而放在白色巴黎式壁爐架上的那些擺飾，是晶瑩剔透的波希米亞玻璃所製，透出紅寶石般的紅色；窗子與窗子間，大型的鏡子反映出房間裡整片雪與火相輝映的景象。

「妳把這房間整理得真是井然有序啊，菲爾法斯太太！」我說，「沒有灰塵，沒有帆布罩，若不是裡面的空氣冷冰冰的，人家會以為這裡每天都有人住呢。」

「怎麼說呢，愛小姐，儘管羅徹斯特先生很少來這裡，但是他們總是突然就來，出乎你的意料。我想若是他發現所有東西都包起來，只在他來了以後才趕忙打理安排，一定會很讓他煩心，所以最好讓這些房間都保持隨時能待客的狀態。」

「羅徹斯特先生是個挑剔、難以討好的人嗎？」

「不怎麼算是；然而他有著紳士的品味和愛好，他希望一切都按著他的品味與愛好打理好。」

「妳喜歡他嗎？他受人喜歡嗎？」

「啊，是的，這家人在這裡一直受到愛戴。這附近幾乎所有土地，只要是妳看得見的，好久以來都是屬於羅徹斯特家族。」

「嗯，但若是除開他的土地不談，妳喜歡他嗎？他本人受人喜歡嗎？」

「我沒有理由不喜歡他，我相信他的那些佃戶也都認為他是個公正而開明的地主；不過他從來不太跟他們接觸。」

「那麼他沒有怪癖嗎？說簡單點吧，他是怎樣的個性？」

「噢！我想，他的個性沒有什麼可挑的了。也許他是很特別吧，他常旅行，見了很多世面吧，我想。我敢說他很能幹，但是我從來也沒跟他談過多少話。」

「他什麼地方特別？」

「我不知道——這很難描述——不是很明顯，但是在他跟妳說話的時候，妳就可以感覺得到。妳有時候不太能確定他究竟是在開玩笑還是認真，究竟是高興還是不高興；總之，妳不能完全了解他——至少，我不能；但是那沒什麼影響，他仍是個非常好的主人。」

這就是我從菲爾法斯太太那兒聽來的，關於她和我的主人的所有介紹。有些人似乎完全不會描繪人的性格，也不會觀察或敘述對人及事物的特點；這位善良的太太就屬於這個類型。我的問題使她迷惑，但是並沒讓她說出什麼來。在她眼中，羅徹斯特先生就是羅徹斯特先生，是位紳士、是個地主——如此而已；她不再進一步追究探查了，而且顯然不能理解我為什麼想更加明確地了解他的性格。

我們走出飯廳，她提議帶我去看看這所房子的其他部分。我跟著她上樓下樓，邊走邊讚賞；因為一切都布置得很好，而且很漂亮。我認為前面的幾個大房間特別富麗堂皇，三樓有幾個房間雖然又暗又低，卻有著古意，十分有趣。原本放在樓下房間裡的家具，常常會因為流行的式樣改變了，就被搬到這兒來。從窄窄的窗戶裡透進來的一點兒光線，照亮了歷史上百年的床架；照亮了橡木和胡桃木的櫃子，上面雕著棕櫚樹枝和天使頭像那樣的古怪圖案，看起來就像典型的希伯來法櫃❹；一排排古色蒼然的高背窄椅；更古老的矮凳，

❹希伯來法櫃（Hebrew ark）：猶太教的聖龕，裝有摩西兩塊十誡碑的箱子，源自聖經〈出埃及記〉。

凳墊上尚留著磨剩了一半的刺繡花紋，刺繡的手化為塵土已經有兩代之久了。所有這些遺物使得荊原莊看來像個往事之家、回憶之所。白天，我喜愛這些隱密場所的肅靜、幽冥和古怪，可是夜裡，我可絕不想在這種沉重的大床上睡覺，它們之中有些還有橡木門，睡在上面就像給關在裡邊似的；還有的掛著古老的英國繡花帳子，帳子上密密麻麻的繡花，有奇怪的花朵，更奇怪的鳥兒，最最奇怪的人——所有一切，在蒼白的月光下，看起來十分古怪，的確。

「僕人們睡在這些房間裡嗎？」我問。

「不，他們睡在後面的一排小房間裡；這裡誰也沒睡過。妳大可以這麼說：如果荊原莊有鬼，那麼這就是它出來作祟的地方了。」

「我也這麼想。那麼，你們這裡沒有鬼了？」

「我從來沒聽說過。」菲爾法斯太太笑著回答。

「也沒有謠傳嗎？沒有傳奇或者鬼故事嗎？」

「我相信是沒有。然而倒是有人說羅徹斯特家族在以前是個比較強霸而非靜默的家族。不過，也許就是因為這原因，他們現在才在墓地裡平靜地安息。」

「是啊——在生命裡的陣陣狂熱後，他們沉睡了，」我喃喃自語，「妳要去哪裡，菲爾法斯太太？」因為她正提步離開。

「到鉛板屋頂上面去，妳要不要來看看那裡的風景？」我跟著她走上一道窄窄的樓梯來到頂樓，再從那兒爬上一張梯子，穿過一扇上啟板門，來到屋頂上。現在我和鴉巢在同一個平面上，可以看到鴉巢裡面了。

我把上半身探出城垛，遙望下方，眺望著地圖般鋪展開來的園地：明亮的絲絨般的草坪緊緊地圍繞著這宅邸的灰色底部；田野像個公園那樣寬廣，綴著古老的巨木；樹林子呢，暗褐色，枯萎了，被一條看得出來雜草叢生的小徑分隔開來，小徑上覆滿青苔，比長著葉子的樹還要綠；大門口的教堂、大路、寂靜的山丘，全都在秋日的陽光下休息；地平線連接著天空，湛藍色，像大理石般綴著珍珠白的花紋。這景色沒有一點兒奇特之處，但是全叫人喜歡。當我轉身離開，重新穿過板門下去的時候，幾乎看不見下面的梯子；比起我剛才一直仰望著的碧藍晴空，一直喜悅地俯視著的宅邸，周圍沐浴著陽光的樹林、草原和綠色山丘，這閣樓看起來黑得跟地窖一樣。

菲爾法斯太太在後面停留了一下子，關上板門；我摸索著找到了閣樓的出口，從窄窄的樓梯走下去，然後流連在樓梯底部的長走道裡。這個走道把三樓前後兩排房間分隔開來，又窄又低又暗，只在遠遠的盡頭有一扇小窗，兩邊的兩排黑色小門全都緊閉著，看起來就像是藍鬍子❺城堡裡的走廊一樣。

我輕輕地向前走著，絕沒有想到在這樣寂靜的境域裡，竟然聽到了一陣笑聲，敲進我耳朵裡。那是一陣奇異的笑聲：清晰、空洞、陰慘慘。我停下腳步，笑聲也停住，但是只停了一會兒，又再開始，而且比先前還大聲；因為最初雖然清楚，卻還很低沉。現在變成一陣爽脆的響聲，幾乎在每個孤寂的房間裡都敲出了回聲；儘管它不過是從其中一個房間裡傳出來的，而且我還指得出，那是從哪個門裡面傳出來的。

「菲爾法斯太太！」我叫道——因為這時候我聽見她正從那大樓梯下來，「妳聽見那陣大笑嗎？那是

❺藍鬍子（Bluebeard）：源自法國民間故事，一位殘酷的丈夫，殺死六任妻子，第七任妻子在密窖中發現她們的屍體。

誰？」

「很可能是某個僕人，」她答道，「也許是葛莉絲．普爾。」

「妳有聽見嗎？」我又再問一次。

「是的，很清楚；我常常聽見她笑。她在這裡面的一個房間裡做針黹。有時候莉亞和她一起，她們兩個一湊在一起，常常變得很吵。」

那笑聲又用它那低沉、發音清晰的調子重新響起，然後以詭異的喃喃咕噥聲結束。

「葛莉絲！」菲爾法斯太太叫道。

我實在不指望有什麼葛莉絲會回答她，因為這是我聽過最悲慘、最異常的笑聲了。若不是因為當時正是日正當中的時分，若不是因為這古怪的笑聲並沒有伴隨著鬼怪出現的氣氛，若不是這裡的場景和這時候的季節不大會引人恐懼，我可能早已迷信地害怕起來。然而，事實證明，即使我只是感到驚異，也已經是個傻瓜了。

離我們最近的那扇門打開，一個僕人走出來——那是個三十幾歲的女人，結實而方方正正的身材，紅髮，僵硬而平凡的臉：再也找不到比她更不帶幻想性、更不像鬼的幽靈了。

「太大聲了，葛莉絲。」菲爾法斯太太說，「要記住吩咐！」葛莉絲默默行個曲膝禮，就走進去了。

「她是我們雇來做縫紉、幫莉亞做女僕工作的。」那寡婦繼續說，「有些地方並非全無缺點，但是做得很好。順便問一下，妳今天早上教妳的新學生，教得如何呢？」

話題就這麼轉到亞黛兒身上了，且一直繼續，直到我們來到底下明朗快活的地方。亞黛兒跑著來迎接我們，一邊叫道——

「（法語）女士們，午飯已經準備好了！」還補上一句：「我啊，可餓壞了！」

然後我們看見午餐已經備好在菲爾法斯太太的房間裡。

第十二章

我初來到荊原莊的過程平靜無波，似乎保證了我的事業也能順利發展，在進一步認識這個地方和它的居民以後，這保證並沒有被推翻。菲爾法斯太太果真像她的外表所表現的一樣，是個脾氣溫和、本性善良的女人，受過足夠的教育，具有一般的智力。我的學生是個活潑的孩子，嬌生慣養，所以有時候任性；可是由於她被託付給我全權照管，而且也沒有哪方面來的什麼不明智干涉能阻撓我對她的矯正計畫，她很快就忘掉了她那些小小的奇思異想，變得聽話而願意受教了。她沒有優越的天分，沒有顯著的性格特點，沒有感情上或者愛好上的特殊發展，能使她比同齡的一般水準高出一英寸，可是，她也沒有什麼缺點或惡習使她落到這個水平以下。她有了適當的進步，對我懷著一種雖不很深卻還熱烈的情感。她那單純快樂的瞎扯淡和要討人喜歡的努力，在我心裡激起了一定程度的依戀，足以使我們兩人能滿意地相處。

這點，要附帶說明一下，可能會被那些擁護冠冕堂皇的理論的人，視為冷酷的言語，因為他們認為兒童有天使般的天性，負責教育兒童的人應該對他們有盲目崇拜的奉獻精神。可是我寫作並不是要來迎合父母親以自我為中心的心態，並不是人云亦云地附和空洞的教條，或者是支持騙人的大謊言，我只是說實話罷了。對於亞黛兒的幸福和進步，我感到一種出於天良的關心，以及對她這小小自我的一種無言的喜愛，正如對於菲爾法斯太太的好心，我抱有一種感激的心情一般；她默默地尊重我，心地和性格又都很穩健自制，讓我也很高興與她相處。

誰愛責怪我就責怪我吧，我可要繼續說下去。我常常一個人在庭園裡散步，走到大門前，朝門外順著大路望出去，或者趁亞黛兒跟保母在玩，而菲爾法斯太太在貯藏室裡做果凍的時候，走上三道樓梯，推開頂樓的板門，來到鉛板屋頂上，遠遠地眺望著僻靜的田野和小山，遙望朦朧不清的天際。那時的我，總渴望有能力能超出那個極限，讓我看到那些聽說過、卻從未見過的擾嚷世界、城鎮和充滿生命活力的地區；渴望自己能有比現在更多的實際經驗，能夠跟再多一些與我同類型的人交往，能夠比在這兒更多地結識各式各樣的人。我珍視菲爾法斯太太的優點，珍視亞黛兒的好處；但是我相信世界上還有另外一些更有生氣的善良類型，我希望能親眼目睹我所相信的這一切。

誰責怪我？很多人，一定的，我會被說成不知足。沒有辦法；不安分的性格好似就在我天性裡，有時候擾得我心亂如麻。那時，我唯一的寬慰就是在三樓的走廊上踱步，來來又回回，在這地方的幽靜孤寂中得到安全感，聽任我心靈的眼睛注視著面前升起的任何一個光明的夢想——夢想當然是又紛繁，又耀眼；任由我的心靈隨著狂喜的運動起伏，讓它在煩惱中膨脹，帶著生命力而擴張。然後，最美好的是，打開了我內心的耳朵，讓它聆聽一個永遠沒有結局的故事——藉由想像不斷創造和敘述出來的故事，絢爛繽紛，因為我將所有我渴求而實際上並不擁有的情節、生命、火花和感情，都賦與其中。

說人們應該對平靜感到滿足，是沒有用的；人必須有所行動，即使找不到行動，也得創造行動。千百萬人被註定了要處在比我更沉悶無趣的命運中，千百萬人在默默地反抗著自己的命運。誰也不知道，在人們每日耕耘培植的生活中，除了政治反叛以外，還有著多少的別種反叛在醞釀著。女人總被認為應該非常安靜，可是女人也和男人有一樣的感覺；她們像她們的兄弟一樣，需要運用她們的所有機能，需要一塊領域讓她們可以施展她們的幹勁；她們分毫不差地跟男人一樣，會為過於嚴厲的限制而苦惱，為過於斷然的停滯而痛苦；而她們那些享有較多特權的同類卻說她們應該認分地做布丁、織襪子、彈鋼琴、縫口袋就好了，這真是心胸狹窄。如果她們超出習俗所頒布的女性所需要範圍，去做更多的事、學更多的東西，他們就因而指責她們、嘲笑她們，那真是太自私了。

像這樣的獨處時刻，我並不是不常聽到葛莉絲・普爾的笑聲：同樣的一陣大笑，同樣的低沉和緩慢的哈！哈！這在第一次聽到的時候，曾經使我毛骨悚然。我還聽到她那古怪的囈語，那比她的笑聲更怪異。有些日子，她十分安靜；可是有些日子，她發出來的聲音實在匪夷所思。有時候我看見她從她的房間裡出來，手裡端著一個臉盆，或者一只盤子，或者一張托盤，下樓到廚房裡去，很快又回來，往往（噢，喜好浪漫的讀者啊，原諒我告訴你這赤裸裸的事實）拿著一壺黑啤酒。她的外表總能把她的古怪聲音所挑起的好奇心給平撫下去：嚴峻的面貌，沉著穩健，沒有什麼特點足以引人產生興趣。我嘗試過幾次想引她談話，可是她似乎是個不多話的人，往往一個單音節的回答就把這種努力給打斷了。

這宅子裡的其他成員，即：約翰夫婦、女僕莉亞、法國保母蘇菲，都是正派的人；但是沒有任何突出之處。我常常和蘇菲講法語，有時候問她一些關於她祖國的問題；可是她不善於描繪或敘述，往往作出無味而紊亂的回答，好像是在制止而不是鼓勵人家發問。

十月、十一月、十二月都過去了。一月份的一個下午，菲爾法斯太太為亞黛兒請了一天假，因為她感冒了。亞黛兒興高采烈地支持這個請求，不禁讓我回憶起，在我自己的童年時代，偶爾的假日對我是多麼地珍貴，於是我同意了，認為自己在這一點上表示通融，倒是做得不錯。那一天天氣清朗寧靜，只不過非常冷。整個漫長的上午都坐在書房裡一動也不動，已經讓我感到厭煩。菲爾法斯太太剛好寫完一封信準備要寄，我就戴上軟帽、穿上披風，毛遂自薦要把信送到乾草村去。那兩英里的路程，將會是一場怡人的冬日午後散步。我看著亞黛兒在菲爾法斯太太的起居室的壁爐邊，舒舒服服地坐在她的小椅子上，把她最好的蠟製娃娃給她玩（那娃娃在平時都被我用錫箔紙包著，放在抽屜裡），還給了她一本故事書，換換娛樂方式，然後她用法語說：「早點兒回來，我的好朋友，我親愛的簡妮特小姐❶。」我吻了吻她作為回答，便出發了。

路面很堅硬，空氣平靜，我的旅途是寂寞的。我快步走著，直到身體暖和起來為止。然後再放慢步伐，享受和析辨著此時此境為我而生的種種樂趣。那時正是三點，教堂的鐘在我從鐘樓下經過時，剛好響起，這一時刻的美，就在那逐漸臨近的朦朧，就在那緩緩沉落、光芒褪淡的太陽之中。我離荊原莊已經一英里，在一條夏天以野薔薇，秋天以堅果和黑莓聞名的小徑上走著；即使是現在，也還是有一些珊瑚珍寶般的薔薇果和山楂；然而此地最賞心悅目的景致，是全然的幽僻與無葉的恬靜。假使吹起了一絲微風，絕不會發出一點聲音；因為沒有一棵冬青、沒有一株常青樹可以沙沙作響，光禿禿的山楂樹和榛樹叢，跟鋪在小路中間的碎白石一樣寧靜。小路兩邊，只有廣大無邊的田地，現在沒有牛兒在吃草；幾隻偶爾在樹籬中撲動的鳥，顯得好似一張張忘了落下的褐色枯葉。

這條小徑一路上坡，通到乾草村。我已經走了一半路，便在田野外圍入口處的梯磴上坐下。儘管是冰冷

❶簡妮特是簡的暱稱。

徹骨的天氣，但是我裹緊了外衣，把雙手藏在暖手筒裡，便不覺得冷；小路上結的一層冰可以證明天氣之嚴寒。重又結上冰的一條山澗，在幾天前迅速解凍的時候，水漫延到這裡來。從我坐著的地方，可以俯瞰到荊原莊。這棟有著城垛的灰色住宅，是下面山谷裡的主要景物；它的樹園子和黑黝黝的禿鼻鴉林據著西邊高聳出來。我在這兒一直逗留到太陽沉入樹叢中，然後又嫣紅明豔地在樹叢後面沉落，才轉向東方前進。

在我上方，正在升起的月亮已經爬坐到山頂上，跟朵白雲一樣白，但是每一刻都變得更為明亮，臨視著乾草村。乾草村有一半淹沒在樹叢中，屈指可數的幾管煙囪裡吐出一縷藍色輕煙；離這裡還有一英里路，可是在萬籟俱寂中，我已經可以清清楚楚地聽出微細的生活的嗡嗡聲了。我的耳朵還感覺到流水聲，但那是從哪個溪谷、哪個深淵裡傳來的，卻說不出來；不過乾草村那一頭有很多小山，毫無疑問，必定有不少山溪在其中那些河道上穿梭縱橫。黃昏的寂靜，同樣地洩漏出最近溪流的叮咚聲和最遠處流水的淙淙聲。

一個猛烈的聲音，打破了這美妙的漣漪細語，聽來既遙遠又清晰，確確實實的重步踐踏聲，鏗鏗鏘鏘的金屬抖動聲，把輕柔的蜿蜒水波聲給掩蓋住了，猶如在一幅畫中，一大塊堅硬的危岩峭壁，或者幾截大橡樹的粗壯樹幹，用暗色調黝黑而濃烈地畫在前景上，把空氣般輕靈的碧青山巒、晴朗的地平線，以及用一種柔色融進另一種柔色調和出來的雲朵，給掩蓋過去。

這些噪音是從石子路上傳過來的：一匹馬正走過來；小徑的彎彎曲曲還遮著牠，可是牠在漸漸走近，我本來正想離開梯磴，但是這小徑很窄，我只好坐著不動，等牠過去。在那些日子裡，我還年輕，腦子裡占據著各式各樣光明和黑暗的幻想，兒童故事和其他一些亂七八糟的東西，還留在我的記憶裡，它們重新出現的時候，正在成熟的青春，為它們增添了童年時期所不可能給予的活力和真實感。馬兒逐漸走近，我等著見到牠在暮色中現身，想起了貝絲講過的一個故事，說的是英國北部的一個妖精，名叫「琺特拉西」，它會變成馬、騾子或者大狗的外型，在荒郊野外的路上作祟，有時候突襲天黑了還在趕路的人，就像這匹馬現在向我襲來一樣。

牠已經很靠近了，但是還看不見。這時候，除了啪噠啪噠的馬蹄聲以外，我還聽到樹籬下有匆匆前進的聲音，接著緊挨著榛樹幹旁，溜出來一條狗，牠黑白相間的毛色使牠被樹叢襯托得很顯眼。牠完全是貝絲的琺特拉西的一個變身——一個獅子模樣的動物，毛很長，頭很大。然而，牠經過我的時候，卻十分地安靜，並沒有像我原先以為的那樣，牠停下來，抬起奇怪而不像狗眼的眼睛盯住我的臉看。馬兒也跟過來了，是匹高高的駿馬，上面還坐著一個騎士。這個男人，這個人類，立刻打破了魔咒。因為從來沒有什麼東西騎過琺特拉西，牠總是孤獨的；而妖怪呢，據我所知，雖然可以借用不會講話的野獸的屍體，卻不大會想藏身於普通的人體。這可不是琺特拉西，不過是個抄近路去米爾科特的旅客罷了。他經過我，繼續趕路；不過才走了幾步，就讓我掉轉頭來，因為滑倒的聲音與「媽的，這下可好了！」的驚呼，還有緊接而來的轟隆聲響，抓住了我的注意力。人和馬都倒在地上，原來他們在覆蓋路面的那層薄冰上滑了一跤。狗蹦蹦跳跳地跑回來，看見牠的主人處在困境中，聽到馬兒在呻吟，便狂吠起來，吠得傍晚的群山都發出了回聲，那吠聲低沉，和牠的大塊頭體軀成正比。牠在癱倒地上的同伴四周聞了聞，然後跑到我面前；這就是牠所能做的一切——附近沒有別的人可以求救了。我順從了牠，往下走到旅客跟前。他這時正從馬身上掙脫出來。他使出了那麼大的力氣，我想他應該沒有傷得多嚴重。不過我還是問了他這個問題：

「你受傷了嗎，先生？」

我想他是在咒罵，不過不太確定；但他總是在講些敷衍而無意義的話吧，好使他得以避開我的問題，不用直接回答。

「我能幫什麼忙嗎？」我又問了一次。

「妳還是給我站在一邊吧。」他一邊說一邊爬起來，先是用膝蓋撐住，然後才用腳站起來。我聽話站到一旁。馬上開始了重物起身、踉蹌、又嘩啦跌倒的過程，伴隨著咆哮聲和狗吠聲，這一切很有效地把我趕到數碼遠的距離外；不過我不讓自己被趕得太遠，直到看完整個經過為止。最後的結果還算幸運，馬又重新爬了起來，而狗也在一聲「坐下，派洛特！」的喝斥之下立時啞然噤聲。現在那旅人正傴僂著身體，摸他的腳和腿，好像在檢查它們是否健全；顯然是有什麼不對勁，因為他蹣跚地走到我剛剛離開的梯磴那兒，坐了下來。

我頗希望能幫上忙，或者，我想至少是想管點閒事吧，因為我這時又向他走近。

「如果你受傷了，需要幫手的話，先生，我可以到荊原莊或者是乾草村去找個人來。」

「謝謝，我沒問題。我骨頭沒斷——只是扭傷罷了。」他再一次站起來，試試他的腳，不過那樣的結果是，扭出了一聲忍不住而叫出來的「啊！」

日暮還留有一丁點，盈月漸亮，我可以清清楚楚地看見他。他的身影包在一件騎馬用的披風裡，皮領鋼釦；細節看不清楚，但是可以看出一些大體上的特徵：中等高度，胸膛相當地寬闊。他有張黝黑的臉，嚴厲的長相，抑鬱沉重的眉骨；這時候他的眼睛和皺著的眉毛看上去好像惱怒和受了挫折。他已經不是青年，但還沒到中年，大概有三十五歲光景。我對他不覺得害怕，但有點羞怯。要是他是個俊美、英姿颯爽的年輕男士，我就不敢違背他的意願，站在這裡問他問題，提供這不請自來的幫忙。我幾乎從來沒有看見過任何俊美的年輕人，一生中也從來沒有同那樣的人說過話。我對於美麗、優雅、英勇和魅力，抱有一種純屬思維上的崇拜與敬仰；但若這些質地在男人的肉體上成為具象，而讓我遇見，我靠著本能就可以知道：它們同我所擁有的一切，都沒有，也不可能有一致的地方，而我應該躲開它們，像人們躲開火、閃電或者任何其他閃亮卻與人不相容的東西那樣。

甚至於，如果這個陌生人在我向他問話的時候，對我微笑一下，好顏以對，或者是用愉快的道謝來回拒我提出的幫助，我也就會繼續趕我的路，而不感到有什麼責任再提出什麼詢問了；然而這個旅客的怒容和粗暴卻反而讓我從容下來，儘管他揮手叫我走開，我還是站在原處，而且宣布：

「我沒辦法在這麼晚的時刻，就這麼離開你，放你一人留在這荒僻的小徑上，先生，除非讓我見到你能夠重新騎上馬。」

聽見我這麼說，他轉眼看看我，在這之前，他的眼睛幾乎完全沒有往我這方向望過來過。

「我認為倒是妳自己才應該回家去，」他說，「如果妳在附近有個家的話。妳從哪裡來的？」

「就從下面那裡。只要有月光，我一點都不怕在天黑時待在外面。如果你要，我很願意為你跑到乾草村去；事實上，我本來正要去那裡寄信。」

「妳就住在下面那裡——妳是說住在那棟有城垛的房子裡嗎？」他一面指向荊原莊，這時月亮正將銀灰色的光芒投擲其上，把它蒼白而分明地，從樹林上凸顯出來，那片樹林，此刻在西邊天空的對比下，好似一大片陰影。

「是的，先生。」

「那房子是誰的？」

「羅徹斯特先生的。」

「妳認識羅徹斯特先生嗎？」

「不，我還沒見過他。」

「那麼，他現在沒有住在那裡囉？」

「沒有。」

「妳能告訴我他在哪裡嗎？」

「我不能。」

「妳不是那宅子的女僕，那當然。妳是──」他停下來，用眼睛打量我的服飾，它跟往常一樣，相當簡單：一件黑色的美麗奴羊毛披風，一個海狸毛軟帽；兩件東西都沒有貴婦侍女所穿著的一半漂亮。他陷入狐疑，無法斷定我是誰──於是我幫助他。

「我是女家教老師。」

「啊，女家教老師！」他重複了我的話；「要我不忘記才怪呢！女家教老師！」我的穿著隨即又受到一次審視。兩分鐘後，他從梯磴上站起來，想舉步移動，臉上卻露出痛苦的表情。

「我不能託妳去求救，」他說，「但是妳也許可以親自幫我點小忙，如果妳這麼好心的話。」

「好的，先生。」

「妳沒有雨傘可讓我充作枴杖嗎？」

「沒有。」

「試著去牽韁轡，幫我把馬牽過來這裡。妳不會害怕吧？」

如果是我獨自一人，我可能會害怕去碰觸馬匹，但是當有人要我這麼做時，我倒願意照著做；我把暖手筒放在梯磴上，走到那匹高大的駿馬前面。我努力要去抓住韁轡，但是那是匹兇烈的馬，不讓我靠近牠的頭；我試了又試，徒勞無功，還得一邊害怕著牠那用力踹蹬的前腳。那旅人等在一旁看了一會兒，最後大笑起來。

「我懂了，」他說；「山永遠都不會被移到穆罕默德那裡去的，所以妳只好幫穆罕默德走到山那裡去啦；我得請妳到這裡來一下。」

我走過來，「抱歉了，」他繼續說，「現實需要逼得我借助妳的用處。」他把沉重的手放在我肩上，將重量分一點到我身上，一跛一跛地走向他的坐騎。一拉住韁繩，他就立刻馴服了那匹馬，然後奮力跳上座鞍，一邊痛苦地皺著臉，因為這些動作扭動到他受傷的腳踝。

他放開用力咬住的下嘴唇後說：「現在，把我的馬鞭遞給我，它落在樹籬下面那裡。」

我過去找，找到了它。

「謝謝。現在趕緊去乾草村寄信吧，盡可能早點回來。」

馬刺戳了一下，那匹馬先是立起來，然後躍起跑開；那隻狗尾隨著牠的足跡急急跟過去，三者全部消失無蹤——

像石南，在荒野
讓狂風捲跑

我撿起我的暖手筒，繼續向前走。對我來說，這件事發生過，也已經過去了。在某種意義上，這是一件毫不重要、毫不浪漫，也毫無趣味的事；然而，它標示著一成不變的生活中有了一個小時的變化。我的幫助受到了需要與要求，我便給予了幫助，這讓我很高興自己做了點事，儘管是個短暫而無足輕重的小表現，畢竟是件主動的事，因為我對於完全被動的生活，已經是那麼地厭倦了。對於我的記憶之廊，這張新的臉，彷彿是一幅剛引入的新的畫作；它和所有掛在那兒的其他的畫都不同：首先，因為它是男的；其次，因為它又黑又強硬又嚴厲。我走進乾草村，把信投到郵局的時候，那張臉還在我眼前；我快步下山，一路走回家時，還可以看見它。當我來到梯磴這裡，我停了一分鐘，看看四周並傾聽，想著石子小路上也許會再響起馬蹄聲，也許會再出現一個穿披風的騎士，和一條垓特拉西般的紐芬蘭狗。不過我眼前只見到樹籬和剪去樹梢的柳樹，文風不動、直挺挺地聳立著迎向月光；只聽到一英里外，荊原莊附近樹叢間，一陣陣飄遊而過的最微弱的呼呼聲。我朝著微風低語的方向望去，我的眼睛，橫越過宅邸的正面，注意到有一扇窗子裡點起了燭火。這提醒我時間不早了，於是我急急忙忙地繼續前進。

我真不願再走進荊原莊。跨過它的門檻，就是回到那停滯狀態中，就是要穿過肅靜的大廳，走上黑暗的樓梯，尋找我自己那可愛的小房間，然後去會見恬靜的菲爾法斯太太，跟她，而且只跟她，一起度過漫長的冬季夜晚；跨過那門檻，就是要把我在散步時喚醒的微微的興奮完全打消，要把千篇一律、過於靜止的生活，把我逐漸開始無法欣賞其中安逸特權的那種生活，再一次像看不見的枷鎖般，銬鐐在我的才能上。要是我曾在不穩定而需要掙扎的生活風暴中浮沉、在惡劣而痛苦的經歷中變得渴望平靜，渴望我現在身在其中卻埋怨叫苦的平靜，那麼現在的狀況會對我多麼地有益！沒錯，它就像是讓一個在「太舒適的安樂椅」裡乖坐許久而覺得厭煩的人，起來做一場長途散步一樣地有益；而在我的情況，期望著有所活動，就跟他的情況一樣自然。

我在大門口流連不去，在草坪上逗留不走，在鋪道上來回踱步。玻璃門上的百葉窗關閉著，沒辦法看到裡面；我的眼睛和心靈似乎都被吸引著離開那所陰暗的房屋，離開那沒有光線的牢房（我認為是這樣）的灰色洞穴，轉向那展現在我面前的天空——一片沒有受到任一抹雲朵玷汙的碧海；月亮正以莊嚴肅穆的步伐登上天空，她的球體來自下面很遠很遠的地方，攀過小山頂時，好似抬頭仰望，渴望著要登上中天，到那深不可測、遠不可量的午夜的漆黑之中；而尾隨著她的那些顫動著的繁星呢，讓我的心也顫動起來，我一見到它們，就覺得血脈僨張。小事情就可以把我們召回塵世裡；宅子裡敲起的鐘聲，就夠了。我從月亮和星星那兒轉回頭來，打開一扇邊門，走了進去。

大廳暗暗的，唯一的一盞高高掛起的青銅燈，還沒點上，一片溫暖的火光浮泛在大廳和橡木樓梯的下面幾級上；這紅潤的光亮是從大飯廳裡漫射過來的。大飯廳的雙扇門敞開著，露出了壁爐架子裡溫暖舒適的爐火，火光投射在爐前的大理石地板上，投射在銅製的火叉火鉗上，把紫色的帷幔和磨光的家具照耀得洋溢著最怡人的光輝。它同時，還照耀出壁爐邊的一群人。我才幾乎要看到這群人，幾乎要意識到歡樂的混雜的人聲——其中我似乎聽得出有亞黛兒的聲音——門就給關上了。

我匆匆地走到菲爾法斯太太的房間裡。那兒也生了火，可是沒有蠟燭，菲爾法斯太太也不在。只不過，看見了孤零零的一條狗，端坐在地毯上，認真專注地盯著火燄。看見了那黑白相間的長毛，跟小徑上遇見的那隻垓特拉西一模一樣；牠是那麼地像，所以我走過去叫了聲：「派洛特！」那東西站起來走向我，向我聞嗅嗅。我撫摸牠，牠便搖起牠的大尾巴來；不過跟隻這種模樣的動物單獨待在這裡，實在有點恐怖，此外我還不清楚牠是打哪兒來的呢。我搖搖鈴，因為想要一根蠟燭；而且一方面，也想要有人來為我說明一下那個訪客的情況。莉亞進來了。

「這是哪裡來的狗？」

「牠是跟著主人來的。」

「跟誰？」

「跟主人——羅徹斯特先生——他剛剛到達。」

「是嗎！那麼菲爾法斯太太跟他在一起嗎？」

「是的，還有亞黛兒小姐；他們正在飯廳裡，約翰去請外科大夫了，因為主人出了點事。馬跌了跤，他的腳踝扭傷了。」

「那匹馬是在乾草道上跌跤的嗎？」

「是的，下坡的時候，在某塊冰上滑倒了。」

「啊！請幫我拿根蠟燭來好嗎，莉亞？」

莉亞拿來了蠟燭，她走進來，後面跟著菲爾法斯太太。菲爾法斯太太把這消息又重複了一遍，還補充說卡特先生，那位外科醫生已經來了，現在正跟羅徹斯特先生在一起。接著她出去吩咐一下準備茶點的事，我便上樓去脫掉行裝。

第十三章

羅徹斯特先生似乎按照外科醫生的吩咐，那天晚上很早就上床睡覺；隔天早上也沒有早起。等他下樓來，也只是為了辦些正事；他的代理人和他的一些佃戶來了，等著要跟他說話。

現在亞黛兒和我不得不撤出書房，那裡每天都要用來接待訪客。樓上有一個房間裡生了火，我把我們的書搬到那兒，把它布置成未來的教室。整個上午，我逐漸看出，荊原莊已經變成一個不一樣的地方。不再像教堂那麼肅靜，每隔一、兩個小時就會響起敲門聲或門鈴聲，常常有腳步聲穿過大廳，還有新的人聲，音調高低不同，在下面說話。外面世界正流進來一條小溪，穿過荊原莊。它有了一個主人，對我來說，我更喜歡它了。

這天，亞黛兒不容易教，沒辦法專心。她老是跑到門口去，趴在樓梯欄杆上往下看，想試試看能否瞧得見羅徹斯特先生，然後又製造一些藉口要到樓下去，只為了，正如我敏銳地猜到的，要到書房去，而我知道那裡並不需要她。後來我有點生氣了，叫她乖乖坐著，她卻喋喋不休地用法語談論她的「好友愛德華・菲爾法斯・德・羅徹斯特君」，這是她給他起的綽號（在這之前，我只知道他的姓，不知道他的名），並一面臆測著他為她帶來了什麼禮物；因為前一天晚上，他似乎曾暗示過，等行李從米爾科特運來，將會發現裡面有一個小盒子，而盒子裡的東西，會讓她感興趣。

「（法語）那就是說，」她說，「裡面有一件給我的禮物，也許還有妳的，老師。先生問起過妳，問我家教老師的名字，問我她是不是一個身材嬌小、瘦削，而且臉色蒼白的人。我說是，因為這是事實，對不對，老師？」

我和我的學生跟往常一樣，在菲爾法斯太太的起居室裡吃飯。這天下午，吹著狂風大雪，我們在教室裡度過整個下午。天黑之後，我允許亞黛兒收起書本和功課，讓她跑下樓去，因為下面比較安靜了；鑑於拉門鈴的聲音已經停息，我猜想羅徹斯特先生現在應該已沒有事務纏身。亞黛兒離開我後，我走到窗口去，可是從那兒什麼也看不見。暮色和雪片攜手合作，把空氣都弄濁了，也藏起了草坪上的所有灌木。我放下窗簾，回到爐邊。

傍著明亮的餘燼，我素描起一幅景象，有點類似我記憶中見過的一幅萊茵河畔海德堡的畫，菲爾法斯太太在這時候走了進來。她的到臨，把我方纔拼湊鑲嵌出來的繽紛火燄圖案給打碎了，也一併驅散了在我的孤獨狀態中，逐漸聚積起來的許多沉重的、不受歡迎的思慮。

「羅徹斯特先生表示，如果妳和妳的學生今天晚上能陪他一起在客廳裡用茶，他會很高興，」她說，「先前他每天都忙得抽不出身，而沒辦法提出邀請。」

「他什麼時候用茶？」我問道。

「噢，六點鐘。他還維持著鄉村生活提早用茶的習慣。妳最好現在就去把連身裙換掉，我跟妳一起去幫忙繫衣服。蠟燭在這裡。」

「我一定要換掉連身裙嗎？」

「是的，最好是這樣。只要羅徹斯特先生在這裡，我通常都會正式穿扮起來。」

這個附加的禮節顯得有點兒莊嚴。然而，我還是回到我的房間去，在菲爾法斯太太的幫助下，把我的黑粗布長裙換成黑絲緞長服。這是我除了另一件淺灰色的之外，最好的一件衣服了。按照我在羅伍德時候對於服飾的看法，那件淺灰色的禮服太好了，除非是在第一等重大的場合，否則都不適合穿。

「妳缺個胸針。」菲爾法斯太太說。我有一只單顆小珍珠的飾物，是田波爾小姐作為分別的紀念物而送給我的。我把它別上，我們就下樓去。我向來不習慣於見生人，如此正式地前去赴應羅徹斯特先生的召喚，簡直是在受折磨。我讓菲爾法斯太太先走進飯廳，然後亦步亦趨跟在她的影子裡穿過那個大房間，走過現在帷幔已經放下的拱門，進入那個從拱門凹透進去的優雅小廳。

兩支點燃著的蠟燭放在桌子上，兩支放在壁爐架上；派洛特躺在爐火邊，沐浴著輝煌的光和熱，亞黛兒則跪在牠旁邊。羅徹斯特先生斜倚在長沙發上，一隻腳用墊子墊著，正看著亞黛兒和狗。爐火照亮了他的臉，我認得這是我見過的那位旅人，兩道粗黑的濃眉，方方的額頭，黑髮橫向梳著，使額頭顯得更方。我認得出他那顯得果決的鼻子，與其說是俊美，還不如說是因為特別而引人注目；我認得出他那圓圓大大的鼻孔，表示著，脾氣暴躁，我想；認得出他那嚴厲的嘴、下巴和下顎——對，這三樣都很嚴厲，一點也不錯。他現在已經脫掉了披風，體格四四方方的，我覺得和他的容貌很相稱。我想若是以運動家的角度來說，這算是一副好身材——寬闊的胸膛，縮窄的側腹，雖然不高也不優美。

菲爾法斯太太和我的進入，羅徹斯特先生一定已經覺察到了，可是他似乎不想注意我們；因為他對於我們的靠近，抬也不抬一下頭。

「這就是愛小姐，先生。」菲爾法斯太太用她那種平靜的語調說，他點頭，眼睛仍然沒有離開地上的狗和小孩。

「讓愛小姐坐下吧。」他說，不過他那勉強出來的僵硬的點頭，和不耐煩卻又正式的語氣中，似乎進一步表示著：「愛小姐有沒有在那裡，關我什麼事了?我現在才不想跟她打招呼呢。」

我鬆了一口氣地坐了下來。禮貌周到的招待也許會叫我手足無措，因為我這方面沒有辦法還以什麼高雅的回禮。可是粗魯的任性就使我沒有任何義務;相反地，在他這種不正常的態度之下，我得以保持端莊靜默，這反而對我有利。此外，那行為之古怪引起了我的好奇，我倒很有興趣看看他會怎麼繼續。

他繼續像一座雕像那樣，也就是說，不說話，也不動。菲爾法斯太太似乎認為總得有人表示和氣，於是她開始說話。她像平時一樣體貼地，也像平時一樣頗為庸俗地向他表示慰問，說他整天忙於工作壓力太大，說扭傷所帶來的疼痛必定相當惱人，接著稱頌他為了養傷而表現出來的耐心和毅力。

「夫人，我想喝杯茶。」是她唯一得到的回答。她急忙去搖鈴喚人，等茶盤送過來後，她就開始用孜孜不倦的敏捷動作，擺設杯子茶匙等等。我和亞黛兒走到桌子旁邊，但是這位主人卻沒有離開他的沙發。

「可否請妳把羅徹斯特先生的杯子遞給他?」菲爾法斯太太問我;「亞黛兒端的話，可能會潑出茶來。」

我照著要求做了。在他把茶杯從我手中拿走的時候，亞黛兒認為可以趁機幫我提出一項請求，便大聲說：「(法語)先生，你的小箱子裡沒有什麼禮物送給愛小姐嗎?」

「誰提到有禮物了啊?」他粗魯地答道。「妳期望有禮物嗎，愛小姐?妳喜歡收禮物嗎?」隨即審視我的臉，用他那雙讓我看起來漆黑、憤怒而銳利的眼睛。

「我不太知道，先生，我沒有過什麼收禮物經驗。在一般想法中，它們被認為是令人高興的東西。」

「一般想法？那麼妳又是怎麼想的呢？」

「我不得不慢慢思考，先生，才能給你一個值得你認可的回答。一樣禮物有著許多個面相，是不是？所以一個人必須考慮過這所有的面相，才能對它的性質說出意見。」

「愛小姐，妳不像亞黛兒那麼率直，她一見到我就吵嚷不休要『禮物』，妳則是旁敲側擊。」

「這是因為就配不配獲得禮物的身分來說，我比亞黛兒還沒有自信；不管是根據熟識度，還是根據習慣，她都可以藉以提出禮物的要求，因為她說你慣常送她玩具。我呢，則沒有什麼立場可以據以提出這樣的要求，因為我是個陌生人，也沒有做過什麼事，值得獲得這樣的謝禮。」

「噢，別退而改用過度的謙虛來做靠山！我檢視過亞黛兒，發現妳在她身上費了不少力氣，她不聰明，也沒有天分，然而在短時間內，她卻有了很大的進步。」

「先生，你現在已把我的『禮物』送給我了，我謝謝你。這是老師們最渴望的獎賞了——聽到別人稱讚其學生的進步。」

「哼！」羅徹斯特先生說，然後默默喝茶。

「到火這邊來。」主人說，這時候茶盤已經端走了，菲爾法斯太太退到一個角落裡去做編織，亞黛兒正拉著我的手在房裡逛，帶我看美麗的書本和壁桌壁櫃上的裝飾品。我們照著他的話做，好像有義務要服從似的；亞黛兒本想坐在我的膝上，不過他命令她去跟派洛特玩。

「妳在我家住了三個月了嗎？」

「是的，先生。」

「妳從哪裡來的？」

「××郡的羅伍德學校。」

「啊！一個慈善學校。妳在那裡待了多久？」

「八年。」

「八年！妳的生命力必定很強。我還以為不管什麼體質的人，在那種地方只要待個四年就沒命了呢。無怪乎妳長得一副從另一個世界來的樣子。我本就納悶著妳怎麼會有那樣一張臉孔。昨天晚上在乾草道上，妳出現在我面前，我毫無緣由地想起了小仙子的故事，多想質問妳究竟是怎麼迷幻住我的馬的；我到現在還不確定呢。妳父母是誰？」

「我沒有父母。」

「我想妳不但現在沒有父母，而且還是從來都沒有過吧；妳記得他們嗎？」

「不記得。」

「我想也是。那麼，妳坐在那梯磴上，是在等你們的人嗎？」

「等誰？」

「等妖精啊，那樣的月夜正適合它們出現。是不是我闖入了你們跳舞的圈子，妳就把那該死的冰鋪在小路上？」

我搖搖頭，「妖精們早在一百年前就離開英國了，」我說，講得像他一樣一本正經。「而且，不僅在乾草道或田野中不會再看見它們的行蹤，我想不管是夏天、秋收季節或是冬天的月亮，都不會再照耀它們的狂歡會了。」

菲爾法斯太太放下了針線，抬起眉毛，似乎在納悶著這是怎樣的一種交談。

「嗯哼，」羅徹斯特先生接口，「如果妳不承認有父母，總還是會有什麼血親吧，像是叔伯或舅媽的？」

「沒有，我沒有見到過什麼親戚。」

「妳的家呢？」

「我沒有家。」

「妳兄弟姊妹住哪裡？」

「我沒有兄弟姊妹。」

「誰推薦妳來這裡的？」

「我登廣告，然後菲爾法斯太太回應了我的廣告。」

「是的，」那位好心的太太說，現在她知道我們在講什麼了，「我每天都在感謝上天引導我做的這個選擇。愛小姐對我來說是個很可貴的伴侶，對亞黛兒來說，是個親切又慎重的老師。」

「別費心為她做什麼評價了，」羅徹斯特先生回答，「頌詞是不會令我產生偏見的，我會自己來下判斷。一開始，她就讓我的馬摔了一跤。」

「抱歉，我沒聽清楚？」菲爾法斯太太說。

「我這扭傷的腳，還真該謝謝她呢。」

那位寡婦露出一臉茫然。

「愛小姐，妳在城裡住過嗎？」

「沒有，先生。」

「妳接觸過很多社交圈嗎？」

「只有羅伍德學校的學生和老師們，還有現在荊原莊的家人們。」

「妳讀過很多書嗎？」

「不過是手邊有的那些書，為數不多，也並不是很學術性的書。」

「妳過的是修女般的生活，難怪一副受過嚴格宗教禮節訓練的樣子。布洛可赫斯特，據我所知是羅伍德的管理人，他是個牧師吧，對不？」

「是的，先生。」

「而且妳們這些女孩子們說不定都很崇拜他，就像全都是修女的修道院崇拜她們的院長一樣。」

「噢，不。」

「妳真冷靜！什麼！一個新信徒竟敢不崇拜她的牧師！聽起來還真是大逆不道。」

「我不喜歡布洛可赫斯特先生，而且並不只是我有這樣的感覺而已。他是個嚴酷的人，同時還很浮誇自大、愛支配人。他剪短我們的頭髮，而且還為了節約，都買些壞針線給我們，那根本難以縫衣服。」

「那真是非常差勁的節約方式。」菲爾法斯太太評論道，現在她又能抓到談話的主題了。

「這就是他惹人憎惡的主要原因嗎？」

「委員會成立前，由他獨自掌管我們的飲食供應管理時，他都使我們挨餓；我們還被他弄得厭煩死了，因為每週有一次冗長訓話，每天晚自習必須閱讀他寫的書，裡面講的都是死亡和審判，讓我們嚇得不敢上床睡覺。」

「妳進入羅伍德的時候，是什麼年紀？」

「大約十歲。」

「然後妳在那裡待了八年，那麼妳現在是，十八歲了？」

我表示是。

「妳看，算術還是有用的，沒有它的幫助，我幾乎猜不出妳的年齡。因為在妳身上，五官和表情是那麼地不一致，讓人好難得出結論。好吧，那麼妳在羅伍德學了什麼？會演奏樂器嗎？」

「一點點。」

「當然，這是必然的答案。到書房去——我是說，如果妳願意的話。（妳得原諒我的命令口氣，我向來習慣說『去做什麼』，然後事情就被完成了。我不能為了一個新的家人而改變我平日的習慣。）那麼，去吧，去書房，帶根蠟燭去；讓門開著，坐在鋼琴前，彈首曲子。」

我起身前往，照他的吩咐做。

「好了！」幾分鐘後他叫道，「妳只能彈一點點，我現在知道了。就像其他英國女學生一樣；也許比有些人好一點，但是不算好。」

我闔上鋼琴，走回來。羅徹斯特先生繼續說——

「今天早上亞黛兒拿了幾張素描畫給我看，她說那些是妳畫的。我不知道那是否完全出自妳一人的手筆；也許有師傅幫妳。」

「沒有，真的！」我打斷他的話。

「啊，那刺傷了自尊心。嗯哼，那麼去把妳的畫冊拿來吧，如果妳能保證裡面的畫都是出自原創的話；然而可別胡亂誇口，抄襲拼湊的東西，我可是看得出來的。」

「那麼我什麼都不必說，由你自己判斷吧。」

我到書房把畫冊拿來。

「到桌子這邊來。」他說。我把桌子推到他的沙發旁邊。亞黛兒和菲爾法斯太太都走過來看畫。

「別擠過來，」羅徹斯特先生說，「等我看完，再把畫拿過去看，別把臉擠到我的臉旁邊。」

他把每張素描和彩畫都慢慢地、細細地看過。有三張，他放在一旁，其餘的則一看完就撇開。

「把它們拿到別張桌子上去，菲爾法斯太太，」他說，「跟亞黛兒一起看吧；——妳呢，」（他看著我）「回到妳的座位上去，回答我的問題。我看得出這些畫出自同一人的手，那隻手是妳的嗎？」

「是的。」

「妳怎麼有時間畫那些？它們很花時間的，而且需要構思。」

「那是我在羅伍德的最後兩個假期中畫的，那時我沒有別的事可做。」

「妳是從哪裡臨摹出那些畫的？」

「從我腦袋裡。」

「就是我現在所見到的妳肩膀上的那顆腦袋嗎？」

「是的，先生。」

「裡面還有其他類似東西嗎？」

「我想也許還有吧，而且我希望——有更好的。」

他把那三張畫在面前攤開，交替重新審視一遍。

趁他這樣忙著的時候，讀者啊，我要告訴你這是些什麼畫。首先，我得先聲明一下，這些一點都不是什麼傑出的畫，只不過它們的題材，的的確確都是從我心靈中生動地浮現出來的。在我用靈魂的眼睛看見它們的時候，在我試圖把它們形現出來以前，它們是引人注目的；然而我的手卻沒辦法支持我的想像，每一次畫出來的結果，相較於我所構思的，只不過是一張黯淡乏味的翻版。

這幾張都是水彩畫。第一張畫的是雲，又低又灰暗，在澎湃洶湧的大海上空翻滾著，遠處一片日蝕般的漆黑，前景也是這樣，或者不如說最前面的海浪也是漆黑的，因為沒有陸地❶。一絲光線把半沉的桅杆像浮雕一樣凸顯出來，桅杆上棲息著一隻鸕鶿，又黑又大，翅膀上濺著點點浪花。牠嘴裡啣著一只金鐲，上面鑲著寶石，這部分我盡可能用我調色板上最鮮豔的顏色來畫，而且盡我畫技的極限畫得閃亮而明晰。在鳥和桅杆底下，有具屍體正在往下淹沒，隨著綠波浮沉，隱約可見，唯一看得清楚的肢體，是隻美麗的臂膀，金鐲就是從那兒被水給沖落，或是讓鳥兒給叼下來的。

第二張畫，前景只有一座朦朧的山峰，上面的草和樹葉都像被微風吹動似地斜飄著。前景之外的上方，是廣袤的天空，深藍色，像在黃昏時那樣。一個女人的上半身聳向天空，我盡量用調得最幽暗而輕柔的色彩畫出來。黯淡的額頭上加冕著一顆星，冠冕下的面容，好似透著一團雲霧所見；眼睛閃著黝黑而狂野的光芒，頭髮像陰影般地飄動著，猶如被風暴和電掣撕裂四散的無光的雲絲。脖子上有個像是月光的淡淡反影；一列列的薄雲也是那同樣的淺淺光彩，金星的幻影，升上雲中，俯瞰下方。

第三張畫，畫的是一座冰山的尖峰，直挺向北極的冬日天空。一束北極光沿著地平線緊密密地豎起一根根朦朧的長矛。把這些遠遠拋在後面的是，在前景升起的一個頭顱——一個巨大的頭顱，斜傾向冰山，歇息在上面。兩隻瘦瘦的手在後腦勺相會，支撐著它，並拉起了一張黑色面紗，遮住臉的下半部。沒有血色的額頭，蒼白得像骨頭一般，只看得見一隻空洞而凝滯的眼睛，沒有表情，只有玻璃狀的絕望。兩邊太陽穴之上，黑布纏繞的頭巾褶幔間，有一圈白色火燄在熠熠生輝，質地和密度宛似雲霧，鑲著色彩更為紅豔的點點火花。這個淡淡的新月是「王冠的肖像」，其所加冕的是「無形的形體」。

「妳在畫這些畫的時候快樂嗎？」此時羅徹斯特先生問我。

「我熱中其中，先生，是的，而且快樂。畫這些畫，簡言之，本就是想要享受我有生以來所知道的最濃烈深切的樂趣。」

「那樣說倒是一點都不為過。妳所能得到的樂趣，就妳自己所說的，還真不多；然而我敢說當妳在調和這些奇怪的顏色時，必定處在一種畫家的夢土境界中吧。妳每天花很長的時間作畫嗎？」

「我沒有別的事情可做，因為那是個假期，我從早上到中午都坐在畫架前面，然後再從中午坐到晚上；

❶前景（foreground）：按字義解釋是「前方的地面」之意，故作者特別聲明也許應該說前方的波浪而非陸地。

仲夏的白日很長，很適合我想要埋首作畫的那股勁兒。」

「那麼妳對於妳這熱情苦幹所得來的結果，感到滿意嗎？」

「遠得很。我對於自己總是心有餘而力不足，相當苦惱，因為每一次我總是想像著一些無力實現的東西。」

「不盡如此，妳已經抓到了妳思想的影子，不過也許只到這個程度吧。妳還沒有擁有足夠的畫家的本領技術，來將其完全展現出來。然而就一個女學生來說，妳的畫作是頗為獨特的。至於那些思想，則有種精靈般的妖氣。金星的那雙眼睛，妳必定在夢中確實見過，否則怎麼能夠把它們畫得這般晰實，然而卻一點都不明亮呢？因為上面那顆星兒，使它們黯然失色。而它們那樣地莊嚴深沉，又是什麼意義？還有是誰教妳畫風的？那片天空裡，還有這座小山頂上，都颳著狂風。妳是在哪裡看見過雷特默思山的？哪——把畫拿走吧！」

我還沒把畫綁好，看著錶的他忽然說——

「現在已經九點鐘了，妳究竟是怎麼搞的，愛小姐，怎麼這麼晚了還讓亞黛兒待在這裡？帶她去睡覺。」

離開房間前，亞黛兒走過去親親他，他忍受著這親熱的動作，看起來幾乎沒比派洛特還喜歡這親熱表示，甚至還不如。

「現在，我祝妳們全部晚安。」他說，做個手勢揮向門口，表示他已經厭倦我們的陪伴，希望趕我們走了。菲爾法斯太太疊好她的針織物，我拿了我的畫冊，雙雙向他屈膝告辭，得了個冷峻的點頭回禮，便退出房間。

「妳說羅徹斯特先生沒什麼特別，菲爾法斯太太。」把亞黛兒安頓上床後，回到菲爾法斯太太的房間，我發表我的心得。

「哦，他特別嗎？」

「我覺得他很特別，因為他實在太陰晴不定、忽冷忽熱了。」

「沒錯，在陌生人看來，他毫無疑問是這個樣子，但是我已經習慣了他的態度，所以從來也沒有這麼去想它；而且，即使他有著獨特的脾氣，也應該受到包容。」

「為什麼？」

「一部分因為那是他的本性──我們任何人對於本性都是毫無辦法的；一部分因為，毫無疑問地，他必定有痛苦的心事在威脅著他，使得他的心情沒有辦法平衡。」

「關於什麼？」

「家庭糾紛就是一項。」

「但是他沒有家人啊。」

「現在是沒有，然而他曾經有過──或者，至少可說是親戚。他的哥哥是在幾年前去世的。」

「他的哥哥？」

「是的。現在的這位羅徹斯特先生，繼承這筆家產並不很久，大約只有九年而已。」

「九年已經算滿長的了。難道他是那麼喜歡他哥哥，以至於到現在還沒辦法走出失去哥哥的悲傷嗎？」

「怎麼說呢，不是──也許不是吧。我想他們之間有著什麼誤會。羅蘭・羅徹斯特先生對於愛德華先生並不怎麼公平；而且說不定還唆使他的父親對他有了偏見。那位老紳士很愛錢，一心想保持家產的完整，不想因為分家而使得財產縮小，然而，卻又希望愛德華先生也能夠有錢，以維持他的名氣威望；所以在愛德華先生成年後不久，就採取了一些不很公平的手段，造成了很大的傷害。為了使愛德華先生發財，老羅徹斯特先生和羅蘭先生聯手使他落入一個他認為是痛苦的處境。這處境究竟是什麼性質我從來不太清楚，然而在這飽受煎熬的處境下，他的精神是不可能捱得過的。他並不是很能原諒人的，所以他跟家人決裂，一直到現在好幾年了，他的生活還一直是尚未安頓下來的狀況。他哥哥沒有立遺囑就過世，使他成為這筆家產的主人，打從那時起一直到現在，我想他沒有在荊原莊連續住上兩個星期過；不過說實在的，其實也無怪乎他會這麼排斥這所老宅院。」

「他為什麼要排斥它呢？」

「也許他認為它很陰森吧。」

這回答很含糊——我想要更清楚的回答。可是，對於羅徹斯特先生的災難的來歷和性質，菲爾法斯太太若不是無法，就是不願意給我更明確的資訊，只宣稱，這些對她自己來說也是個謎，宣稱她所知道的大部分是出於猜測。這很明顯，她其實是希望我拋開這個話題，因此，我也就不再追問了。

第十四章

接下來好幾天，我很少看見羅徹斯特先生。上午時間，他似乎忙著處理事務，下午則有米爾科特和附近一帶的紳士們登門拜訪，有時候還留下來和他一起吃晚飯。等到他的腳傷痊癒到能夠騎馬了，他就常常騎馬出去；有可能是去回訪，因為他通常要到深夜才回來。

在這期間，就連亞黛兒都很少被叫到他跟前去。我所有與他接觸的機會，都局限在大廳裡、樓梯上或者在走廊裡的偶爾相遇。在這種場合，他有時候高傲而冷淡地打我身邊走過去，只是遠遠地點一下頭，或者冷冷地瞥我一眼，表示知道我在場；有時候則紳士般彬彬有禮地向我鞠躬微笑。他情緒的變化並不惹我生氣，因為我看得出來，這種變換和我一點關係都沒有，退潮和漲潮全源於跟我無關的原因。

有一天，客人留下來與他一同吃晚飯，他派人把我的畫冊拿去，毫無疑問，是為了讓人家看看裡面的畫。紳士們很早就走了，去參加在米爾科特召開的公眾會議，這是菲爾法斯太太告訴我的；只不過那天晚上又溼又冷，羅徹斯特先生便沒有一同前往。他們走後不久，他就拉鈴，送口信要我和亞黛兒到樓下去。我幫亞黛兒把頭髮梳好，還把她打扮得乾乾淨淨，並肯定我自己那身一如以往的貴格教徒打扮沒有什麼需要再修飾，一切都嚴謹和樸素，包括編起來的頭髮，不可能有什麼凌亂的地方了，我們就下去。亞黛兒在猜測是不是小盒子終於來了呢；由於出了點問題，它的到臨一直被耽擱到現在。她滿意了；我們走進飯廳的時候，一個小小的硬紙盒，就放在餐桌上。她似乎憑著本能就知道那是它。

「（法語）我的盒子！我的盒子！」她高呼，跑到餐桌前。

「是的，妳的『（法語）盒子』終於來了，妳這道地的巴黎女兒，去把它開膛剖腹，自己取樂吧。」羅徹斯特那深沉而語帶譏諷的聲音說，這聲音從火爐邊一張巨大的安樂椅的深處發出來。「還有記住，」他繼續說，「別拿任何解剖過程中的瑣事，或是內臟的任何狀況報告來煩我，妳靜靜地動妳的手術吧。（法語）安靜點，孩子，懂嗎？」

亞黛兒似乎一點都不需要這個警告，她早已帶著她的寶物，退到沙發那邊去，開始忙著拆解繫在蓋子上的繩子了。解開這個障礙物，再掀開幾張銀色薄紙後，她只喊得出——

「（法語）噢，看哪，好美啊！」然後便一直沉溺在心蕩神馳的專注觀望裡頭了。

「愛小姐在場嗎？」現在主人發問，一邊從椅子上半起身回頭望向門口這邊，我就站在附近。

「啊！好，過來，坐這裡。」他把一張椅子拉到他自己的椅子旁邊。「我不喜歡小孩子的聒聒噪噪，」他接續前面的話說，「因為，像我這樣的一個老單身漢，對於他們那種孩子氣的喃喃童語，實在產生不出什麼愉快的聯想。如果要我整個晚上光是跟個小鬼頭瞎扯淡，我可受不了。別把那張椅子拉遠，愛小姐；就坐在我擺的地方吧——那是說，如果妳願意的話。該死的禮貌！我老是忘了要有禮貌。我也不怎麼喜歡腦袋簡單的老太太們。不過話說回來，我倒是應該把我那位老太太放在心上；她可怠慢不得。她是個姓菲爾法斯的哩，至少是嫁給一個菲爾法斯；聽人家說啊，血濃於水呢。」

他拉拉鈴，遣人去請菲爾法斯太太，她不一會兒就來了，手裡還拿著針織工具。

「晚安，夫人，我請妳來做做好事。我剛剛禁止亞黛兒跟我討論她的禮物，現在她可能要憋不住了，請妳發發善心去當她的聽眾和對話者吧，這將會是妳能做的最大好事了。」

的確，亞黛兒一見到菲爾法斯太太，就立刻把她喚到沙發那兒，迅速將她那盒子裡的瓷器、象牙與蠟製物件，全倒在膝蓋上，並一邊用她那破碎不堪的英文，滔滔不絕地開始表達種種說明，以及她的欣喜。

「現在我已經盡了當個好主人的本分，」羅徹斯特先生繼續講下去，「讓我的客人可以互相取悅對方，現在我應當可以自由享受自己的樂趣了。愛小姐，把妳的椅子再拉向前一點，妳還是太遠了。如果要看見妳，我就得轉移自己在這張舒服的椅子上的位置，我可不想要這樣。」

我照著他的吩咐做，雖然我寧願留在帶點兒陰影的地方，然而羅徹斯特先生用這樣直截了當的方式下命令，似乎立刻服從他是件理所當然的事。

我們是在，像我講過的，在飯廳裡。為晚餐所點的燈火，使整個屋子像節慶般金碧輝煌。巨大的爐火紅澄澄明晃晃的，大幅大幅的紫色帷幔，鋪張地掛在高聳的窗子和更高的拱門前；一切都是靜悄悄的，只除了亞黛兒壓低的談話聲（她不敢大聲說話），以及，在她每次話聲的停頓間隔中才可聽見的，冬雨打在窗玻璃上的聲響。

羅徹斯特先生坐在他的錦緞面椅子上，看起來和我以前看到的他不同，沒那麼嚴厲——也沒那麼陰鬱。他嘴唇上帶著微笑，眼裡閃爍著火花，是不是因為喝了酒，我不能肯定，但我認為那很有可能。總之，他正處在晚餐後的心情中，比較開朗寬闊，溫和怡人，比起早晨的冷漠僵硬，現在的他比較能放得開自己了。不過他看起來還是非常嚴厲，那顆很大的頭顱，靠在椅背上鼓起來的地方，面迎著爐火，讓火光滿溢在好似花崗岩鑿出來的面孔上，以及那雙大而深邃的眼睛裡。他的眼睛又大又黑，也很好看，有時候在眼睛深處並不是沒有一點兒變化，這種變化，即使不是溫柔，至少也會叫你聯想起那種感情。

他一直盯著火看，已經有兩分鐘了，這段時間裡，我則是一直盯著他看。突然間，他轉過頭來，剛好抓住了我盯著他相貌看的視線。

「妳仔細看我，愛小姐，」他說：「妳覺得我英俊嗎？」

我本應該，如果有經過考慮的話，按照慣例用比較含糊而禮貌的方式回答這個問題；然而這回答不知怎地，在我還沒意識到的時候就已滑出了我的舌尖：「不英俊，先生。」

「啊！我就說嘛！妳這人有點特別，」他說，「妳有種小尼姑味兒，古怪、安靜、莊嚴又單純，坐的時候兩手放在前面，視線通常都收斂在地毯上（只除了，哪，舉個例子來說，只除了尖銳地直盯著我的臉看的時候，就像剛剛那樣）；而且若有人問妳問題，或者說了什麼逼得妳非回答不可的話，妳就會脫口說出坦白的回答，如果不是過分直率，至少也是唐突的。妳這樣是什麼意思？」

「先生，我剛剛太坦率了，請你原諒。我應該答道，對於關於外表的問題，是不容易做出一個即時回答的，我應該說各人的品味大多不同，還應該說美麗其實沒有什麼重要，或者那一類的話。」

「妳不應該回答那樣的話。美麗是不重要的，沒錯！藉著這句話，假裝在緩和先前的暴行，假裝要撫慰讓我平靜，然而卻偷偷地在我耳朵上刺進一把狡猾的袖珍小刀！繼續說吧：妳挑出了我什麼缺點哪，請問？我想我的四肢和五官都跟任何其他男人一樣吧？」

「羅徹斯特先生，允許我收回我的第一個回答。我不是有意要利嘴滑舌的，那只是我不小心說錯了話。」

「就是這樣，我想也是，而且妳也必須對這過錯負責。批評我吧！我的額頭不討妳喜歡嗎？」

他把額頭上橫披著的黑色鬈髮撥開，露出結實飽滿的一大塊代表智力的器官，然而，在該有仁慈和藹的跡象顯示的地方，卻很明顯缺乏。

「說吧，小姐，我是個傻瓜嗎？」

「遠遠不是，先生。不過如果我反問你是不是個大善人，你也許要覺得我魯莽了。」

「又來了！又刺了一把小刀，就在她假裝在輕拍我的額頭時；只不過因為我方才說我不喜歡跟小孩和老婦人在一起（這可得說得輕些！）。妳說對了，年輕的小姐，我不是個一般的大善人，但是我有良心；」說著他一邊指著據說代表著良心的那塊突起部分，所幸那地方的確頗為顯著，使得他的上半部頭顱顯得特別寬廣。「而且，除此之外，我的心一度有過一種粗糙的溫柔。在我跟妳一樣年紀的時候，我是個滿有感情的傢伙，偏愛羽翼未豐、沒人照顧而不幸的人；然而也約是從那時候起，命運不停打擊我，她用指關節把我像麵粉般揉搓折騰。現在，我自詡已經像個橡皮球一樣堅韌強悍了，只不過，還有著一、兩個裂縫會漏漏氣，並且，在這團鼓脹物的正中央，還有個有知覺的中心點。沒錯，那麼這使我還有點兒希望嗎？」

「什麼希望，先生？」

「希望我到最後還能從橡皮變回肉身？」

「一定是他喝太多酒了。」我心想；不知道對他這個怪異的問題，該做出什麼回答，我怎麼知道他能不能再重新蛻變？

「妳好似非常迷惑，愛小姐；而且，儘管妳的美麗不比我的英俊多多少，這種迷惑的神情倒是十分適合妳；此外，這倒給了我方便，因為那讓妳那雙愛搜索的眼睛，可以不再盯著我的外表看，而是忙著看地毯上的毛絨花案；所以繼續迷惑下去吧。小姐，今天晚上的我，倒有點喜歡有人作伴，有點愛說話。」

他一邊這麼宣布，一邊從椅子上站了起來，然後就這麼站著，一隻手臂倚在大理石壁爐框上，這樣的姿勢，使得他的身材和他的面容一樣，讓人看得清清楚楚：他那格外寬闊的胸膛，幾乎跟他的四肢長度不成比例。我相信大部分的人可能都會覺得他是個難看的男人，然而他的儀態卻無意識地如此驕傲，他的舉止如此從容，一副完全不在乎自己外表的神氣，那麼地自傲，認為藉由其他特質，不管是內在的還是外在的，足可以彌補他僅僅在容貌魅力上的缺乏；以至於，當你看著他的時候，便會不由自主地感染到這種漠視外表的心情，然後，甚至在盲目的，或是片面的意義上，信服於這種自信。

「我今天晚上有點兒愛熱鬧、愛說話，」他重複他的話，「而那也是我把妳請來的原因。爐火和燭光的陪伴是不夠的，派洛特也不行，因為這些都不會說話。亞黛兒稍微好一點，但還是遠遠不及格，菲爾法斯太太也一樣；而妳，我相信，能夠使我滿意，如果妳願意的話。我第一次請妳下來的那個晚上，妳就困惑住我，那之後，我幾乎把妳忘掉，因為有許多別的思緒把妳從我腦袋中驅走了，但是今天晚上，我決定要放輕鬆，拋開那些惱人的事情，只召喚一些令人高興的來。現在我很高興能引妳說話——好多了解妳一些。所以，說話吧。」

我沒有說話，只是微笑著；而且，那並不是非常自滿，或是很順服的微笑。

「說話啊！」他催促我。

「說什麼，先生？」

「妳想說什麼就說什麼。我把選擇話題和談話方式這兩樣，都完全交給妳來決定。」

聽了他這話，我便坐著，一言不發，「要是他期待我只為說話而說話，或是為了表現什麼而說話，那他會發現他找錯人了。」我心想。

「妳好沉默喔，愛小姐。」

我還是保持沉默。他把頭稍微傾向我一些，用快速的一瞥探入我的眼睛裡。

「頑固？」他說，「而且生氣了。啊！這是想當然爾。我表達我的要求的方式，太過荒謬，甚至蠻橫無禮了。愛小姐，請原諒我。事實是，就說這麼一次吧，我不希望把妳當成一個較低等的人來對待，我這樣說指的是（他更正自己的話），我在年齡上比妳大了二十歲，在人生經驗上超前妳一個世紀，我所自稱的優越，僅僅局限於此。這是很合法的，就像亞黛兒說的『（法語）我堅信如此』，而就是由於這份優越感，而且只是出於這份優越感，讓我渴望妳現在能行行好，跟我說些話，轉移一下我的思緒，由於老是想著同一件事，它們已經十分地苦惱了——就像一只生鏽的釘子，正逐漸腐蝕。」

他用心做出一番解釋，幾乎算是道歉了；對於他這種拉下臉的表示，我並非毫無感覺，也不願意表現出毫無感覺的樣子。

「如果我做得到的話，我很願意使你高興，先生——我是很願意的；然而我沒辦法開個話題，因為我怎麼知道你會對什麼感興趣呢？問我問題吧，我會盡力回答你。」

「那麼，首先，妳同不同意我有權表現得稍微專橫、魯莽些，也許有時候嚴厲些，只因為我剛剛說過的原因，亦即，我的年紀夠做妳父親了，而且我已經在各種經歷下見識過許多國家、許多人，還漫遊過半個地球；而妳只不過是在一所宅子裡，跟一群人平靜地生活。」

「你高興怎麼做都可以，先生。」

「那不算回答；或者更該說，那是個惱人的回答，因為它非常規避矇混。要清楚地回答我。」

「我不認為，先生，僅僅因為你年紀比我大，或者因為你見過的世面比我多，你就有權對我發號施令；你夠不夠資格稱為優越，全視你如何應用你的年歲和閱歷。」

「嗯！倒是對答如流啊。但是我不同意，我看到這一點都不適用於我的情況，因為對於這兩項優勢，我利用得並不怎麼好——若不說利用得很差的話。那麼若撇開優越感不談，妳還是必須同意經常接受我的命令，而不要因為我命令的語氣，感到生氣或者受傷，好嗎？」

我微笑起來。我在心裡想，羅徹斯特先生的確很特別——他好像忘了我是他每年付三十英鎊來聽令行事的。

「這微笑很好，」他說，捕捉到我一閃即逝的表情；「但是也要說說話。」

「我是在想，先生，很少有主人會願意費心詢問他們雇來的下屬，是否因為他們的命令而感到生氣或傷心。」

「雇來的下屬！什麼！妳是我雇來的下屬，是嗎？噢，對，我倒忘了薪俸！嗯哼，那麼，基於受雇的理由，妳願意讓我稍微作威作福一些嗎？」

「不，先生，不是基於受雇的關係；而是基於你把雇傭關係給忘了，而關心一個受雇者在受雇地位上是否覺得舒服，就為了這一點，我忠心同意接受你的命令。」

「那麼妳同不同意讓我省掉傳統的繁文縟節和客套，而且不認為這種省略是出自傲慢無禮？」

「我相信，先生，我絕不會把不拘形式的作法，錯認為蠻橫無禮：其中一項我是很喜歡的，另一項呢，沒有任何一個生而自由的人會願意順服，即使是為了薪俸。」

「胡說！大部分生而自由的人，為了薪俸什麼都願意順服。所以，談妳自己就好，別冒險去對妳全然無知的事物，做什麼概括歸納。然而，為了妳的回答，儘管它並不精確，我還是在心裡面跟妳握握手，這不僅是為了這席話的內容，也為了妳說出這些話時的態度；妳說這話的時候，既坦白又真誠，這種態度並不常見；反而是，對於坦率的言論，人們往往以矯情、冷漠或者愚蠢而粗心的誤解來報答。像妳剛剛那樣回答我，在三千個初出茅廬的女學生家教老師裡，找不到三個人會這麼做。然而我無心奉承妳，如果妳是從一個不同於大部分人的模子裡鑄出來的，那可不是妳的功勞；因為那是大自然造成的。話說回來，畢竟我過早下了結論，因為就我所知，妳也許不比其他人好；妳也許有著難以忍受的缺點，足以抵消妳那少數幾個優點。」

「也許你也是這樣。」我心想。這意念掠過我腦中的時候，我的視線剛好與他的相遇，他彷彿讀出了我那一瞥的心思，好像它的含意已經被說出來，而不只是在想像中一樣，於是他做出了回答：

「對，對，妳對了，」他說：「我自己就有很多缺點，我知道，而且也不想掩飾它們，我向妳保證。上帝知道我不必去過於苛責別人；我自己就有著一段過去，一連串的行蹟，獨特的生活風格，足以讓我在胸中好好省思一番，也很可能把我對鄰居的許多嘲笑漫罵，都拉回到自己身上。我在二十一歲的時候，就走上了，或者更該說是（因為，像其他犯過錯的人一樣，我也喜歡把一半的責任歸咎於厄運和逆境上）被推上了一條歧路，從此，再也沒有回到正確的路徑中。我本可能成為完全不同的一個人的，我可能像妳一樣善良──比妳更聰明──接近純淨無瑕。我羨慕妳心境的寧靜，妳純潔的良心，妳未受污染的記憶。小姑娘，一個沒有瑕疵、沒有污漬的記憶，想必是個極精美的寶藏──是個純然令人心曠神怡的、取之不盡的泉源，對不？」

「你十八歲的記憶如何呢，先生？」

「那時候很好；清澈，有益健康，沒有迸流出來的汙水把它變成惡臭的泥淖。我十八歲的時候，跟妳不相上下──完全不相上下。大自然本來是要讓我成為一個整體來說善良的人，愛小姐，一種比較好的結果；然而妳看，我現在並不是那樣。妳會說妳看不出來，至少我自以為在妳眼睛裡看到了這個意思（順便說一下，妳得注意妳那個器官裡所傳達的意思，我是很善於解析它的語言的）。相信我──我不是個壞人，妳不能做這樣的假設，不能把任何這類的壞名聲加在我身上；然而，我誠然相信，由於與其說是天性，不如說是我的環境的關係，使我現在成為一個平凡庸俗的罪人，陷在所有富人或鄙人試圖加在生活上的各種最無聊瑣碎的放蕩把戲中，跳不出那些陳腐窠臼。妳是否納悶著我為什麼向妳坦承這些事？要知道，在妳未來的生活中，妳將會常常發現，自己總是非自願地被朋友們選來傾訴祕密，因為人們會像我一樣直覺地發現，妳的長處不在於談論妳自己，而是當別人在談論他們自己時，妳能夠傾聽；他們還會感覺到，妳在聽他們傾訴自己的劣行時，並不帶著幸災樂禍的輕蔑，而是帶著一種天賦的同情心，且不因為它的表現並不十分明顯，而少了安慰與鼓勵的力量。」

「你怎麼知道？──你怎會這麼猜呢，先生？」

「我非常清楚，所以我能夠像在寫日記一樣，自由順暢地說出我的思想。妳會說，我本應該戰勝逆境；是的，我是應該如此，但是妳看見我並沒有做到。當時命運錯待了我，我沒有足夠的智慧來保持冷靜，變得自暴自棄，然後，我就墮落了。現在，若有任何邪惡的蠢人說了什麼最無聊下流的話，激起我的嫌惡，我都沒有辦法自以為比他好一點，我不得不承認自己跟他其實是在同一個水平上的。我真但願從前有把持住自己——上帝知道我多麼但願如此！在受到引誘而想犯錯的時候，可得害怕將來會悔恨啊，愛小姐：因為悔恨是生命的毒藥！」

「據說懺悔是它的解藥，先生？」

「它的解藥不是那個，改過自新也許才是；而我是可能重新做人的——我還有力量那麼做——假使——然而想這個有什麼用呢，像我這樣受著阻撓、拖著負累、背著詛咒的人？再說，既然幸福已經無法挽回地遺棄了我，我就有權利從生活中享受樂趣；我會得到樂趣，不管要付出什麼代價。」

「那樣你會更加墮落，先生。」

「可能吧，但是如果我可以得到甜美、新鮮的樂趣，為什麼要振作呢？而且我能得到的樂趣，很可能像蜜蜂在沼澤裡採的野蜜一樣地清新香甜呢。」

「那是會螫刺人的，那嚐起來會是苦澀的，先生。」

「妳怎麼知道？——妳從來沒有試過。妳看起來，是多麼地嚴肅——多麼地莊重啊！然而妳對這事卻是跟這顆浮雕頭一樣無知。」（一邊從壁爐框上拿起一個來）。「妳沒有權利對我說教，妳這初入教的，妳還沒跨進生命的前門呢，對它的奧祕，還一竅不通呢。」

「我只是拿你自己的話來提醒你，先生。你剛剛說犯錯會帶來悔恨，還宣稱悔恨是生命的毒藥。」

「現在誰說要犯錯啦？我可不把剛剛腦子裡閃過的念頭，認為是犯錯。我想那更該說是靈感，而非誘惑，因為，它非常溫柔，非常怡人——這我知道的。現在它又來了！它絕不是惡魔，我向妳保證；或者就算是，它也是披著光明天使的長袍。我想，這麼美麗的一位客人要求要進入我心裡，我應該接受它。」

「別相信它，先生，它不是真正的天使。」

「再一次問妳，妳怎麼知道？妳是藉著什麼本能，來假裝能夠區分深淵裡的墮落天使和來自永恆寶座的使者——區分引導者和誘惑者呢？」

「我是從你的表情來判斷，先生；當你說那個想法又來了的時候，你臉上的表情顯然相當苦惱。我覺得我能夠很確定，如果你聽從了它，它會讓你更加痛苦的。」

「一點都不——它帶來的是世界上最溫暖親切的訊息；至於其他，妳又不是我的良心監護人，所以別操煩了。來吧，進來吧，美麗的漫遊者！」

他好似對著一個幻影般地說出這句話，那幻影除了他的眼睛，沒有人看得見；然後，他把原本在胸前半張著的雙手，收疊回來，似乎把那不見形影的東西，給擁入懷中。

接著，他回過來對我說話，「現在，我已經收容了這個行者——一位變裝的神，我確實相信那是神。此刻祂已經給了我益處：我的心原本像是個骨灰堂，現在要變成神殿了。」

「說實話，先生，我一點都聽不懂你在說什麼；我沒辦法繼續這個對話了，那已經超出了我的思想深度。我只知道一件事：你剛剛說，你不如你所希望成為的那麼好，而且還為了自己的不完美而感到懊悔；我可以理解的一點是：你表示有著玷汙過的記憶，便永遠是個導致毀滅的禍根。然而在我看來，只要你努力去嘗試，有天將會發現，自己是有可能成為自己能夠贊同的人的；只要你從今天起下決心開始更正你的思想和行為，幾年後，你就能累積出一份嶄新而無汙點的記憶，好讓你快樂地去回想了。」

「想得正當，說得正確，愛小姐；而這一刻，我正在賣力地為地獄鋪路呢。」

「什麼？」

「我正在鋪上許多良好意圖啊❶，我相信它們跟燧石一樣堅固耐用。毫無疑問，我從現在起所交往的人和經營的嗜好，將與從前不同。」

「而且更好？」

「而且更好——就如同純淨的礦石比之汙穢的渣滓，要好得多。妳似乎在懷疑我；我可不懷疑我自己，我知道我的目標是什麼，動機是什麼。而且就在當下，我自己通過了一條法律，一條像米提亞或波斯法律一樣無法更改的法規，它明言我的目標和動機都是正當的。」

「如果必須通過新的法律，才能夠使它們合法化，那麼它們就不可能是正當的，先生。」

「它們是，愛小姐，儘管它們絕對需要一條新的法規。遇上了沒有聽過的情況，就需要一條沒有聽過的法律來規範它。」

❶有句成語：Hell is paved with good intentions.地獄是良好意圖鋪成的。若根據許多引言考據之參考書所記載，這句話從一五七四年就被許多人拿來引用，各有不甚相同的解釋，譯者根據原書最後的注釋，以及上下文中羅徹斯特先生的表白，認為羅徹斯特先生此時是在自嘲，暗諷良好意圖往往帶來不好的結果。

「這句格言聽起來很危險，先生；因為你一眼就可以看出，這句話是很容易濫用的。」

「愛說教的聖人！它的確是這樣，但是我以我的家庭守護神發誓，我絕不會濫用它。」

「你是人，不可能不犯錯的。」

「我是，妳也是——那又如何？」

「難免會犯錯的凡人，就不應該僭稱擁有那種只有託付給神或完人才安全的權力。」

「什麼權力？」

「就是對任何奇怪的、未經認可約束的行為，說『算它是對的』的權力。」

「『算它是對的』——正是這句話，妳已經說出來了。」

「那麼，但願它是對的吧。」我一邊站起來一邊說，認為再繼續這種對我來說完全黑暗不明的對話是沒有用的，而且我意識到，跟我對話的這個人的性格，實在超乎我能洞察的範圍；至少，超乎我目前識人的能力，我覺得沒有把握，模模糊糊地有種不安全感，伴隨著被宣判為無知的感覺。

「妳要去哪裡？」

「帶亞黛兒去睡覺，已經過了她的上床時間了。」

「妳怕我，因為我說話像史芬克斯❷。」

「你的言語像謎般難解，先生，然而儘管我是困惑，卻並不害怕。」

「妳是害怕——妳那自我愛護的心態，害怕會犯錯。」

「若就那個意義來說，我的確感到憂懼——因為我完全不希望瞎說空談。」

「如果妳想要瞎說空談，那也必定是用一種莊嚴寧靜的方式說的，於是我就會誤認為有道理。妳從來不笑嗎，愛小姐？不必費心回答了——我看得出妳很少笑；可是妳是能夠開懷大笑的。真的，妳並不是生來就嚴肅，就像我不是生來就邪惡一樣。羅伍德的約束多少還附著在妳身上，壓制著妳的表情、遏抑著妳的聲音、縛綁著妳的四肢。而且妳在一個男人跟前，一個兄弟、父親、主人或其他男人面前，就不敢笑得太快樂、說話太放肆，或是做出太輕快的舉動；不過我想，妳終究會變得能夠自然地與我相處，就如同我發現沒辦法跟妳客套一樣；到時候妳的神情舉止，就會比現在所敢表現出來的還富有朝氣、活潑生動了。我不時會看見一種類似被關在柵欄緊密的籠子裡的鳥，看見牠好奇地窺望籠外的眼神：那是一個如此靈動活躍、不肯安寧而意志堅決的俘虜，一旦獲得自由，必定立時飛上雲霄。妳還是一心想走嗎？」

「鐘已經敲了九點了，先生。」

「沒關係——再等一下；亞黛兒還沒辦法去睡覺呢。我現在的位置，愛小姐，背向著火，面朝著房間，正有利於觀察。在我一邊跟妳說話的時候，我偶爾還會看看亞黛兒（我自有理由認為她是個有趣的研究對象——這些理由，有天我也許，不，我一定會說給妳聽）。大約十分鐘前，她從她的盒子裡，翻出來一件粉紅色的小洋裝；就在她把它攤開的時候，喜悅照亮了她的臉龐，風騷在她血液裡流動，混入她的腦子裡，滲入了她的骨髓。『（法語）我一定得試試！』她嚷道，『我立刻就要試穿！』然後就飛奔出去。現在她正跟蘇菲在一起，迫切地換穿衣服，幾分鐘後她就會回到這裡來；然後我知道我將會看到什麼——一個小賽琳娜・瓦

❷史芬克斯（Sphinx）：希臘神話中的一隻怪物，有著女人的頭顱和獅子的身體，長著翅膀，常出謎語給路過的行人，解不出來的人都被她殺死。

朗斯，就像她以前出現在舞台上一樣——別去管那個了。然而，我最柔弱的感情即將接受一次震動，這是我的預感；留著別走，看看它是否會實現。」

不多久，就聽見亞黛兒的小腳步聲滴滴答答跑過走廊。她進來了，就像她的監護人所預料到的，已換好了裝扮。一件玫瑰色絲緞做的洋裝代替了她原先所穿的棕色洋裝，這衣服非常短，裙子上有著不可能再多的縐褶了，她的額頭上戴著一圈玫瑰花苞繞成的花環，腳上穿著絲襪和白色絲緞的繫帶涼鞋。

「（法語）我的衣服合身嗎？」她喊，蹦蹦跳跳地走過來，一邊嚷道：「我的鞋呢？我的襪子呢？看，我要跳舞了！」

她甩開她的裙子，滑步越過房間，來到羅徹斯特先生身前，輕盈地踮起腳尖旋轉了一圈，然後在他腳邊一膝下跪，高聲朗誦道——

「（法語）先生，多謝您的眷顧，」然後站起來，又補上一句話：「這樣像不像媽媽做的那樣，先生？」

「完——全——是！」他回答；「而且，『（法語）就像那樣』，她用她的魅力，把我的英國金幣從我的英國褲袋裡騙走了。我也曾經青澀，愛小姐——唉，太青嫩了；一度使我清新鮮活的青春色彩，並不少於此刻使妳顯得清新鮮活的青春色彩。我的春天已經消逝，然而，它卻留下一朵法國小花在我手上，這小花，在我偶爾的心情中，還真樂意將它捨棄掉。此刻的我已不再珍視那個孕育出它的根了，而且還發現這是一種得用金土才能栽培的花，這讓我對這朵花的喜歡，剩下了一半，尤其像剛才，它顯得這麼地矯揉做作。我留下它，養育它，完全是為了羅馬天主教的原則，做一件好事，來贖無數大大小小的罪。這一切，改天我會解釋給妳聽。晚安。」

第十五章

之後，有一次羅徹斯特先生真的解釋給我聽了。那是某天的下午，他偶然在庭園裡遇見我和亞黛兒。亞黛兒正在玩派洛特和羽毛球，他邀我到一條長長的、可以遠遠照看亞黛兒的山毛櫸林蔭道上，來來回回散步。

然後他說，亞黛兒是一個法國歌劇舞者賽琳娜・瓦朗斯的女兒，對於這女人，他曾一度懷有，據他所說，「強烈的熱情」。對於他的這種情懷，賽琳娜謊稱將會以更高的熱情來回報。他那時以為自己是她崇拜的偶像，儘管長得醜，就像他所說的，他卻相信她愛他那「運動家的身材」，更勝過喜歡貝爾維德的阿波羅雕像的優美。

「而，愛小姐，她那麼一位法國的美麗空氣精靈，竟然願意青睞這麼一個英國的醜陋的矮土怪❶，真是讓我覺得受寵若驚；於是我為她安置了一棟宅邸，為她準備了一班齊全的僕役，還買給她馬車、喀什米爾羊毛披肩、鑽石、蕾絲等等。簡言之，我開始以眾人耳熟能詳的那種方式，走上了自我毀滅的過程，就像其他

❶空氣精靈、矮土怪：希臘羅馬神話裡面，有各種精靈的傳說，像是山精(oread)、水精(naiad)、地精(gnome)、火精(salamander)、樹精(dryad)以及空氣精(sylph)等，空氣精靈一般形容輕靈優美的女人，地精在傳說中為醜陋矮小的怪物，在地下守護著寶物，又稱為土地神。

任何一個癡情漢一樣。我似乎沒有什麼原創力來另闢徯徑，走出一條新的恥辱與滅亡之路，我只能重蹈前人的覆轍，愚蠢地、精準無誤地沿著被踏爛了的路線走下去。我的命運——這是我活該應得的——於是也就跟所有其他癡情漢一模一樣。有一天傍晚，我碰巧在她沒預料我會去的時候去找她，尋了個空，然而因為那是個溫暖的夜晚，徒步走過了整個巴黎的我有些疲乏，便在她的閨房中坐了下來，愉快地呼吸著因為她不久前還在而被洗禮過的空氣。不——我太誇大了；其實我從來不覺得她有什麼能夠將別的東西神聖化的美德，那空氣只不過是她所留下的薰香味兒罷了，與其說是什麼神聖的芬芳，不如說是一種麝香和琥珀的味道。溫室培植的昂貴鮮花和滿室噴灑的香精，逐漸使我覺得快窒息了，於是我想起可以打開窗戶，到外面的陽台上去。那裡有月光和煤氣燈，非常寧靜祥和。陽台上有一、兩把椅子，我便坐了下來，拿出一支雪茄——如果妳能諒解，我現在也要抽一支。」

此時出現了一段停頓，他拿出一支雪茄點著，放進嘴裡，然後在沒有陽光的凍人的空氣中吐出一縷哈瓦那煙之後，繼續講下去——

「那時候，我還喜歡吃巧克力夾心糖，愛小姐，當我正一邊嘎滋嘎滋——（忽略我的粗魯吧）——嘎滋嘎滋咬著我的巧克力，一邊抽著菸，同時看著馬車沿著時髦的街道朝附近的歌劇院骨碌碌前進時，卻在繁華的街燈中，清清楚楚地看見一輛優雅的馬車，由一對漂亮的英國馬拉著，認出來那便是我送給賽琳娜的輕便型馬車。她回來了，我的心當然急切得怦怦亂跳，撞擊在我伏靠著的欄杆上。如我所料，那馬車果然停在宅子的門口，我的姘婦（對於一個演歌劇的情婦來說，這個字眼最對）下車了，儘管她裹著披風——順便說一下，在那麼暖和的六月晚上，那是個不必要的累贅——我卻一眼認出是她，因為在跳下馬車踏磴時，她的衣裙下露出了我所認得的小腳。我在陽台上彎著身子，正想低聲叫喚『（法語）我的天使』——當然，是用那種只有情人聽得見的語調——卻見到有個人影跟在她身後跳下馬車，同樣裹著披風，然而在人行道上響著聲音的卻是裝著馬刺的鞋跟，穿過宅子停車用的拱型棚子的，卻是個戴著帽子的頭。

「妳從來沒有過嫉妒的感覺吧，對不，愛小姐？當然沒有，我根本不需要問妳，因為妳從來沒有過戀愛的感覺。這兩種感覺，都還有待妳去體驗，妳的心靈還熟睡著呢，還沒有受過那將會喚醒它的一次震擊。妳以為整個生命都會靜靜地流逝，就像妳的青春到現在為止都是那樣地流逝一樣。妳閉著眼睛、蒙著耳朵漂流著，既看不見不遠處的河床中豎立著磊磊岩石，也聽不見它們所激出來的碎浪在喧騰。可是我告訴妳——妳可以思考一下我的話——有一天，妳將會來到河道中巨石嶙峋的隘口，到時候整個生命洪流將被擊碎成漩渦、亂流、泡沫和喧囂；妳若不是在巉岩的尖角上撞得粉碎，也會被某個巨浪給整個人托起來，沖到某個較平靜的流水中——就像我現在這樣。

「我喜歡今天，我喜歡那鋼灰色的天空；我喜歡這世界在凍寒中的寂肅和靜止。我喜歡荊原莊，喜歡它的古老，它的隱僻，它的鴉巢老樹和荊棘，它的灰色外觀，以及那反映出金屬色蒼穹的一排排陰暗的窗戶；然而，我一想到它就感到厭惡，避之唯恐不及，像害怕瘟疫病房那樣，這情形究竟有多久了啊？為什麼我到現在還是這麼地厭惡它呢——」

他咬緊牙齒，沉默下來，停住腳步，靴子敲擊著堅硬的地面，似乎是有一種可恨的思想正網羅住他，把他抓得緊緊的，使他沒辦法繼續——

他這樣停下來的時候，我們正在順著林蔭道往上走去，宅邸就在我們前面。他抬起眼來，朝它的城垛投了憤怒的一眼，這眼神是我在那以前和在那以後都沒有看見過的。一瞬間，痛苦、羞辱、憤怒、煩躁、嫌惡、憎恨似乎都在他漆黑眉毛下擴大的瞳孔裡，顫抖著爭戰起來了。這場廝殺是狂野的，本該是難以敉平；可是這時卻有另外一種感情升起，勝過了其他。那是一種冷酷而憤世嫉俗的、頑固而堅決的感情，它鎮壓住他的激憤，並且僵化了他的表情。他繼續說下去：

「在我沉默的時候，愛小姐，我是在跟我的命運協調一個問題。她就站在那株山毛櫸樹旁邊──一個女巫，就像在佛里斯荒原裡向馬克白現形的三個女巫之一❷。『你喜歡荊原莊嗎？』她說，舉起一根手指，然後在空中寫下一道死符，那是行陰森恐怖的象形文字，在上層窗戶和下層窗戶中間，橫越了整棟宅子的正面：『你能你就喜歡它吧！你敢你就喜歡它吧！』

「『我會喜歡它的，』我說，『我敢喜歡它，』而且（他沉陷情緒裡補充道），我會遵守我的諾言，我會打破阻礙幸福和善良的障礙──是的，善良。我希望能成為一個比過去、比現在的我都要好的人；就像約伯的大海怪❸，毀棄了長矛、飛鏢、鎖子甲等種種累贅，別人認為那些是鐵和銅，我則認為是乾草和爛木頭。」

亞黛兒這時拿著羽毛球跑過他眼前。

「走開！」他粗暴地喊道；「離我遠一點，孩子；不然就進去找蘇菲！」然後便繼續沉默地走著，我鼓起勇氣提醒他回到剛剛被突然岔開的話題──

「瓦朗斯小姐進來的時候，」我問，「你有沒有離開陽台呢，先生？」

在這麼不適當的時機問了這個問題，我幾乎是預備著得到斷然拒絕，然而剛好相反，他從深鎖眉頭的出神中醒了過來，把眼睛轉向我，籠罩在額頭上的陰影也似乎消散一空。「噢，我把賽琳娜給忘了！好，繼續講。當我見到那迷住我的狐狸精，與一個獻殷勤的男人一道進來時，我好似聽見了嘶嘶一聲，嫉妒的青蛇從月光照耀下的陽台，盤旋上升，鑽進我的背心裡，一路啃噬著，在兩分鐘內吃到了我心臟的正中央——奇怪！」他嚷道，又突然從這裡接著講下去，「好奇怪，我怎會選了妳來作為我坦白這一切的對象，年輕的姑娘；更奇怪的是妳竟然安安靜靜地聽我講，好像一個像我這樣的男人，對一個像妳那樣古怪而涉世未深的女孩，講述他歌劇情婦的故事，是世界上最尋常不過的事一樣！不過這最後一項奇特之處，卻解釋了第一項，就像我有一次所說的：妳，以妳莊重、體貼和謹慎的個性，天生就適合作為祕密的傾聽者。此外，我知道我選來投以心靈交流的，是顆什麼樣的心，它是個不容易受傳染的心，一個特別的心靈，一顆獨一無二的心靈。很高興我並不想傷害它，不過即使我想傷害它，它也不會受到我的傷害。妳我兩人交談越多越好，因為一方面我無法傷害到妳，一方面妳也許可以使我重新振作起來。」說了這些離題的話之後，他繼續說——

「我留在陽台上，『他們會到她的房間裡來，這是毫無疑問的，』我心想，『然後我來準備一次伏擊吧。』於是，我從開著的窗戶中伸手進去，拉上窗簾，只留下一條空隙，好讓我能夠觀察他們；接著我關上這扇窗門，留下一絲只夠情人的低聲誓言走漏出來的縫隙。然後我偷偷回到我的椅子上，剛一坐下，這對男女就進來了。我的眼睛立刻湊到空隙那兒。賽琳娜的女僕進來了，點了盞燈，把它放在桌子上，然後離開。

❷出自莎士比亞劇作《馬克白》，馬克白從戰場凱旋歸來，在佛里斯荒原遇見了三個女巫，她們的預言都靈驗。

❸舊約聖經《約伯記》第四十一章第二十八節：「他以鐵為乾草，以銅為爛木。」

現在這對男女清清楚楚地出現在我眼前：兩人都脫去了披風，一個是那位『瓦朗斯』，在全身上下的絲緞和珠寶中豔光四射——當然那些都是我送的禮物——一個是她的夥伴，穿著軍官的制服，我認得他是一個官綬子爵的登徒子——一個沒大腦的兇惡的年輕人，我在社交場合中見過他幾次，從來就瞧不上眼，因此根本沒有想過要討厭他。一認出他來，嫉妒之蛇的毒牙就立時斷了，因為在這同時，我對賽琳娜的愛也被澆熄。一個為了這樣的敵手背叛我的女人，是不值得去爭奪的，她只配讓人唾棄，不過，我比她更配讓人唾棄，因為我是讓她給玩弄的傻子。

「他們開始說話，他們的對話讓我整個人都鬆懈下來：膚淺輕浮、只圖謀利、缺乏良心、麻木不仁，簡直是完完全全要讓聽的人厭煩的，壓根兒沒有激起憤怒的作用。桌子上有我的一張卡片，這被他們看見了，便議論起我來。他們兩人都沒有能力或智慧來痛快地抨擊我一場，但是他們用他們那種卑鄙小人的方式，盡可能粗野下流地侮辱我，特別是賽琳娜，她甚至在我的人身缺點上大作文章——說那是畸形，這是她為它們冠上的字眼；在這之前，她總習慣於熱烈讚揚她所謂的我的『男性美』。這點，她跟妳完全相反，妳在第二次會面的時候，就直率地說妳認為我並不英俊，這明顯的對比，讓我那時當場心頭一震——」

這時候亞黛兒又跑過來了。

「先生，約翰剛才說你的代理人來了，想要見你。」

「啊！那樣的話，我就得長話短說了。我打開落地窗，當著他們的面走了進去；解除賽琳娜受我保護的關係，通知她離開她的金屋，給她一袋錢作為急用，不理會她的哭天喊地、歇斯底里、哀求、抗辯和抽搐，並跟子爵約定一個時間在波勒尼森林見面。隔天早上我很高興地和他決鬥，在他那可悲的、瘦弱得跟隻病雞翅膀一樣的胳臂裡，留下了一顆子彈，從此我認為我跟這夥人再也沒有瓜葛了。不過很不幸地，六個月之前，瓦朗斯把這個小女孩亞黛兒給了我，堅稱她是我的女兒；也許她是，然而我在她的容貌上，見不到任何來自父系的嚴厲特徵可做證明，派洛特還比她更像我一些。我與這位母親斷絕關係之後沒幾年，她就遺棄了這孩子，與一個音樂家或是歌手私奔到義大利去。我並沒有承認亞黛兒有任何理所當然的權利來要求我撫育，到現在我還是不承認，因為我不是她的父親；但是當我聽說她過得那麼貧困，還是把這可憐的東西從巴黎的爛泥土淖裡帶了出來，移植到這邊，讓她在英國花園的健康土壤中，乾乾淨淨地成長。菲爾法斯太太找到了妳來教育她，然而現在妳知道了她是一個法國歌劇女伶的私生女，說不定會開始對妳的職位和妳的學生有了不同的看法，有天妳將會來找我，通知我妳已經找到了別的工作，請我另找一個新的家庭教師等等——呃？」

「不會，亞黛兒不應該對她母親的過錯或你的過錯負責任。我對她有份關心；現在既然我知道了她在某種意義上來說是孤苦無依的——被母親遺棄，又不被你承認，先生——我將會比以前更加疼愛她。我怎麼有可能會寧願喜歡一個富貴人家裡討厭家教老師的被慣壞的寵兒，而不去喜歡一個像朋友一樣依戀著家教老師的寂寞小孤兒呢？」

「噢，這是妳看這件事情的觀點！那麼，我現在得進去了，妳也一樣，天黑了。」

但是，我和亞黛兒和派洛特，又繼續在外面多待了幾分鐘——我和她做了一次賽跑，又打了一場毽球和一場羽毛球。我們進去之後，我為她脫下帽子和外衣，把她抱到我膝上，讓她在那兒坐了一個鐘頭，放任她喋喋不休地空扯瞎聊，即使有點兒小小的放肆和輕浮，也不加責難，這是當別人比較注意她時，她常常流露出來的屬於她性格的淺薄的一面。這也許是得自她的母親，與英國人的習性十分格格不入。然而，她也有她的優點，我很願意去盡量欣賞她好的一面。我在她的容貌和五官上，想找一些和羅徹斯特先生相似之處，找不到，沒有任何特徵，沒有一絲表情能表示他們有血統關係。這很遺憾，因為若是能證明她與他相像，他說不定會比較在乎她。

一直到我回到自己的房間去睡覺的時候，我才能靜下心來回想羅徹斯特先生告訴我的這個故事。正如他自己所說，故事本質上也許根本沒有什麼特別的地方：一個富有的英國人對一個法國舞女的熱烈戀情，以及她對他的背叛，這無疑是社交上天天可聞的平常事；可是，他在表達目前的滿足心情，表達對老宅邸和周圍環境重新感到的樂趣的時候，突然迸發的那一陣激動情緒，卻顯然有著什麼奇怪的成分在裡面。我詫異地沉思這件事，但是漸漸把它丟開了，因為我發現它在目前是無法解釋的，我轉而思考我的主人對我的態度。他認為我是個適合袒露心事的人，這似乎是對我的謹慎的一種讚美：我是如此看待它、接受它。他對待我的態度，近幾個星期已經比一開始的時候較穩定一致了。我似乎沒再妨礙他；他不再突然擺出冷冰冰的傲慢態度；若是他出乎意料遇上我，那相遇似乎是還算受他歡迎；他總能跟我說上幾句話，有時候也朝我微笑一下。在用正式邀請把我召到他那兒去的時候，我榮幸地受到誠摯的接待，讓我覺得我好似真的有力量能取悅他，而且覺得他所要求的這些晚間聚談，不僅是為了我的益處，還為了他的快樂。

我確實相對上來說比較少說話，但我很有興味地傾聽他談話。他天性就愛談話，他喜歡向一個沒見過世面的心靈透露一點兒世界上的情勢和風氣（我不是指它的腐敗情勢和邪惡風氣，而是指由於包羅萬象、由於奇特新鮮才汲引出趣味的那一些）。而我在接受他提供的新看法，想像他描繪的新景象，思想上跟隨著他穿過他揭示的新領域時，也感受著一股鮮明的喜悅，沒有任何有害的暗示叫我感到吃驚或是煩惱。

他從容自然的態度讓我免除痛苦的束縛，他用來對待我的那種友善的坦誠，本乎初衷而端正無誤，把我吸引向他。有時候我覺得他好似我的親人，而不是我的主人，不過他有時候還是專橫霸道，然而我並不介意；我看得出來，他就是這個樣子。生活中添入了這新的樂趣，我變得又高興又滿意，不再去渴望什麼親人了。我那纖瘦如新月般的命運似乎擴大了；生活中的空白填滿了；身體的健康也改進了；我長胖了些，也多了些精力。

那麼現在羅徹斯特先生在我眼中還醜嗎？不，讀者，感激以及許多愉快而親切的聯想，使他的臉成為我最喜歡看的東西；有他在房間裡，比有最明亮的爐火更令人快活。然而，我並沒有忘記他的缺點；的確，我做不到，因為他常常讓缺點暴露在我面前。對於不管是哪種類型的較庸劣的人，他都表現得驕傲、愛諷刺而嚴苛；在我的心靈深處，我知道他對我的深厚好意，與他對於其他許多人的不公平苛責，有著相等重量。此外他還陰晴不定，而且到了不可理喻的程度。不只一次，在我被叫去為他唸書時，我發現他獨自一人坐在書房裡，俯著頭枕在交疊的手臂上；而他抬起頭來看的時候，那副陰沉沉、幾乎是懷著怨毒的愁容讓他整個臉都蒙上一層黑影。但是我相信，他的憂鬱、他的苛刻，和他以前道德上的過錯（我說以前，是因為他現在似乎已經改正了），都是其來有自的，都是源於某種命運上的殘酷磨難。我相信他在天性上本是有著更好的傾向、更高的情操、更純潔的品味，絕不僅只是現在這受環境所發展、教育所灌輸、命運所刺激出來的樣子。我認為他身上有一些優秀的質地在，只不過它們現在有點被糟蹋、被糾纏在一起而空懸在那兒。我不能否認我為他的悲哀而悲哀，不管那悲哀究竟是什麼；而且我還願意做很多付出，來減輕它。

雖然我現在已經熄滅了蠟燭，躺在床上，卻無法入眠，一直在想著他在林蔭道上停下來、告訴我他的命運之神怎樣浮現在他面前，詛咒他在荊原莊不會幸福時的那種表情。

「為什麼不會幸福？」我在心裡面問。「是什麼東西把他驅離這棟房子的呢？他是不是不久又會離開它呢？菲爾法斯太太說他很少在這裡一連待上兩個星期過，他現在卻已經住了八週了。如果他真的走了，這樣的變化將會是悲哀的。如果在春天、夏天和秋天都沒有他，那麼陽光和晴天將會顯得多麼無趣啊！」

在這樣的冥想之後，我不知道自己有沒有睡著。總之，我聽到一陣模糊的喃喃怨語，驚跳起來，那聲音古怪而陰沉，聽來好像就在我頭頂上一樣。我多希望蠟燭還點著啊：這夜晚黑暗得陰森恐怖，讓人意氣消沉。我起身坐在床上，傾聽。那聲音靜了下來。

我試著要再睡，然而我的心臟焦慮地怦怦跳著，我內心的平靜已經被打破了。遠遠在樓下大廳裡的鐘，敲了兩下。就在那時候，我的房門似乎被人觸碰了一下；彷彿有誰正沿著外面的走廊摸黑走路，手指從門上拂過去似的。我問：「是誰？」沒有回答。我懼怕得打了寒顫。

突然間我想起那也許是派洛特。在廚房的門偶爾剛好沒有關上的時候，牠並不是不常這樣摸索著到羅徹斯特先生的房門口去，有幾天早上我就親眼看見牠躺在那兒。這個想法多少使我平靜了些，於是我又躺下。寂靜使神經鎮定下來，現在整個房子又籠罩在一片毫無罅漏的肅靜之中，我開始感到睡意回來了。可是那一夜我是註定了要不成眠的。才剛剛有個夢要靠近我的耳朵，就讓一件叫人冷徹骨髓的事，給嚇得落荒而逃。

這是一陣惡魔般的笑聲——低微、壓抑而且深沉——似乎就從我房門的鑰匙孔那裡發出來。我的床頭離門很近，一開始我還以為那狂笑妖精就站在我床邊——或者不如說，蹲在我枕頭邊；可是我爬起來環顧四周，什麼也沒看見。然而當我還在舉目四望的時候，這不自然的聲音又重新響起，我知道它是從門後面傳來的。我第一個衝動是起身去扣上門閂，第二個衝動是再次大聲問道：「是誰？」

有個什麼東西在咕嚕嚕地呻吟著。不久，腳步聲沿著走廊，向著三樓樓梯撤退。那裡最近做了扇門，把樓梯關閉起來，我聽到門被打開又關上，然後一切都平靜下來。

「那是葛莉絲・普爾嗎？她是被惡魔附身了嗎？」我心想。現在我再也不可能獨自一個人待著了，我一定要到去找菲爾法斯太太。我匆匆忙忙地穿上外衣，披上披肩，顫抖著手拉開門閂，打開門。就在門外面，有一支點燃著的蠟燭，而且就放在走廊的地蓆上。我看到這情景吃了一驚；可是讓我更加詫異的是看到空氣這麼朦朧，好像瀰漫著煙霧般；然後，我朝左右看看，想找出這些藍色煙圈是來自哪裡，卻進一步注意到濃烈的燃燒氣味。

什麼東西喀啦響了一下；是一扇微開著的門，而且正是羅徹斯特先生的門，煙霧就像雲朵般地從那兒衝出來。我不再想菲爾法斯太太了，也不再想葛莉絲・普爾，或者那笑聲了，頃刻間我就來到了那房間裡。火舌從床的四周冒出來，帳子已經著了火，在烈燄與煙霧的正中央，便是羅徹斯特先生，一動也不動地伸展著四肢熟睡著。

「醒醒！醒醒！」我叫道——我推他，但他只咕噥了一聲又轉過身子；濃煙把他薰得失去了知覺。一刻都不容耽擱，這張床的床單都已經著火。我衝到他的臉盆和水罐那兒，幸虧臉盆很大，水罐也很深，而且兩者都裝滿了水。我把它們搬過來，淋溼那張床以及睡在床上的人，再飛奔回自己的房間，把我的水罐拿來，讓床再受一次洗禮。然後，承蒙上帝之助，成功地澆熄了吞噬著床的火燄。

被澆熄的火燄發出的嘶嘶聲，我倒完就隨手一扔的水罐的破裂聲，以及特別是我慷慨贈與的那場淋浴，終於把羅徹斯特先生吵醒了。雖然現在黑漆漆的，可是我知道他醒了，因為我聽到他一發現自己躺在一灘水裡，就怒吼出來的種種怪異咒罵。

「淹水了嗎？」他叫道。

「沒有，先生，」我回答道，「不過剛剛有場火，起來吧，你已經被澆熄了，我去給你拿支蠟燭來。」

「以基督教世界所有精靈之名，這是簡愛嗎？」他問道。「妳把我怎麼了，女巫，女魔法師？這房間裡除了妳以外還有誰在？妳設計要淹死我嗎？」

「我去幫你拿支蠟燭來，先生；此外，以上天之名，起來吧。是有人設計了要幹什麼事，然而你不可能立刻就知道那是誰，要幹什麼事。」

「看吧！我現在起來了，但是還得勞妳冒生命危險去為我拿根蠟燭來。等等，讓我穿上件乾的衣服，如果還有任何乾衣服的話——是的，我的晨袍在這裡。現在，跑吧！」

我確實跑了；我去拿來了那支仍留在走廊裡的蠟燭。他從我手中接過蠟燭，把它舉起來，查看那張床，全燒黑燒焦了，床單濕透，周圍的地毯全泡在水裡。

「是怎麼一回事，是誰幹的？」他問道。

我簡要地把發生的事說給他聽：我聽見的那走廊裡的怪異笑聲，往三樓爬升的腳步聲，那煙霧——那股把我引到他房間的燃燒味兒，我看到的是怎麼樣的情況，以及我如何用所有我拿得到的水，潑在他身上。

他非常嚴肅地聽著，他的表情，隨著我繼續說下去，越來越表現出憂慮，多過詫異。我說完之後，他並沒有馬上說話。

「要我去找菲爾法斯太太嗎？」我問。

「菲爾法斯太太？不，媽的找她做什麼？她能做什麼？讓她安安靜靜睡覺吧。」

「那麼我去找莉亞，再叫醒約翰和他老婆。」

「絕對不要，妳只要別作聲就好。妳披著披肩，如果不夠暖和，可以去把我那邊那件披風拿來，裹在身上，然後在扶手椅上坐下。喏——我幫妳披上。現在把妳的雙腳放在腳凳上，別浸在水裡。我得離開妳幾分鐘，我得把蠟燭帶走。妳就留在原處，直到我回來，可得跟隻老鼠一樣噤聲。我得到三樓去看看。記得，別走動，也別叫任何人。」

他走了，我望著燭光漸行漸遠。他靜悄悄地走過走廊，盡可能不發出聲響地打開樓梯門，再隨手關上，於是最後一線光亮消失了，我被留在全然的漆黑之中。我注意聽聽看有什麼聲音，可是什麼也沒聽見。過了很長一段時間，我越來越疲倦，儘管有披風，我還是覺得冷；況且，既然不要我去叫醒房子裡其他的人，我看不出待著有什麼用。我正想冒著惹羅徹斯特不高興的險，違反他的命令時，就看到燭光再次幽幽冥冥地投射在走廊的牆壁上，並聽見他沒穿鞋的腳踏在地蓆上。「但願是他，」我心想，「而不是什麼更糟糕的東西。」

他重新回到房間裡，臉色蒼白，非常陰鬱。「我都弄清楚了，」他說，把蠟燭擺在洗臉臺上；「跟我想的一樣。」

「是怎樣，先生？」

他沒有回答，交疊著手臂站著，看著地上。幾分鐘後，他用頗為奇怪的語氣問道——

「我忘了妳剛剛是否說過妳打開房門的時候看到了什麼東西。」

「沒有，先生，只有地上的蠟燭。」

「不過妳聽到了怪異的笑聲嗎？我想，妳以前聽過那笑聲，或者是像那樣的笑聲吧？」

「是的，先生。這裡有個做針線的女人，叫葛莉絲・普爾——她是那樣笑的。她是個很怪的人。」

「是這樣沒錯。葛莉絲・普爾——如妳所猜想的。她就像妳說的，是很怪異——非常怪異。嗯哼，我得思考一下這件事。在這同時，我很高興妳是除了我以外，唯一知道今天晚上這件事的來龍去脈的人。妳絕不是愛嚼舌根的傻子，所以一個字都別提吧。我會解釋這裡的情況。」（一邊指著床）「現在，回妳房間去。今天晚上剩下的時間，我會在書房的沙發上睡，沒問題的。快四點了，再過兩個鐘頭，僕人們就都會起床了。」

「那麼，晚安，先生。」我說，提步要走。

他似乎吃了一驚——這實在非常矛盾，因為他剛剛才要我走啊。

「什麼！」他叫道，「妳已經要離開我了嗎？就那樣離開我？」

「你剛剛說我可以走的，先生。」

「但可不是要妳就這樣不告而別啊，不是要妳這樣連一、兩句招呼或表示善意的話都不說就走；總之，不應該以那種爽快無情的方式。唉，妳救了我的命——把我從那恐怖的、折磨人的死法中搶救出來呢！然而妳卻這麼地走過我身邊，好像我們倆是陌生人一般！至少要跟我握個手吧。」

他伸出他的手，我也把手伸給他。一開始他以一隻手握住它，隨後他用兩手握住我的手。

「妳救了我的命；我很高興能欠妳這麼大一筆人情債。我說不出什麼別的話了。這麼大恩情的債主角色，若換做任何人來擔任，我都不能忍受；但是妳，妳卻不同——我不覺得妳的恩惠是個負擔，簡。」

他停下來，盯著我看，我幾乎看得見他的嘴唇上有話語在顫抖著——只不過他的聲音卻被抑制住了。

「再說一次，晚安，先生。這件事情，沒有什麼人情債、恩惠、負擔、恩情。」

「我就知道，」他繼續說，「我就知道妳會用某種方式，在某個時候，對我有助益；我第一眼見到妳時，就從妳眼睛裡看出來了，它們的表情和笑容，並不是——」（他再次停下來）「——並不是，」（他急迫地接著說）「毫無緣由地把喜悅敲進我的內心最深處的。人們總談論著天生的惻隱之心，我也聽說過世上有善良的精靈：最荒唐的寓言裡還是有著幾許真理在。我珍愛的守護神，晚安！」

他的聲音裡有著奇異的活力，表情中有著奇異的熱烈。

「我很高興自己剛好醒著。」我說，然後就要走了。

「什麼！妳真要走了？」

「我很冷，先生。」

「冷？對——站在水裡！那麼，走吧，簡。走吧！」不過他還是緊握著我的手不放，我沒辦法收回來，於是我想出一個權宜之計。

「我想我聽到菲爾法斯太太在走動喔，先生。」我說。

「好吧，離開我吧。」他放開手指，我就走了。

我回到我的床上，卻一直不想睡。一直到早晨，我都在浮托著我卻不平靜的海洋上載浮載沉，煩惱的巨浪在喜悅的波濤下翻滾。有時候我覺得看見洶湧波濤外有個海岸，像比拉的小山❹一樣可愛；經常會有一陣由希望吹起、逐漸增強的巨風，把我的靈魂歡喜洋洋地帶向那境界，然而我卻到達不了那裡，哪怕在幻想中也不能——因為總有一股從陸地上颳來逆風，不斷地把我趕回去。理智會抵抗住得意忘形，判斷力會警告熱情。我太過亢奮，無法入睡，所以天一亮就起身了。

❹比拉的小山：約翰・班揚（John Bunyan,1628-1688）的小說《天路歷程》（*The Pilgrim's Progress*）中，比拉（Beulah）是個空氣非常「甜美怡人」，陽光日夜照耀的樂土，屬於天國。

第十六章

徹夜未眠的隔天，我既希望又害怕見到羅徹斯特先生，我想再聽到他的聲音，然而又怕看到他的眼睛。在上午較早的那一段時間裡，我時時刻刻盼望著他的到來。他並不常來教室，可是，他有時候也會進來待個幾分鐘。我有預感他那天必定會到教室裡來。

可是早晨就像往常一樣過去了，沒有發生什麼事情打斷亞黛兒的安靜學習；只不過，在早餐後沒多久，我就聽到羅徹斯特先生房間附近響起一陣喧鬧，有菲爾法斯太太的聲音，莉亞的聲音，廚子——也就是約翰的妻子——的聲音，甚至還有約翰自己的粗重聲調。有些叫嚷著：「真是老天有眼，主人沒有燒死在床上！」「夜裡點著蠟燭總是很危險的。」「他還很鎮靜地想到大水壺，真是幸運！」「不知道他為什麼沒有叫醒任何人！」「但願他睡在書房沙發上沒有著涼。」等等。

過大的歡快閒聊聲鬧烘烘催趕著進行擦洗和整理的聲音。我經過這間房間準備下樓吃飯的時候，從敞開的門看到裡面一切又恢復到原來井然有序的樣子，只是床上的帳子給剝光了。莉亞站在窗台上，擦著被煙薰模糊了的窗玻璃。我正要去跟她打招呼，因為我想知道這件事究竟有了怎麼樣的解釋，但是，當我走過去時，看到了房間裡還有另一個人——一個女人坐在床邊的椅子上，正把鉤環縫到新的帳子上。那女人不是別人，正是葛莉絲・普爾。

她坐在那兒，安靜而且一副沉默寡言的樣子，像往常一樣，穿著她的褐色粗布衣服，格子花圍裙，繫著白手絹，戴著帽子。她正埋頭工作著，似乎全神貫注在上面。在她那嚴厲的額頭上，那平凡的五官上，沒有任何表情，足以標示出她是一個才剛企圖謀殺別人的女人，連一點點預期中的蒼白或不顧一切的痕跡都見不到；而她蓄意謀殺的受害者，昨天夜裡還一直追到她的住處，並且（我相信）痛斥過她的犯罪企圖呢。我被搞得驚訝不已——同時也糊塗了。我一直盯著她看，這時她抬起頭來，沒有驚跳一下，也沒有臉紅或者變色來洩漏她的心情、洩漏犯罪的意識或者害怕被發現的心理。「早安，小姐。」她用照例冷淡和簡短的方式對我說，然後拿起另外一個鉤環，多拉了一段帶子，繼續她的縫紉工作。

「我要來試試她，」我心想，「這麼莫測高深，真叫人難以理解。」

「早安，葛莉絲，」我說，「這兒發生了什麼事嗎？不多久前我好像聽到僕人們都聚在一起說話。」

「只是主人昨天晚上在床上讀書讀得睡著了，蠟燭還點著，於是帳子著了火；不過，很幸運，他在床單或床架著火前就醒過來，設法用水罐裡的水把火澆熄了。」

「真是怪事！」我低聲說，然後，目不轉睛地盯著她看，「羅徹斯特先生沒有叫醒任何人嗎？沒有人聽見他走動嗎？」

她又一次抬眼看我；這次眼睛的表情裡面，有點知覺了；她似乎小心提防地審視我，然後她答道——

「妳也知道，小姐，僕人們睡得這麼遠，不太可能聽得見的。菲爾法斯太太的房間和妳的房間是最靠近主人房間的了，但是菲爾法斯太太說她什麼都沒有聽見；人們年紀大了，通常會睡得很沉。」她停下來，補上一個裝出來的不在乎的神情，然後還是用那明顯帶有弦外之音的口氣說：「但是妳還年輕，小姐；我想應該是睡得很淺，或許妳聽見了一點聲音吧？」

「沒錯，」我說，壓低聲音，以免正在擦窗戶的莉亞聽見我的話，「起初我以為是派洛特，但是派洛特不可能大笑，我確定我聽見了大笑聲，很怪異的一陣笑聲。」

她拿起一根新的線，細心地上了蠟，用穩穩的手穿過針孔，然後全然鎮定地作出評論——

「我想，在這麼危險的情況下，主人是不太可能會笑的，妳一定是在作夢。」

「我不是在作夢。」我說，有點激動起來，因為她那厚顏無恥的鎮定惹得我生氣。她又一次看看我，還是用那相同的審視而有意識的眼神。

「妳有沒有告訴主人妳聽見了一陣笑聲？」她問。

「我今天早上還沒有機會跟他說話。」

「妳沒有想過要打開門來看看走廊嗎？」她進一步問道。

她顯然是在盤問我，想從我這兒套出一些資訊。我突然想到，如果她發現我知道或者猜疑她有罪，有可能會用她那些惡毒的伎倆來對付我，所以最好還是小心為妙。

「正好相反，」我說，「我把門給拴上。」

「那麼說妳並沒有每天晚上上床以前把門閂上的習慣囉？」

「惡魔！她想探知我的習慣，好根據它來設計計畫！」憤慨又一次戰勝了謹慎，我狠狠地回答道：「在這之前，我常忘了上門閂，因為我覺得沒有必要，我不知道荊原莊有什麼值得害怕的危險或是騷擾；但是從今以後，（我特別強調了這幾個字）我會謹記著在冒險去睡之前，先做好一切安全措施。」

「這樣做是很明智的，」是她的回答；「這附近一帶和我所知的任何地方一樣寧靜，打從這房子造好以來，我從來沒有聽過有人企圖來竊取東西，儘管眾所皆知那餐具櫃裡的碗盤就值好幾百鎊。妳看，對這麼大一所房子來說，裡頭的僕人是非常少的，因為主人從來不在這裡久住，而且就算回來住，單身漢的他並不需要什麼伺候。不過我總認為，寧可失之過於要求安全。關上門是那麼容易，拉上門閂，把自己和任何可能的危害隔開來，也是一樣容易。小姐，很多人把一切都託付給上帝，但我說上帝是不會免除求生的手段的，祂只不過常常在它們被謹慎使用的時候，賜福護佑。」她到這裡結束了她的長篇大論，這對她來說可是很長的一段話，而且還是用貴格女教友般一本正經的態度說的。

我還站在那裡，為她那種不可思議的冷靜和無法揭穿的偽善，感到困惑不已，這時廚子進來了。

「普爾太太，」她對葛莉絲說，「僕人的午餐馬上就準備好了，妳要下來嗎？」

「不，只要把我一品脫的黑啤酒和一點布丁，放在托盤上就好，我會帶上樓去。」

「要吃點肉嗎？」

「一小片就好，還要一點點起司，就這樣。」

「那麼西谷米呢？」

「現在還不急，吃午茶之前，我就會下樓，我自己來做就好。」

廚子隨即轉身對我說菲爾法斯太太在等我；於是我就離開了。

吃飯的時候，我幾乎沒在聽菲爾法斯太太談論帳子失火的事，我整副心思都在苦思葛莉絲・普爾謎一樣的性格，以及推敲她在荊原莊的地位問題，滿腹狐疑為什麼那天早晨不把她關起來，或者，至少至少，也得辭退她服侍主人的工作吧。昨天晚上，主人幾乎已經宣布確定她有罪了，那麼究竟是什麼神祕的原因，阻止他去控告她呢？他又為什麼要我也跟著他一起，保守這個祕密呢？這實在奇怪，一個大膽的、復仇心強而且驕傲的紳士，不知怎地，似乎受著他的一個最低微的雇傭所控制，那樣地受她控制，甚至當她已經動手要謀殺他了，他還不敢公開控訴她的惡圖，更別說懲罰她了。

要是葛莉絲・普爾既年輕又漂亮的話，我還會猜想：也許有一種比謹慎或者害怕更加溫柔的感情，在為了她的利益，影響著羅徹斯特先生；可是，她長得那麼難看，又一副嚴厲威嚴的樣子，這種想法就無法被接受了。「不過，」我重又一想，「她也曾經年輕，她年輕的時候正是主人年輕的時候：菲爾法斯太太有一次告訴過我，說葛莉絲在這裡已經住好幾年了。我想她以前也不會漂亮；但是，就我所知，她也許有著性格上的獨特與力量，足以彌補她在相貌上的不足。羅徹斯特先生會愛好性情堅決而與眾不同的人，葛莉絲至少是與眾不同。也許是以前的任性妄為（像他那樣出人意料而剛愎自用的個性，是很可能做出異想天開的反常行為的）把他送進她的掌控之下，到現在她對他的行動，還有著祕密的影響，這是他自己不謹慎的後果，擺脫不了，又不得不理？」然而，想到這一節，普爾太太那方方正正、扁平無曲線的身材，以及那不漂亮、枯燥乏味而甚至粗陋的臉，如此清晰分明地浮現在我心靈的眼睛前面，我不禁想：「不，不可能！我的推測不可能正確。不過，」我心裡面和自己對話的那個祕密聲音說，「妳也不漂亮啊，然而羅徹斯特先生或許也欣賞妳呢；無論如何，妳常常感覺到他欣賞妳，而且昨天晚上——回想一下他的話，回想一下他的表情，回想一下他的聲音吧！」

我全都記得——語言，眼神和聲調，似乎都在一瞬間栩栩如生地重現出來。我現在在教室裡，亞黛兒在畫畫，我彎下腰去導引她握鉛筆的手。她有點吃驚地抬頭看我。

「（法語）妳怎麼了，瑪丹摩莎？」她說，「妳的手指像樹葉一樣顫抖，妳的臉發紅，紅得像櫻桃！」

「我熱啊，亞黛兒，彎著腰嘛！」她繼續畫畫，我則繼續思考。

我趕忙把腦子裡想個不停的關於葛莉絲・普爾的討厭想法驅走；它已經讓我感到噁心了。我拿自己來與她比較，發覺我和她是不同的。貝絲・利文說過我真是個高尚淑女；她說的沒錯——我是個淑女。而且我現在看起來比貝絲看到我的時候還要好得多：比較有血色，比較豐腴，比較有生氣，比較活潑了，因為我有了更明朗的希望和更濃厚的快樂。

「傍晚來臨了，」我望著窗外說，「一整天都沒有聽到羅徹斯特先生的說話聲或是腳步聲；可是天黑以前，我一定會見到他。早上我害怕跟他見面，現在卻渴望見到他，因為期待給延擱了那麼久，都變得沒有耐心了。」

等到日暮真的消逝了，亞黛兒也離開我到育兒室去和蘇菲玩了，我更是急切地渴望見到他。我豎著耳朵等著下面有鈴聲來喚人；等著莉亞上樓來送口信；有時候還在想像中聽到了羅徹斯特先生自己的腳步聲，便轉過身去向著門，期望著門會打開讓他進來。門卻是依然緊閉，只有黑暗從窗口進來。不過時間還不算太晚，他常常是在七、八點鐘才派人來把我叫去，現在還不過六點。我今晚一定不會完全失望，我有那麼多事情要說給他聽！我想要再提起葛莉絲・普爾這個話題，聽聽他會怎麼回答；我要直截了當地問，他是否真的相信昨天夜裡那可怕的圖謀是她幹的；如果是，為什麼要為她的惡行保守祕密。我不在乎我的好奇心會不會激得他不舒服，我懂得一會兒鬧鬧他、一會兒安撫他的樂趣，這是我最引以為樂的事情之一；而且我對自己的直覺很有把握，它總會在我做得太過分之前約束住我，我從來沒敢越過激怒的邊界，在最遠的極限處，我很喜歡試試我的技巧。我可以一方面保持代表尊重的每一個小禮節，保持在我與他的身分間所該遵守的各項規矩，而猶能夠毫不感到懼怕與不安的限制地，在言語論說上與他分庭抗禮；這對他和對我都很合適。

終於有腳步聲喀噠喀噠在樓梯上響起，莉亞出現了，不過只是來通知我，茶點已經在菲爾法斯太太房間裡預備妥當。於是我動身前往，很高興至少是要到樓下去了，因為那讓我——在我認為——更靠近羅徹斯特先生。

「妳一定得來吃妳的茶點，」我走到那位好婦人身邊時她說，「妳午餐吃得那麼少。我還在擔心，」她繼續說，「妳今天是否身子不舒服呢：妳的臉紅紅的，好像在發燒。」

「噢，我很好！我沒有覺得這麼好過。」

「那麼妳就得拿出好胃口來證明。可否請妳灌滿茶壺，讓我把這根針織完？」完成工作後，她站起來，拉下百葉窗，在這之前她一直讓它開著，我想是為了要充分利用日光吧，只不過現在暮色正迅速轉濃，完全暗了下來。

「今天晚上儘管沒有星光，」她透過窗格子望著外面說，「倒是天氣清朗；羅徹斯特先生的旅程，總算有個好天氣。」

「旅程！——羅徹斯特先生去哪裡了嗎？我不知道他出門了。」

「噢，他一吃完早飯就出發了！他到里亞斯去了，艾許敦先生的家，在米爾科特另一頭十英里路的地方。我相信那裡一定聚了很多人在開宴會；英格朗勳爵、喬治•林恩爵士、丹特上校和其他人。」

「妳想他今天晚上會回來嗎？」

「不——明天也不會回來；我看他很有可能會待上一個星期或者更久。這些高貴時髦的人聚在一起時，周圍全是一片優美歡樂，可以取悅作樂的東西一樣也不缺，絕不會急著要散會的。在這種場合裡，紳士、女士們都很喜歡他，儘管妳可能不認為他的外貌在她們眼裡能顯出什麼特別，但是我想他的學識和能力，或者他的財富和家世，就足以彌補他外貌上的任何小瑕疵了。」

「里亞斯那裡有女士們嗎？」

「有艾許敦太太和她三個女兒——的確都是非常優雅的年輕小姐，還有那豔名遠播的白蘭琪・英格朗和瑪麗・英格朗，我想她們是最美麗的了。我倒真的見過白蘭琪，六、七年前吧，那時她是個十八歲的女孩。她來參加羅徹斯特先生舉辦的聖誕舞會和晚宴，妳真該瞧瞧那天的餐廳——裝飾得多麼豪華，燈火點得多麼富麗堂皇！我想有五十位紳士淑女們到場吧——全是郡裡面最上流的名門，英格朗小姐被認為是那天晚上的社交皇后。」

「菲爾法斯太太，妳說，妳見過她，她長什麼樣子？」

「是的，我見過她。餐廳的門打開著，由於是聖誕節，僕人們被允許聚在大廳裡，聆聽一些女士唱歌和演奏。羅徹斯特先生要我進去，我便坐在一個安靜的角落裡觀看。我從來沒有見過這麼華麗的場面，女士們都打扮得雍容華貴，大部分——至少是大部分的年輕小姐們——都很漂亮，不過英格朗小姐當然是豔冠群芳。」

「那麼她長什麼樣子？」

「高大，胸脯豐滿，肩膀斜削，脖子長而優美，黝黑明淨的橄欖色皮膚，容貌高貴；眼睛很像羅徹斯特先生的眼睛，大而黑，像她的珠寶一樣明豔。她還有著一頭如此細緻的頭髮，烏黑亮麗，髮型梳得這麼搭配，粗粗的髮辮盤在後面，前面是我所見過最長最有光澤的鬈髮了。她穿著一身純白，肩膀到胸前披著一條琥珀色的披肩，在旁邊打個結，長流蘇垂到膝蓋以下。她還戴了一朵琥珀色的花在頭髮上，這和她烏溜溜的鬈髮成強烈對比。」

「她想必是眾所仰慕的了？」

「是啊，沒錯，而且不只是仰慕她的美麗，還仰慕她的才藝。她是唱歌的幾位女士之一，有位紳士用鋼琴幫她伴奏。她和羅徹斯特先生唱了一首二部對唱。」

「羅徹斯特先生？我還不知道他會唱歌呢。」

「噢！他有著一副很好的男低音歌喉，以及對音樂的優秀品味。」

「那麼英格朗小姐呢，她是怎樣的嗓子？」

「很豐潤渾厚的嗓子。她的歌聲非常動聽，聽她唱歌真是一種享受；後來她還彈了鋼琴。我對音樂沒有什麼鑑賞力，但羅徹斯特先生卻有，我聽見他說她彈得非常好。」

「而這位美麗且多才多藝的小姐，她結婚了嗎？」

「似乎是沒有。我覺得她或她妹妹都沒有很多財產。老英格朗勳爵的地產大部分都已讓渡出去，幾乎所有財產都由長子繼承了。」

「但是我奇怪怎麼沒有富有的貴族或紳士看上她呢，例如說，羅徹斯特先生。他很有錢，不是嗎？」

「噢，是的，但是妳看，年齡上有著相當大的差距。羅徹斯特先生將近四十了，她才不過二十五歲。」

「那又如何？更不相稱的配對天天都有呢。」

「沒錯，然而我很難想像羅徹斯特先生會懷著這類的想法。妳怎麼什麼都沒吃，妳從開始喝茶到現在，幾乎都沒有吃過東西呢。」

「不，我太渴了不想吃東西。讓我再喝一杯好嗎？」

我正想回到羅徹斯特先生和白蘭琪是否有可能結合的這個話題上，亞黛兒卻進來了，於是談話只好轉了另一個方向。

再次回到獨自一個人的時候，我把聽到的資訊回想了一下，望進自己內心裡面，檢查那裡的思想和感情，然後用一隻嚴厲的手，竭力把那些如同迷失在無邊無際幻想荒原的，拉回到常識的安全欄內。

我在我自己的法庭上受審，記憶出來，證實了我從昨夜以來所珍藏的希望、渴望、感情——證實了我過去近兩個星期來所沉溺其中的整個心態；理智出來，以她獨有的平靜方式，說了個平凡而實在的故事，讓我知道，我是怎樣地拒絕現實，迫不暇思地吞噬空想；——於是我宣布了這樣的判決——

世界上曾經呼吸過生命氣息的東西中沒有比簡愛更大的傻瓜了；沒有比她更愛幻想的白癡了，那麼貪食甜蜜的謊言，把毒藥當作美酒來狂飲。

「妳，」我說，「是羅徹斯特先生喜歡的人嗎？妳有天賦的力量來討他高興嗎？妳有在任何意義上對他來說是重要的嗎？去吧！妳的愚蠢叫我噁心。而妳還竟然從偶然的喜愛表示上得到快樂——那只不過是名門紳士與世故男人對一個下屬或新人所做的一些曖昧表示。可憐的、愚蠢的呆子啊！——難道就連自私自利的考慮也不能讓妳聰明些嗎？妳今天早上還反覆回想著昨晚那幕短短的情景嗎？——蒙起妳那該感到羞恥的臉吧！他說了些讚美妳眼睛的話，是嗎？瞎了眼的妄自尊大的人！打開妳昏花的眼睛，看看妳自己那受詛咒的愚昧無知吧！對任何女人來說，被她那不可能意圖娶她的上司誇獎恭維，是沒有任何好處的；若是她任由祕密的愛情火花在他們之間點燃，更是一種瘋狂，這種愛情若是沒有得到回報或沒有被發覺，必定會毀滅那個飼育它的生命。而，若是被發覺了而得到回應，那必定會像迷途鬼火一般，蔓燒至泥濘荒地之中，永無回頭之路。

「那麼，簡愛，聽好妳的判決：明天，放一面鏡子在妳面前，用粉筆畫下妳自己的畫像吧，要坦白如實，不能淡化任何一個缺點、省略任何不對眼的線條、包庇任何惹人厭的不勻稱之處；下面寫上『無家無世、貧窮、平凡的女家教老師之肖像』。

「之後，拿一塊平滑的象牙來——妳的畫具箱裡不是儲存了一塊嗎？拿妳的畫板，把妳最鮮豔、最上等、最明澈的顏料調和起來，選妳最精緻的那支駝毛畫筆，小心仔細地描繪出妳所能想像的最可愛的臉龐來吧。用妳最柔和甜美的色系變化，照著菲爾法斯太太所描述的白蘭琪・英格朗來畫；記住烏黑光亮的鬈髮，東方味兒的眼睛，——什麼！妳回來找羅徹斯特先生的眼睛做模範！規矩些！不許哭！——不許動感情！——不許哀悼！我只容許理智和決心。回想一下高貴莊嚴卻又勻稱美麗的輪廓吧，希臘式的頸項和前胸，畫出圓潤動人的手臂，纖細的手，既不要省略鑽石戒指，也不要遺漏了黃金鐲子，忠實地畫出盛裝，輕薄的蕾絲和閃閃發亮的綢緞，優雅的絲巾和金色的玫瑰，稱它為『多才多藝的名門淑女，白蘭琪』。

「在未來，假使妳偶然有了羅徹斯特對妳有好感的幻想，就把這兩張畫像拿出來做個比較吧，說：『只要羅徹斯特先生肯選擇去爭取，也許就能贏得那位高貴淑女的愛情；那麼他還有可能會把心思浪費在一個貧窮而卑微的平民身上嗎？』

「我會這樣做的。」我下了決定，拿定了這個心意之後，我越來越平靜下來，於是便睡去。

我遵守我的諾言。一、兩個小時就足夠我用粉筆畫好我自己的肖像，而用象牙畫的想像中的白蘭琪・英格朗的精緻小畫像，卻花將近兩星期才完成。那張臉看起來是夠可愛的了，和那張用粉筆畫的真實頭像形成之強烈對比，已達到了自我克制所渴求的極限。我從這件功課上獲得了益處：它使我的頭腦和手都有事情做，我希望它永久印在我心上的那個新的印象，也能拜其所賜變得更強有力、堅定不移。

不久，我已有足夠的理由，祝賀自己強迫自己的感情去承受這有助益的教育訓練，多虧了它，我才能夠以端莊自持的鎮靜，來面對後來發生的一些事情；若是在毫無準備的狀況下遇上了那些事情，我恐怕就無法把持住自己，甚至光是在表面上也不行。

第十七章

一個星期過了，羅徹斯特先生全無消息，十天了，他還是沒回來。菲爾法斯太太說，要是他從里亞斯直接上倫敦，再從那兒去歐洲大陸，然後在接下來的一整年內都不再出現在荊原莊，她也不會感到驚奇，因為他並不是不常像這樣出乎意料地突然離開。聽到這樣，我開始感到一股奇怪的寒意，心頭上有種受挫的感覺。我實際上還允許自己去體會那股令人噁心的失望感，可是當我重新集結我的精神意志、重新喚回我的自我紀律後，立刻就把我的情緒都安頓回原來的秩序了。我是怎樣地去克服這一時的疏忽啊——我是怎樣地去更正自己的錯誤啊，要自己別再誤把羅徹斯特先生的行為，看作有任何理由讓我投注重大興趣的事；這過程實在很有意思。我倒不是用奴性的自卑感來貶低自己，相反的，我只是說——

「妳跟荊原莊的主人一點關係都沒有，只除了領他的薪水來教導他的被監護者，以及在盡了妳的責任而從他那裡得到妳有權期望的尊重和善待時，心存感謝。要記住這是他在妳與他之間所唯一認真承認的聯繫，所以別把他當作妳的情感、狂喜、苦悶等等的對象。他不是與妳同階層的人，留在妳自己的地位上吧，要多尊重自己些，別把全心全意、全副力量的愛情，浪費在不需要，甚至輕視這份禮物的地方。」

我心平氣和地繼續我白天的工作，可是時不時會有些模糊的提案飄過我的腦海，提示我一些離開荊原莊的理由。一方面我還禁不住一直構思著廣告內容，並且臆想著新的職務是什麼樣子。這些想法，我並不認為有必要去遏制它們，如果可能，它們是會開花結果的。

郵局給菲爾法斯太太送來一封信時，羅徹斯特先生已經超過兩個星期不見蹤影了。

「是主人寫來的，」她看看信上的地址說，「我想現在我們就會知道是否要期望他回來了。」她打開封蠟讀信，我則繼續喝著咖啡（那時我們正在吃早飯）；我把臉上突然產生火一般的灼熱感，歸因於咖啡的燙。至於我的手為什麼發抖，我的半杯咖啡為什麼不由自主地潑在小碟子裡，我選擇不去細想。

「好啦，有時候我覺得我們太過安靜，但現在我們可有個機會來忙碌了，至少要忙上一陣子。」菲爾法斯太太說，信還舉在眼鏡前面不放。

在我允許自己請求解釋之前，我先替亞黛兒繫好她剛巧鬆開的圍裙帶子，幫她拿了另一個小圓麵包，在她的馬克杯裡倒滿牛奶，然後才淡淡地說——

「我想，羅徹斯特先生不會很快就回來吧？」

「他倒是真的快回來了——他說在三天後，那就是星期四了，而且他不是一個人回來的。我不知道里亞斯那兒會有多少紳士淑女們跟他一起回來，他吩咐要把所有最好的客房都準備好，書房和交誼廳都要打掃乾淨。此外，我還得到米爾科特的喬治旅館，以及其他任何有可能找得到人手的地方，找些廚房的幫手來；女士們會帶著她們的女僕來，男士們也會帶他們的男侍，所以我們的房子就要住滿人了。」然後菲爾法斯太太匆匆吃下她的早餐，便急急忙忙地去著手進行籌畫。

這三天果然如她的預言，忙得很。我本以為荊原莊所有的房間都已打掃得乾乾淨淨，也收拾得整整齊齊了，可是顯然我推測錯誤。多了三個女人來幫忙，那些刷洗工作、拂塵工作、清洗漆面，拍打地毯，把畫取下又掛上，把鏡子和釉面器物都擦亮，客房生上火，爐邊晾起了被單和羽毛床墊，都是我在這之前和之後沒有見過的。這期間，亞黛兒變得好野；迎接客人的準備以及客人即將來臨的前景，似乎使她興奮得瘋了頭。她要蘇菲幫她所有的「服裝」——她這麼稱呼她的連身裙——都檢視一遍，把「過時的」都翻新，新的則拿出來晾曬備用。至於她自己，什麼都不幹，只在前面那排客房裡蹦蹦跳跳玩耍，就著床架跳上跳下，或是乾脆躺在劈哩啪啦的爐火前那些層層堆起的墊枕和枕頭上。她獲允拋開課業，因為菲爾法斯太太硬要我去幫忙她，我整天待在儲食室裡，幫助（或者妨礙）她和廚子，學著做蛋羹、起司蛋糕和法式點心，綑紮獵來食用的禽鳥，裝飾甜點的盛盤。

客人是預定在星期四下午抵達，趕赴六點鐘的晚餐。在這期間，我沒有時間胡思亂想，我相信自己像任何人一樣活躍和歡樂——只除了比不上亞黛兒。然而，我的歡樂還是時常會受到潑冷水般的遏制，被不由自主地推回到充滿懷疑、警訊和陰暗臆測的境地裡去。這種感覺，都是出現在我碰巧看到三樓樓梯門慢慢被推開（近來它一直是鎖著的），看見葛莉絲・普爾的身影，戴著整潔的帽子，圍著白圍裙，繫著手帕走出來的時候；在我看著她穿著消聲滅息的布拖鞋、靜悄悄的腳步倏忽掠過走廊的時候；或是在我看到她朝著嘈雜忙碌、顛三倒四的客房裡瞧瞧——也許只說一句話，告訴雜役女工該怎樣擦亮爐架，怎樣清理大理石壁爐或者去除糊著壁紙的牆上的污漬，隨即繼續往前走的時候。她就是這樣每天下樓一次，到廚房去吃飯，在爐邊節制地抽一管菸，然後帶著一壺黑啤酒回去，作為她在樓上那間陰暗巢穴裡的個人安慰物。二十四小時中，只有一小時她在樓下和她的僕人夥伴待在一起，其餘時間她都在三樓的一間天花板很低的橡木房間裡度過；她坐在那兒，做著針線——也許還獨個兒陰森森地大笑——蕭索一人，就像關在地牢裡的囚犯。

最最奇怪的是，整個宅子裡除了我以外，沒有一個人在注意她的習慣，或是對她的行為表示詫異，沒有一個人議論她的地位或職務，也沒有一個人同情她的獨處和孤立。有一次，我倒是聽到了莉亞和一個雜役女工的對話，對話的主題就是葛莉絲。莉亞前面說了什麼我沒聽到，只聽見那個雜役女工說：

「我想，她領的工資應該很多吧？」

「是啊，」莉亞說，「多希望我也能有這麼多。這並不是說我的工資有什麼好抱怨的——荊原莊絕不小氣，只是我領的錢連普爾太太的五分之一都不到。她正在儲蓄，她每一季都到米爾科特的銀行去。如果她想走，她存的錢都足夠獨立了，只不過我想她已經習慣這地方了吧，而且她還不到四十歲，還很強壯，什麼都能幹，現在就退休也太早了些。」

「我敢說她必定很稱職。」雜役女工說。

「啊，——她明白自己該做什麼——沒有比她好的了，」莉亞別有深意地說；「而且她的工作並不是每個人都做得來的——就算是領她那麼多的工資也不見得行。」

「是不行啊！」她回答，「我在想主人是不是——」

那位雜役女工正要講下去，然而這時莉亞轉過來，看見我，馬上用肘子碰了碰她的同伴。

「她不知道嗎？」我聽見那女人小聲地說。

莉亞搖搖頭，這話題當然就此停住。從我所得知的部分來看，只能說明出一點：荊原莊有一個謎，我則被有意地排除在這個謎之外。

星期四來臨了，一切工作都已經在前一天傍晚完成：地毯都鋪好在地板上，床帳子別上了花綵，白得耀眼的床單鋪平了，梳妝臺安排妥當，家具都上蠟磨光，花瓶裡也插滿了花朵；客房和客廳，都盡各人所能，整理得清新亮麗。大廳也刷洗過了；那座雕花大鐘，也像樓梯的梯級和欄杆一樣，打磨得像玻璃一樣亮。餐廳裡，餐具櫃裡的杯盤閃著眩目的光彩；餐後交誼廳和女賓休息室裡，四面八方都是花瓶，盛開著各色奇花異草。

到了下午，菲爾法斯太太穿上她最好的黑絲緞衣服，戴上手套和金錶，因為客人將會由她來接待——亦即接引太太小姐們到她們的臥房去等事。亞黛兒也會穿戴起來，儘管我認為她至少在那天是沒有機會被介紹給客人的。然而，為了讓她高興，我允許蘇菲給她穿上一件短短的、圓鼓鼓的薄紗洋裝。至於我自己，則沒有必要換什麼衣服；我是不會被叫離這間教室的；它現在已經成為我的私人空間——「一個在不愉快的時刻裡非常討人喜歡的避難處」。

那是一個和煦而寧靜的春日——是那種三月末或四月初的天氣，突然掀起而照亮了整個大地，作為夏季來臨的前報。此刻白晝已接近尾聲，但是傍晚還更加溫暖，我坐在教室裡工作，任窗戶敞開著。

「時間晚了，」菲爾法斯太太說，衣服窸窸窣窣響著走進來。「我很高興我下令時把羅徹斯特先生說的開飯時間延後一小時；現在已經超過六點了。我派了約翰到大門口去看看路上是否有什麼動靜，從那裡朝米爾科特的方向，可以看得見一大段路。」她走到窗口，「他來了！」她說，「嘿，約翰，」她探出窗外問，「有什麼消息嗎？」

「他們來了，太太，」是他的回答，「他們十分鐘後就會到達。」

亞黛兒飛奔到窗邊，我跟過去，小心地站在一邊，遮掩在窗簾之後，這樣我就能不被看見地觀看他們。

約翰說的十分鐘似乎很長，不過最後還是聽到了車輪聲；四個騎馬的人沿著車道奔馳過來，後面跟著兩輛四輪馬車。飄拂的面紗和抖動的羽毛塞滿了整個馬車。騎馬的人當中，有兩個是模樣搶眼的年輕男士，第三個是羅徹斯特先生，騎在他的黑馬米思羅上，派洛特在他跟前蹦蹦跳跳；他旁邊是一位騎馬的小姐，他們兩人是這群人的前鋒。她那身紫色的女用騎馬裝幾乎掃著地面，她的面紗在微風中長長地飄曳著，其中可見到烏溜溜的鬈髮和面紗的透明縐褶交織在一塊兒，並且在縐褶間散發著光澤。

「英格朗小姐！」菲爾法斯太太喊道，然後就急急忙忙去執行她樓下的任務了。

這隊華麗的人馬，順著車道的彎勢，迅速轉過屋角，於是我不再能看見他們。亞黛兒懇求著要現在下樓去；可是我把她抱到膝上，要她明白，除非有人特地被派上來叫她下去，否則不管是現在還是其他任何時候，她無論如何都別想去冒險被女士們看見，因為這會讓羅徹斯特先生非常生氣，等等。她對這樣的吩咐「流下了一些人性自然的眼淚」，但是到最後，當我開始板起臉時，她就順從地擦掉了它們。

現在可以聽見大廳裡歡快的喧鬧聲：紳士們低沉的聲調和淑女們銀鈴般的語調和諧地混合在一塊兒，在這所有聲音之上，可以聽見荊原莊主人那儘管不響亮卻很洪渾的嗓音，在歡迎著他美麗英俊的客人們來到家裡。接著，輕盈的腳步登上了樓梯；靈活的步伐穿過走廊，還有柔和的歡笑聲，開門和關門聲，然後便是一陣寂靜。

「（法語）她們在換衣服了。」亞黛兒說。她一直專心傾聽著他們的每一個動作，現在她嘆了口氣。

「（法語）在媽媽家裡，」她說，「有客人的時候，我都隨時跟在她身邊，到客廳，到她們房裡，我常常看著女僕們為貴婦人梳妝打扮，那真是有趣，是這樣沒錯。」

「妳不覺得餓嗎，亞黛兒？」

「（法語）餓啊，瑪丹摩莎，我們有五、六個鐘頭沒有吃東西了。」

「嗯，那麼，等女士們都回到房間裡，我就冒險下去為妳拿點什麼來吃。」

我小心翼翼地從我的隱身處出來，鑽進一道直接通向廚房的樓梯，那地方全是火跟混亂；湯和魚都已烹調到最後階段，廚子低頭弓背全神貫注在坩堝上，整個身心狀態大有隨時會自己燃燒起來之勢。僕人的大廳裡，有兩個馬車伕和三個紳士的侍從正圍著火或站或坐；至於侍女們，我想應該都是在樓上，和她們的女主人在一起吧。四處都是從米爾科特雇來的新傭人在忙著。穿過這片混亂，終於來到了放食物的地方，我在那兒拿了一隻冷雞、一捲麵包、幾個水果塔、一兩個盤子和刀叉，然後拿著這些戰利品匆匆退出來。我回到走廊裡，剛隨手關上後門，就聽到一陣越來越熱烈的嗡嗡聲，警告我那些女士們就要從她們的房裡出來了。我若要到教室去，是不可能不經過她們的房間的，這就會冒著被她們撞見我偷渡食物的危險；所以我只好動也不動地站在這頭，這邊沒有窗子，所以很暗，現在已經烏漆嘛黑了，因為太陽已經下山，暮色正在逐漸變濃。

不多久，這些客房一個接一個地釋放出美麗的住客，個個都是歡樂活潑地走出來，穿著在暮色中閃著光澤的衣服。她們在走廊的那頭聚成一堆，站了一會兒，一邊用甜美的、壓抑過的活潑語氣談話；接著她們就下樓梯，幾乎像一團明亮的霧沿著小山滾下去似地不發出一點兒聲響。她們整體在外觀上給我留下了出身高貴的優雅印象，這是我以前從來沒有見過的。

我發現亞黛兒微微打開教室的門，正從門縫裡往外偷看。「多美麗的女士們啊！」她用英語嚷道，

「噢，我多希望能跟她們一道兒去。妳想羅徹斯特先生不久會叫我們去嗎？在吃完晚飯後？」

「不會的，我真的覺得不會。羅徹斯特先生還有別的事情要考慮。今天晚上別再想那些女士們了，也許明天妳就能見到她們。這是妳的晚飯。」

她真的很餓了，因此雞肉和水果塔暫時移轉了她的注意力。還好我拿了點食物來，否則她跟我，我們兩人會根本沒有晚飯吃；還有蘇菲，我把我們的食物分了一份給她；樓下的人都太忙了，不會想到我們。甜食一直到九點才端出來；到了十點，僕人們還拿著托盤和咖啡杯來來去去地奔跑。我允許亞黛兒比平時晚點再去睡；因為她說，樓下的門開開關關，人們嘈雜忙碌著，她是不可能睡得下的。此外她還補充，也許羅徹斯特先生還會派人來傳她，要是她已脫了衣服，「（法語）那多可惜啊！」

我說故事給她聽，她願意聽多久我就講多久；然後為了換換花樣，我帶她到走廊裡去。現在大廳裡點著燈，憑著欄杆往下看僕人們來來去去，讓她覺得很好玩。等到夜深之後，交誼廳裡傳出音樂聲，鋼琴已經被移到那裡去。亞黛兒和我坐在樓梯的最高一級上，聆聽著。不久，華麗的琴聲中混入了人的歌聲，唱歌的是一位女士，她的嗓子非常悅耳動聽。獨唱結束，接著是二重唱，然後是無伴奏的男聲合唱曲；愉快的談話低語聲填滿了樂曲與樂曲間的間隔。我聽了很久，突然發現我的耳朵正全神貫注地在分析那些混雜的聲音，想從混亂的腔調中聽出羅徹斯特先生的口音；等我聽出來之後——一下子就聽出來了，我便又找到了一個工作：從這些語調中——距離使它們模糊不清——型構出語意來。

鐘敲了十一下。我看看亞黛兒，她已經把頭靠在我肩膀上，眼皮越來越沉重了，於是我兩手抱起她，帶她上床睡覺。紳士們和女士們一直到將近一點才回到他們的房裡去。

隔天的天氣跟前一天一樣好，這天他們到附近的某個地方遊覽。他們在上午早早就出發，一些人騎馬，其餘的坐馬車；我目睹他們離開，又目睹他們回來。英格朗小姐跟先前一樣，是唯一騎馬的女人，而且，跟先前一樣，羅徹斯特先生馳騁在她身旁；這兩個人騎著馬，與其餘的人略微分開一些。我把這情景指給和我一起站在窗邊的菲爾法斯太太看——

「妳說他們不太可能會考慮結婚，」我說，「但是妳看，比起其他小姐，羅徹斯特先生很明顯比較喜歡她。」

「是啊，我敢說是這樣；他無疑是愛慕她的。」

「而她也愛慕他，」我接著說，「看看她把頭靠過去他那兒的樣子，好像正在親密地談話；我真希望能見到她的臉，我到現在一眼都還沒見到呢。」

「今天晚上妳就會看見她了，」菲爾法斯太太說，「我剛好向羅徹斯特先生提到了亞黛兒很想與女士們認識，他則說：『噢！讓她在晚飯後下來交誼廳吧；並請愛小姐陪她一起來。』」

「是啊——他這麼說只是出於禮貌；我確定我是不需要去的。」我回答道。

「啊，我告訴他妳不習慣社交，因為我認為妳不會喜歡在這麼歡樂的一群人面前出現——全是些陌生人；但他卻用他那種急躁的方式說：『胡扯！要是她反對，就告訴她那是我的特別期望；如果她拒絕，就說要是她敢抗命，我會親自去抓她過來。』」

「我不會這麼麻煩他，」我答道，「我會去的，如果別無他法；但是我不喜歡這樣。妳會在那裡嗎，菲爾法斯太太？」

「不會。我請求不去，他答應了我的請求。我告訴妳怎樣才能設法避免正式出場的尷尬，那是這整件事裡面最讓人不舒服的部分。妳得在交誼廳沒有人的時候進去，也就是在女士們離開餐桌之前；在任何妳喜歡的僻靜角落裡選個座位坐下，紳士們進來後，妳就不必再久待，除非妳高興留下來。只要讓羅徹斯特先生看到妳有到場，就可以溜走了——不會有人注意到妳的。」

「妳想這些人會待很久嗎？」

「也許兩、三週吧，絕不會再久了。等過了復活節的假期，喬治・林恩爵士——他最近被選為米爾科特的議員——就得到城裡去就職；我敢說羅徹斯特先生會跟他一起去，他在荊原莊待了這麼久，已經讓我很驚訝了。」

等我發現時候到了，該帶著我照管的孩子上交誼廳去了，便有點驚慌失措起來。亞黛兒聽說晚上要去見女士們，早就一整天都高興得跟發瘋一樣，一直到蘇菲開始為她梳妝打扮之前，都靜不下來。這過程的重要性很快就把她穩住，等到把她的鬈髮梳得十分光滑、一串串垂掛下來，並穿上粉紅色的緞子洋裝，繫好了長長的飾帶，戴上蕾絲無指手套的時候，她已經顯得跟任何一個法官一樣嚴肅了。用不著警告她別弄亂她的衣服，因為她一打扮好，就端莊地坐在她的小椅子上，還記得小心翼翼地先把緞子裙撩起來，怕把它坐縐，此外她還向我保證，她將從那時候起動都不會動一下，直到我打扮好。我打扮得很快，我最好的衣服（銀灰色那件，是為了田波爾小姐的婚禮買的，後來一直沒穿過）一下子就穿上了；我的頭髮一下子就梳平了；我的唯一的首飾，那個珍珠別針，也一會兒就別好了，於是我們下樓去。

幸好還有別的入口通交誼廳，而不必穿過他們正在吃飯的餐廳。我們見到房間裡沒有人，大理石壁爐裡，好大一堆的火燄默默地燒著，桌上作為裝飾的精緻鮮花之間，有幾支蠟燭在明亮的孤寂中放著光芒。棗紅色帷幔掛在拱門前，儘管跟隔壁餐廳裡那群人的分隔，只是這麼一層帷幔，可是他們談話的聲調那麼低，什麼都聽不見，只有一片安撫人心的嗡嗡聲。

亞黛兒似乎還讓那種會使人非常莊嚴的模糊想法影響著，一句話都不說，在我指給她的腳凳上坐下。我則退到一個窗邊座位上去，從附近的桌子上拿了一本書，努力想要閱讀。亞黛兒把她的腳凳移到我腳邊；不久，她碰碰我的膝蓋。

「怎麼樣，亞黛兒？」

「（法語）我能不能從這些美麗的花朵中拿一朵，瑪丹摩莎？讓我的服飾更加完美。」

「妳太注意妳的『服飾』了，亞黛兒；不過，妳可以拿一朵花。」我從花瓶裡拿了一朵玫瑰，別在她的飾帶上。她發出了一聲嘆息，代表她難以言詮的心滿意足，彷彿她的幸福之杯此刻已經被盛滿了似的。我別過臉，想隱藏我抑制不住的微笑。這個小巴黎人天生地、誠摯地熱中於服飾之事，這其中有著一種荒唐可笑，甚至令人痛心的意義在。

現在，可以聽到大夥兒正在站起來的輕柔聲音，拱門上的帷幔被拉開，透過拱門，可以看到那邊的餐廳。華美的甜點覆滿整個長桌，點燃的枝形吊燈把光線傾瀉在銀器和玻璃器皿上。一群女士站在入口那兒；她們進來了，帷幔又在她們身後降下。

她們總共才八個人；然而，不知怎地，在她們一塊兒進來的時候，竟給人人數眾多的印象。其中有幾位很高，大多都穿著白色衣服，每個人的衣服都有著曳地寬裙，把她們的身形給擴大了，就像雲霧使得月亮顯得較大一般。我站起來向她們行曲膝禮；有一兩個人點頭回禮，其餘的人只是瞪著我瞧。

她們在房間四處散開，動作的輕盈活潑，使我聯想起一群羽翼雪白的鳥。有幾個半靠在沙發和軟榻上，有幾個俯身檢視桌上的鮮花和書籍，其餘的圍在爐火邊；全都用低而清晰的聲調說話，那似乎是她們的習慣。隨後我知道了她們的名字，不妨現在提一提。

首先，是艾許敦太太和她的女兒們。她顯然曾是個漂亮的女人，現在還保養得很好。她的女兒中，大女兒愛咪很嬌小，看來天真，臉蛋和舉止都帶著孩子氣，體態則是靈活動人。她的白色摩絲林禮服和藍色飾帶很適合她。二女兒露意莎身材比她高，身形比較優雅，有著一張很漂亮的臉孔，就像法國人那句話：不那麼端嚴，但是俏麗，兩姊妹都像百合花一樣清麗。

林恩夫人又高又壯，大約四十歲，站得非常挺直，一副很傲慢的樣子，穿著光澤變幻不定的華麗緞面禮服；她那烏黑的頭髮，由一條寶石帶子圈著，在羽飾的淡青色調映襯下閃閃發亮。

丹特上校夫人比較不耀眼；可是，我認為，卻更像高貴淑女。她有著苗條的身材，白皙而溫柔的臉和淡金色的頭髮。她的黑絲緞衣服，她的華麗的外國蕾絲圍巾和她的珍珠首飾，比起那位有爵位的貴婦人的虹彩般的光芒四射，更讓我喜愛。

可是最突出的三位是貴婦英格朗夫人和她的兩個女兒，白蘭琪和瑪麗——這也許部分因為她們是這群人當中最高的。她們三人的身材，在女人當中都算是最高的了。貴婦約在四十歲到五十歲之間，身材仍然很美；她的頭髮依然漆黑（至少在燭光之下是如此）；她的牙齒也一樣，顯然還很完好。大多數人可能會說她在她那年紀算是個大美人；毫無疑問，從形體上來說，她的確是這樣；可是她在舉止和表情上卻有著一種幾乎讓人受不了的傲慢神態。她有羅馬式的五官，雙下巴往喉嚨的方向消失，像根柱子。她的五官在我看來，不僅顯得膨脹、陰暗，甚至還因為她的驕傲而起著皺紋；而下巴呢，也是本著同樣的性情，擺成了幾乎不可思議的挺直姿勢。她還同樣有著凶狠冷酷的眼睛，叫我想起了里德太太的眼睛；她說話時裝腔作勢，聲音很低，語氣非常誇張、武斷，簡單說吧，叫人非常受不了。一件紫紅色的絲絨長袍、一頂印度金絲精布做的頭巾帽，授與了她（我想她是這麼認為的吧）一種非常堂皇自大的尊貴感。

白蘭琪和瑪麗身材差不多——像白楊樹似的又挺又高。瑪麗以她的高度來說太苗條了，可是白蘭琪長得就像月亮女神一樣。我當然以特殊的興趣來看待她。第一，我希望看看，她的相貌是不是符合菲爾法斯太太的形容；第二，看看她究竟跟我憑著想像為她畫的彩色畫像相似不相似；而第三呢——這就會真相大白！——是不是適合我設想中的羅徹斯特先生的品味。

就外貌來說，她不管是跟我畫的肖像、跟菲爾法斯太太所形容的每一點都相符。高貴的胸脯，斜削的肩膀，優美的頸項，漆黑的眼睛，烏溜溜的鬈髮，樣樣都有；可是她的臉龐呢？她的臉跟她母親酷似，只不過這是一張較年輕而沒有皺紋的版本；同樣低低的額頭，同樣高聳的五官，同樣的驕傲。不過，那傲慢沒有那麼陰沉，她不斷地笑，她的笑是譏刺性的，她那彎著傲慢嘴唇的習慣性表情，也同樣帶著譏刺味兒。

據說天才都是自我意識過強的，我不知道英格朗小姐是不是天才，但她卻是很自我的——的確非常地自我。她跟那位溫和的丹特夫人談起了植物學，看來丹特夫人並沒有學過那門科學，儘管她說自己喜歡花，「特別是野花」。英格朗小姐學過植物學，她矯揉做作地把植物學上的詞彙都列舉一遍。我馬上察覺到，她是在（像方言說的）獵戲丹特夫人，換句話說，她是在玩弄丹特夫人的無知，她的獵戲也許是高明的，但絕對不是善意的。她彈琴，演奏得很出色；她唱歌，嗓音很優美；她獨獨對她媽媽講法語，講得很好、很流暢，而且發音準確。

瑪麗的臉比白蘭琪溫和開朗，五官也比較柔和，膚色稍微白一點（英格朗小姐黑得像個西班牙人）——但是瑪麗缺乏生氣，她的臉上沒什麼表情，眼睛黯淡無光，也沒有什麼話可說，一旦坐下來，就會像座神龕裡的雕像似地固定不動。姊妹倆都穿著純白的衣服。

那麼，現在我認為英格朗小姐會是羅徹斯特先生可能選中的人嗎？我自己也搞不清楚——我並不知道他對於女性美的品味。假如他喜歡有威嚴的，那麼她正是威嚴的典型，而且她既有才藝又機靈。我想，大多數男士會仰慕她吧，而他的確仰慕她，我似乎已得到了證明，可以除去最後一片疑雲，現在只等著看他們在一起了。

讀者，妳可別以為亞黛兒這個時候一直乖乖不動地坐在我腳邊的凳子上，才不是，這些貴婦人一進來，她就站起來，走上前去迎接她們，她嚴肅地行了個禮，煞有介事地說：

「（法語）太太小姐們，妳們好。」

英格朗小姐帶著嘲笑的神氣睨視著她，高呼：「哦，好一個小木偶！」

林恩夫人說道：「我想這就是羅徹斯特先生監護的那個孩子吧？——他說過的那個法國小女孩。」

丹特夫人慈祥地拾起她的手，親吻她一下。愛咪和露意莎．艾許敦異口同聲地叫道：

「好可愛的孩子！」

於是她們把她叫到沙發那裡，她現在就坐在那兒，被她們包圍著，一會兒用法語，一會兒又用殘破不堪的英語，和她們閒聊著；不僅吸引了年輕小姐們的注意力，還把艾許敦夫人也吸引住了。她被她們寵愛得心滿意足。

咖啡終於被送進來，紳士們也被請了進來。我坐在陰影裡——如果說在這燈火通明的房間裡還有陰影的話，窗簾半遮住我。拱門的帷幔又被拉開，他們走了進來。紳士們的整體外表和貴婦人們一樣，相貌堂堂，全都穿著黑衣服；大部分身材高大，有幾個年輕的。亨利和富利德雷克・林恩確實是十分時髦的紈袴子弟；丹特上校是個軍人模樣的英俊男士。地方行政官艾許敦，紳士模樣，頭髮全白了，眉毛和鬢角則還黑黑的，這讓他有種「舞台上的尊貴長者」的神氣。英格朗勳爵，像他的姊妹們一樣，長得很高，而且也和她們一樣俊俏；但是他有瑪麗的那種漠然而疲怠的表情，四肢的修長似乎勝過血液裡的活力和腦子裡的精神。

而羅徹斯特先生在哪裡呢？

他最後一個進來，我沒朝拱門看，但是我看見他進來了。我竭力把注意力集中在織針上，集中在我所織的錢袋的網眼上。我但願只想著手中的工作，只看放在大腿上的銀色珠子和絲線；然而，我卻清清楚楚地看見了他的人影，而且不可避免地回想起最後一次見到那張臉的情景——就在我剛給了他所謂的最關鍵的幫助之後，那時的他，握住我的手，低頭看著我的臉，仔細端詳著我，眼神裡流露出一顆情意滿滿而渴望傾瀉而出的心；我也有著同樣的心情。在那時刻，我是多麼地接近他啊！自那時起，不知發生了什麼，著實改變了他與我之間的相對地位。然而現在，我們竟是分隔得這麼遠，這麼遙不可及！這麼疏遠，我都不指望他會過來跟我說話了。他甚至連看也不看我一眼地坐到房間另一頭去，開始和一些女士談話，都不讓我覺得奇怪。

等我一看到他的注意力被她們引走，我可以不被察覺地凝望他之後，我的眼睛就情不自禁地被吸引到他的臉上；我控制不住眼皮，它們就是會抬起來，瞳孔就是會定在他身上。我看著，看的時候有一種尖銳的快樂——一種寶貴的卻椎心刺骨的快樂；像純粹的黃金，卻有著鋼尖般的痛苦；這種快樂，就好比一個即將渴死的人，明知自己爬過去的那口井裡被下了毒，卻還是彎下身去喝那神聖的水。

「情人眼裡出西施」這句話說得真對。我主人無血色的橄欖色臉孔，方而巨大的前額，寬而漆黑的眉毛，深沉的眼睛，骨架強硬的臉型，堅定而嚴厲的嘴——全是精力、決斷與意志——按規矩來說，其實一點都不俊美；但是這些對我來說，更勝過俊美：它們充滿了一種趣味，一種相當能統治我的影響力，它們把我的許多情感，抽離了我能力所能控制的範圍，陷入了他的力量束縛中。我本不想去愛他；讀者知道，在靈魂中被我所偵測出來的愛之芽苗，我都是多麼努力地去根除它們；然而現在，就在我首次重新見到他時，這些芽苗又自動地復活過來，蓬勃而鮮烈！他看都沒看我一眼，就讓我愛上了他。

我拿他和他的賓客們做比較。林恩的豪美儀態，英格朗勳爵慵懶漠然的優雅——乃至於丹特上校軍事家的體態，若比起他那顯露出與生俱來的健旺體力以及真正魄力的儀容要如何呢？我對他們的外貌、他們的神情都沒能產生共鳴，不過我能想像到，見到他們的人，大部分都會說他們有魅力、英俊、相貌堂皇；同時宣稱羅徹斯特先生形容嚴苛而且看來抑鬱不展。我看他們微笑、大笑——一點都不怎樣；他們的微笑裡只有燭光那麼多的靈魂，他們的歡笑中只有鈴響般分量的意義。我看見羅徹斯特先生微笑——他嚴酷的五官柔和下來；他的雙眼變得既閃亮又溫柔，目光既銳利又和藹。那時候，他正與露意莎和愛咪・艾許敦說話。讓我百思不解的是，這在我來說那麼具有穿透力的表情，她們卻是那般漠然受之；我本預料她們會垂下雙眼，頰上泛起紅靨，然而我很高興地發現她們沒有受到任何知覺上的感動。「他對她們的意義不似對我，」我心想，

「他不是她們心儀的類型。我相信他是我的類型——我確定他是——我覺得跟他是同類——我了解他神情舉止間的語言，儘管階級與財富把我們遠遠分隔開來，仍有某種東西在我腦子裡、心臟中，在我血液與神經裡，把我在心智精神上與他同化融合。我是否說過，就在幾天前，說我除了從他手中接受我的薪水之外，與他別無關係了？我是否也禁止過自己對於他，除了視為雇主之外，再有任何別種形式的想法？真是褻瀆了自然本性！我現在所擁有的一切美善的、真實的、生氣蓬勃的情感，都情不自禁地圍聚著他。我知道我必須隱藏起我的感情，我必須將希望悶熄；我必須記住，他是不可能在乎我什麼的。因為當我說我是與他同型的人時，並非意指自己具有他那樣的影響力量，以及他那種吸引人的魅力；我只不過是說，我與他在某些特定的品味與情操上，是共同的。因此，我必須一再重複我們是永遠分隔的——然而，在我呼吸與思考的時候，我必定愛著他。」

咖啡被端了上來。由於紳士們進來了，女士們變得像雲雀般活躍起來，談話逐漸變得歡騰而快樂。丹特上校和艾許敦先生爭論著政治，他們的妻子一旁聆聽。那兩位驕傲的孀婦，林恩夫人和英格朗夫人，在一起閒聊。喬治爵士——對了，這位，我忘了描述他了——是一個非常高大，看來非常活力充沛的一位鄉紳，站在她們的沙發前面，手裡端著咖啡杯，偶爾加進一句話。富利德雷克・林恩先生坐在瑪麗・英格朗身邊，正給她看一本華美的書裡的版畫，她看著，偶爾微笑一下，但顯然很少說話。那位高大而像黏液般冷漠遲鈍的英格朗勳爵，兩手交疊倚在嬌小活潑的愛咪・艾許敦的椅背上；她仰頭看著他，像隻鷦鷯般地喋喋不休；比起羅徹斯特先生，她比較喜歡他。亨利・林恩坐在露意莎腳邊的長沙發凳上，亞黛兒也跟他一塊兒坐在上面：他正跟她講法語，露意莎在笑他的錯誤百出。白蘭琪・英格朗則跟誰配對呢？她現在正獨自站在桌邊，優雅地彎腰俯視一本集子，似乎正等著人家來找她；不過她不會久等：她自己去找了個伴了。

羅徹斯特先生已經離開艾許敦小姐們，站到壁爐前面去，跟她站在桌邊一樣的孤獨，於是她過去，在壁爐的另一邊佔據一個位置，與他面對面站著。

「羅徹斯特先生，我還以為你不喜歡小孩呢？」

「我是不喜歡。」

「那麼是什麼原因使你領養了那麼個小娃娃兒？」（指著亞黛兒）。「你從哪裡撿來的？」

「她不是我撿來的，她是落到我手裡的。」

「你應該送她去學校的。」

「我負擔不起，學校太貴了。」

「怎麼，我看你還為她請了一個女家教不是嗎？我剛剛見到有個人跟她在一塊——她走了嗎？噢，沒有！她還在那裡，在窗簾後面。不用說，你付錢給她了，我想這應該一樣昂貴吧——更貴，因為你還得養活她們兩人。」

我害怕——或者應該說希望？——她提到我，會使羅徹斯特望向我這邊來；於是我不知不覺地向陰影中更縮進去一些，不過他連轉一下眼珠子都沒有。

「我沒有考慮過這個問題。」他漠然地說，直視前方。

「是啊，你們男人從來都不考慮經濟與常識。你應該聽聽媽媽講一下家教老師這章。在我們那時候，瑪麗和我曾經有過，我想，至少該有一打那麼多的家教老師了吧；她們之中有半數面目可憎，其餘則是荒唐可笑，全部都是夢魘——妳說是不是呢，媽媽？」

「妳剛剛說話了嗎，女兒？」

這位剛被那孀婦稱為她的「特有財產」的小姐，重複了她的問題，還加上解釋。

「我最親愛的，別提家教老師了，這個字讓我神經緊張起來，我已經在她們的無能與任性之下受夠折磨了。真感謝老天爺，現在已經不用再跟她們有什麼關係了！」

此時丹特夫人彎下腰在這位滿嘴道理的假道學夫人耳邊低聲說了句話，從引出來的回答來猜想，她應該是在提醒她，被詛咒的這族類當中就有一個人在場。

「（法語）管她！」那位夫人說，「我倒希望她聽了能受益！」然後，用較低的聲音，但仍然大聲得足夠我聽見，她說：「我注意到她了，我很善於看面相的，我在她的面相上看出了她那階層人的所有缺點。」

「是什麼缺點呢，夫人？」羅徹斯特先生大聲問道。

「我再私底下告訴你吧。」她答道，一邊搖了她的頭巾帽三次，帶著裝模作樣的嚴肅意味。

「但是那樣的話我的好奇心會失去食慾，它現在就渴望食物。」

「問白蘭琪吧，她比我離你更近。」

「噢，別叫他問我，媽媽！對那種人我只有一句話好說：她們都是討厭鬼。並不是由於我曾受過她們什麼折磨，我總是著意要扭轉局勢。席奧多和我常常用什麼花樣來耍我們的威爾遜小姐呢？還有葛雷斯夫人，還有朱博特夫人！瑪麗老是想睡覺，沒有精神加入我們的計畫。跟朱博特夫人最好玩了；威爾遜小姐是個病懨懨的可憐東西，太容易掉眼淚，整天意志消沉，總之，不值得我們費心去征服她。葛雷斯夫人粗笨而沒有感覺，什麼惡作劇都嚇不到她。但是可憐的朱博特夫人呢！我現在還能見到她火冒三丈的樣子呢，那是指在我們把她逼到窮途末路時——我們潑光我們的茶，攪碎我們的麵包和奶油，把我們的書本丟到天花板上，還有拿尺、書桌、壁爐圍欄和火箝胡鬧瞎鬧一番。席奧多，你還記得那些快樂的日子嗎？」

「是啊，我當然記得，」英格朗勳爵拖腔拉調地說；「那個可憐的老木頭還常大叫：『噢，你們這些小壞蛋！』然後我們就會教訓她，讓她知道以她這麼愚昧無知的貨色，竟然想來教我們這些聰明的天才，真是厚顏無恥。」

「我們的確教訓了她；還有，席奧多，你知道，我還幫你控訴過（或者該說迫害過）你的家教老師，那個臉色蒼白的維寧先生——那個病夫牧師，我們都是這麼叫他的。她和威爾遜小姐竟然放肆地談起戀愛來了——至少席奧多和我是這麼認為的；我們逮到好幾次他們的各種溫柔的眉目傳情和嘆息聲，我們把那注釋為『美麗的愛情』的象徵，而我可以向你們保證，我們的這個發現，很快地讓眾人都得到好處；我們把它拿來當撬桿使用，把我們的重擔子撬出大門去。親愛的媽媽在那件事情上，稍有略知就發現那是個不道德的意圖。是不，我的母親大人？」

「當然囉，我最好的孩子。而我也完全正確，有成千個理由可以說明，在規矩人家裡，絕不能有一刻容許男女家教老師間的私通；首先——」

「啊，天哪，媽媽！別再逐一列舉給我們聽了！此外，我們也都知道的：對天真的孩童樹立壞榜樣的危險啦，由於黏在一起——互相結合依賴而導致分心與隨後的怠忽職責啦；由此而生的自信自滿啦——傲慢自大伴隨而來——以及反叛與整個脾氣的爆發等等。我說的沒錯吧，英格朗園的英格朗男爵夫人？」

「我的百合花，妳說得沒錯，一向是這樣。」

「那麼就不必再說了，換個話題吧。」

愛咪・艾許敦，不知是沒有聽見或者是沒有注意到這個聲明，用她柔軟的孩子腔加進來說：「露意莎和我也常作弄我們的女家教。不過她真是個好脾氣的人，什麼都能忍受；沒什麼事情可以惹怒她。她從來不會對我們發脾氣，是不是，露意莎？」

「是啊，從來不生氣。我們可以照我們的高興行事——亂搜她的書桌和工具箱，把她的抽屜整個翻出來；而她卻是那麼好性子，不管我們要什麼，她都會給我們。」

「我看啊，現在，」英格朗小姐說，諷刺地彎起她的嘴唇，「我們將要有一個關於全部現有的女家教的回憶錄摘要了；為了避免這樣的瘟疫降臨，我再次提議採用新話題。羅徹斯特先生，你附議我的提議嗎？」

「小姐，在這點上我支持妳，就像在其他每個觀點上一樣。」

「那麼，我就該負責提出進一步的提議囉。（義大利語）愛德華先生，你的嗓子今晚可好嗎？」

「比揚卡小姐❶，如果是妳的要求，我絕對行。」

「那麼，先生，我把我最高的命令下給你，擦亮你的肺和其他發聲器官，因為它們即將被徵召來為女皇服務。」

「誰不願當這麼一個神聖的瑪麗的李卓❷呢？」

❶比揚卡小姐(Doma Bianca)：此時羅徹斯特是以義大利歌劇式的語氣來稱呼白蘭琪，就像她先前那樣。

❷李卓(David Rizzio)：義大利音樂家，蘇格蘭女王瑪麗・斯圖亞特的寵臣。

「李卓才不算什麼！」她朝鋼琴走去，一邊把一頭鬈髮的頭猛一甩，「我的意見是這樣：提琴家大衛[3]一定是個枯燥乏味的傢伙；我比較喜歡博矢威爾。在我看來，如果一個男人不含有一點惡魔的味道，就不算什麼；不管歷史對於詹姆斯・賀普本是怎麼說的，我都認為他正是我願意託付終身的那種狂野、凶惡的草莽英雄。」

「紳士們，你們聽！現在，你們之中哪一位最像博矢威爾？」羅徹斯特先生叫道。

「我應該說，答案指向你。」丹特上校答道。

「我出自肺腑感激你。」羅徹斯特回答。

英格朗小姐這時已經帶著高傲的儀態端坐在鋼琴邊，把雪白的長袍像女王般巨幅鋪展開來，開始彈奏一段精彩的序曲，一邊還說著話。她今天晚上一副擺架子的樣子；不管是她的言語也好態度也好，似乎都不只故意要激起聽眾們的仰慕，還要他們的驚異，顯然她致力於要讓他們驚豔，讓他們覺得她不但非常美麗，而且還相當大膽。

「啊，我真是討厭現在的年輕人！」她大聲宣稱，一面飛快地彈著琴鍵。「都是些可憐、軟弱的東西，一步也不敢走出爸爸的花園門口，沒有媽媽的允許和保護甚至連走到門口都不敢！這些傢伙們都是如此沉溺在關心他們的漂亮臉蛋、雪白雙手、小小的腳，好像男人跟美能有什麼關係似的！好像可愛不是女人的專有特權——她的天賦屬性與繼承物似的！我認為一個醜陋的女人是造物者美麗臉蛋上的一個汙點；至於紳士們，讓他們只去渴望擁有力量和英勇吧，讓他們以打獵、射擊和爭鬥為座右銘吧，其餘的都不值得彈一下指頭。這就是我的作法，要我是個男人的話。

「不管我什麼時候結婚，」她停頓了一下，沒有人插話，然後她繼續說，「我已經決定，我的丈夫必須不是我的對手，而是我的陪襯。我的皇座附近，絕不容許有任何敵手讓我費心；我要的是一種絕無二心的效忠，他對我的皈依絕不能與他在鏡子裡看到的形影分享。羅徹斯特先生，現在唱吧，我為你伴奏。」

「我完全服從妳。」羅徹斯特回答。

「這是一首海盜歌。要知道我是酷愛海盜的；為了這個原因，你可得振作精神唱。」

「英格朗小姐的嘴唇所吐出的命令，會叫一杯牛奶和水都振作起精神來。」

「那麼，你可得小心點，如果你不能叫我高興，我會讓你知道這些歌要怎麼唱才對，讓你下不了臺。」

「那對無能來說，可算是一種獎勵呢，現在我倒想努力唱失敗了。」

「乖一些！如果你膽敢故意犯錯，我一定想出一個適當的懲罰。」

「英格朗小姐可得手下留情啊，因為她有一種力量，能施與凡人所無法忍受的懲罰。」

「哈！給我解釋清楚！」那大小姐命令道。

「饒過我吧，小姐，沒有必要解釋的；妳自己敏銳的心智必定早就告訴妳，只要妳皺一下眉頭，都能代替死刑啊。」

「唱！」她說，再度開始敲奏鋼琴，以精神抖擻的彈法展開伴奏。

「現在是我溜走的時候了。」我心想，但是就在那時候，劃破空氣的歌聲把我給網羅住。菲爾法斯太太

❸大衛：李卓的名字。

曾說過羅徹斯特先生有一副好歌喉，他的確有——渾厚有勁的男低音，他把自己的情感、力量投注其中；這歌聲能夠循著人們的耳朵直達心靈，然後神奇地喚醒人們的感動。我一直等到最後一個深沉渾圓的顫音吐盡——一直等到談話的浪潮，在一陣短暫的窒塞之後，重新翻湧出來，才離開我賴以蔭庇的角落，從邊門走出去；很幸運地，那邊門離得不遠。那裡出去，是一條通向大廳的走道，穿過走道時，我發現鞋帶鬆了，便停下來綁緊它，為了這目的，我在樓梯底部的踏毯上半跪下來。這時我聽見飯廳的門打開，一位男士走了出來，便站起來面對他，是羅徹斯特先生。

「妳還好吧？」他問。

「我很好，先生。」

「在裡面的時候，妳怎麼不過來跟我說話呢？」

我想我也許應該拿這問題來反問他，但是我不願意這麼放肆。我回答——

「我不願打擾你，因為你看來忙得無法分身，先生。」

「我不在的時候，妳都在幹嘛？」

「沒什麼特別的，跟往常一樣教導亞黛兒。」

「還變得蒼白許多——我第一眼見到妳的時候就這麼覺得。是什麼緣故呢？」

「什麼都沒有，先生。」

「妳在差點淹死我的那晚，有沒有著了涼呢？」

「一點都沒有。」

「回交誼廳吧，妳離開得太早了。」

「我累了，先生。」

他看了我一分鐘。

「還有點憂鬱，」他說，「怎麼了?告訴我。」

「沒有——什麼都沒有，先生。我沒有憂鬱。」

「但是我確定妳是的，那麼地憂鬱，好似再多說幾句話就會讓妳哭了——沒錯，眼淚現在已經在那裡了，閃爍著、浮動著；一顆淚珠已經從睫毛上滾出來落在石板上了。如果我有時間，而且不那麼害怕路過僕人的什麼假道學閒話，我一定要知道那代表什麼意思。嗯哼，今晚我就放過妳；但是要知道，只要我的客人待多久，我就希望妳每天晚上都到交誼廳去；這是我的心願，千萬別忽視它。現在走吧，遣蘇菲下來領走亞黛兒。晚安，我的——」他停住，咬了下嘴唇，然後突然轉身離去。

第十八章

荊原莊此時都是快樂的日子，一方面也是忙碌的日子；比起我頭三個月在同一個屋簷下度過的寂靜、單調、孤獨來說，是多麼地不同啊！所有悲傷的感覺現在似乎都已被驅出屋外，所有陰鬱的聯想也都被人淡忘：到處都是生氣，整天都是活動。你不可能穿過迴廊——過去都是那麼肅靜，或是走進前屋的某個房間——過去都是那麼空盪無人，而不遇見某個漂亮的下女或是某個打扮時髦的男侍。

廚房、僕役長的儲食室、僕人們的廳堂還有門廳，都一樣活力四射；交誼廳呢，只有在晴朗春季的藍天麗日把人都給叫出屋外時，才有可能空盪和安靜下來。即使天氣陰晴不定，連續下了幾天的雨，濕氣好像還是沒有辦法籠罩住歡愉：在屋外的樂子被迫停止後，屋內的娛樂活動只會變得更加熱鬧而且多采多姿。

第一個晚上，當有人提議變化一下娛樂活動時，我還很納悶他們究竟想幹什麼，因為他們提到了「演戲猜字」，我由於缺少見聞而聽不懂這個詞。僕人們被叫了進來，餐廳的桌子被推開，燈被布置好，椅子圍成半圓形面對拱門。羅徹斯特先生和其他男士們指揮著這些調整，女士們則跑上跑下，搖鈴叫喚著她們的侍女。菲爾法斯太太被召來，報告家裡有多少可用的圍巾、衣服、簾幔等；三樓的有些特定的衣櫃被搜刮一空，裡面的東西，只要是有鯨骨襯裙的錦緞衣裳、緞面的寬上衣、黑色的時裝、蕾絲垂飾等，都被侍女們一堆堆抱了下來；然後便是一番選擇，選出來的部分就拿進交誼廳裡的女休息室去。

這時，羅徹斯特再次把女客們召集到他身邊，選擇幾位做他的夥伴。「英格朗小姐當然是我的。」他說，隨後他又挑了兩位艾許敦小姐和丹特夫人。他看看我，那時我正好離他很近，在給丹特夫人扣她鬆開的手環。

「妳玩不玩？」他問道。我搖搖頭。還好他沒有堅持，這是我相當害怕的一件事；他允許我悄悄回到我的固定位子上去。

他和他的助手們現在退到簾幕後面去了，另一組呢，由丹特上校領導，坐在圍成新月形的椅子上。其中一位男士，艾許敦先生，看見了我，好像提議讓我加入他們，但英格朗夫人立刻否決了這個意見。

「不要，」我聽見她說，「她看起來太笨了，不適合這類遊戲。」

不久，鈴聲叮噹響起，簾幕拉開了。拱門內，可以看見喬治・林恩爵士粗壯的身形被裹在一條白床單裡，他也是羅徹斯特先生挑選的夥伴之一。在他身前的桌子上，放了一本攤開的大書；他身旁站著愛咪・艾許敦，披著羅徹斯特先生的披風，手裡拿著一本書。有個看不見的人歡悅地搖著鈴；然後亞黛兒（她堅持要加入她的保護人那一組），蹦蹦跳跳地走向前，把手臂上提著的花籃裡的花撒在腳下。接著，英格朗小姐莊嚴美麗的身影出現了，穿著白色衣服，頭上披著長紗，一圈玫瑰花環圍在額頭上；羅徹斯特先生走在她身旁，兩人一起走近桌子。他們跪下，丹特夫人和露意莎・艾許敦也穿著白色衣服，站在他們身後。隨即舉行了一場儀式，無聲演出，很容易就能看出，這是一幕婚禮的默劇。等它結束後，丹特上校和他的組員低聲討論了兩分鐘，然後上校大聲喊——

「新娘！」羅徹斯特先生鞠了個躬，幕落下。

經過一段不算短的間隔後，幕才重新拉起。第二次拉起所展示的場景，布置得比第一次要來得精緻多了。我先前說過，交誼室比餐廳高了兩級台階，就在它最上面那層台階上，大約退進去一兩碼深的地方，放置了一個巨大的大理石水缸，我認出那是溫室裡的一個裝潢擺設——它原本都放在那裡，圍繞在各種異國物品間，裡面住著金魚——以它這樣的尺寸和重量，要從那裡搬到這裡來，想必費了不少工夫。

坐在水缸旁地毯上的，是羅徹斯特先生，用圍巾裝扮起來，頭上裹著回教頭巾。他的深色眼睛、黝黑皮膚和異教徒的輪廓恰好適合這套裝扮，這使得他看起來簡直就是個回教國家的酋長或王侯，耍弓索搏生死。不多久就見到英格朗小姐出來了。她也一樣，穿著東方風味的服裝：血紅色的絲巾當作腰帶綁在腰上，一條有刺繡花紋的手巾在太陽穴邊上打了個結，她曲線優美的胳臂裸露著，其中一隻高高舉起，扶著優雅地頂在頭上的一個水甕。她的體態和臉蛋，她的膚色和整體的氣質，都使人聯想到族長時代的以色列公主，而這毫無疑問就是她意圖要扮演的角色。

她走近水缸，彎下腰好似在把水甕盛滿一般；然後又將它舉回頭上。現在井水邊的那個人好像在跟她招手，提出某個要求；「她匆忙過去，放下頭上的水甕，讓他喝水」。然後他從袍子的前襟中取出一個寶物匣，打開它，露出裡面華麗的手鐲和耳環，她表現得很吃驚又欣羡；他於是跪下來把珠寶放在她腳邊；這時她的表情和姿態同時表現出疑懼與喜悅，陌生人把手鐲戴在她的手臂上，把耳環戴上她的耳朵。這是埃里以瑟和梨貝卡的故事❶，只不過少了駱駝。

解謎的那組又交頭接耳地討論起來：很顯然他們沒辦法對那幕戲所要闡明的詞語或字彙取得共識。丹特上校，他們的發言人，要求表演「完整場面」；於是幕又落下。

幕第三次升起，只露出交誼廳的一角，其餘的仍隱藏在屏風後面，屏風上披掛著一種黑暗粗糙的布幔。大理石水缸被移開了，那位置上放了一張冷杉木餐桌，與一張廚房用的椅子。這些物體只由一盞角製燈籠的微弱光線照耀，其他蠟燭都被弄熄。

在這黑黑髒髒的場景正中央，坐著一個男人，兩手緊緊鉗握著擺在膝蓋上，雙眼垂視地面。我認得是羅徹斯特先生，儘管那塗污了的臉龐，凌亂的衣服（他的外套從一邊手臂上滑落，斜掛在上面，好像在搏鬥中被人從後面撕扯下來的一樣），絕望而惱怒的表情，蓬亂而豎立的頭髮，本來是很可能把他偽裝起來的。他一移動，就發出鎖鏈的鏗鏘聲，手腕上還戴著鐐銬。

「牢獄！」丹特上校高聲喊道，字謎就給解開了❷。

過了一段足夠的時間，讓表演者都換回平常的衣服後，他們回到餐廳裡來。羅徹斯特先生牽著英格朗小姐進來，她正在稱讚他的演出。

「你可知道，」她說，「三個角色中，我最喜歡你最後那個？噢，要是你活在古時候，會成為多麼英勇威武的紳士俠盜啊！」

「我臉上的煤灰都洗掉了嗎？」他把臉轉向她問道。

❶埃里以瑟和梨貝卡（Eliezer and Rebecca）：舊約聖經〈創世記〉第二十四章，亞伯拉罕要老僕埃里以瑟到他的家鄉本族去為兒子以撒找個妻子，僕人帶著十匹駱駝和各種財寶出發，到了那裡，看見美貌的梨貝卡扛著水甕出來井邊打水，便向她要水喝，梨貝卡給他喝了水，也給駱駝喝飽，埃里以瑟便拿出一個金環、兩個金鐲給她，並跟她回家裡提親。

❷此時使用的牢獄（Bridewell）一字，是由新娘（bride）與井（well）兩字組合而成，所以才有第一幕與第二幕的表演。

「哎呀！洗掉了，這更是可惜！再也沒有什麼比那暴徒式的腮紅更適合你的膚色了。」

「那麼說妳喜歡那種攔路俠盜囉！」

「義大利的馬賊是最好的，英國的俠盜算是第二位。義大利的馬賊只有地中海國家的海盜可以比得過。」

「嗯哼，不管我是什麼，要記得妳是我的妻子了，我們一小時前在所有這些證人面前結了婚。」她咯咯笑著，臉上泛起紅暈。

「現在，丹特，」羅徹斯特先生說，「換你們了。」另一組人退出去，他和他的組員就在空出來的位子上坐下。英格朗小姐選了組長右邊的座位坐下，其他猜字者坐滿他們兩邊的位子。現在我沒有看演員們了，我不再興味盎然地等待幕的升起，因為我的注意力被底下的觀眾給吸走了，我的眼睛在這之前一直定在拱門那兒，現在卻是不可抗拒地被那些圍成半圓形的椅子吸引過去。丹特上校和他的同伴表演什麼謎題，選了哪個字，怎樣下台，我已經不記得了；不過每場表演之後討論的景象，我至今仍然歷歷在目：我可以看見羅徹斯特先生轉向英格朗小姐，英格朗小姐轉向他；我可以看見她把頭向他倚靠過去，漆黑鬈髮幾乎碰到了他的肩頭，拂上他的臉頰；我仍可聽見他們低聲交談，仍記得他們互換的眼神，甚至那景象所引起的感情，都有一些在此刻回到我的記憶裡來。

我說過，讀者，我已經學會了愛羅徹斯特先生。現在，不能僅僅因為他不再注意我——僅僅因為即使我在他面前待上幾個小時，他也可能一眼都不會朝我這方向看一下——僅僅因為他所有的注意力都被一個高貴的小姐給佔去了，我就不再愛他。這位高貴小姐，在經過我的時候，連裙子的下襬都不屑碰到我，如果她那傲慢的黑眼珠偶然看到我，也會立刻移開，好像我是個太卑賤而不值一顧的東西。我仍不能不愛他，即使我很確定他不久就會與這位小姐結婚了——即使我每天都看得出來，她對於他想與她結婚的意圖，是多麼地胸有成竹而得意揚揚——即使我每個小時都親眼見證著他那獨有的獵愛風格，可以說那是玩世不恭，也可以說他其實是選擇被追求而非追求別人，然而，就因著那股玩世不恭，才令人神魂顛倒，就因著那股驕傲自持，才令人難以抗拒啊！

在這些情況下，儘管有很多東西令人感到絕望，卻沒有一樣能冷卻或驅走愛情。讀者，你可能會認為，還有很多足以引起嫉妒的東西吧——如果我這種地位的女人敢嫉妒英格朗小姐那樣地位的女人的話。但是我並不嫉妒，或者該說嫉妒的成分非常小；我感受到的痛苦的性質，是沒辦法以那個字來描述的。英格朗小姐還算不上值得嫉妒的對象，她還沒優秀到足以引起這種感覺。原諒我這看似矛盾的說法，我說的句句屬實。她長得很引人注目，但是一點都不真誠；她有美麗的外貌，許多出色的才能，但是她的心智貧瘠，天生心靈荒蕪，那片土壤上沒有自發地開出什麼花朵；沒有天然長出的清新可喜的果實。她並不善良，沒有獨創力，總是一味地重複著書本上聽起來鏗鏘作響的詞句，卻從來沒有提出，也沒有擁有過自己的見解。她鼓吹高調子的情感，卻不懂得同情憐憫的深刻感受，她體內沒有溫柔與真實。她太常違背這點了，從她過度發洩出來的對小亞黛兒的懷恨敵意就可以看出。只要她碰巧接近她，她就會把她推開，還附帶罵些傲慢無禮的綽號；有時候還命令她出去，而且向來總是用冰冷尖刻的態度對待她。除了我以外，還有別的眼睛在注視著這顯示出來的性格——仔細地注視著，銳利地注視著，精明地注視著。沒錯，就是那位準新郎，羅徹斯特先生他自己也不停地在進行著他有意的審查，正是因為這種賢明——他的這種謹慎——他對於他的美麗佳人的缺點的完全而清晰的察覺——以及他對於她的感情中，明顯缺乏熱情，才激起了我無邊的痛苦啊。

我看得出來，他要與她結婚，是為了家世，也許是為了政治原因，因為她的階級門第與親族關係都適合他；我感覺到他並沒有把愛情給她，她的條件沒有好到足以從他那裡贏取那個珍寶。這就是重點——這就是我的敏感神經受到撩撥擺弄的地方——這就是讓我的激動久久難平的地方：她沒辦法迷住他。

如果她立刻設法得到勝利，而他也降服於她，誠摯地把心奉獻在她腳邊，那我必定會蒙上我的臉，轉向牆，然後（打個比方）為他們而死去。如果英格朗小姐是個善良而高貴的女人，天生賦有力量、熱情、仁慈、才智，那我就會跟兩隻老虎搏一生死鬥——嫉妒與絕望；然後，我的心將被撕裂、被吞噬，我將會仰慕她——肯定她的卓越，安安靜靜度過我往後的日子。她的優勢絕對，我的崇拜就會越深——而我被止息了的心就會越平靜。然而，實際情況是，我看著英格朗小姐努力要迷住羅徹斯特先生，看著這些努力一再一再地失敗——而她自己卻一點都沒有意識到它們的失敗，徒然幻想著每一支發射出去的箭都射中了靶心，就此沉迷地誇耀著自己的成功，而同時她的驕傲和自我陶醉卻是將她所想要引誘的對象越逐越遠——親眼目睹著這些，才是讓我既受到無限的刺激煩擾，又感到殘酷的壓制束縛。

因為，當她失敗的時候，我卻看得出她本來是有可能如何獲得成功的。那些不斷從羅徹斯特先生胸前閃開而落在他腳邊的箭，我知道其實是有可能——如果由一隻更可靠的手來射的話——銳不可當地穩穩射中他那顆驕傲的心，而且把愛意召喚到他嚴厲的眼睛裡，把柔和召喚到他嘲諷的面容上。或者，更好的情況是，根本不必使用武器，就可能贏得一場寧靜無言的勝利。

「她享著如此接近他的特權，為什麼還沒辦法多影響他一些呢？」我自問，「她必定沒有真正喜歡上他，或者是用真正的感情來喜歡他！如果她有，就不需要這麼浮濫地扮著笑容，這麼孜孜不倦地眉目傳情，這麼苦心積慮地表演優美儀態、萬種風情。在我看來，若她只是靜靜地坐在他身側，少一些話語，少一些顧盼，也許更能接近他的心。她這麼活潑有勁地勾搭著他，反而使他此刻的表情把整張臉的線條都弄僵硬了，我曾在他臉上見過與現在截然不同的表情，而那是自然而然表現出來的，不是由庸俗的花招和精心策畫的伎倆牽引出來的；你只需接受它就好——毫不虛偽作假地回答他的問題，並在有需要的時候別臭著臉同他說話——那表情就會變得越來越親切和藹，宛似陽光呵撫般地讓人感到溫暖。等他們結婚之後，她怎麼還有辦法討他喜歡呢？我不認為她能做得到，儘管這是能夠用心做到的；儘管，我非常相信，他的妻子是有可能成為太陽照耀之下最最快樂的女人的。」

對於羅徹斯特為了利益和人脈關係而計畫的婚姻，我到目前為止還沒有說過任何非難的話。第一次發現他的意圖是這樣的時候，我非常吃驚，因為我本以為在選擇妻子這件事上，他不會被如此平庸的動機所影響；然而我考慮雙方的地位、教育等等越久，就越覺得自己這麼批判或責難他們是不公平，不管是他或者是英格朗小姐，不過都是遵循著那些毫無疑問打從孩童時代就被灌輸的觀念和原則罷了。他們那階層的所有人都持著這些原則；那麼，我想，他們把持這些原則該是有理由的吧，一些我無法理解的理由。在我看來，假使我是個像他那樣的一位紳士，我一定只娶我愛的人做妻子；然而也就是因為這計畫明顯地對丈夫本人的幸福十分有利，讓我相信必定還有一些我所不知道的相反意見，使之不受普遍採納，否則，我肯定全世界都會照我所希望的那樣行事了。

但是在其他部分，也跟在這點一樣，我對我的主人越來越寬容：我開始忘記他所有的缺點，那是我曾經仔細觀察過的。從前，我總竭力要審視他性格的各方面，把壞的跟好的一起，拿來公平地秤一秤，再下公正的判斷。現在，我見不到壞的部分。那些一度令我不舒服的譏諷，一度驚嚇我的粗暴，現在只像是一道精選菜餚中的辛烈佐料，有了它們，會使人感到刺激，但沒有了它們，卻讓人覺得較為乏味。至於那曖昧不明的東西——那是邪惡還是哀傷的表情呢？是在沉思還是在沮喪呢？——一個細心的旁觀者，時不時都能從他眼中看見它的流露，然而就在你能夠探測那僅僅展現一部分的奇異深淵之前，它卻又收攝起來了；那東西時常叫我感到害怕而畏怯，好像我正在火山似的群山之間晃盪著，突然發現地殼震動起來，隨即看見它裂開；那東西，我每隔段時間仍會看見，伴隨著一顆悸動的心，而非癱瘓了的神經。我並沒有想要躲開它，只渴望能勇敢地——探掘它。我認為英格朗小姐是幸福的，因為她有天將能夠從容地望進那深淵裡，探索它的祕密，並分析那些祕密的性質。

在這期間，當我只想著我的主人和他的未婚妻——只看著他們，只聽著他們的交談，而且只考慮著他們的重要舉動之時，其餘的那夥人，則各自沉浸在自己的趣味與歡樂當中。林恩夫人和英格朗夫人繼續鄭重其事地在討論著什麼，兩頂頭巾不停向對方點著，四隻手也舉起來，隨著她們閒談主題的進行，向對方做出或驚訝或神祕或恐懼的手勢，活像兩具放大了的木偶。溫和的丹特夫人跟和善的艾許敦太太在說話，兩人偶爾會對我說句客套話或對我微笑一下。喬治・林恩爵士、丹特上校和艾許敦先生討論著政治、郡裡的大事或司法事務。英格朗勳爵挑逗著愛咪・艾許敦；露意莎則對著一位林恩先生彈琴唱歌，時而與他合唱，瑪麗・英格朗意興蕭索地聽著另一位林恩先生為了獻慇勤的侃侃談話。有時候，所有人好似約好了般地，會停下他們的配角劇情，來觀看與聆聽主角的演出，因為，畢竟羅徹斯特先生和那位跟他密切相關的英格朗小姐，才是這聚會的靈魂與首腦。如果他離開這房間一個小時，就似乎會有一種察覺得到的沉悶，在不知不覺間籠罩住他的客人；而他一回來，就必定會為談話的活力注入新鮮的衝勁。

他那帶動氣氛的力量，在有一天特別讓人感到不可或缺，因為那天他被找到米爾科特去辦事了。那天下午天氣潮溼，以至於到乾草公地那邊的吉普賽營區遊覽的計畫也受到延後。有幾位先生到馬廄去了，較年輕的先生則陪著年輕小姐們在撞球房打撞球。兩位貴婦英格朗夫人和林恩夫人靜靜地玩牌解悶。白蘭琪・英格朗呢，用傲慢而不愛說話的態度拒絕了丹特夫人和艾許敦太太的企圖搭訕之後，先是到鋼琴那兒彈了幾首傷感小調，低聲哼著唱，然後，從書房拿了本小說過來，高傲而冷漠地往沙發裡一坐，準備要藉著小說的魅力，排遣這沉悶的幾個小時分離。房間裡和整棟宅邸都寂靜無聲，只有偶爾從樓上傳來的打撞球的歡笑聲。

黃昏即將來臨，時鐘也敲下了該換上晚宴服的通知，這時，傍著我跪在交誼室窗邊座位上的小亞黛兒突然大叫——

「（法語）看哪，羅徹斯特先生回來了！」

我轉過身去，英格朗小姐從她坐的沙發上衝過來，其他人也一樣丟下了他們原先在做的事，抬起頭來，因為這時候已可聽見潮溼碎石道上傳來車輪轆轆輾轉與馬蹄踏地的濺水聲。一輛驛馬車正逐漸駛來。

「他怎麼會是這個樣子回來的呢？」英格朗小姐說，「他出門的時候，不是騎著米思羅嗎？而且派洛特也跟著去啊——他把那兩隻動物給怎麼啦？」

她這麼說著的時候，一邊把高大的身軀和闊幅的衣服挪近窗邊，我只好被逼得把身體向後彎著讓開，差點折斷了我的脊椎骨；由於情急，一開始她並沒有注意到我，然而一等她看見了，就噘起嘴唇，移到另一個窗格子那兒去。那輛驛馬車停下來，駕車人拉拉鈴，便有一位紳士走下車來，穿著旅行裝，卻不是羅徹斯特先生；是一位高大、模樣時髦的陌生人。

「真是叫人生氣！」英格朗小姐嚷道，「妳這惹人厭的猴子！」（她突然轉過去說了亞黛兒一句）「是誰讓妳坐在窗邊亂報錯誤訊息的啊？」然後她對我投以憤怒的眼光，好像是我的錯一樣。

大廳裡有說話聲傳來，不久，那位新訪客就進來了。他向英格朗夫人彎腰鞠躬，似乎把她當作是在場女士中最年長的一位。

「顯然我來得不是時候，夫人，」他說，「我的朋友羅徹斯特先生並不在家；不過我長途跋涉過來，我想我可以就著親近老友的身分，讓自己住下，等到他回來。」

他的態度斯文有禮，他說話時的口音，讓我覺得有點不尋常——不太算是外國腔，但仍然並非完全英國腔。他的年齡大約與羅徹斯特先生相同——在三十到四十歲之間；他的膚色出奇地黃，否則的話，他實在是個俊美的男人，尤其是第一眼見到的時候。如果再仔細看，你會發現他的臉上有著討人厭的地方，或者應該說，不討人喜歡的地方。他的五官勻稱，但是太過鬆散：他的眼睛大而且形狀優美，但是從中流露出來的生息，卻是無精打采而空虛——至少我是這麼認為。

換衣服的鐘聲驅散了這群人。一直到晚餐之後，我才又再見到他，那時候的他，似乎已經很輕鬆自在。然而我比先前更加不喜歡他的相貌了，它讓我覺得游移不安，同時又缺乏精神。他的眼睛四處漫遊著，那樣的漫遊沒有帶著任何意義，這給了他一種古怪的神情，是我有記憶以來沒有見過的。對這麼一個英俊但卻沒有親和力的男人，我覺得非常厭惡，因為他那細皮嫩肉的鵝蛋形臉上沒有力量；那鷹鉤鼻和櫻桃小口沒有堅定，低而平坦的額頭沒有思想；那空洞的褐色眼睛裡沒有控制力。

我坐在我平常的位子上看著他，壁爐架上多枝燭台的光照亮他全身——因為他坐的那張安樂椅被拉得離火很近，而且他還不斷地把身體蜷縮過去，好像覺得冷似的——我把他跟羅徹斯特先生做比較。我認為（這是帶著敬意說的），他們兩個所形成的對比，就算是羽翼光滑漂亮的雄鵝比上凶狠的獵鷹、溫順的綿羊比上灰皮蓬毛眼光銳利的牧羊犬，都不可能更為鮮明強烈了。

他說自己是羅徹斯特先生的老朋友。那必定是種很奇特的友誼，對那句諺語：「兩極相吸」來說，真是個尖刻的例證。

兩、三個男士坐在他身邊，我從房間這頭偶爾聽見了他們的談話片段。一開始我不太聽得清楚，因為露意莎・艾許敦和瑪麗・英格朗坐得離我比較近，把那些間或傳來的隻字片語給打亂了。後面說的這兩人，正在討論著這位陌生人，兩人都稱他為「俊男」。露意莎說他是「造物主之眷顧」，並說她「欣賞他」；瑪麗則指出他「美麗的小嘴和俊俏的鼻子」，說是她心中魅力的典型。

「還有那多麼好脾氣的額頭啊！」露意莎讚歎，「那麼平滑——一點都沒有我很討厭的那種皺眉蹙額的凹凸不平；還有那多麼溫和的眼睛和微笑啊！」

然後，讓我大大鬆了一口氣的是，亨利・林恩先生把她們召到房間另一頭，去議定延期的乾草村公地遊覽的一些事項。

現在我可以專心注意壁爐邊的那群人了，我立刻就弄清楚那位新訪客叫做梅森先生，隨後我還得知他是來自某個熱帶國家，方剛抵達英國：這毫無疑問就是原因，說明了為什麼他的臉色那麼黃，為什麼坐得離火這麼近，以及為什麼在屋子裡也穿著緊身大衣。接著，牙買加、京斯敦、西班牙城等字眼，指出了他的居住地是西印度群島，不久我獲悉他是在那裡與羅徹斯特先生認識的，這讓我吃了不小的一驚。他說到他這位朋友並不喜歡那地區的炙熱天氣、颶風和雨季。我知道羅徹斯特先生曾經是個旅行家，菲爾法斯太太這麼說過，但是我本以為他的遊蕩僅局限在歐陸而已，在這之前，我沒有聽說過他還去過更遠的國家。

我正在沉思著這些事，突然發生了一件有點出乎意料的事，打斷了我的思路。只要有人偶爾打開門，梅森先生就會冷得發抖，於是便要求添加煤炭，那火堆已經沒有火燄了，儘管大堆灰燼仍然又熱又紅。送煤進來的腳役要退出去的時候，在艾許敦先生的椅子邊停了一下，低聲對他說了句什麼話，我只聽見「老婦人」——「很麻煩」等字。

「告訴她，若她還不走，會被送去關起來。」地方官回答。

「不——等等！」丹特上校插嘴說，「別把她趕走，艾許敦；我們也許可以把這件事拿來利用一下，最好問問女士們的意見。」然後，他大聲說——「女士們，妳們不是說要到乾草村公地去看看吉普賽人的營地嗎？這裡的山姆說，僕人的飯廳裡有個老幫趣媽媽❸，堅持要人帶她到這些『上流人士』面前，讓她預言他們的命運。妳們要見她嗎？」

「這還用說，上校，」英格朗夫人叫道，「你不會要鼓勵這麼一個低賤的騙子吧？趕走她，不管怎樣，立刻趕走她！」

「但我無法說服她走，我的女士，」那腳役說，「其他僕人也都沒有辦法。菲爾法斯太太現在正跟她在一起，懇求她走；但是她在壁爐邊一張椅子上坐了下來，說除非她能到這裡來，否則絕不移動半步。」

「她想幹嘛？」艾許敦太太問。

「她說『要為這些上流人士們預卜未來』，夫人；而且她發誓她必須而且一定會這麼做。」

「她是什麼模樣？」兩位艾許敦小姐異口同聲地說。

「一個醜得嚇人的老東西，小姐；幾乎跟煤炭一樣黑。」

「哇，她是個真的女巫！」富利德雷克・林恩嚷道，「讓她進來吧，當然。」

「沒錯，」他兄弟幫腔說，「有這麼好的機會可以取樂，錯過了多可惜！」

「我親愛的孩子們，你們在想什麼啊！」林恩太太大呼。

「我絕不支持這麼荒誕的行為。」貴婦英格朗夫人說。

「確實，媽媽，可是妳能支持的——而且會支持，」白蘭琪那傲慢的聲音說道，一邊從鋼琴椅子上轉過頭來，在這之前，她都一直沉默不語地坐在那兒，顯然在檢視各式各樣的樂譜。「我很好奇想聽聽看我的命運，所以，山姆，把那醜老太婆叫進來吧。」

「我親愛的白蘭琪啊！再想一想啊——」

「我想了——妳能要我想的我都想了，而我一定要照我的主意來辦——快點，山姆！」

「對——對——對！」所有年輕的男士們小姐們都叫道，「讓她來吧，這一定會是很精彩的遊戲！」

腳役還留著不走，「她看起來那麼粗俗。」他說。

❸幫趣媽媽（Mother Bunches）：是英國傳說中一位賣酒老婦，活了一百七十五年，二又四分之一天零半分鐘，愛講故事愛說笑，流傳了許多關於她的逸文軼事。

「去！」英格朗小姐猛地大叫，那人於是走了。

整群人一下子被興奮情緒籠罩住，等山姆回來時，嬉笑戲謔像熱騰騰的火一般蔓延開來。

「她現在不肯來，」他說，「她說她這使命不是要她到『庸俗的人群』（這是她的話）前面來，說我得帶她一人到某個房間去，然後想要向她問命的人，得一次一個到她那裡去。」

「妳看吧，我的女皇般的白蘭琪，」英格朗夫人開始說，「她得寸進尺了。聽我的話，我的天使女兒——」

「當然，帶她到書房去，」那位「天使女兒」打斷她的話。「當著庸俗的人群聽她說話，也不是我的使命。我要她單獨跟我一個人談。書房有火嗎？」

「有的，小姐——但是她看起來那麼像個流浪婦。」

「別多嘴了，笨蛋！照我的吩咐做。」

山姆又走了，神祕、騷動、期盼再次高漲起來。

「她現在準備好了。」那腳役重又出現時說。

「她想知道誰會是她的第一位訪者。」

「我想我最好在任何女士去找她之前，先去探個究竟。」丹特上校說。

「跟她說，山姆，一位先生要來了。」

山姆去了，又回來。

「先生，她說她不接待男士們，男士不必勞駕去找她了；還有，」他好不容易忍住了笑，接著說，「所有夫人們也都不要，她只接待年輕的和單身的。」

「呸，她還挑嘴呢！」亨利・林恩說。

英格朗小姐莊嚴地站起來，「我第一個去。」她說，這口氣挺適合一個敢死隊隊長，身先士卒一夫當關。

「噢，我的寶貝，我最親愛的！且住啊——想想啊！」是她媽媽的呼喊，但是她一言不發，莊嚴地大步走過她身邊，穿過丹特上校打開的門，然後我們聽見她進入了書房。

接著比較安靜了一下。英格朗夫人認為現在是適合扭手的時刻，於是她就扭起手來。瑪麗小姐發表說，以她自己來講，她絕不敢去冒那個險。愛咪和露意莎・艾許敦低聲竊笑著，看起來有點害怕。

時間一分鐘一分鐘慢慢過去，十五分鐘後，書房的門再次打開。英格朗小姐從拱門那兒回來我們這邊。她會笑嗎？她會把那當作個玩笑嗎？所有人的視線都帶著熱切的好奇投向她，而她卻回以斷然拒絕的冰冷目光；她看起來既不慌張也不快樂，硬梆梆地走向她的座位，一言不發地坐下。

「怎麼樣，白蘭琪？」英格朗勳爵說。

「她說什麼，姊姊？」瑪麗問道。

「妳認為如何？妳覺得怎樣？她是不是真的預言師？」艾許敦小姐們問道。

「喂，喂，好人們，」英格朗小姐答道，「別逼問我。你們那驚奇與輕信的器官還真容易被挑動；你們所有人——包括我的好媽媽——好像都把這件事看得很重要，完全相信我們屋子裡真來了個和惡魔結親的真女巫。我見到了一個流浪的吉普賽人，她用老套的方式幫我看了手相，跟我說了些這類人經常講的話。我一時的心血來潮已經滿足了，現在我認為艾許敦先生可以在明天早上給這個醜老婆子套上腳鐐手銬了，像他剛剛威脅的那樣。」

英格朗小姐拿起一本書，靠回她的椅子上，就這麼拒絕了進一步的談話。我看她看了將近半個小時，從頭到尾她沒有翻動過一頁，而且她的臉色一刻刻變得更加陰暗，更加不高興，更加惱怒地表現出失望。她顯然沒有聽到任何對她有利的話；而且，她那陣比尋常更久的陰鬱沉默，在我看來是表示著，她自己──有悖於她所宣稱的漠不在乎──其實附加了過多的重要性在那為她揭露的事情上，不管那是什麼。

這個時候，瑪麗・英格朗、愛咪和露意莎・艾許敦聲明她們不敢獨自一人去，卻都希望能夠去。於是一場交涉協調便由山姆這位使節擔任中間人而展開；經過多次來回奔走，直到──我想──這位山姆的小腿必定已開始發痛了，才好不容易地求得了這位嚴格的女占卜師的許可，讓這三位一道兒去見她。

她們的求訪可不像英格朗小姐的那麼安靜，我們聽見書房傳來歇斯底里的咯咯笑聲和小聲的尖叫；大約過了二十分鐘，她們才開門衝出來，跑過大廳，好像被嚇得差點失了魂一般。

「她一定有點邪門！」她們各個都叫道，「她跟我們說了這樣的事情！我們的事她全都知道！」她們氣喘吁吁地跌坐在紳士們趕忙為她們端來的椅子上。

被進一步逼問後，她們才說她跟她們說了她們還是小孩時說過和做過的事，還描述了她們家中閨房裡的書籍和裝飾物，各個親戚送她們的紀念品。她們還堅稱她甚至說中了她們的心思，並且在各人的耳邊說出她們在這世界上最喜歡的人的名字，以及她們最希望的是什麼。

這時男士們插進來說話了，熱切懇求她們就最後那兩點做進一步的闡明，不過他們的堅請，只得到臉紅、大叫、亢奮顫抖和偷偷竊笑作為回答。這時，夫人們則遞上嗅瓶，揮舞扇子，再一次反覆不停地表示擔心，說她們的警告沒有被及時接受；年長的紳士們笑著，年輕的則慇勤侍候著這些美人兒。

這段騷動間，我的眼睛和耳朵都專注在面前的情景上，這時卻聽到手肘旁有人咳嗽了一下，我轉過身，看見山姆。

「如果妳願意，小姐，那吉普賽人表示房間裡還有一位單身的年輕小姐，還沒去見她，她賭咒說若不見到全部，她絕不走。我想應該指的是妳了，沒有其他這樣的人。我該怎麼去回她呢？」

「噢，不管怎樣，我去吧。」我答道。我很高興能有這意想不到的機會，來滿足我被高高挑起的好奇心。我溜出房間，沒有被任何一隻眼睛發現——因為這整堆人都聚在那剛剛回來的三位花枝亂顫的小姐那兒——我悄悄地在身後將門掩上。

「如果妳要，小姐，」山姆說，「我會在大廳上等著；如果她嚇唬妳，妳儘管叫，我會進來。」

「不用，山姆，回廚房去吧，我一點都不害怕。」我是不怕，卻非常好奇而興奮。

第十九章

我進去的時候，書房看起來相當寧靜，那位女占卜師——如果她是占卜師的話——正坐在壁爐那兒的一張安樂椅上，舒服極了。她披著一件紅色披風，帶著黑帽子，或者不如說是一頂寬邊的吉普賽帽，用弄成長條狀的手帕綁在下巴上。桌子上立著一根已經熄滅的蠟燭，她彎著身體靠近火，似乎正在就著火光讀一本黑色的小書，好像是本祈禱書。她一邊讀，一邊自言自語地低聲唸著上面的文字，像大部分的老婦人一樣。她並沒有在我進去的時候立刻停下來，好像想要讀完一段再說。

我站在地毯上，讓手暖和起來，剛剛在交誼廳裡，坐得離火很遠，使得雙手冰冷。我現在和平時一樣冷靜，這個吉普賽人就外貌上看來，確實沒有什麼能打亂人心的地方。她闔上書本，慢慢抬起眼睛；她的帽沿遮住了她部分的臉，然而等她抬起頭，我便看出了那是一張怪異的臉孔。整張臉黑黑褐褐的，白色的縛帽布條繞過下顎綁著，蓬亂糾結的鬈髮從布條下迸出來，半遮住了她的臉頰，或者不如說她的下巴。她的眼睛立刻迎上我的視線，大膽而直接地凝望我。

「嗯哼，妳是想來聽自己的命運吧？」她說，聲音和眼神一樣決絕，和五官一樣粗糙。

「我無所謂，嬤嬤，妳愛怎樣就怎樣吧，但我得警告妳，我是不信的。」

「這倒像是妳這種狂妄性子說的話，我早知道妳會這麼說，從妳跨過門檻的腳步聲裡就聽得出來了。」

「是嗎？妳的耳朵倒很靈。」

「是很靈，眼睛也靈，腦子也靈。」

「這些都是妳這行需要的。」

「是需要，尤其是要應付妳這樣的客人時。妳為什麼不發抖啊？」

「我不冷。」

「妳為什麼不臉色發白？」

「我沒病。」

「妳為什麼不叫我卜命？」

「我不愚蠢。」

這個糟老太婆從帽子和縛帶下奸奸竊竊發出一陣怪笑，接著拿出短短的黑色菸斗，點燃它，開始抽起來。在這鎮定劑中沉浸了一會兒後，她挺起彎著的身體，把菸斗拿離嘴唇，然後一邊定睛看著火，一邊從容不迫地說——

「妳冷，妳有病，妳愚蠢。」

「證明吧。」我回答。

「我會證明的，只需寥寥數語。妳冷，因為妳孤獨；身邊交往的人沒能激出妳內心的火花。妳有病，因為人所被賦與的最好、最崇高、最甜美的感情，都離妳很遠。妳愚蠢，因為，儘管妳也許痛苦，還是不願意伸手召喚那感情，也不肯朝它正等待著妳的地方前進一步。」

她又再把那截黑色的短菸斗放到嘴裡，重新吞雲吐霧起來。

「妳那一番話，對妳所知道的幾乎任何一個住在一棟大宅子裡的孤單的受雇者，都能這麼說。」

「我也許可以對幾乎任何一個都這麼說，但是是否對幾乎任何一個都是真確的呢。」

「在我這樣的情況下是真確的。」

「是的，正是這樣，在妳這樣的情況下。給我找個情況跟妳完全相同的來吧。」

「要找幾千個給妳都很容易。」

「光是一個都很難找到。如果妳知道的話，妳的處境是很特殊的，很接近幸福；是的，伸手可及。材料都準備好了，只需一個動作，把它們結合起來。機緣把它們略微分散了些，若是它們一旦聚合了，就能生出幸福結果。」

「我聽不懂謎語，我這輩子從來就不會猜謎。」

「要是妳希望我說得更明白些，就讓我看看妳的手掌。」

「我想得附帶個銀幣吧？」

「當然。」

我給她一個先令，她把它放到口袋裡掏出來的一只舊襪子裡，綁緊，放回去之後，她要我伸出我的手。我照著做。她把臉湊近我的手掌，就這麼碰也不碰地仔細端詳它。

「太細嫩了，」她說，「像那樣的的手，我什麼也看不到；幾乎沒有手紋，再說，手掌中會有什麼呢？命運才沒有寫在那上頭。」

「這我相信。」我說。

「不，」她繼續說，「它是寫在臉上，在額頭上，在眼睛附近，以及眼睛裡面，嘴巴的線條裡。跪下來，抬起妳的頭。」

「啊！現在妳可現實起來了，」我說，一邊照著她的話做。「我可能很快就要開始相信妳了。」

我在她身旁約半碼之處跪下。她撥了撥爐火，好讓那塊被撥動的煤炭發出一泓光亮。然而，那道火光，由於她坐的位置，只是在她臉上增添一層更深的陰影罷了；至於我的臉，則被照亮。

「我納悶著，妳今晚是帶著怎樣的情懷來到我這裡，」她仔細察看我一會兒之後說，「我納悶著，幾個小時以來妳坐在那邊那個房間裡，眼前那些時髦的人像魔術燈籠裡的影子般，在妳面前晃來掠去，那整段時間妳的心裡面究竟忙碌著何等思緒；妳跟他們之間的共鳴交流是這麼地稀少，好像他們其實不過是些人形影子，而不是真正的實體。」

「經常是覺得疲倦，有時候覺得想睡，不過很少感到憂傷。」

「那麼，妳一定有著某個祕密的希望在支持妳，對妳輕輕訴說著未來，讓妳快樂。」

「那不是我。我最希望的是，賺足了錢，某天能夠在自己租下來的房子裡成立一所學校。」

「對一個靈魂來講，這點養分是不足以支持生命的；妳坐在那個窗邊座位上──（看吧，我知道妳的習慣）──」

「妳是從僕人那裡聽來的。」

「啊！妳以為自己很機敏是吧。嗯哼，也許我是從那裡聽來的，老實說，我認識他們其中一個，普爾太太——」

我一聽見這個名字，就驚跳著站起來。

「妳認識——是嗎？」我心想，「那麼這件事情總算有點邪氣了！」

「別這麼驚駭，」那怪物繼續說，「普爾太太是個好幫手，拘謹、安靜，任何人都可以把祕密託付給她。但是，就如我剛剛所說的，妳坐在那個窗邊座位上，難道除了妳未來的學校以外，什麼都不想嗎？難道妳對於眼前那群佔據著沙發和座椅的人，一點現實的興趣都沒有嗎？妳都沒有研究著任何一張臉嗎？都沒有至少帶著好奇心、眼光跟隨著某個人的舉動嗎？」

「我喜歡觀察所有的臉孔，所有的人物。」

「但是難道妳從來沒有從中挑出一個人——或者也許是兩個人來觀察嗎？」

「我時常這麼做，當某一對男女的姿勢或表情似乎流露出什麼心意表達時，我看著他們會覺得有趣。」

「那麼哪一種心意表達是妳最愛聽的呢？」

「噢，我沒有多少選擇！表達的主題通常都是同一個——求愛；而且總是結束在同樣悲慘的結局——婚姻。」

「妳喜歡那個一成不變的主題嗎？」

「事實上，我不在乎，它對我一點意義都沒有。」

「對妳一點意義都沒有？當一個淑女，年輕、充滿朝氣而且健康、有魅力，具有姿色，天生賦有名門家世和財富，坐在一位紳士的眼前對他微笑，而這位紳士，是妳——」

「我什麼？」

「妳認識的人——而且或許還有點好感。」

「這裡的紳士們我都不認識。幾乎沒有跟其中任何一個人交談過一個字；至於對他們有好感，我認為有些值得尊敬、有威嚴、是中年男人；其他那些則年輕、時髦、英俊而且有活力。他們當然都有自由接受任何人的微笑，用不著我懷著感情來認為這交流過程對我有什麼重要性。」

「妳不認識這裡的紳士？沒有跟他們之中任何人交談過一個字？對這房子的主人，妳也會這麼說嗎？」

「他不在家。」

「真是個深奧隱諱的回答！真是個最機靈的遁辭了！他今天早上到米爾科特去，會在今天晚上或是明天回來；這狀況就使得妳把他摒除在妳認識的人的名單之外嗎？——把他一筆抹銷，好像這根本是不存在的事一樣？」

「不是。但我實在看不出來，羅徹斯特先生究竟跟妳現在所提的主題有什麼關聯。」

「我剛剛說的是女士們在紳士們的眼睛前面微笑，而最近，有那麼多微笑注入羅徹斯特先生的眼睛裡，溢滿他的眼睛，像兩只盛滿到杯緣的杯子。妳難道從來沒有注意到嗎？」

「羅徹斯特先生有權享受與賓客們相伴的樂趣。」

「這是他的權力，這沒問題；但是妳有沒有發現，在這裡被訴說著的許多關於婚姻的心意表達裡，羅徹斯特特別受到眷顧，獲得了那最生動、最滔滔不絕的一個。」

「那是因為聽話人的熱切加快了說話人的舌頭。」我這句話與其說是對那吉普賽人說的，還不如說是在說給自己聽。這吉普賽人奇怪的談話、聲音、儀態，這時已經把我裹在一種夢境裡。出人意料的話一句接著一句從她雙唇間吐出來，直到我被網羅在一個神祕織網之中，納悶著究竟是什麼看不見的鬼怪，好幾週來坐在我的心旁邊，監視著它的活動，記錄下它的每一次脈動。

「聽話人的熱切！」她重複我的話，「沒錯，羅徹斯特先生每個小時坐在那兒，耳朵朝著那個如此愉快地履行其溝通工作的迷人嘴唇，羅徹斯特先生對於這獲賜的娛樂，是那麼地願意接受，而且顯得那麼感激，妳可注意到？」

「感激！我可不記得在他臉上察覺出感激。」

「察覺！那麼說妳分析過了。如果不是感激，妳察覺到的是什麼呢？」

我沒有說話。

「妳見到愛意了，是不是？——而且，往前看，妳看到了他結婚，看到了她的新娘子幸福快樂？」

「哼！不太對。妳的巫術有時候頗有問題。」

「那麼妳他媽的究竟看到了什麼？」

「別操心，我是來詢問的，不是來告白的。人們是否知道羅徹斯特先生要結婚了？」

「是啊，與美麗的英格朗小姐結婚。」

「近期內嗎？」

「表面跡象看來，能保證這個結論，而且，毫無疑問地，他們將會成為最幸福的一對（儘管妳帶著那應受嚴懲的大膽，似乎在懷疑它）。他是一定會愛這麼一個漂亮、高貴、機智、多才多藝的淑女的；而且或許她也愛他，或者說，如果不愛他的人，至少也愛他的財富。我知道羅徹斯特的資產讓她將他視為極適合結婚的對象；不過（老天爺饒恕我！）大約一個小時前，我在那一點上，告訴了她一些事情，讓她顯出令人詫異的嚴肅表情，嘴角下降了一吋。我真該勸勸她那位黑臉求婚者：如果出現了另一個地租帳更長更亮眼的求婚者——他就會被擊垮了。」

「可是，嬤嬤，我不是來聽羅徹斯特先生的命運的，我是來聽自己的命運，妳卻什麼都還沒講呢。」

「妳的命運仍然未卜。我檢視妳的臉，發現一個個特徵互相矛盾。機運分配了一些幸福給妳，這我知道。我今天傍晚進門之前就知道了。她為妳小心翼翼地保留了一份幸福，我見到她這麼做。只等著妳自己伸出手，去取過來；然而妳是否會這麼做，卻是我要研究的問題。再過來跪在地毯上吧。」

「可別太久，爐火會把我烤乾。」

我跪下來。她並沒有俯身過來，只是盯著我看，向後仰靠在椅背上。她開始喃喃自語。

「火燄在眼睛裡跳動，眼睛像露珠般閃亮，看起來柔和而充滿感情；它對我的隱語微笑，它多情善感，明澈的球體上掠過一個接一個的感動；當它停止微笑的時候，便是憂傷，眼皮上重重地壓著一種無意識的倦意，意味著孤獨造成的憂鬱。它轉開不看我，不願意承受進一步的審視；它似乎以輕蔑的一瞥，否認我發掘出來的事實——不承認被指稱的敏感與懊惱：它的驕傲和自持，只使我更加肯定我的看法。這眼睛是好的。

「至於嘴巴，有時候在笑容中愉快起來，它喜歡把腦子裡的想法全部傾瀉出來；儘管我敢說，它對於心裡的許多情緒，大多保持緘默。它表情豐富、靈活自在，絕不想被壓抑在永遠的沉寂孤獨中；那是張必須多說話，必須常微笑，且對交談者懷著人道感情的嘴。這部分也一樣是吉人天相。

「我沒見到什麼對命運不利的地方，只除了額頭；那額頭似乎在宣稱——『我可以獨自生活，如果自尊和環境要求我這麼做的話。不需要出賣靈魂來換得快樂。我天生就有內在的寶藏足供我存活，即使一切外在的愉悅都被剝奪。』這前額聲明：『理性穩坐著，緊執韁繩，不讓感情掙脫而出，把她驅趕至荒野深淵。熱情也許會像真正的異教徒一樣狂妄肆虐，因為它們的確是異教徒；慾望也許會幻想各種空虛之事，但是判斷力仍將在每一場爭辯中得勝，在每一次裁奪中投下決定票。也許有強風、地震、火災過去，我仍將跟隨那個平靜細微的聲音的指引，它詮釋良心旨意。』

「說得好，前額；妳的聲明將受到尊重。我已訂好我的計畫——我認為是正確的計畫——在其中，我傾聽了良心的堅持，理性的忠告。我知道，假使，在遞上來的裝著幸福的杯中，被我察覺出一丁點的恥辱渣滓，或是一絲絲自責的滋味，青春將會多麼迅速地逝去，花開將會多麼迅速地凋謝；我不想要犧牲、悲哀、分離——我的品味不是這樣。我希望生長茁壯，而非枯萎毀滅——我希望去贏得感謝，而非擰出帶血的淚——不，即使只是淚水也不；我的收成必須是在微笑之中、在鍾愛之中、在甜蜜之中的——就那樣吧。我想我這是在極美妙的渾然忘我之境譫妄囈語。我應該在現在許願，將此刻延續到永遠，但是我不敢。到現在為止，我還能完全主導著我自己，我已經按著內心的忠誓，演出這個角色；然而若再繼續下去，可能就會超出我的能力了。起來吧，愛小姐，走吧；『戲已經演完』。」

我在什麼地方？我是醒著還是睡著？我一直是在作夢嗎？我還繼續在作夢嗎？那老婦的聲音變了：她的腔調，她的姿態，以及所有一切，都像是我的鏡中倒影一樣熟悉——像是我自己舌頭說出來的話一樣熟悉。

我站起來，卻沒有離開。我看了看，撥撥火，又看了看；然而她拉了拉帽子和縛帽帶，把臉遮得更緊了，並且揮揮手，再次叫我走。火光照在她伸出來的手上面，我被驚醒了，並且在想要有所發現的警覺心之下，我注意到那隻手。它並不比我的手老皺，是個渾圓而靈活自如的肢體，有著光滑的手指，勻稱地向內微微彎曲；小指上閃耀著一枚寬邊戒指，我俯身向前看它，看見了一顆我已見過幾百回的寶石。我再次凝望那張臉，它不再躲開我的視線——相反地，帽子被脫掉了，縛帶也解下，那頭顱伸向前。

「嗯哼，簡，妳認得我嗎？」那熟悉的聲音問道。

「只要你脫掉那紅色披風，先生，那麼——」

「可是帶子打結了——幫我。」

「拉斷它，先生。」

「嗯，那麼——『去吧，你這借來的東西！』」然後羅徹斯特先生從他的喬裝打扮中走出來。

「啊，先生，真是個怪異的主意！」

「然而倒是表現得不錯吧，呃？妳不這麼認為嗎？」

「對那些女士們來說，你想必很行得通。」

「但是對妳就行不了嗎？」

「對我來說，你演的並不是吉普賽人角色。」

「那麼我演的是什麼角色？我自己嗎？」

「不是，某個無法說明的角色。簡言之，我相信你是一直在套我的話，或者是引我入你圈套；你一直在說些無稽之談，要我也跟著胡說八道。這不太公平，先生。」

「妳原諒我嗎，簡？」

「我沒辦法答覆，我得先好好想一想。如果在反省之後，我覺得自己並沒有陷入太嚴重的荒謬愚蠢之中，那我會試著原諒你；不過這是不對的。」

「噢，妳一直是非常正確無誤的——非常小心，非常敏銳。」

我回想了一下，認為整體上說來，我的確是這樣。這是一種安慰，但是，沒錯，我是從一開始見面，就一直處在防衛狀態。他的偽裝之中，有些讓我懷疑之處。我知道吉普賽人與卜命師，並不會像這個外表上像個老太太的人一樣表白自己；此外，我還注意到她那捏造的聲音，她急於掩飾住容貌的焦慮。但是在我審視她的時候，心裡面一直想著葛莉絲・普爾，那個謎中之謎。我可一點都沒有想到是羅徹斯特先生。

「嗯哼，」他說，「妳在沉思些什麼？那個莊嚴的微笑代表什麼意思？」

「驚異與自我慶幸，先生。我想，現在您可允許我退下了吧？」

「不，再留一會兒。告訴我，交誼室那邊的人現在在做些什麼？」

「我敢說，正在討論著這位吉普賽人。」

「坐下！——讓我聽聽他們是怎麼說我的。」

「我最好別待太久，先生；現在一定將近十一點了。——噢！你可知道，羅徹斯特先生，今天早上你走之後，有個陌生人來到這裡。」

「陌生人！——不知道，那會是誰呢？我並沒有在等著什麼人的來訪啊。他走了嗎？」

「沒有，他說他認識你很久了，說他可以自作主張在這裡住下，直到你回來。」

「媽的，他真的這麼做！他有報出姓名嗎？」

「他姓梅森，先生；來自西印度群島，西班牙城，我想是在牙買加吧。」

羅徹斯特先生站在我身邊，拉起我的手，好像要引我到某張椅子去坐一般。我說話的時候，他突然僵硬地緊握住我的手腕；他嘴上的笑容凍結了，顯然是一陣痙攣使他止住了呼吸。

「梅森！──西印度群島！」他說，那語氣也許會讓人誤以為是一部說話機器在發出單一字詞。「梅森！──西印度群島！」他重複說，然後將這幾個音節又重複了三次，在說話的間隔中，臉色逐漸變得比灰還慘白，他似乎不太知道自己在幹什麼。

「你不舒服嗎，先生？」我問道。

「簡，我被人敲了一記──我被人敲了一記，簡！」他搖搖欲墜。

「噢，靠著我，先生。」

「簡，妳曾有一次提供了妳的肩膀讓我倚靠，現在再讓我倚靠吧。」

「好的，先生，好的，還有我的臂膀。」

他坐了下來，讓我坐在他身邊，兩隻手握住我的手，搓著它；同時，用那張最心煩意亂、最陰鬱的面容，盯著我看。

「我的小朋友！」他說，「我但願我是在一座寧靜的島上，只跟妳一人；煩惱、危險和令人作嘔的回憶都從我身上卸下。」

「我能幫助你嗎，先生？──我可以拿出我的性命來為你效勞。」

「簡，如果需要幫助，我會向妳要求，這我向妳保證。」

「謝謝你，先生。告訴我該怎麼做——至少，我會盡力去做。」

「現在，簡，去餐廳幫我拿一杯酒來，他們會在那裡用餐；然後告訴我梅森是否跟他們在一塊兒，以及他在幹什麼。」

我去了。發現所有人如羅徹斯特先生所說，都在餐廳用晚餐。他們並沒有坐在餐桌旁邊——餐點被擺在餐具櫥上面，每個人都拿了自己選擇的東西，這兒一群那兒一群地站著，手裡拿著杯子和盤子。大夥兒似乎正歡天喜地，笑聲和談話聲四處可聞，熱鬧喧騰。梅森先生站在火爐旁邊，正對著上校和丹特夫人在說話，顯得和其中任何人一樣歡愉。我倒滿一酒杯的酒（我見到英格朗小姐皺著眉頭在看我，我敢說，她一定以為我在放肆妄為吧），然後我回到書房去。

羅徹斯特先生那極端蒼白的臉色消失了，現在再次顯得堅強而剛毅。他從我手中拿過酒杯。

「敬妳，祝健康，妳這位輔佐精靈！」他吞下杯中物，把杯子遞還給我。「他們在做什麼，簡？」

「在笑、在談話，先生。」

「他們沒有像是聽見什麼怪事一樣，表現出嚴肅而神祕的樣子嗎？」

「一點都沒有，他們都在說笑，興高采烈。」

「梅森呢？」

「他也在笑著。」

「如果那群人全部合成一氣來唾罵我，妳會怎樣，簡？」

「如果能，就把他們趕出去。」

他半微笑起來，「但若是我到他們那裡去，而他們只是冷冷地看著我，低聲交頭接耳譏笑我，然後一個接一個離我而去，那樣的話又如何呢？妳會跟他們一道兒走嗎？」

「我想應該不會，先生。留在你身邊，會使我更快樂。」

「留著安慰我嗎？」

「是的，先生，安慰你，盡我可能。」

「但若是他們譴責妳對我的依戀呢？」

「我很可能根本不會知道他們在譴責我；就算我知道，我也一點都不在乎。」

「那麼妳會為了我，而膽敢面對非難囉？」

「我會為了任何一位值得我這麼依戀的朋友，膽敢面對非難；對你，我確信我願意這麼做。」

「那現在回那房間去，悄悄走到梅森那兒，在他耳邊輕聲告訴他羅徹斯特先生回來了，想要見他；帶他來這裡，然後離去。」

「好的，先生。」我照著他的吩咐辦，我直接穿過那群人，他們全瞪著我看，我找到了梅森先生，傳了話，然後帶領他離開那房間，引他進入書房，之後我就上樓去。

更晚，我已經上床一段時間之後，我聽到賓客們回到各自的臥房去；其中我可以分辨出羅徹斯特的聲音，聽見他說：「這邊走，梅森，這是你的房間。」

他說得輕鬆快活，那歡樂的語氣，讓我安心了，很快就入睡。

第二十章

我忘了拉起平常都會拉的窗簾，也忘了放下百葉窗。結果是，當又圓又亮的月兒（因為那一夜天空明朗）沿著她的軌道來到我窗格子對面的天空，穿過毫無遮蔽的玻璃進來照在我身上時，她那光華的注視喚醒了我。我在夜的死寂中醒來，睜開眼看著她那塊圓盤——銀白而晶亮。那真是美極了，可是太莊嚴，於是我半爬起身子，伸手過去拉下窗簾。

我的老天！這是什麼樣的叫聲啊！

夜——它的闃寂——它的沉靜，被一道傳遍荊原莊每個角落，狂野、尖銳又淒厲的叫聲給劃破。

我的脈搏停住了，我的心臟靜止不動，我伸出去的手也僵住了。叫聲不見了，沒有再響起。的確，不管發出那可怕嘶喊聲的是什麼東西，都不可能那麼快再重複一遍，即使是安第斯山上，重雲裏蔽著巢穴、翅膀最雄野的禿鷹，也不可能連續兩次發出這樣的叫聲。發出這種聲音的東西，必得在休息一陣過後，才有可能再次擠出那樣的力氣。

那聲音來自三樓，因為它從我頭頂上傳出去。頭頂上——沒錯，就在我這小房間的天花板之上——現在我聽見打鬥聲，聲音聽起來是一場搏命的相鬥，然後一個半悶住的聲音嚷道——

「救命！救命！救命！」急促地叫了三聲。

「沒有人來嗎？」在沉重踉蹌的腳步聲響得不可開交之間，我依稀可以從地板和灰泥屋層另一面聽見：「羅徹斯特！羅徹斯特！看在老天份上，快來啊！」

有扇門被打開，某人沿著走廊跑出去，或者是衝出去。天花板上又是一聲重重的足音，然後不知什麼東西跌落地上，然後就悄然無聲了。

儘管我嚇得全身發抖，還是穿上衣服走了出去。所有人都被吵醒了，每個房間都響起了叫聲和害怕的低語聲。一扇扇門被打開來，大家一個接一個探頭出來看，走廊裡擠滿了人。紳士淑女們都下床來，「噢，是什麼？」──「誰受傷？」──「發生什麼事？」「拿盞燈來！」──「失火了嗎？」──「有盜賊嗎？」──「我們該往哪裡跑呢？」大家亂烘烘地發問。若非因為有月光，他們現在就是身處在漆黑之中。他們來回奔跑，擠成一堆，有人啜泣，有人跌跤，亂七八糟一片。

「媽的，羅徹斯特究竟到哪裡去了？」丹特上校叫道。「我沒看見他在他床上。」

「這裡！這裡！」他大聲回答。「大家鎮定些，我來了。」

然後走廊盡頭的門打開了，羅徹斯特先生拿了支蠟燭走過來，他剛從樓上下來。女士們之中有一位朝著他直奔過去，抓住他的手臂，原來是英格朗小姐。

「出了什麼可怕的事？」她說，「快說啊！現在就把最壞的情形告訴我們！」

「別把我拉倒或是掐死。」他答道，因為現在連兩位艾許敦小姐也緊抓著他不放，而且那兩位穿著寬大白袍的富孀，像鼓著風帆的船一樣，急逼向他。

「都沒事！──都沒事！」他叫道，「只是排演了一場《無事生非》❶罷了。女士們，讓開點，否則我會變得危險了。」

他看上去確實很危險，黑眼睛裡射出火花來。他努力要自己冷靜下來，補充說——

「有個傭人作了場惡夢，如此罷了。她是個容易激動的神經質的人，毫無疑問，她一定是把夢當作鬼怪出現或者諸如此類的東西，嚇得發病了。好吧，我得看著你們回房間去，因為，只有在大家安定下來以後，我才能去照料她。男士們，請你們好心點為女士們做個榜樣。英格朗小姐，我相信妳不會克服不了無聊的恐懼吧。愛咪和露意莎，像一對鴿子一樣回到妳們的巢裡吧。太太們，」（對兩位富孀說）「妳們要是再繼續待在這麼冷的走廊裡，一定會著涼的。」

就這樣一邊哄騙，一邊下命令，他終於設法讓他們全部都再次關回自己的房間裡。我沒等他命令我回去，就悄然不聲張地回去，像我出來時一樣。

然而，不是回去睡覺，相反地，我仔細穿好衣服。在那聲叫喊之後，我所聽到的聲響與話語聲，也許只有我一個人聽見，因為那是從我房間正上方的房間裡傳出來的，這些聲響和說話聲讓我肯定，那震驚整個宅邸的，並不是傭人的夢魘，羅徹斯特先生的解釋，不過是他憑空編造出來的，只為了讓客人們鎮靜下來。於是我穿好衣服，準備應付緊急情況。衣服穿好以後，就在窗口坐了好久，俯視著外面沉靜的庭園和銀色的田野，等待著我自己都不知道是什麼的事。在我看來，這奇怪的叫聲、搏鬥和呼喊之後，應該會有什麼事情發生。

然而沒有，一切恢復寧靜，所有低語和移動的聲音也逐漸平息下來，約一小時後，荊原莊又像沙漠一樣謐靜了。看來，睡眠和夜幕又統治了它們的帝國。這期間，月亮漸漸下沉，即將消失。我不喜歡在寒冷和黑暗中獨自呆坐，於是我想，儘管衣服都穿好了，還是到床上躺下吧。我離開窗口，盡量不發出聲音地走過地毯，在我剛停下來要脫鞋子時，有隻手小心翼翼地叩了叩門。

「找我嗎？」

「妳醒著嗎？」我預期中的聲音問道，也就是我主人。

「是的，先生。」

「穿好衣服了嗎？」

「是的。」

「那麼出來吧，小聲點。」我遵從指示。羅徹斯特先生站在走廊裡，握著一根蠟燭。

「我需要妳，」他說，「由這裡來，不必急，別發出聲音。」

我的拖鞋很薄，所以在鋪著蓆子的地上，我可以走得跟貓兒一樣輕。他悄悄地沿著走廊走過去，走上樓梯，然後在那不祥的三樓的又黑又低的走廊裡停下來，我跟著他，在他身邊停下來。

「妳屋裡有海棉嗎？」他低聲問。

「有，先生。」

「妳有鹽——有碳酸銨嗎？」

「有的，先生。」

❶《無事生非》（*Much Ado About Nothing*）：莎士比亞的一齣喜劇。

「那回去把這兩樣東西拿過來。」

我回房間去，在洗臉臺上找出海棉，在抽屜裡找出碳酸鹽，再循著原路走回去。他還在等我，手裡拿著鑰匙，走近一扇扇黑色小門中的一扇，把鑰匙插進鑰匙孔，暫停了一下，問我：「妳見到血不會暈倒吧？」

「我想不會，我從來沒有被考驗過。」我回答他的時候，自己都感覺得到一陣毛骨悚然，但是不覺得冷，也沒有暈倒。

「把手給我，」他說，「冒險讓妳暈倒，是不行的。」

我把我的手指放進他手中。「溫暖而穩定。」這是他的評語，然後他轉動鑰匙，打開門。

我看到了一間我先前看過的房間，菲爾法斯太太帶我看房子那天，它掛著帷幔，現在帷幔有部分被懸繫起來，露出一扇門，上一次它是被遮住的。門敞開著，裡頭有燭光照出來。我聽見那裡面有嚎叫和抓東扒西的聲音，幾乎像是狗在吵架的聲音。羅徹斯特先生放下他的蠟燭，對我說：「等一下。」然後他走上前去，進到裡屋。他一進去，就有一陣狂笑迎接他，一開始很吵，最後是葛莉絲・普爾特有的那種小妖精般的「哈！哈！」做結束。原來，「她」在那裡。他沉默地做了一些安排，雖然我聽到一個低低的聲音在問他話。然後他走出來，在身後關上門。

「來這裡，簡！」他說，然後我走過去，來到那張大床的另一邊，這張床與上面放下的帳幔，佔去了房間很大一部分。床頭邊放著一張安樂椅，有個男人坐在上面。他全身都穿好衣服，只差沒有穿上外套罷了；他坐著不動，頭向後傾，眼睛閉著。羅徹斯特先生握著蠟燭照上他，我才從他蒼白而看來毫無生氣的臉孔上認出他來——是那位陌生人，梅森，我此外也看見他半邊亞麻襯衫和一隻手臂都浸在血裡。

「拿住蠟燭，」羅徹斯特先生說，我接過它；他到洗臉臺上端來一盆水，說：「端著這個。」我也照辦。他拿起海棉，在水裡泡了泡，潤澤一下那張死屍般的臉，又向我要了那個嗅瓶，把它放在那人的鼻孔前面。梅森先生沒多久就張開眼睛，開始呻吟。羅徹斯特先生解開受傷者的襯衫，他的手臂和肩膀都裹著繃帶，他用海棉把簌簌滴下的血吸乾。

「有沒有立即的危險？」梅森先生低聲說。

「嘖！沒有——只是抓傷罷了。別這麼沒精打采，老兄，振作一點！我現在就去替你找個外科醫師來，我親自去找，我希望天亮時能讓你離開，簡。」他繼續說。

「先生？」

「我得把妳留在這間屋子裡，陪這位先生，大約一個小時，或兩個小時。如果再有血淌出來，就照我那樣用海棉把它吸乾，如果他感到頭暈，就把臺子上那杯水拿到他唇邊，再把妳的嗅鹽拿到他鼻子前面。不論是什麼藉口，都不能跟他說話——而且——理察，如果你對她說話，張開你的嘴——使自己激動起來——那對你的生命是有危險的，我可不對這個後果負責。」

這個可憐的人又呻吟起來，他看來好像一動都不敢動，死亡或者其他什麼原因引起的害怕，似乎使他差點癱瘓了。羅徹斯特先生把現在已經沾著血的海棉放在我手裡，我就開始照他那樣使用。他看了我一秒鐘，然後說：「記住，別說話。」隨即離開了房間。當鑰匙在鎖孔裡喀喳一響，然後他逐漸遠去的腳步聲終於消失後，我體會到一股奇異的感覺。

在這個三樓上，我被鎖在一間神祕的小房間裡，夜包圍著我，一個蒼白而血淋淋的景象在我眼睛和雙手底下；一個女兇手和我只隔著一道門。是的——那真是嚇人——其餘的我倒還能忍受，但是一想到葛莉絲・普爾有可能衝出來撲到我身上，我就嚇得發起抖來。

然而，我必須守住我的崗位。我必須看著這個死人般的面容——這張被禁止張開的、發青的、一動也不動的嘴——這雙一下子閉住、一下子睜開，一會兒朝屋裡四處張望、一會兒盯住我，從頭到尾被嚇呆了的遲鈍眼睛。我必須把手一再浸入那盆血水中，擦去迅速往下淌的血，我必須看著那沒剪燭花的蠟燭越來越黯淡地照著我這些動作。陰影在我周圍的古老繡花帷幔上變得更濃，在那張舊大床的帳子下，變得漆黑，在對面大櫃子的門上方，詭異地抖動著。大櫃子的正面分成十二塊鑲板，上面有面目猙獰的十二使徒的頭，每一塊鑲板上一顆頭；在它們頂上，豎立著一把十字架和垂死的基督。

隨著晃動的黑影和東跳西跳的閃耀亮光，我可以看見現在是留鬍子的醫師路卡低著額頭，然後是聖約翰的長髮在飄動；接著鑲板上又出現猶大❷魔鬼般的臉，彷彿活過來了一般，預示著最大的背叛者撒旦即將在他的附屬形體中出現。

在這一切中間，我不僅得看，還得聽，聽著那邊小密室裡那頭野獸或惡魔的動靜。可是，自從羅徹斯特來過以後，它似乎就被符咒鎮住了似地，一整夜我只聽到三個聲音，而且時間相隔很長——先是腳步聲，然後是重新響起的短暫的狗嚎似的聲音，然後是有個人發出很深沉的一聲呻吟。

接著我自己的思緒困擾住我。以人的形狀，住在這個與世隔絕的宅院裡，而主人既無法趕走又不能制服的罪孽，究竟是什麼呢？——在深夜裡最寂靜的時刻，一會兒用火，一會兒用血的形式突然出現的，究竟是什麼詭密之物呢？以普通女人的臉和身形做偽裝，時而發出嘲笑的魔鬼笑聲、時而發出尋找腐肉的老鷹般的叫聲的那個東西究竟是什麼呢？

而我俯身照看著的這個人——這個平庸安靜的陌生人——他怎麼會捲入這張恐怖之網裡呢？復仇女神為什麼要襲擊他呢？在他應該在床上熟睡的時刻，使他不合時宜地來到房子這一區的，是什麼原因呢？我曾經聽見羅徹斯特指定他睡在樓下的一個房間裡——是什麼教他上這裡來的呢？受到了這樣的暴行和暗算，為什麼他現在還能這麼馴服？羅徹斯特先生硬要把事實掩蓋起來，他為什麼願意這樣沉默地服從呢？羅徹斯特先生又為什麼要這樣掩蓋事實呢？他的客人遭到攻擊，他自己的生命上一次也受到可怕的謀害；可是他把兩次害人未遂的行為都掩蓋在祕密裡，淹沒在遺忘中！最後，我看出，梅森先生對羅徹斯特唯唯是諾；後者的強烈意志完全能夠左右前者的懦弱無能，他們之間交換的少數幾句話，使我相信是這樣。顯然在他們以前的交往中，一個人的被動性格已經習慣於另一個人的主動性格的影響了；那麼，羅徹斯特先生聽說梅森先生來臨，為什麼會感到驚慌呢？為什麼幾個小時前，他聽到這個對他言聽計從的人的名字，這個他只需三言兩語就能哄得像個服服貼貼的小孩的人的名字時，竟然會像橡樹被閃電轟擊了一般？

噢，我忘不了他對我低聲說：「簡，我受了一次打擊——我受了一次打擊，簡。」時的那副神情與蒼白的臉。我忘不了他擱在我肩頭上的手臂是怎樣在顫抖著。能如此使菲爾法斯・羅徹斯特的頑強靈魂屈服、使他健壯的身體發抖，絕對不是什麼輕鬆小事。

「他什麼時候來啊？他什麼時候來啊？」我在心裡頭暗自叫道，黑夜縈繞著不去——而我的流血的病人

❷路卡、聖約翰和猶大都是耶穌的門徒，猶大最後出賣了耶穌。

越來越委靡，呻吟著、暈眩著。我已經一次又一次地把水送到梅森先生蒼白的唇邊，一次又一次把嗅鹽拿給他聞，然而我的努力似乎毫無效果，身心兩方面的痛苦，或者是失血過多，或者是三者都有，迅速使他耗盡精力。他那樣呻吟，看上去那麼衰弱、焦急與絕望，我擔心他馬上就會死去，而我甚至不能跟他說話！

蠟燭終於點完，熄滅了；它的光燄消失後，我看見窗簾旁邊有一道灰朦朦的光；黎明來了，不一會兒，我就聽到下面派洛特的叫聲，從院子遠遠那頭的狗窩裡傳出來，希望又升起了。這並非沒有根據，五分鐘後，鑰匙喀喳一轉，鎖打開了，這些都顯示我可以不必再守護。總共不超過兩個小時，可是感覺起來似乎比一星期還要漫長。

羅徹斯特先生走了進來，他去請的那位外科醫師也來了。

「卡特，注意點，」他對醫師說，「我只給你半小時處理傷口，用綳帶包起來，並且把病人移到樓下。」

「可是他適不適宜移動呢，先生？」

「這沒有問題，又不是什麼重傷，他很容易緊張，你得讓他振作起來。來，開始工作吧。」

羅徹斯特先生把厚厚的窗簾拉開，把荷蘭百葉窗推上去，盡可能讓日光全部照進來。看到黎明已經來臨，一道道玫瑰色的紅霞染亮了東天，我又驚訝又高興。然後他走近醫師已在著手治療的梅森。

「我的好朋友，你怎麼樣？」

「我看她這回要了我的命了。」他微弱地回答。

「絕不會的！——勇敢些！兩週後的今天，你就會完全復原了，你流了一點血，就這樣。卡特，告訴他沒有危險，讓他放心。」

「我可以憑良心這麼說，」卡特說，這時他已經解開綳帶，「不過，我但願早點來，他就不會流這麼多血了——可是這是怎麼回事？肩上的肉不但像是給割掉的，還像是給撕掉的。這傷不是刀子割的，而是牙齒咬出來的。」

「她咬我，」他喃喃地說，「羅徹斯特先生從她手中搶走刀子的時候，她像隻母老虎一樣撕咬我。」

「你不該讓步，你應該立刻跟她搏鬥的。」羅徹斯特先生說。

「可是在這種情況下，你能怎麼辦呢？」梅森回答，「噢，真是可怕！」他顫抖著補了一句。「我沒有想到會這樣，剛開始她看起來那麼安靜。」

「我警告過你的，」他的朋友答道，「我說過——走近她的時候要小心。再說，你原可以等到明天，讓我陪同你，而你卻今晚就去見面，還一個人去，簡直是傻得可以。」

「我以為我可以有所幫助。」

「你以為！你以為！是的，聽你說話真教人不耐煩。不過，你已經嘗到苦頭了，而且很可能還有更多苦頭等著你呢，這就是不聽我勸的下場，所以我不必再多說了。卡特——快！——快點！太陽馬上就要升起了，我們得把他送走。」

「馬上就好，先生，肩膀剛剛包紮好。我得看看手臂上的另一個傷口；我想，她連這裡也咬了。」

「她吸血，她說要把我心裡的血吸乾。」梅森說。

我看見羅徹斯特先生在發抖，一種很奇怪的明顯的嫌惡、恐懼、憎恨把他的容貌扭曲得幾乎全變了形，可是他只是說：

「好了，別說話了，理察，別去管她那莫名其妙的話了，別再重複它。」

「但願能把它忘掉。」他答道。

「你離開了這個國家就會忘掉的，等你回到了西班牙，就可以當她死了，埋了——或者不如說，壓根兒都不必再去想她。」

「不可能忘掉這一夜的。」

「不會不可能的，振作一點，兄弟。兩個鐘頭前你不是以為你像塊鮮魚肉一樣死了嗎，現在你卻是還活著說話呢。哪！——卡特已經給你包紮好了，或者快好了；我馬上可以把你全身穿著打理好。簡，」（這是他回來之後，第一次轉頭面對我）「這把鑰匙拿去，到樓下我的臥室，直接走進我的更衣室，打開櫃子最上面的一個抽屜，拿一件乾淨襯衫和領巾到這裡來，動作要快點。」

我去了，找到了他說的那個櫃子，找到他指示的東西，拿了回來。

「現在，」他說，「在我為他打理裝束時，妳先站到床的那邊；可是別離開房間，可能還會需要妳。」

我遵照他的吩咐退開。

「妳下去的時候，有人在騷動嗎，簡？」羅徹斯特先生不久就問。

「沒有，大家都很安靜。」

「我們得小心地把你送走，老弟；這樣對你，以及對那邊那個可憐東西都比較好。一直以來，我都避免曝光，我不願意它走漏風聲。來，卡特，幫他穿上背心。你的皮披風放在哪裡？我知道，在這該死的嚴寒中，你不穿披風，連一英里都沒辦法走。在你房裡嗎？——簡，到梅森先生的房間裡，——我隔壁那間，——

把那裡的一件披風拿過來。」

我再次跑去又跑來，拿來一件有毛皮襯裡與鑲邊的巨大皮披風。

「現在，還有一件差事給妳，」我那不知疲倦的主人說，「妳得再到我的房間去。真是謝天謝地妳穿的是絲絨拖鞋，簡！——這樣的重要時刻裡，叫個走路嘎搭嘎搭響的人來跑腿可不行。妳得去把我梳妝臺中間的一個抽屜打開，把裡面一個小藥瓶和一個小玻璃杯拿出來，——快去！」

我飛奔去又飛奔著回來，拿著他要的器皿。

「很好！醫師，恕我冒昧，自己來用藥了，我會負責的。這興奮劑是我在羅馬從一個義大利江湖郎中那裡買來的。卡特，你一定會反對那傢伙的。這不是一種可以任意亂用的藥，不過偶爾用用倒也不錯，就好像現在這時機。簡，來一點水。」

他把小玻璃杯遞過來，我從洗臉臺上拿了水瓶，倒了半杯。

「夠了——現在把瓶口沾溼。」

我照做，他滴了十二滴紫紅色的液體，遞給梅森。

「喝下去，理察：它給你所缺少的熱血，大約可持續一、兩個小時。」

「它有沒有害處——會引起發炎嗎？」

「喝啦！喝！喝！」

梅森先生照做，因為很顯然反抗是沒有用的。他現在已經穿戴整齊，看上去還是很蒼白，但是已經不再血跡斑斑了。他嚥下那液體以後，羅徹斯特先生讓他坐了三分鐘，然後扶著他的手臂說：

「我相信你現在可以站起來了，試試看。」

病人站了起來。

「卡特，扶他另一邊的腋下。打起精神來，理察，踏一步──這就是了！」

「我確實覺得好多了。」梅森先生說出心得。

「我確信你是的。現在，簡，走我們前面，到後樓梯去，拉開旁邊走廊的門閂，叫馬車伕準備好，告訴他我們馬上就到。妳會看到他就在院子裡，或者就在外面，因為我吩咐他不要在鋪石路面上駕駛他那吱吱嘎嘎的輪子。還有，簡，要是附近有人，就到樓梯腳下來咳嗽一聲。」

這時候是五點半，太陽剛要升起，但是我發現廚房裡仍然又黑又靜。旁邊走廊的門閂拴著，我盡可能不出聲地把它打開；整個院子寂靜無聲，可是大門敞開，有一輛驛馬車停在外面，馬已經套上，馬車伕坐在他的座位上。我朝著他走過去，說先生們馬上就來，他點點頭；然後我小心翼翼地向四周看看聽聽。到處是一片清晨的寂靜。僕人們的臥室都還垂著窗簾，小鳥剛跳上綴滿白花的果樹枝頭上放聲高鳴，果樹的枝子低垂在院子邊的圍牆上，像一圈圈的白色花環。拉馬車的馬匹們，在關著的馬廄裡不停跺腳，其他的一切都寂靜無聲。

現在先生們出來了。梅森由羅徹斯特先生和外科醫師扶著，走得還算是平穩。他們扶他上了馬車，卡特跟著上去。

「照料他，」羅徹斯特先生對後者說，「然後讓他在你家裡住到完全康復。我過一兩天會騎馬過去看看他的情況。理察，你覺得怎麼樣？」

「新鮮空氣讓我活了過來，菲爾法斯。」

「這邊的窗子讓它開著，卡特，沒有風——再見了，老弟。」

「菲爾法斯——」

「嗯，怎麼樣？」

「讓她受到照料，讓她盡可能受到溫柔的對待，讓她——」他停下來，突然淚流滿面。

「我盡力而為；一直是這樣，將來也會這麼做。」這是他的回答，然後關上馬車門，讓它駛離。

「願上帝讓這一切能有個了結！」羅徹斯特先生關上沉重的院門，閂上它，補上這句話。

門拴上之後，他移動著緩慢的步伐，恍恍惚惚地朝著果園圍牆上的一扇門走去。我以為他不再需要我幫忙了，準備回屋子裡去，然而卻聽見他叫道：「簡！」他打開門，站在那裡等我。

「到有清新氣息的地方來待一下吧，」他說，「那房子簡直是個地牢。妳不覺得嗎？」

「在我看來，它是個華麗的宅邸，先生。」

「涉世未深的魔力，蒙蔽了妳的眼睛，」他答道，「妳透過被迷幻住的媒介來看待它；看不出那些鍍金只是汙泥，絲緞帳幔只是些蜘蛛網，大理石地面只是些汙穢的拼板，上光的木器只是些廢木片和剝落的樹皮。而這裡（他指指我們走進的一個樹葉茂密的園地），一切都是真實、甜美而純潔的。」

他沿著一個步道走，沿路是黃楊、蘋果樹、梨樹、櫻桃樹，另一邊則滿是各式各樣舊式的花木，有紫羅蘭、美洲石竹、櫻草花、三色堇，夾雜著苦艾、多花薔薇和各種芬芳的香料草。在接連而來的四月陣雨與陽光之後，緊跟著一個可愛的春晨，使這些花木此刻顯得分外清新可人。太陽剛進入斑雜繽紛的東方，霞光射落在花環般晨露繁重的果樹枝頭上，並照耀在樹林後的寧靜步道上。

「簡，妳要不要一朵花？」

「謝謝你，先生。」

「妳喜歡這日出嗎，簡？那片天空，它那高明霽亮的雲彩，相信在氣溫變暖後，立刻會融散掉——喜歡這平和清爽的氣氛嗎？」

「喜歡，非常喜歡。」

「妳度過了一個奇怪的夜晚，簡。」

「是的，先生。」

「這讓妳顯得蒼白——我把妳單獨留下來陪梅森時，妳害怕嗎？」

「我害怕有人從裡面那個房間裡跑出來。」

「但是我已經鎖上門了——鑰匙在我口袋裡，要是我讓一隻小羊——我寵愛的小羊——如此靠近一個野狼巢穴，而沒有護衛好，那我就是個粗心大意的牧羊人了；妳那時候是安全的。」

「葛莉絲·普爾還會繼續住在這裡嗎，先生？」

「噢，是啊！別再拿妳的腦袋瓜子去煩惱她的事了——把這事從思緒裡丟開吧。」

「可是在我看來，她待在這裡，你的生命就很不安全。」

「別怕——我會照顧我自己的。」

「你昨天晚上擔心的危險，現在已經度過了嗎，先生？」

「這我不能確定，在梅森離開英國之前，即使到了那個時候，也還是不能確定。對我來說，簡，活著，就是站在火山口的地殼上，它每天都有可能裂開，噴出火來。」

「可是，梅森先生似乎是個很容易讓人牽著鼻子走的人。你的影響，先生，顯然很能夠控制住他；他絕不會違抗你，或蓄意傷害你。」

「噢，不！梅森不會違抗我，而且，由於他知道這點，更不會傷害我——可是，有可能因為他無意中說出來的一句不小心的話，就奪走了我的——即使不是生命，也是永遠的幸福。」

「那就叫他小心點，先生，讓他知道你在擔心什麼，告訴他如何來避開危險。」

他諷刺地大笑起來，迅速抓住我的手，又同樣急促地放開。

「傻瓜，要是我能這麼做，怎麼還會有危險呢？危險一下子就被我殲滅了。自從我認識梅森以來，我只需對他說『去做』，事情就會做好了。但是在這種情況下，我不能命令他；我不能說『小心別傷害我，理察』，因為我不能讓他知道他可能會傷害到我。看來妳現在是一頭霧水了，而且我還會讓妳更加不解。妳是我小小的朋友嗎，是不是？」

「我喜歡為你效勞，先生，並且在一切正當的事情上服從你。」

「確實如此，我看得出來妳正是這樣子做的。我在妳的步態、神采，妳的眼睛和表情上都可以見到純粹的滿足，在妳幫助我、取悅我——為我工作的時候，以及與我在一起，做那些妳特別稱之為『一切正當的事情』時。因為如果我吩咐妳做妳認為不正當的事情，妳就不會步態輕盈地來回奔走，不會有伶俐靈便的手腳，不會有活潑生動的眼神和氣色了。我的朋友會安靜而又臉色蒼白地轉過身對我說：『不，先生，這是不可能的，我不能這麼做，因為這是不正當的。』還會變得像顆恆星一樣不可動搖。是啊，妳也有力量左右我，而且能傷害我，但是我不敢向妳指出我什麼地方容易受傷，否則，即使妳是如此忠實而友善，也會馬上把我刺穿。」

「如果你對梅森先生的恐懼，沒有多過對我的恐懼，那麼，先生，你是安全的。」

「願上帝俯允果真如此！這裡，簡，有個涼亭，坐下吧。」

這涼亭是牆內的一個拱形物，上面爬滿了藤蔓，裡頭有個木造座位。羅徹斯特先生坐了下來，不過空出個位置讓我坐。我卻還是站在他面前。

「坐，」他說，「這長椅足夠兩人坐。妳不會不敢坐在我身邊吧，會嗎？這是不正當的嗎，簡？」

我用坐下作為回答；因為我覺得，拒絕是不明智的。

「現在，我的小朋友，太陽正在吸取露水——這古老花園裡所有的花兒正在甦醒，舒展她們的花瓣，鳥兒們正從荊原莊出來，為牠們的孩子獵尋早餐，早起的蜜蜂們也正忙著他們的第一輪工作——我要告訴妳一件事，妳必須努力設想這是妳自己的事情。不過妳得先看著我，告訴我妳很安心，並不擔心我留妳在這裡是不正當的，或者擔心妳自己留在這裡是不正當的。」

「不會，先生，我很滿意。」

「好，那麼，簡，喚醒妳的想像力吧，假設妳不再是一個有教養的女孩，而是一個從小被慣壞了的男孩子；想像妳是在一個遙遠的異國；想像妳在那裡犯了一樁大錯，不管它是屬於什麼性質，或者出於什麼動機。但是它的後果將跟隨妳一生，而且汙染妳的生活。注意，我不是指一樁罪惡；我不是在說流血或者其他什麼犯罪，那些罪可以使犯人受到法律制裁，我說的是錯誤。妳漸漸覺得，對於自己所做的事情的後果完全無法忍受；妳採取行動獲得解脫，採取的是不尋常的途徑，但是既非不合法，也不是有罪的。但是妳仍舊覺得痛苦，因為在生活的範圍內，妳被希望拋棄了。妳的太陽在正午時分因日蝕而變得黯淡，而且妳還覺得在日落前無法擺脫它。痛苦和卑賤的聯想，成了妳回憶裡的唯一食物；妳四處流浪，想在浪蕩中找到安寧，在放肆的生活中尋取快樂——我指的是那種沒有愛情而只有肉慾的放蕩生活——它使妳的智力變鈍而枯萎。妳是那麼地筋疲力竭，在多年的自暴自棄後，妳回到了家裡，找到了一個新朋友——不去管是如何或在哪裡找到的，妳在這個陌生人身上找到了許多光明而善良的質地。這是妳二十年來一直在尋求而未能遇見的；它們都清新、健康且沒有被玷汙或敗壞。這樣的友誼使人復活再生，妳感覺比較美好的日子回來了——有了比較崇高的冀望，比較純潔的感情；妳希望能重新開始妳的生活，希望用一種比較配得上一個不朽靈魂的方式，來度過妳的餘生。為了達到這個目的，妳是否有理由跳過世俗的障礙——一種既不被妳的良心認可，也不被妳的判斷同意的傳統障礙？」

他停下來等待我的回答。我該說什麼呢？噢，願善良的神明，啟示我一個明智又令人滿意的回答吧！而這是多麼徒然的渴望啊！西風在我周圍的藤蔓裡低語著，可是沒有溫柔的愛麗兒❸，藉著它的聲息來傳遞話語，鳥兒在樹梢上吟唱，然而不管牠們的歌聲多麼甜美，也沒有辦法讀取出什麼訊息。

羅徹斯特先生又提出一個問題。

❸愛麗兒（Ariel）：傳說中的空氣精靈。

「這個流浪過、犯過大錯、而如今尋求安寧與懺悔的人，敢於向世人的輿論挑戰，為了讓這個溫柔、典雅、溫和怡人的陌生人永遠依附他，藉此取得他自己心靈上的寧靜和生活上的澄清，這樣做是不是正當的呢？」

「先生，」我回答，「一個流浪者的安寧或一個犯過大錯的人的自新，絕不應該依靠同伴。所有男人和女人都會死去，哲學家也會在智慧上有所動搖，基督徒也會在善行上猶豫。要是你認識的什麼人受過苦，做過錯事，就讓他到比同伴更高的地方去尋求力量來補救，尋求安慰來治療吧。」

「但是方法──方法呢！做這工作的上帝，會指定遂行此任務的媒介。我自己就曾經是個世俗的、浪蕩的、不安的人。我跟妳說這話，不是在打比喻；我相信我已經找到了治療我的方法，在──」

他停了下來，鳥兒繼續高歌，葉子輕輕地沙沙作響。我幾乎感到奇怪，它們居然沒有停下歌唱和低語，來聽聽這暫停的諭示；不過它們得等好幾分鐘──沉默持續得如此之久。最後，我抬頭看看那遲鈍的說話者；他正熱切地看著我。

「小朋友，」他說，聲調完全變了──神情也變了；失去了它原有的溫柔與嚴肅，變得粗暴而譏諷──「妳注意到我對英格朗小姐的愛慕了吧，要是我跟她結了婚，你不認為她會使我完全自新嗎？」

他突然站起來，走到小徑那頭，走回來的時候，哼著一首曲子。

「簡，簡，」他在我面前停了下來，「熬夜使得妳臉色蒼白，我打擾了妳的休息，妳不罵我嗎？」

「罵你？不，先生。」

「握個手證明一下吧。多冷的手指啊！昨晚在那神祕房間門口握住妳的手的時候，手指比現在還溫暖呢。簡，妳什麼時候再跟我一起守夜？」

「不管什麼時候，只要用得著我都可以，先生。」

「比如說，我結婚的前一夜，我相信我一定睡不著。妳答應坐著陪我嗎？我可以跟妳談談我那可愛的人，因為現下妳已經見過她，而且認識她了。」

「是的，先生。」

「她是個珍寶，對不，簡？」

「是，先生。」

「一個魁偉的人——一個很魁偉的人。簡，高大、古銅色而且健美；有著迦太基女人們那樣的頭髮。天哪！那是丹特和林恩在馬廄裡！妳從灌木林穿過小門回去吧。」

我走這條路，他走另一條，我聽見他在院子裡快活地說道——

「梅森是今天早上最早起床的人，太陽出來以前就離開了。我四點起床為他送行的。」

第二十一章

預感真是奇怪的東西。共鳴也是，徵兆也是；三者結合就成為一個人類至今還找不到鑰匙的謎。我一生中從來沒有嘲笑過預感，因為我自己就有過奇怪的預感。而共鳴，我相信是存在的（舉例來說，在相隔很遠、長久不見、完全生疏的親屬之間，卻能彰顯出各人系出同源的同一性，儘管他們已如此離異），而它的作用是在凡人所能理解的範圍之上。徵兆，就我們所知，也許只是人類與大自然間的共鳴。

在我還是個小女孩，大約六歲的時候，有一天晚上我聽見貝絲•利文對瑪莎•阿寶說她夢見了一個嬰孩；還說夢見嬰孩表示壞預兆，壞事不是發生在自己身上，就是在親屬身上。而若不是緊接著就發生了一個狀況，這說法可能早就在我記憶裡淡忘，而非永難磨滅地釘死在那裡。第二天，貝絲就被送回家，去看她將死的小妹。

最近我常常回想起這個說法和這件事，因為在過去一星期裡，我幾乎沒有一夜躺在臥床上不夢見一個嬰孩，有時候我抱他在懷裡哄他，有時候放在膝蓋上晃弄他，有時看著他在草坪上嬉玩雛菊，或者是看他用手沾著流水玩。這一夜是個哭哭啼啼的嬰孩，下一夜就是個嘻嘻哈哈的嬰孩；一會兒緊緊黏在我身旁，一會兒又跑離開我；然而不管他是怎樣的心情，怎樣的形貌，只要我一進入夢鄉，他從不忘來迎接我，連續七個晚上不間斷。

我不喜歡這種同一概念的不停重複——這種同一意象的一再出現；只要到了上床時間，只要臨近這幻象出現的時刻，我就會變得緊張起來。月明那夜被叫聲吵醒時，我就是在這嬰孩的陪伴之下醒來的。第二天下午，有人傳口信來要我下樓去，說是菲爾法斯太太房裡有人找我。到了那裡時，我看見一個男人在等候我，從外貌上看來，像是個紳士的僕人，但是服著重喪，手上拿著的那頂帽子，也纏著黑紗。

「妳也許不太能記得我了，小姐，」他說，在我進房時，起身招呼，「但是我的姓氏是利文，當妳八、九年前還在蓋茨海德府時，我是里德夫人的馬車伕，一直到現在還住在那裡。」

「噢，羅伯特！你好嗎？我很記得你。因為你有時候會讓我騎騎喬治安娜的赤褐色小馬。貝絲還好嗎？你跟貝絲結婚了吧？」

「是的，小姐；我老婆很強健，謝謝妳；大約兩個月前，她又為我添了個小寶寶——現在我們有三個小孩了——母子都很健壯。」

「那麼府裡的家人都還好嗎，羅伯特？」

「很遺憾我不能給妳好一點的消息，小姐。他們現在非常糟糕——惹上大麻煩了。」

「但願可別有人去世。」我說，瞟瞟他身上的黑衣服。他也看著纏在帽子上的黑紗說——

「約翰先生在他倫敦的住處去世了，到昨天剛好一星期。」

「約翰先生？」

「是的。」

「他媽媽怎麼承受得住呢？」

「唉，知道嗎，愛小姐，這不是什麼普通的不幸，他的生活一直都很放蕩，最後這三年更是完全荒唐墮落，他的死令人吃驚。」

「我聽貝絲說過他情況不好。」

「怎麼會好呢！他的情況再糟糕不過了；他與最爛的男人和女人交往，把健康和家產都毀掉了。他欠債進牢，他媽媽把他弄出來兩次；但是他只要一出獄，就立刻回到他的老朋友與老生活當中。他頭腦不太靈光，那些與他同住一塊兒的混混們把他愚弄得讓人大開眼界。大約三個禮拜前，他回到蓋茨海德府來，要夫人把一切都給他。夫人拒絕了，因為她的財產早被他揮霍得沒剩什麼；於是他又回去，接下來的消息就是他死了。他怎麼死的只有老天知道！——他們說他是自殺的。」

我沉默不答，這消息太可怕了。羅伯特．利文接著說：

「夫人身體不好已經好一段時間了；她本來很胖壯的，但並不強健；加上金錢的損失與對貧窮的恐懼，讓她的健康受到很大的打擊。約翰先生的死訊來得太過突然，讓她中風了，三天沒有說話，不過上星期二她似乎好多了；她顯得像要講什麼話而不停對我太太比手勢、嗯嗯啊啊。不過一直到昨天早上，貝絲才聽懂她是在唸妳的名字，最後，她聽出了這些話：『把簡帶來——去找簡愛，我有話對她說。』貝絲不太確定她是否神智正常，或者話中別有用意；但她還是告訴了伊莉莎與喬治安娜小姐，建議她們派人來找妳。一開始兩位小姐都拖拖拉拉的，但她們的母親變得非常焦慮不安，不停說：『簡，簡。』最後她們只好同意了。我昨天離開蓋茨海德府；要是妳來得及準備好，小姐，我但願能在明天一大早就接妳回去。」

「好的，羅伯特，我來得及，看來我必須走一趟。」

「我也這麼想，小姐。貝絲說她可以肯定妳絕對不會拒絕的，但我猜想妳也許需要先請個假，才能離開吧？」

「對，我現在就去辦。」我帶他到僕人廳堂去，請約翰夫婦照料他之後，我就去找羅徹斯特先生。

樓下的每一個房間裡都找不到他，他不在庭院裡，不在馬廄裡，也不在園子裡。我問菲爾法斯太太有沒有看見他；──有的，她相信他正在跟英格朗小姐打撞球。我於是匆匆前往撞球室，那裡是一片球的撞擊聲和嗡嗡人聲；羅徹斯特先生、英格朗小姐、兩位艾許敦小姐和她們的仰慕者都在忙著打球。要去打擾這麼一個趣味歡騰的聚會，需要點勇氣；然而我的使命卻不允許我耽擱，所以我朝著主人走去，他正站在英格朗小姐身旁。我走近的時候，她轉過頭來，傲慢地看著我，眼神似乎在質問我：「這個噁心的東西究竟進來幹什麼？」聽到我低聲說：「羅徹斯特先生。」時，她動了一下，好像準備要命令我趕快滾蛋。我還記得她當時的模樣──非常優雅，豔光四射；她穿著一件天藍色的縐綢晨袍，頭髮上纏著一條如紗般透明的碧藍色頭巾。她正玩得起勁，儘管驕氣受到激擾，臉上傲慢的表情仍絲毫不減。

「那個人是找你嗎？」她問羅徹斯特先生。羅徹斯特先生回過頭來看看「那個人」是誰。他扮了個怪裡怪氣的鬼臉──那是他許多奇怪而曖昧的表情之一──丟下球桿，跟我走出房間。

「怎麼樣，簡？」他說，背靠在他剛關上的教室門上。

「如果您允許，先生，我想請一、兩個禮拜的假。」

「要做什麼──去哪裡？」

「去探望一個生病的女士，她派人來找我。」

「什麼生病的女士？她住在哪裡？」

「在蓋茨海德府，在××郡內。」

「××郡內？那是上百英里的路程呢！她是誰，怎麼會叫人千里迢迢地去看她？」

「她姓里德，先生——里德夫人。」

「蓋茨海德府的里德嗎？以前有個蓋茨海德府的里德氏，地方長官。」

「她是他的遺孀，先生。」

「那麼妳跟她有什麼關係？妳怎麼會認識她？」

「里德先生是我舅舅——我母親的哥哥。」

「他是妳舅舅？真該死！妳以前沒有跟我說過，妳總說妳沒有親戚。」

「沒有願意認我的親戚，先生。里德先生已經過世，他妻子把我趕出來。」

「為什麼？」

「因為我沒有錢，是個累贅，而且她也不喜歡我。」

「可是里德有孩子吧？——妳一定有表兄妹吧？昨天喬治・林恩爵士昨天還談起一個蓋茨海德府的里德呢，說他是城裡最無賴的無賴了；而英格朗小姐也提到同一個地方有個喬治安娜・里德，說她的美麗在一、兩季之前的倫敦非常受到仰慕。」

「約翰・里德死了。他毀了自己，也差點毀了他的家庭，而且據說是自殺的。這消息嚴重打擊了他母親，使得她得了中風。」

「那麼妳對她能有什麼幫助呢？真是愚蠢，簡！我才不會跑一百英里去看一個也許抵達之前就沒命了的老太太，此外，妳不是說她把妳趕出來嗎？」

「是的，先生，但那是很久以前的事了；那時她的情況跟現在完全不同，而現在，我沒辦法放心地忽視她的願望。」

「妳會待多久？」

「盡量短，先生。」

「答應我妳只待一個星期——」

「我最好先別做承諾；因為我有可能會不得已而食言。」

「妳無論如何要回來，妳不會讓任何藉口說服妳永遠跟她住一起吧。」

「噢，不會的！如果一切都沒事，我一定會回來的。」

「那麼誰跟妳一塊兒去呢？妳可別獨自一人旅行一百英里。」

「不會的，先生，她派她的馬車伕來接我。」

「是可以信賴的人嗎？」

「是的，先生，他在里德家住了十年了。」

羅徹斯特先生思索了一下，「妳想要什麼時候走？」

「明天一大早，先生。」

「那麼，妳得帶點錢；不能沒帶錢就上路，我敢說妳也沒什麼錢吧，我至今還沒給過妳薪水呢。妳總共有多少錢呢，簡？」他問道，帶著微笑。

我掏出我的錢包，很寒酸的一個。「五先令，先生。」他拿起錢包，把錢倒在手掌當中，對著它格格笑了起來，好像它的貧乏使他覺得很好玩。他馬上拿出他的皮夾子，「這個。」他說，遞給我一張鈔票，那是五十鎊，而他欠我的只是十五鎊。我告訴他我沒有零錢可找。

「我不要妳找，妳知道的。收下妳的薪水吧。」

我拒絕接受超過我應該拿的數目。剛開始他有點不高興，隨即像是想到什麼一樣，說：

「對！對！還是不要現在就全給妳的好，要是妳有了五十鎊，搞不好會在那裡待上三個星期。這裡有十鎊，這就很夠了，對不？」

「是的，先生，但是現在你欠我五鎊了。」

「那麼妳就回來拿吧，現在妳存了四十鎊在我這裡。」

「羅徹斯特先生，趁此機會，我不妨再向你提一下另一件關於職務上的事。」

「職務上的事？我倒很想聽聽。」

「你已經算是告訴我你短期內就會結婚了，對不，先生？」

「是的，怎麼樣？」

「若是那樣，亞黛兒應該上學去；我相信你會懂得其中的必要性。」

「讓她別礙著我新娘子的路，否則她會往她身上重重踩過去。這建議頗有道理，毫無疑問，亞黛兒，如妳所說，得上學去；而妳呢，當然，也得一路走向——窮途末路？」

「但願不會如此，先生，但我得在別的地方另外謀個職位才行。」

「在適當時候吧！」他帶著尖尖的鼻音高聲說，一邊一樣滑稽可笑地把臉皺起來。他看了我幾分鐘。

「而老里德夫人，或是里德小姐，她的女兒們，將會受到妳代為求職的懇求吧，我想？」

「不會，先生；我跟我的親戚們還沒有這麼好的交情，讓我可以名正言順地請求他們幫忙——我會去登廣告。」

「妳這下子可走到埃及的金字塔去了！」他低吼了一聲，「妳要冒險去登廣告！我但願只給妳一鎊金幣，而不是十鎊。還我九鎊，我要用。」

「我也要用啊，先生，」我答道，一邊將雙手以及錢包放到身後，「這筆錢我無論如何不能交出來。」

「小氣鬼！」他說，「跟妳要點錢都不行！給我五英鎊，簡。」

「五先令也不給，先生；五便士也一樣。」

「讓我看一下錢。」

「不行，先生，我不能信任你。」

「簡！」

「先生？」

「答應我一件事。」

「我什麼事都可以答應你，先生，只要是我做得到的。」

「別去登廣告，把找工作的事情交在我身上，我會在適當時機為妳找到工作的。」

「我很樂意這麼做，先生，如果你也能答應我，在你的新娘子進門前，讓我和亞黛兒都能平安離開這屋子。」

「很好！很好！我發誓做到。那麼妳明天走囉？」

「是的，先生，一大早。」

「晚餐後妳會到交誼室來嗎？」

「不會的，先生，我得收拾行李。」

「那麼妳跟我得暫時告別了？」

「我想是的，先生。」

「而人們都是怎麼行使道別儀式的呢，簡？教我，我不太會。」

「他們說『再會』，或者採用別的他們更喜歡的說法。」

「那麼，說吧。」

「再會，羅徹斯特先生，暫時告別了。」

「我該說什麼呢？」

「也一樣，先生，要是你願意。」

「再會，愛小姐，暫時告別了；就這樣嗎？」

「是的。」

「但是在我看來，這似乎有點小家子氣，有點乾枯乏味，而且不夠友善。我倒希望是別的方式，比如在儀式當中加點什麼。像是握握手，但是不——那也不能使我滿足。那麼妳除了說再會以外，沒別的表示了嗎，簡？」

「那就夠了，先生，一句真心的話所能傳達的好意，不會比千言萬語還少。」

「很可能；但是它既空洞又冷淡——『再會』。」

他究竟要在那門上倚多久啊？我在肚子裡自問，我想開始打包了。飯鈴響起來，他突然跑開，沒有再說一個音節。那天我沒有再見到他，隔天早上，他還沒起床，我就出發了。

五月一日下午大約五點鐘，我抵達蓋茨海德府的門房；我進宅邸之前，先進去那裡面。它非常乾淨整齊，妝飾窗上掛著小小的白色窗簾，地板清潔無瑕，壁爐架子和用具都擦得閃閃發亮，爐火燒得明朗照人。貝絲坐在壁爐前面，正在給她最小的小孩餵奶，小羅伯特和他妹妹安靜地坐在角落裡玩耍。

「老天保佑！——我就知道妳會來！」我一進門，利文太太就嚷道。

「是啊，貝絲，」我親吻她後說，「我相信我來得還不算太遲。里德夫人還好嗎？——希望她還活著。」

「是的，她還活著；神智比較清醒了，也比較鎮定。醫師說她還可以撐個一、兩星期，但是認為她不太可能復元了。」

「她最近有提起過我嗎？」

「就今天才提到呢，說很希望妳來；不過現在她在睡覺，或者該說，十分鐘以前她在睡覺，那時我在宅子裡。她通常會像昏睡一樣躺整個下午，到六、七點才醒來。小姐，妳不如在我這裡休息一個小時，然後我跟妳一同上去？」

這時羅伯特進來了，貝絲把她那睡著了的孩子放進搖籃裡，走上前迎接他。之後，她硬是要我脫下帽子，吃些茶點；因為她說我看起來又蒼白又疲倦。我很高興接受她的款待，順從地讓她幫我脫去旅行裝束，就像孩提時代任她幫我脫衣服一樣。

看著她忙著張羅，舊時光又爬回我心裡——看著她擺出茶盤，放上她最好的瓷器，切下麵包與奶油，烤一塊茶點餅乾，然後在忙碌間，偶爾碰碰、推推小羅伯特和簡，就像她從前對我那樣。貝絲還保有著她那急躁的脾氣，輕盈的腳步與美好的容貌也都沒變。

茶點準備好了，我本要走向餐桌去，但她卻要我坐著別動，那種命令的口氣，跟以前沒什麼不同。她說，得端到壁爐邊來讓我吃，並且在我跟前放了張小圓几，上面放著我的杯子和一碟麵包，完全像從前她將自己為我偷渡來的美味食物擺上育兒椅讓我享用一樣，而我也像往昔一般微笑著順從她。

她想知道我在荊原莊過得快不快樂，女主人是怎樣的一個人；而當我告訴她，只有一個男主人後，她便想知道他是否是個好紳士，以及我喜不喜歡他。我告訴她他是個很醜的人，但頗算是個紳士；而且對我很好，我很滿意。然後我繼續為她敘述近來進駐宅邸的那群歡樂的人，貝絲津津有味地聽著詳細情形，這些正好是她很愛聽的東西。

這樣的談話，很快就把一個小時消磨掉了。貝絲重新為我戴上軟帽等等，然後在她的陪伴之下，我離開門房，往宅子裡去。將近九年前，我也是在她的陪伴之下，走在我現下往上坡爬登的步道上。在一月的一個黑暗帶霧而陰冷的清晨，我懷著一顆絕望而被痛苦咬嚙著的心——帶著一種被放逐，而且幾乎像是被宣判有罪的感覺——去尋求羅伍德那令人不寒而慄的棲身地，那如此遠在天邊的未知領域。現在這同一棟含著敵意的屋宇再次聳立在我眼前，我的未來仍不可知，我也還有著一顆發痛的心；我仍然覺得自己是地球表面上的一個飄泊浪遊者，但我對自己和自己的力量，已感到了更堅定的信心，也比較沒有對於被壓迫處境的那種畏怯恐懼了。我受冤受屈的皮開肉綻的傷口，現在已經癒合得差不多了，而怨恨的火燄，也已經熄滅。

「妳先到早餐室去吧，」貝絲說，在我面前穿過走廊，「小姐們都會在那裡。」

一會兒我就來到那間屋子裡了。每件家具都還在，看起來和我被介紹給布洛可赫斯特先生的那天早晨一模一樣，他站過的那張地毯，仍然鋪蓋在爐前地板上。朝著書架上瞧瞧，我想我還能分辨出那兩冊畢維克的《英國禽鳥史》，依然據守著它們第三層的老位子，而《格列佛遊記》與《一千零一夜》也還排列在它們的正上方那層。

兩位年輕小姐出現在我面前，其中一位非常高，幾乎和英格朗小姐一樣高——也很瘦，臉色蠟黃，神態嚴苛。她的形貌中有種苦行僧的味道，而且在極端樸素的打扮下更加強那感覺：直裙子黑布衣服，漿過的麻布衣領，頭髮從太陽穴往後梳，還戴著修女般的裝飾，一串黑檀木念珠和一個十字架。我肯定這位是伊莉莎，雖然我在那張拉長了的、沒有血色的容貌上，尋不出與從前的她有什麼相似之處。

另一位必定是喬治安娜了，但是不是我所記得的喬治安娜——那個纖瘦而小仙女般的十一歲女孩。這是個發育成熟而非常豐滿的大閨女，精美細緻得跟個蠟像一樣，漂亮而端正的五官，會說話的藍眼睛和有著小波紋的黃色鬈髮。她的衣服也是黑色，但是式樣和姊姊大不相同——流暢合身得多——看起來非常時髦，就像另一位看起來非常像清教徒一樣。

兩姊妹各擁有母親的一個特徵——而且只那麼一個；那個瘦而蒼白的大女兒擁有母親水晶般的眼睛；而

那青春豐滿的妹妹則擁有母親的下顎和下巴——也許稍微柔和點，但仍然使其外貌添上一種難以言喻的嚴厲，否則可說是性感豐腴極了。

我走上前去的時候，兩位小姐都起身歡迎我，且都稱呼我「簡小姐」。伊莉莎的招呼聲短促而突兀，沒有笑容；然後就坐下，眼神定在爐火上，好像忘記了我的存在。喬治安娜道了句「妳好」之後，多加幾句陳腐的寒暄話，問問我的旅程、天氣等等，全都是拖得很長的語調，還一邊以各種角度斜著眼睛打量我，眼光一下子爬過我土黃色美麗奴毛外套的縐褶，一下子徘徊在我那鄉下呢帽的粗陋的剪裁上。年輕女孩們常有一種很厲害的方法，可以不發一言就讓妳知道她們覺得妳是個「怪物」。那是一種特定的傲慢神情，一種態度上的冷淡、語調上的漠不關心，充分傳達出她們在這節骨眼上的情緒，而不必在言語或行動上，用任何更積極明顯的粗魯無禮來表現。

不過不管是明嘲還是暗諷，現在在我身上已不再擁有其昔日威力了，我坐在表姊們中間，很驚訝地發現，自己對於其中一人全然的忽視與另一人半帶譏嘲的招呼，竟然還能維持這麼輕鬆自在——伊莉莎並沒有使我感到自尊心受損，喬治安娜也沒有惹怒我。事實是，我有別的事好操心；在過去數個月中，我心中被攪動的感情，比起她們所能引發的，要強有力得多——其中所激起的痛苦和歡愉，比她們有力量折磨我恩賜我的，要劇烈而銳利得多——所以她們的態度不論好壞，都引不起我的關心了。

隨後我問道：「里德夫人還好嗎？」我冷靜地看著喬治安娜，對於這麼直率的問話，她認為應當表示生氣，好像沒料到我會這麼放肆。

「里德夫人？啊！妳是說媽媽；她非常糟糕，我看妳今天晚上未必能見她。」

「如果，」我說，「只要妳肯走到樓上告訴她我來了，我會很感激妳。」

喬治安娜幾乎是驚跳起來，還把那雙藍眼睛睜得老大。「我知道她有特別的理由想見我，」我補充道，「而除非有絕對的必要，我不想再耽擱去見她的時間了。」

「晚上時間，媽媽不喜歡人家打擾。」伊莉莎說。我馬上站起來，靜靜脫掉我的軟帽和手套，說我要直接去找貝絲——我敢說她現在正在廚房裡——請她去確定一下里德夫人今天晚上見不見我。我去了，找到貝絲，打發她去幫我問問，讓我能做進一步的判斷。以前的我總習慣在傲慢面前退縮；若是一年前，受到今天這樣的對待，我會下決心在第二天一早就離開蓋茨海德，而現在，我卻立刻就明白這將會是個愚蠢的念頭。我已經跋涉了一百哩路來見我舅媽，我就必須留在她身旁，一直到她轉好——或者去世。至於她女兒的驕傲或者愚蠢，我必須將之擱在一旁，讓自己不受到影響。所以我去找管家，要她給我一個房間，告訴她我可能會在這裡作客個一、兩週，並要人把我的行李箱送到我的房間去，自己則跟在後面過去；我在樓梯平台上遇見貝絲。

「夫人醒著，」她說，「我已經告訴她妳來了，來吧，我們來看看她是否認得妳。」

我不需要人帶我走到那個我已太熟悉的房間，從前的日子裡，我是這麼經常地被叫到那裡去，接受處罰或責罵。我快步走在貝絲之前，輕輕打開門，桌上立著一盞有燈罩的燈，因為現在天色逐漸暗了。那裡還一如從前，有著那張四柱大床，掛著琥珀色的帳子；還有著那張梳妝臺、扶手椅，以及那張腳凳，我曾經上百次被喝令跪在那裡，為我沒有犯的過錯請求寬恕。我往附近某個角落裡瞧，有點想見到那曾經讓我害怕過的鞭子的細長身影，它總是潛伏在那裡，等著像小鬼一樣跳出來，抽打我發抖的手掌或畏縮的脖子。我走近床，打開帳子，俯身望向高高堆起的枕頭。

我仍能清楚記得里德太太的臉，我急切地尋找那熟悉的形象。時間消去了復仇的渴望，撫平了憤怒和嫌惡的激動，這是件快樂的事。我在痛苦和憎恨中離開這個女人，現在我回來見她，只帶著對她的嚴重病痛的憐憫，以及一種強烈的渴望，想要遺忘與原諒所有傷害——想要和解，與她和睦地握握手，除此之外別無其他情緒了。

那張熟悉的臉就在那裡：仍舊是那麼冷酷無情——仍舊是那雙什麼都無法軟化的獨特的眼睛，那略微揚起的傲慢獨裁的眉毛。那張臉曾經多麼時常地帶著威嚇與怨恨對我怒目相視啊！而當我此刻的眼光漫溯它那嚴厲線條時，那些童年的恐懼與悲傷，是如何地回到記憶裡來啊！然而我還是傾身親吻了她，她看著我。

「這是簡愛嗎？」她說。

「是的，里德舅媽。妳好嗎？親愛的舅媽。」

我曾經發誓再也不叫她舅媽，我想現在這時候忘卻或打破這個誓言，應該不是罪過。我的手指握緊她那擺在被子外面的手，只要她能親切地回握我的手，我必定會當下就體會到真正的快樂。但是不容易感動的本性並不是能夠那麼快就軟化的，天生的敵意也不是輕易就能拔除。里德太太把手抽走，把臉轉開，說今天晚上天氣暖和。她又是這麼冰冷地對待我，我立刻感覺到，她對我的看法——她對我的感情——還是沒變也無法改變。從她石頭般的眼睛——溫柔無法感應，淚水不能溶解的眼睛，知道她已經下定決心要永遠認為我壞，因為若相信我是好的，不會為她帶來寬厚的快樂，只會是一種屈辱的感覺。

我覺得心痛，接著感到憤怒，最後我下決心要征服她——不管她的本性與意願是如何，都要平服她。我的眼淚本已湧上眼眶，就像兒時一樣，然而我命令它們退回它們的源頭。我拉了張椅子到床頭邊，坐下來，靠向枕頭。

「妳派人去找我，」我說，「我來了，而且想要住下來，看看妳的情況。」

「噢，當然！妳見過我的女兒了吧？」

「是的。」

「嗯哼，妳可以告訴她們，我希望妳留下來，直到我能夠把心裡的一些事情與妳談清楚，今天晚上太晚了，而且我很難想得起來是哪些事。不過本來我確實是有什麼想說的——讓我想一下——」

那游移不定的神情和改變了的聲音，說明了她那原本強健的體格受到了怎樣摧殘。她不安地轉著身子，把被單拉過來裹住自己；由於我的肘子擱在被子的一角上，壓住了它，她便立刻冒起火來。

「坐正！」她說，「別緊抓住被單惹我生氣。妳是簡愛嗎？」

「我是簡愛。」

「那小孩為我帶來的麻煩，多得不會有任何人能相信。把這樣一個累贅留給我——她那難以理解的性情與突然爆發的脾氣，老是不正常地注意著別人的行動，每天每小時給我帶來這麼多煩惱！我敢說她有一次還跟個瘋子，或跟個魔鬼一樣對我說話——沒有哪個小孩是像她那樣說話或那個樣子的，我很高興把她送出了這棟房子。他們在羅伍德那裡，把她怎麼啦？那裡發生了熱病，很多學生都死了。然而，她，卻沒有死，不過我說她死了——我但願她真死了！」

「奇怪的願望，里德太太，妳為什麼這麼恨她呢？」

「我一直都不喜歡她母親，因為她是我丈夫唯一的妹妹，他非常喜歡的人。他反對家裡不承認她低賤的婚姻，當她死訊傳來，他哭得跟個蠢貨一樣。他要派人去接她的嬰兒來，儘管我勸他不如出錢把她送去給外面的保母照顧。我第一眼見到那嬰兒，就不喜歡她——一個病懨懨、嗚嗚咽咽、瘦巴巴的東西！她可以在搖籃裡哭一整晚——不是像其他孩子那樣痛快地哭號，而是抽抽噎噎、哼哼啊啊的。里德可憐她，常常去看護她，好像那是他親生的一樣。事實上，他還沒有這麼留意過自己的小孩呢，當他們同樣這麼大的時候。他還試著要我的孩子們對這小乞兒親切，小親親們都受不了，而若是他們對她表現出不喜歡，他就會生氣。在他最後一次生病的期間，還老是要人把她抱到床旁邊去；然後就在他死前一個小時，他要我接受誓言的束縛，撫養這東西。我還寧可收養一個救濟院領來的窮小孩，但是他軟弱，天生軟弱。約翰一點都不像他父親，我很高興，約翰像我，像我的兄弟們——他是個十足的吉伯遜家人。噢，我但願他別再用要錢的信來折磨我！我再也沒有錢可以給他，我們越來越窮了。我得把一半的傭人遣散，把一部分房子關閉起來，或者租出去。我永遠都不會願意這麼做——然而我們該怎麼生活下去呢？我收入的三分之二都拿去付貸款的利息了。約翰賭博賭得兇，而且老是賭輸——可憐的孩子！他身邊全是騙子，約翰墮落了、變壞了——他的相貌真是嚇人——我見到他，都替他感到羞恥。」

她變得很激動。「我想我現在最好離開她。」我對貝絲說，她正站在床的另一邊。

「也許妳還是離開比較好，不過向來到了晚上，她就會這個樣子說話——早晨的時候她會比較冷靜。」

我站起來。「站住！」里德太太喊道，「我還有一件事要說。他威脅我——他不停用他的死，或者我的死，來威脅我；有時候我夢見他躺在我眼前，喉嚨上有個很大的傷口，或者是臉皮腫脹變黑。我來到一個奇怪的困境，我有很多的麻煩。該怎麼辦？該怎麼弄來那些錢呢？」

貝絲這時候努力說服她服一劑鎮定劑，好不容易才成功。不一會兒，里德太太就鎮靜多了，隨即陷入瞌睡狀態。我於是離開她。

過了十多天，我沒有再跟她說到話。她不是不斷地在狂言囈語，就是處於昏睡狀態，醫師嚴禁任何會造成她痛苦激動的事。這段時間內，我盡可能跟喬治安娜和伊莉莎和平相處。一開始，她們的確非常冷淡。伊莉莎會一坐就是半天光景，做針線、讀書或者寫東西，不管是對我或者她妹妹，難得說上一句話。喬治安娜會一整個小時都跟她的金絲雀喋喋不休一些無意義的話，對我理都不理。但我已下定決心，絕不顯得沒事可做或沒有消遣，我帶來了我的繪畫工具，這些讓我不但有事可做，還獲得了消遣。

我常常帶著一盒畫筆，還有幾張紙，離開她們，在窗戶邊找個位置坐下，然後讓自己忙著描畫一些小巧的幻想畫，把恰巧在變化萬千的想像力萬花筒中短暫顯影的任何景象表現出來。像是兩塊岩石之間隱約可見的海水；高升的月亮和橫越其圓盤的一艘船；一叢蘆葦和水菖蒲，裡面冒出一個水精的頭，其上戴著睡蓮花冠；一個小精靈坐在籬雀巢中，西洋山楂花的花環下。

有天早晨，我著手畫一張臉；那會是張什麼樣的臉，我不在乎，也不知道。我拿起一支黑色的軟鉛筆，描出個大概，然後開始工作。不多久，我就在紙上畫出了一個寬闊突起的額頭，以及其下相貌的方正外形，這輪廓給了我愉悅，我的手指開始積極地為它畫上五官。那額頭下，必得描上非常顯眼的平直眉毛，然後，很自然地，跟著加上一道線條明確的鼻子，直挺挺的鼻梁和圓大的鼻孔，然後是看來靈動自如的嘴唇，一點都不狹小，然後是堅毅的下顎，正中央有個明顯的凹痕；當然，還缺一些黑色的鬢角，以及烏黑的頭髮，濃茂地從太陽穴上長出來，在額頭上鬈曲成波浪狀。現在是眼睛，我把它們留在最後，因為它們需要最謹慎小心的工夫。我把它們畫得大大的，形狀勾勒得很好，我把眼睫毛描畫得又長又濃密，眼珠的虹采又大又閃亮。「好！但是還不夠像，」我邊審視著效果邊想，「它們需要多些力量和精神。」於是我把陰影加黑，好讓光亮的部分閃耀得更鮮明——高明的一兩筆就大功告成。就那樣，我有了張朋友的臉在眼前，那兩位年輕小姐轉過身子不理我又算什麼？我看著它，那栩栩如生的肖像讓我微笑起來，我全神貫注在上面，感到心滿意足。

「那是妳認識的某個人的肖像嗎？」伊莉莎問道，她在我沒有察覺的時候來到了身邊。我回答說那只是一個想像出來的頭像，急忙把它塞到其他紙張後面。當然，我是說謊，事實上，那是一張非常忠實的羅徹斯特先生的畫像。但是這除了對我以外，對她，或者對其他任何人來說，又有什麼意義呢？喬治安娜也跑過來看，其餘的畫作很討她喜歡，但是她把那張稱為「一個醜人」。她們似乎都對我的畫技感到吃驚。我提出要為她們畫像，於是她們輪流坐下，讓我為她們畫出鉛筆素描。然後喬治安娜拿來了她的畫集，我答應畫張水彩畫送她，這立刻讓她脾氣好起來。她提議到園子裡去散步，我們出去不到兩個小時，就熱切地談起知心話來了。多蒙她為我描述了兩季之前她在倫敦度過的精彩的冬天——描述了她在那裡所掀起的愛慕——她所受到的矚目；我還甚至聽出了她的一些暗示，說她已俘虜了某個有爵位的人的心。那天下午和傍晚，這些暗示逐漸擴大，各式各樣溫柔的談話被她報導出來，多愁善感的場景被她重演出來；總之，在那天，她為我即興表演了一部社交生活的小說。這樣的交談，每天翻新一遍，往往都繞著同一個主題——她自己，她的愛情和苦惱。好奇怪，她一次都沒有提到她母親的疾病，或者她哥哥的死，或者這個家庭的陰霾前途，她的心靈似乎被過去歡樂的回憶和對未來奢華生活的渴望，給整個地佔據了。她每天大約只在母親的病房裡待個五分鐘，絕不超過五分鐘。

伊莉莎還是很少說話，她顯然沒有時間說話。她總是一副忙碌的樣子，我從來沒有見過看起來比她更忙的人了；然而卻很難說她到底在做什麼，或者不如說，很難看出她有什麼勤奮成果。她有個鬧鐘，把她每天早早叫起。我不知道她早餐前在忙什麼，但是在早餐之後，她把時間分成均勻的幾部分，每一個小時都有她分配的工作。她一天三次研讀一本小書，我去翻了一下，發現那是一本《公禱書》。有一次我問她那本冊子最大的魅力是什麼，她說是「教儀❶」。她花三個小時在一塊棗紅色的方布上，用金線縫邊，那塊布大得幾乎可做地毯。我問她那是做什麼用的，她回答那是要用在蓋茨海德附近新蓋的教堂，要鋪蓋在祭壇上。兩個小時拿來寫日記，兩個小時拿來在菜園子裡獨自耕種，然後用一個小時來記她自己的帳。她似乎不需要同伴，不需要談話。我相信她是自得其樂的，這些例行公事已經滿足她了；如果有任何突發的事，迫使她改變那時鐘般的規律，一定會使她非常惱怒。

有一天傍晚，她比往常較愛說話些，她告訴我，約翰的行為，以及這個家所瀕臨的毀滅，曾經是她的痛苦深淵；不過她說，她現在已經把心靈安頓下來了，而且已做出了她的決定。她留心保住了自己那部分的財產，等她母親一死——她平靜地評論道，她母親是絕對不可能康復，也不可能再活多久的——她就要執行她

❶教儀（the Rubric）：又稱禮拜規章，經書或祈禱書裡面用紅色字體印刷的文字，教導教徒如何行使禮節，如跪下、坐著，或者該誦讀某一段祈禱文。

這個懷抱已久的計畫：找一個隱遁之所，讓規律的作息可以永遠不受打擾，並在自己與浮華不實的塵世間，設立一些安全的屏障。我問她喬治安娜是否會跟她一道去。

當然不。喬治安娜和她沒有任何共通點，她們從來也沒有過。不論如何她都不願與她一起，來增添自己的負擔。喬治安娜得自己走她自己的路；而她，伊莉莎，將會走她自己的。

喬治安娜不向我傾訴心事的時候，大部分時間都躺在沙發上，抱怨著這屋子裡的沉悶無趣，一次又一次地發願，希望她的吉伯遜姨媽會寄帖子來邀請她進城去。「那將會好得多，」她說，「如果能躲開個一、兩個月，直到一切都過去。」我沒有問問她所謂的「一切都過去」是指什麼，我猜想她指的是她母親預料中的死亡，以及接下來的陰沉葬禮。伊莉莎向來都不去注意她妹妹的懶惰和牢騷，好像根本當作沒有這麼一個嘀嘀咕咕、懶洋洋的人躺在面前。然而，有一天，她突然這麼地說起她來了——

「喬治安娜，在這地球上，再也沒有什麼比妳更沒用、更荒唐的動物了。妳沒有權利被生下來，因為妳浪費生命。妳並不像個有理性的人所應該做的那樣，活得盡己，活得實在，活得獨立，妳只是尋求能把自己的軟弱攀附在別人的力量上；若是找不到人願意拿這麼一個肥胖、懦弱、虛榮而無用的東西來讓自己受累，妳就哭哭嚷嚷，說妳被虧待了、忽視了，說妳很悲慘。然後，妳的生活還必須是個不斷變化、高潮起伏的場景，否則這世界就是個地牢；妳必須受到仰慕、受到推崇、受到諂媚——妳必須有音樂、有舞蹈、有熱鬧——不然妳就會委靡不振、逐漸死去。妳難道就沒有智慧去想出一個方法來，讓妳只靠自己的努力，自己的意志完全獨立起來嗎？拿一天，分成幾部分，每部分都分配它的工作，別留下任一刻或任何十分鐘沒有事情做——要包括所有時間在內；然後依循方法來按照次序履行妳的工作，要嚴格地遵守規律。那麼會在妳還沒有發現一天已經開始的時候，它就已經過完了；於是妳便能不必再靠誰來幫妳打發空虛的時間，妳將不必尋求誰來陪伴妳、與妳說話、同情妳或者忍受妳；總之，妳這樣便像個獨立人所應該的那樣過活了。接受這個勸告吧：這是我第一次也是最後一次給妳勸告；然後不管發生甚麼事，妳就不會再需要我或任何別人了。若不聽——繼續像以前那樣憧憬渴望、唉聲嘆氣、懶散度日——那麼就等著在妳自己的愚蠢帶來的後果中受苦吧，不管那會是多麼糟糕或無法忍受的後果。我明白告訴妳，聽好，儘管我不會再重複我現在要說的話，我是必定會去實踐它的。等媽媽去世之後，我就要對妳撒手不理了，打從她的棺材被帶進蓋茨海德教堂的墓穴那天起，妳跟我就會脫離關係，像從來不認識那樣。妳不用因為我們碰巧是同父同母所生，就認為我應該忍受妳用甚至是最微弱的要求來束縛我；我可以告訴妳——即使除了我們之外的全人類都被滅絕了，而只剩下我們兩人單獨站在地球上，我也會把妳留在舊世界裡，自己前往新世界。」

她閉上了嘴。

「妳大可省省麻煩，不必發表那麼長篇大論的攻擊。」喬治安娜答道，「大家都知道妳是全世界最自私、最沒心肝的女人了，而且我知道妳對我有著惡毒的恨意，這可拿以前一個例子來證明：妳用詭計破壞了我和愛德恩・威爾勳爵。妳不能忍受我爬到比妳高的地位，有貴族頭銜，被接納進妳不敢露面的圈子裡，於是妳就當了奸細和告密者，永久毀了我的前程。」之後，喬治安娜拿出她的手帕，擤了一小時的鼻涕；伊莉莎則冷冷地坐著，無動於衷，繼續孜孜不倦地勤奮工作。

沒錯，有些人天生缺乏濃厚感情；然而這裡的這兩個性情，由於缺少感情，一個成為難以忍受的刻薄，一個則乏味得叫人鄙棄。沒有判斷力的感情的確喝來淡而無味，然而沒有感情調和的判斷力，卻是吃來太苦澀粗糙，讓人難以下嚥。

那是個潮溼多風的午後，喬治安娜看著小說，在沙發上睡著了。伊莉莎去參加新教堂舉行的聖徒紀念日禮拜——對那些宗教儀式來說，她是個一板一眼的形式主義者，從來沒有什麼氣候，能阻止她如鐘擺般準確履行她所認為是應該忠心奉獻的義務；不管天氣是好是壞，她每個禮拜天都去教堂三次，平日則是一有祈禱式就去。

我覺得自己還是上樓去看看那個垂死女人的情況怎樣了吧，她躺在那裡幾乎沒有人理；那些僕人們只是時勤時疏地去看她，僱請的護士由於沒有人監管，總是一找到機會就溜出房間。貝絲很忠心，但是她也有自己的家人要照顧，只能偶爾到宅邸來。我見到病房裡如我所料沒有人守候，護士不在，病人悄然無聲躺著，看起來像在昏睡，她死灰色的臉陷在枕頭當中；爐架上的火正逐漸熄滅。我去添了柴火，把床單整理好，好一會兒望著那張沒辦法注視我的臉，然後我走開，到窗戶那邊去。

雨猛烈地敲打在窗玻璃上，風狂暴地吹著。「一個人躺在那裡，」我想，「很快地就會超脫於塵世的風雨之外，當那靈魂終於受到解脫了之後——它此刻正掙扎著要脫離它借居的形體——究竟會飛晃到何處去呢？」

沉思著這個大奧祕，我想起了海倫・伯恩斯，想起了她臨終前的話語——她的信仰——她那關於脫離了肉體的靈魂都是平等的說法。我想起了當她平靜地躺在她臨終之所上，低聲敘說她渴望回到聖父懷抱裡的模樣。我還在回想中聽見了她那被我銘記在心的語氣——還在描繪著她那蒼白但精神超脫的面容，她那憔悴的臉孔和莊嚴的凝視時——背後傳來一個病弱的聲音，喃喃說著：「是誰？」

我知道里德太太已經好幾天沒有說話了，難道她醒了嗎？我走到她那兒，「是我，里德舅媽。」

「誰——我？」是她的回答，「妳是誰？」她看著我的表情是吃驚而且有些警覺，不過仍不是發狂。「我幾乎完全不認得妳——貝絲呢？」

「她在門房裡，舅媽。」

「舅媽，」她重複我的話，「誰叫我舅媽？妳並不是吉伯遜家的人；然而我認識妳——那張臉，那雙眼睛和那個額頭，都讓我覺得眼熟，妳就像是——唉，妳就像是簡愛！」

我沒有說話，因為我害怕表明身分會引發休克。

「不過，」她說，「我怕這是個錯誤，我的思想會欺騙我。我希望見到簡愛，所以就在一個沒有她存在的地方，想像出一個像她的人來；況且，這八年中，她的模樣必定變了。」這時，我溫柔地向她保證，我就是她猜想且希望我是的那個人，見她聽懂我的話，且神智相當清醒之後，我才解釋貝絲是如何遣送她丈夫，把我從荊原莊接來的。

「我病得很重，我知道，」不久，她說，「好幾分鐘了，我一直想翻個身，卻發現自己連一隻手一條腿都動不了。這樣也好，我應該在死之前，讓自己放下心來；我們在健康時不太去想的事，卻在我現在這樣的時辰裡成為心頭重擔。護士在這裡嗎？或者這房間裡除了妳以外沒有別人？」

我向她確定房間裡只有我們兩人。

「嗯，我有兩次做了對妳不好的事，現在讓我很後悔。一件是違背我對丈夫的諾言，沒有把妳像親生孩子一樣撫養長大；另一件——」她停住了，「不管怎樣，那也許不是什麼重要的事，」她喃喃自語，「而且我也許會好轉，對她這麼低聲下氣真是痛苦。」她做了一次努力，要改變她的姿勢，但是失敗；她臉色變了一下，似乎體驗了什麼內心的激動感情——也許是臨終劇痛的先兆。

「嗯，我得把這件事情處理掉。永世已經在我面前，我最好還是告訴她。到我的化妝盒那兒，打開它，拿出那封裡面的信。」

我照著她的指示做。「把信讀出來。」她說。

那封信很短，是這麼寫著的——

夫人：

懇求您的好意，將我姪女簡愛的地址寄給我，並告訴我她的情況如何。我將在近期內去信給她，希望她來馬德拉找我。上天保佑我努力有所得，保有一份財產；由於單身無嗣，我希望在此生收她為養女，並在死後，將我所能留下的一切都遺贈給她。

約翰・愛，於馬德拉

日期是三年以前。

「為什麼我從來沒有聽說過這件事呢？」我問。

「因為我太討厭妳，討厭定了，討厭透了，一點都不願意助妳一臂之力，讓妳過好日子。我不能忘記妳對我的行為，簡——妳有一次對我發的脾氣；妳聲稱我是妳在這世界上最恨的人的那種口氣，妳用那種不像孩子的表情和聲調，斷言妳一想到我就噁心，堅稱我把妳虐待得很慘。我忘不了在妳這麼跳起來，把心裡的怨毒整個吐出來時，給我的感受；我覺得恐懼，好像是一頭曾經被我打過、推過的野獸，現在突然抬起頭來，用人類的眼睛看著我，用人類的聲音咒罵我一樣——拿點水給我！噢，快！」

「親愛的里德夫人，」把她要求的水拿給她之後我說，「別再想這一切了，讓它從妳心裡面過去吧。請原諒我衝動之下的言語，當時我還只是個孩子，那之後已經過了八、九年了。」

她一點都沒有注意聽我說了什麼，等她喝了水，控制住呼吸之後，她繼續說下去——

「我說過我沒辦法忘記，於是我行了報復；要是讓妳受妳叔叔領養，去過安逸舒適的日子，我是不能忍受的。我寫信給他，我說很抱歉要讓他失望，但是簡愛已經死了，她死在羅伍德的傷寒瘟疫裡啦。現在，隨妳高興怎麼辦吧，只要妳想，就馬上寫信去否定我的聲明，揭穿我的謊言吧。我想，妳生來就是要折磨我的，我臨死前最後一刻，還得因為回想起這件行為而受著煎熬，若不是妳，我是不會被誘得做出這樣的行徑的。」

「如果妳願意接受我的勸告，別再想它了，舅媽，而用仁慈與諒解來看待我——」

「妳的脾氣非常壞，」她說，「到今天我還覺得無法理解，怎麼會九年來對任何對待都逆來順受，卻在第十年爆發出所有的憤怒和暴躁，我永遠都不能懂。」

「我的脾氣並不像妳想的那麼壞。我容易激動，卻不愛報復。小時候，有好幾次我都很樂意去愛妳的，只要妳肯讓我愛妳。現在我很誠摯地希望能跟妳和好，吻我吧，舅媽。」

我把臉頰靠近她的嘴唇，她卻不願意去碰它。她說我這麼靠著床，壓住她了，然後又要求水喝。在我幫她躺下的時候——因為我方纔把她扶起來，用手臂支撐著她，讓她喝水——我用手蓋住她冰冷潮溼的手，那虛弱的手指一碰到我的手就縮了回去——那沒有神采的眼睛躲開了我的注視。

「那麼，隨便妳愛我或恨我，」最後我說，「妳已經得到我完全且主動的寬恕，現在請求上帝的寬恕，讓自己平靜吧。」

可憐的痛苦的女人！現在要去改變她向來習慣的對我的成見，已經太遲而徒勞無益了，活著的時候，她一直恨著我——到將死了，她還堅持恨我到底。

現在護士進來了，貝絲跟在後面。我還繼續流連了半個小時，只希望見到和好的跡象，但是她一點都沒有表示。她很快又陷入昏迷，沒有再恢復精神過，那天晚上十二點，她便去世了。當時我不在場，不能幫她闔眼，她的兩個女兒也不在。隔天早上有人來告訴我們一切都結束了，那時正在為她入殮。伊莉莎和我過去看她，喬治安娜突然大哭起來，說她不敢去。莎拉・里德一度強健有活力的軀體，如今僵硬、靜止地癱直在那裡，她那鐵石眼睛被冰冷的眼瞼覆蓋住了，然而她的額頭和容貌還是傳遞出冷酷無情的形象。那具屍體對我來說，是個奇異而莊嚴的東西，我帶著傷懷與痛楚望著它，一點都沒有引起我溫柔的感覺，也沒有甜蜜、同情，也沒有希望或壓抑住的感情，只有為她的悲哀——不是我的損失——所感到的一種椎心之痛，只有對這種形式的死的恐怖，所感到的陰鬱而無淚的驚懼。

伊莉莎冷靜看著她母親，幾分鐘的沉默之後，她這麼說道——

「她這種體格本可以活到高齡的，她的生命被煩惱給縮短了。」然後，她的嘴唇在一陣痙攣中收縮了一下，痙攣過去後，她便轉身離開房間，我也一樣。我們兩人都沒有掉下一滴眼淚。

第二十二章

羅徹斯特先生只給我一週的假，但我過了一個月才離開蓋茨海德。我本想在喪禮後立即離去，可是喬治安娜懇求我留到她啟程赴倫敦之前。她的舅舅吉伯遜先生在料理完親妹妹的葬禮及後事之後，終於邀請她過去。喬治安娜說她好怕被單獨留下來跟伊莉莎在一起，伊莉莎既不會同情她的沮喪，也不會在她害怕時給她支持，更不會幫她做任何臨行準備，所以我只好盡量忍受她那軟弱的哭哭啼啼和自私的哀嘆，為她縫整衣服以及打包。那是真的，在我工作的時候，她都在打混，我心想：「如果我們命中註定要一輩子在一起過活，表姊，我們打從最初就應該從不一樣的立足點開始。我不該乖乖當個受氣包，我應該指定妳分內的工作，並強迫妳去完成，否則乾脆讓它擱著。我還非要妳把那種懶洋洋的說話方式，和那些半認真的抱怨，都留著給自己聽吧。要不是我們的關係是暫時性的，而且又恰好是在這特別悲傷的時刻，我才不會願意像這樣用耐心和順從來接受它們呢。」

我終於送走了喬治安娜，但是現在輪到伊莉莎要我陪她一週。她說她的計畫需要她的全副精力與時間，她即將動身前往某個不知名的地方；她整天待在自己的房間裡，從裡面鎖住房門，裝箱子、清抽屜、燒紙張，不跟任何人說話。她希望我能看管房子，接待客人，並且回覆弔唁函。

有天早晨她告訴我說我自由了。「此外，」她還說，「我很感謝妳寶貴的幫助和周全的辦事，和像妳這樣的人住在一起，跟和喬治安娜住在一起是不同的；妳盡了妳在生活中的分內責任，從不拖累別人。明天，」她繼續說，「我將啟程前赴歐洲大陸，我會住在里爾❶附近的一個修道的地方，妳可能會把那地方稱做女修道院，我在那裡可以安靜下來不受打擾。我要探討羅馬天主教的教義一陣子，並且要仔細研究那整套體系的運作。如果我發現它和我半猜測的一樣，是一套被設計得最能保證萬事萬物都能實行得端端正正、井然有序的體系，那我就要信奉羅馬天主教的教義，也許出世當修女。」

我對她這個決定既沒有表示驚訝，也沒有試著勸阻她。「這神職對妳再適合不過了，」我心想，「但願它能讓妳受益。」

我們分手時，她說：「再見，簡愛表妹，我祝福妳，妳是有些見識的。」

我回答道：「妳也不是沒有見識，伊莉莎表姊，可是我想，再過一年妳的見識都要給一個法國修道院活活地封住了。不過這不關我的事，既然那樣適合妳——我就沒意見了。」

「妳說得對。」她說，說完這些話，我們就分道揚鑣。因為之後我再也沒機會提到她或者她妹妹，不如在此稍提一下：喬治安娜攀上了一門親事，嫁了一位有錢但衰老的上流紳士；伊莉莎果真當了修女，現在當上了那所當初她見習的修道院的院長，她的財產就捐贈給這所修道院了。

我不知道別人出門之後回家，不管時間是長是短，會是什麼樣的感覺，我自己從沒經歷過返家的興奮。我一直知道小時候在長途跋涉之後回到蓋茨海德府是什麼滋味——因為露出寒冷而陰鬱的表情，而遭到責備；以及在之後，從教堂回到羅伍德是什麼樣的情形——渴求一頓豐盛飯菜和溫暖爐火，卻一樣也得不到。這兩種回家都不怎麼討人喜歡或令人渴望——沒有什麼磁力把我吸往某個特定地點，讓我越接近它就覺得吸引力越強。回荊原莊的感覺如何，則還有待嘗試。

我的旅途似乎很沉悶——非常沉悶：一天走五十英里，在旅館住上一晚，隔天又是五十英里。在前十二個小時中，我想起了臨終的里德太太，我似乎看到她那變形而無血色的臉，似乎聽到她那怪異地走樣了的聲音。我的思緒沉入喪禮的那一天，棺木、靈車、一長串著黑色喪服的佃農及僕人——親戚很少——開啟的墓穴，寂靜的教堂，莊嚴的儀式。然後我又想到伊莉莎和喬治安娜，我看到一個是舞池中眾所矚目的焦點，另一個則將自己封閉在修道院的個人庵室中，我仔細琢磨著、分析著她們在人格與個性上截然不同的獨特之處。傍晚時分車行到某大鎮，這些思緒才被驅散，夜晚把它們轉了個方向：我躺在旅館的床上，拋開回憶，展望未來。

我就要回到荊原莊了，但是我會在那兒再待多久呢？不會很久的，這點我十分確定。我在事假期間由菲爾法斯太太的信中得知，那裡的聚會已散，羅徹斯特先生在三週前到倫敦去了，不過他會在出發的兩週後回來。菲爾法斯太太猜想他是去安排婚禮，因為他提到購買一輛新馬車的事情。她說，她仍然對羅徹斯特先生娶英格朗小姐這事感到奇怪，但是從大家口中說的，和她所看到的，她認為她已不能再懷疑這件婚事近期內就會舉行了。「如果妳還懷疑，那妳真是多疑得出奇了。」這是我心中的評語。「我可不懷疑呢。」

接下來的問題是，「我會到哪裡去呢？」我整晚都夢見英格朗小姐：在一個逼真的晨夢中，我看到她把我關在荊原莊門之外，手指著另一條路給我，而羅徹斯特先生卻只是兩臂交疊胸前在一旁袖手旁觀，那副樣

❶里爾（L'isle）：法國的一個城市。

子，好像是對著她和我冷笑著。

我並未通知菲爾法斯太太我確實的返家日期，因為我不希望有人或高級的馬車來米爾科特接我。我計畫自己靜悄悄走路回去；而我果真靜悄悄地離開喬治旅館，行李託給馬伕之後，我就在六時左右的一個六月傍晚，循著指向荊原莊的那條老路回去：那是一條大部分穿越田野的路，現已少有人跡。

那個夏日傍晚雖說不是明朗或亮麗，卻也溫和而怡人；沿路盡是乾草工人在工作著，而那天空，雖非萬里無雲，卻如此確定地預示著接下來的好天氣：它的藍色——在看得見藍色的地方——是那麼柔和而穩定不變，雲層則是高遠而稀疏。西邊也是溫暖的，沒有濛濛欲雨的暗澹光芒來使它顯得淒冷一片——而是好像有一團火光，有個聖壇在那大理石雲霧薄幕之後燃燒著，金紅色的光輝由雲縫間放射出來。

前方的路越來越短，我心中感到高興，高興得我有一次停下來問自己，這喜悅到底意義何在？並且提醒自己：現在我回去的並不是自己的家，或一個永久的安身之處，或是一個有很多好朋友盼望我、等著我抵達的地方。「菲爾法斯太太必然會帶著微笑，靜靜地歡迎妳，」我說，「小亞黛兒也會拍著手蹦蹦跳跳地來看妳，但是妳心裡明白，妳是在想著另一個人，不是她們，而他並不在想妳。」

然而還有什麼東西比得上青春的頑冥不靈？什麼東西比得上涉世未深的盲目？這兩者都使我確定，只要有權利再見到羅徹斯特先生，就足以快慰了，不管他是否瞧我。它們更對我說著：「快點，快點，趁著還有機會的時候，快伴在他身旁，最多再幾天或幾週，妳就要和他永別了！」於是我強忍住一個新生的悲痛——一個我無法說服自己去認養而撫育的畸形兒——而向前奔去。

我回去之時，荊原莊的牧場上也一樣有著工人們在工作，或者更該說是正在收工，荷著草耙回家。我只要再越過一、兩塊田地，就能穿過馬路，抵達大門口了。樹籬上的玫瑰開得多茂盛啊！可是我沒時間去摘花，我想要回到宅子裡。我繞過一棵高大的野薔薇，長滿繁密花葉的枝幹向著步道伸過來，我看到了有著一級級石階的狹窄門磴；並且——見到了羅徹斯特先生坐在那裡，手中拿著一本書，一支筆，正在寫著什麼。

他可不是個鬼，可是我身上每條神經卻慌亂了起來，一時變得六神無主。這代表什麼？我沒想到自己見到他時會渾身發抖，沒想到來到他身邊會啞口無言或手足無措。等我一旦能活動，就要立刻躲回去，不必讓自己像個不折不扣的大呆子。我知道另一條通往宅邸的路，但是即使我知道二十條路也沒有用，因為他已經看到我了。

「嗨！」他叫喊著，一面把他的書和筆放下，「妳回來了啊，快過來！」

我猜我的確走了過去，雖然不知道是怎樣走的。我幾乎意識不到自己的動作，只急切地想要顯得冷靜，而且，最重要的，控制好我臉上正在活動的肌肉——我感到它們正不聽使喚地違反我的意志，奮力要將我下決心掩蓋的東西表達出來。所幸我有面紗——它現在是放下的，如此我才可勉力強作鎮定。

「這是簡愛嗎？妳是從米爾科特來的嗎？而且還步行過來啊？是了，這正是妳的拿手把戲——不像正常人叫部馬車的的噠噠地走條光明大道，卻是披著暮色偷偷摸摸地回到自己的家附近，好像一個幻象或影子一般。妳過去這一個月到底做了些啥啊？」

「我在舅媽那裡，先生，她已去世了。」

「這真是個簡式回答啊！願好天使保佑我吧！這小姑娘竟是從另一個世界來的——來自死人所住的地方，而且還在黃昏日暮中見到我孤零零在這裡時告訴我這些。如果我敢的話，我就要碰碰妳，看看妳到底是真人還是幻影，妳這小妖精，但我倒寧可到沼澤去採藍色鬼火。真是怠忽職守！真是怠忽職守！」他停了一下，然後再補上一句：「離開我一整個月，還把我忘得一乾二淨，我敢說！」

我知道重見到我的主人會帶來快樂，雖然我害怕他很快就不再是我的主人了，雖然我知道在他心目中我什麼都不是，這些都破壞快樂，但是羅徹斯特先生富有一種散播快樂的能力（至少我這麼認為），即使只是吃他撒落的麵包屑，對像我這樣來自異鄉的迷途鳥兒來說，已經是稱心如意的一頓大餐了。他最後的那些話是芳香的慰藉：它們好像暗示著，我是否仍記得他對他來說是有意義的。而且他剛提到荊原莊就是我的家——但願那真的是我的家！

他沒有離開那石階，而我也一點都不想要求借過。我接著詢問他是否去了趟倫敦。

「是的，我想妳是用第三眼得知的吧！」

「菲爾法斯太太在一封信中告訴我的。」

「那麼她有沒有告訴妳我去幹什麼？」

「噢，有的，先生，大家都知道你那旅程的目的。」

「妳一定得看看馬車，簡，然後告訴我這馬車配不配得上羅徹斯特太太，她斜倚在那些紫軟墊上是否會像波爾迪西亞女王❷。簡，但願我在外貌上能再稍稍好一些，才配得上她。現在告訴我吧，妳這小仙女，妳可否給我一道符咒，一帖春藥，或諸如此類的東西，把我變成一個英俊男士？」

「這將會超過魔術的力量了，先生。」然後，我心裡接著想，「所需要的符咒僅是充滿愛意的眼睛，對這樣的眼睛來說，你已經夠英俊了，或者不如說，你的嚴峻有超出英俊的力量。」

羅徹斯特先生有時候會用我無法理解的敏銳讀出我沒有說出來的心思，這當兒，他沒有去注意我那突兀的口頭回答，卻用一種他特有的笑容對著我笑，這是他只有在特殊情況下才會露出來的笑容。他好像認為這種笑容太好了，不應在普通目的下使用，這是情感所散發出來的真正陽光——現在正將我整個籠罩住。

「過去吧，簡妮特」他說，並同時空出地方讓我走過石階，「回家去，讓妳那雙疲憊的遊蕩小腳在一個朋友家歇息吧。」

此刻我只需默默順從他的話，不需要再多說什麼了。我一言不發地走過梯磴，想平平靜靜地離開他。然而卻有股衝動緊緊抓住我——一股力量讓我轉回頭去。我說——或者是我體內的什麼東西不受我控制地在代替我說話吧——

「謝謝你，羅徹斯特先生，謝謝你的盛意。回到你的身邊，說不出為什麼，我感到非常高興。不管你在哪裡，那就是我的家——我唯一的家。」

我繼續往前疾走，快得即使他試圖追我也難以追上。小亞黛兒一看到我簡直興奮得快瘋了，菲爾法斯太太仍然以她一貫樸實的友善態度來接待我，莉亞微笑著，就連蘇菲也高興地對我說「（法語）晚安」。這一切都令人愉快，當你的同伴們愛你，而你感到陪伴在他們身邊會讓他們更加舒服時，世上再沒有什麼事比這快樂了。

那天晚上，我堅決地閉上雙眼不去看未來，塞住耳朵不去聽那一直警告我離別將至、悲傷已近的聲音。

❷波爾迪西亞女王（Queen Boadicea）：西元初期，英國東部Iceni族女王，曾反抗羅馬。

用完茶點之後，菲爾法斯太太開始做起她的編織，我則在她身邊一個低低的座位上坐下，亞黛兒跪在地毯上，緊緊地依偎在我身旁，一種相親相愛的感覺伴著黃金般的和平氣氛環繞著我們。我默默地祈禱著，願我們不會分離得太早或太遠。當我們那樣坐著的時候，羅徹斯特先生卻出其不意地進門來，他看著我們，似乎對這一屋子如此和諧友善的景象感到有趣——一邊說他猜想老太太又見到養女兒回來，該感到滿意了吧，還接著說他看到亞黛兒正準備畫她的英國小媽媽的素描。這時候，我竟奢望他即使在結婚之後，仍然讓我們在他庇護下的什麼地方在一起，而不把我們完全逐出他的光照之下。

我回到荊原莊之後，過了平靜得叫人起疑的兩週。沒有人提到有關主人的婚事，我也沒有看到對這件事的任何準備。我幾乎每天都問菲爾法斯太太是否聽見這事有什麼決定，而她的回答總是否定的。她說她有一次真的去問了羅徹斯特先生何時迎娶新娘回家，但他只是用一個笑話和他一個古怪的表情來當作回答，她不知道他是什麼意思。

有一件事情尤其使我訝異，那就是，沒有任何往返的旅行，沒有去英格朗園的拜訪。的確，英格朗園離此有二十英里路，在另一縣的邊界上，但是這點距離對熱戀中的情人又算得了什麼？對於像羅徹斯特先生這樣技藝純熟而不知疲倦的騎士來說，這也不過是一個上午的路程罷了。我開始抱著一個我無權持有的希望，那就是這門親事吹了，謠傳是被傳錯的，某方或雙方反悔了。我平常總觀察主人的臉色，看是悲是惱，但我記不得有什麼時候他的臉曾經如此既無愁雲又無暴戾之色。如果在我和我的學生與他共度的時刻中，我缺乏興致而陷入不可避免的沮喪時，他甚至會變得高興起來。他以前從來沒有像現在這麼經常召喚我到他跟前，在他跟前時，也從來沒有這麼和藹可親過——而我，唉！也從來沒有這麼愛他。

第二十三章

亮麗的仲夏閃耀在整片英格蘭土地上，天空是如此澄淨，陽光是如此燦爛，這樣的陽光已經接連好幾天了，這四面環海的島嶼，向來很少獲得陽光恩寵，即使只是一天。這簡直像是一長串的義大利好天氣，從南方而來，彷彿一群豔麗候鳥般地，落腳在布列顛的懸崖上歇息。荊原莊的乾草都已收藏了起來，四周的田野都已收割過，呈現一片碧綠，道路被太陽曬得又白又熱，樹木正處於最濃密的全盛期，灌木及森林都添滿了樹葉，染深了顏色，陽光灑在橫距其間的修整過的草原上，這光輝與樹林的綠葉呈鮮明對比。

施洗約翰節❶前夕，亞黛兒由於大半個白天都在乾草小道上採摘野草莓，早已累得睡白日覺了。我看著她入睡，離開她之後，便尋著花園走去。

這是一天二十四小時中最美的時辰，「白日燒盡熊熊烈燄」，熱得冒煙的平原及曬焦了的山巔上，降下了涼涼的晚露。太陽以樸實的姿態西落——沒有雲彩的壯麗誇飾，那地方，散布著一片莊嚴的紫紅，摻雜紅寶石般、爐火般的光輝，在山頂的某一點上燃燒著，並且高高遠遠地鋪展出去，越來越柔和，覆蓋了半邊天。東方也有著它自己的魅力，美麗而深邃的藍，以及它獨有的那顆高貴的寶石——一顆正在升起的孤星；

❶施洗約翰節（Midsummer Day）：施洗者聖約翰的節日，六月二十四日。

它很快就可以誇耀它的月亮了，不過她此時還在地平線以下。

我在鋪道上走了一會兒，可是卻有一縷淡淡的、熟悉的香味——雪茄的香味——從某扇窗子裡偷偷洩漏出來。我看到書房的門式窗開了一手的寬度，我知道或許有人從那裡面窺視我，於是我就走開，進到果園內。整個宅邸庭園中再沒有比這兒更隱蔽，更像伊甸園的地方了，這果園的一面以一堵極高的牆和中庭相隔，另一面則有著山毛櫸林蔭道，屏障著其外的草坪。果園的盡頭是一道坍倒的圍籬，這是與孤寂田野的唯一分界。有條蜿蜒的走道通向那圍籬，走道兩旁是月桂樹，盡頭是一顆大栗樹，樹根部環繞著一圈座椅。在這裡漫步不會被看見。這甘露滴落，這萬籟俱寂，這薄暮瀰漫之際，我感到好似可以永遠在此樹蔭下常駐不去。但是，當初升的月光灑落在園中較開闊的一方場地上，誘引著我踏上那地方較高處的花果園圃時，我的腳步就留在那兒了——不是被聲音留住的，也不是被景象留住，而是那再次出現的令人警覺的香味。

多花薔薇及青蒿、茉莉花、石竹花以及玫瑰花已經散發了很久的香味，作為它們傍晚時分的獻供；而這個新的香味既非木也非花，它是——我很熟悉——它是羅徹斯特先生的雪茄味。我環顧四周，留神傾聽。我看到結滿了成熟果實的樹木，我聽到半哩外某棵樹上有隻夜鶯在鳴囀，然而並沒有看到任何移動的身影，也沒有聽到前來的腳步聲；但那香味越來越濃——我得快逃。我走向一個通向那灌木叢的邊門，恰好看到羅徹斯特先生走進來。我閃進旁邊一個常春藤的凹處。他不會待太久的，他很快就會回去，我如果坐著不動，他絕不會看到我。

但是事與願違——黃昏日暮對他而言有如對我一樣可愛，而這古色古香的花園對他而言也是如對我一樣地迷人。他繼續散步而來，一會兒抬起醋栗樹枝觀看大如李子般的纍纍果實，一會兒從牆上摘下一個熟櫻桃，一會兒俯身於一簇花團上，或呼吸著它們的幽香，或欣賞花瓣上的露珠。一隻大蛾振翼飛過我身邊，停落在羅徹斯特先生腳邊的一棵植物上，他看到它，便彎身下來仔細端詳。

「現在他背向著我，」我心想，「而且他正專心著，也許，如果我輕輕地走，就可以不被發現地溜開。」

我沿著路邊的鋪草上走，以免路面碎石的劈啪聲洩漏了我的意圖。他正站在許多花壇當中，離我必須通過的地方約有一兩碼遠，那隻蛾看來是吸引住他了。「我可以過得去。」我盤算著。他的身影被尚未高升的月亮照長了，橫越過整個花園，我跨過他的身影時，他突然輕聲說話，連轉個身子都沒有：

「簡，過來看看這傢伙。」

我並未發出聲響，他背後也沒長眼睛——難道是他的影子有感覺？我先是嚇一跳，然後走向他。

「看牠的翅膀，」他說，「牠讓我回想起一種西印度的昆蟲，在英國很少見到這麼大又鮮豔的夜行者，妳看！牠飛走了。」

那隻蛾從容地飛走。我也怯生生地離開，但羅徹斯特先生跟在我後面，當我們走到那邊門的時候，他說：

「回來吧！這麼一個可愛的傍晚留在房門內太可惜了，而且我相信沒有人會願意在這日落月升的交接時刻睡覺的。」

我總有個毛病，雖然有時我的口舌便給，對答無礙，但卻也有些時候叫人悲哀地編不出一個藉口來，而且這總發生在緊要關口，當我特別需要巧妙辭令或不留破綻的藉口，來擺脫令人苦惱的窘境時。此時我並不想和羅徹斯特先生單獨在這幽暗的果園中走著，但我又找不出理由來作為離開他的託言。我以落後的腳步跟著他，腦子忙著尋找脫身的辦法，但他卻看起來如此鎮定，如此威嚴，使我不禁慚愧自己怎麼會起著這些迷惘感覺。心魔——如果說當時存在著或即將會有心魔的話——似乎只附身於我，他的心靈並沒有意識到它，而是寧靜的。

「簡，」當我們走進那條月桂小徑，緩緩漫步走向坍塌的圍籬及栗樹時，他又開始說話：「荊原莊在夏季是個十分舒適的地方，對不？」

「是的，先生。」

「妳想必已經對這宅院產生某種程度的歸屬感了吧！妳是個對自然美景有鑑賞力，而且相當容易產生眷戀之情的人。」

「我的確對它很有歸屬感。」

「而雖然我並不太了解，我卻感覺得出妳對亞黛兒那傻丫頭也產生某種程度的關懷，甚至對單純的菲爾法斯太太也一樣？」

「是的，先生，我對她們有著不同形式的情感。」

「而對於離開她們會感到十分不捨？」

「是的。」

「可憐！」他說，嘆一口氣並停了停。

「人生的事情總是這樣，」他立刻又接著說，「妳才剛在一個舒適的歇腳處安頓下來，就立刻有一個聲音喚妳起來，要妳再往前走，因為休息時間已經結束了。」

「我一定得再往前走嗎，先生？」我問。「我一定得離開荊原莊嗎？」

「我相信妳一定得如此，簡。我很抱歉，簡妮特，但我真的相信妳一定得離開。」

這對我是一個重擊，但我並沒有讓它擊垮我。

「那麼，先生，當前進的命令來到時，我必定會準備就緒。」

「這命令現在已來到——我必須在今晚下達。」

「這麼說您是要結婚了嗎，先生？」

「沒—錯，一—點—都—沒—錯！以妳向來具有的敏銳，妳一下就說中了。」

「很快嗎，先生？」

「很快的，我的——我是說愛小姐。妳一定還記得，簡，當我或者是謠傳第一次把我的意圖明白揭示於妳的時候，也就是當我表明要結束單身漢的日子、開始神聖的婚姻生活、把英格朗小姐抱在懷中（那真是大大的一抱啊，但這不是我要說的，像我美麗的白蘭琪那樣的女人實在是不可多得）時，嗯哼，在我當時那麼說的時候——聽我說話，簡！妳該不是回頭尋找其他的飛蛾吧？那只是一隻瓢蟲，孩子，『正在飛回家去』。我想提醒妳，是妳首先告訴我，如果我和英格朗小姐結婚，妳和小亞黛兒就得趕快離開的，語中帶著我所尊敬的妳的謹慎，以及適合妳那基於受雇人地位的負責任的遠見、慎重及謙遜。我且不去計較妳這建議中所暗示對我愛人人格的詆譭；真的，當妳離我遠去的時候，簡妮特，我會盡量忘記這暗示，我會只注意到這建議中包含的智慧，而這智慧也就是我現在的行動準則。亞黛兒必須上學校去，妳呢，愛小姐，則得另外謀職。」

「好的，先生，我會立刻去登廣告；在同時，我想──」我本要說，「我想我可以留在這裡，一直到我找到另一個棲身之所吧。」然而我停了下來，覺得不該冒險說那麼長的句子，因為我的聲音已經不太接受指揮了。

「我希望再過一個月就能當新郎，」羅徹斯特先生接著說，「在這個期間，我自己將會為妳找到一個職位，以及收容妳的地方。」

「謝謝你，先生，很抱歉讓你──」

「噢，不需要抱歉！我認為當一個雇員做事做得像妳一樣好的時候，她有權讓她的雇主幫她一點不太麻煩的小忙。真的，我透過未來的岳母，已經打聽到一個我認為很適合妳的職務；也就是負責教育住在愛爾蘭康諾德地區山胡桃莊的戴奧尼修斯・歐蓋爾太太的五個女兒。我想，妳會喜歡愛爾蘭的，我聽說那裡的人都十分親切。」

「那裡好遠，先生。」

「沒關係，像妳這麼理智的女孩子，該不會反對旅行或到遠地去吧。」

「我並不反對旅行，卻不想到遠地去，況且又有大海阻隔著──」

「阻隔著什麼，簡？」

「阻隔了英格蘭及荊原莊，還有──」

「嗯？」

「還阻隔了您，先生。」

我這句話幾乎是脫口而出，而同樣不由自主地，我的眼淚也奪眶而出。但我並沒有哭出聲而讓人聽到，我強忍著啜泣。一想到歐蓋爾太太和山胡桃莊就令我心寒，更加令我感到寒心的，是想到那洶湧起伏的海水和泡沫，它們似乎註定要翻湧在我和此刻相伴而行的主人之間；而最最讓我寒心的，是想起有一片猶更浩瀚的海洋——財富、地位和風俗——阻隔在我和我自然而然、不可避免會愛上的人之間。

「那裡好遠。」我又說了一遍。

「確實是很遠，而當妳抵達愛爾蘭康諾德地區的山胡桃莊之後，我就再也不能見到妳了，簡，這是確實肯定的。我從不去愛爾蘭，我對那個國家沒什麼憧憬。我們一直是好朋友，簡，是吧？」

「是的，先生。」

「當朋友們即將分手時，總喜歡利用剩餘的時間多多親近。來！趁著那邊天上的星星逐漸亮起的時候，我們靜靜地談旅行和別離吧，談個半小時左右。這裡有著一棵栗樹，還有著它老根旁的座椅。來，雖然我們註定永不該一塊兒坐在這裡，我們今晚還是在此平靜地坐下吧。」

他讓我坐下，自己也坐了下來。

「愛爾蘭離此很遠，簡妮特，送我的小朋友去做這樣疲勞的旅行，我感到很抱歉，但是如果我沒辦法做得更好了，又能怎麼辦呢？妳是不是覺得和我有點相似呢，簡？」

我這次不敢再冒險做任何回答了，我的心情木然。

「因為，」他說，「我對妳時常有種奇怪的感覺——尤其是當妳靠近我身邊的時候，就像現在。就好像在我的左肋骨下的某處有根弦，與妳那小小的身軀裡相對位置上的那根相似的弦，緊緊地、解不開地繫在一起。如果那波濤洶湧的海峽，與那兩百來哩的陸地，把我們遠遠地分開，我恐怕那條相繫的心弦會繃斷，然後，我有個緊張的想法，生怕到時候我會在心裡頭淌著血。至於妳——妳會忘了我。」

「我永遠也不會，先生，你知道——」再也說不下去了。

「簡，妳有沒有聽到那林中的夜鶯在歌唱？聽！」

我一面聽，一面抽抽噎噎地哭了起來；我再也壓抑不住我強忍住的東西了。我不得不屈服，從頭到腳都因尖銳的痛苦而晃動著。等我能開口說話時，我只說出我的一個強烈的願望：但願我從未來到這個世上，或者但願我從未來到荊原莊。

「因為妳不捨得離開它嗎？」

那股強烈的情感，受我心中的悲傷及愛意所攪動，開始要爭取勝利，它掙扎著索求所有勢力，堅持要獲得主宰權，去征服、去生存、去爬升，並在最後統御，是的——而且還要發言。

「我對離開荊原莊感到悲傷，我愛荊原莊；我愛它，因為我在那裡過了一個豐富而快樂的生活——至少一小陣子。我沒有被踐踏，沒有被僵化，我沒有被愚昧的心靈所埋沒，或被屏除於接觸所有光明、活力、崇高的事物之外。我曾經——面對面地——和我所尊敬的，我所喜歡的人交談：一個有創見，精神蓬勃，見聞廣闊的心靈。我已認識了你，羅徹斯特先生，一想到將要被永遠從你身邊拉走，就叫我感到恐懼而且痛苦。我看見離別的必然性，猶如看見人難免一死的必然性一般。」

「妳從何處看到這個必然呢？」他突然問。

「何處？你啊，先生，你將這個必然呈現在我眼前。」

「它是什麼模樣呢？」

「是英格朗小姐的模樣，一個高貴美女的模樣——你的新娘。」

「我的新娘！什麼新娘？我沒有新娘！」

「你就要有了。」

「是的——我就要有了——我就要有了！」他堅決地說。

「然後我必須離開——這是你自己說過的。」

「不！妳必須留下！我發誓——而且這誓言我絕對遵守。」

「告訴你，我真的必須離開！」我駁斥他，有點被激怒了。「你難道認為我可以留下來成為一個對你來說無足輕重的人嗎？你難道認為我是一部自動機械裝置——一部沒有情感的機器嗎？而且還可以忍受我口邊僅有的一小片麵包被人搶走，杯中僅有的一小滴飲水被人灑光嗎？你難道認為，因為我貧窮、低微、不美、矮小，就沒有靈魂、沒有心嗎？你的認為全錯了！我的靈魂和你一樣充足，我的心和你一樣飽滿！如果上帝賜給我一點美麗，以及足夠的財富，我該當使你難以離開我，有如我現在難以離開你一樣。我現在對你說話，並不是透過風俗、習慣，甚至不是透過凡間的肉體；這是我的心靈在對你的心靈說話，好像我們的心靈都已跨過凡塵，而平等地站在上帝的跟前，因為我們原本就是平等的！」

「因為我們原本就是平等的！」羅徹斯特先生重複地說，「就是平等的，」他補上一句，把我抱住，摟在他的懷中，又把他的嘴唇貼在我的嘴唇上，「就是平等的，簡！」

「是的，是平等的，先生，」我答道，「然而也不平等，因為你是個結婚男人，或者說差不多算是個結婚男人了，而你娶的是一個不如你的人——一個和你不能心靈共鳴的人——一個我相信你不是真的愛的人，因為我曾看見也聽見你對她嗤之以鼻。我不屑於這樣的一個結合，因此我比你還強，讓我走。」

「走去哪裡，簡？到愛爾蘭？」

「是的，去愛爾蘭。我已經把心裡的話都說出來了，我現在去哪裡都可以了。」

「簡，慢著。不要這麼掙扎，像一隻狂野而瘋亂的鳥，絕望地撕毀了自己美麗的羽毛。」

「我不是鳥，沒有羅網能套住我；我是個有獨立意志的自由人，我現在要行使我的獨立意志來離開你。」

我再努力一下就自由了，而我卻筆直地站在他面前。

「妳的意志將決定妳的命運，」他說，「然而我把我的心、我的手，和我的財產的分享權都獻給妳。」

「你在演滑稽戲，我看了只想嘲笑它。」

「我在請妳把下半輩子拿來在我身邊度過，成為我的第二個自己，成為我最好的人生伴侶。」

「對那個命運來說，你早已經做了決定，而且必須遵守。」

「簡，冷靜一會兒，妳太激動了；我也會冷靜自己。」

一陣風順著月桂小徑吹送過來，顫動著穿過栗樹的粗枝，漫遊著飄走——飄走——飄到那邈遠的地方，消逝無形。夜鶯的歌聲是此時此刻唯一的聲音，我聽著聽著又哭了起來。羅徹斯特先生端坐著，以溫柔但認真的眼光望著我。過了許久的沉默，他終於開口了：

「靠到我身邊吧，簡，讓我們說明並了解彼此吧！」

「我不會再走近你身邊了，我現在已經被拉開，不能回來了。」

「但是，簡，我是把妳當作我的妻子在召喚妳的，我要娶的人是妳。」

我沉默不語，我認為他在開我玩笑。

「你的新娘子擋在我們中間。」

「來，簡——過來這裡。」

他站起來，跨了一大步到我面前。

「我的新娘在這裡，」他說著，再次把我拉向他，「因為和我相等的人在這裡，她是我的同類。簡，妳願意嫁給我嗎？」

我還是沒有回答，我還是在掙脫他的緊抱，因為我仍然難以置信。

「妳懷疑我嗎，簡？」

「完全懷疑。」

「妳不信任我？」

「一點都不。」

「我在妳眼中是個說謊的人嗎？」他激動地問，「小懷疑鬼，妳將會相信的。我對英格朗小姐有什麼愛情？什麼都沒有！妳也知道的。她對我又有什麼愛情？也是什麼都沒有！這我已經努力證明過：我散播了個謠言，說我的財產連一般人猜想的三分之一都不到，然後我親自去目睹結果，那結果就是她和她母親的冰冷態度。我不願——我不能——娶英格朗小姐。妳——妳這古靈精怪，妳這幾乎非凡間的東西！我愛妳有如自己身上的肉。妳——儘管妳窮、低微、矮小、不美——我請求妳接受我成為妳的丈夫。」

「什麼，我！」我叫了出來，他的認真——特別是他的不假文飾——開始讓我相信他的真誠，「我這個在世上，如果你是我的朋友的話，再沒有別的朋友，這個除了你給我的錢以外再沒有任何一先令的人？」

「是妳，簡，我必須要把妳據為我的——完全是我的。妳願意成為我的嗎？說願意，快。」

「羅徹斯特先生，讓我仔細看看你的臉，轉向月光。」

「為什麼？」

「因為我要觀察你的神情，轉吧！」

「哪！妳會發現它一點都不比一張揉縐的、隨手塗鴉的紙還容易看懂。」

他的臉非常激動而且非常通紅，面容上透著強烈的情緒起伏，眼睛裡閃著奇異的光輝。

「噢，簡，妳在折磨我！」他大呼，「妳用那搜尋審視卻猶仍忠誠寬厚的表情，在折磨我！」

「我怎麼能折磨你呢？如果你是真心的，你的求婚是實在的，那麼我對你的感情就必定會是感激與奉獻——這是不會折磨人的。」

「感激！」他叫了起來，並且發狂似地接著說：「簡，快點接納我。說，愛德華——說出我的名字——愛德華——我願意和你結婚。」

「你是真心誠意的嗎？你確實愛我嗎？你忠心希望我成為你的妻子嗎？」

「我是真心誠意的，如果必須發誓才能令妳滿意，我就發誓。」

「那麼，先生，我嫁給你。」

「叫愛德華——我的小妻子！」

「親愛的愛德華。」

「到我這裡來——妳整個人都快到我這裡來，」他說，然後他將面頰貼在我的面頰上，以他最低沉的聲調在我耳邊接著說：「帶給我幸福——我也會帶給妳幸福。」

不久，「上帝饒恕我！」他繼續說，「別讓任何人來干涉我，我得到了她，我要保住她。」

「沒有人會來干涉的，先生，我沒有親戚可以來插手。」

「沒有——那最好了。」他說。如果不是因為我愛他如此之深，我會認為他那狂喜的語調和神情過於野蠻，但此刻的我坐在他的身邊，從離別的夢魘中醒來——被召喚到婚姻的仙境裡——以至於此時只想得到自己被慷慨賜飲的這股幸福之泉。他一次又一次地問，「妳感到幸福嗎，簡？」一次又一次我答：「是的。」隨後他低聲地說，「這會獲得救贖的——會獲得救贖的。我不是看到她沒有朋友、冰冷寂涼、缺乏安慰嗎？我不是將要保護、珍惜、安慰她嗎？這在上帝的審判中是足以贖罪的。我知道我的造物主許可我這麼做。對於世間的批判——我可以從此充耳不聞，對於人們的意見——我將昂然反抗。」

然而那個夜晚究竟遭到了什麼天譴呢？月亮都還沒落下，周遭就已經一片黑暗了；我雖然和主人靠得那麼近，卻幾乎看不到他的臉。還有，那棵栗樹為何那麼痛苦呢？當疾風在月桂小徑上怒號，從我們身上呼嘯而過時，它扭動著，呻吟著。

「我們得進房子裡去，」羅徹斯特先生說，「天氣變了。要不然我可以和妳坐談到天明，簡。」

「我也可以，」我想，「與你坐談到天明。」或許我該當把它說出來，但一道青光從我正注視的一片雲朵中躍了出來，接著就聽到先是破裂聲，然後爆震聲，最後則是一陣很緊近的隆隆雷聲，我只想著要把自己被閃電照得眼花撩亂的眼睛，躲到羅徹斯特先生的肩膀裡。

滂沱大雨傾盆而下。他催促我走過小徑，越過庭園，進到房子裡面，但是還沒跨過門檻，我們就已經溼透了。他在大廳把我的披肩卸下，抖去我蓬散的頭髮的水，這時菲爾法斯太太正好從她的房間走出來，我一開始並沒有看到她，羅徹斯特先生也沒有。燈是點著的，時鐘正敲著十二響。

「快脫掉妳的溼衣服，」他說，「在妳走以前，晚安——晚安，我親愛的。」

他一次又一次地親吻我。在我離開他的懷抱而抬頭往上看時，我看到了那寡婦，臉色蒼白、凝重而且驚訝。我只是對她笑笑，便跑上樓。「再找時間解釋吧，」我想。然而，當我跑到我的臥室，想到她對她所看到的景象會產生短暫的誤解時，卻感到一陣心痛。但是快樂很快就抹煞其他所有感覺；即使風吹得那麼大聲，雷打得那麼近，那麼沉重，閃電那麼猛烈而頻繁，大雨在兩小時的暴風雨中下得宛如瀑布，我全然不感到恐懼，只有微乎其微的驚懾。暴風雨中，羅徹斯特先生到我門前探望了三次，問我是否安全，是否平靜；這就是安慰，是面對所有事情的力量。

我早上起床之前，小亞黛兒跑進來告訴我，果園盡頭那棵栗樹昨晚被閃電打中，劈去了一半。

第二十四章

我起床穿衣服，回想發生過的事情，納悶著那是不是一場夢。我沒辦法確定它的真實性，除非我再見到羅徹斯特先生，再聽見他重複一遍他的情話與承諾。

整理頭髮的時候，我看著鏡中自己的臉，感覺到它不再平凡無光了；眉目間煥發著希望，容色中生氣盎然，眸子裡好似收攝了豐收的喜悅泉源，並從瀲灩波光中借來了輝燦。我原本常不願意正視主人，因為害怕他不喜歡我的相貌；但是我相信現在我可以抬頭面對他了，其上的面容不會冷卻他的戀慕。我從抽屜裡拿出一件樸素乾淨而輕便的夏裝穿上，從來沒有哪件衣服看起來這麼適合我，因為我從來沒有在如此喜悅的心情下穿過哪件衣服。

我跑下樓到大廳去，一點都不訝異地見到了在暴風雨夜之後緊接而來的明朗的六月清晨，並感受到從敞開的玻璃門吹進來的清新芬芳的和風，大自然必定也因我的快樂而歡愉。有個乞婦和她的小兒子——兩個蒼白而狼狽的形體——正沿著步道走上來，我奔下去把錢包裡隨身攜帶的錢都給了他們——大約三、四先令；不論好壞，他們都該分享我的歡悅。禿鼻烏鴉嘎嘎叫著，啁啾聒噪的鳥兒們引吭高歌，但是沒有什麼比得上我這顆欣喜的心那麼歡快、那麼如歌如樂了。

使我吃驚的是，菲爾法斯太太用哀傷的神情從窗口望出來，還用嚴肅的口吻說：「愛小姐，妳來吃早餐嗎？」用餐時，她安靜而冷淡，然而我還不能為她解開謎團。我得等我的主人來做解釋，她也一樣。我盡可能吃了一點，然後匆匆上樓，遇見了剛從教室出來的亞黛兒。

「妳要去哪裡？上課時間到了。」

「羅徹斯特先生要我到育兒室去。」

「他在哪裡？」

「在那裡面。」她指指她方纔離開的那個房間；我走了進去，他就站在那兒。

「來跟我道早安吧。」他說，我高高興興地走上前去，現在不再只是一句冷冰冰的話，或甚至握握手了，而是一個擁抱和親吻。這一切顯得如此自然，如此溫馨，被他這麼地寵愛呵護。

「簡，妳看起來真是青春洋溢，笑容可掬，美麗極了，」他說，「今天早上的妳真的很漂亮，難道這是我那個容色蒼白的小精靈嗎？這是我那顆芥菜籽❶嗎？這個有著梨渦淺笑、玫瑰雙唇、綢緞般光滑的栗色秀髮、眼睛裡綻放著栗色虹彩的小女孩？」（我事實上是綠眼睛，讀者；但是你們要原諒他這個錯誤，我想對他來說，大概它們染上了新的顏色了吧。）

「這是簡愛，先生。」

「不久就要成為簡・羅徹斯特了。」他補充說，「四星期之後，簡妮特，一天也不再多。妳聽見了嗎？」

我聽見了，但是沒有全然領會，這使我昏眩。這項宣布給我帶來的情緒波動，比起原來的歡悅所賦與我的，要強烈得多——那是某種昡惑、驚詫的感受，我想，幾乎算是恐懼了。

「妳本來臉色泛紅，現在卻變白了，簡，怎麼回事？」

「因為你給了我一個新名字——簡‧羅徹斯特，聽起來好奇怪。」

「是啊，羅徹斯特夫人，」他說，「年輕的羅徹斯特夫人——菲爾法斯‧羅徹斯特的小新娘。」

「這不可能的，先生，這聽起來一點都不可能。人在這世間上永遠不可能享受到這麼完美的幸福。我也不可能和其他同類有著不同的命運，若敢想像這樣的命運會落到我頭上，真是神話——真是在作白日夢了。」

「這個夢，我可以，而且也會把它實現。我今天就會開始進行。今天早上我寫了封信給我在倫敦的銀行經理，要他把他保管的一些珠寶寄過來——荊原莊女主人的傳家寶。再過一兩天，我希望能把它們倒在妳裙襬裡，我所能給一個富貴千金作為婚前禮物的一切特權與關懷，現在都會是妳的。」

「噢，先生！——別費心什麼珠寶了！我不想聽到人家提起它。珠寶跟簡愛一點都不搭調，不自然，我寧可不要。」

「我要親自把鑽石項鍊戴在妳脖子上，把頭飾圍上妳的額頭——那必定會相稱，因為至少大自然已經在這額上蓋下了貴族的證明，簡；而我會在這纖細的手腕上套上手環，在這些仙女般的手指上戴上戒指。」

「不，不，先生！想想別的話題，說說別的事情，而且換個口吻吧。別把我當成個美人來對我說話，我是你平凡的貴格教徒般的女家庭老師。」

「在我眼裡妳是個美人，正好合乎我心所渴望的美人——細緻而輕盈。」

❶芥菜籽(Mustard Seed)：，喻形體雖小卻能有大發展之意。

「你是說弱小而不起眼吧。你在作夢哪，先生——還是你在嘲笑我呢？看在老天份上，別這麼諷刺人！」

「我還會讓大家都知道妳是個美人，」他繼續說，那口氣讓我真的開始不安起來，因為我覺得若不是他在欺騙自己，就是在哄騙我。「我要用綢緞和蕾絲把我的簡給裝扮起來，她的頭上會戴著玫瑰，然後我要在那最鍾愛的頭上蒙上無價的面紗。」

「到時候你就不認得我了，我再也不是你的簡愛，而只是一隻穿著小丑衣服的猴子——一隻披著借來的羽衣的堅鳥。見到我自己穿著宮廷貴婦的長禮服，好比見到你，羅徹斯特先生，穿上舞臺用的戲服般，我可不會說你英俊，先生，儘管我最鍾愛你，我太愛你了，不能奉承你。你也別奉承我。」

然而他還繼續著他的話題，沒有注意到我的抗議。「就今天，我要帶妳乘馬車到米爾科特，妳得為自己挑幾件衣服。我剛說過我們四週後就會結婚。婚禮將會在下面那邊的教堂裡悄悄舉行，然後我就立刻帶妳進城；在那裡短暫停留一陣之後，我將帶著我的珍寶前往更靠近太陽的領域，到法國的葡萄園和義大利的平原去。她將看見在古今歷史記載中的一切名勝，她也將品嘗到城市生活的滋味；然後她將學著在與別人的公平比較間，看出自己的價值。」

「我將會旅行嗎？——跟你一起嗎，先生？」

「妳將住在巴黎、羅馬和那普勒斯、佛羅倫斯、威尼斯和維也納：所有我漫遊過的土地，都要讓妳再次踏上，凡是我的馬蹄踩踏過的地方，妳的精靈的腳也將踩遍。十年前，我曾半瘋半狂地跑遍整個歐洲，陪伴我的只有厭惡、怨恨和憤怒；現在我要以痊癒而滌淨之身重遊，還有一位真正的天使相伴，作為我的安慰者。」

他說話的時候，我對著他笑。「我才不是天使呢，」我堅稱，「到我死之前都不會是，我只是我自己，羅徹斯特先生；你千萬別期望，也不可能從我這裡得到什麼屬於天堂的東西──因為你得不到，正如我也不能從你那裡得到一般，而我一點都不期待那個。」

「那麼妳從我這裡期望什麼呢？」

「一小段時間裡你也許可以維持像現在這樣──非常小的一段時間，然後你會變得陰晴不定，然後變得嚴厲，而我就得費盡心力來討你喜歡；但等到你習慣我之後，也許就會再一次喜歡我──我說的是喜歡我，而不是愛我。我想你的愛情在六個月後就會成為泡影，或許還更短。我從男人寫的書裡面發現，這是丈夫的熱情所能維持的最久的時間了。然而，無論如何，作為一個朋友與伴侶，我但願自己對我親愛的主人來說，永遠不會變得不合口味。」

「說什麼『不合口味』，還有什麼『再次喜歡妳』！我想我一定會再次喜歡妳的，而且一次再一次，而且還要讓妳承認，我不僅是喜歡妳，還愛妳──帶著真誠、熱情和堅貞。」

「然而你不會見異思遷吧，先生？」

「對於那些只用容貌來取悅我的女人，當我發現她們既沒有靈魂又沒有心肝，當她們暴露出平庸、膚淺，或者也許是愚蠢、粗鄙、暴躁的本性時，我會是一個道地的魔鬼。但對於雪亮的眼睛，伶俐的口舌，對於火做的靈魂，對於能屈而不能斷，既柔順又沉穩，既溫馴又堅貞的性格，我永遠會是溫柔而忠實的。」

「你曾經遇到過這樣的一個性格嗎，先生？你曾經愛過這樣一個人嗎？」

「我現在正在愛。」

「但是在我之前呢？如果說我真的在任何一方面達到你那嚴格的標準？」

「我從來沒有遇過像妳一樣的人。簡，妳討我喜歡，而且妳駕馭了我——妳看似順從，我喜歡妳傳達出來的柔順感，當我把那束柔絲繞在指頭上的時候，它送出一陣悸動，沿著手臂而上，直達我的心房裡。我被感化了，被征服了；這感化比我所能表達的更甜美，這征服比我所能贏來的任何戰利品更具有魅力。妳為什麼在笑呢，簡？妳那令人費解的神祕的表情，是代表什麼意思呢？」

「我在想，先生（你得原諒我這想法，這是無意中想到的），我在想海克力士和參孫❷，以及他們迷上的那些妖豔美女們——」

「妳在想這些啊，妳這小妖精——」

「噓，先生！你剛才說這些話，比起那兩位先生的行為，聰明不到哪裡去。無論如何，一旦他們結了婚，無疑就會以作為丈夫的威嚴來替代作為追求者之時的柔順；我恐怕你也會這樣。一年之後，要是我要求一樁你不方便或不高興給的恩惠時，我不知道你會怎麼回答。」

「那就現在就要吧，簡妮特——要求一件我最不方便、最不高興做的事吧；我現在多想被請求啊——」

「我會的，先生，我的請求已經準備好了。」

「說吧！但是如果妳用那表情仰著臉對我笑，我會在弄清楚是什麼要求之前，就發誓統統答應，那會讓我變成一個傻瓜。」

「一點兒都不會這樣，先生。我只要求這個：別派人送珠寶來，也不要為我戴玫瑰；與其那樣，你還不如把你那條素色手帕鑲上金邊吧。」

「還不如『給純金鍍金』。這個我懂；妳的要求已被准許——暫時准許。我會撤回我吩咐銀行經理的命令。但是妳還未提出任何要求，妳只是求我把禮物收回罷了，再試著提一件。」

「好，那麼，先生，你就發發好心滿足我的好奇心吧，有件事情頗為激起我的好奇。」

他好像不安起來。「什麼？什麼？」他急急忙忙地說，「好奇心是一種危險的要求；還好我沒有發誓要應允妳每一個請求——」

「但是答應這項要求並沒有什麼危險啊，先生。」

「那就說出來吧，簡；然而我還寧願妳是要我的一半資產，而不僅僅是要刺探一個——或許是一個祕密。」

「哪，亞哈隨魯王❸！我要你的一半資產有什麼用？你以為我是個放高利貸的猶太人，想在不動產上做個好投資嗎？我寧可要你向我吐露全部的心事。既然你允許我進入你的心，該不會還將我排拒在你的心事之外吧？」

「我所有值得了解的心事都歡迎妳分享，簡；但是，看在上帝份上，別渴求無用的負擔，別企求毒藥——別像個不折不扣的夏娃，成為我手中的負擔啊！」

「有何不可，先生？你不才說過你多麼喜歡被駕馭，多樂意被說服嗎？你不覺得我最好利用你這自白，

❷參孫（Samson）：《聖經》中力大無比的勇士，被愛人狄萊拉（Delilah）欺騙，成為瞎子，而被獻給敵人。

❸引述舊約聖經〈以斯帖記〉裡的故事，以斯帖嫁給了極其富有的波斯王（亞哈隨魯）。

開始或哄騙或央求——必要時甚至哭鬧或嗔怒——只為了小試一下自己的力量？」

「諒妳也不敢做這樣的試驗。如此逾越分際、放肆無度，那一切就到此為止吧。」

「是嗎，先生？你馬上就沉不住氣了。你現在看起來多麼嚴厲啊！你的眉毛都跟我的手指一樣粗了，而你的前額，跟我有次在一首十分震懾人的詩裡讀到的一樣：『重藍層疊，雷霆霄霆』。我想，那就會是你結婚以後的面目了吧，先生？」

「如果這是妳結婚以後的面目，那麼我，身為一個基督徒，就要立刻放棄和一個不過是小妖或火精結為連理的念頭。然而妳究竟非要問什麼不可呢？小東西——說吧！」

「看，你現在不那麼斯文了；我倒是喜歡粗魯多過阿諛，我寧可當一個『東西』，也不願當天使。我想問的是這個：你為什麼花這麼大的工夫來使我相信你要娶英格朗小姐呢？」

「就這樣？謝天謝地，不是什麼更糟的問題！」現在他糾結的黑眉舒展了，他俯視我，對我微笑，摩挲著我的頭髮，好像看到危險遠離似地滿心歡喜。「我想我可以坦白告訴妳，」他接下去說，「即使會惹妳生氣——而我已經見識過妳生氣時十足像個火妖的模樣了。昨天晚上妳在冷冷的月光底下，反抗妳的命運，宣稱妳和我是平等階級的時候，整個人都冒火呢。順便一提，簡妮特，是妳先向我示愛的。」

「是我先的沒錯。但是請回到本題上，如果你願意的話，先生——英格朗小姐？」

「好吧，我假裝追求英格朗小姐，因為我希望使妳瘋狂地愛上我，就像我瘋狂地愛上妳一樣。我知道，若要促成那樣的結果，醋意會是我所能尋得的最好的盟軍了。」

「太好了！現在你可變得微小了——不比我的小指尖大一點兒。那樣做，真是叫人臉熱的可恥之事，真是駭人聽聞的不名譽行為。難道你一點都不顧念英格朗小姐的感情嗎，先生？」

「她所有的感情集中起來只有一項——驕傲，那需要有人來挫挫它的銳氣。妳可有吃醋，簡？」

「別管這個，羅徹斯特先生；知道這個，絕不會引起你什麼興趣的。再一次老實回答我，你認為英格朗小姐不會為了你不誠實的玩弄而感到痛苦嗎？她不會覺得被甩了或被拋棄了嗎？」

「不可能！——剛好相反，我跟妳說過了，是她遺棄我的；一想到我的破產狀態，就立刻冷卻了，或者更該說是澆熄了她的熱情。」

「你的心靈真是奇怪又多心眼，羅徹斯特，我恐怕在有些地方，你的道德原則實在不同於常人。」

「我的道德原則是沒有受過訓練的，簡；由於缺乏關懷，它們也許長得有點偏斜了。」

「再問一次，很嚴肅地：我可以享受這蒙獲應允的無上幸福，而不必害怕有任何人正在承受著我自己不久之前所受的苦痛滋味嗎？」

「妳可以的，我好心的小姑娘，世上再沒有任何人對我懷著像妳一樣純淨無瑕的愛情了——因為我已將那令人愉快舒坦的傅油❹，也就是對妳的愛情的信任，簡，塗抹在我的靈魂上。」

我把嘴唇轉過去吻了一下他放在我肩上的手。我非常愛他——比我信任自己所能說出的還多——大過了言語所能表達的力量。

「再要求多點東西吧，」不久他說，「能被要求，然後給予，是我的快樂。」

❹傅油（unction）：天主教在臨終時的抹油儀式，喻虔誠不移的熱情。

我又一次準備好我的要求，「把你的意圖傳達給菲爾法斯太太吧，先生；她見到我昨晚跟你在大廳裡，非常吃驚。在我再見到她之前，對她做些解釋吧。被這麼好的一個婦人誤解，讓我覺得很痛苦。」

「回妳房間去吧，戴上妳的帽子，」他答道，「我要妳今天上午陪我到米爾科特去，妳去做駕車出遊的準備時，我會去為這老太太指點迷津。她是否認為，簡妮特，認為妳犧牲了一切來換取愛情，而完全落空嗎？」

「我相信她是認為我忘記了自己的地位吧，也忘了你的地位，先生。」

「地位！地位——妳的地位就在我心裡，而且從現在開始，誰要敢侮辱妳，他們就是冒著折斷脖子的險來認清妳的地位！——去吧。」

我很快就穿戴整齊，聽見羅徹斯特先生離開菲爾法斯太太的起居室，便趕緊下樓去。這位老太太正在讀她晨間部分的經文——她今天的日課；《聖經》攤開在她的面前，她的眼鏡放在上面。她正在進行的活動被羅徹斯特先生的宣布給暫停住，現在似乎被忘掉了；她的眼睛定在對面的空白牆壁上，表達出一顆平靜心靈受到不尋常訊息所擾亂了的驚詫。看見我，她自動醒了過來，作出一個像是要微笑的努力，並擠出來幾句祝賀的話；可是那微笑消失了，話也說到一半就被放棄。她戴上眼鏡，闔上《聖經》，推開椅子站起來。

「我感到如此訝異，」她開始說，「我幾乎不知道該向妳說什麼才好，愛小姐。我確實不是在作夢吧，是不？我一個人坐著的時候，有時會陷入半昏睡狀態裡，幻想著從未發生過的事。對我來說那不只一次了，在我正打瞌睡的時候，我十五年前死去的親愛的丈夫，好像走了進來，坐在我身旁，我還甚至聽見他像他向來那樣，喚著我的名字愛麗絲。現在，妳可否告訴我，羅徹斯特先生是否真的向妳求婚了？別笑我。但我真的以為他五分鐘前進來這裡，說再過一個月妳就要成為他的妻子了。」

「他對我說的也是這樣。」我回答。

「他這樣說嗎?妳相信他嗎?妳答應他了沒有?」

「答應了。」

她茫然不解地望著我。

「我怎樣也沒想到會這樣。他是個驕傲的男人，羅徹斯特家所有的人都很驕傲，而且至少他的父親是愛錢的。他呢，也一樣，向來總被說是謹慎的。他決意要娶妳嗎?」

「他是這樣告訴我的。」

她把我從頭到腳打量了一番，我從她眼睛裡可以看出，她並沒有在我身上發現到什麼足以解開謎團的魅力。

「這真是讓我不能理解!」她繼續說，「不過既然妳這麼說，它無疑是真的了。這事情會有什麼結果，我卻說不出來，我真的不知道。在這種事情上，門當戶對是比較好的，而且你們的年齡還有著二十歲的差距。他都幾乎可以當妳父親了。」

「不，真的，菲爾法斯太太!」我叫道，被她惹惱了;「他一點都不像我的父親!若見到我們在一起，不會有人有這樣的想法。羅徹斯特先生看起來，而且實際上都跟一個二十五歲的男人一樣年輕。」

「他是真的為了愛情娶妳嗎?」她問。

她的冷淡和懷疑讓我覺得非常受傷害，以至於眼淚都湧上眼眶來。

「我很抱歉讓妳傷心了，」這寡婦接著說下去，「但是妳是這麼年輕，認識的男人又這麼少，我只是希望能讓妳警惕一下。老諺語說：『閃光的不全是金子』；在這件事情上，我的確害怕將會發生什麼出乎妳或我意料之外的事。」

「為什麼？——我是個怪物嗎？」我說，「難道羅徹斯特先生不可能對我有真摯的感情嗎？」

「不，妳是很好的，而且近來越來越好了；而羅徹斯特先生呢，我敢說，是喜歡妳的。我一直注意到妳好像是他寵愛的人。有時候，對他這種明顯的偏愛，我為了妳著想會覺得有點不安，很希望能提醒妳警戒些；但是就算只是錯誤的可能性，我都不願提。我知道這樣的想法會驚嚇到妳，也許刺傷妳；而且，妳是那麼謹慎，那麼徹頭徹尾地謙遜理智，我希望能夠信任妳自己會保護自己。昨天晚上我找遍整棟宅邸，沒見到妳，也沒見到主人，然後卻在十二點的時候，看見妳跟他一道兒進來，我無法告訴妳當時的我是多麼痛苦啊。」

「那麼，現在就別再想它了吧，」我不耐煩地打斷她，「一切都是正當的，這就夠了。」

「我但願到最後一切都是正當的，」她說，「但是，相信我，妳再小心也不為過。試著跟羅徹斯特先生保持一段距離吧，別太信任自己，也別太信任他。像他那地位的紳士們，通常不會娶他們的女家教老師的。」

我真的被惹火了，幸好，亞黛兒這時候跑進來。

「讓我去——讓我也去米爾科特！」她叫道，「新馬車那麼寬敞，羅徹斯特先生卻不讓我去。求他讓我去吧，瑪丹摩莎。」

「我會的，亞黛兒。」然後我帶著她匆匆離開，很高興離開我陰沉沉的告誡者。馬車已經準備好了，他們正把它拉到房子前屋去，我的主人正在鋪道上踱步，派洛特前前後後地跟著他。

「亞黛兒可以跟我們一道兒去吧，可不可以，先生？」

「我跟她說過不行。我不帶小孩！——我只要跟妳一起。」

「讓她去吧，羅徹斯特先生，如果你願意的話，這樣會比較好。」

「才不會，她會成為拖油瓶。」

他的神情和口氣都相當決絕。菲爾法斯太太的警告所帶來的寒冷，以及她的懷疑所帶來的陰鬱，霎時襲上我心頭；有種不現實且不確定的感覺，鎖住了我的希望。我原本以為有力量影響他的感覺，失去了一半。正當我打算機械性地服從他，不再做進一步抗辯的時候，他卻一邊扶我上馬車，一邊看著我的臉。

「怎麼了？」他問，「陽光全消失了。妳真的希望這黃毛丫頭去嗎？如果把她留下，會惹妳不高興嗎？」

「我很希望她能來，先生。」

「那麼去拿妳的帽子吧，然後像閃電一樣迅速地回來！」他對亞黛兒叫道。

她以最快速度照著做了。

「畢竟，只是一個上午的打擾而已，不會有什麼大不了，」他說，「因為我決意不久之後就要把妳——妳的思想、妳的話語以及妳的陪伴——都一生一世據為己用了。」

亞黛兒一被抱進來，就開始親吻我，表示感謝我為她求情；然而她立刻就被抱到他那一邊的角落去。她隨即張望著我坐的這邊，坐在這麼嚴肅的人身邊，實在太拘束了，他目前這種乖戾的心情，讓她連小聲發表什麼意見、詢問什麼資訊都不敢。

「讓她來我這裡吧，」我請求道，「她也許會打擾到你，先生，這邊還有很大的空位。」

他把她抱了過來，好像她是隻小寵物狗一般。「我還要把她送去學校。」他說，不過現在是笑著了。

亞黛兒聽見了，便問她是不是要去學校，離開瑪丹摩莎了？

「對，」他答道，「完全離開瑪丹摩莎，因為我要帶瑪丹摩莎去月亮，在那裡的火山口之間的白色山谷裡找個洞穴，瑪丹摩莎將會跟我一起住在那裡，只跟我一人住在那裡。」

「她會沒有東西吃，你會餓死她的。」亞黛兒發表意見。

「我會在早晚為她收集瑪哪❺，月亮裡面的平原和山坡就是因為瑪哪才泛白的，亞黛兒。」

「她會需要取暖，她要怎麼生火呢？」

「月球的山上會冒火出來，她冷的時候，我會把她抱到山巔上，把她放在火山口旁邊。」

「噢，（法語）多糟糕啊——會很不舒服呢！還有她的衣服，都會穿破，她要怎麼弄來新衣服呢？」

羅徹斯特先生假裝被困住了，「嗯！」他說，「妳會怎麼辦呢，亞黛兒？敲敲妳的腦袋瓜兒想個上策吧。妳覺得，一朵白色或粉紅色的雲彩，適合作長服嗎？而那彩虹，可以作出條夠漂亮的圍巾呢。」

「她現在這樣要好多了，」亞黛兒沉思了一會兒，下結論說，「況且，只跟你一個人住在月亮上，會讓她厭倦的。如果我是瑪丹摩莎，我才不答應跟你去呢。」

「她已經答應了，她已經許下誓約。」

「但是你沒辦法把她帶到那裡去啊，又沒有路通向月亮，那全是空氣，而你跟她又都不會飛。」

「亞黛兒，看看那田野。」我們現在已走出荊原莊的大門，馬車輕輕快快地沿著那條平坦的路往米爾科特的方向滑行；暴風雨過後，路上的塵土都平平整整，路兩旁的樹籬和高大的樹木閃爍著晶瑩鮮綠，都被雨沖洗得煥然一新。

「就在那田野裡，亞黛兒，大約兩個星期前——就是你幫我在果園草地上整理乾草的那天傍晚，我散步散到很晚，因為耙草耙累了，便坐在一個梯磴上休息；我在那裡，掏出一本小簿子和一支鉛筆，開始寫下很久以前落在我頭上的一場不幸，以及我對將來幸福日子的期望。我寫得非常快，儘管樹葉上的日光正逐漸消失，這時卻有個東西從小道上過來，停在我身前兩碼之處。我看著它，那是個頭上戴著薄紗的小傢伙。我召喚它過來，它隨即站到我膝蓋前面來。我沒有跟它講話，它也沒有跟我講話，我是說用言語講話；但是我從它眼裡讀出心思，它也從我眼裡讀出我的心思；我們這無言的交談是這樣——

「它說，它是個小仙子，從精靈國度來，任務是要讓我快樂，所以我得跟它一道兒，遠離塵世到一個沒有人煙的地方——舉例來說吧，像是月亮——然後它對著正從乾草丘上升起的新月點點頭，說我們也許可以住在雪花石膏的洞穴和銀溪谷裡。我說我願意去，但是我提醒它，就像妳剛才提醒我一樣，說我沒有翅膀可以飛。

「『噢，』那仙子回答，『那倒無妨！這裡有個護身寶物，可以排除萬難；』說著她拿出一只美麗的金戒指。『把它戴起來，』她說，『戴在我左手第四根手指上，我就是你的了，而你也會是我的；我們就會離開

❺瑪哪：《聖經》裡面古昔以色列人在阿拉伯荒野所獲得的神賜食物。

地球，到那邊去開創我們自己的天堂。』她又再朝月亮點點頭。這戒指，亞黛兒，現在正在我後褲袋裡，裝成個金鎊的模樣，但我打算不久要把它變回戒指。」

「可是瑪丹摩莎跟它有什麼關係呢？我才不管什麼仙子呢，你剛剛是說你要把瑪丹摩莎帶到月亮去。」

「瑪丹摩莎是個仙子。」他神祕兮兮地小聲說。這時我叫她別去理會他的嘲弄，而她那方面呢，則充分顯現出不折不扣的法國式懷疑主義，把羅徹斯特先生稱為「（法語）道地的騙子」；而且還向他保證，她絕對不相信有什麼他說的「（法語）神話」，而且「就算有，也沒有什麼仙子，」她很確定絕不會有什麼仙子向他現身，或是給他戒指，或是要他跟她一起住到月亮去。

在米爾科特的那一小時，對我來說真有點折磨人。羅徹斯特先生強迫我到某家絲緞店去，命令我挑選半打衣服。我討厭這件事，求他准許我拖延，不行——得現在把它完成。在我熱烈的低聲祈求後，終於把半打減為兩件，但這兩件他發誓要親自為我選。我惶惶不安地看著他的眼睛在那些華麗的貨品上遊來遊去，最後停在一疋染成最鮮豔的紫水晶色的華貴絲綢，以及一疋美輪美奐的粉紅色緞子上。我又開始一連串的低聲耳語，要他乾脆順便選一件金袍和一頂銀帽給我算了，因為我肯定是永遠不會冒險去穿他選來的衣服的。在無窮無盡的困難——因為他頑固得像塊石頭——之後，我才說服他捨棄他的選擇，換成素淨的黑色緞子和珍珠灰的絲綢。「目前就這樣放過妳，」他說，但是他「還要看我打扮得像花壇般光彩繽紛」。

我很高興能把他催離絲緞店，然後再催離珠寶店；他買越多東西給我，我就越感到一種煩惱和墮落的感覺而臉頰發燙。我們回到馬車上，我發燒般地疲倦地坐下來往後靠，這時我想起了，在或黯淡或明朗的事件接二連三倏忽發生的這段期間，我完全忘了我叔叔約翰・愛寫給里德太太的信，以及他想要領養我，讓我做他的繼承人的事。「如果我擁有即使是很小的一筆獨立財產，確實會讓我鬆一大口氣，」我心想，「我永遠都忍受不了讓羅徹斯特先生把我像個洋娃娃般打扮，或是像第二個戴娜伊❻一般乖乖坐著，整天任憑金雨灑落在我四周圍。我一回家就要寫信去馬德拉，告訴我叔叔我即將結婚了，並告訴他我要嫁給誰。如果我能期待著在將來帶給羅徹斯特先生一些額外的財富，那麼也許比較可以忍受自己現在受他的供養。」這想法讓我或多或少有了點安慰（我當天就把它實行了），才敢冒險去與我的主人兼愛人的目光相會，他的眼光總是不屈不撓地在搜尋我的，儘管我一直避開去看他的臉和眼睛。他微笑起來，我覺得他那笑容就像個回教國君主般，在幸福而歡喜的時刻，賜了金子和珠寶給一個奴隸而使他富有之後所恩賜給他的笑容。他的手一直在尋求我的手，我用力握了它一下，然後把它推回去，這熱情的緊握使得它在縮回去的時候還發著紅呢。

「你不需要露出那種表情，」我說，「如果你要那樣，那我將穿著我自己從羅伍德帶來的舊衣裙直到最後。我將穿著這件淡紫色亞麻布衣服來結婚，那件珍珠色的絲綢，你可以拿來做件晨袍，而那黑色緞子，則可以做出一件又一件的背心。」

他咯咯笑起來，搓著自己的手。「噢，看著她，聽她說話，真有意思！」他高呼，「她新奇吧？她夠勁吧？我可不願拿這麼一個嬌小的英國女孩，去換整個土耳其皇帝的後宮啊——不願去換那些瞪羚眼、女神般的美麗胴體，一切一切！」

❻戴娜伊：希臘神話故事中，亞爾克斯王阿吉里修斯的女兒，國王聽到自己將被外孫殺死的預言，便把女兒囚禁在塔內，宙斯化成金雨去與她相會，生下帕修斯。

拿東方來做隱喻，又刺痛了我。「要我做土耳其後宮的代替品，我是一點都做不到的，」我說，「所以別把我當成它的等價物。如果你對那方面有任何憧憬，先生，就帶著那憧憬走吧，一刻也不須逗留，到伊斯坦堡❼的市場去，用你在這裡好像花不暢快的閒錢，大量購買奴隸吧。」

「那麼妳呢，簡妮特，在我為這好幾噸肉和各式各樣黑眼珠講價的時候，妳要做什麼呢？」

「我就會準備去向那些被奴役的人傳導自由——你那些回教妻妾也包括在內。我將會被接納，並且將煽動造反，而你，即使是個三尾博修❽，也將立刻被我們套上腳鐐，然後在你簽署一份暴君所能頒發的最自由的憲章之前，沒有人，包括我，會同意砍斷你的枷鎖。」

「我會同意求妳手下留情的，簡。」

「如果你是用那種眼神求饒，我不會手下留情的，羅徹斯特先生。你那表情讓我很確定，不管你被迫簽署了什麼憲章，只要被釋放，你第一件事就會去打破它的條款。」

「唉，簡，妳想要怎樣呢？我害怕妳除了在聖壇前舉行的婚禮以外，還會再舉行另一個私底下的婚禮儀式吧。我看得出來，妳還會要約定一些特殊的協議，是什麼呢？」

「我只要一顆從容的心，先生；沒有被許多擠不下的恩惠給壓垮的心。你還記得你告訴我關於賽琳娜．瓦朗斯的事嗎？——關於你給她的那些鑽石、喀什米爾羊毛？我不當你的英國的賽琳娜．瓦朗斯。我將繼續擔任亞黛兒的家庭教師，以那樣來賺取我的食宿，以及額外的三十鎊年薪。我要用那些錢來買衣服，你什麼都別給我，只除了——」

「你對我的關懷；如果我也以關懷回報你，那這筆債就算抵銷了。」

「嗯哼，就冷靜的天賦豪氣和純淨無瑕的天生的自尊心來說，沒有人及得上妳。」他說，這時我們已經抵達荊原莊了。「妳今天晚上願意跟我一起吃飯嗎？」我們重回大門的時候，他問。

「不，謝謝，先生。」

「如果可以問的話，為什麼說『不，謝謝』呢？」

「我從來沒有跟你一起吃飯過，先生，我也看不出有什麼理由足以讓我現在跟你一起吃飯，直到——」

「直到什麼？妳好愛說話說到一半。」

「直到我別無他法。」

「妳是不是把我想成那種吃人魔或是食屍鬼，所以害怕陪我一起吃飯？」

「關於這點，我沒有那樣想，先生；但是我想再過一個月一如往常的日子。」

「妳應該立刻放棄妳的家教工作。」

「老實說，原諒我，先生，我絕不放棄。我要像以往這樣繼續下去。我要像我所習慣的那樣，一整天避不見你，你想見我的時候，可以在晚上派人來找我，那時我會來，但是其他時候則不。」

「我要抽根菸，簡，或是吸一小撮鼻菸，來安慰我聽到這一切，就像亞黛兒說的那樣，『（法語）讓我靜一靜』；而很不幸的，我既沒有帶著我的雪茄盒，也沒有鼻菸壺。不過妳聽著——我要悄悄告訴妳，現在是

❼伊斯坦堡（Stambul）：亦即Istanbul，土耳其舊市區。
❽博修（Bashaw）：土耳其高官，以馬尾裝飾旌旗，畫分品位。

妳的時候，小暴君，然而很快就會是我的時候了；等我一旦完全抓住妳之後，為了要擁有妳、保有妳❾，我將會——打個比方吧——把妳拴到一條像這樣的鍊子上，」（他一邊摸摸他的錶鍊）「就這樣沒錯，美麗的小東西，我要把妳戴在我懷裡，免得遺失了我的寶貝❿。」

他一邊說著一邊扶我下馬車，在他轉身去抱亞黛兒的時候，我連忙進屋子裡，迅速地上樓去。

傍晚，他按時叫我到他跟前去。我準備好一件事情讓他做；因為我不想把整個時間都拿來情話綿綿。我記起他的好歌喉，我知道他喜歡唱歌——好歌手多半喜歡唱歌。我自己一點都不是什麼好歌手，在他苛刻的批評下，我也稱不上好的演奏者，不過我很喜歡傾聽好的表演。當黃昏，這個浪漫時刻，開始將他那滿是星星的藍色幡幟垂掛在窗格子上時，我便站起來，打開鋼琴，央求他，看在對老天的摯愛上，為我唱首歌。他說我真是個反覆無常的女巫，說他寧願在別的時候才唱，可是我堅稱再沒有比現在更適合的時間了。

他問我喜歡他的歌聲嗎？

「非常喜歡。」我不喜歡縱容他那敏感的自負心態，但是就此一次，為了權宜之計，我很願意恭維他、鼓勵他。

「那麼，簡，妳可得為我伴奏。」

「很好，先生，我試試。」

我確實試了，但是立刻被從琴凳上推開，還被稱做「小蠢蛋」。我就被這麼莽撞無禮地推到一旁（這正是我想要的），他篡走了我的位置，開始為自己伴奏，因為他琴彈得跟唱歌一樣好。我趕緊走到窗戶凹入處坐下，望向窗外寧靜的樹木和朦朧的草坪，這時一泓圓潤的嗓音伴著優美的旋律唱出了下面這首歌：

被火點燃的心窩裡所感到的
最真摯的愛情
以越來越快的跳動
竄流過每根血管

她每天的來臨是我的希望
她的離去是我的痛楚
耽誤她的腳步的意外
是我每根血管裡的冰

我夢想這將是莫名的幸福
當我愛人，也被愛
為了這目標我向前疾行
既盲目也熱切

❾擁有妳、保有妳(to have and to hold)：這是英國式教堂婚禮在聖壇前舉行儀式時所使用的話語。
❿免得遺失了我的寶貝(lest my jewel I should tyne)：引自Robert Burns的詩句。

然而廣闊無路的空隔
　橫距在我倆生命之間
險如碧海狂濤
　險如湍急海沫
宛如盜賊肆虐的小徑
　穿過荒原，穿過樹林
因為強權、道德、悲苦與憤怒
　分隔了我倆心靈
我不怕危險，蔑視阻攔
　我向凶神挑戰
一切威脅、侵擾、警告
　我都將頑烈衝過
催趕我的彩虹前進，迅如電光
　我宛如在夢中奔馳

因為我眼前光榮升起
　那甘霖與光耀之孩童
在苦難渾沌的雲霧中依然明朗
　那溫柔莊嚴的喜悅依然閃亮
我現已不在乎那災難
　儘管它緊密嚴酷地聚集過來
在這甜蜜時刻我不在乎
　儘管我衝破的一切困難
都將猛烈迅即乘翼而來
　聲言憤怒的報復
儘管傲慢的仇恨要將我擊垮
　正義拒斥我接近它
壓制的強權怒容滿面
　發誓與我不共戴天

我的愛已將她的小手
　帶著高尚的忠誠放入我手心
許下誓約讓婚姻的神聖指環
　將我倆心心相繫

我的愛已許下誓約，帶著深情一吻
　要與我共生——共死
我終於保有我無名的幸福
　因為我愛人——也被愛！

他站起來，走向我，我看見他的臉都燃亮了，他圓大的鷹眼閃著光芒，面容上處處是溫柔和熱情。我畏縮了一下——隨即重拾精神。溫柔的場面、狂放的傳情，我是不會要的；而我卻立在兩者都有的危險之間，得準備好防衛的武器——我磨利了我的舌頭，在他走到我面前的時候，我尖刻地問他現在究竟是要跟誰結婚啊？

他說這由他親愛的簡說出來，真是個奇怪的問題。

「是這樣嗎？我本以為這是個非常自然而且必要的問題呢。他提到他未來的妻子得跟他一起死，這麼個異教徒的想法，究竟是什麼意思呢？我一點都不想跟他一起死——他大可確信這點。」

他說：唉！他所希冀的，所祈求的，只是要我與他一起生活，死不是給我這樣的人的。「死當然是給我這樣的人的沒錯，等我的時候到臨，我也有相同的權利去死，然而我要等到那個時機，而不是趕著去殉夫。」

他問我願不願意原諒他這自私的想法，並且用和好的一吻表示寬恕？

「不，我寧願免去這項。」

這時我聽見自己被稱做一個「冷酷的小東西」，接著還聽見他說：「換了任何一個別的女人，聽見有人低聲吟唱著這樣的詩歌來讚美她，必定早已感動到骨髓裡了。」

我向他保證，我天生就是冷酷的——非常冷酷無情，說他將會經常發現我是這樣；還說，我下決心要在接下來的這四週當中，把我性格中各式各樣的粗暴面都展現給他看，因為他應該在還有時間毀約之前，弄清楚自己做了什麼樣的約定。

他問我願意安靜下來理性地說話嗎？

我說如果他喜歡，我可以安靜下來，至於理性地說話，我自認為我現在就是在這麼做。

他煩躁起來，哼了一聲，又呸了一聲。「很好，」我心想，「隨你要發怒、要暴躁，但我想這是對付你最好的方法了。我喜歡你比我所能表達的要多，但我絕不陷入多愁善感的情緒裡，而且憑著這根對答犀利的針，也阻止你走向墜海的邊緣；此外，還要藉著它辛辣螫人的幫助，保持你我之間對彼此最真正有益的距離。」逐漸地，我把他弄得相當惱火了，然後，在他忿恨不平地退到房子的另一端去時，我站起來，以從容不迫而且按照慣例的態度說：「我祝你晚安，先生。」接著從邊門溜出去，一走了之。

這方法從這次採用開始，一直延續到整個求愛階段結束，而且獲致最好的成效。他毫無疑問被我激得相當焦躁不悅，但是就整體來說，我看得出他也玩得很有興致，我並且知道，綿羊般的溫馴、斑鳩般的纖細，只會助長他的專制，反而較不能取悅他的判斷，滿足他的見識，甚至適合他的品味。

在別人面前，我像往常一樣，恭敬而且嫻靜，沒有任何踰分之舉，只有在晚上的聚會，我才這麼阻撓他，折磨他。他繼續很準時地在時鐘一敲七點的時候就派人來叫我，只不過現在當我到他面前的時候，他不再說著那些甜蜜蜜的字眼，像是「愛」或「達令」了，現在用在我身上的字都是些「惹人生氣的怪娃娃」、「壞心腸的小妖精」、「小妖怪」、「小醜人」等等。而愛撫呢，也一樣消失了，我現在只有壞臉色可以看；沒有緊緊的握手，只有在手臂上的一擰，沒有臉頰上的親吻，只有耳朵上的狠狠一扯。這很好，比起一些較溫柔的表示，在目前我絕對比較喜歡這些兇猛的寵愛。我看得出來，菲爾法斯太太贊同我的作法，她對我的焦慮感消失了，因為我很確定我做得對。這當時，羅徹斯特先生聲明我快把他折磨得剩下皮包骨了，還威脅我，等到了那即將來臨的時刻，他將會為我目前的行為進行可怕的報復。我對他的恐嚇暗自偷笑，「我現在可以把你控制得恰到好處，」我心想，「以後我無疑地也能做到；如果某項權宜之計失去效果，我會再另想辦法。」

然而我的工作畢竟不簡單，常有些時候，我寧願討好他，而不是玩弄他。我的未婚夫正逐漸變成我的整個世界；而且還不只是整個世界，幾乎是我屬於天堂的希望了。他站在我與所有的宗教思想之間，好像日蝕擋在人與光明太陽之間一樣。在那些日子裡，我看不見上帝，因為祂的創造物，已被我當作偶像了。

第二十五章

求婚的這個月過去了，它的最後幾個小時已經開始倒數計時。接下來的日子不會再拖延——結婚日；為了它的到來而做的一切準備，也都已就緒。至少，我沒有什麼別的事情該做了。我的行李箱都已經打包好、鎖上、捆好，在我的小房間外面排成一列；明天的這個時候，它們就會踏上旅程，一路往遙遠的倫敦去，我也一樣（上帝俯允的話）——或者應該說，不是我，而是一位簡，羅徹斯特，一個我到目前為止還不認識的人。只有地址卡還沒釘上：四張小方形卡片，還躺在抽屜裡。羅徹斯特先生親自在每張紙條上寫著：「羅徹斯特夫人，某某旅館，倫敦」；我還沒辦法說服我自己去釘上它們，或者是叫別人把它們釘上。羅徹斯特夫人！她還不存在呢，要到明天，八點過後的某一刻，她才會誕生；我要等到她安然來到世間之後，才會將所有財產指定給她。在那邊那個衣櫃裡，我梳妝臺的正對面，許多據說是屬於她的服飾，現已取代了我羅伍德的黑布連身裙與淡黃色軟呢帽，光是這點就讓我受不了了。因為那套結婚禮服，那珍珠色長袍，那從旅行箱中垂掛下來的如霧如幻般的面紗，都不是我的。我關上衣櫃的門，藏起裡面幻影般陌生奇異的衣服；在現在這個時候——晚上九點——它必定會在我房間的陰影裡，放出最鬼怪般的幽光。「我要把你獨自留在這裡，白色的夢，」我說，「我在發熱，我聽見風在吹，我要到外面去感受它。」

我感到頭昏腦脹，不只是因為準備倉促，也不是預料到將會有巨大改變——明天起就得面對新的生活；

這兩種情況毫無疑問都是造成我激盪不安的心情的部分起因，讓我在這麼晚的時間，還被催逼到夜幕漸深的園子裡去。然而那第三個原因對我心靈的影響，要比它們大得多。

我心裡面有個奇怪而焦慮的想法。有件我無法理解的事情發生了，除了我自己以外，沒有人知道或看見這件事。那是發生在前一天的夜裡。那天晚上，羅徹斯特先生外出辦事，到現在還沒回來；他是去三十英里外那塊包含兩、三個農場的小田產那兒，處理一些需要他在預定離開英國之前親自安頓的事務。此刻我正等著他回來，渴望能卸下心裡的重擔，希望能向他求得答案，解開這困擾我的謎。讀者，請等到他回來吧；等我向他傾吐我的祕密時，你也可以一同聽見了。

我向著果園走去，被風吹趕到它的庇護懷抱裡。這風吹了一整天了，從南方來，又猛又烈，卻沒有帶來一滴雨水。隨著夜幕降臨，風勢非但沒有平息，反而越颳越猛，越吼越兇；樹木給吹得一面倒，完全扭不回來，一個小時裡，沒見它把樹枝拉回來過一次；風勢頑強不斷，把一棵棵枝茂的樹頭都壓向北方——雲層從這一極飄向那一極，一大片一大片迅速跟來，在那七月天裡，連一點藍色天空都看不見。

我這麼跑在風的前頭，並不是沒有一點狂野的樂趣，這麼地將心裡的煩惱都拋給呼吼聲響徹天際的無盡的風的激流。沿著月桂樹步道往下坡走去，我來到那棵老栗樹的殘骸之前；它站在那裡，焦黑地被劈裂開來，樹幹從中央裂成兩半，大大張開的裂痕令人怵目驚心。劈開的兩半沒有完全分離，因為堅實的基部和粗壯的樹根讓它們的下面部分沒被分開，儘管共有的生命元氣已經被摧毀——樹液已不再流動，兩邊的大樹枝都已死去，下個冬天的大風雪，必定會讓一邊或兩邊的樹幹落到地上。不過到現在為止，它們也許還可稱為一棵樹——一個殘骸，不過是個完整的殘骸。

「你們做得對，緊緊抱住對方，」我說，彷彿這兩半部怪物是活的東西，可以聽懂我說話一般。「我想，儘管你們看起來受傷了，燒黑燒焦了，身體裡一定還有一丁點生命的感覺存在，從那堅貞忠誠的樹根的緊緊相繫之間流傳上來，你們再也不會長出新的綠葉——再也不會看見鳥兒們在你們的枝頭上築巢、吟唱田園牧歌；歡愉與愛情的時代已離你們遠去，可是你們並不孤苦無依，因為你們各自擁有一位患難夥伴，在枯死過程中能相憐相惜。」我抬頭看著它們的時候，恰好見到兩幹裂縫間的那塊天空上，短暫地出現了月亮身影，她的圓盤血紅而面容半掩，似乎對我投以困惑而陰鬱的一瞥，隨即又埋入厚厚的雲層中。荊原莊附近的風勢停頓了一下，但卻在遠處的樹林流水那兒，滔滔傾注了狂野而哀傷的一聲哭號，那真是悲怨得讓人聽不下去，我又跑開了。

我在果園裡晃來晃去，把散落在樹根旁草地上的許多蘋果撿起來，然後讓自己忙著把熟的和沒熟的分開，我把它們拿進屋子裡，收到儲藏室中。接著，我到書房去查看一下爐火是否已經生好，因為，儘管是夏天，我知道羅徹斯特會喜歡在這麼一個愁雲不展的夜晚，一進門就見到令人愉快的爐火。有，爐火已經生好一段時間了，燒得很旺。我把他的扶手椅放到壁爐邊上，把桌子推到它附近，放下窗簾，把蠟燭拿進來，準備好隨時可以點。

把這些安排妥當之後，我比先前更不安了，我沒辦法靜心坐著，甚至連待在屋裡都做不到。此時房間裡的一個小鐘，與大廳裡的那個古老時鐘，不約而同地敲了十點。

「已經這麼晚了！」我說，「我要跑下樓到大門口去，現在偶有月光，我可以在路上看得很遠。他可能快回來了，過去迎接他可以使我省卻幾分鐘的疑慮。」

遮蔽住大門的大樹間，風高高地怒吼著；但是我向左向右極目所見的路上，全都靜僻無人，除了在月亮出來的時候有雲塊的影子飄過，否則只是一條漫長而慘淡無色的線條，沒有任何斑點移動的變化。

我望著望著，一滴孩子氣的眼淚溼了我的眼睛——失望與焦急的眼淚；我覺得好丟臉，把它擦掉。我流連在那兒；月亮把自己關進她的小房間裡，拉上密雲窗簾，夜色越來越黑，雨乘駕著狂風急咻咻地到來。

「但願他會來！但願他會來！」我大喊，陷入杞人憂天的情緒當中。打從午茶前，我就開始期待他的歸來，現在天都已黑了，究竟是什麼事情絆住了他呢？難道發生了意外嗎？昨天晚上發生的那件事，重又浮現在我腦海中，我把它詮釋為災禍來臨的預警。我害怕我的願望太光明閃耀了而無法實現；近來享受了這麼多喜樂，我懷疑自己的幸運已經超過了頂點，必定要開始衰降了。

「嗯，我無法回到屋子裡面，」我想，「這麼惡劣的天氣裡，他在外奔波，我是無法讓自己坐在火爐邊取暖的；所以與其緊繃著心情，不如還是讓四肢操勞吧：我要繼續往前走，去迎接他。」

我出發了，走得很快，但是沒走多遠——估計不到四分之一英里——就聽見了噠噠的馬蹄聲；有個騎馬的人全速奔馳過來，有條狗跑在他身邊。去他的不祥預感吧！那是他，他來了，騎著米思羅，派洛特跟在後面。他看見了我，因為月亮在天空中照開了一塊藍色領域，似水明淨地高掛在那裡；他脫掉帽子，在頭頂上揮舞著。現在我跑過去與他相會。

「哪！」他叫道，一邊伸出手，從馬鞍上彎下身來，「很明顯妳沒有我就不行了吧。踩在我靴子尖上，兩隻手伸給我，上來。」

我照著做，喜悅使我身手跟著敏捷起來；我躍上他的身前，得到了全心的一吻作為歡迎，還帶著些許沾沾自喜的勝利感，我盡可能吞嚥下去。他在歡喜中克制住自己，問道：「難道有什麼事嗎，簡妮特，讓妳在這麼晚了還出來接我？什麼事不對勁嗎？」

「沒有，可是我以為你永遠不回來了呢。我沒辦法忍受在這樣的風雨夜裡，留在屋子裡等你。」

「風雨夜，的確沒錯！是啊，妳這樣全身滴著水，活像條美人魚。拉攏我的披風裹住自己身體吧，我覺得妳在發燒，簡；妳的臉頰和手都熱得發燙。我再問一遍，有沒有什麼要緊事？」

「現在沒有，現在我不害怕也不憂愁了。」

「那麼妳本來又害怕又憂愁嗎？」

「有點。待會我會把一切都告訴你，先生，但我敢說你只會嘲笑我的痛苦。」

「等明天過後，我就會盡情嘲笑妳了；在那之前我倒還不敢，我的戰利品還沒確定到手呢。這是妳嗎？過去這一個月來，像鰻魚一樣滑溜，像薔薇一樣多刺的那個人嗎？無論我手指放在哪裡，都不可能不被刺痛；但此刻我懷中的妳，卻好似撿來的一隻迷途羔羊啊。妳是從羊欄裡遊盪出來找尋妳的牧人的，對不對，簡？」

「我是需要你，但是別太得意。現在荊原莊到了，讓我下去吧。」

他把我放在鋪道上。約翰牽走他的馬，他跟著我進屋，要我趕快換上乾衣服，回書房去找他。我匆匆朝樓梯走去，又被他叫住，強迫我答應他絕不耽擱太久；我沒耽擱多久，五分鐘後就回到他身邊，見他正在吃晚餐。

「坐下來陪我吧，簡。看在老天份上，吃了這頓再一頓，妳就要有很久的時間不會在荊原莊吃飯了。」

我在他身旁坐下，但是告訴他我吃不下。

「是不是因為即將旅行的前景一直擋在妳眼前呢，簡？是不是因為想到要去倫敦，而奪走了妳的食慾呢？」

「今天晚上，我看不清自己的前景，先生；而且也幾乎不知道腦子裡有什麼想法。生活中的一切似乎都不真實。」

「除了我以外。我夠真實了吧——摸摸我。」

「先生，你，是一切事物中最像幻影的了：你只是個夢。」

他伸出他的手，大笑。「那是夢嗎？」他說，把手放在我眼睛前面。他有一隻渾圓壯碩、充滿肌肉與精力的手，以及長而強健的手臂。

「是的，儘管我摸到了它，它還是個夢，」我說，一邊把那隻手從我臉前面放下來，「先生，你吃完晚飯了嗎？」

「吃完了，簡。」

我拉了拉鈴，吩咐他們把盤子收走。等到又只剩下我們兩人之後，我撥了撥火，然後在主人的膝邊找了個矮位子坐下。

「將近午夜了。」我說。

「是啊，但是要記住，簡，妳答應過在我們婚禮前一天晚上，要陪我守夜的。」

「我是答應過，而且我會遵守諾言的，至少陪一、兩個小時，我還不想上床睡覺。」

「妳那邊一切都處理好了嗎？」

「都處理好了，先生。」

「我這邊也都好了，」他說，「我已經把所有事情安排妥當，我們明天就離開荊原莊，從教堂回來後半個小時內就出發。」

「很好，先生。」

「妳說出這句『很好』時，帶著多麼特別的微笑啊，簡！妳雙頰上的紅靨是多麼亮麗啊！妳的眼睛閃爍得多麼奇異啊！妳還好嗎？」

「我相信我很好。」

「相信！怎麼了？告訴我妳有什麼感覺。」

「我說不出來，先生，沒有言語能夠表達出我的感覺。我但願此時此刻永遠不要結束，誰知道下一刻的命運會是如何呢？」

「這是疑心病，簡。妳太過興奮了，要不就是太累了。」

「你是否，先生，感到平靜而快樂呢？」

「平靜？——不，不過卻很快樂——一直樂到心坎兒裡。」

我抬頭看他，端詳著他臉上顯示的幸福跡象，它火熱熱地泛著紅光。

「信任我，簡，」他說，「解除妳心靈上壓著的任何重擔吧，把它都分給我。妳在害怕什麼？——害怕我不會是個好丈夫嗎？」

「這是離我的思想最遠的想法。」

「妳是在憂懼著妳即將進入的新領域嗎？——憂懼妳即將去過的新生活嗎？」

「不是。」

「妳把我搞迷糊了，簡；妳那悲哀而無懼的眼神和語調，困惑了我，刺痛了我。我要妳解釋。」

「那麼，先生，那就聽吧。你昨天晚上不在家吧？」

「是的——這我知道，而妳不久之前暗示過，有什麼事在我不在家的時候發生了；也許不是什麼重要的事，但是，總之，它打亂了妳的心情。讓我聽聽看。也許是菲爾法斯太太說了什麼吧？或者是妳從僕人的談話裡聽見了什麼？——妳那敏感的自尊心受到傷害了嗎？」

「不是的，先生。」鐘敲了十二點——我等到小鐘結束它清脆的鳴聲，大鐘也結束它粗啞震動的敲打聲之後，才開始說下去——

「昨天一整天我都非常忙碌，而且在我停不下來的忙亂中感到非常快樂，因為我一點都不像你似乎認為的那樣，因為害怕著新環境等事而感到煩惱；我認為能有希望跟你一起生活，是件美好的事，因為我愛你。不，先生，現在不要撫摸我——讓我不受打擾地說下去。昨天我對上帝完全信任，相信事情都會順利進行，對你與對我都會很好；如果你記得的話，昨天的天氣晴朗——風和天空都很平靜，使我不至對你旅途的安全舒適感到憂慮。喝過午茶之後，我到鋪道上散步了一會兒，想著你，在想像中好似見到你就在我身邊，幾乎不渴想著你的真實陪伴。我想到了鋪展我眼前的生活——你的生活，先生——這生活比我自己的生活更加廣大而活躍，就如同拿大海的深淵來比之匯入其中的小河的狹淺一樣。我不知道為什麼衛道者要把這世界稱做淒涼的荒地？對我來說，它盛開如玫瑰。就在夕陽西下時，空氣變冷了，天空變得多雲，我便進屋去。蘇菲叫我上樓去看我的結婚禮服，他們剛把它送來；在盒子裡面，衣服底下，我看見了你的禮物——那條你像王子般奢侈地從倫敦送來的面紗。我想，那是你為了我不肯接受珠寶，而決心騙我接受同樣貴重的東西吧。我打開它的時候，笑了起來，忖度著要如何來嘲笑你那貴族品味，以及想用貴婦服飾來把你的平民新娘偽裝起來的努力。我想著我該如何把那條沒有繡花的原色絲絹方巾拿來給你看，那是我自己準備好要來蓋在我這出身低微的頭上的，並問問看，那對於一個不能為丈夫帶來財產、美貌、人脈關係的女人來說，是不是夠好了。我可以明明白白地看見你會有什麼表情，還可聽見你那暴躁的共和主義者的回答，以及你高傲地否認你沒有任何必要靠娶得一個錢袋或一頂冠冕，來增加你的財富，或提高你的地位。」

「妳把我解讀得多好啊，妳這女巫！」羅徹斯特先生插嘴說，「然而除了這面紗的繡花圖案之外，妳發現了什麼？妳發現了毒藥嗎，還是一把匕首，以至於讓妳現在顯得如此悲傷？」

「沒有，沒有，先生；在布料的精緻與華貴之外，我只發現菲爾法斯・羅徹斯特的驕傲；但是那並沒有嚇到我，因為我已經看慣了這魔鬼。然而，先生，隨著天色逐漸變暗，風也吹起來了，它吹了昨天一整個晚上，可不像現在的風勢一樣狂暴猛烈——而是『帶著一種忿恨不平而哀哀怨怨的聲音』，陰森恐怖得多。我那時多希望你在家啊。我進來這房間，空空的椅子和沒有生火的壁爐讓我心中悲涼。我上床之後，好一陣子不能入睡——一股焦急而激動的感覺苦惱著我。那風，仍然呼呼吹著，在我耳朵裡聽來，它之下似乎悶抑著另一道哀傷的聲音；一開始我分不出那是從屋裡還是屋外傳來的，但是它總在間歇止息的風聲間浮現，聽來叫人又狐疑又悲哀；最後我下結論，必定是某隻狗在遠處嚎叫吧。它停止後，我很高興。睡覺時，我在睡夢中還繼續想著陰暗颳風的黑夜；並且也繼續希望能在你身邊，我體驗到一種奇怪而遺憾的感覺，意識到有個什麼障礙物把我們分隔開來。在我第一次睡著的整段期間，我都一直沿著條不知名的道路蜿蜒而行，周圍是一片漆黑朦朧，雨猛打在我身上；我為了照顧某個小孩而不勝負荷，那是個非常小的傢伙，太小、太虛弱了，沒辦法走，它在我冰冷的雙臂中顫抖，在我的耳邊淒厲地哀號。我以為，先生，我以為你就遠遠在我前方的路上，於是我繃緊每條神經，竭力要趕上你，一次又一次努力要叫出你的名字，懇求你停步——然而我的行動被束縛住了，我的聲音散入空中而聽不見；你呢，在我感覺中，卻是越離越遠。」

「而這些夢此刻還沉甸甸壓在妳心靈上嗎，簡，我已經這麼靠近妳了？神經質的小東西！把幻想的痛苦忘掉吧，只要想想真實的幸福就好！妳說妳愛我，簡妮特，是的——我不會忘記，妳也不能否認。這幾個字並沒有在妳唇邊就消失不見，我聽見了，清晰又溫柔；也許太莊嚴了點，但是如樂聲般動聽——『我認為能有希望跟你一起生活，是件美好的事，愛德華，因為我愛你。』妳愛我嗎，簡？——再說一遍。」

「我愛的，先生——我愛，用我整個心愛著你。」

「嗯哼，」他在沉默了幾分鐘之後說，「好奇怪，那句話竟然痛苦地刺入了我的胸口。為什麼？我想是因為妳是帶著如此一股真摯、虔誠的氣勢說的吧，而且因為妳此刻仰頭凝視我的眼神，已是忠誠、真實與熱忱的最極致表現，它太超脫了，好像有個神靈在我身旁似的。顯出邪惡的表情吧，簡，既然妳那麼懂得做表情，就做出一個妳獨有的放肆、害羞、挑釁的微笑吧；告訴我妳恨我——嘲笑我、困擾我，做任何事都行，就是別感動我：我情願被惹得發怒，也不願被惹得傷感。」

「等我把我的故事講完，我會嘲笑你、激怒你直到你滿意；但是先聽我講完吧。」

「我以為，簡，妳已經說完全部了。我以為我已經發現妳的憂鬱是源自一場夢。」

我搖搖頭，「什麼！還有嗎？我可不相信還能有什麼重要的事。我先警告妳，我可能不會相信喔。說吧。」

他態度上的不安，以及舉止中或多或少的憂慮急躁，叫我訝異了一下，但我還是繼續說下去。

「我還夢到另一個夢，先生。夢見荊原莊是個淒涼的廢墟，是蝙蝠和貓頭鷹的匿居處。雄偉的前屋只剩下空殼子般的一面牆，看來又高又易碎。我在月光照耀的夜晚中漫步，穿過牆裡面這片雜草叢生的地方，就在這裡，我在大理石的壁爐上跌了一跤，又在那裡落下來的簷板破片上絆倒一次。我裹著披肩，還抱著那個不知名的嬰孩，我無法在任何地方把他放下，然而我的手臂多麼疲勞啊——不管他的重量多麼妨礙我前進，我還是得抱著他。我聽見遠處路上有馬在急騁的聲音，我確定那是你，而你卻是要前往遙遠的國家去，而且要一去好幾年。我用瘋狂冒險的迅速爬上這道薄薄的牆，渴望在牆頭上能再看你一眼；但是我腳下的石頭滾落了，我抓住的藤枝斷裂了，那小孩嚇得緊抓住我的脖子，幾乎要勒死我，最後我爬到牆頂。我看見你在白色的路徑上，像個斑點一樣，分分秒秒越來越縮小。風颳得這麼強，讓我站都站不住。我在窄窄的窗台上坐下來，哄我腿上的嬰孩安靜；你在路上轉了個彎，我彎身向前，要看你最後一眼。牆塌了下來，我被抖落，孩子從我腿上滾下去，我失去平衡摔下去，然後就醒了。」

「現在，簡，都說完了吧。」

「只說完了前言，先生，故事還沒開始呢。醒來後，一陣光線照得我睜不開眼睛；我心想：噢，是天亮的陽光！但是我搞錯了，那只是燭光。我猜想是蘇菲進來了，梳妝臺上有支蠟燭，而衣櫥的門開著，我上床之前把禮服和頭紗掛在那裡；我聽見那兒有窸窸窣窣的聲音，便問：『蘇菲，妳在幹什麼？』沒有人回答我。但是有個形體從衣櫥裡冒出來，它拿了蠟燭，高高舉起，檢視著從行李箱上垂掛下來的衣服。『蘇菲！蘇菲！』我又再喊，那形體卻還是沉默不語。我已經從床上坐起來了，我彎身向前，先是一陣震驚，然後是一陣茫然，然後我血管裡的血悄悄然變得冰冷。羅徹斯特先生，這不是蘇菲，不是莉亞，不是菲爾法斯太太，甚至也不是──我當時就確定，現在仍然確定──不是那個怪女人葛莉絲．普爾。」

「一定是她們其中的一個。」我的主人插嘴說。

「不，先生，我很嚴肅地向你保證不是。站在我眼前的那個形體，是我在荊原莊這地區從來沒有見過的；那高度、那身形對我來說都是陌生的。」

「描述一下，簡。」

「它看起來，先生，像是個女人，又高又大，有著濃濃的暗色頭髮，披在背上。我不知道她穿的是什麼衣服：那衣服白白直直的，然而究竟是長袍還是床單，還是裹屍布，我分不出來。」

「妳見到她的臉了嗎？」

「一開始沒有。可是不久她從放頭紗的地方把它拿了出來，高舉著它，盯著它看了老久，然後，她把它甩到頭上，轉過身去照鏡子。就在那時候，我從暗暗的長方形鏡子裡，相當清楚地見到了她容貌和五官的倒影。」

「是什麼樣子？」

「對我來說，既恐怖又嚇人──噢，先生，我從來沒有見過一張臉像那樣！那是張沒有血色的臉──一張野蠻的臉。我但願自己能忘掉那紅眼珠子的轉動，以及那面部的可怕的黑腫！」

「鬼通常都是蒼白的，簡。」

「這個鬼，先生，是紫色的；嘴唇腫脹而深黑，額頭皺在一塊兒，黑色的眉毛從充血的眼睛上高高揚起。你要我告訴你那讓我想起了什麼嗎？」

「妳說吧。」

「想起了德國的鬼——吸血鬼。」

「啊！——它做了什麼事？」

「先生，它把我的頭紗從它那令人毛骨悚然的頭上拿下來，撕成兩半，然後扔在地上，用腳去踐踏它。」

「然後呢？」

「它把窗簾拉開，往外看看，也許它見到黎明到臨了吧，因為，它拿起蠟燭，退向門口。這身形就在我床邊停了下來，那雙烈火燃燒似的眼睛俯瞪著我——她把蠟燭倏地推到我臉前面，然後在我眼前吹熄它。我意識到她那陰森恐怖的臉就在我面前燃燒著，隨即昏了過去，這是我這輩子第二次——僅僅是第二次——在恐懼之下失去知覺。」

「妳醒來的時候，是誰跟妳在一起？」

「沒有人，先生，只有白晝。我起床，把頭和臉浸泡在水裡，喝了一大口水；覺得自己儘管虛弱，卻並不是生病，於是我決定除了你以外，不把這景象告訴任何人。現在，先生，告訴我那女人是誰，是什麼人？」

「是個過度亢奮的腦子的產物，這是一定的，我可得小心照顧妳了，我的寶貝，像妳這樣的神經，不適宜粗魯對待。」

「先生，相信我，我的神經沒有病，那東西是真實的；那件事是確實發生過的。」

「那麼妳先前的那些夢呢，它們也都是真實的嗎？荊原莊是個廢墟嗎？我和妳之間有著無法超越的障礙隔開嗎？我不掉一滴淚——不向妳吻別——不說一句話地，正要離開妳了嗎？」

「還沒有。」

「難道說我將會離開妳嗎？唉，那個即將把我們牢牢縛綁在一起的日子已經來臨，等我們一旦結合，就不會再有這些心理上的恐懼出現了，我向妳保證。」

「心理上的恐懼，先生！我但願自己能相信那只是心理上的恐懼，此刻我比以前更加希望是這樣了，因為連你都不能為我解釋那個可怕的造訪者的謎。」

「既然我無法解釋，簡，那必定是不真實的。」

「但是，先生，當我今天早晨醒來這麼告訴自己的時候，當我環顧屋內，想要在滿室陽光中，見到每一件熟悉物品的愉快景象，以便從中得到勇氣與安慰時，就在那兒——地毯上——我見到了那足以指控我假設錯誤的東西——那頭紗，從頭到尾撕成兩半！」

我感覺到羅徹斯特先生驚跳一下，而且顫抖著；他急忙用手摟住我。「謝天謝地！」他大呼，「如果昨天晚上真有什麼邪靈鬼怪進入妳房間，多謝上帝保佑它只傷害了那條頭紗。噢，想想看有可能會發生什麼事。」

他的呼吸急迫，把我緊緊抱向他，我幾乎喘不過氣來。幾分鐘的沉默之後，他快活地說下去——

「現在，簡妮特，我來向妳解釋這一切。那一半是夢，一半是現實。我不懷疑的確有個女人，走進了妳的房間，而那女人是——一定是——葛莉絲・普爾。妳自己也說她是個怪人；從妳所知道的一切來說，妳有理由這麼稱呼她——她對我做了什麼？對梅森做了什麼？在半夢半醒之間，妳注意到她的進入和她的舉動；可是像妳那樣發著燒，幾乎昏迷的狀態，便賦予了她那不是她自己的鬼怪模樣：長而蓬亂的頭髮，腫脹的黑臉，誇張了的身材，都是想像的虛構之物，都是夢魘的產品，那懷恨撕破面紗的事倒是真的：而這就像是她的作風。我知道妳會問我為什麼要把這樣一個女人留在我的家宅裡頭，等我們結婚一年後，有天我會告訴妳，現在卻不。這樣妳可滿意，簡？妳接受我對這個謎的解釋嗎？」

我想了想，的確，對我來說這是唯一可能的解釋；雖然我並不滿意，但是為了讓他高興，我努力表現出滿意了的樣子——不過我倒是真的鬆了口氣，於是我便以一個滿意的微笑來回報他。這時，由於已經過了一點，我於是準備離開他。

「蘇菲不是在育兒室裡，跟亞黛兒睡一塊兒嗎？」我拿起蠟燭時，他問我。

「是的，先生。」

「亞黛兒的小床上應該還夠妳睡吧。妳今天晚上就跟她一起睡吧，簡，妳遇上的那事件，必定讓妳神經緊張，我寧願妳不要獨自一個人睡，答應我，到育兒室去睡。」

「我很樂意這麼做，先生。」

「把門從裡面緊緊拴好。上樓的時候，把蘇菲叫醒，假裝是要請她明天早上準時叫妳起床，因為妳必須在八點以前穿扮好並且吃完早餐。現在，別再有憂鬱的想法了，把陰暗的思慮都抛開吧，簡妮特。妳沒有聽見強風已經減弱成多麼輕柔的呢喃嗎？也不會再有雨點抽打在窗玻璃上了；看看這邊，」（他撩起窗簾）——「是個可愛的夜晚呢！」

的確是。半邊天空澄淨無瑕，雲在此刻都被風吹得聚積起來，風轉成西風，把雲吹成銀色的長柱，一列列飄向東方。月光平和地照著。

「那麼，」羅徹斯特先生說，詢問似地凝視我眼睛，「我的簡妮特此刻感覺如何？」

「這夜晚多麼寧靜啊，先生，我也一樣。」

「而且妳今天晚上不會再夢見分離或悲哀了，只會有快樂的愛情和幸福的結合。」

這個預言只實現了一半，我的確沒有夢見悲哀，然而卻也一樣沒有夢見喜悅；因為我一點都沒有睡著。小亞黛兒在我懷裡，我看著那孩童式的安睡——如此寧靜、如此安詳、如此無辜——一邊等待著天明；我的全副精神都清醒著、騷動著，太陽一升起，我也跟著起床。我記得亞黛兒在我離開她的時候，還緊緊地抱住我，我一邊把她的小手從我的頸子上鬆開，一邊親吻她，還由著一種奇怪的情緒而俯身對著她哭了，隨即離開她，怕我的啜泣聲會打破了她安靜的沉睡。她彷彿是我過去生活的標的，而那個我現在要裝扮好去會見的他，那個令人敬畏的，卻也令人愛慕的人，則象徵我未知的未來。

第二十六章

蘇菲七點鐘來為我穿扮，她的確花了好長一段時間才完成她的工作；長得連羅徹斯特先生都——我想——不耐煩我的遲到了，派人上來問我為什麼還沒去。她正在用領針把我的頭紗（畢竟還是用了那條原色的絲絹方巾）別到我頭髮上；一等她弄好，我就急忙從她手底下溜開。

「站住！」她用法語喊道，「看看鏡子裡面的自己吧，妳一眼都還沒看過呢。」

於是我在門口轉過身來，看到一個穿著長禮服、戴著頭紗的身影，這麼不像平時的自己，看來簡直是一個陌生人的形象。「簡！」一個聲音叫道，我只好匆忙下樓去了，羅徹斯特先生在樓梯的底部迎接我。

「拖拖拉拉的人！」他說，「我的腦子都焦急得冒火了，妳還耽擱這麼久！」

他帶我進餐廳，把我從頭到腳審視了一遍，宣稱我「美得像一朵百合花，不只是他此生的驕傲，還是他眼中的渴望」，然後告訴我他只給我十分鐘時間吃早餐。他撳了撳鈴，一個他最近雇來的僕人，一個男役，過來應答。

「約翰把馬車準備好了嗎？」

「好了，先生。」

「行李都拿下去了嗎？」

「他們正把它們往下搬，先生。」

「你到教堂去，看看伍德先生（牧師）和書記是否都在那裡，回來告訴我。」

那教堂，正如讀者所知道的，就在莊門外；男役很快就回來了。

「伍德先生在祭服室裡，先生，他正在穿上白色法衣。」

「馬車呢？」

「正在繫上馬具。」

「我們不想乘車去教堂；可是它得在我們回來的時候準備好，所有的箱子和行李都必須安頓好、綑綁好，馬車伕也要等在座位上。」

「是，先生。」

「簡，妳準備好了嗎？」

我站起來。沒有伴郎，沒有伴娘，沒有親戚要等候或者安排列隊：只有羅徹斯特先生和我。我們穿過大廳，菲爾法斯太太站在那裡。我很願意跟她說說話，但是我的手被鋼鐵般的手緊緊鉗住，他踏著我幾乎跟不上的大步，催趕我向前；而且只要看看羅徹斯特先生的臉，就可以感到不管什麼目的，他都不容許延擱任何一秒鐘。我不知道還有哪個新郎是像他這個樣子的——如此專心致志、如此嚴厲堅決，或者是有哪個人，曾在如此剛毅的眉毛下，露出如此燒灼閃爍的目光。

我不知道天氣是好是壞，沿著車道走下去的時候，我沒有凝視天空或是地面；我的心跟我的眼睛在一道兒，雙雙遷移到羅徹斯特先生身體裡了。我想看看裡面那非視覺能見的東西，就在我們走著走著的時候，他似乎一直惡狠狠地瞪著那東西。我想感覺一下，那讓他好似一直在拚命抵抗其威力的，是些什麼思想。

他停在教堂墓園的門口：他發現我已經差不多喘不過氣來了。「我在我的愛情當中，是不是太過粗暴了？」他說，「歇會兒吧，靠在我身上，簡。」

現在我還能想起那副景象：灰色的老教堂，靜靜聳立在我面前，一隻禿鼻烏鴉繞著尖塔盤旋，以及其上微紅的清晨天空。我還有點記得那些綠色的墳塚；此外我也沒忘記，有兩個陌生人，在那些低矮的丘陵之間徘徊晃盪，讀著寥寥無幾的青苔墓碑上的紀念文字。我會注意到他們，是因為，當他們一見到我們，就轉到教堂後面去了；毫無疑問他們將會從邊門進去觀看婚禮。羅徹斯特先生沒有看見他們；他正熱切地看著我的臉，我敢說我臉上的血液大概都暫時消失了吧，因為我感到額頭上冒著冷汗，我的臉頰和嘴唇也冰冰涼涼。我一下子就恢復，他便跟我一起，沿著通往玄關的小徑緩緩走去。

我們走進寧靜而簡陋的教堂裡；牧師穿著白色法衣，在低矮的祭壇那邊等著，書記在他身旁。一切都很靜穆，只有兩個影子在遠遠的一個角落裡移動。我的猜測是對的：那兩個陌生人在我們之前溜了進來，此刻正站在羅徹斯特家的墓穴那兒，背對著我們，隔著欄杆在看那古老的、沾染了歲月污痕的大理石墓穴；那裡有一個跪著的天使，守護著在內戰期間❶戰死於馬斯頓荒地❷的戴莫爾・德・羅徹斯特，以及他的妻子伊莉莎白的遺體。

❶內戰期間（civil wars）：英史，保皇黨與議會黨之戰（一六四二～一六四六，一六四八～一六五二）。
❷馬斯頓荒地（Marston Moor）：一六四四年，保皇黨軍隊在此地戰敗。

我們的位置是在聖餐臺的欄杆前。我聽見身後出現小心謹慎的腳步聲，便回頭望了一眼：那兩個陌生人之一——顯然是一位紳士——正往禮拜堂這邊走過來。儀式開始，婚姻的意旨解釋過了，然後牧師走上前一步，微微傾向羅徹斯特先生，繼續說：

「我要求且命令你們（因為你們在那可怕的審判日之時，所有心靈裡的祕密都得坦白出來），如果你們之中任一人知道有任何障礙足以使你們不能合法地成婚，就在現在承認；因為你們要確信，那些非在上帝聖旨允許之下結婚的，都不是由上帝結合的，也就不是合法的婚姻。」

他照例停了一下，那句話之後的停頓，什麼時候被回答打破過？也許，一百年內一次都沒有。那牧師根本沒有把眼睛抬離書本，只是屏息一下之後，繼續進行下去：他的手已經朝羅徹斯特先生伸過來，就在他張口要問：「妳願意娶這女人作你的正式妻子嗎？」之時——附近卻有個聲音說——

「婚禮不能舉行，我宣布有障礙存在。」

牧師抬頭看說話的人，呆呆站著；書記也是一樣。羅徹斯特稍微動了一下，好像腳底發生了一陣地震似地，等他站穩腳跟之後，他不回頭也不轉眼睛地說：「繼續進行。」

他用深沉而靜抑的語氣說出這句話之後，出現了一片死寂。不多久，伍德先生說——

「我不能進行，除非對於剛剛被宣稱的事情，先進行調查，證明它是真是假。」

「這儀式絕對無法進行，」我們身後的那個聲音加上一句。「我可以證明我的斷言，這婚姻存在著一個不可超越的障礙。」

羅徹斯特先生聽見了，卻不理會它，他執拗而僵直地站著，一動也不動，只是用他的手緊緊握住我的手。那是多麼炙熱強勁的鉗握啊！而他蒼白、堅硬、寬廣的前額，此刻又是多麼像顆挖鑿出來的大理石啊！他的眼睛是多麼地炯炯有神，卻一方面帶著警戒，而且其下竟還透著狂野！

伍德先生顯得不知所措，「這障礙的性質是什麼？」他問道，「也許是可以被克服——可以被解釋清楚的？」

「很難，」是回答，「我剛說過那是不可超越的，我這麼說是有其意義的。」

說話的人走上前來，傾身靠向欄杆。他繼續說，每個字清楚、冷靜、穩定，卻並不大聲——

「這障礙只不過是，前一次的婚姻還存在。羅徹斯特先生有個還活著的妻子。」

那些低聲說出來的話，讓我的神經震動起來，就算是雷聲也沒有讓它們這般震動過——我的血液感受到這些字句所帶來的神祕難解的暴力，就算是霜雪烈火都沒有讓它有過這樣的感受；不過我很鎮定，沒有昏倒的危險。我看著羅徹斯特先生，要他看著我。他整張臉像岩石般沒有血色；眼睛既是火花又是打火石。他沒有否認什麼，似乎想要反抗一切了。他沒有說話，沒有笑容，好似不把我當個人一樣，只是用手臂繞住我的腰，把我緊拉在他身側。

「你是誰？」他問那個闖入者。

「我姓布利格斯，是倫敦××街的律師。」

「你要硬塞給我一個妻子嗎？」

「我要提醒你太太的存在，先生，她是法律所承認的，如果你不承認的話。」

「那就請你為我描述一下她吧——什麼名字，父母是誰，住在哪裡？」

「當然。」布利格斯先生從容不迫地從口袋裡拿出一張紙，然後用一種很官樣化的鼻音說：

「『我斷言且能夠證明，在公元××年十月二十日（十五年前某天），英國××郡芬丁莊與××郡荊原莊的愛德華・菲爾法斯・羅徹斯特，與我的姊姊柏莎・梅森，商人約翰・梅森與其妻克里歐人安東妮塔・梅森之女，在牙買加西班牙城的××教堂結過婚。這婚姻的記錄，可在那教堂的註冊中找到——現在我手中就有一張它的副本。署名：理察・梅森。』」

「那——如果是份真實的文件——也許可以證明我結過婚，但它並不證明其中所說是我的妻子的那女人還依舊活著。」

「她三個月前還活著。」律師回答。

「你怎麼知道？」

「我有對此事實的目擊者，他的證詞，就算是先生你，也很難反駁。」

「叫他出來——否則就下地獄吧。」

「我立刻叫他出來——他就在現場。梅森先生，勞駕您走上前來。」

羅徹斯特先生一聽到這名字就緊咬住牙齒，他也一樣，經歷了一陣強烈的痙攣性顫抖；由於我這麼靠近他，我都能感覺到憤怒或絕望的脈衝流竄過他體內。那第二個陌生人，在此之前一直留在後面，這時走了過來，蒼白著臉從律師身後望過來——沒錯，是梅森本人。羅徹斯特先生轉過身，瞪視著他。他的眼睛，如我常說的，是黑色的，現在卻是黃褐色的，不僅如此，在那幽暗的中心，還閃著血色的光；他的臉漲紅了——橄欖色的臉頰和無光彩的額頭灼熱通紅起來，似乎接收了心頭逐漸上升而蔓延出來的火。他動了動，舉起他強壯的臂膀——他本可以將梅森一拳擊倒，把他摔擲到教堂地板上，無情毆打他，打到他大氣都不敢喘一下——可是梅森畏縮地躲開了，無力地喊著：「好老天！」輕蔑的感覺讓羅徹斯特先生冷靜下來——他的激昂宛如受到摧毀而立時凋萎淡逝；他只問道：「你有什麼話說？」

於是梅森的蒼白嘴唇間，溜出一句聽不清楚的回答。

「去你媽的，答話都答不清楚。我再問你一次，你有什麼話說？」

「先生——先生，」牧師插進來說，「別忘了你現在是在聖堂上。」然後對著梅森，溫和地詢問道：「你可知道，先生，這位紳士的妻子是否還活著？」

「勇敢些，」律師敦促他，「說出來吧。」

「她此刻就在荊原莊！」梅森說，這次比較口齒清晰了，「四月份的時候，我在那邊見過她，我是她弟弟。」

「在荊原莊！」牧師驚喊出來，「不可能的！我在這附近已經住很久了，先生，從來沒有聽過有位羅徹斯特夫人。」

我見到羅徹斯特先生的嘴在獰笑中扭曲起來，他喃喃自語——

「不，老天為證！我這麼小心不讓任何人聽見這件事——或者聽說她有這個名分。」他沉思了一陣——約有十分鐘時間，他都在心中與自己對話著；然後他作出決定，並且把它宣布出來。

「夠了！一切都抖出來吧，就像把槍膛裡的子彈打出來吧。伍德，闔上你的書，脫掉你的法衣，約翰‧格林（對那書記說），離開教堂吧，今天不會有婚禮了。」那男人聽話走了。

羅徹斯特先生硬著頭皮豁出去般地說：「重婚是一個醜陋的字！——然而，我是故意要當個重婚者的！可是命運智取了我，或者說是老天爺將了我一軍——也許這次就將死我了。此時此刻，我比一個惡魔好不到哪裡去，而且，就如那邊那位督正者將會告訴我的，我無疑該受上帝最嚴酷的審判，甚至該打入不滅之火和不死之蛆當中。紳士們，我的計畫被打破了！——這位律師和他的客戶所說的都是事實：我結過婚，而且我娶的那個女人還活著！你說你從沒聽說過上面那所房子裡有位羅徹斯特太太，伍德；但我敢說你應該聽過好幾次閒言閒語了吧，傳說著那裡面關著、照顧著一個神祕的瘋子。必定有人曾偷偷告訴你她是我的半血緣私生妹妹，或者有些人會說，那是我拋棄的情婦。現在，我告訴你，那是我的妻子，是我十五年前娶的——名字是柏莎・梅森，這位不屈不撓的人的姊姊；他此刻正用他顫抖的四肢和蒼白的臉頰，告訴你們一個男人可以有著多麼堅強的心。振作起來吧，老弟！——別怕我！——要我打你，還不如去打個女人。柏莎・梅森是個瘋子，她來自一個瘋子家庭，她家三代都是白癡和瘋子！她的母親，那個克里歐人，是個瘋子又是個酒鬼！——那是我娶了她女兒之後才發現的，因為在那之前他們都對這家族祕密保持緘默。柏莎在這兩點上都與母親如出一轍，就跟個孝順的孩子一樣。我曾有過一個可人的伴侶——純潔、賢明、嫻靜，你可以想見我曾是個多麼快樂的男人。我曾多麼風光啊！噢！我簡直如在天堂，但願你們能懂！不過我不必再對你們解釋什麼了。

布利格斯，伍德，梅森，我邀請你們到我家來看看普爾太太的病人，我的妻子吧！你們可以看看我被騙而娶的是怎樣的一個動物，然後判斷一下我是否有權利打破婚約，向某個至少算是人類的東西尋求同情。這女孩，」他繼續說，看著我，「她對這噁心的祕密知道得並不比你多，伍德；她以為一切都是合法而美好的，作夢也沒有想到自己將被設計，而與一個已經有個邪惡、瘋狂、墮入獸性的配偶的受騙衰鬼，結上這虛假不真的婚姻！你們全部都來吧——跟我走！」

他依舊緊緊握著我的手，走出了教堂；那三位男士跟著過來。我們在宅子的正門看見了那輛馬車。

「把它收回馬車房吧，約翰。」羅徹斯特先生冷冷地說；「今天不需要它了。」

我們進門的時候，菲爾法斯太太、亞黛兒、莉亞，都走上前來迎接我們，並且向我們祝賀。

「走開吧——每個人都走開！」主人吼道，「收回你們的祝賀吧！誰要它！我才不要！——它晚了十五年。」

他穿過她們，爬上樓梯，仍舊握著我的手，仍舊召喚著那幾位紳士跟他走，他們跟在後面。我們爬上第一道樓梯，沿著走廊走過去，走到三樓，那道低矮的黑門，在羅徹斯特先生的主人鑰匙下打開，讓我們都能進去那間掛著繡氈，有著大床和圖畫般陳列櫃的房間。

「這地方你知道，梅森，」我們的嚮導說，「她在這裡咬了你，用刀子刺了你。」

他把牆上的帷幔撩起，露出第二道門，他一樣也打開這道門。在一個沒有窗戶的房間裡，有一堆火在燒著，周圍用高而強固的炭欄圍著，有盞燈用鏈條繫著，從天花板上垂下來。葛莉絲·普爾俯身在火堆上，顯然正用湯鍋在煮著什麼東西。在房間遠遠那頭的陰影中，有個身影來來回回跑著。然而那究竟是什麼，是野獸還是人類，乍看之下實在無法分辨，它匍匐著，似乎四肢都著地，它像一隻奇怪的野生動物一樣攫抓著、嚎叫著；然而它卻穿著衣服，還有一大頭暗色的灰白頭髮，蓬亂得像獅子的鬃毛，遮住了它的頭臉。

「早安，普爾太太！」羅徹斯特先生說。「妳好嗎？妳看管的人今天情況如何？」

「我們還可以，先生，謝謝你，」葛莉絲回答，小心翼翼地把那正在滾燙的濃湯拿起來放在壁爐邊的架子上，「有點暴躁，但還不至於太兇猛。」

「啊！先生，她看見你了！」葛莉絲喊道，「你最好快離開。」

「一會兒就好，葛莉絲，妳得讓我待一會兒。」

「那麼，要小心，先生！——看在老天份上，要小心！」

那瘋子咆哮起來，她把臉上亂叢叢的鬈髮分開，狂野地瞪視著這些來看她的人。我非常認得那張紫色的臉，——那些浮腫的五官。普爾太太走上前去。

「走開吧，」羅徹斯特先生說，把她推開；「我想她現在沒有拿著刀子吧？我有防備。」

「你永遠不知道她拿著什麼，先生；她這麼狡猾，人類的判斷力是無法看穿她的詭計的。」

「我們最好離開她。」梅森小聲說道。

「下地獄去吧！」是他姊夫的回答。

「小心！」葛莉絲喊。三位男士不約而同向後退。羅徹斯特先生把我迅速拉到他身後，那瘋子撲上來，惡狠狠地掐住他的喉嚨，牙齒也咬上他的臉，他們搏鬥起來。她是個高大的女人，幾乎跟她丈夫一樣高，而且還很胖；她在搏鬥中顯出了男人般的力氣——儘管他體格強健，還是有好幾次幾乎被她掐死。他其實可以好好地揍她一拳，把她擊倒，但是他不願出重拳，只肯扭打。最後他終於控制住她的手臂，葛莉絲・普爾給了他一條繩子，他把她的雙手反綁起來，手中還有剩下的繩子，便把她綁在一張椅子上。這過程是在最兇暴的吼叫和最劇烈的狂撲猛衝中完成的。然後羅徹斯特先生轉向觀看者，帶著既辛辣又淒苦的笑容看著他們。

「那就是我的妻子。」他說，「我所知道的夫妻間的擁抱，就是剛剛那樣了——在我空閒時間聊作慰藉的親熱，也就是剛剛那樣！而這個才是我所希望擁有的，」（他把手放在我肩膀上）「這位莊嚴沉靜地站在地獄入口，鎮定地看著這魔鬼的狂撲猛跳的年輕女孩。我想要她，只是為了想在辛烈刺鼻的啦古肉❸之後，換換口味。伍德和布利格斯，看看這差別吧！把這雙清澈的眸子拿來與那邊那充血的眼球比較一下吧——這張人臉和那張面具——這個人身和那個龐然大物；然後再來評判我，你這福音傳播者和你這法律維護者，並記住你們怎樣批判別人，就也將受到同樣的批判！現在你們走吧。我得把我的意外獎品關起來了。」

我們全都退出來。羅徹斯特先生在我們之後還停留了一會兒，對葛莉絲・普爾做些進一步的吩咐。那位律師一邊下樓一邊對我說話。

「妳，小姐，」他說，「沒有任何罪過，聽見這樣妳叔叔會很高興——如果——在梅森回馬德拉的時候他還活著的話。」

「我的叔叔！他怎樣？你認識他嗎？」

「梅森認識他。愛先生是他們公司在芬沙耳❹的多年老客戶。妳叔叔接到那封通知他妳將與羅徹斯特先生聯姻的信時，梅森先生正好與他在一起；梅森回牙買加之前，先在馬德拉養病。愛先生提到這個消息，因為他知道我這位客戶認得一位叫做羅徹斯特的紳士。妳也許可以想見，梅森先生又訝異又痛苦，把事實真相

❸啦古肉（Ragout）：一種加辛辣香料的蔬菜燉肉。
❹芬沙耳（Funchal）：葡萄牙的一個行政區，包括整個馬德拉群島，為一港口及遊憩勝地。

揭發出來。妳叔叔呢，我很遺憾地告訴妳，他現在正在病床上，他的病，就其性質——衰老——以及它目前到達的階段來講，已經是不可再起床了。所以他無法親自趕來英國，救妳脫離妳步入的陷阱；不過他懇求梅森片刻都不要耽擱地來阻止這場欺詐的婚姻。他介紹他來找我協助。我立刻迅速辦理，謝天謝地沒有遲來一步；妳呢，毫無疑問也是這麼想吧。我幾乎可以確定妳叔叔在妳到達之前必定已經去世，若不是這樣，我會建議妳跟梅森先生一道回去；但就因為我確定，我想妳最好留在英國，直到聽見什麼進一步的消息，不管是來自愛先生，或是關於愛先生。我們還有什麼事情要留下來處理的嗎？」他問梅森先生。

「沒有，沒有——我們走吧。」是他焦急的回答；然後，沒有向羅徹斯特先生告別，他們就從大廳的門出去了。牧師留下來和他這位驕傲的教區居民說了幾句話，不是訓誡就是規勸，盡了這個責任之後，他也走了。

我站在自己房間半開的門邊，聽見他離開的聲音，現在我已經回到房間裡。這房子的人都走光了，我把自己關在房間裡，拴上門閂，不讓任何人闖進來，然後開始——不是哭泣，也不是悲嘆，我還太冷靜，不會那樣，只不過——機械式地脫掉婚紗，換上我昨天以為會是最後一次穿的布衣長服。然後我坐下，覺得虛弱而且疲倦。我把兩隻手臂靠在桌子上，把頭枕上去。然後，現在，我在思考了。一直到現在之前，我只能聽、看、移動——上上下下地跟著被引導或被拉扯的方向走——看著一個接一個事件倏即發生，一個接一個發現暴露出來；不過現在，我思考了。

這個早晨是夠安靜的了——只除了瘋子那短短的一幕。教堂裡的經過並不喧鬧，沒有激動情緒的爆發、沒有高聲的爭吵、沒有辯論、沒有反抗或挑戰、沒有眼淚、沒有啜泣；只說了幾句話，平靜地宣布了對這婚事的反對，羅徹斯特先生提出一些嚴厲而簡短的問題，回答和解釋被提供，證據被舉出，我的主人吐露並坦承了全盤事實，然後活生生的證物讓人見到了；闖入者走了，一切就都結束了。

我像往常一樣待在我自己的房間裡——只有我自己，沒有明顯的改變，沒有受到什麼打擊、損害或癱瘓。然而，昨天的簡愛在哪裡呢？——她的生活到哪兒去了呢？——她的前途又是在哪兒呢？

簡愛，曾經是個滿腔熱情、滿懷希望的女人——幾乎要當上了新娘——現在又成為一個冷漠、孤獨的女孩了；她的生活是蒼白的，她的前途是荒涼的。仲夏之際，下了場聖誕寒霜，六月時節，捲來了十二月的白色風雪，方熟的蘋果裹上了凍結的冰面，盛放的玫瑰讓積雪給壓垮，牧草圃和麥田披上了一層冰凍的裹屍布；昨晚還紅烈烈地繁花似錦的步道，今天已是覆雪滅徑荒涼無路，而樹林子在十二小時前還像熱帶叢林般枝葉婆娑、茂密芬芳，現在卻宛似四季如冬的挪威松林，荒蕪潦倒、一片慘白。我的希望都死了——讓神祕難解的命運擊毀了，這命運就像是那一夜之間降臨在埃及國度的所有長子身上的命運一般❺。我看看我所珍藏的那些願望，它們在昨天還如此綻放著、閃耀著，現在卻是這麼僵直、冰冷、灰黑地躺著，再也不能復活。我看看我的愛情，那份屬於我主人的感情——他創造出來的感情，在我心裡面顫抖著，像個受難的小孩在冰冷的搖籃裡，疾病和痛苦攫住了它，而它卻不能奔向羅徹斯特先生的臂彎——不能在他的懷抱裡求取溫暖。噢，它再也不能投向他了；因為忠誠已受到摧折——信任已受到毀滅！羅徹斯特先生對我來說已經不是從前那個人了；因為他並不是我以前所想的那樣。我不會怪罪他，我不會說他欺騙了我，但是在我對他的看

❺舊約聖經〈出埃及記〉第十二章第二十九節：「到了半夜，耶和華把埃及國度所有的長子，亦即從坐寶座的長老，到被囚禁在監獄裡的人的長子，以及一切頭胎生的牲畜都殺盡。」

法中，已不再有純然真實的這個特性了，而且我必須離開他：這點我十分明白。至於何時離開——怎麼離開——到哪裡去，我還不知道；不過我不懷疑，他自己也會催我趕快離開荊原莊吧。看起來，他對我並沒有真正的感情，有的只是短暫的熱情罷了，而那已經被遏阻住，他不會再要我了。我現在就連打他面前經過，也應該感到害怕，他一定很厭恨看到我。噢，我的雙眼多麼盲目啊！我的行為多麼軟弱啊！

我的眼睛蓋住了，閉上了；打漩的幽暗似乎浮游在我身旁，思慮以一股黑色濁流的姿態湧進來。我感到自暴自棄、精神鬆懈、不欲振作，好像躺在一條乾涸的大河床上，我聽見洪水在遠處的山脈上奔洩，我感到它奔流過來；然而要爬起來，我沒那個意志，要逃走，我沒那個力氣。我昏眩地躺著，渴望死去。只剩下一個念頭還活在我體內跳動著——對上帝的記憶；那念頭引出了一些禱詞，這幾句話在我昏暗無光的心靈裡上上下下地漫遊著，好似應該被說出來，然而我卻找不到任何能量，來將它們自口中吐出：

「別遠離我，因為苦難即將來臨；沒有人幫助。」

苦難近了，因為我沒有祈求上蒼將它擋開——我沒有合起手，沒有跪下來，也沒有掀動我的嘴唇——所以它來了；那洪流滔滔滾滾、來勢洶洶地淹到我頭上。我的生活孤苦，我的愛情消逝，我的希望被澆滅，我的信仰被擊斃，這整個意識匯成了陰沉沉的一大團，劇烈而猛力地在我頭頂上搖晃起伏。那個痛苦時刻是無法用言語描述的；真的像是：「洪水湧進我的靈魂；我陷入深深的泥淖之中，感到沒有立足之地；我沉入深深的水波裡，大水將我淹沒。❻」

❻引自聖經〈詩篇〉第六十九章第一至二節。

第二十七章

我在下午的某個時候，抬起頭，環顧屋內，看見夕陽在牆壁上，刻下它金碧輝煌的西下的痕跡，我問：「我該怎麼辦？」

但是當我內心給我的答案——「立刻離開荊原莊」——這麼迅速而嚇人地跳出來時，我掩上了我的耳朵：我說我此刻無法承受這句話。「我不是愛德華・羅徹斯特的妻子這件事，是我的悲慟中的最小一部分，」我確鑿地說，「從最燦爛的夢想中清醒過來，發現它們全是一場虛空，這樣的恐懼是我尚能忍受而應付的，但是要我毅然決然離開他、立刻離開他、完全離開他，卻是我無法承受的。我做不到。」

然而這時，我心裡的一個聲音卻斷言我做得到，並且諭示我將會那麼做。我與自己的決心相搏鬥：我想要乾脆讓自己軟弱，那麼也許就可以避開擺在我面前的那條更加苦難的恐怖的路，然而是非之心卻變成了個暴君，掐住激情的喉嚨，譏刺地告訴她，她嬌嫩的腳只不過才剛踏進泥淖裡而已呢，他發誓以他那鋼鐵般的臂膀，將能把她丟進深不見底的痛苦深淵中。

「那麼，讓我被扯開吧！」我呼喊，「讓別人來幫我吧！」

「不，妳得自己把自己扯開，沒有人會來幫妳；妳得自己挖出妳的右眼，自己砍斷妳的右手，妳的心將成為祭品，妳則將是戮穿它的祭司。」

這獨處之間有著如此無情的審判官出來驚嚇人，這沉靜之中竟填滿了如此可怕的聲音；我在恐懼的震擊下，突然站了起來。我直挺挺站著，頭昏眼花。我想我這暈眩是營養失調的結果，整天都還沒有吃過喝過什麼，因為我沒有吃早餐。而且，我現在回想到——這讓我感到一陣奇異的劇痛——從我把自己關回房間以來，沒有任何人傳來什麼問候我的信息，或是請我下樓；甚至連亞黛兒都沒有來輕敲房門，連菲爾法斯太太都沒有來找我。「朋友們通常會遺忘那些被命運背棄的人。」我喃喃自語，一邊抽出門閂，走出去。某個障礙物讓我絆了一跤，我的頭還昏眩，我的視線模糊，我的四肢虛弱。我沒辦法馬上讓自己恢復過來。我昏倒了，然而並沒有倒在地上：有隻手臂伸出來抓住我。往上一看——我是被羅徹斯特先生扶著，他坐在我房門對面的一張椅子上。

「妳終於出來了，」他說，「啊，我等妳好久了，而且一直在傾聽；然而卻沒有聽見任何移動的聲音，或是任何一聲啜泣，那死一般的寂靜要是再多五分鐘，我就要像盜匪般撬開門鎖了。所以妳是在躲我囉？——妳把自己關起來，一個人悲傷！我還寧願妳來狠狠申斥我一頓。妳那麼熱情，我本預期會有某種場面出現。我已準備好要迎接熱騰騰的淚如雨下，只希望它們是落在我胸口；現在，它們卻是被一塊無知覺的地板，或是妳那浸溼了的手帕給接了去。不，我錯了，妳根本沒有哭！我看見了蒼白的臉和失神的眼睛，卻沒有一點淚痕。那麼，我想，妳的心想必在淌血吧？

「唉，簡！一點責難我的話都沒有嗎？沒有嚴厲的——尖刻的表示嗎？沒有割傷感情、刺傷熱情的話嗎？妳就這麼靜靜坐在我把妳放下的地方，用那疲憊而消極的樣子看著我。

「簡，我從沒有想要如此傷害妳。如果一個男人只養著一隻像女兒般親愛的小母羊，讓牠吃他的麵包，喝他杯子裡的水，躺在他懷裡，卻在屠宰場上誤殺了牠，對這樣血淋淋的失手，他所感到的悔恨絕不會超過我現在的悔恨。」

讀者，我當下立刻原諒了他。他眼中有著那麼深的懊悔，聲音裡有著那麼真實的憐憫，舉止間有著那麼剛毅的氣概，而且除此之外，他整個表情態度裡還有著那毫無改變的愛意——我一切都原諒他了，然而不是用言語說出來，也沒有表現在外面，而只是在我心底深處原諒他。

「妳知道我是個惡棍嗎，簡？」不久，他若有所思地問了我一句——我想，大概是因為我持續不變的安靜與溫馴而感到訝異吧，其實這與其說是意志的表現，不如說是虛弱的結果。

「是的，先生。」

「那麼就赤裸裸地、不容情地對我這麼說吧——別不捨得。」

「我不能；我累了，而且病了。我要喝些水。」

他長長吐出一口有點顫抖的氣，把我抱起來，帶我下樓去。起初我不知道他把我抱到哪個房間裡，我模糊的視線中，一切都是霧濛濛的。不一會兒，我感覺到爐火使人甦醒的溫暖；因為即使現在是夏天，我在我的小房間裡已經全身冰冷了。他把酒拿到我唇邊，我嚐了一口，醒了過來，然後吃了些他拿給我的東西，馬上就恢復意識。我現在是在書房裡——坐在他的椅子上——他就在我身邊。「如果我現在能夠沒有太劇烈的痛楚就死去，也無所謂，」我心想，「那樣的話，我就不必辛苦地扯斷心弦，來把它從羅徹斯特先生身上拉走了。看來，我必須離開他。我不想離開他啊——我無法離開他。」

「妳現在覺得如何，簡？」

「好多了，先生；我應該很快就會好了。」

「再喝口酒，簡。」

我聽從他的話，然後他把酒杯放到桌上，站在我身前，殷切切地看著我。突然間他別過頭去，發出一聲模糊不清的叫喊，充滿了某種激情；然後他急速地走到房間另一頭，又走回來，俯身向我，彷彿要親吻我，然而我記起現在愛撫已經受了違禁，便轉開臉，推開他。

「什麼！——這是怎麼了？」他急急地喊道，「噢，我知道了！妳不願親吻柏莎・梅森的丈夫了嗎？妳認為我的臂彎裡已經有人，我的擁抱已經被佔有了嗎？」

「至少已經沒有任何空間或權利能夠給我了，先生。」

「為什麼，簡？我替妳省去說太多話的麻煩吧，我來替妳回答吧——妳會說，因為我已經有個妻子了——我猜得對嗎？」

「對。」

「如果妳這樣想，那麼妳一定對我有奇怪的看法了，妳一定把我當成個圖謀不軌的淫棍——一個卑鄙下流的浪子，假裝著對妳懷有無私的愛，只為了誘妳踏入故意設下的陷阱，然後剝去妳的榮譽，奪去妳的自尊。而妳對這有什麼話說呢？我看得出妳無話可說，一開始，妳還只是虛弱，光是呼吸都很費力了，隨後，妳還不習慣來控訴我或痛斥我；此外，淚水的閘門已經打開，如果多說些話，它們將會傾巢而出，然而妳一點都不想告誡，不想責難，也不想鬧什麼醜，妳只想著要如何行動——妳認為言語已經沒有用處了。我了解妳——我會留意的。」

「先生，我不想做什麼事來對付你。」我說，那不穩定的音調，警告著我該裁短我的句子。

「用妳的詞彙來說是不，但是用我的詞彙來說，妳現在正在計畫著的，正是要毀滅我啊！妳方纔等於是在說，我已經是結過婚的男人——而由於我是已婚男人，妳就要趕走我，躲開我了；就在剛剛，妳已經拒絕我的親吻。妳打算把自己變成一個對我來說完完全全的陌生人，打算在這所房子裡，妳將只扮演亞黛兒的家教老師，若是我對妳說句和善的話，若是有任何一絲和善的感情讓妳又對我產生眷戀，妳就會說：『那男人差點兒讓我成為他的情婦，我對他必須像個冰塊和岩石一樣。』於是妳就會變成個冰塊或岩石。」

我清清嗓子、穩穩聲音之後回答道：「我周圍的一切都改變了，先生，我也必須改變——那是毫無疑問的；而為了避免情緒的波動，避免不斷與回憶和聯想搏鬥，只有一條路可行——亞黛兒得找個新家教老師，先生。」

「噢，亞黛兒會送去學校——這我已經安排好了。我也不想讓妳在荊原莊醜惡的聯想與回憶裡受折磨——這個被詛咒的地方——這亞干的帳篷❶——這蠻橫無禮的死穴，向著光明晴天放肆地傳遞它活死人般的醜怖——這窄破的石窟地獄，它那真正的惡魔，比起我們所想像過的一整群妖魔鬼怪都還要邪惡。簡，妳不會再待在這裡的，我也不會。我錯了，不該明知道荊原莊鬧鬼，還把妳帶來這裡。我見到妳以前，就交代過他們，要他們把這地方受到詛咒的一切訊息都對妳隱瞞，僅僅因為害怕會留不住任何一位亞黛兒的家教老師

❶亞干的帳篷（tent of Achan）：舊約聖經〈約書亞記〉第七章，亞干違反上帝的意旨，取走了本該毀滅的東西，埋在他的帳篷裡，上帝發現後，降怒於以色列人，約書亞便派人到亞干的帳篷裡，找出那些東西，連同亞干帶到上帝面前，亞干於是被以色列眾人用石頭打死。

──若是讓她知道她跟什麼樣的人同住在這棟房子裡的話。而我的作風也不允許我把那瘋子移到別處──儘管我還有另一棟老房子，芬丁莊，比這裡更偏僻、更隱蔽，可以把她十分安全地安頓在那兒；只不過我的良心不讓我做這樣的安排，因為它的地點不衛生，在林子深處。那些潮溼的牆板說不定很快就能讓我解脫她這個負擔，但是每個惡徒都有他自己的壞處，我的壞處不在於喜歡間接謀殺，即使是殺我最恨的人。

「然而，向妳隱瞞房子裡有個瘋女人，猶如把一個小孩用斗篷蓋著，放在南洋箭毒樹❷旁邊一般，那惡魔的鄰近之處都受了毒害，而且已經持續許久了。但是我將把荊原莊關閉起來，我會釘住前門，把下層窗戶都裝上木板，我會給普爾太太一年兩百英鎊，讓她跟我的妻子住在這兒，這是妳對那可怕的醜巫婆的稱呼。葛莉絲為了錢，滿肯做事的，而且她可以找她的兒子，那位葛林斯比收容所的所長，來陪伴她，並且在我的妻子發病時，當她被她的妖精嘍囉慫恿，想把人燒死在床上、想拿刀子捅人、想把人肉從骨頭上咬下來等等的時候，助她一臂之力──」

「先生，」我打斷他，「你對那不幸的女人太不寬容了，你講到她的時候懷著怨恨──懷著報復似的嫌惡──她發瘋是不由自主的。」

「簡，我的小親親（我這麼叫妳，是因為妳正是我的親親寶貝），妳不知道妳在說什麼，妳又錯怪我了：我恨她不是因為她發瘋。妳難道認為要是妳發瘋了，我也會恨妳嗎？」

「我的確這樣想，先生。」

「那妳就錯了，妳一點都不了解我，不了解我所能懷有的那種愛。妳血肉中的每一個原子，都跟我自己的一樣親，即使是在病痛中，也是一樣地親。妳的心靈是我的寶藏，就算它破碎了，一樣還是我的寶藏；如果妳發瘋，那麼束縛妳的將會是我的臂膀，而不是一件緊身背心——妳的緊抓，即使是出於憤怒，對我來說也會是一種魅力；如果妳像今天早上那女人一樣瘋狂地向我猛撲過來，我會以擁抱來迎接妳，這擁抱的寵愛性質至少不會少過約束性質。我不會嫌惡地躲開妳，像對她那樣；在妳平靜的時候，可以沒有任何看管人或護士，只有我陪妳，就算妳沒有回報的笑容，我還是會用孜孜不倦的溫柔來照顧妳，就算妳的雙眼再也沒有一絲認得我的眼神，我還是會凝視它們，永不厭倦。——然而我幹嘛順著那想法說下去呢？我本來談的是要把妳帶離荊原莊。妳知道，一切都已準備好了，可以立即啟程：妳明天就可以走了。我只要求妳在這宅子裡再忍受一夜，簡；然後，便可以就此跟它的悲慘和恐怖永別了！我有個地方可以去，那裡將會是個安全的避難所，遠離可恨的回憶，遠離不受歡迎的打擾——甚至遠離謊言和中傷。」

「那就帶亞黛兒去吧，先生，」我打斷他，「她可以跟你作伴。」

「這是什麼意思，簡？我說過要送亞黛兒去學校的；我幹嘛要一個小孩陪伴，又不是我自己的孩子——一個法國舞孃的私生女？妳為什麼再三拿她來困擾我！我是說，妳為什麼要指定亞黛兒來跟我作伴？」

「你說到要隱居，先生；退隱和獨居是沉悶無趣的，對你來說太沉悶了。」

「獨居！獨居！」他生氣地重複唸道，「我看我非得做個解釋不可了。我不知道妳那史芬克斯般的表情究竟是什麼意思。必需是妳來分享我的孤獨。妳懂嗎？」

我搖搖頭，這需要某種程度的勇氣，因為他變得越來越激動，就算是那樣的無言的反對表示，都是在冒

❷南洋箭毒樹（upas-tree）：產於南洋，樹皮流出的汁液含有劇毒，用作箭毒。據說此樹之毒可以毒死數哩內所有生物。

險。他一直在房間裡匆匆走來走去，這時他停下來，好像突然在某一點上生了根似地。他久久地、全神貫注地望著我，我把視線轉開，定在爐火上，想要裝出並保持平靜、沉著的樣子。

「現在簡的性格有了故障，」最後他說，從他的神情，我本以為他不會說得那麼平靜，「這捲絲線到目前為止都纏繞得平平順順，然而我一直知道總會有個結、有個難解的糾結來到；現在就是了。現在遇到了苦惱、憤怒與無窮盡的麻煩了！老天為證！我多想借用丁點參孫的神力，來扯斷此刻的糾結啊！」

他又開始踱步，不過立刻就停住了，而且這次是停在我面前。

「簡！妳願意聽聽道理嗎？」（他停下來，把嘴湊近我的耳朵邊）「因為，如果妳不聽，我就要用暴力了。」他的聲音沙啞，那表情，好像一個人即將掙脫再也無法忍受的枷鎖，一頭衝向狂野的放肆自由去一般。我看得出，只要再多一次使他狂暴的刺激，我瞬時就會對他無能為力了。現在——這瞬間即逝的一秒鐘——便是我僅有的時間，來把他控制住、約束住；只要有一點拒斥的表現，一點逃竄、恐懼的表現，就會註定了我的命運——和他的。但是我不怕，一點點都不怕。我感到一股源自體內的力量，意識到有一種影響力，在支持著我。這危險時刻十萬火急，但卻不無它的魅力：也許，就如同印地安人駕著他的獨木舟在激流中疾行時所感到的那種魅力吧。我握住他緊緊鉗握的手，鬆開那扭曲的手指，安撫他說：

「坐下，我會跟你談，你要談多久都可以，我會聽你所有想說的話，不管是有道理的還是沒道理的。」

他坐了下來，卻沒機會馬上說話。我從剛剛一直拚命忍住眼淚，已經忍了一段時間了，我千辛萬苦地強壓住它，因為我知道他不會喜歡見到我哭泣。然而現在這時機，我卻認為可以讓它盡情奔流了，要流多久都可以。如果這股洪流能夠令他苦惱，那就更好。於是我豁了出去，暢快淋漓地哭了起來。

我馬上聽到他真切地懇求我平靜下來。我說若是他還那麼激動，我是不可能平靜的。

「可是我沒有生氣啊，簡；我只是太愛妳了，而且妳用那麼決絕、冰冷的表情，把妳蒼白的小臉都板得硬梆梆的，那讓我受不了啊。現在快別哭了，擦乾眼淚吧。」

他那轉柔和的聲音表示他已經被我馴服，所以輪到我安靜下來。現在他嘗試要把頭靠在我肩膀上，但是我不允許。然後他想把我拉向他；也不行。

「簡！簡！」他說，語調裡溢著如此苦澀的哀傷，震動了我全身每一條神經。「那麼說，妳不愛我了？妳只看重我的地位，和我的妻子的身分嗎？妳現在認為我不夠資格做妳的丈夫了，迴避我的碰觸，好像我是什麼蟾蜍或大猩猩一樣。」

這些話割傷了我的心，然而我還能說什麼呢？我或許什麼都不應該做，什麼都不應該說，然而我對於這樣傷害他的感情，卻感到痛苦萬分，我忍不住想在傷處塗上鎮痛劑。

「我愛你，真的，」我說，「我再沒有像現在這樣愛你了，然而我卻不應該表示出，或放縱這感情；這是我最後一次不得已把它說出了。」

「最後一次，簡！什麼！妳難道以為妳可以跟我住在一塊兒，每天見到我，而卻——若是妳還愛我的話——一直對我冰冷疏遠嗎？」

「不行的，先生，我確定我做不到那樣；因此我看只有一條路可走了，只不過我若提出來，你一定會勃然大怒。」

「噢，提吧！如果我大發雷霆，妳反正很懂得怎麼哭。」

「我得離開你，羅徹斯特先生。」

「離開多久，簡？離開幾分鐘，好讓妳整理一下頭髮嗎——它有點散亂了；並且洗一下臉嗎——它看來火熱熱的？」

「我必須離開亞黛兒和荊原莊。我必須離開你，盡此一生。我必須到陌生的臉孔和陌生的環境去，開始新生活。」

「當然，我說過妳應該離開荊原莊的。我且略過那離開我的瘋狂想法。妳是說妳必須成為我的一部分。至於新生活，那沒問題，妳還會成為我的妻子：我並沒有結過婚。妳將成為羅徹斯特夫人——不管是在實質上或名義上，我只認定妳是羅徹斯特夫人，一直到妳我生命終止。妳將會到我在法國南邊所擁有的一個地方去，一幢用石灰粉刷過的別墅，在地中海岸邊。妳會在那裡過著快樂的、受人守護的，而且最純潔無辜的生活。永遠不必害怕我想誘妳犯錯——要妳當我的情婦。妳為什麼搖頭呢？簡，妳一定要講道理啊，否則我真的會再發瘋的。」

他的聲音和手都在顫抖，他的大鼻孔更擴大了，他的眼睛發著光；不過我還是敢說話。

「先生，你的妻子還活著，那是一個你今天早上自己都承認的事實。如果我像你想要的那樣，跟你住在一起——就會是你的情婦了。要想說成另一套，就是詭辯——就是欺騙。」

「簡，妳忘了我不是個好脾氣的男人，我可沒什麼耐心，我不冷靜，也不心平氣和。發發慈悲吧，對我和對妳自己都一樣，把妳的手指放在我的脈搏上，看看它跳動得多激烈，而且妳最好有心理準備！」

他露出他的手腕，伸過來給我看，血液從他的臉頰和嘴唇上褪去，顯得越來越蒼白；我在各方面都感到痛苦。用他極其厭惡的拒絕，這麼深刻地激怒他，是很殘忍沒錯，然而要妥協嗎，卻又不可能。我像所有人類在被逼到極限時的直覺作法那樣——向高於人類的力量求援：「上帝幫助我！」這幾個字不由自主地脫口而出。

「我真是蠢蛋！」羅徹斯特先生突然說。「我一直對她說我不算結過婚，卻沒有向她解釋為什麼。我忘了她對那女人的性格，或是我跟她那地獄般的婚姻的情形一點都不了解。噢，我相信當簡知道一切之後，會同意我的看法的！把手放到我手心裡面，就這樣好嗎？簡妮特——這樣我便可以除了看到妳，還藉著碰觸到妳，來證明妳是在我身邊的——然後我會用幾句話，來向妳闡明真相。妳能聽我說嗎？」

「能的，先生；幾個小時都可以，如果你想的話。」

「我只要求幾分鐘。簡，妳有沒有聽說過我不是家族裡的長子，有沒有聽說過我曾有個哥哥？」

「我記得菲爾法斯太太有一次曾告訴過我。」

「此外，妳還有沒有聽說過我父親是個愛錢而貪求無饜的人？」

「我曾經領會過差不多這樣的意思。」

「那麼，簡，由於他是這樣的人，他下決心要把財產保持完整，無法忍受因為分給我應得的一部分而將他的財產分割開來；他決定，所有財產，都將歸於我哥哥羅蘭。然而他同樣也不能忍受他有個兒子淪為窮人，所以一定得為我找一門富有的親事。他及時為我找了個伴侶。西印度群島的農場主人和商人梅森先生是他的舊相識，他確信他的財產真的很巨大：他打聽過。他發現梅森先生有一子一女，還從梅森先生那裡得知他可以且將會給女兒一筆三萬英鎊的財富，那就夠了。我大學畢業後，就被送到牙買加去迎娶一位已經許配給我的新娘。我父親沒有提起她的錢，不過他告訴我梅森小姐是西班牙城出名的美女，而這一點都不假。我發現她是個美麗的女人，屬於白蘭琪・英格朗那類型的，高大、黝黑、形貌莊嚴。她的家族希望得到我，是因為我出身名門，她也是。他們讓我在許多舞會上見到她，穿戴得光彩奪目。我很難能單獨見到她，也很少能與她私下交談。她奉承我，而且為了讓我高興，刻意大量展現她的魅力和才藝。她的交際圈裡的所有男人似乎都仰慕她，而且嫉妒我。我被眩惑住、被挑激，我的感官都興奮起來；由於無知、青澀而且缺乏經驗，我以為我愛上了她。社交圈裡面白癡似的競爭、年輕人的色慾、輕率和盲目，會讓人衝動莽撞地做出任何蠢事來。她的親戚鼓勵我，競爭者刺激我，她也勾引我；一場婚姻在我還昏頭轉向的時候就結下了。噢，我一想到那時的舉動，就看不起我自己！──一種打心裡鄙棄自己的痛苦籠罩住我。我從來沒有愛過她，沒有敬重過她，甚至不了解她。我對她本質裡的任何德性都不確知，我並沒有在她的心靈或氣質裡，找出過任何謙遜、慈悲或正直、文雅──就和她結了婚；我真是個粗俗、下賤、眼睛長瘤的大蠢人！我還不如少造些罪孽，去──我可別忘了現在是在跟誰說話。

「我從來沒見過新娘的母親，我所領會的是她死了。度完蜜月我才知道我錯了，原來她只是瘋了，被關進一所瘋人院裡。另外還有個小弟弟──是個道地的蠢白癡。較年長那位弟弟妳見過，（這個人我沒辦法恨他，儘管我厭恨他所有的家人。因為他那懦弱的心靈裡還有著幾許情感在，這從他還不斷關心他不幸的姊姊，而且一度對我有著跟狗一樣的依戀，可以看得出來）他也許有天也會變得跟他們一樣。我父親和我哥哥羅蘭完全清楚這一切，卻只想到那三萬英鎊的錢，而合力陷害我。

「這些是可鄙的發現，但是除了欺瞞的背叛以外，我本不該拿它們來譴責我的妻子，即使我發現她的天性與我截然兩類，她的品味引我反胃，她的心靈傾向平庸、低俗、狹窄，而且極其缺乏被引導至任何更高層次、擴張至任何更大範圍的能力——當我發現，我連一個晚上都沒辦法跟她一起度過，白天跟她一起，也不能擁有一小時的安閒，因為我們之間無法持續和善的對話；任何我開啟的話題，都會立刻被她轉變成粗魯、陳腐、悖理而昏愚——當我發現我永遠不能擁有寧靜安穩的家居生活，因為沒有一個僕人能受得了她粗暴不理性的大發脾氣，或者是她那些荒謬、矛盾而苛刻的命令的折騰——即使到了那個時候，我還控制住我自己；我避免責難，減少告誡，我嘗試著偷偷吞下我的悔恨和嫌惡，把我所感覺到的深深的厭恨壓抑住。

「簡，我不要拿討厭的細節來煩妳，只消幾句強有力的話，就能把我想說的表達清楚。我跟樓上那女人同住了四年，不到四年她就已經把我折騰得夠慘了。她的性格以可怕的速度成熟著、發展著，她的邪惡迅速滋生、蔓延著，那些邪惡是如此濁重，只有殘酷才能制得住它們，而我卻不願運用殘酷。她的智力多麼微小，而她的惡性又多麼巨大啊！那些惡性使我背上多麼令人膽寒的詛咒啊！柏莎・梅森，確確實實遺傳了她那不名譽的母親的基因，把我扯入了娶來一個既酗酒又淫蕩的老婆的男人所必然會面臨的一切可怕又降低品格的痛苦中。

「在這期間，我哥哥死了，第四年的末了，我父親也去世。現在我夠富有了——然而也貧窮得令人作嘔。一個我所見過最粗野、最污穢、最腐化的性格和我結合在一起，還被法律和社會稱作我的一部分。而且我無法用任何法律程序來擺脫它，因為那時醫師發現我的妻子已經發瘋了——她的放縱使得瘋狂的病根提早發作。簡，妳不喜歡我的敘述，妳看起來似乎病了——要我把其餘的部分延到以後再講嗎？」

「不，先生，現在把它講完吧；我憐惜你——我真的憐惜你。」

「憐憫，簡，這東西來自某些人的話，會是一種惡毒的、侮辱的禮物，那樣的憐憫理當扔回他們的嘴裡；然而那是一種由麻木不仁而自私自利的心靈裡生出來的，它不過是聽到災難而產生的一種含有雜質的自私自衛的痛苦，交雜著對於受害者的愚昧無知的輕蔑。但是那不是妳的憐憫，簡；那不是妳此時整張臉充滿的感情——這感情幾乎要滿溢出妳此刻的眼睛——這感情使妳心緒起伏——使妳的手在我手中顫抖。妳的憐憫，我親愛的，是倍受煎熬的愛情之母，它的痛苦，正是這份神聖熱情誕生時的劇痛。我接受它，簡，讓它的女兒順利產下吧——我的雙臂正等著迎接她。」

「先生，現在再繼續說下去吧，發現她瘋了之後，你怎麼辦？」

「簡，我瀕臨絕望，我在那絕望的崖邊，只剩殘餘的一點自尊心擋著。我知道在世人的眼光裡，我無疑地已經蒙上污穢的屈辱，可是我決心在我自己的眼睛裡保持清白——而且要拒絕與她的罪惡有所關聯，我要把自己從與她的心靈缺陷的聯繫中扯開，一直到最後。然而，社會還是把我的人和名字跟她牽絆在一起，我還是每天看見她、聽見她，我呼吸的空氣中，還是摻雜著她氣息中的一些什麼，（呸！）此外，我還記起了自己曾一度是她的丈夫——這回憶不管在當時或現在，對我來說都是難以言喻的討厭。更甚者，我知道只要她還活著，我就永遠不能娶另一個更好的妻子，儘管她比我大五歲，（她家人和她父親甚至連年紀這點都欺騙我）她很可能會活得跟我一樣久，她體格之健壯，就跟她心智之羸弱一樣。如此，在二十六歲的時候，我放棄了希望。

「有一天夜裡，我被她的吼叫聲給吵醒——（既然醫療人員已經宣布她發瘋，她自然是被關起來了）——那是個火熱熱的西印度群島之夜，是那種在颶風來之前常有的氣候現象。床上的我輾轉難眠，便起身打開窗戶。空氣像硫磺溪一樣──我到哪兒都尋不到新鮮空氣。蚊子嗡嗡地飛進來，在房間裡陰森森地營營嗡嗡飛來飛去；海洋呢，我從那裡可以聽得見它的聲音，像地震一樣悶聲隆隆低吼，其上的烏雲逐漸聚攏，月亮逐漸沉入波濤中，那月亮又大又紅，像個熱騰騰的砲彈，對著在暴風雨的騷動中震撼不寧的塵世，投下她血紅色的最後一瞥。我生理上受到氣氛和景象的影響，耳朵裡還充滿了那瘋子尖聲叫喊的詛咒，我的名字偶爾會夾雜在那惡魔般的怨毒語調間，跟那樣的語調相雜在一起！──就算是公然賣春的妓女所吐出來的字眼也不會像她那麼髒，儘管隔著兩個房間，我還是字字句句都聽見了──西印度群島的房子牆壁很薄，對她的狼嚎，只提供了一點點障礙效果。

「『這生活，』最後我說，『真像個地獄，這些是地獄的空氣──那些是無底深淵❸的叫喊！我有權利，如果我能的話，把自己度開它。這世俗狀態的苦痛將離我而去，伴隨著這此刻牽絆著我的笨重肉體。我不怕跌入狂信者萬劫不復的煉獄，因為再沒有任何未來的環境會比目前差了──讓我掙脫而去，回歸到上帝那兒吧！』

「我說這話的時候，正跪著打開一只提箱，裡頭放了一對上了膛的手槍：我本想開槍自殺。不過我只沉溺於這想法一下子而已，因為，我並沒有瘋，那種在劇烈而真實的絕望之下產生的危機，那令我產生自殺的願望與念頭的危機，一秒即逝。

「一股從歐洲吹過來的清新的風，吹過海洋，湧進開著的窗戶，暴風雨爆發了，大雨滂沱而下，打過

❸無底深淵（the bottomless pit）：語出《聖經》，即地獄。

雷、閃過電之後，空氣變得純淨。我在那時擬好了也下定了決心。我走在我溼漉漉的花園裡，走在溼淋淋的橘子樹下，走進了浸溼了的石榴樹和鳳梨園子裡，當光輝燦爛的熱帶黎明打我身旁點燃之時——我推論出下面的想法，簡——現在聽好吧，因為那是真正的智慧之語，在那一個小時之內給我安慰，指點我該走哪條正確的路。

「那歐洲吹來的甜美和風還在煥然一新的樹葉間低吟著，大西洋正在光榮的自由中雷鳴不已；我這長久以來已經乾枯焦爛的心，現在漲回了健全的狀態，並且充滿生氣盎然的血液——我對於新生的企望——我的靈魂渴求一滴飲水。我看見希望復活了——感覺到重生是可能的。我從我的花園盡頭一道花團錦簇的拱門那兒，望向海那邊——它比天空還藍：舊時的世界，就在海的那一邊；清晰明朗的前景，就這麼展開來：

「『去吧，』希望說，『再回到歐洲去生活吧，到那裡，沒有人知道你背負著怎樣一個被污損了的名分，也沒有什麼骯髒的負擔牽累著你。你也許可以帶那瘋子到英國去，用適當的照顧和監管，把她軟禁在荊莊。然後自己一人到任何想去的國家旅行，並跟任何喜歡的人結合。那女人如此虐待你長久以來的心力，如此玷污了你的名聲，如此蹂躪了你的榮譽，如此摧折了你的青春，她不是你妻子，你也不是她的丈夫。看看她已經受到病情上需要的照料了，你也已經盡了上帝和人性所要求你做的一切。就讓她的身分、她跟你的關係淹沒無聞吧，你將不會把這些事透露給任何活著的人知道。把她安置在安全舒適的地方，把她的淪落祕密掩蔽起來，然後離開她。』

「我如實按照這個建議去做。我父親和哥哥並沒有把我的婚姻告諸親友，因為早在我寫第一封信去通知他們我已成婚時，就已經開始在經歷這婚姻極其醜惡的後果了，我還從那家族的性格與體質上，看出了展現在我眼前的恐怖未來——於是我在信上附加叮囑他們保守祕密；很快地，我父親為我挑選的妻子的不名譽行為，也使他羞於承認她為媳婦了。他不但非常不願張揚這種關係，還變得跟我一樣急於隱瞞。

「於是我把她送到英國來；跟這麼一個怪物一起搭船，真是一段可怕的旅程。最後終於把她送到了荊原莊，看著她安全地住在三樓那房間裡，我感到很高興。那房間裡的祕密小室，十年來已變成她的野獸巢穴——她的妖怪窟。我費盡一番工夫幫她找看護人，必須選個可以仰賴其忠實度的人，因為她的譫言囈語不可避免地會洩漏我的祕密；此外，她也有清醒的時候——有時持續幾個星期——那時候她就會拿所有時間來辱罵我。最後我從葛林斯比收容所雇來了葛莉絲・普爾。她和那位外科醫師卡特，（就是梅森被捅傷和咬傷那晚幫他包紮傷口的那人）我唯獨允許他們兩人知道祕密。菲爾法斯太太也許真的猜測到什麼，但是她不可能知道確切的事實。葛莉絲大體上來說，的確證明了是個好看護，儘管她的警戒不只一次鬆懈下來而受到挫敗；這似乎是她治不好的缺點，而且好像是這類麻煩行業的人常有的過錯。這瘋子不但狡猾而且惡毒，她從來沒有放過機會，利用看護人短暫的疏失；有一次藏了把刀子刺傷自己的弟弟，有兩次偷取了小密室的鑰匙，在夜晚偷偷溜出來。第一次她企圖把我燒死在床上，第二次她去妳房間做了那恐怖的探訪。我感謝老天眷顧妳，讓她只把憤怒發洩在妳的婚紗之上，可能因為它喚起了她當新娘子時候的模糊記憶，然而那時有可能會發生什麼事情，我想都不敢想。我只要一想到今天早上那個緊掐住我脖子不放的東西，把它黑黝黝、漲紅了的臉孔，俯在我可愛的鴿子的巢上，我的血液就凝結住了——」

「先生，你把她安頓在這裡之後，」他一停下來，我就問道，「做了什麼呢？去了哪裡？」

「我做了什麼，簡？我把自己變成一團鬼火。我去了哪裡？我開始像三月遊魂一樣胡亂遊遊盪盪。我到大陸去，迂迴漫遊地踏過它所有土地。我固定不移的渴望，是要尋找和發現一個善良聰明的女人，一個我能夠愛的人，一個和我留在荊原莊的這個瘋女人完全相反的人——」

「但是你不能結婚啊，先生。」

「我已經下了決心，也深深相信我可以且必須結婚。我起初並不打算要欺騙，像我欺騙妳那樣；我的本意是想將我的故事坦誠相告，然後公開求婚。對我來說，我應該會被認為是可以自由去愛人與被愛的，這顯得如此全然合理；我從來不懷疑該會找到某個女人，願意而且可以了解我的狀況並接受我，不顧我所背負的詛咒。」

「嗯哼，先生？」

「妳在追根究柢的時候，簡，總是使我想笑。妳像隻急撲撲的鳥兒一樣張大著眼睛，時不時作出個不安的動作，好像言語裡的答案對妳來說還不夠快，妳還想要探知別人心裡的寫字板一樣。不過在我繼續講之前，告訴我妳那句『嗯哼，先生？』是什麼意思。那是妳很常使用的表示，老是讓我滔滔不絕地持續沒有止盡的談話；我並不太知道為什麼。」

「我的意思是——接下來怎樣？你後來怎麼做呢？這樣的事情之後發生了什麼？」

「的確是！那麼妳現在想要知道什麼呢？」

「你有沒有找到你喜歡的人，有沒有求她嫁給你，然後她怎麼說。」

「我可以告訴妳我有沒有找到我喜歡的人，有沒有求她嫁給我，然而她說了什麼，就還有待命運大書的記載了。我漫遊了長長的十年歲月，先住在某個首都，然後再住到另一個去，有時候在聖彼得堡，更常是在巴黎，偶爾在羅馬、那不勒斯和佛羅倫斯。擁有多金的條件，以及舊族姓的保障，讓我得以選擇自己的交際圈，沒有哪個圈子排斥我。我在英國淑女、法國女伯爵、義大利名門小姐和德國貴夫人之間尋找我的理想女人，找不到。有時候，在某一瞬間，我以為我抓到了一瞥眼神、一絲聲音、看見一個形體，宣稱了我的夢想實現，然而卻馬上又從迷夢中清醒。妳別以為我想要心靈上或外貌上的完美。我只渴望適合我的——只渴望跟那克里歐人恰好相反的典型，卻得不到。在她們當中，我找不到一個讓我願意向她求婚的女人，即使我再也自由不過了。因為我受著不適合的婚姻所帶來的危險、恐怖與厭恨所警告著。失望讓我不安。我試著豪奢揮霍——從來沒有試過荒淫，那是我那時以及現在都討厭的。那是我的印度梅瑟琳娜❹的特點，對這一點以及對她根深柢固的厭惡，給了我頗大的約束，甚至是在我作樂的時候。任何接近放蕩的快樂，都似乎把我拉近了她或她的罪惡，因此我都特意遠離。

「然而我無法孤單單生活，所以我試著找情婦來作伴。我第一個找的是賽琳娜·瓦朗斯——又是另一個叫男人想起來就看不起自己的行動。妳已經知道她是怎樣的人，而我跟她的姦情又是怎樣終結的。她之後有兩個人，一個義大利人潔欣塔和一個德國人克拉拉，兩個都被認為極為漂亮。然而幾個禮拜之後，她們的美麗對我來說怎麼樣呢？潔欣塔很沒有道德而且兇悍，我在三個月之後就厭倦她了。克拉拉誠實而安靜，然而遲鈍、沒有思想、沒有感覺，一點都不合乎我的趣味。我很高興地給了她一筆足以支持她從事好生意的錢，然後擺脫了她。但是，簡，我從妳的表情看得出，妳現在正對我形成一個不怎麼讚許的看法。妳認為我是個

❹梅瑟琳娜（Messalina）：羅馬皇帝克勞迪烏斯的妻子，放蕩淫逸。

沒有感情、行為不檢的浪子，對不對？」

「我的確沒有像有些時候那樣喜歡你，先生。對於那樣的生活方式，你難道沒有感到一絲絲不對嗎？先是跟一個情婦，然後又跟另一個。你說起來好像那只是件理所當然的事情似的。」

「對當時的我來說的確是這樣，而我並不喜歡那樣。那是一種卑賤的生活方式，我永遠也不想回到那種生活中。金屋藏嬌幾乎要跟買下一個奴隸一樣糟了；兩者常常都是在天性上，而且總是在地位上比較低劣，而跟一個較低劣者親密生活在一起，會使人逐漸墮落。現在的我很痛恨去回想跟賽琳娜、潔欣塔和克拉拉度過的時日。」

我感覺到這些話語的真實，並從中汲取了特定的一點推論，亦即：假使我忘了自己、忘了所有曾經灌輸到我身上的教導，而在任何藉口、任何託辭、任何誘惑之下，去重蹈那幾位可憐女孩的覆轍，他有天將會拿現在這種污損著關於她們的回憶的情緒，來看待我。我沒有把這信念說出來，因為光是感覺到它就已經夠了。我把它銘刻在心上，讓它留在那裡，直到試煉的時機來臨時，出來助我一臂之力。

「現在，簡，妳怎麼不說『嗯哼，先生？』了？我還沒有說完呢。妳看起來好莊嚴。我看得出來，妳還是一樣不贊同我。但容我回歸正題吧。去年一月，我擺脫了所有情婦，帶著那沒用的、晃盪的孤獨的生活所造成的粗暴苦澀心情，這顆心被失望給腐蝕，對所有人都看不順眼，尤其是對所有女人（因為我開始認為一個聰明、忠實、有感情的女人只是夢想），在事業的召喚下，我回到了英國。

「一個凍寒的冬日午後，我朝著荊原莊奔馳過來。這令人厭惡的地方！我一點都不期待在這裡會有平靜或喜樂。在乾草小道的梯磴上，我看見一個安靜的小人影獨個兒坐在那裡。我毫不注意地經過它，把它當作對面那棵截去了樹梢的柳樹一樣。我完全不知道那將會跟我有什麼關係，沒有內心的聲音警告我那就是我此生的女審判官——我的善惡守護神，正微服喬扮等在那裡。甚至在米思羅出了事，她走上前來莊嚴地提出幫助時，我還不知道。一個孩子氣的纖細小傢伙！彷彿一隻赤胸朱頂雀跳到我腳跟前來，提議用牠的小翅膀載我一程一般。我很乖戾，然而那東西並不走。她以那種奇怪的不屈不撓精神站在我面前，用一種權威的態度看我、跟我說話。我得有人幫助才行，於是乎藉著那隻手，我得到了幫助。

「等我一旦按住那纖弱的肩頭時，某種新鮮的東西——一種清新的元氣和知覺——偷偷潛進我的身體裡。我得知這個精靈必定會回到我身邊——得知她住在我下面那邊的宅子裡，這樣很好，否則我不可能毫無一點遺憾地，眼睜睜看她從我手中溜走，消失在那幽暗的樹籬之後。那天晚上我聽見妳回家來，簡，儘管妳也許並不知道我想著妳或期待著妳。隔天，當妳跟亞黛兒在迴廊上玩耍的時候，我觀察了妳半個小時——不讓自己被看見。我還記得，那是個下雪天，你們沒有辦法到戶外去。我在我的房間裡，門微微開啟：我不但看得見還可以聽得見。好一段時間亞黛兒佔去了妳表面上的注意力，我卻幻想著妳的心思是在別處，然而妳對她非常有耐心，我的小簡；妳跟她說話，逗她玩了好久。等到她終於離開妳之後，妳立刻陷入深深的冥思默想裡，開始在走廊上慢慢地散起步來。偶爾，在經過某扇門式窗的時候，妳會瞥瞥外面紛降的雪，傾聽那低泣的風聲，然後再繼續輕輕踱步、夢想。我想那些白日夢應該不是晦暗的，妳的眼中偶然會閃過喜悅的光彩，神色中會有股淡淡的興奮，這些都說明了妳的沉思一點都不苦澀、慍怒或憂鬱；妳的表情所顯露出來的，比較像是年輕人甜美的遐思，當它的靈魂展開忠心樂意的翅膀，隨著希望飛翔，高高飛向天堂。菲爾法斯太太在大廳裡對某個僕人講話的聲音，喚醒了妳，那時妳對自己露出的微笑與嘲笑，是多麼奇特啊，簡妮特！妳的笑容裡有著許多的意義：它非常銳利，似乎在嘲諷著自己的魂遊天外。它好像在說：『我美麗的幻想都很好沒錯，但是我絕不能忘記它們是全然不真實的。我的腦子裡有個玫瑰色的天空和繁花似錦的青翠伊甸園，然而在腦子之外，我卻清清楚楚知道，我的步履前面有條坎坷的路要走，而我的身旁聚滿了狂風暴雨，等著我去迎戰。』妳跑下樓去，向菲爾法斯太太要了些事情做：我想是做做一週的家務帳目，或者那一類的什麼事吧。妳跑出了我的視線外，讓我有點生起妳的氣來。

「我不耐煩地等待傍晚來臨，到那時我才能夠召喚妳到我跟前來。我猜想妳對我來說，會是個不比尋常的性格——一個嶄新的性格。妳以一種既害羞又獨立的表情和儀態走進門來，妳的穿著古怪有趣——跟妳現在差不多。我引妳說話；不久我發現妳充滿了怪異的矛盾。妳的服飾和儀表都受著規矩的限制，妳的態度常常缺乏自信，整個來說卻有著與生俱來的文雅，然而妳對交際又十分不適應，而且相當害怕因為失禮或犯錯而讓自己不利地引人側目；不過當妳被問話時，妳就會抬起犀利、大膽而閃亮亮的眼睛直視妳的對話者的臉，妳每一個眼神裡都含著穿透力與威嚇力；若是被緊迫盯人的問題盤問，妳總是能立即地提出坦率據實的回答。妳好像很快就習慣了我，我相信妳感覺到妳和妳嚴厲暴躁的主人之間，有著共鳴存在，簡；因為我很驚異地看見，某種特定的愉快的安閒，如此迅速地讓妳的態度寧靜下來。儘管我大聲咆哮，妳卻沒有對我的暴戾顯出任何驚訝、恐懼、生氣或不悅；妳看著我，時不時對我笑笑，那笑容裡有著一種我無法描繪的既單純又睿智的仁慈。我立刻對自己所見到的感到滿足與激勵：我喜歡我所看到的，而且希望再多看些。然而，好長一段時間，我都疏遠地對待妳，而且很少找妳來陪伴。我是個理智的享樂主義者，希望能把交上這個新奇開胃的朋友的滿足感延長。

「此外，有一陣子我被時時出來作祟的恐懼感騷擾得心神不寧，害怕若是我太過放縱地把玩這支花朵，它的綻放將會枯萎，它甜美的清新魅力將會消失。那時的我還不知道，這花開絕不短暫即逝，它是從永不毀滅的寶石雕切下來的一朵光彩奪目的花雕。除此之外，我還想要看看如果我迴避妳，妳會不會來找我──然而妳沒有；妳繼續留在教室裡，跟妳自己的書桌和畫架一樣文風不動，如果我偶然遇見妳，妳就匆匆走過，只稍稍打個招呼，好像是為了表示恭敬。妳在那些日子裡的習慣性表情，是一種若有所思的樣子；不是無精打采，因為妳並不會病懨懨的；但也不活潑，因為妳沒什麼希望，也沒有真正的快樂。我納悶著妳是怎麼想我的──或者是妳究竟有沒有想到我，為了探究這點，我重新拾回我對妳的關注。在妳說話的時候，妳的眼神當中有著些許喜悅，妳的神態裡面有著些許親切；我看出來，妳有一顆喜歡與人交往的心；是那寂靜的教室──是妳生活的沉悶──使得妳憂鬱。我允許我自己享受對妳和善的快樂；和善很快就攪動了感情：妳臉上的表情變得柔和了，語調變得溫柔了；我喜歡妳用感激而快樂的口氣，自唇間吐出我的名字。那個時候，我總喜歡與妳相會，簡；妳的舉止間有種奇怪的躊躇：妳的眼神裡帶著些許困擾──帶著一份盤旋不去的懷疑，妳不知道我的捉摸不定的意向究竟會是什麼──不知道我是想扮演嚴厲的主人角色呢，還是想當個和藹的朋友。我那時已經太喜歡妳了，興不起第一個念頭；而且，當我誠懇地向妳伸出手的時候，妳那若有所思的青春面容上，就會漾起如此的容光煥發、如此的明朗與喜悅，我總得費上一番工夫才能避免當時當地就把妳拉近我的心窩。」

「別再提那些日子了，先生。」我打斷他，偷偷彈去眼睛裡的幾滴眼淚；他的話語對我是種折磨；因為我知道我應該怎麼做──而且應該趕快做，而所有這些追憶，他的這些感情流露，只會讓我更難完成我的工作。

「沒錯，簡，」他答道，「現在要確定得多——而未來要光明得多，還有什麼必要再去挖掘過去呢？」

聽到這昏了頭的斷言，我顫抖起來。

「妳現在了解這情況吧——對不對？」他繼續說，「青年時期和壯年時期中，我有一半是在難以言詮的悽慘中度過，另一半是在淒涼的孤獨中度過，到現在我才第一次找到了我真能夠愛的人——我找到了妳。妳是我的知己——我較好的自我——我的善天使。我帶著強烈的情感依戀著妳。我認為妳善良、有天分、可愛：我心裡面孕育著一股火熱而莊嚴的激情；它傾向妳，把妳拉到我生活的中心源頭來，讓我的生命都包圍住妳，然後，點燃純淨熾烈的火燄，把妳和我融為一體。

「就因為我感覺到、且知道這一切，才下決心娶妳。跟我說我已經有個妻子，真是個空洞的玩笑：妳現在知道了，我所擁有的，不過是個恐怖的惡魔罷了。我企圖欺騙妳是我錯了，然而那是因為我害怕妳性格中的那份頑固。我害怕過早種下偏見，我想要安安全全地擁有妳，再去冒險袒露祕密。這是懦弱，我應該從一開始就懇求妳的高尚和寬大，像我現在這樣——把我痛苦的生活如實向妳揭露——把我對更高層次、更有價值的生命的飢渴描述給妳聽——要讓妳知道，在我被忠實誠摯地愛著的時候，我是會去忠實誠摯地回報我的愛的，這不只是我的決心（這個字太弱了），而是我無法阻擋的性向啊。然後我應該求妳接受我的忠貞的誓約，求妳也把妳的誓約給我。簡——現在把它給我吧。」

片刻沉默。

「妳為什麼不說話，簡？」

我正在經歷一場嚴酷的考驗：有隻熾鋼般的手緊緊鉗住了我的心臟。真是個可怕的時刻啊：充滿了掙扎、黑暗和燒灼！沒有任何人可以冀望比我更熱烈的被愛了，如此愛我的他又是我完全崇拜的人；然而我卻必須棄絕愛情和偶像。一個淒涼的字就足以涵蓋我這難以忍受的責任──「分離！」

「簡，妳了解我向妳要求什麼嗎？只要這句承諾──『我會是你的，羅徹斯特先生。』」

「羅徹斯特先生，我不會是你的。」

另一次長長的沉默。

「簡！」他重新開始說，帶著一種溫柔，讓我傷心得崩潰了，不祥的恐怖讓我變得像石頭一樣冰冷──因為這靜悄悄的聲音，是獅子準備躍起前的呼息──「簡，妳的意思是要在這人世中獨走一條路，而讓我走另一條嗎？」

「是。」

「簡，（他彎下身子擁抱我）妳現在還是這個意思嗎？」

「是。」

「現在呢？」他輕柔地親吻我的前額和臉頰。

「是。」我迅速而完全地，把自己從束縛中拯救出來。

「噢，簡，這真是痛苦！這──這是不對的。愛我，才不會錯。」

「順從你，就會是錯的。」

一種狂野的神情，讓他揚起了眉毛──那神情從他臉上閃過；他站起來，但仍然忍耐著。我把手放在椅背上作為支撐，我顫抖著，害怕著——但是我心意已決。

「等一下，簡。妳看一看我在妳走後的可怕生活吧。所有的快樂都將被妳帶走。剩下什麼呢？若是要說我還有樓上那個瘋子老婆，那妳還不如要我去找那邊教堂墓地裡的屍體吧。我該怎麼辦，簡？當我想要找人陪伴、找些希望時，我該去哪裡找呢？」

「像我一樣做吧：信仰上帝和你自己。相信天堂，期待在那裡重逢。」

「那麼妳是不會妥協了？」

「不會。」

「那麼妳是要判我受折磨地活，受詛咒而死嗎？」

「我規勸你無罪地活，平靜地死。」

「那麼妳是要把愛情和純真從我這裡奪走囉？妳把我推回去，要我以肉慾滿足熱情，以罪惡作為工作了？」

「羅徹斯特先生，我並不分派你這樣的命運，正如我不會自己去抓住它一般。我們生來是要奮鬥、要刻苦的——你和我都一樣；就那樣去做吧。你會在我忘記你以前就忘記我的。」

「妳這番話是把我當作一個騙子了：妳玷污了我的榮譽。我剛剛聲明過我不會變心，妳卻當著我的面說我很快就會變。妳這行為證明了妳的判斷多麼扭曲，妳的想法多麼乖張啊！難道說將一個同胞逼上絕路，會比在沒有人受害的狀況下違反一條只不過是人所定的法律來得好嗎？——妳又沒有任何親戚或是朋友，足使妳害怕因為跟我同居而傷害到他們。」

這是真的：他這麼說的時候，我自己的良心和理性都對我倒戈相向，控訴我不該拒絕他，說那是罪過。它們的聲音幾乎和感情一樣響亮：它正狂野地叫囂著。「噢，聽他的話吧！」它說，「想想他的悲慘，想想他的危險；看看他被離棄後的處境，回想一下他那不顧一切的個性，考慮一下尾隨絕望而來的自暴自棄——安撫他吧、拯救他吧、愛他吧，告訴他妳愛他而且會是他的。這世界上有誰會在乎妳呢？或者有誰會因妳的所作所為而受傷害呢？」

然而我的回答仍然不屈不撓：「我在乎我自己。越孤獨、越沒有朋友、越沒有支持，我就會越尊重我自己。我要遵循這由上帝頒賜、由人類認可的法律。我將守著我神智清醒時，不像現在這樣瘋狂時，所接受的道德原則。法律和道德原則並不是準備給沒有誘惑的時刻，它們是為了像現在這樣的時刻——當肉體和靈魂都起來反叛它們的嚴格之時——而存在的，它們是嚴峻無私的，它們將不受侵害。如果我為了個人的方便起見就打破它們，那麼它們還有什麼價值呢？它們是有價值的——我向來都這麼相信；而如果我現在不能相信它，只是因為我此刻失去了理智——十分失去理智，我的血管裡流動著火燄，我的心臟跳動得如此快速，快得我都無法數出它的律動了。此刻我只堅持我向來已經形成的想法，以及先前所下的決心，我要根據它們站穩腳跟。」

我的確這樣做了。羅徹斯特先生讀著我的表情，看見我已經這麼做了。他的怒火被激到最高點：他必須發洩一下，不管接下來會怎樣；他從那邊走過來，抓住我的臂膀，掐住我的腰。他冒火的眼神彷彿要將我吞噬掉，此時，在肉體上，我覺得很無力，好像割下的麥草暴露在火爐的通風口和烈燄之前一般；但是精神上，我仍然把握著我的靈魂，同時也把握著最後終會安然無恙的信念。很幸運地，靈魂總是詮譯在眼睛裡

——常常是無意識但卻仍忠實的詮譯。我抬眼望向他、看著他的時候，我忍不住嘆了口氣；他抓得我好痛，我負擔過重的體力幾乎要耗盡了。

「從來沒有，」他咬牙切齒地說，「從來沒有任何東西，像這樣既纖弱又不屈不撓的。在我手裡，她彷彿只是一根蘆葦！」（然後他抓住我用力搖晃。）「我可以光用大拇指和一根手指就把它扭彎；然而我就算扭彎它有什麼用呢，我把她扯起來、把她壓碎，又有什麼用呢？想想那眼睛，想想那裡面流露出來的意志堅決、桀驁不馴、不受壓制的意味，那樣地違抗我，不僅含著勇氣——還帶著屹立不搖的征服氣魄。不管我如何對付它的牢籠，都碰不到它——那野蠻而美麗的東西！如果我撕裂、扯破這纖細的牢房，我的暴行只會讓其中的囚者逃脫出來。我也許可以成為這房舍的征服者，然而在我能自稱佔有了它的泥土住所前，其中的居住者卻早已逃逸而出，飛上了天。而我要的是妳，妳那帶著意志與精力、美德與純潔的靈魂，而不只是妳一摧即破的軀殼。如果妳願意，妳可以自己輕盈地飛過來，依偎在我心窩上；若是我違反妳的意志緊抓住妳，妳就會像一縷香氣一樣逸散——在我還沒來得及吸入妳的香味之時，就消失無形了。噢！來吧，簡，過來吧！」

他這麼說的時候，放開緊抓住我的手，僅僅看著我。這神情遠比那瘋狂的緊抱還難以抗拒，然而，只有白癡才會在此時屈服。我已經挑戰且戰勝了他的憤怒，現在就必須躲開他的悲哀，於是我退向門口。

「妳要走了嗎，簡？」

「我要走了，先生。」

「妳要離開我了嗎？」

「是的。」

「妳不會再來了？妳不會當我的安慰者、我的拯救者了嗎？我的摯愛，我狂野的悲痛，我瘋狂的祈求，對妳來說都不算什麼嗎？」

他的聲音裡有著多麼難以言喻的悲哀啊！要再堅定地重複說一次「我要走了」是多麼地難啊！

「簡！」

「羅徹斯特先生！」

「那麼，去吧——我同意；可是要記住，妳現在是把我留在苦痛裡的。上去妳自己的房間吧；回想一下我所說的一切，然後，簡，看一眼我的磨難，想想我吧。」

他轉過身，一臉撲向沙發。他痛苦地喊：「噢，簡！我的希望——我的愛——我的生命！」然後深深地、用力地啜泣起來。

我已經退到門邊了，但是，讀者，我又走了回來——跟後退時一樣堅決地走回來。我在他身旁跪下，把他的臉從沙發上轉過來朝著我；我親吻他的臉頰，用手撫平他的頭髮。

「上帝保佑你，我親愛的主人！」我說，「上帝保佑你不受傷害，不入歧途——導引你，安慰你——好好回報你過去對我的仁慈。」

「小簡的愛是我最好的回報，」他答道，「沒有它，我的心是破碎的。不過簡會把她的愛給我的，對——高尚又寬大地給我。」

血液疾湧上他的臉，眼中閃出火光，他一躍而起，伸出他的手臂；但是我躲開他的擁抱，同時離開了房間。

「再會了！」是我離開他之時，內心的呼喊。絕望又加上一句：「永別了！」

那天晚上，我一直不想睡，可是一躺上床就睡著了。我在思緒中，被送回到童年時期：我夢見我躺在蓋茨海德府的紅屋裡，夜如此黑，我的心靈深深地感受到奇奇怪怪的恐懼。好久以前把我嚇昏的那道光，現在在這夢幻中重現，似乎優優游游地要爬上牆，然後抖抖晃晃地停在昏昧不明的天花板上。我抬頭看，屋頂化成朵朵雲霧，又高又朦朧；那光線宛似即將破雲而出的月亮所照在雲霧上的光。我看著她過來，帶著最奇怪的期待；好像她的圓盤上會寫著什麼命運的啟示一樣。她破雲而出，從沒有一個月亮是像這樣衝出來的。先是有隻手穿透烏黑的雲層而出，撥開它們；然後不是月亮，而是一個白色的人形，閃耀在藍天上，光明的前額俯向地面。它對我的靈魂說話了：那聲音遠不可測，然而卻又如此接近，它在我心裡面低聲說道——

「我的女兒，逃離誘惑。」

「母親，我會的。」

我從那靈魂出竅般的夢境裡醒過來之後，做了這樣的回答。那時還是深夜，但是七月的夜晚是短暫的：午夜過後不久，黎明就來了。「現在就著手進行我該履行的工作，絕不算太早。」我想。我起床，我衣服還穿在身上，因為我除了鞋子以外，什麼都沒脫。我知道抽屜裡的哪個地方有幾件內衣，一個匣式項鍊墜子，一個戒指。在找尋這些東西的時候，我碰到了羅徹斯特先生幾天前強迫我收下的珍珠項鍊上的珠子。我摸著它，那不是我的東西，那是已經化為泡影的那位幻想中的新娘的。我把其他東西包成一個包裹，我的小錢包，裡面裝著二十先令（那是我所有的錢財），我把它放到口袋裡；我綁好了我的草帽，別好了我的披肩，拿起那包裹和我的便鞋——我現在還不想穿上它，偷偷溜出房間。

「再會了，親切的菲爾法斯太太！」我悄無聲息經過她的房門，輕輕說道。「再會了，我親愛的亞黛兒！」我望望育兒室說。就連走進去抱抱她的念頭都不許有。我得瞞著一隻靈敏的耳朵：因為就我所知，它很可能正在聆聽著。

我本可以毫不停歇地走過羅徹斯特先生的房間，然而就在那門檻邊，我的心臟暫時停止了跳動，我的腳步也被迫停了下來。裡面沒有睡眠：那裡面的人正坐立不安地從一面牆走向另一面牆，我傾聽著的時候，他一次又一次地嘆氣。這房間裡有我的天堂——暫時的天堂，如果我選擇這樣的話。我只需走進去，說——「羅徹斯特先生，我要一輩子愛你，跟你住在一起。」就會有一股狂喜之泉湧到我嘴唇上。我想到了這點。

那位仁慈的主人，此刻無法入睡，正迫不及待地等待天明。他會在早晨派人來找我，我將已經離去。他會派人去找我：沒有用。他會覺得自己被人拋棄，覺得愛被拒絕，他會痛苦，也許還變得心灰意懶。這我也想到了。我的手移向門把，我把它抓了回來，然後繼續悄聲前進。

我淒涼地蜿蜒下樓，我知道我該怎麼做，我機械式地做了。我從廚房找到了邊門的鑰匙；還找來了一小瓶油和一根羽毛，我把鑰匙和門鎖抹上油。我拿了些水，拿了些麵包，因為我或許必須走很遠，而我的體力在最後這幾小時已經被劇烈搖撼了，不能讓它垮下來。這一切，我都不發出一點聲響地做好了。我打開門，走出去，輕輕關上它。草坪上微微出現朦朧的曙光。兩扇大門關著而且鎖著，但是其中一扇的上面有個小門，它僅僅拴著而已。我從那裡出去，然後，一樣地，把它關上，現在我在荊原莊之外了。

草原那頭一哩遠之處有條路，朝著米爾科特的反方向延伸出去，那是我從來沒有走過的路，不過我常常注意到它，而且常思忖著它究竟通往何方：我提步往那裡走去。現在不允許任何思考了，也不能回頭看一眼；甚至不能向前看。對於過去或未來，想都不能想一下。前者是如此天堂般甜美而又死亡般哀傷的一頁，光是讀上一行，就足以打消我的勇氣，擊垮我的精神。後者是可怕的一頁空白：有點像大洪水淹過的世界。

我沿著草原、樹籬與田野小徑的邊緣走，一直走到太陽升起。我相信那是個怡人的夏日早晨，我知道我的鞋子——我離開宅子之後把它穿上了——很快地就會被露水沾溼。但是我並不看那初昇的朝陽，不看那笑盈盈的天空，也不看逐漸甦醒的大自然。一個被押著經過美麗景色前往斷頭台的人，想的不是路邊對他微笑的花朵，而是斧臺和鍘刀的利刃，分開的骨頭和血管，以及最後那張開口的墓穴。我想的是傷心的逃亡，和無家可歸的流浪——以及噢！帶著痛苦，想著我所離開的一切，我不能自已。我想著他現在——在他房間裡——正看著日出，希望我再過不久會去找他，說我願意留在他身邊，成為他的人。我多想成為他的人啊，我渴望回去：現在還不太遲。我還可以免除他喪親般的劇痛。我確定，我的逃離此刻還沒有被發現。我還可以回去，成為他的安慰者——他的驕傲、他的悲慘的拯救者，或許還是他的毀滅的拯救者。噢，那害怕他會自暴自棄的心情——比我的自暴自棄還糟——是如何地刺痛著我啊！它就像我胸口的一只有倒鉤的箭頭，在我試著拔它出來的時候，撕裂著我，而當回憶把它推得更深，又令我作嘔。鳥兒們開始在矮樹叢和灌木林裡唱起歌兒來；鳥對於配偶很忠誠，鳥是愛情的象徵。我是什麼呢？在我內心的痛苦和狂亂的道德努力中，我憎恨我自己。我不能從自我稱許，甚至是自尊自重之中得到安慰。我傷害了——重挫了——離棄了我的主人。

我自己看自己都覺得可恨。然而我還是不能回頭，也不能回走一步。必定是上帝在領導著我前進。我自己的意志或意識呢，熱烈的悲痛已經把其中一個給踏死，把另一個給扼死了。我獨自走著孤單的路，一邊放肆地哭著；我像個發狂的人一樣，走得很快，很快。一陣來自內心的虛弱感，擴張到四肢去，箝制住我，於是我倒下。我在地上躺了幾分鐘，把臉壓在溼溼的草皮上。我有點害怕——或是希望——自己在這裡死去；不過我立刻就爬起來，用手和膝蓋往前爬，然後重新站起來——跟先前一樣急切而堅決地朝著那條路走去。

等我來到路上，不得不在樹籬下坐下來休息；坐著坐著，我聽見車輪聲，隨後看見一輛馬車駛過來。我站起來，舉起手，它於是停住。我問它上哪兒去，駕車人說了個很遠的地名，我確定羅徹斯特先生沒有親戚在那裡。我問他帶我到那裡要多少錢，他說三十先令，我回答我只有二十先令；他說好吧，他試試看二十先令夠不夠到那裡。他還進一步允許我坐到車裡面，因為這車子是空的。於是我爬進去，被關在裡面，然後馬車就骨轆轆啟程出發了。

善良的讀者，但願你永遠都不必感受到我當時的心情！但願你的眼裡永遠不必流下我那樣暴雨般滾燙燙而絞心嘔血的熱淚！但願你永遠不必像我這一小時之間，對著上天說出如此絕望而痛苦的祈禱；因為但願你永遠不會像我這樣，害怕成為你真心全意愛著的人履行惡念的工具。

第二十八章

經過了兩天。那是個夏天傍晚，馬車伕要我在一個叫惠特克羅斯的地方下車，因為我付的車錢不夠他繼續載我了，而我連多餘的一先令都沒有。現在馬車已經在一哩之外，我剩下獨自一人。這時我才發現自己忘了把包裹從馬車上的置物袋裡取出來，那是為了安全考慮才放在那裡的；而現在它就這麼留在那裡，必定還留在那裡，我卻是全然身無分文了。

惠特克羅斯根本不是個鎮，甚至不是個小村莊，它不過是一根石柱子，立在四條路的交會口，刷得粉白，我想是為了要在遠方及暗處顯眼些吧。它的頂端伸出四根牌子，從上面的刻字看來，最近的一個鎮有十英里路，而最遠的要在二十英里之外。從這幾個熟悉的地名，我得知自己是在哪個地區下車的，這是北方中部的一個郡，荒野蒼茫，山脊龍疊，是我所見到的景象。我的左右方和後方都有更大片的荒野，我腳下深谷的遠遠那頭，還有著重重山巒起伏。這裡的人口必定很稀少，路上見不到任何行人，這些路一條往東，一條往西，一條往北，一條往南——白晃晃、廣闊闊、冷清清；都穿過沼地，石南蓬勃叢亂地長到路邊來。然而還是有可能會有路人經過，我希望沒有人在這個時候看見我。陌生人可能會納悶我在這裡做什麼：在路牌這兒躊躇不去，顯然沒有目標，失了方向。人家可能會問我，我卻除了一些聽起來難以置信而引起懷疑的回答之外，別無任何答案。此時此刻我對人類社會沒有任何牽掛——沒有任何魅力或希望召喚我去接近我的同胞

——沒有哪個人見到我會產生什麼仁慈想法或是善良祈願。我沒有任何親戚，只有萬物之母：大自然。我將投奔她的懷抱，尋求安歇。

我直接走進石南叢中，繼續朝著我看到的一道凹溝走去，那凹溝深深陷落在褐色的石南沼地邊緣；我踏著其中直沒至膝的濃密草木艱難地前進；我隨著它的彎道而轉彎，發現在某個隱藏的角落裡，有一道佈滿苔蘚而變黑的花崗岩壁，我在它下方坐下。沼地高高的土堤就在我身邊，那岩壁保護住我的頭，天空在它之上。即使是在這裡，我都要過了段時間才覺得寧靜：我模模糊糊害怕著附近會有野獸，或者是某個狩獵者或偷獵人會發現我。有風掠過荒野，我就會抬起頭，生怕那是一頭公牛奔馳過來；若有千鳥呼嘯，我會以為是人。然而，在我發現自己的憂慮全然沒有根據，而在傍晚消逝、夜幕降下時，被統攝一切的深沉寂靜撫平了憂慮之後，我逐漸有了信心。到現在為止，我一直還沒有思考：我僅僅聽著、看著、憂慮著；現在才重新拾回反思的能力。

我該怎麼辦？該到哪裡去呢？噢，真是難受的問題，因為我什麼都不能做，也哪裡都去不成啊！——因為在我能到達有人類居住的地方之前，得先用疲累顫抖的肢體走完一大段路——因為在我能求得一宿之前，得先懇求別人冷漠的慈悲，在我的故事能有人願意聆聽之前，在我需要獲得緩和之前，得先再三央求不情願的同情，而且幾乎是確定會招來拒斥啊。

我摸摸石南，乾的，還留有夏日的溫暖。我看看天空，很純淨；就在斷壁邊緣的上方天空，有顆仁慈的星星在閃爍著。晚露降落，不過帶著慈悲的溫柔，沒有微風在呢喃。對我來說，大自然似乎是和藹而善良的；我認為她是愛我的，儘管我無處容身；從人類那兒只能指望得到不信任、拒絕和侮辱的我，帶著孺慕之情依戀著她。至少今晚，我將由她來收容，因為我是她的孩子：我的母親會願意不要錢也不要代價地讓我投宿。我還剩下一小口麵包，是中午經過一個小鎮時，我用零散的一便士——我最後一枚硬幣所買的麵包捲的殘餘物。我看見成熟的越橘像黑玉珠子一樣，這兒那兒地在石南叢中發亮。於是我去摘了一把，跟麵包一塊兒吃。我原本劇烈的飢餓，即使沒有獲得滿足，也讓這頓隱士之餐緩和了些。吃完的時候，我做了晚禱，然後找了個睡覺的地方。

這岩壁之旁的石南叢非常濃密，我躺下之後，雙腳都埋在裡面；它高高豎立在兩邊，只留下一條窄窄的縫隙，讓晚風溜進來。我把披風疊成兩層，鋪在整個身體上，當作被褥；有個長滿青苔的低低的壟土，是我的枕頭。像這樣睡下，並不冷，至少在夜晚剛開始的時候不冷。

我的休息本可以十分快樂的，只是有顆哀傷的心破壞了它。它為著傷口開著不癒合、為著心頭上淌著血、心弦都給扯斷而發痛。它為著羅徹斯特先生、為著他的命運而顫抖；它以苦澀的憐憫為他悲悼；而且，像隻折翼的鳥一樣，它依舊顫動著它破碎的羽翼，徒然想要去尋找他。

這思慮上的煎熬讓我筋疲力盡，我爬起來跪著。夜晚降臨，它的星辰都已升起：這是個安然、寂靜的夜，太寧靜了，使恐懼都無法來相伴。我們知道上帝無所不在，然而猶屬祂的創造物以最恢宏的規模展現在我們面前時，我們最能感受到祂的存在；就在這萬里無雲的夜空下，祂的世界轉動著無聲的軌跡時，我們最能清晰地一覽祂的無邊無際、祂的全知全能，以及祂的遍存遍在。雙膝跪地的我為羅徹斯特先生祈禱。我抬起頭仰望，希望珠淚朦朧的眼睛能見到宏偉壯麗的銀河。當我記起了那是什麼——記起了多少數不清的星系像柔柔的一縷光痕橫掃過太空時，便感受到上帝的權威和力量。我確信祂有能力拯救祂創造的東西，我越來越相信，這地球，以及它所珍藏的每一個靈魂，都不會毀滅。我把禱文變成感謝詞：這生命的本源，一方面也是眾靈魂的救贖者。羅徹斯特先生是安全的，他是上帝的子民，將受到上帝的護衛。我再一次依偎在山丘的懷抱裡，不久就在睡夢中忘記了悲傷。

可是到了隔天，窮困卻蒼白而赤裸地來了。鳥兒們早已離巢覓食，蜜蜂也在這一天中最美好的時辰，趁著晨露未乾前來採取石南花蜜很久了，早晨的長影子已經縮短，太陽也普照在大地和天空上，這時我才起身，朝周圍看看。

這白晝多麼地寂靜、炎熱而純粹啊！這綿延的荒野真是個金色沙漠！遍地都是陽光，我但願可以就這麼居住其中，靠它存活。我看見一隻蜥蜴溜過那塊岩壁，看見一隻蜜蜂在甜美的越橘中忙個不停。這當兒我還寧願自己變成蜜蜂或蜥蜴，可以在這裡找到適合的食物和永遠的棲身之所。然而我卻是個人類，而有著人類的需要，不應該逗留在無法滿足需要的地方。我站起來，回頭看看我才剛離開的床位。對未來一點希望都沒有，我只但願我的創造者當天晚上就會大發慈悲，在我睡著的時候索回我的靈魂；只但願這疲憊的軀體能藉著死亡，逃離更嚴重的命運衝擊，只需靜悄悄地腐爛，平靜地混入這荒野的土壤之中。然而，生命還為我所擁有，伴隨著它的一切需要、痛苦和責任。這包袱必須繼續背負，需要必須補給，苦難必須忍受，責任必須履行。我啟程出發。

又來到惠特克羅斯，我沿著一條背著太陽的路走，它此刻已經又高又熱。我沒有意志力來根據其他情況決定我的選擇了。我走了很長一段時間，覺得自己已經再也走不下去，也許可以問心無愧地向那幾乎要征服我的疲累投降了，也許可以乾脆鬆懈這勉強而為的行動，在附近見到的一塊石頭上坐下，毫無抵抗力地屈服於那積塞在我心裡與肢體上的麻木了——這時我卻聽見一陣鐘聲——教堂的鐘聲。

我轉向聲音傳來的方向，在那兒，在那些我打從一個小時前就不再去注意其起伏景致的浪漫美麗的山巒間，我見到了一個小村落，與一個尖塔。我右手邊的山谷整個布滿了牧草地、麥田和樹林；一條閃閃發亮的小河蜿蜒穿過其中或濃或淡的綠地，穿過成熟的穀物、蓊鬱的森林，以及灑滿陽光的明朗草原。骨轆轆的車輪聲從我前方的路面上傳來，把我喚醒，我看見一輛負荷沉重的馬車，正勉力爬上山丘，再過去不遠處，有兩條乳牛和牠們的趕畜人。人類的生活和人類的勞動就在附近了，我得繼續奮力前進，像其他人一樣，掙扎著求生，順服於辛勞。

大約下午兩點，我進入了村子。在一條街道的盡頭有間小店，櫥窗上擺著幾塊麵包。我渴望能得到一塊麵包，有了那塊點心，我也許可以恢復一點程度的能量；沒有它，再走一步也很難。我才剛走進同類的圈子裡，就立刻燃起了拾回一些體力與精氣的希望。我覺得因為飢餓而昏倒在某個村落的石子路上，實在很丟臉。我難道沒有什麼可以用來交換一個麵包捲的東西了嗎？我思忖著。我的喉嚨上綁著一條小小的絲絹手帕，我還有手套。我不知道那些處在貧困極點的男男女女們，究竟是怎麼去繼續生活的。我不知道別人是否會願意收下這兩樣東西中的任何一樣，也許不，但我必須試試看。

我走進店鋪，有個女人在那裡。看見有位穿著體面的人進來，她以為是位小姐，便恭敬有禮地走上前來。她將如何來招待我呢？我突然被羞恥感攫住，舌頭說什麼也吐不出方才準備好的請求。我不敢提出要將那雙半舊的手套，或是那縐巴巴的手帕給她，此外還覺得這樣會顯得很荒唐。我只請求她允許我稍坐一會兒，因為我好累。原來期待有位顧客的她失望了，便冷冷地應允我的請求。她指指一張椅子，我鬆軟地跌坐其上。我覺得好想哭，不過我意識到這樣的表現必定會顯得多麼離譜，便忍住了。一會兒之後，我問她：

「這村子裡有沒有女裁縫或編織女工呢？」

「有，兩、三個。差不多都沒有雇缺了。」

我想了一下。現在我被逼到這關鍵上了。我被逼著正眼面對窮途末路了。我已落到沒有資源、沒有朋友、沒有半毛錢的地步。我得做點事。做什麼呢？我得到某個地方去求個職位。哪裡？

我問她是否知道附近哪裡有人需要僕人的？

不，她不知道。

這地方的主要交易是什麼？這裡大部分人都做什麼？

有些是農場工人，有很大一部分人在奧立佛先生的針廠和鑄砂廠工作。

奧立佛先生雇用女工嗎？

不，那是男人的工作。

那麼女人做什麼呢？

「我不知道，」是她的回答，「有人做這個，有人做那個。窮人總得想辦法活下去。」

她似乎被我的問題弄煩了，的確，我有什麼權利這樣再三困擾人家呢？一、兩個鄰人走進來，顯然需要我坐著的椅子，我於是離開。

我在街上走著，一邊走一邊看著左右兩邊的房舍，卻找不到任何藉口，看不見任何誘因，好讓我走進任何一間。我繞著這小村走，有時候走得稍微遠一些再走回來，一直走了一個小時或更久。由於疲憊不堪，而且此刻已經餓得要命，我便轉向旁邊一條小路走去，坐在樹籬下。然而才幾分鐘，我又站起來，再一次展開搜尋──看看有沒有什麼辦法，或至少某個能提供我訊息的人。小路上頭立著一幢漂亮的小房子，房子前面有個花園，極其整潔美觀，花開得繽紛亮麗，我在它前面站住。我有甚麼名正言順的事可以去接近那扇白色的門，或碰碰那閃亮亮的門環呢？那房子的住戶在什麼狀況下才有可能有興趣來幫助我呢？我還是走過去，敲了門。一個長相溫和、打扮整潔的年輕女人打開門。我用你從絕望的心和昏眩的身體所能期望聽到的聲音──慘兮兮的微弱而結巴的聲音──問道：這裡是否需要傭人？

「沒有，」她說，「我們不雇傭人。」

「妳能夠告訴我，到哪裡可以找到任何工作嗎？」我接著問，「我是外地來的，在這裡沒有認識的人，我想要份工作，不管是什麼。」

然而她根本沒有義務來為我想個或找個職位；此外，在她眼裡看來，我的性格、地位和來歷必定是多麼值得懷疑啊。她搖搖頭，說很抱歉她沒辦法給我任何訊息，然後白色的門關上，儘管它很輕而且很禮貌地關上，還是把我關在外面了。如果她把門開得稍微再久一點，我相信我會向她討塊麵包的，因為我現在已經落魄潦倒了。

我無法忍受再回那個自私現實的小村子去，況且，那裡也沒有能得到援助的希望。我本應該渴望著躲到不遠處可見的那個樹林子裡去，它濃密的樹蔭好像可以提供很誘人的庇蔭之所，只不過我這麼疲累、這麼虛弱、這麼受著自然慾望的啃齧，以至於直覺讓我繼續在人類住所周圍流連漫步，在這裡才有機會得到食物。當飢餓這隻禿鷹這樣地把喙子和爪子戳進我側腹之時，幽靜已不是幽靜──休息也不是休息了。

我走近房舍，走開，又走回來，然後再走開；我意識到自己沒有立場去請求——沒有權利期望人家對我孤獨的命運感興趣，這種意識總是驅使著我走開。在我這樣像隻餓慌了的喪家之犬般地徘徊不去的時候，下午過去了。我穿越田野的時候看見前面有個教堂的尖塔，便急急向它走去。在教堂墓地旁，花園的中央，立著一棟堅固卻小小的房子，我確信那就是牧師的家。我想起當外地人來到異鄉，沒有半個朋友，而想要找工作時，有時候會去請求牧師的介紹和援助。牧師本來就是要幫助——至少提出建議——那些願意自助的人。在這裡，我似乎還有點稱得上權利的東西，來尋求資訊。於是，我重新振奮起勇氣，打起剩餘的微弱精神，邁力往前走。我來到那房子之前，敲了敲廚房的門。一個老婦人打開門，於是我問這是不是牧師的住宅？

「是的。」

「牧師在家嗎？」

「不在。」

「他馬上會回來嗎？」

「不會，他出外了。」

「到遠處去嗎？」

「不很遠——約三哩路。他父親突然逝世，他被叫回去，現在在澤汀府，很可能還會在那裡待上兩個星期。」

「這宅子裡有任何女主人嗎？」

沒有，她答道，除了她沒有別人了，她是管家。而我卻無法向她要求救濟，讀者，儘管我已經快要體力不支了，我還是無法行乞，我又慢慢走開了。

我再次拿出我的手帕——再次想著那家小店裡的那幾塊小麵包。噢，只要一小塊就好！只要能夠緩和一下飢餓痛苦的一小口就好！我本能地又一次轉向那小村子，又一次來到那家小店，走進去，儘管還有別人在，我還是鼓起勇氣問那女人：她願意收下這塊手帕，給我一個麵包卷嗎？

她以明顯的懷疑態度望著我說不，她從來不這樣賣東西的。

我幾乎絕望了，便要求半塊麵包就好，她還是拒絕我，說她怎麼知道我是從哪裡弄來那條手帕的？

那麼她願意收下我的手套嗎？

不要！她要它做什麼？

讀者啊，挖掘這些細節可不是什麼愉快的事。有人說回顧過去痛苦的經驗是快樂的，然而一直到今天，我還不太願意去回想我提到的那些時日：精神上的墮落，生理上的煎熬，形成了太過困苦的回憶，我永遠都不會願意去詳述。那些拒斥我的人，我誰都不怪。我覺得那是想當然爾的事，而且是沒辦法的。一個普通的乞丐往往是懷疑的對象，一個衣著體面的乞丐必然也是。誠然，我乞求的不過是個雇職，然而誰又有義務來提供我工作呢？當然不會是那些第一次見到我又不知道我性格的人。至於那個不願收下手帕給我一塊麵包的女人，唉，假使她認為這提議有詐或者這樣的交易不划算，那麼她也沒有錯。就讓我縮短一下這話題吧，我已經感到厭煩透了。

將近天黑時，我經過一個農舍，那農夫坐在敞開的門口，吃著他麵包起司的晚餐。我停下來，說——

「你可以給我一片麵包嗎？我好餓。」他投給我訝異的一瞥，不過還是一言不發地從那條麵包上切下厚厚一片，把它遞給我。我想他並沒有認為我是乞丐，而只認為我是個行為古怪的小姐，對他的黑麵包有興趣。我一走到看不見他房子的地方，就坐下來吃。

我不能奢求有房子住，便到我前面提過的那個樹林子裡去。我這一夜真是悲慘，我的休息破碎難全，因為地上潮濕，空氣冰冷，此外，還不只一次有人闖進來，使我不得不一次又一次地轉移我的陣地，沒有一點點安全或寧靜的感覺眷顧我。將近天亮的時候，下起雨來，接下來的一整天都下著雨。讀者，別要求我仔細描述那天的情形吧，像先前一樣，我找尋工作，像先前一樣，我被拒絕，像先前一樣，我挨餓著；整天只吃過一次食物。在一家農舍之前，有個小女孩正要把一碗冷冷的雜菜麥片粥丟進豬槽。

「妳把它給我好嗎？」我問。

她瞪著我瞧，「媽媽！」她喊，「有個女人要我把粥給她。」

「噢，乖女兒，」裡面一個聲音回答，「如果她是個乞丐，就給她吧，豬不吃那東西。」

那女孩把那凝成一塊的粥凍倒在我手裡，我便狼吞虎嚥地大口吃掉它。

隨著溼濛濛的日暮漸深，我佇足在一條荒僻的馬徑上。這條馬徑我已經走了一個小時了，或許還更久。

「我的體力快要撐不住了，」我自言自語地說，「我覺得再也走不動了。難道今天晚上我還得再次露宿荒外嗎？雨下得這麼大，我得把頭歇息在冰冷浸溼的地上嗎？我恐怕別無選擇吧，有誰會收容我呢？然而那將會非常可怕，帶著這飢餓、昏眩、寒冷的感覺，還有這淒涼的感受——這全然的絕望。不過，就整個可能性來看，我在天亮以前就會死去。而我為什麼不能坦然面對死亡的前景呢？我為什麼要掙扎著延續這麼個毫無價值的生命呢？因為我知道，或者相信，羅徹斯特先生還活著；還有，死於飢餓和寒冷，這種命運是自然生命所無法消極順從的。噢，上帝！再支持我一下吧！幫助我！——導引我！」

我渙散的視線飄移過模糊而霧氣瀰漫的景色，看見自己已經漫步到離村子很遠的地方了，現在幾乎看不見它。村子周圍的農作地已經消失。我走過許許多多的縱橫道路與旁支小路，又一次來到荒野地區，只不過現在，只有幾片田地橫鋪在我和黯淡的山丘之間，差不多與那幾乎完全沒有開墾過的石南地一樣荒蕪，一樣貧瘠。

「嗯，我寧願死在那邊，也不願死在街上，或人來人往的馬路上，」我心想，「而若有烏鴉或是渡烏——如果這地區有渡烏的話——把我的肉從骨頭上啄下更好，而不必裝在濟貧院的棺材裡，在救濟貧民的墓地裡腐爛。」

於是，我轉向小山，走向它。現在只需找個可以躺下的凹穴，即使不感到安全，至少感到隱蔽。然而這沼地的整個表面似乎都是平的，看起來除了色調不一樣以外，沒有任何地形的變化，綠色是燈心草和青苔長滿在沼地上，黑色是只覆著腐死植物的乾土壤。即使天色越來越暗了，我還能看得出這些景色的變化，只不過只能分辨光線和陰影的轉變，因為色彩都已隨著日光褪逝。

我的眼睛仍舊在那陰沉沉的土丘上漫遊著，一路飄過沼地邊緣，它的邊際沒入最荒蕪的景色中；這時在遠遠的沼地和山脊間的一個朦朧點上，突然出現了一個火光。「那是鬼火。」這是我第一個想法，以為它很快就會消失。然而，它卻繼續燃燒著，而且相當穩定，既沒有後退也沒有前進。「那麼，那是剛剛燃起的野火嗎？」我自問，觀察它是否蔓延開來，可是沒有，它沒有擴大，就如同它沒有熄滅一般。「有可能是屋子裡的蠟燭，」於是我猜測起來，「然而即使如此，我也不可能走到那裡去。那裡實在太遠了，而且就算它離我不到一碼，又有什麼用呢？我還不是只能敲敲門，然後眼睜睜見著門在我面前關上。」

我於是跌坐在我站立的地方，把臉埋在地上。我靜靜躺了一會兒，晚風從山丘上橫掃過來，掃過我，呻吟著消逝在遠方，雨傾盆而下，再一次把我淋個溼透。若是我讓自己僵硬到成為一塊凝冰，成為有益於此刻的死亡般的麻木，雨就可以盡情猛降，我不會感覺到它，然而我猶仍活著的血肉，卻還是在它的沁寒威力下顫抖。我不久就爬了起來。

那火光還在那裡，在雨中模糊卻持續地閃耀著。我試著再走走看，拖著我疲憊不堪的四肢，慢慢走向它。它引著我斜斜爬過山坡，穿過寬廣的沼地，這裡若是在冬天，必定根本無法通過，甚至在現在這盛夏，還是沼水激濺，土崩泥陷，寸步難行。我在這裡跌倒了兩次，每次都爬起來重振我的體能。這火光是我最蕭然的一線希望了，我無論如何也要到達它那裡。

穿過沼地之後，我看見荒野上有條白色小徑。我走到那裡，那是一條小路或步道，直通向那點火光，它此刻正從一個像是小土墩的地方照耀出來；這土墩位於一叢樹木的中央，我在幽暗中，仍能根據它們的骨幹和簇葉，辨認出那些是樅樹。我的星星在我走近它的時候，卻消失不見，某個障礙物擋在我和它之間。我伸出手去碰觸那橫擋在我之前的黑色巨物，摸清了那是一道矮牆上的粗糙石面——在它之上，是像柵欄的東西，柵欄裡是高而尖刺的防衛障物。我繼續摸索前進。眼前又一次出現一個白色的物體在發亮：那是個門——一扇小門，我一碰，它就順著鉸鏈轉開。兩邊各有一叢黑色的矮木——冬青或是紫杉吧。

走進門，穿過灌木叢，便見到一棟房子的側影出現在眼前，這房子黑黑矮矮的，相當長，卻不見那盞為我引路的火光。一切都黑朦朦的。屋裡的人回房就寢了嗎？我害怕一定是這樣。為了找尋屋門，我轉過一個屋角，到了那裡，再度見到那盞友善的燈光從一扇非常小的格子窗裡的菱形窗玻璃照射出來；那窗格子離地只有一尺高，被叢生的常春藤或某種其他爬藤植物遮掩得更小，這些藤葉厚厚密密地簇生在房子的這部分牆上。那漏光的縫是那麼窄，那麼地被屏障著，以至於窗簾或窗板都可視為多餘的了；我彎下身，撥開一簇冒出來遮住窗子的花葉，便得見屋內的一切。我清清楚楚看到了一個房間，有著砂石地板，刷洗得很乾淨，一個胡桃木的餐具櫥，裡頭的白鑞碟子排成一列列，與泥炭爐火的紅色光芒互相輝映。我還見到一個鐘，一張白色的冷杉木餐桌，幾張椅子。那支蠟燭，它的光芒曾是我的引路燈塔，此刻在桌上燃燒著；一位老婦人正依著光線在織襪子，她看來有點粗裡粗氣，不過打理很乾淨，就像她周圍的一切一樣。

我僅僅粗略地看一下這些東西——它們一點都沒有什麼特異之處。壁爐旁出現一對更有趣的人，在瀰漫著一片玫瑰色安詳和溫馨的氛圍中嫻靜地坐著。那是兩個年輕優雅的女人——各方面看來都是十足的淑女，其中一位坐在一張低矮的搖椅上，另一位坐在更低的一張矮凳上；兩人都穿著服重喪的黑紗和羽綢，這黑色的裝束鮮明地襯托出她們極其白皙的頸項和臉龐。一隻體軀龐大的波音達犬把牠巨大的頭顱歇息在其中一位小姐的膝蓋上——另一位小姐的膝頭上則護擁著一隻黑貓。

這麼個簡陋的廚房竟住著如許的人品，真是奇特！她們會是什麼人呢？她們不可能是餐桌旁那個老婦的女兒，因為她看來像是個鄉婦，而她們三人卻又都那麼文雅而有教養。我從來沒有在哪裡見過像她們這樣的臉孔，然而當我注視她們的時候，卻又覺得那容貌上的每一個輪廓都十分親切。我不能說她們漂亮——她們太蒼白、太嚴肅了，不能以漂亮來形容；她們各自低頭在看書，一副深思的樣子，幾乎到了嚴厲的程度。她們之間的一張小茶几上放著一盞蠟燭和兩本大書，她們經常翻閱這兩本書，似乎拿它們來與手中較小的書本做比較，就像人們在做翻譯工作時求諸字典的幫助一樣。這場面寂靜得好像這幾個人物只是影子，而這火光明亮的房間只是一幅畫；這麼肅靜無聲，以至於我能夠聽見煤炭從爐架上掉落的聲音，聽見時鐘在它陰暗的角落裡滴滴答答響，甚至，我還依稀覺得分辨得出那婦人織針相碰的喀答聲。因此，當終於有個聲音打破這奇特的沉靜時，我聽得一清二楚。

「聽，黛安娜，」那兩個專心的學生之中的一個說，「法朗茲和老丹尼爾夜晚在一起，法朗茲講述讓他嚇得醒過來的夢——聽！」然後她低聲唸出一些什麼，我一個字都聽不懂，因為那是一種我不懂的語言——不是法語也不是拉丁語。至於那是希臘語還是德語，我分辨不出來。

「這裡真是強勁，」她唸完之後說，「我喜歡。」另一位小姐剛才抬著頭聽她姊妹朗讀，現在凝視著爐火，複誦其中一行話。儘管在我第一次聽見的時候，那行話對我來說就跟銅鐘的鳴響一樣，沒有傳達出任何意義，但是後來我知道了那是什麼語言、什麼書，所以現在且將這行話引述如下：

「『（德語）一人走出，其貌燦如斑斕星夜。』真好！真好！」她喊道，黑而深邃的眼睛閃閃發亮，「你眼前依稀出現了一個刻畫得恰到好處的大天使！這一行值得上一百頁的誇飾。『（德語）我在憤恨的軀殼中衡量思緒，以怒火的秤鉈斟酌行為。』我真喜歡！」

兩人又沉默了。

「有哪個國家的人這樣說話嗎？」那老婦人問道，眼睛從編織物上抬起來。

「有的，漢娜——一個遠比英國大的國家，他們的人都是這樣說話的。」

「唉，說實在，我不知道他們怎麼聽得懂對方的話，我猜要是妳們之中的誰到那裡去，應該可以聽懂他們在說什麼吧？」

「我們也許可以聽懂一些，但不是全部——因為我們並不像妳想像中那麼能幹，漢娜。我們不會講德語，若沒有字典之助，我們也無法讀懂。」

「那麼它對妳們有什麼好處呢？」

「我們想要以後能夠教德語——或者至少教些所謂的基本的東西，到時候我們賺的錢就會比現在多了。」

「很可能。可是別再唸了，妳們今天晚上已經用功夠久了。」

「我想是的，至少我累了。瑪麗，妳呢？」

「非常累；畢竟，只靠一本字典，沒有任何老師，這樣勉力學習一種語言，確實是困難的。」

「沒錯，尤其是像德語這麼難懂又美麗的語言。我不知道聖約翰什麼時候回來。」

「應該不會太久，現在快十點鐘了（一邊看著她從腰帶裡掏出來的金錶）。雨下得好猛。漢娜，勞駕妳到客廳去查看一下爐火好嗎？」

那女人站起來，打開門，我從那裡隱約看見一個通道，不久，就聽見她在裡面一個房間裡撥動薪火的聲音。她立刻又回來了。

「啊，孩子們！」她說，「到那個房間去，真是讓我難過啊，那張椅子空空地靠著角落擺著，看起來真是落寞。」

她用圍裙拭拭眼睛，兩個小姐原本是莊重的樣子，現在卻顯得哀傷了。

「不過他現在是在一個更好的地方了，」漢娜接著說，「我們不應該希望他回到這裡。況且，沒有人能指望比他死得更平靜了。」

「妳說他完全沒有提到我們嗎?」一個小姐問道。

「他來不及,孩子。他走得很快——妳們的父親。他像前一天一樣有點不舒服,可是並不太嚴重,當聖約翰先生問他是否該派人去找妳們任一個回來時,他只是對他笑笑。隔天——也就是,兩個星期前——他又開始覺得頭有點重,便去睡覺,然後就沒醒過來了。妳們的哥哥到他房間裡發現的時候,他幾乎已經僵硬。啊,孩子們!他是老一輩的人裡面,最後一個了——妳們和聖約翰似乎都跟過去那些人不同類型,儘管妳們的母親跟妳們很像,讀的書幾乎跟妳們一樣多。她簡直就是妳的畫像,瑪麗;黛安娜就比較像妳們的父親。」

我認為她們長得很像,不知道那位老僕人(現在我可以斷定她是僕人了)究竟看出了什麼分別。兩人都膚色白皙,身材纖瘦;兩人都有著出色而聰明的臉孔。其中一個的頭髮確實比另一個稍微深色一些,梳的髮型也不同:瑪麗的淡褐色鬈髮分成兩半結成光滑的辮子;黛安娜稍暗色的波浪狀髮絲厚厚地蓋住了頸子。鐘敲了十點。

「我敢說妳們想吃晚飯了,」漢娜說,「聖約翰先生回來後,也一定想吃飯了。」

於是她便去準備晚餐。兩位小姐站起來,好像要離開房間,到客廳去。到現在為止,我一直出神地望著她們,她們的相貌和談吐在我體內激起了很強烈的興趣,幾乎忘了自己悲慘的處境,現在重又想起。有了對比,我的處境似乎比先前更加孤獨、更加絕望了。要打動這裡面的人來關心我的利益,使她們相信我確實有需要有悲傷,說服她們惠賜我一個歇腳之處,顯然是多麼地不可能!我摸索著走到門口,遲疑不安地敲了敲門，覺得前面那想法簡直只是空想。漢娜打開門。

「妳要做什麼？」她問道，聲音裡透著驚訝，一邊還就著手上的燭光審視我。

「我是否可以向妳的女主人說句話？」我說。

「妳最好先告訴我妳想跟她們說什麼。妳從哪裡來的？」

「我是個外地人。」

「這麼晚了，妳來這裡有什麼事？」

「我想求一晚的收容，在外屋或是隨便任何地方都行，還要一口麵包吃。」

漢娜的臉上出現了不信任，這正是我此刻最害怕的。「我可以給妳一片麵包，」她停了一會兒說，「可是我們不能收容流浪者住宿。這不大可能。」

「讓我跟妳的女主人們談談吧。」

「不，我不能。她們又能幫妳什麼呢？妳不應該在這時間四處遊蕩，這看起來很不對。」

「然而若是妳趕走我，我又能去哪裡呢？我又能怎麼辦呢？」

「噢，我保證妳知道該去哪裡，該怎麼辦。別做壞事就行了。這裡有一便士，走吧——」

「一便士又不能吃，而且我沒力氣再走了。別關門，噢，看在老天份上，別關門！」

「我必須這麼做，雨潑進來了——」

「去跟小姐們說一聲，讓我見她們吧——」

「我絕對不去。妳沒有檢點行為，否則不會淪落到這令人議論的處境。走開吧。」

「但是我若是被趕走，一定活不成。」

「妳不會的。我怕妳懷著什麼壞主意，才在這麼晚的夜裡，到人家的房子裡來。要是附近有誰跟著妳——什麼劫匪之類的，妳大可告訴他們，我們可不是只有這幾個人，我們還有一位男士，還有狗，以及槍。」說到此，這位老實的、不留轉圜餘地的僕人喀啦一聲關上門，還從裡頭上了門閂。

這裡是最高點。一陣尖銳的痛苦——真正絕望的劇痛——撕扯、衝擊著我的心。我確確實實已經筋疲力竭，一步也無法再移動了。我跌坐在門階上，呻吟——我扭絞我的手——在極度哀痛之中啜泣起來。噢，這死亡的魅影啊！噢，這最後的時刻啊，竟然以如此可怖的方式來臨！啊，這孤絕感——這被自己的同類摒棄的心情！希望的依靠，甚至連支撐我堅忍不撓的立足之處都消失了——至少消失了一下子；不過那後者，我馬上就努力將它掙回。

「我只能死了，」我說，「而我信神。讓我試著默默等候祂的意旨吧。」

這幾句話我不但想著，還說了出來；我把所有的悲慘都塞回心中，努力要把心臟壓制在原處——讓它不要發響，不要動。

「所有人都得死，」有個就在左近的聲音說道，「然而若是妳由於飢渴貧困，時候未到而拖延難斷地死去，這並不是人所命定的死運。」

「誰或什麼東西在說話？」我問，被這沒有預期到的聲音嚇到，此刻的我已無法從任何發生的事之中，得到援助的希望了。有個形體在旁邊——是什麼形體呢，闃黑的夜和虛弱的視力使我看不清楚。這個新來的人一聲聲重重長長地敲了敲門。

「是你嗎，聖約翰先生？」漢娜喊道。

「是──是的，快開門。」

「啊，你一定好濕、好冷吧，今晚這麼惡劣的天氣！請進──你妹妹們相當擔心著呢，而且我相信附近有壞人。剛剛有個女乞丐──我敢說她一定還沒走！──就躺在那裡。起來！有點羞恥心吧！走，快！」

「別說了，漢娜！我有話對這女人說。妳趕走她，已經盡了妳的責任，現在讓我盡我的責任收容她吧。剛剛我就在附近，聽著妳和她的對話。我想這是個特別的狀況──我至少必須檢視一下。小姐，起來吧，走我前面，進屋裡去吧。」

我困難地照他的話做。不一會兒就站在那乾淨明亮的廚房裡──就站在那個壁爐之前──顫抖著、暈眩著；還意識到自己的模樣必定是極為嚇人、狼狽而風霜憔悴。那兩位小姐、她們的哥哥聖約翰先生，還有那老僕人，全都一齊盯著我瞧。

「聖約翰，這是誰？」我聽見其中一個人問道。

「我不知道，我在門口發現她。」

「她看來好蒼白。」漢娜說。

「蒼白得跟泥土或是死人一樣。」

「她會昏倒，讓她坐下吧。」

我的頭確實在昏轉，我倒下，不過有張椅子接住了我。我還有知覺，只不過一時之間無法說話而已。

「也許喝點水能讓她恢復點精神。漢娜，去拿些水來。可是她實在憔悴不堪。這麼瘦，這麼沒有血色！」

「簡直只是個鬼魂！」

「她是病了嗎，還是只是餓壞了呢？」

「我想是餓壞了吧。漢娜，那是牛奶嗎？把它給我，再拿一片麵包。」

黛安娜（我從她彎身向我而垂在我和火光之間的長長鬈髮，得知她是黛安娜）剝了一些麵包，浸了浸牛奶，然後把它拿到我嘴邊。她的臉靠近我的臉，我看見其上有著憐憫，還從她急促的呼吸中，感覺到她的同情。她以那同樣撫慰人心的感情說了簡單的幾個字：「試著吃點東西。」

「對——試試看。」瑪麗溫柔地重複道，她的手一邊為我脫去濕透了的呢帽，抬起我的頭。我嚐了嚐她們遞給我的東西，一開始吃得很虛弱乏力，不久就急切切地吃起來了。

「一開始別吃太多——限制她一下，」那位哥哥說，「她吃那樣就夠了。」說著拿走那杯牛奶和那盤麵包。

「再給她一點，聖約翰——看看她眼裡的渴求。」

「目前不能再吃了，妹妹。現在，如果她能說話——試著問她她的名字。」

我覺得我能夠說話，便回答道：「我的名字是簡・愛略特。」由於一直不想讓人發現我的身分，我早已下決心要使用假名。

我沉默不語。

「妳住在哪裡？妳的朋友在哪裡呢？」

「妳有任何熟人能讓我們派人去請來的嗎？」

我搖搖頭。

「妳對自己的情況，有什麼可以說明的嗎？」

不知怎地，當我一跨過這所房子的門檻，被帶來它的主人們面前後，就再也不覺得自己流落在外、無家可歸的被這遼闊的世界拋棄了。於是我敢於放下行乞的行為，回復我本然的態度和人格。我開始再一次知道自己是誰了，而當聖約翰先生要求我做解釋時——這是我目前還虛弱得無法做到的事——我短短停頓一下，然後說——

「先生，我今天晚上沒辦法跟你詳細說明。」

「那麼，」他說，「妳希望我為妳做什麼呢？」

「什麼都不必。」我答道。我的力氣只夠我做簡短回答。黛安娜接著我的話說——

「妳的意思是說，」她問道，「我們已經給了妳妳所需要的東西了嗎？妳是說我們可以把妳趕回沼地和雨夜裡去嗎？」

我看著她。我認為她的容貌非常出色，同時具有力量和仁慈。我突然鼓起勇氣，微笑地回報她同情的凝視，說：「我信任妳。即使我是隻無主野狗，我知道妳也不會在今天晚上把我從火爐邊趕走，因此，我真的不害怕。隨便妳要對我或為我做什麼吧；但請容許我不要再多做敘述了——我呼吸不順——我一說話就覺得一陣痙攣。」三個人都審視著我，三個人都沉默。

「漢娜，」最後聖約翰先生說，「目前先讓她在那兒坐著吧，別再問她問題；十分鐘後，再把剩下的麵包和牛奶給她。瑪麗和黛安娜，我們到客廳去，討論一下這件事。」

他們走了。其中一位小姐很快就回來——我分不清是哪一位。我坐在這藹暖的爐火邊，不知不覺讓一種心曠神怡的茫然給籠罩住。她低聲對漢娜說了幾句指示。不久，有僕人之助，我勉強爬上樓梯；然後我溼淋淋的衣服被除去，很快地，就有一張溫暖乾爽的床接納了我。我感謝上帝——我在難以形容的疲憊中，體會到充滿感激之喜的幸福感——然後我睡著了。

第二十九章

接下來三天三夜的回憶，在我心裡面非常模糊。那段時間裡，我記得經歷了一些深刻感受，不過沒有構築什麼思想，也沒有做出任何行動。我知道我是在一間小房間裡，在一張窄窄的床上。我似乎與那張床成為一體了；我像顆石頭般僵硬不動地躺在上面，要把我拉離它，將會等於要殺了我。我沒有注意時間的流逝——沒有注意從早晨移轉到中午，從中午移轉到晚上的變化。任誰進來或離開這所屋子，我都會注意到，甚至能夠分辨是哪個人；我聽得懂站在我旁邊的人說了什麼話，卻無法回答；張開嘴唇和移動四肢同樣地不可能。僕人漢娜是我最頻繁的探訪者。她的來臨讓我無法寧適。我感覺到她但願我離開，我感覺到她並不了解我的人或我的處境，我感覺到她對我有成見。黛安娜和瑪麗每天會到房間裡來個一、兩回，她們會在我床邊低聲地說著這類的話——

「還好我們有讓她進來。」

「是啊。如果讓她一整晚留在外頭，隔天早上勢必會發現她死在門口。我真不知道她經歷了什麼事？」

「很奇特的艱苦吧，我想——這可憐的，憔悴、蒼白的流浪女。」

「從她的舉止和談吐看來，我認為她並不是沒有受過教育的人，她說話字正腔圓，而且她脫掉的那些衣服，儘管被濺污、被淋濕了，其實還很新且質料良好。」

「她有張特別的臉，即使這麼瘦削而形容消損，我還滿喜歡它的；若是在健康有活力的時候，我可以想見她的相貌該會很討人喜愛。」

在她們的對話中，我沒有聽過任何一個表示後悔收容我的字，或者是懷疑或嫌惡。我覺得很寬慰。

聖約翰先生只來過一次，他看看我，說我的嗜眠症是過度和長期疲勞的結果。他宣稱沒有必要請醫師，他確定順其自然才會有最好的效果。他說我的每一條神經都太過緊繃，整個身體系統需要徹底大睡一覺。沒有病。他猜想我一但開始復原，必定會復原得很快。這些看法，他只用短短數語講出來，聲音平靜低抑；還在停頓一下之後，用不習慣大發議論的人的那種語氣，補上一句：「相當奇特的相貌，當然，並不表示是低俗或卑劣的。」

「截然不是，」黛安娜答道，「老實說，聖約翰，我對於這可憐的小人兒，倒是頗感到親近呢。我但願我們能夠永遠幫助她。」

「那不太可能，」是他的回答。「妳將會發現她是個與朋友產生誤會的小姐，也許思慮欠周地離開了他們。我們也許可以，如果她不頑固的話，把她送回他們身邊；然而從她臉上顯示出魄力的線條看來，我疑心她將不會順從我們的話的。」他站起來，打量了我幾分鐘，接著說：「她看起來很聰明，卻一點都不漂亮。」

「她現在這麼衰弱，聖約翰。」

「不管身體衰弱還是健康，她還是不算美。這些五官上，仍然很缺少美的優雅與和諧。」

第三天我好得多，第四天，我能說話、移動、在床上坐起來與翻身了。我想大約是晚餐的時候，漢娜為我端來了一點稀麥片粥和乾土司。我吃得津津有味：這食物很好吃——已沒有在這之前一直破壞了下嚥味覺的那股發燒時的味道。她走了之後，我覺得比較有力氣也比較有精神了；沒多久，一股睡飽了想活動的渴望，撩撥著我。我想爬起來，然而我可以穿什麼呢？只有我那套潮濕且髒污的衣服，我穿著它躺過地上，還跌進沼澤裡。穿著那身衣服出現在我的恩人們面前，會讓我覺得好羞恥。不過我免受了這樣的羞辱。

我所有的東西，都擺在床旁邊的一張椅子上，清潔而且乾爽。我的黑絲綢長服吊在牆壁上。上面的泥漬都被清除掉了，淋溼後產生的縐痕也都被弄平，現在它顯得十分體面了。我那雙鞋子和襪子都被洗乾淨，變得穿得出去了。房間裡有梳洗的各種器具，還有一把梳子和一支髮刷，可以梳齊我的頭髮。經過一段耗費精力、每隔五分鐘就要休息一下的過程，我終於穿扮完成。我的衣服鬆垮垮掛在身上，想必是我瘦了，不過我用披肩遮住了這缺點，又一次地，成為潔淨而端正合宜了——一點都沒有我很討厭的、會讓我失去尊嚴的污漬或紊亂痕跡——我藉著欄杆的支撐，慢慢走下石梯，來到一個窄窄低低的通道上，立刻找到方向來到廚房。

廚房充滿了剛烘焙出來的麵包香，以及旺盛爐火的暖意。漢娜正在烘烤東西。大家都知道，在那些心靈土壤從未經過教育鬆土施肥過的人心裡，成見是最難消除的，它們在那裡生長，根深柢固地就像石頭間的野草一樣。漢娜在一開始，的確很冷淡僵硬，最近她逐漸和緩了一些；當她見到我打扮得齊整端正地走進來，甚至還露出笑容。

「什麼，妳已經起來了！」她說，「那麼妳應該是好些了。妳最好在壁爐邊我的椅子上坐下來，如果妳願意的話。」

她指指那張搖椅，我便坐於其中。她繼續東忙西忙，不時用眼角打量我。後來她從爐子裡拿出幾條麵包，轉向我，毫不客氣地問我——

「妳來到這裡之前，乞討過嗎？」

我先是生氣了一下，隨即想起自己這氣憤一點都不合理，因為我確實是以一個乞丐的姿態出現在她眼前的。我平靜地回答她，不過仍然還有些許明顯的強硬——

「妳錯把我當成乞丐了。我就跟妳自己和妳的年輕女主人們一樣，絕不是乞丐。」

她停了一下之後說：「那我是不知道啦。我想，妳可能沒有房子，也沒有什麼銅子兒吧？」

「沒有房子或銅子兒（我想妳這指的是錢吧），並不就讓人成為妳所謂的乞丐。」

「妳讀過書嗎？」她立刻問。

「有，很多書。」

「然而妳沒有讀過住宿學校吧？」

「我在住宿學校待過八年。」

她張大了眼睛，「那麼，妳怎麼還無法養活自己呢？」

「我養活過我自己；而且，我相信，我還能再次養活自己。妳這些醋栗打算要怎麼辦？」她拿出一籃子果實，我問道。

「做派。」

「把它們給我，我來撿。」

「不，我不要妳做什麼事。」

「可是我一定得做做事，讓我來做吧。」

她同意了，並且還拿一條乾淨的毛巾鋪在我衣服上。「若不這樣，」她說，「會弄髒它。」

「妳並不習慣僕人的工作，我從妳的手可以看出來，」她說，「妳以前難道是個裁縫師嗎？」

「不是，妳猜錯了。現在，別再管我以前是什麼了，別再拿妳自己的腦子來操煩我的事了；告訴我這宅子是什麼名字。」

「有人叫它澤汀府，有人叫它沼地莊。」

「而住在這裡的那位先生叫做聖約翰嗎？」

「不是，他並不住這裡，他只是待一陣子。他若回家，是回到他在摩頓的教區裡去。」

「數里遠的那個村落嗎？」

「嗯。」

「他做什麼？」

「他是個牧師。」

我想起了到牧師宅子那兒求見牧師時，那個管家的答話，「那麼，這是他父親的住所囉？」

「對，老里佛先生住在這裡，還有他父親、他祖父與曾祖父都是住在這裡的。」

「那麼，那位先生的名字是約翰・里佛囉？」

「是的，聖約翰就像是他的教名。」

「而他的妹妹們叫做黛安娜・里佛和瑪麗・里佛？」

「對。」

「他們的父親逝世了嗎？」

「三個禮拜前死於中風。」

「他們沒有母親嗎？」

「女主人幾年前就死了。」

「妳跟這家人住很久了嗎？」

「我住在這裡三十年了。他們三個都是我當保母的。」

「這證明妳必定是個誠實而忠心的僕人。我願意這麼稱許妳，儘管妳無禮地把我稱為乞丐。」

她又一次驚訝地瞪著我，「我相信，」她說，「我實在把妳看錯了，然而外頭有那麼多騙子，妳得原諒我。」

「可是，」我有點嚴厲地繼續說，「在那麼一個連狗都不該關在門外的夜晚，妳卻不讓我進門。」

「嗯，那的確冷酷，但是又能怎樣呢？我比較是為孩子們著想，而不是為我自己。可憐的人兒！他們簡直除了我沒有人照顧了，我寧願表現得刻薄些。」

我嚴肅地沉默了幾分鐘。

「妳可別認為我不好。」她又補上一句。

「可是，我的確認為妳不好，」我說，「我告訴妳為什麼——與其說是因為妳拒絕收容我，或把我當作騙子，不如說是因為妳方纔見到我沒有房子或『銅子兒』，就把它當作是我的一種恥辱一樣。歷史上出現過的那些最傑出的人當中，有些也曾經跟我現在一樣身無分文，倘若妳是個基督徒，就不該把貧窮視為罪惡。」

「我不應該再這樣了，」她說，「聖約翰先生也這麼告訴我；我知道我錯了──可是我現在已經對妳有了完全不同的看法。妳看起來徹頭徹尾是個高尚的小姑娘。」

「那就夠了──我現在原諒妳。握手吧。」

她把她沾滿麵粉、長著厚繭的手放到我手中，粗糙的臉上朗朗現出一個較真誠的微笑，從那時起，我們變成朋友。

漢娜顯然喜歡說話。我挑揀果實、她揉著做派的麵粉時，她開始把她逝去的男主人和女主人，以及那幾位她稱呼為「孩子們」的年輕人的各樣瑣事講給我聽。

她說，老里佛先生是個不富有的人，然而卻是個紳士，而且出身於有名有姓的古老家族。澤汀府自建成以來，就是里佛家的，她斷言那是「兩百年歷史的房子了──儘管它看起來不過是個簡陋的小房子，沒辦法跟下面摩頓山谷裡奧立佛先生的華宅相比。」然而她記得比爾‧奧立佛先生的父親只是個製針的老匠，而里佛家遠自亨利時代就已經是鄉紳了，任何人去看看摩頓教堂法衣室裡的註冊簿就可以知道。不過，她承認：「老主人跟其他老百姓一樣──沒有什麼特別傑出的地方，瘋狂地喜歡打獵、農牧等事。」女主人則不同，她讀很多書，常常在看書，而「寶寶們」都像她。這地區沒有人像他們這樣，從來都沒有；他們很喜歡學習，三個都是，幾乎打從他們會說話開始就是，而且他們向來都「有自己的個性」。聖約翰先生一長大，就進入學院，成為教區牧師；兩位女孩子一離開學校，就找尋家庭教師的工作，因為她們告訴過她，她們的父親在幾年前，由於信託的人破產了，而失去一大筆錢財，現在已沒有足夠的錢留給她們，以至於她們必須自食其力。她們好久以來已經很少住家裡了，現在只是為了父親去世才回來住個幾個星期的；不過她們真的很喜歡澤汀府和摩頓，喜歡周圍這些沼地和山丘。她們去過倫敦和許多別的大城，總說沒有一個地方比得上家鄉；而她們兩人如此性情相投，從來不吵架或拌嘴。她不知道哪裡還有這麼團結一心的家庭了。

我挑好了醋栗，問她那兩位小姐和她們的哥哥現在到哪裡去了。

「到摩頓去散步了，不過再半個小時就會回來吃午茶。」

他們在漢娜說的時間內回來了，從廚房門進屋來。聖約翰先生看見我，僅僅鞠躬一下，就走過去，兩位小姐停下來，瑪麗用短短幾句話親切而淡淡地表示她很高興見到我康復到能夠下樓了；黛安娜則拉起我的手，對我搖頭。

「妳應該等到我同意才下樓的，」她說，「妳看起來非常蒼白——而且還那麼瘦！可憐的孩子！——可憐的女孩！」

黛安娜的聲音在我耳裡聽來非常舒適，就像鴿子的咕嚕聲一樣。她那雙眼睛投射出來的注視，讓我見了就喜悅。她整張臉對我來說顯得充滿魅力。瑪麗的容貌同樣聰穎，五官同樣美麗，但是她的表情則內斂得多，而她的一舉一動，儘管溫雅，卻比較疏遠。黛安娜的眼神和語氣都帶著某種程度的權威：很顯然，她意志力堅強。我的本性是喜歡順從於像她這樣的權威的，而且願意在我良心和自尊的許可之下，服從積極的意志。

「妳在這裡做什麼呢？」她繼續說，「這裡不該是妳待的地方。瑪麗和我有時候會來廚房坐坐，因為在家裡面，我們喜歡自由自在，甚至放肆——但妳是客人，得到客廳去。」

「我在這裡很好。」

「一點都不好，漢娜忙來忙去，弄得妳滿身麵粉。」

「而且爐火對妳來說太熱了。」瑪麗插嘴說。

「沒錯，」她姊姊繼續說，「來吧，妳得聽話。」然後握著我的手拉我起來，帶我到裡面那個房間去。

「坐在那裡，」她說，把我安頓在沙發上，「等我們去脫掉衣服，把茶點準備好；這是我們在這間小澤屋裡行使的另一項特權——在我們高興的時候，或是當漢娜正在烘焙、釀酒或洗衣服、燙衣服時，我們自己下廚做飯。」

她關上了門，留下我和聖約翰先生單獨在一起，他正坐在我對面，手中有本書或報紙。我先是打量一下客廳，隨後端詳裡面這個人。

客廳是小小的一個房間，家具很簡樸，然而卻舒適，因為打理得乾淨整齊。式樣老舊的椅子都擦得明亮，胡桃木的桌子宛如明鏡。污損的牆壁上，掛著幾幅骨董般奇特的舊時代男女畫像做裝飾；玻璃門櫥子裡面放著一些書籍，和一組古老的瓷器。這房間裡沒有多餘的飾品——時髦的家具一件都沒有，只除了一對針線盒和小几旁的一張黃檀木淑女書桌；一切東西——包括地毯和窗簾——看起來都很陳舊，一方面卻也顯得保存得很好。

聖約翰先生——他跟牆上那些古畫一樣直挺挺坐著，眼睛專注在面前的書頁上，嘴唇緊閉著不發一言——審視起來很容易。就算他是尊雕像，也不會更容易。他很年輕——可能在二十八歲到三十歲之間——身材頎長，面貌起眼，像張希臘人的臉，輪廓非常純美，鼻子相當挺直而古典，雅典式的嘴和下巴。的確，很少有英國臉孔像他這麼接近古典模型的。他自己的相貌如此和美，很可能在見到我不勻稱的臉孔時，會覺得吃驚。他的眼睛又大又藍，棕色的眼睫毛，高高的前額潔白得跟象牙一樣，幾綹不經意的髮絲散逸在部分額頭上。

這是個溫柔的肖像，對不對，讀者？然而這肖像所描繪的這個人，卻極難讓人聯想到溫柔、和順、易感或者甚至是恬靜的性情。他此刻雖是平穩地坐著，可是他的鼻孔、嘴唇、前額上，卻有著什麼東西，在我的知覺中，意味著若非不安，就是冷酷或渴望的成分。他沒有跟我說一句話，也沒有對我投以任何眼光，就這麼一直到他妹妹們回來。黛安娜進進出出準備著茶點，拿給我一小塊爐子上烤出來的蛋糕。

「快吃，」她說，「妳一定餓了。漢娜說妳從早餐到現在，只吃了一些稀粥，沒吃別的。」

我沒有拒絕，因為我的食慾已經被挑起，而且很強烈了。里佛先生現在闔上他的書本，來到桌子旁邊，然後，在他坐下之後，他把他那雙畫一樣的藍眼睛完完全全地盯在我身上。他這種審視的、堅決不移的盯視中，有種不客氣的直率。這說明了在此之前它們之所以迴避陌生人，並不是因為靦腆，而是有意的。

「妳很餓了。」他說。

「我是，先生。」這是我的方式——我向來按著本能就是這個樣子，絕對以簡潔回答簡短，以直率回答直接。

「過去這三天，妳些微的發燒讓妳無法吃東西，對妳是有益的。若在一開始就滿足妳的食慾，會有危險。現在妳可以吃東西了，然而還是別吃得太沒有節制。」

「我相信我不會吃你的飯吃太久的，先生。」這是我非常拙劣、未經琢磨的回答。

「是不會，」他冷冷地說，「等妳把妳的朋友們的地址告訴我們之後，我們可以寫信給他們，然後妳就可以回家去了。」

「那個的話，我得坦白告訴你，是我沒辦法做到的；因為我完全沒有家，沒有朋友。」

這三人望著我，但並不是帶著不信任的眼神，我覺得他們的注視裡面沒有懷疑，較多的是好奇。我特別指的是兩位小姐。聖約翰的眼睛，儘管在字面意義上來說非常明澈，然而在比喻的意義上，卻是難以看穿的。他似乎比較拿它們來作為審視別人思想的工具，而不是作為表達自己思想的媒介；那銳利與內斂的結合，很大程度上是有意地要困窘別人，而不是鼓勵別人。

「妳的意思是，」他問，「妳與所有親人都完全沒有聯繫嗎？」

「沒錯。我沒有跟任何活著的人有聯繫，也沒有身分可以住在英國的任何一張屋簷下。」

「在妳這樣的年齡，這情況實在特別！」

這時我見到他的眼睛轉過去看我交疊放在面前桌上的手。我不知道他在那裡是想尋找什麼，他的話立刻解釋了這疑問。

「妳沒有結婚，妳是個未婚女子吧？」

黛安娜笑道：「哎呀，她才不到十七、八歲呢，聖約翰。」她說。

「我快十九歲了，但是我還沒結婚。沒有。」

我感到臉上泛起一陣灼熱，因為提到婚姻勾起了我苦澀又激動的回憶。他們全見到了我此時的窘迫和激情。黛安娜和瑪麗把眼睛從我發紅的臉上移開，讓我感到鬆口氣，但是那個較冰冷較嚴肅的兄長卻繼續盯著我看，直到他挑起的難堪不只激出臉紅，還逼出我的眼淚為止。

「妳在這之前住在哪裡呢？」他現在問。

「你太追根究柢了，聖約翰。」瑪麗低聲對他說，但他卻俯身向前，用堅定而刺人的眼光再逼問我一次。

「我住的地名和同住的人名，是我的祕密。」我簡潔地回答。

「這個，如果妳想，我認為妳有權利保留，而不回答聖約翰或其他發問者。」黛安娜說。

「然而如果對妳或妳的來歷不清楚，我無法幫妳忙，」他說，「而妳需要幫助，不是嗎？」

「我需要幫助，到目前為止也都在尋求幫助，先生，希望有個真正的慈善家，能幫我找到我能勝任、而酬勞也能養活自己的工作，即使只是最低限度的生活所需也好。」

「我不知道自己是不是一個真正的慈善家，不過對於妳這麼實在的目的，我很願意盡力幫忙。那麼，首先，告訴我妳向來是做什麼的，以及妳能夠做什麼。」

這時候我已經吃完了我的茶點。這飲料讓我精神大大地振奮起來，就跟巨人喝了葡萄酒一樣；它讓我鬆弛的神經回復彈性，使我得以對這位目光銳利的審判官從容不迫地說話。

「里佛先生，」我說，轉向他，像他一樣坦率而毫不畏怯地看著他，「你和你妹妹們給了我很大的恩惠——是人類所能給予同類的最大幫助了；你們高尚的收容救了我，使我免於死亡。這恩惠使你們有無限的權利來要求我感激，也有著某種程度上要求我據實以告的權利。我將盡我所能，把你們所收容的這個流浪者的來歷，告訴你們；只要不損害我自己心靈的安寧——不損害我自己或別人的心理上、生理上的安全。

「我是個孤兒，是一個牧師的女兒。我父母親在我有識之前就去世了。我依靠著別人撫養長大，在一所慈善機構裡受教育。我在那裡當了六年學生，兩年教師，我甚至願意告訴你們那機構的名稱：××郡的羅伍德孤兒院；你應該聽說過它吧。里佛先生？——羅伯特‧布洛可赫斯特牧師是那裡的財政管理人。」

「我聽說過布洛可赫斯特先生，也見過那學校。」

「我約在一年前離開羅伍德，成為一個家庭教師。我獲得一個好職位，也過得很快樂。我到這裡來之前，被迫離開了那個地方。離開的原因，我無法也不應該說明，那是沒有用的，而且有危險，而且聽起來會很難以置信。我沒有受到任何譴責，我跟你們三位之中任何一人一樣，沒有罪過。我是很悲慘，而且還得再悲慘一陣子，因為那把我驅離那所我認為是天堂的房子的災難，實在離奇而且可怕。我在計畫離開的時候，只注意著兩點——迅速、祕密。為了確保這兩點，我不得不拋開我擁有的一切，僅帶著一個小包裹離開，而那個包裹，又在我的匆匆忙忙和心不在焉之下，忘了從載我至惠特克羅斯的馬車上拿下來了。然後，我幾乎沒有半毛錢地來到這附近。我露天睡了兩晚，流浪了將近兩天，沒有走進哪個門檻過；這期間只吃過兩次食物。就在我飢餓、虛弱、絕望到幾乎只剩下最後一口氣時，你，里佛先生，防止了我死在你家門口，讓我到你們的屋子裡面受庇護。我知道你妹妹們從那時起為我做了什麼——因為我在看起來似乎昏迷不醒的期間，並非沒有知覺——對於她們那自發的、誠摯的、和藹的憐憫，我欠了一份人情，正如對於你合乎福音主義的慈善行為，我也欠著一樣大的一份人情一樣。」

「現在別再逼她說話了，聖約翰，」我停下來的時候黛安娜說，「她顯然還不適合激動。現在到沙發這邊來坐吧，愛略特小姐。」

聽見這假名，我不由自主地稍微驚跳了一下：我忘了我的新姓名。里佛先生這個明察秋毫的人，立刻就注意到這反應。

「妳說妳叫做簡・愛略特？」他問道。

「我的確是這麼說的，這是我認為在目前使用起來比較符合權宜的名字，卻不是我的真姓名，剛剛聽見時，覺得陌生。」

「妳不願說出妳的真姓名？」

「不願，最主要是怕人發現我的身分。任何會洩漏身分的事，我都要避免。」

「妳做得很對，我相信，」黛安娜說，「現在，哥哥，讓她休息一會兒吧。」

然而聖約翰沉思一會兒之後，又開始跟先前一樣沉著而銳利地問我話。

「妳不喜歡長期依賴我們的收容——我看得出來，妳但願盡快免卻我妹妹們的同情，尤其是我的慈善；（我很知道妳劃出來的這種區分，也不生氣，因為它很公正）妳希望不要依賴我們對不？」

「是的，我已經這麼說過。指點我怎麼樣工作，或是怎麼去找工作，這就是我現在所要求的一切；然後讓我走，即使是到最簡陋的茅舍去都行——不過在那之前，允許我待在這裡；我害怕再去嘗試另一次無家可歸的貧困的恐怖了。」

「妳確實應該住在這裡。」黛安娜說，把她雪白的手放到我頭上，「妳一定得住在這裡。」瑪麗也這麼說，用她似乎是天生不外顯的真誠的語氣說。

「妳看，我兩個妹妹都喜歡養妳，」聖約翰先生說，「就像她們喜歡養活和寶貝一隻被冬風颳進窗格子裡來的半凍僵的小鳥一樣。我則覺得自己比較希望能幫助妳養活自己，我也將努力這麼做，不過要知道，我的能力範圍是狹窄的。我只不過是個窮鄉教區的牧師罷了，我的幫助將會是最寒傖的。而如果妳看不起做小事情的生活，就去找別的比我更有效的幫助吧。」

「她已經說過她願意做任何她能勝任的正當工作。」黛安娜代我回答，「而你也知道，聖約翰，她對於求助的人沒有別的選擇了，只好忍受你這種態度惡劣的人。」

「我願意當裁縫師，我願意當織布女工，我願意當僕人、當保母，如果沒有更好的工作的話。」我答道。

「好，」聖約翰先生相當冰冷地說，「如果這是妳的意願，我答應以我自己的時間和我自己的方式來幫助妳。」

這時候他又回去看他喝茶前看的那本書。不久我就退了出來，因為我講了這麼多話，坐了這麼久，已經是我目前體力許可的極限了。

第三十章

我對澤汀府的人了解越多，就越喜歡他們。幾天之後我的健康已經恢復到能夠坐一整天，偶爾還能出去走走。我可以參與黛安娜和瑪麗的所有活動，只要她們願意，跟她們交談多久都沒問題，還能在她們允許我的時候和地方幫助她們。這樣的交往有種振奮人心的快樂，那是我第一次品嘗到的滋味——源乎完全意氣相投的品味、情感與德性。

她們喜歡閱讀的東西，我都喜歡；她們樂於其中的事，都能讓我也得到歡悅；她們推崇的東西，我都景仰。她們愛她們這隱退隔絕的家，我也一樣在這灰色狹小的古老建築裡——在它低矮的屋頂、格子狀的窗櫺、腐朽的牆壁、讓山風壓得傾斜的蒼老樅樹林蔭道，以及它長不出花朵、只能長出最強韌的植物而黑鴉鴉一片紫杉冬青的花園裡——發現到一種既具說服性又足以持久的魅力。她們依戀她們住屋後面和四周的紫色沼地——依戀她們門口鋪鵝卵石的跑馬道所通往的空盪盪的谿谷，這谿谷先是蜿蜒穿過長著蕨類植物的土堤，然後通過幾片小小的牧草原；這些牧草原之蠻荒，冠於所有在石南沼地邊緣所能發現到的，或是你曾見過供養一群沼地灰羊與牠們的青苔臉小羊的一切牧草原。她們以一種屬於完全絕對的鍾愛的熱情，依戀著這些景致。我能夠了解這種感覺，也分享著其中的力量和真實。我看到了這地方的迷人之處。我感覺到它孤寂之中的神聖；我的眼睛飽覽著綿亙起伏的地勢——飽覽著青苔、石南蓓蕾、點點星花的草皮、鮮豔的龍蕨與圓潤的花崗岩壁為山脊和山谷暈染上的自然野生色彩。這些細微之處，對我和對她們一樣，都是許許多多的純淨甜美的樂趣泉源。在這地區裡，強勁的山風和柔和的微風，狂暴的或平靜的天氣，日昇和日落的時刻，月光和多雲之夜，對我有著如同對她們一般的吸引力——用同樣迷住她們的魔咒，圍繞住我的感官。

在戶內，我們也一樣志趣相合。她們兩人都比我還多才多藝，書也唸得比我多；我則是熱切地跟隨著她們在我之前走過的知識之路。我貪婪地閱讀她們借我的書，然後在傍晚的時候，與她們討論白天讀過的部分，這真是令人十足地快慰。思想與思想相合，意見與意見相迎，總之，我們完完全全性情相契。

如果說我們這三人當中有個最傑出的人，或是領導者，那就是黛安娜了。就身體來說，她遠遠超過我，她漂亮，有活力。她的血氣之中有股蓬勃的朝氣和豐沛的精力，這使我困惑不解，也激起了我的驚奇。夜晚剛開始時，我可以說一陣子的話，但是等到最初的那陣快活奔放過去之後，我就寧願坐在黛安娜腳邊的矮凳子上，把頭歇在她的膝上，聽她和瑪麗兩人輪流探究著我剛剛提及的主題。黛安娜提議要教我德文，我喜歡跟她學，也看得出教師的角色使她高興，適合她；一方面學生的角色也同樣使我高興，適合我。我們的天性相合，相互間的情感於是由此產生——而且是最強韌的那種感情。她們發現我會畫畫之後，馬上就拿來她們自己的畫筆和顏料盒，供我使用。我的技藝在這一點上比她們強，令她們驚喜而陶醉。瑪麗會整個小時坐在我身旁看我畫畫，後來她想學，便轉變成一位虔順、聰明而勤勞的學生。我們就這麼相伴、相娛，幾天就像幾個小時，幾週就像幾天一樣地過去了。

至於聖約翰，我和他妹妹之間如此自然而迅速上升的親密，並沒有延伸到他身上。到目前為止還保持著這距離的原因之一是：他比起來很少在家，看來他大部分的時間，都拿去拜訪他教區內散居人口中的窮人和病人了。

似乎沒有任何天氣能夠阻止住他這牧師的行訪；不管下雨還是晴天，他都會在晨課完畢後，戴上帽子，帶同他父親的老波音達犬卡駱，出門去，履行他愛的使命或責任的使命——我不太知道他究竟是以什麼角度看待它。有時候，當天氣非常惡劣，他妹妹們會勸阻他。這時他就會以一種獨特的、莊嚴勝過欣喜的笑容，說——

「如果一陣風或幾點雨就能把我趕離這些輕鬆工作，如此怠惰，怎麼能為我承許自己的未來做準備呢？」

對於這個問題，黛安娜和瑪麗通常是以一聲嘆息或幾分鐘顯然哀傷的沉思作為回答。

但是除了他經常不在家以外，還有另一個與他建立友誼的障礙：他似乎天性緘默孤僻、心有旁騖而甚至慣於憂思。儘管他對他的神職勞動如此熱中，儘管他的生活和嗜好都無可責難，他卻好似並沒有享受到那種所有虔誠基督徒和實踐行道者所應該得到的回報——靈魂上的寧靜與內心的滿足。晚上，當他坐在窗邊讀書，書桌和書頁就在他身前的時候，他常常會停下他的閱讀或寫作，下巴枕在手上，讓自己魂遊到我所不知道的某一程思路上去，而那思路是那麼地使他心煩意亂，使他興奮，這可從他頻頻眨動、不停睜大的眼睛裡看得出來。

還有呢。我認為大自然對他來說，並不像對他妹妹們那樣，是歡愉的寶庫。有一次，我聽見的只有那麼一次，他表達出對於山巒崎嶇之美的強烈感受，以及對於他稱之為家的蒼黑四壁的與生俱來的鍾愛；然而在他表達這樣的感情時，所用的語調和言辭，卻比較是憂鬱的，而非快樂的；而他也似乎從來沒有為了那撫慰人心的沉靜，在沼地之間漫遊——從沒有去尋求或挖掘它們所能給予的萬千種和平喜悅。

由於他是那麼不喜溝通，我一直過了許久，才得以有機會一探他的心靈。我第一次對於他的心靈才幹有了點概念，是到他摩頓的教堂裡聽他佈道的時候。我但願能夠描繪出那場佈道，然而這超乎了我的能力。我甚至無法如實表達它所施予我的震撼。

這佈道以平靜開始——也確實，就語氣和聲調來說，保持平靜到最後。然而不久，就能懇切感受到一股被嚴格壓抑住的熱忱，從清晰的語調中發散出來，鼓舞著微微掀動的語言。這逐漸形成力量——一股壓縮、凝聚、控制住的力量。佈道者的力量讓心靈受到激盪、頭腦受到震驚，然而不管是心或腦，都沒有受到感化。徹頭徹尾有種奇怪的苦澀，缺乏撫慰人的溫柔，還常常嚴峻地引用喀爾文教派❶的教義——上帝的遴選、命運預定論與上帝的遺棄，而且提到這些重點時所用的每一句話，聽起來都像是在宣判劫運一樣。他講完的時候，我沒有從他的佈道覺得好過些、平靜些或是受到啟迪；而是體會到一種難以表達的悲哀，因為在我看來——我不知道別人是否也同樣這麼覺得——我聽見的這場滔滔雄辯，宛如是從積著失望的污濁渣滓的深淵裡湧洩出來的，那裡有著屬於不滿足的渴求與難以平抑的宏願的心緒起伏，在其中鼓動不安。我確定這麼生活清白、誠實盡責、虔誠熱中的聖約翰．里佛，還沒找到上帝那超乎所有理解的寧靜。我認為，他並沒有找到這寧靜，就跟我沒有找到一樣——我對偶像破滅、天堂消殞所掩藏住的遺憾，儘管最近避免提及，卻仍然無情地糾纏著我、壓迫著我。

這段期間，一個月過去了。黛安娜和瑪麗很快就要離開澤汀府，回到那等待著她們的截然不同的生活和環境裡，去當南英格蘭時髦大城的女家庭教師。她們兩個各自任職於一個家庭，那兩個家庭中富貴驕奢的成員們，只把她們當作低下的雇員，不知道也不去探求她們的內在智慧，單單看重她們的才藝，像對待廚子的廚藝與女僕的品味一樣。聖約翰先生到目前為止，對於他承諾過要為我找的工作，還沒有提到半句話，然而我必定得有份工作才行，這已經變得越來越急迫了。有天早晨，我和他被單獨留在客廳裡好幾分鐘，我冒險走向那個窗邊凹入的位置去，那裡放著他的桌子、椅子和書桌，神聖得像個書房一樣；我本想說話，但是卻不太知道該用哪些話來提出我的詢問——畢竟要打破像他性格上覆蓋著的那層緘默薄冰，往往很難——這時他倒是省卻了我的麻煩，首先開口說話。

他在我走近的時候抬起頭——說：「妳要問我什麼嗎？」

「是的，我想知道你有沒有聽到什麼能讓我去求職的工作嗎？」

「我三個禮拜前，為妳找到了或者可說是想到了一份工作；但是由於妳在這地方似乎既有用又愉快——我妹妹們顯然已經喜歡上妳，妳的陪伴給了她們不比尋常的樂趣——我於是認為，在她們即將離開澤汀府而使妳也必須離開的日期到臨之前，我還不適宜去打破妳們相互間的和樂。」

「現在她們再過三天就要走了嗎？」我說。

「是的，而且她們一走，我也必須回我在摩頓的教區去了；漢娜會隨我前往，這棟老宅子將會關閉起來。」

我等了一會兒，希望他能就著最初提及的那個話題繼續講下去，然而他似乎已經飄入另一線思路之中，他的表情顯示出他的心思不在我和我的事情上了。我被迫只好去提醒他回到我必然最密切關注的主題上。

❶喀爾文教派（Calvinistic）：基督教之一宗，源於十六世紀之歐洲宗教改革；強調神的絕對性、聖經的權威以及神意的拯救。

「你想到的是怎樣的工作呢，里佛先生？我希望你這延擱不至於增加求取這份工作的困難性。」

「噢，不會，因為這是一份完全看我要不要提供、看妳要不要接受的工作。」

他又再停頓下來，似乎不太情願繼續說下去。我變得不耐煩，我的一、兩個不安的動作，我急切又咄咄逼人地拴在他臉上的視線，跟言語一樣有效地傳達了我的感覺，而且還省了些工夫。

「妳不必急著要聽，」他說，「讓我坦白告訴妳，我沒有什麼理想的或有利的建議。在我說明之前，請妳願意的話回想一下我早先提醒過妳的事，我說我若幫忙妳，一定只能像是瞎子幫助跛子一樣。我很窮，因為我發現，當我償還完父親的債務之後，唯一留給我的祖傳家產將只是這棟頹圮的農莊，後面那排枯萎的樅樹，以及這小片荒瘠的土壤，伴隨著前面那些紫杉和冬青樹叢。我沒沒無名；里佛是個古老的姓氏，然而它僅剩的三個後代子孫當中，有兩個得在陌生人之中賺取人家的麵包屑，第三個認為他自己不是他出生國家的人民——不但在生前如此，在死後亦是如此。沒錯，還把自己視為，而且是非得把自己視為命運的選民，渴望在割斷血肉聯繫的十字架被放到他肩頭上的時候，那位在教會戰士中是最謙卑的成員，也同時是其首領的人，將會說：『起來，跟我走！』」

聖約翰像講道一樣，平靜低沉地說出這些話，臉頰並不發紅，眼神煥發著光彩。他繼續說下去——

「既然我自己沒錢沒勢，我只能提供妳沒錢沒勢的幫助。妳也許甚至會認為它降低身分——因為我現在看得出，妳的癖好是世人稱之為高雅的那種，妳的品味傾向於理想派，而妳以往的交遊至少都是受過教育的人；然而我認為能夠改善我們種族的事，都不是降低身分的。我堅信當一個基督徒勞動者被指定耕耘的土地越貧瘠蠻荒——他的辛勞所帶來的報酬越稀少——他的榮譽就越高。在這樣的情況下，他的命運是先驅的命運，而最早的福音先驅便是十二使徒——他們的領導者便是耶穌，便是救世者，祂自己。」

他又再停下來時，我說：「嗯哼？繼續講。」

他繼續講之前，先看看我，似乎從容不迫地在讀著我的臉，彷彿我的五官和輪廓是書頁上的字一般。這審視所得出來的結論，在他接下來說的話裡部分地表達了出來。

「我相信妳會接受我提供妳的這個職位，」他說，「而且會擔任一段時期，不過不會永遠下去。就像我不會永遠守著這狹隘的、局限人的——沉靜的、隱僻的英國鄉村牧師職位一樣；因為妳的天性中有著一種跟我一樣不利於沉靜的質地，只不過是另一種類型。」

他又再停下來，「說明一下吧。」我催促他。

「我會的，而妳將會聽到我的建議是多麼地可憐——多麼地微不足道，多麼地令人窒息。我不會在摩頓待很久，我父親已經去世，我可以自己作主了。我也許在十二個月之內就會離開這個地方，然而在我還待在這裡的時候，我會盡我之力來改善它。我兩年前來到摩頓的時候，這裡沒有學校，窮人的小孩完全沒有獲得進步的希望。我已經為男孩子們辦了一所學校，現在我打算在辦第二所給女孩子們。為了這個目的，我已經租了一棟房子，還附帶一所小茅屋，有兩個房間，供給女教師住宿。她的薪俸將是一年三十鎊，她的屋子承蒙一位淑女奧立佛小姐的善心之助，已經配備了雖簡單但充分的家具。奧立佛小姐是我的教區裡唯一一位富翁的獨生女兒，她父親奧立佛先生是山谷裡那家針廠和製鐵廠的所有人。這位小姐還從救濟院裡找來一個孤兒，為她付學費和衣物費，只要她幫忙女教師做些跟家裡或學校有關的雜事，因為她的教課工作將會使她沒有時間來親自處理這些事務。妳願意當這位女教師嗎？」

他這句問話來得有點突然；看來他有一半成分料想我會忿恨不平，或者至少輕蔑地拒絕這份差事。他並不知道我所有的思想和感情，儘管他猜到了一些，他還是無法斷定我會如何看待這樣的命運。這確實是份粗陋的工作——然而卻有個棲身之處，我的確需要一個安全的庇護所；它一方面也辛苦——然而比起到有錢人家去當女家教，這工作要獨立自主得多，而且為陌生人工作的恐懼已經像鐵一樣嵌進我的靈魂裡；它並不會低賤——並不會不值得——也不會使人精神墮落。我於是做了決定。

「我謝謝你的建議，里佛先生，而且我全心全意地接受它。」

「但是妳可明白我說的一切？」他說，「那是所村莊學校，妳的學生們將只會是窮人家的女孩子——一些鄉下孩子——最好也不過是農莊的女兒。妳所必須教的將只是編織、縫紉、閱讀、寫字和算術。妳要拿妳的才藝怎麼辦呢？拿妳那佔據妳最大部分心靈的情操與品味怎麼辦呢？」

「留著，等到有需要它們的時候。可以保留住的。」

「那麼，妳知道妳接下的是什麼工作了？」

「我知道。」

現在他微笑起來，不是苦澀也不是哀傷的微笑，而是很高興且深深滿意的微笑。

「妳什麼時候開始執行妳的職務呢？」

「我明天會到我的房子裡去，然後在下個星期，如果你願意的話，開始教課。」

「非常好，就這樣吧。」

他站起來，走到房間另一頭去。然後直挺挺站著，回頭望向我，搖搖頭。

「你不贊成什麼嗎，里佛先生？」我問。

「妳不會在摩頓待太久的，不會，不會的！」

「為什麼？你這麼說的理由是什麼？」

「我從妳眼睛裡看出來的，它並不屬於能夠在生活中維持著平坦進程的類型。」

「我並不野心勃勃。」

聽到「野心」這個字，他驚跳了一下。「不。妳怎麼會想到野心這個字？誰野心勃勃？我知道我是這樣，但妳是怎麼發現的？」

「我只是在講我自己。」

「嗯，如果妳沒有野心，那麼妳是——」他停頓了一下。

「我是什麼？」

「我本想說熱情，但妳也許會誤解這個字，而感到不高興。我的意思是，人類的依戀和共鳴，對妳有著最強勁的主宰力量。我確信妳無法長久滿足於在孤獨中度過妳的閒暇，也不能把工作時間全貢獻給完全缺乏激勵的一成不變的勞動，就跟我一樣。」他強調地說，「一生埋沒在這被山嶺圈圍起來的泥淖裡，讓上帝賦予我的性情被牴觸，讓上天贈與我的才能被癱瘓——一點用處都沒有。妳現在聽見了我是怎樣自相矛盾的，我倡導別人對窮苦的命運要懂得滿足，甚至為伐木工人和汲水工人這樣的使命辯護，說那是在替上帝服務——而我，祂所任命的使節，卻幾乎在急躁不安中發了狂。唉，天生習性和道德原則，一定得想些辦法來協調才行。」

他離開房間。在這短短的一個小時內我對他的進一步了解，勝過過去一整個月；然而他還是令我困惑。

黛安娜和瑪麗・里佛，在該離開她們的兄長和家的日子漸漸逼近的時候，越來越悲傷寡言。她們兩人都想要顯得一如尋常，然而那份必須奮力抵抗的哀傷，卻不是那麼容易被完全征服或隱藏住。黛安娜表示，這次分離，將會跟她們所知的以往任何一次分離都不同。就聖約翰來說，這有可能會是好幾年的分離，也許還將是永別。

「他為了那計畫已久的決心，將會願意犧牲一切，」她說，「就算是比較強有力的自然親情與感情，也一樣無法倖免。聖約翰看起來似乎平靜，簡；可是他在五臟六腑裡藏住了一種狂熱。妳也許會認為他溫和，然而在有些事情上，他卻跟死神一樣冷酷；最糟糕的是，我的良心幾乎不允許我去勸他放棄他嚴格的決定；當然，我一點都沒辦法責怪他這點。這是正當的，高尚的，合乎基督精神的；然而卻是敲碎了我的心啊！」眼淚湧進她美麗的眼睛裡。瑪麗把頭低低垂到她手中的活兒上。

「我們現在沒有父親了，很快就會沒有了家，沒有哥哥。」她低聲說。

這時候，接著發生了一個小事件，似乎是命運註定要來印證那句格言「禍不單行」的、一方面還在她們的苦痛上，添加了討厭的一項：滑落了將入口的杯子。聖約翰讀著一封信，經過窗子，走進來。

「我們的約翰舅舅死了。」他說。

兩位妹妹似乎都受了一震，不是被嚇一跳也不是驚駭得發慌，看來這消息在她們眼中，並不悲痛，比較是意義重大。

「死了？」黛安娜重複一遍。

「對。」

她以搜尋答案的目光盯住她哥哥的臉，「然後呢？」她低聲問道。

「什麼然後，黛？」他回答，維持大理石般文風不動的表情。「然後怎麼樣？唉——什麼都沒有。讀吧。」

他把那封信丟到她膝頭上。她瞥瞥它，隨即遞給瑪麗。瑪麗默默地看完它，然後還給她哥哥。三個人面面相覷，各自露出一笑——頗為憂鬱、淒涼的笑。

「阿門！我們還是能夠活下去。」最後黛安娜說。

「無論如何，至少沒有更糟。」瑪麗說。

「只不過，它把可能出現的前景更深刻地印在我們心頭上，」里佛先生說，「使得它與現在成為太過鮮明的對比。」

他摺好信，鎖在書桌裡，又走了出去。

好幾分鐘，沒有人說話。然後黛安娜轉向我。

「簡，妳會納悶我們究竟怎麼回事，究竟有什麼謎，」她說，「會認為我們心腸冷硬，連舅舅這麼近的親戚去世，都沒有表現得悲痛些；然而我們從來沒有見過他，也不認識他。他是我母親的兄弟。我父親和他在很久以前曾經吵過架。我父親會把大部分財產冒險去做投機生意而導致破產，就是聽從他的建議。兩人之間互相怪罪，然後在憤怒中分手，從此再也沒有和解過。之後我舅舅做了較成功的事業，似乎賺得了兩萬英鎊的財產。他沒有結婚，除了我們和另外一位不比我們還近的親戚之外，沒有血親。我父親向來都懷抱著他可能會把財產留給我們作為補償的想法；那封信卻通知我們他已將每一便士都留給另外那人，只除了三十基尼幣❷，分給聖約翰、黛安娜和瑪麗・里佛，作為讓他們購買悼念戒指之用。他當然有權利照自己高興行事，只不過收到這樣的消息，還是一時之間叫人心上被潑了一盆冷水。瑪麗和我若有一千英鎊，就會認為自己很富有了。而對聖約翰來說，這樣一筆數目會是很有價值的，足以讓他履行他要做的好事。」

解釋完畢，這話題就被放下了，里佛先生和他妹妹們沒有再提起它過。隔天，我離開澤汀府，到摩頓去。再隔天，黛安娜和瑪麗也離開家，到遙遠的××城去了。一週後，里佛先生和漢娜動身前往教區，這棟老農莊於是便被擱下了。

❷基尼金幣（guinea）：相當於二十一先令的英國昔日金幣。

第三十一章

我的家——我終於找到一個家——是個小舍，是一個牆壁刷白地板覆沙的小房間，裡面有四把油漆過的椅子和一張桌子、一個鐘和一個櫥子，櫥子裡面有兩、三塊盤子和碟子，以及一組戴夫特彩陶茶具。樓上是和廚房一樣格局的小臥室，有個松木床架和衣櫃——很小的一個衣櫃，然而對我貧乏的衣物（儘管我親切慷慨的朋友們已給了我適量的必要衣物，增加了原有的數量）來說，已經太大了，根本裝不滿。

這時是傍晚時分，我用一個橘子的酬勞，把那當我女僕的小孤女遣走，一個人坐在壁爐邊。今天早晨，這所村校開課了。我有二十個學生。不過這二十個裡面，只有三個能讀，沒有半個能寫或計算。有幾個會編織，少數幾個會一點縫紉。她們說話時，帶著極濃重的地方口音。目前，她們與我之間，還很難聽懂彼此的語言。其中幾個不但無知，還無禮、粗野、難以管教；不過其他人則溫馴、想學習，表現出討我喜歡的性情。我不能忘記，這些衣著鄙陋的小鄉民身上的血肉，絕對不比那些最高貴的名門後裔差，而且在她們心中，與那些家世最好的人同樣存在著優秀、細緻、聰慧和好性情的先天胚芽。我的職責是去培育這些胚芽，這工作的確能帶給我快樂。我並不指望在眼前這生活中獲得很多樂趣，然而毫無疑問地，它還是能給我足夠日日據其為生的東西；只要我願意調整我的心情，且按照我所應該的那樣去運用我的力量。

今天早晨和下午，我在那邊那個光禿禿的簡陋教室，是否感到非常快樂、安定而滿足呢？若不想欺騙我自己，我就得回答「不」；我感到的是某種程度的淒涼。我覺得——對，覺得我自己是個白癡——我覺得降低了身分。我懷疑這一步驟，是讓自己在社會生活的階級中沉淪了，而非向上爬升。周圍所聽所見的一切無知、貧窮與粗俗，讓我不爭氣地亂了方寸。但請容我別痛恨自己、輕視自己有這樣的感覺吧，我知道這些感覺是錯誤的——這就已經跨出了一大步；我將會努力去克服它們。明天，我相信，我將征服它們一部分，幾個禮拜後，也許就能完全殲滅它們。而有可能再過幾個月，見到我的學生們進步、轉好，到時那份快樂，也許會將嫌惡取而代之，而成為滿意。

這時，讓我捫心自問一下：怎樣才比較好？——向誘惑屈服，聽熱情的話，不做努力——不掙扎——讓自己就這麼陷入柔情的陷阱裡；在覆蓋陷阱的鮮花上睡著，在南國氣候中醒來，在怡人的別墅的奢華中醒來，此時會住在法國，成為羅徹斯特先生的情婦，一半時間都沉浸在他的愛情裡——因為他會，啊，是的，他會非常愛我，一陣子。他的確愛過我——再不會有人這麼愛我了。我永遠都不會再品嚐到這種獻給美麗、青春、優雅的甜蜜仰慕了——因為對於其他人，我似乎再也不可能具有這些魅力了。他喜歡我，以我為榮——除了他以外，沒有哪個男人會這樣。然而我究竟在胡想什麼，在說什麼，尤其是，在感動什麼啊？我自問，在馬賽❶的一個愚人天堂裡當個奴隸——一會兒為了妄想中的幸福狂熱著，一會兒便在懊悔和恥辱的苦澀淚水中嗆窒難息，是這樣好呢，還是在有益健康的英國中部，和風輕拂的隱蔽山間，當個自由又誠實的鄉村女教師好？

是的，我現在覺得我堅守原則和法律，鄙視、擰息狂亂時刻下不理智的衝動，是對的。神領導我做出了正確決定；我感謝祂的指引、祂的佑護！

我的日暮冥想導出這樣的結論之後，便站起來，走到門口，看看收成時節的夕陽，看看我房舍之前那片寧靜的田野，這間小舍，連同這所學校，離村莊有半英里遠。鳥兒們正在唱著牠們最後的樂章——

微風怡人，露水香脂。

我看著看著，認為自己很快樂，然而卻訝異地發現自己不久竟哭泣起來——為什麼呢？為了硬是把我從對主人的依戀中拉走的命運，為了再也見不到他，為了那由我離開所造成的絕望悲苦和毀滅性的憤怒，此刻也許正將他拉離正道，而且已經遠得再也沒有希望回去了。想到這裡，我把臉轉離那片可愛的天空和寂寞的摩頓山谷——我說寂寞，是因為在我看得見的這部分山坳中，見不到任何建築物，只除了半掩在樹林裡的教堂和牧師住宅，以及在最遠最遠處，那棟谷莊的屋頂，富有的奧立佛先生和他的女兒，就住在那裡。我蒙起我的眼睛，把頭靠在石造門框上，然而不久，分隔我的迷你花園和外面牧草原的那扇小門附近，出現了一些細微聲音，使我抬起眼睛來看。我於是看見一隻狗——是老卡駱，里佛先生的那隻波音達犬——正用鼻子推開小門，聖約翰自己則是雙手交疊胸前，斜倚在小門上；他的眉頭打結了，他的目光，幾乎像不高興般地嚴肅，緊盯著我。我請他進來。

「不，我不能停留，我只是把我妹妹留給妳的一個小包裹送來給妳。我想裡面是一盒顏料和一些畫筆、畫紙。」

❶馬賽（Marseilles）：法國中南部地中海岸的一個海港。

我走過去收下它，那是件令我歡迎的禮物。我想，在我走近的時候，他嚴厲地審視我的臉：臉上的淚痕毫無疑問非常明顯。

「妳首日的工作讓妳發現它比預期中還艱難嗎？」他問。

「噢，不！剛好相反，我想再過些時日，教學工作將會進行得很好。」

「還是妳的住宿環境——妳的小屋——妳的家具，使妳失望了？它們的確很貧乏，但是——」我打斷他——

「我的小屋乾淨而且能遮風避雨，我的家具夠用也夠舒適。我所見到的一切都讓我覺得感激，而不是失望。我不是會對沒有地毯、沙發、銀器感到懊喪的人，那簡直是個傻瓜或感官主義者；此外，五個星期前，我還什麼都沒有呢——那時的我是個無家可歸的乞丐，一個流浪者，現在卻有了朋友，有個家，有份職業。我震懾於上帝的仁慈、朋友們的慷慨，以及我命運的寬容。我並不抱怨。」

「然而妳認為孤獨是一種壓力嗎？認為妳身後的那間小房子又黑暗又空虛嗎？」

「我到目前為止還沒有什麼時間來享受寧靜的感覺，更別說在寂寞之下變得不耐煩了。」

「很好，我希望妳真的感受到妳所表達的滿足，不管怎樣，妳良好的判斷力將會告訴妳，現在就向羅得之妻猶豫不決的恐懼❷屈服，還為時過早。當然，我見到妳之前妳離開了什麼，我不知道；但我勸妳堅強抵抗所有使妳想要回頭望的誘惑；至少把妳目前的事業，穩穩地做幾個月。」

「我是打算這麼做。」我答道。聖約翰繼續說——

「要控制住性向的影響力和先天素質上的癖好，是件困難的工作，不過卻有可能做得到，我從實踐中知道這點。上帝給了我們某種程度上的權力，讓我們來創造自己的命運；當我們的精力似乎需要一種它們得不到的食物時——當我們的意志強求著一條我們無法步上的路徑時——我們不必因缺乏養料而餓死，也不必在絕望中困阨不前，我們只需去尋覓另一種精神食糧，它跟心靈所渴望品嘗的禁食同樣濃烈，也許還更純淨；我們只需為我們愛冒險的腳開闢出一條也許比較坎坷，然而卻與命運所擋住的那條路一樣正直、寬廣的路。

「一年前，我自己也非常痛苦，因為我以為我加入神職是個錯誤，它一成不變的任務讓我厭煩得要死。我熱切渴望著俗世中更活躍的生活——渴望文學事業中較令人興奮的活動——渴望當藝術家、作家或演說家的命運，只要不是當個教士；沒錯，我這顆屬於政治家、軍人、篤信榮耀、愛好盛名、貪求權勢的心，在我副牧師的法衣下怦然跳動著。我認為我的生活如此悲慘，一定得改變，否則我非死不可。經過一季的黑暗與掙扎之後，光明出現了，寬慰降臨了，我被箝扼住的生活，一下子全擴展成一片沒有邊際的廣原，我的能力聽見了上天在叫喚它們起來，聚起它們的全副力量，伸展它們的羽翼，超越自己的境界。神有份差事給我，要我帶著它到遠方，好好地傳播它；技巧與力量，勇氣與雄辯，軍士、政治家、演說家所具有的最好的特質都不可缺，因為這些全集中在一個優秀的傳教士身上。

「我決心成為一個傳教士。從那時起，我的心態改變了，我所有官能上的鐐銬全解開而卸下了，沒有任何束縛留存，只剩下惱人的疼痛——這只能讓時間來治癒。我父親，確實，反對這決心；但是既然他已經去世，我便再也沒有什麼法律上的障礙需要去抗爭了，等我安頓好幾件事務，為摩頓尋得一個接班人，再打破

❷舊約聖經〈創世記〉第十九章第二十六節，上帝要毀滅所多瑪城，通知羅得舉家逃亡，羅得的妻子在逃跑時，心緒動搖而回頭一看，立時變成鹽柱。

或切斷一、兩個情感上的糾結——這是與人類弱點的最後一個衝突了，我知道我終將征服它，因為我已發誓我必將征服它——然後，我要離開歐洲，到東方去。」

他用他特有的內斂而強調的語氣說出這些，說完後，他不是看著我，而是望著夕陽，而我也一樣望著夕陽。他和我，兩人都背朝著從草原上通向小門的那條小徑。我們都沒有聽見那條雜草叢生的小徑上有腳步聲；此時此景當中，只有山谷間呵哄人心的溪水流動聲；以至於我們聽見一陣銀鈴般甜美的愉快聲音在高呼時，大大驚跳了一下。

「晚安，里佛先生。還有老卡駱，你也晚安。先生，你的狗比你還快認出朋友喔！我還在草原底部，牠就豎起耳朵對我猛搖尾巴了，而你現在卻還背對著我呢。」

這是真的。儘管里佛先生在剛聽見這音樂般的聲音時，的確驚跳了一下，就像有陣雷劈開了他頭頂上的雲霧一般，然而一直到那句話說完，他還維持著被說話者驚住之時的同一個姿勢——手臂倚靠在門上，臉朝著西方。最後，他終於帶著思量過的慎重轉過身。我好似見到他身邊出現了一個幻影，一個穿著純白衣服的身形——青春美麗的身形：豐滿而曲線玲瓏，然後在她彎身去撫摸卡駱之後，她抬起頭，將長長的面紗甩向後，於是在他的注視之下，綻放出一張完美無瑕的臉龐。完美無瑕是個強烈的說法，然而我不收回也不修正，因為在她這個例子上，英國溫和氣候所鑄造出來的最甜美的五官，溼潤強風與多霧天空所培育、所養護出來的玫瑰百合般的純淨膚色，確實符合這個說法；再不缺任何姿色，見不到任何瑕疵了。這位年輕女孩有著勻稱精緻的輪廓，眼睛的形狀和顏色，都跟我們在可愛的畫像裡面所見到的一樣，又大又黑又圓；長而濃密的睫毛以如此柔和的魅力圍繞著美麗的眼睛，鉛筆畫出來的眉毛如此分明，白淨光滑的前額，在色彩與光澤的鮮活美豔中增添一股寧和氣息；嘴唇呢，也是紅潤、健康、形狀甜美，齊整發亮的牙齒毫無缺點；臉頰上有小小的梨渦，還有濃密的鬈髮作為裝飾——總之，所有結合起來能構成美的理想典型的條件，她都有了。我驚嘆著看著這美緻的人兒，整顆心都仰慕起她來。大自然的確偏心地創造出她，忘了自己向來那種後母般少量恩賜的吝嗇，而以貴婦人的慷慨，把這一切都賦與她這位寵兒。

聖約翰・里佛對這位塵世天使又作何想法呢？看著他轉身面對她、注視她的時候，我在心裡面自然而然地問了這個問題，也同樣自然而然地在他臉上搜尋這答案。他已經把眼睛移開這位仙女，現在正看著長在小門旁的一叢樸素無華的雛菊。

「可愛的夜晚，但是妳這時候還單獨留在外頭，太晚了。」他說，一邊用腳踩踏著那幾朵合起來的花的雪白頂部。

「噢，我今天下午才剛從斯郡回來，」（她說的是約二十英里遠的一個大城的名字）「爸爸告訴我你已經讓學校開學，還說新的女教師已經來了，於是我喝完午茶就戴上帽子，跑到村子裡來要見見她，這就是她了吧？」指著我。

「是的。」聖約翰說。

「妳覺得妳會喜歡摩頓嗎？」她用直接而天真單純的語氣和態度問我，儘管孩子氣，卻很討人喜歡。

「我但願我會。我有很多理由足以喜歡它。」

「妳覺得妳的學生有符合妳的期望專心聽課嗎？」

「差不多。」

「妳喜歡妳的房子嗎？」

「很喜歡。」

「我佈置得好嗎？」

「非常好，真的。」

「而我挑了愛麗絲•伍德來伺候妳，挑得不錯吧？」

「的確是。她很好教，是個好幫手。」（這時，我想這位就是奧立佛小姐了，那位女繼承人，看起來，她在財富上面所承繼的恩惠，和她的先天條件一樣得天獨厚！我真不知道究竟是怎樣的星座組合在主宰她的出生的？）

「我偶爾會上來幫妳教教書。」她接著說，「偶爾來看看妳，可以讓我換換口味，我喜歡變換。里佛先生，我在××城的逗留期間，真是非常快樂。昨天晚上，或者該說是今天凌晨，我跳舞跳到兩點鐘。第×團軍隊從暴亂以後就一直駐紮在那裡，而那些軍官啊，是世界上最可愛的人了，他們使得我們所有的年輕磨刀商和剪刀商都失了面子。」

我似乎見到聖約翰的下唇往前伸出、上唇稍稍噘起了一下。在這位嘻嘻哈哈笑著的女孩告訴他這些訊息的時候，他的嘴顯得非常緊閉，下半部臉孔也變得比往常還嚴厲、方正。同時，他還把視線從雛菊抬起來，投向她。那是個沒有笑容的、審視的、別具深意的一望。她以又一陣的歡笑來回答他的表情；笑對於她的青春、她的玫瑰雙頰、她的梨渦和她的明亮眼睛都很合適。

他沉默莊嚴地站著，她又再彎腰去撫摸卡駱。「可憐的卡駱愛我，」她說，「牠並不會對牠的朋友又嚴厲又疏遠，而且只要牠能說話，牠絕不會沉默不語。」

當她輕拍那隻狗的腦袋，以自然的優雅在牠年輕嚴肅的主人面前彎下身子的時候，我看見那主人的臉上現出一陣紅光。我看見他莊嚴的眼睛被突然的一陣火燄融化了，還閃爍著遏制不住的激動。像這樣臉色潮紅，容光煥發，他就個男人來說，幾乎跟她就個女人來說一樣漂亮。他的胸膛起伏了一下，好像他那顆巨大的心臟厭倦了專橫束縛，不顧意志的反對，擴張開來，為了得到自由而猛力一搏。不過，我想他還是將它抑制住了，如同一位果決的騎士勒住他人立起來的座馬一樣。對於人家獻給他的溫柔殷勤，他沒有作出言語或行動上的任何反應。

「爸爸說你現在都不來看我們了，」奧立佛小姐仰著臉繼續說，「你現在都成了谷莊的稀客了。他今天晚上一個人在家，身體不怎麼舒服，你要不要跟我一道兒回去看他呢？」

「現在不是打擾奧立佛先生的合適時間。」聖約翰答道。

「不是合適的時間！但是我說合適啊。這是爸爸最需要陪伴的時候了，這時工作都結束，他沒有事務纏身。聽好，里佛先生，來吧。你為什麼這麼拘謹，這麼陰沉呢？」他的沉默所留下的空隙，她以自己的回答來填滿。

「我忘了！」她叫道，搖著她一頭美麗鬈髮，好像對自己大吃一驚，「我真是昏了頭了，真是不體貼！你務必要原諒我。我忘了你很有理由不想跟我瞎聊。黛安娜和瑪麗離開你了，澤汀府又關了起來，你現在是這麼孤單一人。我絕對同情你。請務必來看看爸爸吧。」

「今天晚上不行，羅莎蒙德小姐，今天晚上不行。」

聖約翰幾乎像個機器一樣地說話，只有他自己才知道，這樣的拒絕需要多大的努力啊。

「噢，如果你真是那麼心意已決，我就走了吧；我不敢再待下去，夜露已經開始降下了。晚安！」

她伸出她的手，他僅僅碰碰它。「晚安！」他照樣說一聲，聲音又低又空洞，簡直像個回聲。她轉過身，然而沒多久就回轉過來。

「你還好嗎？」她問。她是很有理由這麼問的，因為此時他的臉蒼白得跟她的衣服一樣。

「很好。」他宣稱；然後，一鞠躬，便離開大門。她走一條路，他走另一條。她像小仙子般輕盈地走下田野時，回頭望了他兩次；他呢，堅定地大步向前，一次都沒有回頭。

這樣目睹別人的煎熬與犧牲，使我不再完全沉溺於自己的煎熬和犧牲上。黛安娜．里佛曾經指稱她哥哥為「像死神一樣冷酷」。她沒有誇張。

第三十二章

我繼續著我在村校的工作，盡可能積極而盡責。一開始那確實是份苦工。過了好些時日，經過了種種努力，我才終於了解了我的學生和她們的性格。她們完全未開化，能力還相當遲鈍，在我看來簡直愚魯得無可救藥；而且，在第一眼的時候，看起來全都一樣笨；不過我很快就發現自己錯了。她們之間是有差別的，就如同在受過教育的人之間也有差別一樣；在我了解了她們，她們也了解了我之後，這差別迅速地發展開來。她們對我、我的語言、我的規矩、我的行事的驚異一旦消失，我便發現這些相貌鈍重、張嘴結舌的小鄉民之間，有幾位醒悟了過來，變成頗為機靈的女孩。好幾個表現出親切友好的態度；我在她們之間發現了不少例子，不但具有出色的能力，也具有天生的禮貌和自尊心，這使我對她們升起一股親近之情，也贏得了我的欣賞。這幾位很快就能快快樂樂地把功課做好，把自己保持整潔、循規蹈矩地學習課程，並培養嫻靜守秩序的氣質。她們的進步在某些例子裡如此迅速，更是令人驚喜，我真誠地、愉快地從中引以為榮；此外，我開始私底下喜歡其中幾位最優秀的女孩，她們也喜歡我。我的學生當中有幾位農民的女兒——幾乎都算是年輕女人了。她們已經能夠讀、寫、縫紉；我便教她們一些基本文法、地理、歷史和比較精細些的針黹。

在她們當中，我發現了幾個值得尊敬的人——幾個渴求知識且願意上進的人——對於這幾位，我到她們的家裡去，與她們度過了幾個愉快的傍晚。她們的父母親（農夫與其妻子）便開始關照起我來。接受他們純樸的親切，並回報他們，有種樂趣在其中。我的回報是對於他們的感情的一種小心翼翼的尊重，他們也許並不全然習慣這樣，然而這讓他們歡喜，也對他們有益；因為當他們見到自己如此被抬舉，會讓他們更想上進，為了配得上自己所受到的禮遇。

我覺得自己在這附近一帶，已變成大家最喜愛的人。只要我一出門，就會聽見來自各方的熱切招呼，並受到友善笑容的歡迎。生活在普遍尊敬之中，儘管只是那些勞動人民的尊敬，也好似「坐在和煦、甜美的陽光之中」，心裡面安詳平和的感情，在陽光下發芽、綻放。在我人生的這段時期，我的心鼓脹著感恩之情，要比墜入沮喪頻繁得多；然而，讀者，我把一切都告訴你吧，在這平靜、有益的生活中——在經過了光榮地為學生們盡力的白晝，和心滿意足地獨自作畫、閱讀的夜晚之後——我經常在夜裡闖進奇異的夢鄉：那是一些色彩繽紛、興奮刺激、充滿理想、激動、風暴的夢——是一些在陌生場景當中、在患難冒險當中、在搖撼不安又浪漫離奇的機緣當中，我仍一次又一次遇見羅徹斯特先生的夢。往往總在最刺激的危機裡遇見他，於是乎那種意識著自己躺在他懷裡、聽著他的聲音、望著他的眼睛、碰觸著他的手和臉頰、愛著他、被他愛著的感覺——那種想要一輩子伴他同過的希望，又帶著它最初的力量和熱度，再次復活。然後我便會轉醒，然後會想起自己身在何處，是什麼處境。然後我會在我沒有帷幔的床上坐起來，顫抖著、悸動著，然後那寂靜的深夜就會目睹我的絕望爆發，親聞我的熱情決堤。隔天早上九點鐘，我又會準時無誤地打開校門，平靜、鎮定地，為一天的例行工作進行準備。

羅莎蒙德遵守諾言來看我。她大多在她上午的騎馬活動之間，順道到學校來。她會騎著小馬慢跑上校門口，後面跟著一位穿制服的騎馬僕人。她穿著紫色的女用馬裝，黑色天鵝絨亞馬遜女戰士帽安置在親拂著臉頰、飄盪於肩頭的長長鬈髮上，再也想像不出什麼比她出現的風采更為美輪美奐的東西了，而她會就這麼走進粗陋的校舍中，優雅滑過一排排目瞪口呆的鄉下孩子面前。她通常都在里佛先生每天上教義問答的那一小時之間來。我恐怕這位女客的眼睛會銳利地刺穿這位年輕牧師的心。即使他沒有看見，也似乎有種本能告訴他，她進來了；而且若是她出現在門口，即使他正看著離門很遠的地方，也還是會臉泛紅光，他那大理石般的面龐，儘管不願意鬆懈，還是難以言喻地有了變化；就在它那僵硬當中，表現出一種被壓抑住的熱情，比起抽動的肌肉或光芒四射的眼神所能表達的，要更為濃烈。

當然，她是知道她的力量的；確實，他並沒有，也因為他無法，對她隱瞞這點。且不管他基督教的禁慾主義，當她走上前來向他說話，並在他面前歡騰騰地、鼓勵地，甚至寵愛地對他微笑時，他的雙手會顫抖起來，眼睛也會燃燒。他那哀愁而堅決的表情，即使沒有開口，也好像在說：「我愛妳，而且我知道妳特別鍾愛我。我保持沉默並不是因為我成功無望。如果我把心交出來，我相信妳會接受它。但是那顆心已經呈獻在聖壇上了，火已經圍著它安放好。很快地，它將只不過是個焚毀的牲品罷了。」

然後她會像個失望的孩子一樣嘟起嘴巴，她豔光四色的活潑朝氣將會讓一抹悶悶不樂的愁雲給沖淡，她會匆匆把手從他手心裡抽回去，賭氣地瞬時轉過身，不看他那既像英雄又像殉道者的面容。在她這麼離開他的當時，聖約翰本可以放棄一切，去追隨她、喚回她、留住她的，然而他卻不願意放棄任何一個可以上天堂的機會，也不願為了她的愛情樂園，放棄任何能進入真正的、永恆的極樂世界的希望。此外，他也無法把他天性中所有的一切——流浪人、野心家、詩人、牧師——局限在單一的一種熱情當中。他無法——也不會——放棄他傳教聖戰的荒涼戰場，去換取谷府的客廳和寧靜。這一切是我有一次不顧他的保留，而大膽向他突襲時，蒙獲他自己向我坦承的心事。

奧立佛小姐已經好多次光臨我的小屋。我得知她整個性格，一點都不神祕也不虛假。她愛賣弄風情，卻不寡情無義，她愛苛求，卻不會卑鄙自私。她的家世讓她嬌生慣養，卻沒有完全被寵壞。她性急，卻好脾氣，自負（這點她是沒有辦法的，每一次瞥一眼鏡子，就讓她見到一陣嬌媚的臉紅），卻不矯揉做作；她出手大方，不以財富為傲；率直，還算機靈、快樂、活潑、不思考。總之，她非常迷人，即使是在我這樣與她同性的旁觀者看來都是如此；不過她並不能讓人產生由衷的興趣，或是給人極深刻的印象。舉例來說，她的心智比起聖約翰的妹妹們，是大不相同的。不過，我仍喜歡她，幾乎就跟我喜歡我的學生亞黛兒一樣，只除了，我們對於自己所管教的孩子，比起對於一個同樣迷人的成年朋友，往往能付出更為親近的感情。

她突然開始對我友好起來。她說我像里佛先生，不過她坦承，我當然「沒有他十分之一的漂亮，儘管妳是個滿可愛、清秀的小人兒，但他卻是個天使。」然而，我卻跟他一樣善良、聰明、冷靜且堅定。她宣稱，就一個鄉村教師來說，我是個畸型，她確信我以前的歷史如果讓人知道的話，必定是一部很有意思的傳奇小說。

有天傍晚，她以她慣常的那種孩子氣的舉動，漫不經心卻不惹人生氣的的好奇，亂翻我的廚房裡的櫥子和餐桌抽屜，先是找到了兩本法文書，一卷席勒❶、一本德文文法和字典，然後是我的繪畫材料和幾張素描，包括一張長得跟基路伯小天使❷一樣的漂亮小女孩的鉛筆頭像，那是我的一位學生，還有幾張在摩頓山谷和附近沼地寫生的各式各樣風景畫。她先是驚訝得愣了一下，隨即高興得獃在那兒。

「這些畫是妳畫的嗎？妳懂法語和德語嗎？真是個可愛的——不可思議的人啊！妳畫得比我在×郡最高

學府裡的老師都要好。妳能為我畫一張像，給我爸爸看嗎？」

「我很樂意。」我答道，一想到能夠以這麼完美明豔的模特兒來摹畫，便感到一陣藝術家的喜悅。她那天穿著深藍色的絲綢長服，手臂和頸子都裸露著，唯一的裝飾就是她那頭栗色秀髮了，帶著天然的鬈曲的紊亂美感，波浪起伏般地披在肩頭上。我拿出一張優質的紙板，隨手畫出個輪廓。承許自己享受為它著色的樂趣，然後，由於天色漸晚，我要她務必要找時間再來這裡坐一天。

她把我的情況描述給她父親知道，使得隔天她父親也陪她一塊兒來了——那是個高大、五官巨大的灰髮中年男人，他可愛的女兒站在他身側，宛如一朵鮮豔的花開在古色蒼然的砲塔之旁。他看起來是個沉默寡言，或許還有點驕傲的人；但是他對我非常親切。他非常喜歡羅莎蒙德畫像的草稿，叫我務必要把它完成。此外他還堅持要我隔天晚上到谷府去作客。

我去了。發現那是一棟漂亮的大宅邸，處處可見顯示出主人財富的證據。我在的時候，羅莎蒙德整晚歡天喜地、興味盎然。她父親很和藹，他喝完茶之後加入我們，與我談話，對我在摩頓村校裡所做的一切，強烈表示贊許，還說他只怕我很快就會離職，另尋高就，因為就他所見所聞來看，我在這職位實在太大材小用了。

「沒錯，」羅莎蒙德叫道，「她能幹得足以到高貴人家去當女家教了，爸爸。」

❶席勒（Johann Christoph Friedrich von Schiller，1759-1805）：德國詩人及劇作家，著詩劇《威廉泰爾》。

❷基路伯小天使（cherub）：九級天使中的第二級天使，掌管知識，又稱普智天使，常以有翅的兒童姿態或其頭部表現，拿來比喻圓胖可愛的小孩。

我想我寧願待在這裡，也不要到任何一個高貴人家去。奧立佛先生講起里佛先生——講起里佛家族，都帶著極大的尊敬。他說這是這地區的一個很老的姓氏了，這家族的祖先都很富有，有一度整個摩頓都屬於他們；甚至到現在，他還認為這家族的嫡傳，如果願意的話，也許還能跟最好的名門結親。他表示對於這麼優秀而傑出的年輕人，竟然決心要去當個傳教士，真讓他感到遺憾；那簡直是把寶貴的生活給浪費了。就這樣看來，羅莎蒙德的父親對於她和聖約翰的結合，應該不會作出任何阻攔。奧立佛先生顯然認為這位年輕牧師的良好出身、古老姓氏與神聖職業，足以彌補他在財富上的缺乏。

十一月五日，是個假日。我的小僕人幫我打掃完房子之後，拿了一便士的酬勞，高高興興地走了。整個屋內一塵不染、窗明几淨——地板刷過了、爐架磨亮了，椅子也擦得很乾淨。我把自己也打理整潔，現在，有一整個下午的時間，供我隨意消磨。

翻譯幾頁德文，估去了一個小時；然後我拿出我的調色板和畫筆，進行比較容易而比較有休閒作用的活動：把羅莎蒙德・奧立佛的畫像完成。頭部已經畫好了，只剩下背景需要暈染顏色，衣服需要加上暗影，以及那熟透的嘴唇要添上一抹胭脂紅，秀髮這兒那兒地加上一綹柔和的鬈髮，淡藍色眼皮底下的睫毛陰影還要再加深一點。我正全神貫注地在進行這些愉快的細節時，我的門被急促地敲了幾下，隨即被打開，聖約翰・里佛進屋裡來。

「我來看妳怎麼度過妳的假日，」他說，「我但願，不是在想什麼吧？沒有，那很好，妳既然在畫圖，就不會覺得寂寞了。看，我還是不信任妳呢，儘管妳到目前為止都支持得很好。我帶了一本書來給妳，讓妳當作晚上的消遣。」說著放了一本新發行的書在我桌上——一篇詩文。那是在舊時代，現代文學的黃金時代裡，常常發佈給幸運大眾的許多真正的著作之一。啊！我們這時代的讀者就沒有那麼受到優惠。然而別洩氣！我才不會停下來指責或者抱怨。我知道詩歌沒有死，天才也沒有消失，物慾並沒有主宰住其中任一個，沒有束縛住它們或殺害它們。總有一天，它們都會再次力陳自己沒有滅亡，猶仍現存，而且還有自由以及力量。這些力量強大的天使們，安然在天堂上！它們笑看著卑鄙的靈魂獲得勝利，懦弱的靈魂為自己的毀滅而哭泣。詩歌被滅亡了嗎？天才被放逐了嗎？不！庸才們，絕不；可別讓嫉妒心使你有這樣的想法。不是這樣，他們不只活著，而且還主宰、救贖；若沒有他們神聖的影響散佈四方，你們將會身在地獄之中——身在你們自身卑劣所造成的地獄裡。

我飢渴地翻閱《瑪米昂》❸的光耀詩篇（因為那本書是《瑪米昂》），聖約翰彎下腰來看我的畫。他高大的身影驚跳了一下回到直立的姿態，什麼都沒說。我抬頭看他，他躲開我的注視。我很了解他的想法，也可以清楚讀出他的心事；這一刻間，我覺得自己比他還鎮定、還冷靜，因為這時候的我暫時比他佔優勢，我於是有了想為他做點好事的打算，如果我能的話。

「他如此堅毅自持，」我心想，「太苛求自己了：把每一份感情與痛苦都鎖在心裡面——什麼都不表達、不表白、不袒露。跟他稍微談談這位甜美的羅莎蒙德，這位他認為不應該娶的人，我相信會對他有益。我要引他說話。」

我先開口：「請坐，里佛先生。」不過他還是一如往常，說他不能停留。「很好，」我在心裡面回答，

❸《瑪米昂》（*Marmion*）：英國詩人渥特・史考特（Walter Scott,1711-1832）一八〇八年發表的長詩。

「你想站著就站著吧，然而你卻還不能走，我心意已決，孤獨對你來說，至少跟對我來說一樣地糟糕。我要試試看能不能找出你心事的祕密泉源，在那大理石胸膛上找個罅縫，讓我能滴一滴同情的止痛香膏進去。」

「這張畫畫得像嗎？」我唐突地問。

「像、像誰？我沒有仔細看。」

「你仔細看了，里佛先生。」

他對我突如其來的奇怪的莽撞，同樣驚跳了一下，然後他驚詫地看著我。「噢，那還不算什麼呢，」我在心裡面喃喃自語，「我可沒打算讓你的僵硬態度就擊退，我已經預備好要一展相當的威力了。」我繼續說：「你仔細且清楚地看過了，不過我不反對你再看。」我站起來，把那張畫放到他手上。

「一張表現得很好的畫，」他說，「顏色很柔和明淨，畫得很優雅、精確。」

「是的，是的，這些我都知道。但是像不像呢？它像誰呢？」

克服了片刻的猶豫之後，他說：「我想，是奧立佛小姐吧。」

「當然。現在，先生，為了回報你準確的估測，我答應照著這張小心且忠實地再畫一張給你，只要你答應你會接受這個禮物。我不想把時間和精力浪費在你認為沒有價值的禮物上。」

他又再回去凝視那張畫，看得越久，就抓得越緊，而且顯得越渴望得到它。「是很像！」他喃喃地說，「眼睛處理得很好，那顏色、光線、神韻，都很完美。它甚至在微笑！」

「擁有同樣的一張畫，會讓你感到慰藉呢，還是讓你感到心傷？告訴我！當你在馬達加斯加，或者好望角，或者在印度，擁有這個紀念品，會不會是一種安慰呢？還是一見到它就會勾起讓你沮喪痛苦的回憶？」

他這時候偷偷抬起眼睛，瞟瞟我，顯得猶豫不決、心亂如麻。然後他又再回去審視那張畫。

由於我已經很確定羅莎蒙德真的很喜歡他，也確定她父親不太可能反對這門親事，我——在我自己看來並沒有聖約翰那麼崇高——已經在心裡面強烈地想要促成他們的結合。對我來說，若是他成為奧立佛先生龐大財產的繼承人，很可以拿這筆財富來做一樣多的好事，而不必任自己的天分枯萎、任自己的精力浪費在熱帶炎陽之下。我用這樣的話來說服他——

「在我目前看來，如果你立刻去把這幅畫的本人據為己有，會更明智、更合情合理。」

這時候他已經坐下來，把畫放在他面前的桌上，兩手托著額頭，深情地懸在那兒。我看得出，他現在對於我的大膽行為，既不生氣也不驚詫了。我甚至看出來，被人這麼直率地質問一個他原本視為不可碰觸的問題，聽到它被這麼放肆地談論，已經開始讓他覺得是一種新的樂趣——一種沒有奢想過的釋懷感受。拘謹內斂的人比起率直開放的人來，其實往往更需要坦承無諱地討論他們的情感與悲哀。看來最嚴肅的斯多葛人❹，畢竟也是個人，在他們靈魂中的「寂海」裡掀起一陣大膽而善意的「風波」，往往是給他們一件最大恩惠。

「她喜歡你，我確定，」我站在他椅子後面說，「而她父親也敬重你。而且，她是個甜美的女孩——滿不喜歡思考的；可是有你在思考，對你自己以及對她來說，將是綽綽有餘。你應該娶她的。」

「她的確喜歡我嗎？」他問。

❹斯多葛人（stoic）：古代希臘哲學家季諾（Zeno）所倡導的一個學派，主張禁慾、超越苦樂。

「絕對是，比喜歡其他任何人都要多。她不停講到你，沒有別的話題讓她更歡喜、更常去提及了。」

「聽到這樣，很讓人高興，」他說，「非常高興，再繼續講一刻鐘吧。」說完他竟然真的把錶拿出來，放在桌上計時。

「然而繼續講有什麼用呢，」我問道，「說不定你正準備著反駁之言，要來個鋼鐵般的一擊；或者正鑄造著一條新的鎖鏈，想把你的心重又銬上枷鎖？」

「別想像這類冷酷的事情。想像我正在屈服、正在軟化，這也正是我現在的情況；人類的情愛在我心中升起，像一股新鮮泉源般，甜美的洪水淹沒了我整個心田，那心田，我本已如此小心翼翼而辛勞地耕耘妥當，如此孜孜不倦地播下了良好意圖和克己計畫的種子。現在它沉浸在神酒般甘美的洪水中——那些幼苗都被淹沒了——可口的毒藥正侵蝕著它們，現在我見到我自己躺在谷府的大沙發上，躺在我的新娘羅莎蒙德·奧立佛的腳邊，她正用她悅耳的聲音對我說話——用那雙妳以高明技術畫得惟妙惟肖的美目凝視著我——以那對珊瑚色雙唇對我微笑。她是我的——我是她的——此時的生活和過去的世界對我來說，都已經足夠。噓！什麼都別說——我的心充滿喜悅——我的知覺都已恍惚——讓我說的時間在平靜之中過去吧。」

我順從他的心意，那個錶滴滴答答走著，他的呼吸急促而低沉，我靜靜站在一旁。那一刻鐘就在這肅靜中度過，他把錶收回去，放下那幅畫，起身，站到壁爐邊。

「好了，」他說，「那一小段時間給了忘我的幻想。我把額頭歇在誘惑的胸脯上，自願把頸子伸過去讓她銬上花做的軛，我嚐了她的酒。枕頭在燃燒，花圈上有角蝰❺，美酒中有一絲苦味，她的諾言空洞——她的提議虛假：這一切我全看見了，全知道。」

我不解地望著他。

「很奇怪，」他繼續說，「當我這麼瘋狂地愛著羅莎蒙德・奧立佛之時——帶著初戀的全部濃烈，對象又是極為美麗、優雅而迷人，卻同時體會到一種冷靜、公正的意識，知道她不會成為我的好妻子，知道她不是適合我的伴侶，知道我婚後一年就會發現這點，還知道十二個月的心蕩神馳之後，接著將會是一輩子的後悔。這個我知道。」

「真是奇怪！」我忍不住叫出來。

「當我心中某部分，」他繼續說，「敏銳地感覺到她的魅力時，另一部分卻同樣深刻地意識到她的缺點：這些缺點說明了她對我渴望追求的東西無法產生共鳴——對我從事的工作無法相隨。羅莎蒙德有可能是個吃苦的人、耐勞的人、一個女使徒嗎？羅莎蒙德會是個傳教士的妻子嗎？不會！」

「然而你並不需要當個傳教士啊。你可以放棄那項計畫。」

「放棄！什麼！我的偉大工程？我在塵世間為天堂華廈奠造的地基？我名列那夥光榮行列的希望？在那行列中，所有抱負凝聚成一個光榮的宏願——改善他們的族類，將知識帶到無知的國度去，以和平取代戰爭，以自由取代奴役，以宗教取代迷信，以天堂的希望來取代地獄的恐懼。我得放棄這些嗎？我珍愛它，勝過珍愛我血管裡的血。這是我所必須引頸盼望的前途，是我必須賴以維生的東西。」

過了一段不算短的停頓之後，我說：「那麼奧立佛小姐呢？她的失望和傷心，你都絲毫不關心嗎？」

❺角蝰（asp）：產於非洲沙漠間的一種小毒蛇，兩眼上有一枚直立的銳刺。

「奧立佛小姐的身邊向來不乏追求者和奉承者，不到一個月，我的形象就會被她從心裡抹去。她會忘記我，也許，還會嫁給某個比我能讓她遠遠更幸福的人。」

「你講得很冷淡，然而你卻受著自我矛盾的煎熬。你越來越憔悴了。」

「不，如果說我稍微變瘦了點，那是因為我對於我還不安定的前途感到心焦——我的啟程一直受到拖延。就在今天早上我得到消息，說我一直在等待的那位接替人，還沒準備好，無法在三個月之內來接替我；而且有可能三個月會延長至六個月。」

「奧立佛小姐一進教室來，你就顫抖、臉紅。」

驚訝的神情再一次掠過他的臉。他沒有想到一個女人竟然敢對一個男人這樣說話。我這方面呢，則是早已習於這種方式的交談了。與堅強、謹慎而文雅的心靈做溝通時，不管是男的還是女的，我都非得越過習慣上拘謹的外圍堡壘，跨過信賴的門檻，在他們心窩裡那個壁爐邊贏得一個位置，才肯歇息。

「妳真是特別，」他說，「而且也不膽怯。妳的精神裡有種勇敢，就像妳眼中有著一種洞察力一樣；但請容我向妳保證，妳部分誤解了我的感情。它們並不像妳想的那麼深刻、那麼具有影響力，妳給的同情超乎我應得的分量。我在奧立佛小姐跟前臉紅、顫抖時，我並不同情我自己，我蔑視那種脆弱。我知道那是下流的，只是一種肉體的狂熱，並不是，我宣稱，並不是靈魂的震動。靈魂還是如磐石一樣穩固，堅定地端坐在澎湃的海洋深處。妳得認識真正的我——一個冷酷無情的男人。」

我不可輕信地微笑著。

「妳已經以突擊探取了我的心事，」他繼續說，「現在它悉聽尊便。我只不過是，在我的原始狀態上——

脫掉基督教用來遮蓋人類缺點的漂過血的長袍之後——一個冷酷無情、野心勃勃的男人罷了。所有感情裡面，只有天然的愛，才對我有永久的力量。是理性在領導我，而非感情。我的野心無可限制，我想要爬得更高，做得比別人更多的慾望，永無饜足。我崇尚堅忍、不撓、勤勉和才能；因為這些是人類據以達到偉大目標、躍至卓越境界的方法。我感興趣地觀察妳的事業，因為我認為妳在女人當中，是個勤奮、有原則、有幹勁的實例；而不是因為我深深同情妳過去的經歷或現在仍在承受的煎熬。」

「你簡直要把自己描述成一個異教哲學信奉者了。」我說。

「不。我和理神論❻哲學信奉者之間有著這樣的區別：我信神，而且相信福音。妳沒有選對妳的表述語。我不是個異教的，而是個基督教的信奉者——是耶穌這一派的弟子。作為祂的信徒，我接受祂純潔的、悲憫的、仁慈的教義。我擁護它們，立誓要宣傳它們。宗教在年輕時代就把我征服，如此地灌溉我的先天品質：把一株幼小的胚芽——那與生俱來的情感，栽培成濃蔭遍地的慈善大樹。把人類正直的未開化的細根，養育成對於神聖正義的正當觀念。把想為卑微的自我贏得權勢名望的野心，塑造成為我主擴張王國、為十字架旗桿獲取勝利的宏願。宗教為我做了這麼多，把原始的質地做最好的利用，修剪、鍛鍊了我的天性。然而她無法根除天性，根性也不可能被根除，『直到必死之人成為不朽之時』。」

說完，他拿起桌上的帽子，它原本放在我的調色板旁邊，這時他再一次望望那畫像。

❻理神論（deistic）：十八世紀思想家的學說，認為世界雖由神創造，卻脫離神的支配，而按照自然法則在運轉。斷言神只存在於理性之中。又稱自然神論。

「她的確很可愛，」他輕聲說，「她名叫『世界的玫瑰』❼，確實取得好！」

「我不能再畫一張給你嗎？」

「（拉丁文）有何益處？不必了。」

他把一張薄翼紙拉回去蓋在畫上，那是我作畫時用來枕手的，以免紙板讓我給弄髒。他突然間在那空白紙張上見到了什麼，我不可能知道，然而他的視線被什麼給吸住了。他猛地抓起那張紙，看著紙張的邊緣，然後迅速瞥我一眼，那眼神難以形容地奇怪，也完全無法理解；好像要把我的身形、臉蛋和衣著的每個細節都要注意到而且記下來似地；因為它跟閃電一樣迅即、銳利地掃視過我的全身。他張開嘴，好像想說什麼，然而卻又立刻收住那句即將出口的話，不管那是什麼。

「怎麼了？」我問道。

「沒什麼，」是他的回答；說著一邊把薄紙放回去，我見到他靈巧地從邊緣撕下窄窄一條。紙條沒入他手套之中，然後他匆匆一點頭，道聲「午安。」就不見蹤影。

「哇！」我叫道，用當地的說法，「那可真是天馬行空！」

我自己也去仔細端詳了一下那張紙，除了幾個我為了調色而塗在上面的髒髒的色漬之外，什麼都沒有見到。對這個謎，我琢磨了一、兩分鐘，發現它根本不可解，也相信它必定沒什麼重要，就放下了，很快也就忘記它。

❼羅莎蒙德（Rosamond）的字面原意。

第三十三章

聖約翰走了之後，開始下雪，打漩的暴風雪持續了一整夜。隔天，冷冽的風帶來了新的幾場天昏地暗的大雪；到黃昏時，整個山谷都積滿了雪，幾乎無法通行。我關上我的窗板，門口擺張腳墊，防止雪從門底下被颳進來，撥了撥火，在爐邊坐了將近一個小時，傾聽狂風的悶吼，然後我點起一根蠟燭，取下《瑪米昂》，開始讀——

日落於諸漢的踞堡陡坡
日落於坦蕩深沉的托維大河
與及區維爾特的寂寞山崗、
巍巍之高塔，屹立之主樓
與及綿亙圍繞的側牆
　沐浴在黃澄澄夕暮輝煌當中

我很快就在詩韻中忘記了風雪。

我聽見一個聲音，我本以為是風搖撼了門一下。結果不是，是聖約翰，他拿起門閂，從天寒地凍的颶風中、從咆哮怒吼的黑暗中，進門來，站在我面前，裹住他高大身軀的斗篷，已跟冰河一樣雪白。我幾乎驚愕得愣住了，因為我實在沒想到這麼個冰雪封山的夜晚，會有客人來。

「有什麼壞消息嗎？」我問道，「發生什麼事了嗎？」

「沒有。妳真是容易驚嚇！」他答道，脫掉斗篷，掛在門上，並且從容不迫地把進來時踢亂了的腳墊推回門邊。然後他跺跺腳，讓靴子上的雪掉下來。

「我會弄髒妳潔淨的地板，」他說，「但是妳得原諒我一次。」然後他走近爐火，「我可是費盡千辛萬苦才來到這兒的啊，我向妳保證。」他說，雙手放在火上面烤暖。「有堆積雪埋住了我半截身子，幸好雪還很軟。」

「但是你為什麼要來呢？」我忍不住說。

「對客人問這個問題，實在有點不親切；不過既然妳問了，我就回答，我只是要來跟妳講講話；我已厭倦於我沉悶的書本與空盪盪的房間。此外，從昨天開始，我就一直經歷著被人說故事說到一半而急於聽後續發展的人的那種興奮。」

他坐了下來，我想起他昨天的怪異行為，真的開始擔心他的神智錯亂了。不過如果他真的精神錯亂，那也是非常冷靜清醒的瘋子；我從來沒有見到他那俊俏的面容比現在更像大理石雕像了，他把他被雪打溼的頭髮從額頭上撥開，讓火光毫無阻礙地照耀在他蒼白的前額和同樣蒼白的臉頰上，我在那裡發現到，憂慮與哀愁現在已經如此明白地刻下了凹陷的痕跡，這讓我感到悲痛。我等著，期待他說些什麼至少能讓我聽懂的話，但是他的手現在扶住了下巴，手指放在嘴唇上：他正在想事情。我吃驚地發現他的手看起來跟他的臉一樣消瘦，一陣也許是多餘的同情，湧上了我的心裡，我激動得說——

「但願黛安娜和瑪麗能夠來跟你一起住，你這麼孤獨一人，實在很可憐，而且你對自己的健康太不在乎了。」

「一點也不，」他說，「我會在有必要的時候照顧自己。我現在很好。妳在我身上看到什麼差錯了嗎？」

他這話是用滿不在乎、心不在焉的漠然態度說出來的，顯示我的掛念，至少在他看來，是完全不必要的。這讓我沉默下來。

他的手指仍然慢慢地在上唇移動，眼睛仍然茫然地盯著發亮的爐架。由於我認為應該趕快說些什麼，就馬上問他是否覺得身後的門那兒有冷風吹進來。

「沒有，沒有！」他簡潔而且有點暴躁地說。

「好吧，」我心想，「如果你不想講話，你就自己愣著吧；我這就不管你了，回頭看我的書去。」

於是我剪了燭蕊，重新開始細讀《瑪米昂》。不久他動了一下，我的眼睛立刻被他的動作吸引過去；他不過是拿出一本摩洛哥小皮夾，從裡面拿出一封信，他默默看信，然後摺起它，放回去，又陷入沉思。有這麼個謎一般的東西杵在我面前，是不可能看得下書的；而且以我的缺乏耐性，也沒辦法同意就這麼緘默下去，他要就阻止我吧，但是我卻非得說話不可了。

「你最近有沒有聽見黛安娜或瑪麗的消息？」

「自從一星期前我拿給妳看的那封信之後，就沒有了。」

「你自己的計畫，沒有什麼改變吧？你該不會在預定時間之前，就被召離英國吧？」

「恐怕不會，真的。這麼好的機會不會落在我身上。」到現在為止的發問都受到挫折，我於是轉移陣地，想起我可以談論學校和學生的事。

「瑪麗・蓋瑞特的媽媽好多了，瑪麗今天早上又回來上課，下個禮拜我將會有四個新學生，來自鑄造廠那區，她們本該今天來的，只是被雪延擱了。」

「真的！」

「奧立佛先生為其中兩位付學費。」

「是嗎？」

「他想在聖誕節請全校吃頓飯。」

「我知道。」

「那是你的提議嗎？」

「不是。」

「那麼是誰的提議？」

「我想，是他女兒吧。」

「那倒很像她，她這麼善良。」

「是啊。」

又一次進入停頓的空白，時鐘敲了八響。這喚醒了他，他把疊起的腿放下，坐直，轉向我。

「暫時放下妳的書吧，靠過來一點到火這邊。」他說。

我納悶著，納悶不出個結果，我照著他的話做。

「半個小時前，」他開始說，「我說我急於聽一段故事的後續發展，經過反省，我覺得這件事還是由我來扮演敘述者的角色，而讓妳當傾聽者吧。開始之前，還是警告妳一下，這故事在妳耳朵裡聽來，可能會有點陳腐，然而陳舊的細節若由新的嘴巴來講，往往會恢復一定程度的新鮮。不管是陳腐還是新奇，這故事很短。

「二十年前，一個窮苦的副牧師——現在先不管他的名字——愛上了一個富翁的女兒，她也愛上他，且嫁給了他，不顧所有朋友的反對，而他們也在她婚禮之後就立刻不認她了。不到兩年，這一對不顧前後的夫妻雙雙過世，肩並肩安息於一塊墓板下。（我去看過了他們的墳；成了一片廣大的教會墓地裡的鋪道的一部分，這片墓地圍繞著被煤煙染黑了的可怕的大教堂，位於××郡的一個過度開發的工業城市裡。）他們留下了一個女兒，這小孩一出生，慈善就把她收在懷兜裡——冰冷得就像今天晚上差點把我迅即凍僵的雪堆一樣。慈善還把這孤獨的小東西帶到她富有的母系親戚家裡，於是她被一位舅母養大，那舅母（我現在把名字提出來吧）叫做蓋茨海德府的里德太太。妳嚇了一跳——妳聽見什麼聲響嗎？我敢說那只是有隻貓跳上了隔壁那間教室的屋椽，在我把她整修且改建成教室之前，那裡本是個穀倉，穀倉往往是老鼠出沒的地方。——接著說吧。里德太太養了這孤兒十年，不管她在那裡過得快不快樂，這我不知道，從來沒有聽她說過；可是到了第十年，她把她送到一個妳知道的地方去了——不是別處，正是羅伍德學校，她在那裡住了那麼久。顯然她在那裡的生活過得還滿風光的：她從學生晉升為老師，就像妳一樣——這真的讓我覺得她的身世與妳有許多符合之處。離開學校後，她去當個家庭教師，在那裡，妳們的命運又一次相符合了；她擔任一個由羅徹斯特先生監護的孩子的家教。」

「里佛先生！」我打斷他。

「我可以猜到妳的感覺，」他說，「但是先克制一會兒吧，我快要說完了；聽我說完它。我對羅徹斯特先生的性格一點都不清楚，只知道一個事實：他聲言要娶這位小姐為妻，然而卻在聖壇之前，她發現到他已經有了一個雖然瘋了卻仍然活著的妻子。在那之後，他做了什麼行為或是提議，完全只是純粹的臆測，然而當事情傳出來，必定有人問起那女家教，這時卻發現她已經走了——沒有人知道是什麼時候走的、上哪兒去了、怎麼走的。她在夜裡離開了荊原莊，所有對她的行蹤的搜尋都徒勞無功，整個鄉村都被深深遠遠地尋遍了，找不到任何跟她有關的跡象。然而必須找到她，已經成為十分緊急的事，所有報紙都登出了廣告，我自己也收到一封來自一位律師布利格斯先生的信，把剛剛我所說的詳細情況傳達給我聽。這是不是個奇怪的故事呢？」

「告訴我一點就好，」我說，「既然你知道這麼多，你一定能夠告訴我——羅徹斯特先生怎樣了？他好嗎？他在哪裡？他在做什麼？他身體好嗎？」

「關於羅徹斯特先生的事，我完全不知道；這封信除了那欺詐性的不合法的企圖之外，完全沒有提到他。妳還不如問問那個女家庭教師叫什麼名字——問問這件非要她出面不可的事情，究竟是什麼性質。」

「那麼，沒有人去過荊原莊嗎？沒有人見過羅徹斯特先生嗎？」

「我想是沒有。」

「可是他們有寫信給他？」

「當然。」

「那麼他說什麼？誰有他的信？」

「布利格斯先生透露，回答他的請求的，不是羅徹斯特先生，而是一位女士，署名『愛麗絲・菲爾法斯』。」

我感到一陣冰冷昏晃，這麼說，我最糟糕的恐懼或許是事實了：他完全可能已經離開了英國，在自暴自棄的絕望中，一頭栽進歐陸上某個他以前常去的地方。他在那裡為自己的劇烈痛苦找到了什麼樣的鴉片呢？——為自己的強烈熱情找到了什麼對象呢？我不敢回答這個問題。噢，我可憐的主人——曾差點成為我的丈夫——我常常叫他「我親愛的愛德華！」的主人啊！

「他一定是個壞人。」里佛先生說。

「你不了解他——別對他發表意見。」我激動地說。

「很好，」他平靜地回答，「確實我腦子裡並沒有在想他，我還得把故事說完。既然妳不問那女家教的名字，我就得自己說了。等等！我這兒有著這個名字呢——看到重點被寫下來，明明白白地成了白底黑字，往往更叫人快慰。」

於是他又從容不迫地拿出那個皮夾，打開它，在裡面翻尋，然後從裡面的一格中拉出一張匆匆撕下的破紙條；我從紙的質地與那上面的群青、湖紅與硃砂色漬，認出那就是從我遮畫布用的薄紙上強行撕走的邊緣。他站起來，把它拿到我眼睛前面，我於是看到我自己的墨汁筆跡：「簡愛」——想必是在某個心不在焉的時刻中寫下的。

「布利格斯寫信問我一位簡愛，」他說，「廣告上也尋找一位簡愛；我則認識一位簡•愛略特。我承認曾經懷疑過，但是一直到昨天下午，我的懷疑才全部合成一件確定的事。妳要承認這個名字，宣布放棄妳的化名嗎？」

「好——好；但是布利格斯先生在哪裡呢？羅徹斯特先生的事，他也許比你知道得多些。」

「布利格斯在倫敦。我懷疑他並不知道什麼關於羅徹斯特先生的事；他有興趣的不是羅徹斯特先生。同時，妳光顧著追問細節，把重點都忘了，妳沒有問我為什麼布利格斯先生要找妳——沒問我他找妳做什麼。」

「喔，他找我做什麼？」

「只是要告訴妳，妳叔叔，那位住在馬德拉群島的愛先生，已經去世了；還把所有財產都留給妳，妳現在富有了——僅僅這樣——沒別的了。」

「我！——富有了？」

「對，妳富有了——是個十足的財產繼承人了。」

接下來是一陣沉默。

「當然，妳得證明妳的身分，」聖約翰接著說，「這步驟不會有任何困難，然後就能立刻擁有財產了。妳的財產是以英國公債的方式授與的；布利格斯那兒有遺囑和一些必要的文件。」

現在翻出了一張新的牌！讀者，頃刻間從窮人變成富有，真是件好事——非常好的事；然而卻不是能讓人立刻領會，而因此享受到樂趣的事。而且，生命中還有很多其他機會，遠更讓人感到震撼、遠更令人欣喜若狂；這件事，是實在的，是一件屬於現實世界的事，沒有任何理想色彩在其中；與它相關的一切都是穩固實在的，它的顯現方式也是穩固實在的。一個人在聽見自己獲得一筆財富時，並不會跳起來大呼框喝！只會開始考慮責任、琢磨正事，這穩定的滿足基礎上，升起了一些重大的掛慮，於是我們克制住自己，在我們的幸福之上，莊嚴地皺眉沉思。

此外，遺產、遺物等字，是跟死亡、葬禮分不開的。我幾乎是才剛聽見有個叔叔——我唯一的親戚——存在，就聽見他死去。我本懷著希望，想要某天能夠見到他，現在，我卻完全無法擁有這希望了。而這筆錢只留給我，不是給我和一整個歡喜慶賀的家庭，而只是給我孤零零一個人。這無疑是一個巨大的恩賜，而且從此經濟獨立的感覺必定光輝燦爛——沒錯，我能感覺到這點——這個想法讓我整顆心鼓脹起來。

「妳終於展開眉頭了，」里佛先生說，「我還以為美杜莎❶看了妳一眼，把妳變成石頭了呢。現在也許妳要問擁有多少錢了吧？」

「我擁有多少錢？」

「噢，很小一筆！確實不值得一談——兩萬英鎊，我想他們是這麼說的；可是那又算得了什麼呢？」

「兩萬英鎊？」

這是另一場驚嚇——我本只設想著四、五千呢。這消息著實使我一下子喘不過氣來；聖約翰先生，這個

❶美杜莎（Medusa）：希臘神話故事中，三位蛇髮女怪（Gorgons）之一，誰一見到她的頭，就會立刻變成石頭。

我從來沒有聽過他笑的人，這時大笑起來。

「嗯哼，」他說，「如果妳殺了人，我告訴妳罪行被揭發了，我想妳也不會顯得比現在更驚慌。」

「這是筆大數目呢——你想不會有錯嗎？」

「一點都沒有錯。」

「也許你把數字看錯了——也許只是兩千！」

「那是以國字書寫的，不是數字——貳萬英鎊。」

我又一次覺得自己像是個胃口與常人無異的人，卻獨自坐在一張擺出一百人份盛宴的桌子前面。這時里佛先生站起來，穿上他的斗篷。

「若不是今天晚上天氣太惡劣，」他說，「我會派漢娜來與妳作伴，妳看起來太可憐了，不該留妳一個人。但是漢娜，可憐的女人！她無法像我一樣爬過這些積雪，她的腿沒有這麼長；所以我只好留妳一個人悲哀了。晚安。」

他拿起門閂，突然有個想法閃過我腦中。

「等一下！」我叫道。

「嗯？」

「我想不透為什麼布利格斯先生要寫信向你問我；也想不透他是怎麼會認識你，或者怎麼會想到你這麼個住在窮鄉僻壤的人，會有能力幫他找到我。」

「噢，我是個牧師嘛，」他說，「牧師常常都會被人拿一些疑難雜症來求教。」門閂又喀啦動了起來。

「不，這答案我不滿意！」我嚷道，確實，他這樣匆促而沒有說明出什麼的回答，不但沒有安撫住我，反而更加激起我的好奇心。

「這是件很離奇的事，」我接著說，「我得再多知道一些。」

「改天吧。」

「不，今晚！今晚！」他從門口轉過身來的時候，我擠到他和門的中間去，他顯得十分尷尬。

「在你把一切都告訴我以前，你絕對不能走。」我說。

「我希望不要現在說。」

「你得說！——你一定要說！」

「我寧願讓黛安娜或瑪麗來告訴妳。」

這些拒絕的說法，當然更是把我的急切激到最高點，它必須得到滿足，而且不能再等了，我這樣告訴他。

「但是我告訴過妳，我是個強硬的男人，」他說，「難以說服的。」

「而我卻是個強硬的女人——不可能被逐退的。」

「而且，」他接著說，「我還很冷酷，沒有熱情可以影響我。」

「然而我卻一點都不冷，而且火會溶解冰。那裡的火燄，已經把你斗篷上所有的雪都融化了；其證據是，它已經流到我的地板上，把地板淹得像是足跡雜沓的街道了。你不是希望我原諒你把我乾淨的廚房弄髒的深重罪孽嗎，里佛先生？那就把我想知道的事情告訴我吧。」

「唉，好吧，」他說，「我讓步，若不是為了妳的急切，也為了妳的堅持：滴水穿石。而且，妳總有天也該知道的——現在知道和以後知道都一樣。妳名叫簡愛吧？」

「當然，這件事在剛剛已經都確定了。」

「也許，妳並不知道，我和妳有著同樣的姓名？——不知道我的教名叫做聖約翰・愛・里佛？」

「不知道，真的！現在我想起了曾在你幾次借我的書上，見到過你的名字縮寫裡夾著個E字，不過我從來沒有去問那代表哪個姓名。然而那又如何呢？想必是——」

我停住了，因為我沒辦法信任自己去擁有、更別說去表達出那個霎時間躍入心頭的想法——這想法在頃刻間具體成形，截然成為一個強烈而堅實的可能性。許多情況自動交織在一起、併合在一起，瞬時凝聚成序：那條到目前為止只是一堆紊亂環扣躺在那兒的鏈條，此時被拉直了——每一個環節都完美無瑕，整個結合完整無缺。在聖約翰多說一個字之前，我已經憑著本能就知道了事情是怎麼回事，然而我不能期待讀者也跟我有同樣的直覺，所以我得在此複述他的解釋。

「我母親的姓是愛，她有兩個兄弟，一位是牧師，娶蓋茨海德府的簡・里德為妻；另一位，約翰・愛先生，是個商人，之前在馬德拉的芬沙耳。布利格斯先生是愛先生的律師，今年八月時寫信通知我們舅舅的死訊，還說他把他的遺產都留給他哥哥的孤女，而忽略我們，因為他與我父親之間的一場爭吵一直沒有和解。那之後幾個星期，他又再寫來一封信，告知我那位女繼承人失蹤了，問我們是否有她的任何消息。薄紙上的一個名字，讓我得以找到她。剩下的妳都知道了。」他又一次舉步要離去，我卻把背靠在門上。

「讓我說話，」我說，「讓我有時間喘口氣、想一想。」我停了一下——他站在我面前，手中拿著帽子，顯得相當鎮定。我接著說——

「妳母親是我父親的姊妹？」

「對。」

「那麼，就是我的姑媽了？」

他俯首。「我的約翰叔叔是你的約翰舅舅？你、黛安娜和瑪麗是他姊妹的小孩，而我是他哥哥的小孩？」

「這很分明。」

「那麼，你們三人，就是我的表兄妹了，我們各自流著一半來自相同家族的血液？」

「我們是表兄妹，對。」

我打量他一下。看來，我找到了一個哥哥，一個我能引以為傲的哥哥——一個我能愛的哥哥，還有兩個姊姊，她們的性情是如此這般，讓我在非親非故與她們相識時，就受到她們啟迪出真正的情感和仰慕。我跪在溼漉漉的地面上，從澤汀府廚房的低矮格子窗戶外，帶著興趣與絕望的如此苦澀的混雜滋味，往裡頭凝望的那兩位女孩，竟是我的親近女戚，而這位在家門口發現到幾乎快死去的我的年輕莊嚴紳士，竟是我的血親。對一個孤獨的苦女來說，這真是多麼光明燦爛的發現啊！這真是財富！——心靈的財富！——純淨、親切的情感之礦！這真是上天保佑、真是輝煌、動人、令人興高采烈啊！——不像黃金是個沉甸甸的禮物，的確有其貴重而受人歡迎之處，但是其重量卻讓人鄭重起來。我在這突然而來的喜悅中拍起手來——我的脈搏躍動，我的血管激盪。

「噢，我真高興！——我真高興！」我叫道。

聖約翰笑起來。「我剛剛不是說過，妳老是為了小事忘了重點嗎？」他問，「我告訴妳獲得一筆財富時，妳是那麼地嚴肅，現在，卻為這麼微不足道的事，那麼地興奮。」

「你這是什麼意思呢？這對你來說也許微不足道，因為你已有了兩個妹妹，不在乎多一個表妹；但是我什麼人都沒有，現在卻有了三個長大成人的親戚——或兩個，如果你不願被算進來的話——出現在我的世界裡。我要再說一次，我真高興！」

我在房間裡急速地走來走去；腦子裡浮現了有可能會如何、可以如何，以及應該如何的思緒，快得我來不及接受、理解、整理，讓我差點喘不過氣。我看著空白牆壁，它好似一片天空，綴著濃密的、正在上升的星星——每一顆都為我照耀出一個目標或一項喜悅。這些救過我的命的人，我在這之前一直無法回報，只能愛著他們，現在終於可以報答他們了。他們現在被套在軛下，我可以讓他們自由；他們四散分離著，我可以使他們團圓；這屬於我的獨立、富裕，也可以成為他們的。我們不是四個人嗎？兩萬英鎊平分的話，一個人就是五千英鎊——很夠用，而且還太多了，如此能達成公正——還能獲致共同的幸福。現在這筆財富不再使我感到沉重了，現在它已不只是錢幣的贈與——而是生活、希望和快樂的饋贈。

這些想法像狂風暴雨般席捲我的心靈時，我是什麼樣的表情，我不知道；但是我很快就發現里佛先生擺了張椅子在我身後，而且還溫柔地想讓我坐下。他還勸我要鎮靜，好像我驚慌失措而精神渙散一般，我不顧這些暗示，甩開他的手，又開始走來走去。

「明天就寫信給黛安娜和瑪麗，」我說，「直接叫她們回家吧。黛安娜說她們倆都認為若是有一千鎊就已經是富翁了，那麼五千鎊應該能讓她們過得很好了。」

「告訴我該到哪裡給妳弄杯水來，」聖約翰說，「妳真的務必要試著平靜一下妳的情緒。」

「胡說！而這個饋贈會對你產生什麼影響呢？它會讓你留在英國，使你與奧立佛小姐結婚，而像一般人一樣安定下來嗎？」

「妳扯到哪裡去，妳已經昏頭了。我這消息傳達得太突然，讓妳興奮得控制不住了。」

「里佛先生！你真是讓我不耐煩。我現在頭腦夠清楚，是你誤解了我，或者該說是你假裝誤解我。」

「如果妳解釋得明白些，也許我就可以更理解。」

「解釋！有什麼好解釋的？你不可能看不出來，兩萬英鎊，這筆我們討論的數目，可以在我們這位叔舅的姪女與三個甥兒間平分，而讓每個人得到五千英鎊嗎？我只要你寫信給你的妹妹們，通知她們，她們多出了這筆財產。」

「妳是說，是妳多出了這筆財產吧。」

「我已經把我對這件事的立場表達出來了，我無法持有別的立場。我不是冷酷自私、瞎了眼地不公正，或是惡魔般不知感恩的人。此外，我早下決心要有個家，要有家人。我喜歡澤汀府，我要住在澤汀府，我喜歡黛安娜和瑪麗，我要一輩子依戀著黛安娜和瑪麗。擁有五千英鎊會讓我高興，使我受益；擁有兩萬英鎊卻會讓我痛苦而有壓力；況且，這就公平正義來說，永遠不該只屬於我，儘管它也許在法律上屬於我。因此，我放棄對我來說完全多餘的部分，把它給你們。別再反對了，也別再討論這件事了；讓我們彼此同意對方，立刻決定這件事吧。」

「這是在衝動行事，這樣的事情妳得花幾天來考慮，到時候妳的話才能被視為有效。」

「噢！如果你懷疑的只是我的誠意，我就放心了；那表示你看出這件事的公正了？」

「我的確看見了一點公正；但是這跟所有習俗是相違背的。此外，這整筆財富是妳的權利，是我舅舅靠他自己的努力賺來的，他可以隨心所欲，想給誰就給誰，而他把它給了妳。畢竟，公理還是允許妳擁有它的，妳大可無昧於良心地，完全把它視為己有。」

「對我來說，」我說，「這完全是感情與良心的問題。我非得要放縱一下我的感情不可，我極少有機會這麼做。就算你駁斥、反對、阻撓我一年，我也不可能放開這已經讓我瞥見的美好喜悅——部分報答一筆大恩情，並為自己贏回一輩子的朋友的喜悅。」

「妳現在是這麼想的，」聖約翰接著說，「因為妳並不了解擁有的感覺是什麼，也因此不知道享受財富的感覺會是如何。妳對於兩萬英鎊能為妳帶來什麼重要性、對於它能讓妳在社會上躋身於甚麼樣的地位、對於它將為妳展開的前景，都無法有所認知；妳不能——」

「而你，」我打斷他，「則是完全無法想像我對兄弟姊妹愛的渴望。我從來沒有家，我從來沒有兄弟姊妹，現在，我一定要，也絕對會擁有它們；你可不會不情願接納我、承認我吧，你會嗎？」

「簡，我會當妳的哥哥——我妹妹們也會當妳的姊姊——卻不必妳言明犧牲妳應得的權利。」

「哥哥？是啊，在三千哩外的遠方！姊姊？是啊，在陌生人之間當奴隸！我呢，富有——讓我從未賺取也不配得到的金子給塞得飽飽的！你們，卻是一便士都沒有！這樣的平等和手足倫理真是好極了啊！這樣的團圓真是緊密啊！這樣的感情真是親近啊！」

「可是，簡，妳所渴望的家庭的情分和天倫之樂，除了妳現在計畫的方式之外，還能有別的方式來實現：妳可以結婚啊。」

「不可能，你又來了！結婚！我不要結婚，永遠都不會結婚。」

「這說得太過分了，這莽撞的斷言足以證明妳現在處於極興奮的影響之下。」

「這說得並不過分：我知道自己的感情，知道連結婚的念頭，我都不願去想。不會有人為了愛來娶我，而我也不會讓自己只被人當個搖錢樹。而我不要陌生人——不要跟我沒有共鳴、跟我不同心性、與我志趣不合的人。我只要跟我同類的人，我只要能夠讓我完全產生親切之情的人。再說一遍你會當我的哥哥，當你這麼說的時候，我覺得好滿足、快活，如果你能真誠地再說一遍的話，再說一遍吧。」

「我想我能。我知道我一直都愛我自己的妹妹們，我也知道我對她們的感情是立於什麼基礎的——基於尊敬她們的價值、欣賞她們的才情。妳也同樣有著品德與才智，妳的品味和嗜好與黛安娜和瑪麗相似，我也向來喜歡有妳在一旁，並且還偶爾在妳的談話中獲得有益的安慰。我覺得我可以很容易又很自然地在心裡面為妳撥出一個位置，來當我的第三個、最小的妹妹。」

「謝謝你，那讓我今晚心滿意足了。現在你最好快走，因為若是你再待得久些，很可能又會拿一些不信任的疑慮來惹人生氣。」

「那麼學校呢，愛小姐？我想，它現在可得關閉了吧？」

「不。在你找到人來代替之前，我會維持我教師的職位。」

他以微笑表示嘉許，我們握握手，他就辭去了。

我不必細述我接下來為了讓財產按我心意解決所經歷的奮戰，以及所使用的論點。我的工作非常艱難，但是，由於我全然心意已決——我的表兄姊們看出我要把財產平分的決心的確是真的，而且不可改變；而他們在自己心裡面必定也能感受到這個想法的平等；此外，他們內心必定也十分清楚若是他們處在我的位置，也會完全像我這麼做——他們終於讓了一步，答應把這件事拿出來公裁。選出來的公裁人是奧立佛先生和一位卓越的律師，兩人都同意我意見；我於是實現了心願。轉讓的方式也訂出來了：聖約翰、黛安娜、瑪麗和我，各人都擁有了一筆財產。

第三十四章

等一切安頓妥當，已經將近聖誕節，這個全面休假的季節來臨了。我現在關閉了摩頓學校，特別注意在我這方面別讓離別顯得寒酸。好運不僅奇妙地讓人心胸開闊起來，手頭也大方多了；而且在我們大量獲得的時候，給一些出去，不過是讓人在不尋常的興奮歡騰之中，開個宣洩的出口。我很長一段時間以來，都感覺到被我的鄉下學生們喜愛的快樂，在我們離別之際，這種意識更加確立，因為她們明白而強烈地表現出她們的依戀。發現我真的在她們純樸心靈裡據著一席之地，讓我深深地感到滿足。我答應她們，在未來，我絕對不會間隔一個星期以上不來看她們、給她們上一個小時的課。

里佛先生來的時候，正好見到現在總數已經六十人的學生們，在我面前魚貫而出，然後我鎖上門。我手裡拿著鑰匙，與我最好的五、六個學生們，交換一些特別的臨別話，她們是在英國農民階級裡面，所能找到的最端正、體面、有禮且有見聞的年輕女孩了。而且這麼說的意義可不小，因為，英國農民在歐洲任何農民之間，終歸是最有教養、最溫文有禮也最自尊自愛的了。那些日子之後，我見過法國和德國的農婦，在我看來，其中最出色的人，比起我摩頓的女學生，幾乎也只算是無知、粗俗而愚昧的。

「妳認為妳一季的耕耘有了代價嗎？」她們走後，里佛先生說，「想到自己為自己的時代與同代的人做了些好事，可不是令人快樂的嗎？」

「這毫無疑問。」

「而妳才辛苦了幾個月而已呢！若是一輩子都奉獻來培育妳的同類，不是很好嗎？」

「沒錯，」我說，「但是我沒辦法永遠這樣下去；我不但想培植別人的才能，還想要享受我自己的才能。我必須現在就享用它們，別再把我的心靈或身子喚回學校裡去了，我已經離開它，想要度個完全的假期。」

他看起來很嚴肅，「現在要怎樣？妳所表現出來的這個突然的渴望，是什麼意思？妳想要幹什麼？」

「想要活動；盡可能活動。首先，我想求你讓漢娜自由，另外找個人來伺候你。」

「妳想要她嗎？」

「對，要她跟我一塊兒回澤汀府去。黛安娜和瑪麗一週後就要回家了，我想把一切弄得整整齊齊，來迎接她們。」

「我了解。我還以為妳要飛到哪裡去旅行呢。現在這樣比較好，漢娜會跟妳回去的。」

「那麼叫她準備好明天動身，這是教室的鑰匙，明天早上我會把小屋的鑰匙交給你。」

他收下鑰匙。「妳這麼高興地放棄它，」他說，「我不太能了解妳為什麼這麼歡欣鼓舞，因為我不知道妳為自己建議了什麼樣的工作來代替妳目前放棄的這個。妳現在對生活有甚麼樣的目標，什麼樣的目的，什麼樣的野心呢？」

「我的第一個目標是徹底洗淨（你能夠明白這表述語的全部力量嗎？）——把澤汀府徹底洗淨，從臥房到地窖都不放過。我的第二個目標是用蜂蠟、油和無數的布把它擦到重新閃亮起來。我的第三個目標是要把每張椅子、桌子、床和地毯，都以數學般的精確排好。然後，我將用幾乎讓你破產的煤和泥炭，在每個房間裡燒一把旺盛的爐火。最後，等待你兩個妹妹到達的那兩天，我和漢娜要拿來打蛋、挑揀紅醋栗、磨香料、做聖誕蛋糕、剁碎肉做餡餅，還要舉行其他一些烹飪儀式；這麼說是因為不管我怎麼敘述，對你這門外漢，只能產生不完全的概念。簡言之，我的目的，是要在下星期四以前，把一切事務準備到完美妥當的程度，來迎接黛安娜和瑪麗；而我的野心則是要在她們抵達的時候，給她們來個十全十美的歡迎。」

聖約翰輕輕一笑，他還是不滿意這個答案。

「這在目前來說是很好，」他說，「但是說真的，我相信在一開始的熱潮過後，妳的眼光可以看得再高一些，而不只限於家庭的親愛與家眷間的歡樂。」

「這是世上最好的事情了！」我打斷他。

「不，簡，不；這世界不是享受成果的地方，別想要把它變成這樣；也不是休息的地方，別變得怠惰。」

「剛好相反，我是想要忙碌。」

「簡，我目前原諒妳；我給妳兩個月的時間，讓妳充分享受妳的新處境，讓妳好好沉浸於這個遲來的倫理關係的魅力當中；但是兩個月之後，我希望妳開始把眼光投到澤汀府、摩頓、姊妹情誼、自私的寧靜、感官的舒適與文明的富足之外。我希望到時候妳的精力能夠再一次以它們的力量，讓妳躍動不安。」

我驚訝地望著他，「聖約翰，」我說，「我覺得你這麼說，簡直是壞心腸。我打算要像個女王般滿足盡興，而你卻想要擾得我心煩意亂！究竟是為了什麼？」

「為了要把上帝賜給妳的天分善盡其用，這些才能，祂總有一天會嚴格要求妳作出交代的。簡，我會緊緊地、焦急地監視妳——這點我先警告妳。妳可得試著遏制妳自己，不要把過多的熱情投注在平凡的家庭樂趣上。別這麼死守著血肉的情緣；把妳的忠貞和熱忱留給適當的理由吧；要克制住自己，別把它們浪費在平凡而無常的事物上。聽見了沒有，簡？」

「聽見了，像在聽你說希臘話一樣地聽見了。我覺得我有適當的理由來快樂，而我絕對會快樂。再見！」

我在澤汀府的確很快樂，也辛勤幹活，漢娜也是，她很高興地看著我如此快活地在亂七八糟的房子裡忙來忙去——看我多麼會洗刷、打掃、清理以及烹飪。在一、兩天更糟糕的混亂之後，眼見我們一步步把自己造成的大混亂理出頭緒來，真是令人歡喜。我事前去了斯郡一趟，買了一些新的家具；我的表兄姊們已經全權允許我隨意做任何改變，還撥了筆款子供做這項用途。我讓平常使用的起居室和臥室大致保留原狀，因為我知道黛安娜和瑪麗再次見到老舊的、有家庭味的桌椅和床，會比見到最時髦的變化來得欣喜。不過為了讓她們的歸來籠罩一層我心中設想的新鮮刺激，仍然需要一些新事物。深色的新的漂亮地毯和窗簾，各式各樣精心挑選的瓷器、青銅器骨董飾品，新的桌巾，鏡子，以及搭配梳妝臺的珠寶盒，足以達成這個目的。它們看起來清新，卻不刺眼。多出來的那間客廳和臥房，我則是全然翻新，添置了桃花心古木家具和赭紅色的帷幔椅墊，在走廊掛上油畫，把樓梯鋪上地毯。一切佈置妥當之後，我覺得澤汀府就內部來說，已成了明朗莊重的舒適典範，就如同它的外部在這個季節來說，是冬季蕭條和沙漠荒涼的典範一般。

意義重大的星期四終於來臨。她們預定在天黑的時候抵達，還不到黃昏，樓上樓下就都全部升起了火，廚房收拾得完美無瑕，漢娜和我都穿戴整齊，一切就緒。

聖約翰先到達。我事先求他在一切都打理好之前，絕對不要回家來；的確，一想到屋內有著既污穢又瑣屑的大騷亂在進行著，就足以把他嚇得遠遠躲開了。他來廚房找我，看見我正在照顧著為茶點準備的蛋糕，然後烘烤。他走到爐邊來，問我做這些女僕的工作，過癮了沒？我的回答是邀請他隨我一同檢閱我的辛勞成果。我費了點工夫，才使他願意跟我在屋內逛一圈。他僅僅朝我打開的門往裡面瞧瞧，樓上樓下走著的時候，他說我在這麼短時間內，做出這麼大的改變，一定經歷了許多疲累和麻煩，然而對於他的住所在面貌上的改進，他並沒有說出任何表示高興的話。

如此的吝於辭表澆了我一頭冷水。我想大概是這樣的改變把他原本很重視的某些聯想給打亂了吧。我問他是不是這樣，語氣裡無疑帶著些許沮喪。

一點都不是，他說，他有注意到我小心翼翼地尊重每個聯想，只是他實在擔心，我在這件事情上所費的心力，比它所值得的還要多。舉例來說吧，我在佈置這房間的時候，花了多少分鐘來研究呢？順便問一下，我能否告訴他某一本書放在哪裡？

那本書在書架上，我指給他看；他便把它拿下來，退回他慣常據守的那個窗邊凹處，開始讀那本書。現在聽我說，讀者，我不喜歡這樣。聖約翰是個善良的人，但是我開始覺得他說他自己是個冷酷無情的人，說的是實情。生活中的人情世故無法吸引他，生活中的平和喜樂對他也沒有魅力。就字面來講的話，他活著只為了要渴望——渴望美善與偉大，這無可置疑；可是他永遠無法安定下來，也不認同周圍的人安定下來。我看著他高聳的前額，像一面白色石頭一樣僵硬而蒼白，看著他凝神看書時的優美輪廓，頃刻間，我了解到，他不太可能成為一個好丈夫，而當他的妻子則會是件難熬的事。我突然領悟到他對於奧立佛小姐的愛的性質，我同意他所說的：那只是一種感官的愛罷了。我現在明白他為什麼鄙棄這種熱情在自己身上產生的影響了，為什麼非得要扼殺它、毀滅它，為什麼不信任它能使他或她永遠幸福了。我看出來，他正是那種大自然打造她的基督教或異教英雄的材料，打造她的立法家、政治家、征服者的材料：他是個堅實的堡壘，可以承擔別人把巨大的重要性託付在他身上；然而，在家裡的壁爐邊，他卻往往只是根冰冷、笨重而難以處理的柱子，陰鬱沉悶而不得其所。

「這客廳不是屬於他的地方，」我心想，「喜瑪拉雅山，或者卡佛里叢林，甚至那受瘟神詛咒的幾內亞灣溼地，才比較適合他。他也許最好避開家庭生活的寧靜，這不是他的領域，在這裡只會使他的才能被延滯，無法發揮或展現長處。要在爭鬥或危險的場合中——在能夠證明勇氣，能夠運用精力，能夠實踐堅毅不拔的地方——他才能說話、行動，成為領袖與先驅。在這壁爐邊，連一個嬉笑玩樂的小孩都比他還強。他選擇傳教士作為事業是對的——我現在看得出來了。」

「她們來了！她們來了！」漢娜叫道，一把推開客廳的門。同時老卡駱也歡天喜地地吠叫著。我跑出去。現在已經天黑了，不過可以聽見骨轆轆的車輪聲。漢娜很快就點亮一盞燈籠。那輛馬車停在小門前，馬車伕打開門，於是便有個熟悉的身影，接著是另一個，步下車來。我一晃眼就來到她們的帽子下面，先是碰到瑪麗柔軟的臉頰，然後是黛安娜飄動的鬈髮。她們笑著——吻我——然後吻漢娜、拍拍卡駱——這傢伙已經高興得快瘋掉了，她們還急著問大家是否都好，確定得到肯定回答之後，就趕忙進屋裡去。

她們從惠特克羅斯大老遠顛簸著過來，已經全身僵硬，還被沁寒的夜風凍得冰冷，不過一見到明亮舒適的爐火，她們馬上就舒展開歡顏。馬車伕和漢娜把行李拿進來的時候，她們問起聖約翰，這時他才從客廳裡走出來。她們兩人立刻過去摟住他的脖子。他給她們一人一個安靜的親吻，低聲說幾句歡迎的話，站立一會兒聽她們說話，然後，就表示他想她們應該很快就會到客廳來加入他吧，說完就退回那兒去，好像逃到避難所裡面一般。

我已經點好蠟燭要讓她們帶到樓上去，可是黛安娜得先吩咐幾句招待馬車伕的話，吩咐完畢，兩人就隨著我上樓。她們對房間的刷新與佈置感到非常歡喜：嶄新的簾幔，新鮮的地毯，色彩斑斕的瓷花瓶；她們毫不吝嗇地表達出她們的滿意。我很高興地感覺到自己的安排都符合她們的期望，而我所做的一切也為她們雀躍的返家之行增添了一股鮮活的魅力。

那天晚上真是美好。我的兩位表姊興高采烈、滔滔不絕地敘述和評論，她們的歡暢蓋住了聖約翰的沉默；他見到他的妹妹們，的確由衷地感到高興，但是對於她們的熱力四射與歡悅洋溢，他卻沒辦法產生共鳴。今天這件事——亦即黛安娜與瑪麗的返家——讓他欣喜，然而伴隨著這件事而來的愉快的騷亂與嘈雜的歡騰喧囂，卻使他不耐。我看得出他但願安靜些的明日能早些來臨。就在當晚的歡樂達到顛峰之時，傳來一陣咚咚敲門聲。漢娜進來說有個貧窮的少年來得真不湊巧，要請里佛先生去看他母親，她快要撒手西歸了。

「她住在哪裡，漢娜？」

「在惠特克羅斯峭壁頂上，大約有四英里遠，而且整條路都是荒地和沼澤。」

「告訴他我會去。」

「先生，我確定你最好別去。天黑之後，那是最難走的一段路了，整個溼地上根本無路可行，而且今天晚上天氣又這麼惡劣——這風可是你見過最猛烈的了。你最好向他說，先生，說你明天早上才去。」

可是他已經在走廊裡披他的斗篷了，然後什麼也沒反駁，什麼咕噥都沒發一聲，就走了。這時是九點鐘，他一直到半夜才回來。他執行了一項任務，盡了一次實踐，感覺到自己有力量去做事、去放棄快樂，讓自己比之前更能認同自己了。

接下來的一整個星期，恐怕是在考驗他的耐心。這是聖誕週，我們不做任何固定的工作，而僅僅以一種歡樂的家庭式閒盪來度過。沼地的空氣，回家的自由，富裕的契機，在黛安娜和瑪麗的精神上，像某種賦予活力的仙丹一樣產生了作用。她們從早上雀躍到中午，又從中午雀躍到晚上。她們可以不停說話，而她們機智、精闢而獨到的言談，對我來說真是充滿魅力，讓我寧願一直傾聽，與她們分享其中，而不願去做其他別的事。聖約翰沒有譴責我們的歡騰，不過他避開它——他很少在家。他的教區很大，人口散居，他每天都為自己找到差事做，拜訪各地區的貧戶病民。

有天早上，吃早餐的時候，黛安娜在呈現幾分鐘的愁容之後，問他說：「你的計畫是否還沒有改變？」

「沒改變，也不能改變。」是他的回答。他開始向我們宣布，他離開英國的日期，現在已經確定在明年了。

「那麼羅莎蒙德‧奧立佛呢？」瑪麗提出這點，這句話似乎是不自覺脫口而出的，因為她一說出口，就立刻做出想要收回的手勢。聖約翰手中有一本書在看——在吃飯時看書，是他的一種反交際的習慣——他闔上它，抬起頭。

「羅莎蒙德‧奧立佛，」他說，「快要嫁給古蘭比先生了，他是斯郡的居民裡面，家世最好也最受人敬重的了，是佛雷德雷克‧古蘭比爵士的孫子和繼承人；這是我昨天從她父親那裡得來的消息。」

兩個妹妹互望一眼，再看看我，然後我們三人都望向他：他恬靜得跟塊玻璃一樣。

「這門親事一定是在倉促間訂下的，」黛安娜說，「他們不可能認識多久。」

「不過兩個月。他們是十月份在斯郡的舞會裡認識的。然而若是一門婚事沒有任何障礙，就像現在這件，若是兩家在各方面都門當戶對，就沒有必要延遲了；只要佛雷德雷克爵士給他們的那棟斯府一整修好，能讓他們住進去，他們就會結婚。」

在這次談話之後，當我第一次逮到聖約翰獨自一人的時候，就忍不住問他這件事有沒有讓他感到痛苦，但是他顯得如此不需要同情，以至於我不但不敢再做進一步的表示，就連想起我先前的冒險，也感到一陣羞恥。此外，我越來越疏於跟他談話了，他的緘默又像冰霜般結起，把我的坦率也一併凝結在裡面。他沒有遵守諾言待我像親妹妹，他不停在我們之間作出一些令人寒心的分別，這絲毫無法幫助情誼的發展，總之，在我被認作是他的親屬，而與他同住在一所屋簷下之後，我覺得我們之間的距離，比起我還只是個鄉村女教師時，要大得多。每當我想起我曾經多麼受他信賴地袒露心事，就幾乎無法理解他現在的冷峻。

就因為是這樣的情況，所以當他突然從埋首潛讀的書桌上抬頭對我說話時，我大吃一驚——

「妳看，簡，仗已經打過了，勝利也贏得了。」

聽他這樣對我說話，我驚跳了一下，沒有立刻回答，躊躇了一會兒，才回答說——

「然而你確定你的處境不是類似那些付出昂貴代價才贏得勝利的征服者嗎？像這樣的事，再來一次，難道不會毀了你嗎？」

「我想不是那樣吧，而就算我是，也沒有多大意義了。我再也不會被召去打另一場這樣的戰爭。這場衝突的結果有著決定作用，我的路程現在已很清楚，我為此感謝上帝！」說完，他又回到他的書頁與沉默中。

在我們的共同歡樂（我指的是黛安娜、瑪麗和我的歡樂）沉澱到比較安靜的性質之後，我們也恢復我們慣常的嗜好和規律的學習，聖約翰於是比較常在家了，他跟我們坐在同一個房間裡，有時候會同處好幾個小時。瑪麗作畫時，黛安娜就進行她早已起始的百科全書的閱讀課程（這讓我又驚異又敬畏），而我費力地學著德文，他則摸索著他自己的神祕學問——某種東方方言，他認為學好這種語言，是他的計畫所絕對必要的。

這樣沉心研讀時，他坐在他自己那個角落裡，顯得很安靜，也很專注，但是那雙藍色眼睛卻習慣於離開那古怪的異國文法，漫遊過來，有時候會帶著一種異樣緊密的觀察眼光，定在我們——他的同學——身上；如果被發現了，就會立刻收回視線，然而時不時地，那目光又會搜尋到我們的桌子這邊。我納悶著那是什麼意思。我也納悶他為什麼在於對我來說不過是小事一樁的事件上，總不忘精準無誤地表現出滿意，我指的是我每週到摩頓學校的探訪；更讓我困惑的是，若是天氣不好，若是下雪或下雨或颳大風，他的妹妹們通常勸我別去，這時他就會蔑視她們的掛慮，鼓勵我別管氣候如何，去完成我的工作。

「簡才不是妳們想把她變成的那種弱者，」他會這麼說，「她像我們中間任何一個人一樣，可以禁得住一陣山風、一陣雨，或幾片雪花。她的體格既健康又靈活，比起許多更壯碩的人還經得起氣候的變化。」

然後當我回家，有時候非常疲累，風霜摧折，卻從不敢抱怨一聲，因為我看得出來，發牢騷只會使他不悅，在所有情況下，都只有堅毅不拔才令他高興，反之，則使他分外厭惡。

然而，有天下午，我確實請了假留在家裡，因為我真的感冒了。他的兩個妹妹代替我去摩頓。我坐著看席勒，他則研讀他晦澀難懂的東方書卷。在我準備做習作來代替翻譯時，碰巧往他那邊看了一眼，竟發現自己一直處在那雙藍眼睛的虎視眈眈之下。它這麼從頭到尾審視我多久了，我不知道；那眼神如此銳利，同時卻又如此冰冷，讓我一時間竟然迷信起來——錯以為跟我一起坐在屋子裡的，是某個神祕的物體。

「簡，妳在幹什麼？」

「學德語。」

「我要妳放棄學德語，來學印度斯坦語❶。」

「你不是認真的吧？」

「認真的，認真到我非要妳學不可，我告訴妳為什麼。」

於是他繼續解釋印度斯坦語就是他自己目前正在學的語言，還表示隨著他越學越深，往往會忘記先前所學。他說如果他有個學生，就可以讓他一次又一次複習這些初級部分，而把它們牢記在心。他還說，他好一段時間在我和他兩個妹妹當中無法抉擇，最後定在我身上，是因為他看出我是三個人裡面，能夠坐得最久的的一個。我願意幫他這個忙嗎？我這犧牲或許不必持續太久，因為現在距離他的啟程日，只剩三個月了。

聖約翰不是那種可以輕易拒絕的人，你感覺得到，讓他留下的每個印象，不管是痛苦還是喜悅，都銘刻得很深，而且永不消褪。我同意了。黛安娜和瑪麗回來的時候，前者發現她的學生變成了她哥哥的學生，大笑起來；而她和瑪麗兩人都一致承認，聖約翰是絕對不可能說服她們這麼做的。他靜靜地回答道——

「我知道。」

❶印度斯坦語（Hindustani）：印地語（Hindi）的一種，通行於北印度，屬印歐語系。

我發現他是個非常不厭其煩、有耐心、卻嚴格的老師。他對我的期望很深，當我達到了他的期望，他就會以他獨有的方式，充分地表明他的嘉許。逐漸地，他在我身上獲得了一定程度的影響力，一步步奪走我的思想自由，他的稱許和注意，比他的冷漠更具約束力。只要他在一旁，我再也無法自由自在地說話或大笑，因為有個討厭的直覺一直糾纏住我，提醒我活潑歡快（至少我所表現的活潑歡快）是他所厭惡的。我如此清楚地意識到，只有嚴肅的心情和工作，才是他所接受的，只要有他在場，想要維持或步入其他任何情緒或活動，都是枉然。我陷入一種冰冷的魔咒之中。他說「去」，我就會去；說「來」，我就會來；說「做這個」，我就會做。然而我卻不愛我的奴隸身分，有好幾次，我真但願他繼續忽視我算了。

有天晚上，到了就寢時間，他妹妹們和我站在他身邊，向他道晚安，他按照慣例，分別親吻了她們兩人，也按照慣例，獨獨跟我握手。黛安娜碰巧處在幽默愛鬧的心情下（她可不會痛苦地接受他意志的控制，因為她自己的自我意志跟他一樣剛強，只不過是另一種形式），叫道——

「聖約翰！你常把簡稱為你的三妹，然而你卻沒有真的把她當作三妹，你應該也親親她的。」

她把我推向他。我認為黛安娜真是討厭，覺得不知所措，非常不自在。然而就在我這麼想、這麼感覺的時候，聖約翰把頭俯過來，他那張希臘式的臉龐來到跟我的臉同一高度之處，他的眼睛犀利地詢問我的眼睛——然後他吻了我。世上沒有所謂大理石吻或冰吻的東西，否則我就要說我表哥這致意不是屬於大理石吻之類，就是屬於冰吻之類。不過也許有實驗性的吻，他的吻正是這種。吻過我之後，他檢視我的反應；我沒什麼反應：我確定自己沒有臉紅，也許變得有點蒼白吧，因為我覺得這個吻好似為我的枷鎖更添上一記封印。從此以後，他一直沒有省略過這項儀式，而我在接受時所表現出來的莊嚴和凝重，似乎使這儀式對他來說，附上了某種迷人之處。

至於我，一天比一天更希望能討好他，然而我也一天比一天更感覺到，若想討好他，就得拋棄掉我一半的天性，扼殺我一半的才能，扭轉我的品味的原始趨向，強迫自己去經營我並非秉性熱中的活動。他想把我訓練到我永遠無法達到的境界，我無時無刻不處心積慮地渴望達到他抬高的標準。然而這件事的不可能，就如同要把我不勻稱的五官改造成他那正確無誤的標準古典面孔，要讓我顏色易變的綠眼睛，擁有他那雙眼睛裡的湛藍色澤和神聖光輝一樣。

不過，目前讓我不得自由的，不單只是他的權勢。最近，我變得很容易悶悶不樂，因為有個腐蝕人心的惡魔，蹲踞在我心裡，就著源頭噬乾我的快樂——疑慮。

讀者，也許你認為我在時境與命運的變遷中，已經忘記羅徹斯特先生了。片刻都沒有。關於他的想法，還一直在我心中，因為它並不是一個陽光就能驅散的氣泡，也不是一尊風雨就能夠沖走的沙像，它是個刻在碑上的名字，註定要跟它雕刻其上的大理石一樣耐久。想知道他情況如何，這渴望對我如影隨形。我還在摩頓的時候，每天晚上都回小屋裡去思索這件事，現在在澤汀府，則是夜夜回到臥房裡去琢磨它。

在我為了遺囑而必須與布利格斯先生通信的過程中，我問過他是否知曉羅徹斯特先生目前住處與健康狀態的任何消息；但是聖約翰推斷得沒錯，他對他的情形實在一無所知。我於是寫信去問菲爾法斯太太，懇求一些關於這件事的資訊。我本盤算著這個步驟會達成目的，確信這樣必能迅速得到答案。但是兩個禮拜過去了，沒有回信，我非常吃驚，等到兩個月過去，郵件日復一日抵達而沒有為我帶來隻字片語，我終於陷入錐心的焦慮當中。

我又再寫了一封，因為第一封信總有可能遺失了。新的嘗試帶來新的希望，這希望像前一個一樣照耀了幾個星期，然後也像前一個一樣，逐漸黯淡，而變得搖曳欲滅了。連一句話、一個字都沒有。半年時光在徒然的期待中過去，我的希望逐漸死去，之後，我真的感到非常黑暗。

明朗的春色在我周圍綻放光芒，我無法享受。夏季來臨，黛安娜試著要引我開心，她說我看起來好像生病一樣，要陪我到海邊去。聖約翰反對，他說我不需要休閒，我需要工作，我目前的生活太漫無意義了，得有個目標才行。而我想是為了要彌補這個不足吧，他把我的印度斯坦語課程延得更長，而且越來越緊逼著我完成功課；而我，像個傻子一樣，從沒想過要反抗他——我無力反抗他。

有天我來唸書的時候，比往常更加沮喪，這低潮是源自於錐心刺骨的失望。早上漢娜告訴我有封信，下樓去拿信時，我幾乎確定那盼望已久的音訊，終於要恩賜給我了，然而卻發現那只是布利格斯先生寫給我的關於事務上的一張不甚重要的短箋。這苦澀的挫折叫我滴下淚來；現在，當我坐著，研讀這位印度作家的晦澀字詞與繁密譬喻時，眼淚又再次湧進眼眶。

聖約翰叫我到他身邊去朗讀，我想讀，聲音卻不從我的心意，文句隱沒在啜泣聲中。客廳裡只有他跟我兩人，黛安娜在休息室裡練習音樂，瑪麗則在做園藝工作——那是個非常晴朗的五月天，萬里無雲，風和日麗。我的同伴對於我的這陣情緒，沒有表現出驚訝，也沒有問我是什麼緣故，他只說——

「我們等幾分鐘吧，簡，等妳平靜一些。」然後在我慌忙要把這陣激動撫平之時，他冷靜而耐心地坐著，靠著書桌，看起來就像一位醫師，用專業眼光，靜靜地看著病人疾病中的一陣不出意料的、完全可以理解的危機。我壓下我的啜泣、擦乾我的眼睛，說了些早晨不太舒服的話，然後回到功課上，成功地把它完成。聖約翰把我的和他的書本收起來，鎖上他的書桌，說道：

「現在，簡，妳該去散散步，跟我一起去。」

「我去叫黛安娜和瑪麗。」

「不要；今天早上我只要一個同伴，這個同伴必須是妳。去穿衣服吧。從廚房門出去，沿著通往澤谷源頭的那條路走，我一會兒就去找妳。」

我不知道能有什麼中庸之道：在我這一生中，遇上了跟我完全對立的獨斷的、強硬的角色時，我總不知道在絕對服從與毅然反叛之間，能有什麼中庸之道可行。我總是忠實地遵從其中一種，一直到爆發至另一種為止，而且那爆發有時甚至帶著火山般的激烈。目前的情況，以及我目前的心情，都並不鼓舞我傾向反抗的一邊，所以我謹遵聖約翰的命令，十分鐘之後，便走在山谷的荒涼小徑上了，他也走在我身旁。

微風從西邊吹過來，越過小山丘，帶著石南和燈心草的芬芳香味；天空一片澄藍，從峽谷往下流的溪水，因降過春雨而漲高，豐沛而清澈地一路流過，波瀾上還抓住麗日的點點金光，與蒼穹的蔚藍。我們走著走著，離開了小路，踏上一塊柔軟的草皮，這草皮柔細得像苔蘚，碧綠得像翡翠，上釉似地覆著薄薄一層小白花，還有星星點點的黃花四下閃爍，這時候，我們幾乎被圍繞在重重山巒之間，因為這峽谷蜿蜒進來，到源頭的地方，幾乎是群山的核心。

我們一走到整大群岩石軍團的第一群脫陣散兵前，聖約翰就說：「我們在這裡休息吧。」這群岩隊護衛著一個像是河口的地方，其上，山溪奔流而下，成為一匹瀑布；更遠之處，山崖甩掉了一身草皮與花朵，只剩下石南為衣服，峭壁為寶飾——荒野被誇示成荒蕪，新嫩被替換成威迫——護衛著孤獨的蕭索希望，和寂靜的最後隱匿處。

我找個位子坐下，聖約翰站在我旁邊。他仰頭看看那河口，又朝下看看山坳；他的視線隨著溪流漂流向遠方，再收回來，漫遊至那片為山溪染色的無雲天空上。他脫掉帽子，讓微風拂亂他的頭髮，親吻他的眉梢。他似乎正在跟這塊地方的神靈做交流，用眼睛告別著某物。

「我會再見到它的，」他大聲說，「在夢中，當我睡在恆河邊。然後在一個更遙遠的時刻，再次見到它——當我在某條更黑暗的河流岸邊，讓另一次瞌睡征服之時。」

這是出自奇怪的愛的奇怪的話！這是一位嚴肅不苟的愛國者對於祖國的熱愛！他坐下來。半個小時內我們一句話都沒說，他沒有對我說話，我也沒有對他說話；這段時間過去之後，他又開口了——

「簡，我六週後出發，我已經在六月二十日出航的『東印度人號』上訂好了艙位。」

「上帝會保護你的，因為你接下了祂的工作。」我答道。

「對，」他說，「那裡有我的榮耀和喜樂。我是在替一位無謬之主為僕。我不是在人類的領導下出發的，不是在服從我孱弱的渺小同類所訂出來的有缺陷的法律與有謬誤的統治。我的王，我的制規者，我的首領，是十全十美的。我很奇怪身邊的人竟沒有與我一樣熱烈響應這面旗幟、加入這項大事業。」

「並非人人都有你的力量；對孱弱的人來說，想要與堅強的人齊頭並進，是很愚蠢的。」

「我指的不是那些弱者，想的也不是他們；我只跟那些配得上這工作，且有能力完成它的人說話。」

「那類人非常少數，也很難發現。」

「妳說得對，但是一旦發現了，就應該激勵他們——敦促和規勸他們去做這努力——讓他們知道自己的天賦在哪裡，以及為什麼神要賜給他們這些禮物——要把上天的旨意說與他們知曉——告訴他們上帝的選民行列裡有他的一個位置。」

「如果他們的確夠資格做這工作，難道他們自己的心靈不會首先通知他們嗎？」

我覺得有種可怕的魔力正在我周圍逐漸成形，籠罩在我身上。我顫抖著，害怕會聽見什麼命運箴言，顯示且鞏固這魔咒。

「那麼，妳的心怎麼說呢？」聖約翰詰問我。

「我的心無法回答——我的心無法回答。」我嚇慌了，心驚膽戰地答道。

「那麼，我就得幫它說話了，」那低沉、無情的聲音繼續說。「簡，跟我一起去印度，當我的配偶與奮鬥夥伴吧。」

整個峽谷和天空都旋轉起來，山巒也一陣陣浮起又落下！就好像我聽見了上天的召喚一般，好像一個異象中的使者——馬其頓的使者❷，高呼：「過來幫助我們！」但是我不是什麼使徒——我看不見啟示——我接受不到他的召喚。

「噢，聖約翰！」我叫道，「赦免我吧！」

我這求情，遇上了一個在執行其堅信為自己使命的工作時，既不懂得赦免也不懂得慈悲的人。他繼續說

❷異象中的使者，馬其頓的使者：新約聖經〈使徒行傳〉第十六章第九節：「夜間，有異象顯示給保羅，一位馬其頓人站著求他說，請你到馬其頓來幫助我們。保羅看見這異象，我們隨即想要前往馬其頓，認為上帝召我們去傳福音給當地的人。」

「上帝和大自然有意讓妳成為傳教士的妻子。它們賜給妳的天賦，不在面貌上，而在心靈上。妳是為勞苦所造的，不是為愛情所造。妳必須，也絕對將成為傳教士的妻子。妳將會是我的，我要求妳不是為了我自己的樂趣，而是為了我主的聖職。」

「我不適合這工作，我沒有天賦。」

他事先已盤算到會有這些一開始的拒絕，所以沒有因此生氣。說真的，當他往後一靠倚在背後的岩壁上，雙臂交疊胸前板起面孔時，我看得出來，他對於艱困的長期抗戰，已經早有準備，而且已聚積起大量的耐心，要支撐他到此事終了——只不過他還下了決心：此終了必須是他的勝利。

「謙卑，簡，」他說，「是基督教美德的基礎。妳說妳不適合這工作，說得對。誰適合呢？或者誰，哪個確實受到感召的人，相信自己配得上這神召呢？以我來說，只不過是塵灰罷了。比之聖保羅，我承認我自己是最重的罪人；但是我不讓自己以自己的卑劣為苦，而使自己氣餒。我知道我的主，知道祂不但偉大，而且公正，當祂選中一個孱弱的人來作為實現偉大工作的器具時，祂會以祂無邊的神力，來援助這工具的無能，而達到目的。簡，像我一樣想，像我一樣相信吧。我要妳倚靠的，是萬世磐石❸。別懷疑，它會擔負起妳屬於人類的脆弱。」

「我不了解傳教士的生活，我從來沒有學習過傳教士的工作。」

「在那方面，我，儘管卑微，卻能給妳妳要的幫助，我可以規定妳每一小時的工作，永遠支持妳，時時刻刻幫助妳。一開始我可以這麼做，很快地，（因為我知道妳的能力）妳就會跟我一樣強，一樣稱職，便不再需要我的幫助了。」

「但是我的能力——我適合這項事業的能力在哪裡呢？我並沒有感受到它們啊。你這麼說的時候，我內心並沒有什麼東西在說話，或者在波動。我沒有感到燃起什麼光亮——激起任何生命——沒有聲音在遊說我或煽動我。噢，我真但願能讓你看到，我的心此刻多麼像個昏暗的地牢啊，地牢深處，有份畏怯的恐懼給銬鎖著——害怕被你說服，去嘗試我無法完成的事。」

「我有個答案給妳——聽好。打從我們第一次見面開始，我就開始觀察妳，我把妳當作研究的對象，已經有十個月之久。在這段時間裡，我給了妳各式各樣的考驗，而我見到、得到什麼結論呢？在村校裡，我發現妳可以把與妳嗜好天性不相合的工作，嚴謹又規矩地做好；我見到妳可以把這工作做得能幹又得體，妳可以既戰勝又主宰。從妳得知自己突然富有時的冷靜裡，我見到了一個免於底馬之罪❹的心靈——財富對妳沒有不當力量。妳堅定不移地要把財富分成四份，自己只留一份，放棄其他三份給抽象的公正權利，我由此認出一個能沉浸於自我犧牲的興奮火光中的靈魂。從妳為了我的意願，放棄自己有興趣學的東西，來學習我有興趣的東西的這種溫順；從妳自那時就埋首其上的這種毫不厭倦的刻苦；從妳面對其困難的毫不懈怠的精神和毫不動搖的沉穩之中，我看出我所尋求的品質。簡，妳馴良、勤奮、無利慾之心、忠誠、堅貞而且勇敢；非常溫婉，又非常英勇；所以別再不信任自己了——我可以毫無保留地信任妳。就一個印度學校的女校長來

❸萬世磐石：指永恆的庇護者耶穌。

❹底馬之罪（Demas）：新約聖經〈提摩西後書〉第四章第十節，底馬貪愛花花浮世，離開使徒聖保羅。

說，就一個印度婦女間的救助者來說，妳能給我的幫助，是無價的。」

我的鐵壽衣在我身上縮緊了，說服以緩慢而平穩的步伐向我逼近。我閉上眼睛，他的最後幾句話，已經成功地把那條原本看似窒礙難行的道路，變得比較暢通了。而我的工作，原本看似模糊，渙散無序，也在他進行說服的過程中，逐步精簡濃縮，經過他那雙擅於型塑的手，呈現出明確的型態。他等我回答，我要求在我冒險回答之前，給我一刻鐘思考。

「非常樂意。」他答道，站起來，往河口那兒大步走遠一些，然後讓自己在一塊隆起的荒地上躺下，就這麼靜靜躺在那裡。

「我有能力做他要我做的事，我已被迫看到也確認到這點。」我思索著，「然而這是說，如果我能免於一死的話。可是我覺得我的生命不是能夠在印度太陽底下長久延續的那種。到時候又如何呢？他可不會在乎，等我的時辰到來，他就會以全然的平靜與虔誠，把我交還給創造出我的上帝。這件事在我眼前十分明白。離開英國，就是離開一片心愛但空虛的土地——羅徹斯特先生已不在這裡了，就算他在，對我來說又如何呢？又能夠如何呢？我現在最要緊的事，是必須沒有他而生活下去，再也沒有什麼比一天拖過一天來得荒唐脆弱了，好像在等待情勢能有某種不可能的改變，好讓我與他再次團圓一樣。當然（就如同聖約翰曾說過的）我得在生活中另外找尋一件事來關心，以代替失去的那件，而他此刻建議我的這項工作，難道不就是人所能採納，或者上帝所能安排的最光榮的工作了嗎？這麼件有著高尚關懷與莊嚴成果的工作，難道不最適合填補情感破裂、希望粉碎之後的空虛嗎？我相信我必須說是——然而我卻發抖。啊！如果我加入聖約翰，就等於拋棄一半的自己；如果我去印度，就等於走向早死。而在從英國前往印度與從印度前往墳墓當中的這段期間，將會被如何填滿呢？噢，我很清楚！它同樣明明白白擺在我眼前。我將會竭盡全力來滿足聖約翰，直到我筋疲力盡，然後我也將會滿足他——滿足他的期望，從最細微的中心點一直到最遠的外圍。如果我真的跟他去——如果我真的去做他促請的這項犧牲，我就會完完全全地達成；我會把一切都丟到祭壇上——心、五內、整個人。他永遠也不會愛我，但是他卻會贊同我，我會展現出他見都沒見過的精神，以及想都沒想過的智能。沒錯，我可以跟他一樣邁力工作，一樣無怨無悔。

「那麼，同意他的要求，是可能的了；然而唯獨一項——可怕的那一項。那就是——他雖然要我做他的妻子，然而他所擁有的丈夫的心，卻不比那邊那個威武懾人的巨岩還多，其下的溪流在峽谷間浪沫橫飛。他珍視我，就如同士兵珍視一件好武器一樣，只此而已。不嫁給他，就永遠不會被這情況惹得傷心。我能夠讓他完成他的打算，冷冷地把他的計畫實現，而舉行婚禮嗎？我能夠從他那兒收下新娘的戒指，忍受所有的愛的形式（我相信他是會嚴格遵守形式的），同時還知道他其實心不在焉嗎？我能夠忍受他賜予我的所有親熱都只是根據原則做出的犧牲嗎？不，這樣的殉教，真是令人毛骨悚然。我絕不願承受。作為他的妹妹，我也許可以隨他去——但卻不能做他的妻子。我就這麼告訴他。」

我往土墩那兒瞧瞧：他就躺在那裡，還是像根倒臥著的柱子一樣靜止不動。他的臉轉向我，眼睛發著光，警覺而犀利。他跳起來，走向我。

「我可以去印度，只要我能夠以自由之身去。」

「妳的回答需要註解，」他說，「它不夠明白。」

「你到目前為止都是我的表兄——而我，是你的表妹；讓我們就這麼維持下去吧，你跟我最好別結婚。」

他搖搖頭。「表兄妹在這件事上是行不通的。如果妳是我的親妹妹，就不同，我會帶妳去，不必要個妻子。然而就因為我們不是親兄妹，我們的結合就得受到婚姻的洗禮與封印，否則不能存在。任何別的計畫，都會受到許多實際障礙的反對。妳難道看不出來嗎，簡？考慮一下——妳優秀的判斷力會導引妳。」

我的確考慮了一下；然而我目前的判斷力，還是一樣只引導我見到這個事實：我們並不像夫妻一樣地相愛；而這個事實推出的結論就是：我們不應該結婚。我這麼說了。「聖約翰，」我回答他，「我把你當作哥哥——你把我當作妹妹，我們就這樣下去吧。」

「我們不能——我們不能，」他答道，帶著急躁又嚴厲的決斷口氣說；「這不行。妳得記得妳剛說過要跟我去印度——妳說過這句話。」

「那是附有條件的。」

「好——好。回到重點上面來吧——跟我一起離開英國，與我在未來的工作中合作——這妳不反對。妳幾乎已經是把手放在犁上了，妳是這麼地堅決，不會再把手縮回去。妳眼裡應該只有一個目標——如何把妳接下的這件工作，做到最好。妳得把妳複雜的興趣、感情、思想、願望、企圖都簡化，把所有的考慮都凝聚在一件目的上，也就是把妳偉大主人的使命，有效地——有力地完成。要做到這樣，妳必得有個助手，不是個哥哥——兄妹是個鬆散的連結——而必須是個丈夫。我也一樣不需要妹妹，妹妹有可能隨時被從我這兒取走。我要的是妻子，我唯一可以在生活中有效地給予影響的伴侶，而且還能完全保有她，直到死亡。」

他說的話讓我發起抖來，我連骨髓都感覺到他的影響力，連四肢都感覺到他的箝制力。

「那麼到別處去找吧，別找我，聖約翰；找個適合你的人吧。」

「妳是說，適合我的目的的人——適合我的職業的人吧。我要再向妳說一遍，我不是以我作為一個微不足道的個人、一個有自私感受的凡人身分，來想要結婚的，而是以我作為傳教士的身分。」

「那麼我就把我的精力奉獻給那位傳教士吧——他所需要的只是這個——而不是把我自己奉獻給他，那只會是在果核上加上果皮和果殼罷了。因為他要它們沒有用，我就自己留著。」

「妳不能——也不應該留。妳認為上帝會滿足於一半的奉獻嗎？祂會接受一個不完整的牲品嗎？我擁護的是上帝的主義，我是站在上帝的旗幟下招募妳的。我不能代替祂來接受一個不完全的歸順，它必須是完整無缺的。」

「噢，我會把心交給上帝的，」我說，「你並不需要它。」

讀者，我不想發誓說我講這句話的時候，沒有帶著絲毫壓抑過的諷刺，不管是在語氣裡，還是在相伴而來的情緒裡。這之前，我一直有點畏懼聖約翰，因為我還不了解他。他一直讓我敬畏，因為他一直讓我疑惑。他究竟有多大成分是聖人，多大成分是凡人，我一直無法確定。然而在這次坦承中，卻有了揭示，他的性格逐漸剖析在我眼前。我看見了他的錯誤，我領悟到它們。坐在荒地的土堤旁，面前是那個漂亮的身形，我這時了解到，自己其實是坐在一個凡人——一個跟我一樣會犯錯的人——的腳邊。面紗落下，露出他的冷酷與專制。在我感覺到他身上有這些品質之後，便感受到他的不完美了，於是我有了勇氣。我此刻是跟一個與我平等的人——一個我可以與之爭辯的人——一個，如果我認為適當，可以反抗的人。

我說出前面那句話之後，他沉默下來，我於是鼓起勇氣抬頭看看他的表情。他的眼睛俯視著我，同時表達出嚴肅的驚訝與銳利的質詢。「她這是在諷刺嗎，是在諷刺我嗎？」它們好像在說：「她這究竟是什麼意思？」

「我們別忘了這是件神聖的事情，」不久他說，「這種嚴肅的事，我們不能輕率地思考或討論而毫無罪過。簡，我相信當妳說要把心獻給上帝時，是認真的：而我要的就是這樣。一旦妳把心從凡人身上拉走，固定在妳的創造者身上之後，妳首要的喜悅與首要的努力，將會是此創造者在塵世間的精神王國的進步發展，於是妳將會隨時願意去做任何能達到此目的的事。妳會看到，婚姻使我們在身體上與精神上的結合，能為妳我的奮鬥帶來什麼樣的衝勁。只有這種結合，才能將凡人的命運與野心，賦上永恆的一致性；然後，妳就能略過所有次要的猶豫，所有感情上瑣屑的困難與纖細敏感，所有關於感情的程度、種類、強度與溫柔度的顧忌——這些不過是來自凡人的性向；然後妳就會迫不及待地，立刻走入這樣的結合。」

「我會嗎？」我簡短地說，看著他勻稱和美的五官，然而它們寂然肅穆的那股嚴厲，卻出奇地令人畏懼，我看著他威風凜凜卻不開闊的前額，他明亮、深邃、犀利卻絕不溫柔的眼睛，看著他高大堂皇的身材，模擬一下自己是他的妻子的這個想法。噢！絕不！作為他的副牧師，他的患難夥伴，一切都會沒問題，我願意以那樣的身分，與他一起漂洋過海；以那樣的職務，與他一起在東方烈日下、在亞洲沙漠中艱苦跋涉；敬仰並效仿他的勇氣、赤忱與精神；默默順服於他的導師地位；對他根深柢固的野心，平靜地報以笑容；並區分基督徒和普通人，深切地尊敬前者，包容地諒解後者。毫無疑問，若是只以這身分與他相結合，我必定會時常受苦，我的身體會受到苛刻的壓迫，然而我的心靈意志卻是自由的。我還能投奔我尚未枯萎的自我；還能在寂寞的時刻裡，與我尚未被奴役的天然情感做交流。我心靈的最深處將會是屬於我自己的，他永遠無法進入；那裡會有感情在清新且受庇護地滋長著，他的嚴峻永遠摧殘不到它們，他那規律的士兵步伐也永遠無法踐踏到它們。但是若是當他的妻子呢——無時無刻不在他身邊，無時無刻不受到約束、受到抑制——被迫得不停把天性中的熱情壓低，強迫它只能往內延燒，就算這把受囚禁的火將我的五臟六腑一個個燒毀，也絕不能發出任何喊叫——這樣的情況將是我無法忍受的。

「聖約翰！」我思索到此，大喊一聲。

「怎麼？」他冷冰冰地答道。

「我再重複一遍，我可以慨然同意跟你去，只不過是當你的傳教夥伴，而不是你的妻子；我不能嫁給你，不能成為你的一部分。」

「妳一定得成為我的一部分，」他沉著地回答道，「否則整件事情都沒有意義。我，一個還不到三十歲的男人，怎麼可以帶一個十九歲的女孩子跟我到印度去呢？除非她嫁給我。如果我們沒有結婚，怎麼可以永遠在一起呢——有時候獨處，有時候在蠻荒聚落中？」

「很好，」我簡潔地說，「在這些情況之下，你大可以把我當作你的親妹妹，要不就是一個跟你自己一樣的男人或牧師。」

「人家知道妳不是我的妹妹，我不能把妳介紹為我的妹妹，若想這麼做，只會更加強別人對我們具傷害性的懷疑。至於其他，儘管妳有著男人般活力充沛的大腦，卻有著一顆女人的心——這不可以。」

「可以，」我帶著幾分鄙視地說，「完全可以。我有顆女人的心，卻不是在與你有關的地方，對你，我只有奮鬥夥伴的堅貞；如果你願意，還可以有患難同袍的坦誠、忠實與袍澤之愛；以及後輩信徒對於其導師的尊敬與服從，沒有別的了——別害怕。」

「這就是我要的，」他自言自語地說，「這正是我要的。而道路上卻有著障礙，它們必須被鏟開。簡，妳嫁給我不會後悔的，這點妳可以確定。我們必須結婚——我再說一遍，沒有其他方法了；而且，毫無疑問，會有足夠的愛情跟隨這婚姻而來，使這結合即使在妳眼中也變成是對的。」

「我唾棄你對於愛情的看法，」我爬起來站立在他面前，背靠著岩石，忍不住說出這句話。「我唾棄你拿出來的這虛假的感情；沒錯，聖約翰，而且在你拿出這樣的感情時，我也唾棄你。」

他目不轉睛地瞪著我，同時把他線條優美的嘴唇抿得緊緊的。他是憤怒還是驚訝，還是什麼，不容易看出來：他可以把自己的表情完全控制得好好的。

「我沒料到妳會說出這樣的話，」他說，「我想我並沒有做出什麼事或說出什麼話，來使人唾棄。」

他這溫柔的語調讓我感動，他崇高而平靜的神態也令我懾服。

「原諒我說這些話，聖約翰，然而引我說出這麼唐突的話，是你自己的錯。你引進了一個題目，在這題目上，我們的天性是截然迥異的——這是個我們永遠也不應該討論的題目，因為愛情這個名稱，本就是我倆之間引起爭端的蘋果❺。如果一旦需要面臨這事實，我們該怎麼辦？我們會有什麼感受呢？我親愛的表哥，放棄你關於婚姻的打算吧——忘了它。」

「不，」他說，「這是懷抱已久的計畫，也是唯一能確保我完成我的偉大目標的計畫。明天，我要出門，到劍橋去，那裡有很多我想要道別的朋友。我會有兩個禮拜不在家——用那段時間考慮一下我的提議吧，而且別忘了，如果妳拒絕，妳拒絕的不是我，而是上帝。透過我的方式，祂提供妳一個高尚的事業，妳只有當我的妻子才能進入其中。拒絕當我的妻子，就是把自己永遠局限在自私的安逸放縱與貧乏的沒沒無名的軌道中。而且在那樣的情況下，妳恐怕就要列入那些拒絕信仰的人當中了，比異教徒還糟！」

他說完。轉過身，再說：

看看那河，看看那山！

然而這次，他把感情全關閉在心裡，我不配聽見。回家的時候，我走在他身邊，從他那鋼鐵一般的沉默裡，我可以清楚讀出他對我的感覺：一種當嚴苛又獨裁的天性期待順從卻遭遇反抗時的失望——一種當冷酷、死板的批判力發現它在別的感情與看法中無力取得認同時的不滿；簡單說吧，就為一個普通人，他可能會很想強迫我就範，只是身為一個虔誠的基督徒，他才能如此耐心地忍受我的固執，留給我這麼長的空間來反省與懺悔。

那天晚上，親吻了他的妹妹們之後，他認為應該連跟我握手都要忘記才適當，不發一語離開房間。我儘管對他沒有愛情，卻有很多友愛，因此這明顯的忽視傷了我的心，甚至讓我眼睛裡浮上淚水。

「我看得出來妳和聖約翰在沼地裡散步時吵過架，簡，」黛安娜說，「但是去找他吧，他現在正在走廊裡徘徊，等妳過去——他會跟妳和好的。」

我在這情況下，沒有多少自尊心，我總是寧願要快樂勝過尊嚴；於是我跑去追他，他站在樓梯底部。

❺引起爭端的蘋果(an apple of discord)：相傳艾瑞斯（Eris，司爭吵、不和的女神）將金蘋果投入婚禮席上，引起眾女神的爭奪，為特洛伊城戰爭之起因，比喻不和的原因。

「晚安，聖約翰。」我說。

「晚安，簡。」他平靜地回答。

「那麼握手。」我接著說。

他多麼冰冷地、鬆鬆地握了一下我的手指啊！那天發生的事，讓他非常不高興，友善無法軟化他，眼淚也無法感動他。跟他是不可能有快樂的和解了——不會有令人喜悅的微笑，或是寬大的話語了；只不過這位基督徒還是很有耐心而且溫和，當我問他是否原諒我時，他回答說，他沒有習慣一直記恨，還說他沒什麼需要原諒，因為他沒有被冒犯。

說完他就離我而去。我倒寧願他把我一拳打倒在地上。

第三十五章

隔天他並沒有像他說的那樣去劍橋。他把出門的日子延了整整一星期，在這期間，他讓我感受到一個善良卻嚴苛、正直卻難以和解的人能給予冒犯他們的人多麼嚴厲的懲治。沒有一個明白的仇視舉動，沒有一句譴責的話，他卻能讓我時時刻刻覺得自己被排除到他的寵愛範圍之外。

並不是說聖約翰懷著非基督徒的復仇心——也不是說如果有權力的話，他會傷害我一根毫毛。不管是從天性上或原則上來說，他都不至於在復仇上尋求卑鄙的快慰。他原諒我說我唾棄他和他的愛情，但是他並沒有忘記那些話，而且只要他和我還活著，他就永遠也忘不掉。他轉過臉來面對我的時候，我可以從他的表情上見到，這幾句話總是寫在我和他之間的空氣中，只要我說話，從他耳裡聽來，我的聲音裡總有那幾句話在發響，而他的每一個回答裡，也總蘊涵著它們的回音。

他並沒有避免跟我談話，他甚至照例在早晨叫我去他書桌前唸書；然而我恐怕他體內那個邪惡的人，有種娛樂，沒讓那位純潔的基督徒知道並分享，那就是，一方面在外表上一如從前地行動和說話，一方面卻以一種技巧，從每一件事、每一句話裡頭抽掉了關注與認同的心意，在以前，這心意曾經讓他的言談舉止蒙上某種嚴肅的魅力。對我來說，他實際上已不再是個肉身，而是尊大理石；他的眼睛是冰冷透明的藍寶石；他的舌頭只是個說話的工具——再沒別的了。

這一切對我真是折磨——一種精煉過的、凌遲的折磨。它維持著一把低緩的憤慨之火，和一陣顫抖的悲傷的苦惱，困擾著我，同時也壓垮了我。現在我覺得，要是我是他的妻子，這位好人，這位純淨得有如某股不見陽光的深泉般的男人，可能很快地就能置我於死地，不必從我血管裡抽走一滴血，而且也不會在他水晶般的良心上，染上最淺的一個犯罪的斑點。尤其是在我做任何想與他和解的嘗試時，最能感受到這點。我的心軟讓步，沒有得到他的心軟讓步。他沒有體會到疏遠的折磨——也不渴望和解；而且，我不只一次淚珠像斷線般落下，把我們倆一起埋頭研讀的書頁浸得起了水泡，這也無法對他造成什麼影響，好像他的心腸真是鐵石做的一般。這同時，他對他的妹妹們，卻比以往更親切些，好像害怕光是冷淡不足以使我相信我是多麼完全地被他摒棄、被他拒斥，他加強了對比的力量；我確定他這麼做不是出於惡意，而是出於原則。

他出門的前一晚，我碰巧見到他在日落時分，獨自在花園裡散步，我看著他，想起了這個男人儘管現在如此疏遠，卻曾經救過我的命；想起了我們甚至還是近親，於是我感動得做了最後一次嘗試，想挽回他的友誼。我走出去，走向他，他正靠著小門站著，我立刻開門見山地說：

「聖約翰，我不快樂，因為你還在生我的氣。我們做朋友吧。」

「我希望我們是朋友。」是那未受感動的回答，他繼續看著冉冉上升的月亮，從我剛剛走過來時，他就一直在看月亮。

「不，聖約翰，我們已不是像以前一樣的朋友了，你知道的。」

「不是嗎？錯了。就我這方來說，我但願妳無恙、一切順利。」

「我相信你，聖約翰；因為我知道你不會希望任何人不好，但是，既然我是你的血親，我就渴望得到稍微多一點的感情，而不只是你散布給僅僅是陌生人的那種一般性的博愛。」

「當然，」他說，「妳的願望是合理的，我也遠遠沒有把妳當作陌生人。」

這句話是用冷淡而平靜的語調說出來的，相當令人氣結、令人沮喪。我若是聽從自尊心與憤怒的慫恿，早就立刻掉頭離開了；但是我體內卻有著什麼在活動，比這些情緒更強烈。我深深景仰我表哥的才華和道德。他的友誼對我來說是寶貴的，失去它，會讓我非常痛苦。我不會這麼早就放棄挽回友誼的嘗試。

「我們非得這樣子分開嗎，聖約翰？你去印度的時候，也要這樣子離開我嗎，不說一句較親切一點的話嗎？」

他現在完全轉過來，不看月亮而看我了。

「我去印度，簡，會離開妳嗎？什麼！妳不去印度嗎？」

「你說我如果不嫁給妳，就不能去。」

「而妳不願意嫁給我！妳還是堅持那決定？」

讀者，你可像我一樣知道，那些冷酷的人在質問時的冰霜嚴寒中，能放進什麼樣的恐怖？可知道在他們的怒氣之中，落下了多少雪崩？可知道在他們的不悅之中，有多少冰海在破裂？

「不，聖約翰，我不嫁給你。我堅持我的決定。」

這塊崩雪搖撼了一下，向前滑出了一些，然而還沒有完全崩塌。

「再問一次，為什麼拒絕？」他問。

「以前，」我答道，「是因為你不愛我。現在我要回答，是因為你幾乎在恨我。如果我真的嫁給你，你會殺死我的。你現在就在殺死我了。」

他的嘴唇和臉頰霎時轉白——非常慘白。

「我會殺死妳——我現在在殺死妳?妳用的是些不應該使用字眼啊:這麼猛烈,不像女人,而且還不真實。它們透露出令人遺憾的心理狀態,應該受到嚴厲的斥責,而且幾乎是不可原諒的;不過人有義務原諒他的同類,哪怕是到第七十七次❶。」

我現在把一切都搞砸了。原是想將我前一次冒犯所蝕刻在他心上的痕跡抹去,卻又在那個附著力極強的表面上,印下了另一個更深的痕跡,我把它烙印進去了。

「現在你真的會恨我了,」我說,「想跟你和好是沒有用的,我看得出來,我已經成了你永遠的仇人了。」

這幾句話又再傷了他,而且傷得更重,因為它們說出了事實。那全無血色的嘴唇痙攣了一下。我知道自己磨利了他刀劍般的憤怒。我難過得內心絞痛。

「妳全然誤解了我的話,」我說,抓住他的手,「我沒有意思要讓你傷心或痛苦——真的,我沒有那意思。」

他極其苦澀地笑了一下——極其毅然決然地把手從我手中抽回去。「那麼,我想妳現在收回妳的承諾,不跟我去印度了吧?」他停了許久之後說。

「會的,我會去,當你的助手。」我答道。

經過了一段很長的沉默。在這段期間內,他體內的人性和神性在做什麼樣的爭戰,我不知道;只有幾點微光閃過他的眼睛，以及幾陣奇怪的陰影掠過他的臉。最後他說話了。

「我先前就向妳證明過，一個妳這樣年紀的單身女人，提議要陪我這樣一個單身漢出國，是很荒謬的。我已經用我認為足以防止妳再次提起這計畫的詞眼來證明過，妳卻又再提起，我真是遺憾——替妳感到遺憾。」

我打斷他。任何像是具體譴責的話，就可以立刻給予我勇氣。「要講道理啊，聖約翰！你這豈不是快變成胡說八道了？你假裝被我的話驚到，其實並沒有真的吃驚；因為，以你那卓越的心智，不至於這麼愚鈍，或者獨斷到誤會我的意思。我再說一遍，我願意當你的副牧師，如果你願意的話，但卻絕不做你的妻子。」

他再一次變得跟鉛一樣死白，不過，就跟先前一樣，他還是完美地控制住激動。他強調但冷靜地回答道——

「一個女的副牧師，不是我的妻子，永遠不適合我。那麼，看來妳是不可能跟我一起去了；不過如果妳對妳的提議是真心誠意的話，我會在我到城裡去的時候，向一位已婚的牧師說，他的妻子需要助手。妳自己的財產可以讓妳不需要受教會的救濟，這樣的話，妳就可免於因為違背承諾、毀棄約定加入團體的恥辱。」

讀者知道，我從沒有許下任何正式的承諾，或者訂下任何約定，這些話，在這樣的情況下，實在太嚴苛了，而且也太專斷了。我回答道——

「這件事情，沒有什麼恥辱，沒有什麼違背承諾，也沒有什麼毀約可言。我沒有絲毫義務要去印度，尤

❶第七十七次：聖經〈馬太福音〉第十八章第二十一至二十二節。表示很多次。

其是跟陌生人去。跟你，我願意冒很多險，因為我敬仰你、信任你，且以妹妹的身分愛你；然而我也深信，不管是什麼時候去，跟誰去，我都無法在那種氣候下活很久。」

「啊！妳這是在害怕妳自己。」他說，噘起嘴唇。

「我是。上帝給我生命並不是要我把它浪費掉的；而我開始認為，去做你要我做的事，幾乎等於是在自殺。此外，在我明確地決定要離開英國之前，我要確定一下，是否我留下來真的無法比離開它還有用處。」

「妳指的是什麼？」

「解釋是徒然無益的，但是有件事，我長期忍受著困惑之苦，我得想辦法把這困惑解除掉，否則我哪裡都不能去。」

「我知道妳的心向著何處，繫在什麼之上了。妳所懷抱的關注，是不合法的、不聖潔的。早該把它壓熄，現在妳應該羞於提起它才對。妳想到了羅徹斯特先生吧？」

這是事實。我默認。

「妳打算去找羅徹斯特先生嗎？」

「我必須查清楚他現在怎樣了。」

「那麼，在我這方，」他說，「只能記得為妳祈禱了，為妳全心全意祈求上帝，別讓妳真的變成了迷途羔羊。我本以為我發現妳是上帝的一個選民。不過上帝所見是不同於凡人之所見的，祂終究會明察秋毫。」

他打開門，走出去，沿著山谷漫步下去，一會兒就失去了蹤影。

回到客廳裡，我發現黛安娜站在窗口，看起來十分關切。她比我高很多，所以她把手放在我的肩膀上，低下頭，端詳我的臉。

「簡，」她說，「妳最近老是心情激動，臉色蒼白，我相信一定有事。告訴我，聖約翰和妳究竟在幹什麼大事。這半個鐘頭內，我一直從窗口看著你們；妳得原諒我做這種窺察，只是我好久以來不停在胡思亂想一些我幾乎是茫然不知的事。聖約翰是個奇怪的傢伙——」

她停了一下——我沒有說話，她很快就繼續說下去——

「我確定我這位哥哥，對妳有著某種特別的看法；他早已經對妳表現出格外的注意和關心了，這是他從來沒有對其他人表現過的——為什麼呢？我但願是他愛妳——是這樣嗎，簡？」

我把她冰涼的手放到我發燙的額頭上，「不，黛，一點都不愛。」

「那麼為什麼他的目光總是追隨著妳，而且如此頻繁地要妳跟他單獨在一起，還要妳時時刻刻待在他身邊呢？瑪麗和我都斷定，他希望妳嫁給他。」

「他的確希望——他要我當他的妻子。」

黛安娜拍起手來。「那就是我們所希望且想到的！而妳會嫁給他的，簡，對不？然後他就會留在英國了。」

「差得遠了，黛安娜；他求婚的唯一用意，只是想為他的印度苦行中找個適當的勞動夥伴罷了。」

「什麼！他要妳跟他一起去印度？」

「對。」

「真是瘋狂！」她叫道，「我確定妳在那裡必定活不到三個月。妳絕對不該去，妳沒有同意吧，有沒有，簡？」

「我拒絕嫁給他──」

「因此惹他不高興了？」她試探性地說。

「很不高興，我恐怕他永遠都不會原諒我了；不過我提出要以妹妹的身分陪他去。」

「那真是愚蠢得緊，簡。考慮一下妳接下的工作吧──一份疲累永無止盡的工作，那種疲累，甚至連強壯的人都能累死，而妳又是這麼瘦弱。聖約翰──妳知道他──會逼著妳做不可能做到的事，跟他在一起，再熱的天氣也不准休息；而且不幸的是，我已經注意到，不管他強迫妳做什麼，妳都會逼自己去達成。我很訝異妳竟然有勇氣拒絕他的求婚。那麼妳是不愛他的囉，簡？」

「不是像愛丈夫那樣愛。」

「不過他倒是個英俊的傢伙。」

「而我，妳看，黛，是如此相貌平凡。我們永遠也不相配。」

「平凡！妳？一點都不。妳太漂亮了，也太善良了，不該在加爾各答受炎陽煎熬。」然後她又再勸我打消所有跟她哥哥一起去的念頭。

「我的確得放棄，」我說，「因為，我剛才又再提了一次，說要當他的牧師助理，他卻表示他對我的不莊重感到十分訝異。他好像認為我提出不結婚跟他去，是一種行為不檢；好像以為我沒有一開始就把他當作哥哥，而至今還一直這麼看待他似的。」

「妳為什麼覺得他不愛妳，簡？」

「妳得聽聽他自己在這件事上是怎麼說的。他一再一再地解釋說，他想結婚，不是為了他自己，而是為了他的職務。他還說我是為勞動而造出來的——不是為愛情；這是事實，毫無疑問。而我的看法是，如果我不是為了愛情造出來的，那麼我也不會是為了婚姻而造出來的。難道說，黛，一輩子跟一個只把妳當作有用工具的人銬在一起，不奇怪嗎？」

「那是無法忍受的——不合乎自然——簡直荒謬！」

「而且，」我繼續說，「儘管我現在對他只有妹妹般的感情，然而如果被迫做了他的妻子，我可以想見自己有可能會對他產生出一種不可避免的、怪異的、苦不堪言的愛情來，因為他是如此有才氣，而且在他的表情、舉止和言談間，常常有著一股英雄般的宏偉氣概。若是那樣，我的命運就會變成無可名狀地悲慘。他不會想要我愛他的，如果我表現出那種感情，他就會讓我感覺到那是多餘的，在他是不需要的東西，在我是不體面的表現。我知道他會這樣。」

「不過聖約翰是個善良的人。」黛安娜說。

「他是個善良而且偉大的人；不過他在追求他自己的大目標之時，無情地忘了小人物的感情與權利。因此，這些微不足道的人，最好離他遠一點，否則在他前進的腳步中，是會踩死他們的。他來了！我要走了，黛安娜。」我看見他走進花園，便急急上樓去了。

可是在吃晚飯的時候，我卻不得不面對他。整頓飯，他表現得一如往常地鎮靜。我本以為他不太會跟我說話，還確信他必定已經放棄了他的結婚計畫；然而結果卻顯示，我在這兩點都錯了。他精準無誤地以他平常的態度跟我說話，或者該說是最近才形成的慣常態度——一種規規矩矩的禮貌。他無疑已經求諸聖靈的幫助，平息了我在他身上撩起的怒火，而且相信自己現在已經再次原諒了我。

在晚禱前的閱讀經文當中，他選了〈啟示錄〉第二十一章來唸。聽著經文從他的嘴裡吐出，向來都是件愉快的事，在他傳送著上帝的神諭時，他那好聽的聲音比任何時候都要圓潤渾厚，他的儀態變得高貴純潔、令人動容。今天晚上，那聲音卻採用了較為莊嚴的語調，那儀態帶著較令人顫慄的意義，他坐在他家人圍成的圓圈中間（五月月光從沒有窗簾遮蔽的窗戶照進來，使得桌上那根蠟燭的光芒幾乎顯得多餘）；他坐在那兒，俯在那本老舊的大聖經之上，就著它的書頁，敘述新創天地的景象——告訴我們，上帝將會如何地來與人類同住，如何擦去他們眼裡的淚水，承諾他們再也不會有死亡，不會有悲傷或哭泣，也不會再有任何苦痛，因為先前的一切都過去了。

後面的文字，在他把它們唸出來的時候，我很奇怪地起了一陣寒顫；尤其是，隨著聲調中些微的、難以言喻的改變，我感覺到他一邊唸著，眼睛一邊轉到我身上。

「克服的人，將承繼一切，我將是他的神，而他將是我的子。然而，」他慢慢地、清晰地唸出來，「那些畏懼的、不信的……將淪落火與硫磺燃燒之湖，這是第二次的死。」

從這時起，我才知道聖約翰為我害怕的，是什麼樣的命運。

一種平靜的、抑制的勝利，夾雜著一種渴望的熱切，在他闡明那章最後幾節壯麗文字時，顯示出來。這位宣讀的人相信自己的名字已經寫在羔羊的永生名冊上了，而且渴望著得以進入那城市的時刻到來，在那城市裡，塵世君王們帶著自己的榮耀來歸順，在那城市裡，不需要太陽和月亮的照耀，因為上帝的光輝會照亮它，而羔羊也是其中的明燈。

這章之後的禱告，他把全副精神集中起來——把所有肅穆的赤忱都喚醒；他以深切的誠懇，竭力祈求上帝，下決心要征服。他為心靈軟弱的人祈求力量，為走出畜欄的迷途羔羊祈求導引，為受到塵世和肉體誘惑而離開窄路的人，祈求讓他們甚至在最後一刻，也要知道回頭。他要求、促請、堅請神降下恩賜，搶救烙鐵免於燒炙❷。再也沒有聽過這麼深切、這麼聖嚴的摯忱了。我聽著這禱告，一開始是對他的誠摯感到驚異，然後，隨著它的持續與揚升，我被它感動，最後，對它感到敬畏。他如此熾熱地覺得他的目標是偉大的、美善的，其他人聽見他這樣的祈禱，絕對也會感同身受。

禱告完畢，我們向他告別，他隔天一大早就會出發。黛安娜和瑪麗親吻了他之後，離開房間——我想是聽從他低聲說的一個暗示而離開的吧；於是我向他伸出手，祝他有個愉快的旅程。

「謝謝妳，簡。我說過，兩個禮拜後我會從劍橋回來，這段時間，就留給妳作省思吧。如果我聽從我凡人的驕傲，絕不會再提出要妳嫁給我的事，然而我聽從了我的義務，堅定地望著我的首要目標——為上帝的榮耀做一切事情。我的主受著長期艱苦，我也將要這樣。我不能像個憤怒的凡人一樣，放棄妳，任妳墮入地獄，所以，悔過吧，下決心吧，趁還來得及。要記得，我們是受命要在白日裡工作的——我們受著警告：『當夜晚來臨，沒有人能工作。❸』要記得那位在現世中有著好東西的財主戴維斯的命運❹。上帝賜妳力量選

❷搶救烙鐵免受燒炙：這是《聖經》上的說法，喻指拯救某人免下地獄。
❸新約聖經〈約翰福音〉第九章第四節：「趁著白日，我們必須做那差我為使之人的工，黑夜將臨，就沒有人能做工了。」
❹戴維斯（Dives）：《聖經》中的財主，日日奢華，死後在地獄之火中受苦。〈路加福音〉第十六章第十九節到三十一節。

擇妳身上奪不走的善的那部分。」

他把手放在我頭上，說出最後這幾句話。他說得很誠懇、很溫和。然而他的表情卻真的不是屬於愛人望著情人的那種，而是像牧師在喚回自己的迷途羔羊那樣——或者更該說，是守護神望著自己有責任保護的靈魂那樣。所有有才華的人，不管是有感情的人還是沒有感情的人，不管是狂熱者還是有不凡抱負的人，還是專制暴君——只要他們是誠摯的——都會有他們莊嚴的時刻，而能征服、統治。我感到自己崇拜聖約翰——這崇拜如此地強烈，以至於它的衝勁立刻把我推到我長久以來一直迴避的那一點上。我被引得想與他停止爭鬥——想一頭栽進他意志的洪流中，流進他生活的深淵裡，並在那裡失去了我自己的意志。現在我受到他的進攻，幾乎跟我以前受到另一人，用另一種方式的進攻，一樣猛烈。兩次，我都跟個傻瓜一樣。那時候若是讓步，就是道德上的錯誤；這時候若是讓步，就是判斷上的錯誤。這是我在後來，通過時間這安靜的媒介，回顧這次危機時，才這麼想的；然而在這當下，我卻是完全沒有意識到自己的愚蠢。

在我的導師的撫觸之下，我無法動彈地站著。我的拒絕被遺忘了——我的恐懼被征服了——我的掙扎都癱瘓了。那不可能的事——嫁給聖約翰——突然間變得可能了。一切都瞬時改變。信仰在召喚——天使在招手——上帝在頒令——生命像個卷軸一樣全部捲了起來——死亡的大門打開，現出它之上的永生；似乎，為了那裡的安全和喜樂，這裡的一切都可能會在一秒之間全部犧牲。這幽暗的房間裡，充滿了幻象。

「妳現在能夠做決定了嗎？」這位神差問道。這問題是以溫柔的語調說出來的，他同樣溫柔地把我拉向他。噢，那溫柔！它比起強迫，多麼更具威力啊！我可以反抗聖約翰的憤怒，然而在他的仁慈之下，我變得跟蘆葦一樣柔順。不過，我還一直很清楚，如果我此刻讓步，終究會在某天，被逼得懺悔我先前的反抗。他的本性，不會因為一個小時莊嚴的禱告而改變，只是被提升了些罷了。

「只要我能確定，我就能決定，」我回答。「只要我能相信上帝的意旨是要我嫁給你，我此時此地就可以立誓嫁給你——不管以後會如何！」

「神聽見我的祈禱了！」聖約翰突然喊出。他把手緊緊地按在我頭上，好像他在認領我一樣；還把我摟住，幾乎好像他愛我一樣（我說幾乎，是因為我知道其中的差別——我感受過被愛時的摟抱；可是，跟他一樣，我現在已經把愛情丟到考慮範圍之外了，只想到責任）。我竭力要看清內心那模糊的景象，它之前有雲霧在翻滾。我誠摯地、深切地、熱烈地渴望做正確的事，而且只做正確的事。「指引我，指引我道路！」我向上天懇求。那時的我，激動得非比尋常；至於後來發生的事，是否是激動所造成的影響，就由讀者去評判了。

整棟宅子寂靜無聲，我相信除了聖約翰和我，大家都已經回房就寢。唯一的那根蠟燭逐漸熄滅，房間裡充滿了月光。我的心急促地跳著、響著，我聽見它的顫動。突然間，它停止了跳動，因為有種無法言喻的感覺震撼了它，並立刻通過我全身上下，直達末端。那感覺不像是電擊，卻幾乎同樣尖銳、同樣奇異、同樣讓人驚愕；它在我感官上產生作用，好像在此之前它們都只是蟄伏著，現在才被它召喚、被它逼得醒了過來。它們若有所期地甦醒，眼睛和耳朵等待著，血肉在骨頭上顫抖。

「妳聽見什麼了?妳看見什麼了?」聖約翰問。我什麼都沒看見，但是卻聽見有個聲音在某處喊著——

「簡!簡!簡!」——就這樣。

「噢上帝!那是什麼?」我呼吸急促地說。

我也許該問「它在哪裡？」，因為那聲音不像是在房間裡，不像是在房子裡，也不像是在花園裡；它並不是從空氣中傳來，不是從地底下傳來，也不是從頭頂上傳來。我聽見它——然而在哪裡聽見，或者從哪裡聽見，則永遠也不可能知道！那是人類的聲音——一個熟悉的、我心愛的、深深記憶著的聲音——愛德華·菲爾法斯·羅徹斯特的聲音，而它是那麼狂亂、淒厲、迫切地，在痛苦和哀傷之中喊出來。

「我來了！」我叫道，「等我！噢，我會來的！」我疾奔向門，往走廊裡瞧：漆黑一片。我於是跑出去，到花園裡：空無一人。

「你在哪裡？」我喊道。

澤谷的山丘模模糊糊地傳來了回答——「你在哪裡！」我傾聽著。風在樅樹間低聲嘆息，一切只顯出荒地的寂寥與午夜的肅靜。

「滾吧，迷信！」我下結論，「這不是你的伎倆，也不是你的巫術，這是大自然的作用。她被喚醒了，做了——不是奇蹟——她最好的事。」

我掙脫聖約翰，他本一直跟著我，抓住我。現在是我佔優勢的時候了。我的能量正在產生作用、發生威力。我要他別發問也別說話，希望他走開，因為我必須獨處。他立刻聽從了。只要你有力量好好發令，絕不會有人不遵從。我上樓到我房間去，把自己鎖在裡面，跪下來，用我的方式祈禱——跟聖約翰不同的方式，不過有它自己的效用。我好像潛近了偉大聖靈，我的靈魂感激地衝出來，伏在祂腳下。我在感恩之中爬起來，下了個決心，然後毫不畏懼、豁然開朗地睡下——一心渴望黎明。

第三十六章

黎明來了。我在破曉時分起床。我花一、兩個小時整理房間裡的東西，抽屜、衣櫥，打理到可以短期離開而不照顧它們的狀態。這時候，我聽見聖約翰離開他的房間。他在我門前停下，我害怕他會敲門——沒有，只從門底下塞進一個小紙條。我把它撿起來，上面寫著：

「妳昨天晚上太過突然地離開我。若是妳再留得久一點，就能把手放到基督的十字架與天使的冠冕上了。兩個星期後，我期望妳有明確的決定。這期間，要留心並且禱告別讓自己走入誘惑之中；這靈魂，我相信，是願意的，而這肉體，我看出，是軟弱的。我將時時刻刻為妳祈禱。——妳的聖約翰。」

「我的靈魂，」我在心裡面回答，「願意做正確的事，而我的肉體，我希望，在我一旦確實知道上天的意旨是什麼之後，能有足夠的堅強去實踐它。無論如何，它有足夠的堅強，在疑惑的雲霧中尋找、探求、摸索出一個出口，挖掘出明確篤定的朗朗晴日。」

那是六月一日，然而那天的早晨卻多雲而有點寒意，雨點密密地打在我的窗子上。我聽見前門打開，聖約翰走了出去。我從窗戶往外看，看見他穿過花園，從霧濛濛的沼地中，朝惠特克羅斯的方向走去，他將在那裡搭車。

「再過幾個鐘頭，我就要跟你一樣踏上那條路了，表哥，」我心想，「我也一樣要到惠特克羅斯搭車。

永遠離開英國之前，我也一樣有一些人要去辭別與探訪。」

離早餐時間只剩兩個小時了。這段時間，我在房間裡輕輕地走來走去，思索著那件異象，是它促使我把計畫調整到目前這樣的。我回想我經歷到的那個內心悸動，我還能記得它，而且也還記得它那無法言詮的奇特。我想起我聽見的聲音，再次質疑它是從哪裡傳來的，也跟之前一樣沒有答案。它好像是在我體內，而不是在外面的世界裡。我自問，那是否只是神經質的模糊印象——一種幻覺？我無法推知，也無法確信，那似乎比較像是個天啟。那奇異的情緒震動，像那陣搖撼保羅與西拉的監牢的地震一樣到來❶，打開了靈魂的囚牢，解開它的束縛，把它從睡夢中喚醒，讓它驚跳起來，顫抖著、傾聽著、張口結舌。然後，以一連三次的呼喊震動我愕然的耳朵，震撼我顫慄的心，震穿我的靈魂。我的靈魂既不害怕也不動搖，而只是狂喜，好像很高興自己被賦予了這樣的權力，得以成功地努力跳出笨重的軀殼之外而獨立。

「不用幾天，」我說，結束了我的冥思，「我就會知道昨天晚上似乎在召喚我的這個人的些許消息了。寫信已被證明為無效——我將以親自探究代之。」

吃早餐時，我對黛安娜和瑪麗說我要出去旅行，至少會離開四天。

「自己一個人嗎，簡？」她們問道。

「對，是想去見見，或者探聽一下一位朋友的消息，他讓我好些時日無法安寧了。」

她們本可以說，她們相信我除了她們之外沒有別的朋友了，毫無疑問她們是這麼想的，因為我事實上經常這麼說；然而，由於她們天性纖細體貼，就抑制住評論，只有黛安娜問我是否確定自己身體夠好、能夠旅行。她說我看起來非常蒼白。我答道，只有心情焦慮有害於我的健康，而這個，我希望很快就能減輕它。

接下來的安排，很容易進行，因為沒有任何詢問與猜測來困擾我。我只不過向她們說明過一次，說我的計畫在目前還無法解釋清楚，她們就和善且明智地同意了我的沉默，給予我自由行動的權利，這是我在同樣情況下也會同樣給予她們的。

我下午三點鐘離開澤汀府，很快地，四點一過就站在惠特克羅斯的路標之下了，等待著那輛能載我到遙遠的荊原莊的馬車到達。在孤獨的道路與無人山丘的寂靜之中，我聽見馬車從遠遠的地方駛來。一年前，我也是在一個夏日傍晚，從那同一輛馬車、在這同一個地點下車的，多麼地孤零零、沒有希望、沒有目標啊！我招手，它停下來。我爬進去——現在可不必再抖出身上全部財產來付車費了。再次踏上往荊原莊的路，我覺得自己像隻信鴿，正飛回家去。

三十六小時的旅程。我是在星期二下午從惠特克羅斯出發的，星期四一大早，馬車伕在路旁的一家旅店之前停下，讓馬喝水。旅店周遭的綠色的樹籬、大片田野與低矮的牧丘，像張曾經熟悉的臉龐般地呈現在我眼前。比起北中部摩頓的嚴峻荒地來，這地勢多麼平緩，色調多麼翠嫩啊！對，這地區的特徵是我所認識的，我確定我們已經快要進入我的地盤了。

「這裡離荊原莊有多遠？」我問旅店的馬伕。

「只有兩英里，小姐，穿過田野就是了。」

「我的旅程結束了。」我心想。把一只箱子交給馬伕，要他保管到我來提領之日。付了車費之後，馬車

❶新約聖經〈使徒行傳〉第十六章第二十四至二十六節。保羅和西拉被囚禁，約好在半夜禱告，讚美上帝，忽然大地震動，監獄的門全部大開。

伕很滿意，我正要出發，發現明朗的日光照耀在旅店的招牌上，我讀出上面燙金的字：「羅徹斯特徽章」，心臟狂跳起來：我已經在我主人的土地上了。不過它又沉了下去，因為它突然想到——

「就妳所知，妳的主人也許已經在英吉利海峽之外了，而且，就算他在妳正匆匆趕去的荊原莊，他身邊還會有誰在呢？他發瘋的妻子。而妳卻跟他一點關係都沒有，不敢與他說話，與他相會。妳這是在白費精力——最好別再走下去了，」那個勸戒者如此力勸，「向旅店裡的人打聽吧，他們為妳探求的一切提供答案，他們可以立即解除妳的疑慮。去找那個人，問他羅徹斯特先生是否在家。」

這個建議很合理，然而我卻無法驅使自己去執行它。我非常害怕自己會得到某個答案，把我輾碎於絕望中。延長懷疑，就是延長希望。在她的星光照耀之下，我也許還可以見一見荊原莊。我面前，就是那個籬笆梯磴，就是那幾片田野，逃離荊原莊的早晨，我就是在復仇般怒火的驅使與折磨下，眼睛不見、耳朵不聽、心煩意亂地匆匆穿越它們的。我還沒來得及搞清楚自己決心怎麼做，就已經來到田野中間了。我走得多快啊！甚至有時候還跑著！我多麼盼望能一見那個熟悉的林子！我是帶著什麼樣的感情，歡迎著我認識的那幾株樹，以及在它們之間一片片熟悉的草原和山丘啊！

終於，樹林聳立在我眼前，禿鼻鴉黑漆漆地窩集在一起，一陣響亮的鴉叫聲，劃破了清晨的寂靜。奇怪的喜悅鼓舞著我，我繼續趕路。穿過又一片田野、踏過小徑，便是那道庭園的圍牆和後屋；然而房子本身，以及禿鼻鴉林都還隱匿不見。「首先映入我眼簾的，必定是房子的正面，」我斷定，「它陡峭的城垛會堂皇地霎時出現在眼前，從那裡，我就可以認出我主人的窗戶，也許他此刻會站在窗邊——他通常早起，也許現在正在果園裡或前面的鋪道上散步呢！能見到他就好了！若是那樣，我確定不會發瘋似地奔向他嗎？我不知道——我不確定。如果我真的奔向他——接下來會如何呢？上帝保佑他！接下來會怎樣呢？若我再次品嘗他的目光所能給我的生命，誰會受到傷害呢？我在狂言囈語了，說不定他這時候正在庇里牛斯山脈❷上面，或者南方無潮汐的海洋上看日出呢。」

我沿著果園的矮牆走——轉過它的轉角，便見到那邊那扇大門了，面朝著草原，在兩根頂著石球的石柱中間。從一根柱子後面，我可以悄悄窺見宅邸的整個正面。我小心地探出頭，想確定是否哪扇臥室的百葉窗已經拉起來了；城垛、窗戶和長長的正面，我都可以從這個隱蔽處看見。

烏鴉從我頭上飛過，也許正在看著我做這窺探。我不知道牠們會怎麼想我，一定認為我一開始多麼小心而羞怯，卻逐漸變得大膽而莽撞了。先是偷看一眼，然後是一陣長長的凝望，最後乾脆從我的隱蔽處走出來，逕行走到草原裡，整個人唐突地駐足在這棟大宅邸的前面，朝著它久久地、厚臉皮地瞪著瞧。「怎麼一開始那麼羞怯忸怩，」牠們也許會問，「現在又變得這麼癡呆莽撞了？」

聽聽一個比喻吧，讀者。

一個情人發現他的愛人睡在長著苔蘚的河岸上，想要看一看她美麗的容顏，而不想驚醒她。他悄悄走過草地，著意不發出一點聲響。他停下——以為她動了一動；他後退，怎麼也不願讓她看見。一切寂靜無聲，他於是又再前進，彎下身子俯視她，她臉上覆著一面輕紗，他把它掀起，低下頭去，現在他預期會見到美人——溫暖、美豔、可愛的睡美人。那眼睛多麼急促地搜尋啊！然而它們多麼木然地定住啊！他又是怎樣地驚

❷庇里牛斯山脈(Pyrenees)：法國與西班牙的國界。

跳起來啊！他雙臂多麼突然地、猛烈地抱住那一會兒之前他還碰都不敢碰的身體啊！他如何大喊出名字、豁出一切、狂野地盯著她啊！他如此緊抱著、哭喊著、呆瞪著，因為他再也不必擔心他發出的任何聲音、他做出的任何舉動會吵醒她了。他本以為他的愛人甜甜睡著，卻發現她已經跟石頭一樣，僵硬無氣了。

我帶著羞怯的喜悅，往一棟雄偉的宅邸瞧，卻見到一堆焦黑的廢墟。

不必再躲在門柱後面了，真的！沒有必要去窺視上面的窗格子，擔心它後面有人在走動了！沒有必要聆聽是否有開門聲——錯覺鋪道上或鵝卵石步道上有腳步聲了！草坪、庭院都被夷平而荒蕪，玄關空盪盪大張著。前屋呢，就像我有一次在夢裡見過那樣，只剩下一道薄得跟貝殼一樣的牆，很高卻顯得很脆弱，上面有個沒玻璃的窗洞，沒有屋頂，沒有城垛，也沒有煙囪——一切都倒塌了。

周圍還有著一片死寂，一片寂寞荒野的淒涼。無怪乎寫信給這裡的人，不會收到回信了，那就如同寄信到教堂側廊的墓室去一樣。石頭上可怕的焦黑，說明了這莊園倒塌的原因——火災。然而是怎麼起火的呢？這災難有什麼來龍去脈呢？除了石磚、大理石、木料建材之外，還造成什麼損失呢？有沒有生命像財產一樣罹難呢？如果有，是誰的生命呢？可怕的問題，這裡沒有人來回答我——甚至連無言的跡象、沉默的證據都沒有。

漫步於斷垣殘壁中、穿過災後的內部，我見到一些跡象，知道這災難不是在最近發生的。我想，已經有冬雪從空盪的拱門打進來過了，也有冬雨飄進來，打在空洞的窗櫺上；因為，在那一堆堆浸溼的廢物之間，春神已呵撫出植物，牧草和雜草這兒那兒地從石頭與斷梁間冒出來。而，噢！在那當時，這棟房子不幸的主人究竟在哪裡呢？在哪個土地上？是吉是凶？我的眼睛不由自主地飄向大門附近的那座灰色的教堂尖塔，問，「他此刻是否已與戴默爾・德・羅徹斯特一起，躺在那窄窄的大理石墓室裡呢？」

這些問題，必須得到答案。我除了到旅店去問，別無他法；於是，我不久又回到那裡。店主親自把早餐端到接待室來給我。我要求他把門關上，要他坐下，因為我有些問題要問他。然而等他照做之後，我卻幾乎不知道該從何問起，因為我對於可能的答案，懷著如此的恐懼。不過，目睹了那座廢墟，讓我對於將聽見一個悲慘故事多少有點心理準備。那店主是個模樣體面的中年男人。

「你想當然一定知道荊原莊吧？」我終於勉強說出這句話。

「是的，小姐，我曾經住在那裡。」

「是嗎？」不是在我在的時候吧，我心想，因為我不認識你。

「我曾是已故的羅徹斯特先生的僕役長。」他補充說。

已故的！我似乎已經接受到我一直試圖躲避的那個打擊了，而且是帶著全副力量。

「我指的是目前這位紳士愛德華先生的父親。」他解釋道。我重新喘過氣來。這幾句話讓我完全確定愛德華先生——我的羅徹斯特先生（上帝保佑他，不管他在哪裡！）——至少還活著；總之，至少還是「目前這位紳士」。真是令人快慰的話啊！接下來他要說什麼，我現在似乎都可以用比較平靜的心情來聽了——不管他將揭露什麼樣的實情。既然他不在墳墓裡，那麼我認為，即使他是在紐西蘭海外的對蹠島上，我都能夠忍受。

「羅徹斯特先生現在住在荊原莊嗎？」我問。我當然知道答案是什麼，只是不想那麼快就直接問他究竟在哪裡罷了。

「沒有，小姐——噢，才不會！那裡現在沒有人住了。我猜妳一定不是這附近的人吧，不然妳應該聽過去年秋天發生的事——荊原莊現在幾乎已成了廢墟：大約在收成的時候，它被燒毀了。真是件可怕的慘事啊！那麼大量的寶貴財產毀之一旦，幾乎沒能搶救出一件家具來。火是在死寂的夜間燒起來的，等消防車從米爾科特趕過來，整棟宅子已經燒成一團大火了。那場面真是慘不忍睹，我親眼見到。」

「死寂的夜間！」我喃喃自語。沒錯，那一直都是荊原莊的致命時刻。「有人知道是怎麼發生的嗎？」我問道。

「他們猜了，小姐，他們猜了。我倒要說那是確實的事，不須懷疑。妳可能並不知道，」他把椅子往桌子靠近了些，低聲說：「那裡有個女士——一個——一個瘋子，被關在房子裡吧？」

「我聽說過一點點。」

「她被十分嚴密地囚禁著，小姐，甚至人們好幾年來都完全不知道有她的存在。沒有人看過她，只從謠言裡知道，有這麼個人住在莊子裡，至於她是誰，是做什麼的，卻難以猜測。他們說愛德華先生從國外把她帶回來，有人相信她曾經是他的情婦。不過，一年前，發生了一件離奇的事——一件非常離奇的事。」

我現在害怕聽見自己的故事。我努力把他引回正題來。

「這位女士怎麼樣？」

「這位女士，小姐，」他答道，「原來是羅徹斯特先生的妻子！而這項發現，是以最奇怪的方式揭露的。有位年輕小姐，是莊子裡的家庭教師，羅徹斯特先生愛上了——」

「火災呢？」我提醒他。

「我正要講呢，小姐——愛德華先生愛上了她。傭人們說，他們從來沒有見過有人像他愛得這麼熱烈了：他時時刻刻跟著她。她們常觀察他——妳也知道，小姐，傭人們常常這樣——他非常看重她，儘管，除了他之外，沒有人認為她很漂亮。她們說，她是個嬌小的人兒，簡直小得像個小孩。我自己也沒有見過她，不過我聽女僕莉亞說過她。莉亞非常喜歡她。羅徹斯特先生大約四十歲，而這位家庭教師卻不到二十歲，妳也知道，若是這樣年紀的男士愛上了女孩兒，總會像著了魔一樣。嗯哼，他還要娶她呢。」

「你這部分故事改天再講給我聽吧，」我說，「然而我現在有特別的原因想知道火災的詳情。有沒有人懷疑這位瘋子，羅徹斯特夫人，跟這起火災有關？」

「妳說中了，小姐，那很明白，就是她放的火，沒有別人了。有個女人照顧她，叫做普爾太太——一個在那行之中很能幹的女人，也很值得信賴，只除了一個缺點——那是在她們那些護士和女監常有的缺點——她偷藏了一瓶杜松子酒，偶爾會多喝了一口。這本是很可以原諒的，因為她的工作並不好做，然而這卻也很危險，因為當普爾太太喝了酒睡沉了之後，這位跟女巫一樣狡猾的瘋女士，就會從她口袋裡拿了鑰匙，放自己出房間，然後在房子裡漫步，做任何她心血來潮的壞把戲。他們說她有一次還差點把自己的老公燒死在床上，不過這件事我不清楚。不管怎樣，這天晚上，她先在自己的隔壁房間裡的帷幔上放火，然後下樓去，找到了那女家教的房間——（她不知怎地好像知道發生過什麼事，因此痛恨她），然後她把那裡的床點燃，很幸運地，床上並沒有人在睡覺。那位女家教兩個月前就逃走了，儘管羅徹斯特先生拚命找尋她，好像她是他在世界上最寶貴的東西一樣，卻從來沒有她的丁點消息。後來他變得很粗暴——在失望當中變得非常粗暴；他從來都不是溫和的人，失去她之後，他變得更加危險。他想要一個人生活。他把菲爾法斯太太，那位管家，送到她遠處的朋友那兒去。他做得很漂亮：給了她一筆終生養老金；這也是她應得的——她是個很好的婦人。亞黛兒小姐，他監管的那位姑娘，被送進了學校。他切斷所有跟上流階級人士的交往，把自己像個隱士一樣關在莊子裡。」

「什麼！他沒有離開英國嗎？」

「離開英國？上帝保佑妳，才不呢！他不願踏出家門一步，只除了在夜晚，那時候，他會像個遊魂一樣，在庭院和果園裡漫步，好像瘋了一樣——在我看來，他的確是瘋了，因為在那個小矮子女家教迷住他之前，小姐，從沒見過有人比他更勇猛、大膽、聰明了。他並不像有些人那樣，迷於喝酒、打牌或賽馬，也不是十分英俊，但是他有他自己的意志，如果說誰有意志的話。打從他還是個男孩子，我就認識他了，以我自己來說，我常希望那位愛小姐在來荊原莊之前就淹死在海裡。」

「那麼，火災發生的時候，羅徹斯特先生是在家裡囉？」

「對，沒錯，他在家裡。樓上樓下都起火的時候，他到頂樓去，把傭人們從床上叫醒，自己幫他們下樓，然後又回去，要把他的瘋老婆從房間裡救出來。這時他們叫他出來，說她在屋頂上，站在那裡，在城垛上揮手，大喊大叫，一英里外都聽得見：我自己就親眼看見她，聽見她叫喊。她是個高大的女人，有一頭長長的黑髮，從她站的位置，我們可以見到她的頭髮映著火光在飛舞。我親眼見到，還有幾個人也見到羅徹斯特先生從天窗爬上屋頂，我們聽見他喊『柏莎！』看見他走近她；然後，小姐，她大吼一聲，縱身一躍，立刻就摔爛在鋪道上了。」

「死了？」

「死了！對，就跟她的腦漿和血濺上的那些石頭一樣死。」

「我的天哪！」

「妳很可以這麼說，小姐，那的確是挺恐怖的！」

他打了個寒顫。

「然後呢？」我催問。

「嗯，小姐，然後這房子就夷為平地了，現在只剩下幾片牆還立著。」

「還有什麼人死嗎？」

「沒有——如果有，也許還好些。」

「什麼意思？」

「可憐的愛德華先生！」他突然喊道，「我沒想過會見到這樣！有人說，他隱瞞他的第一次婚姻，而想在老婆還活著的時候娶另一個人，因此得到這樣的報應，但是我自己在這方面是可憐他的。」

「你說他還活著？」我嚷道。

「對，對，他還活著，但是很多人認為他還不如死了的好。」

「為什麼？怎麼說？」我的血液又一次冰冷下來，「他在哪裡？」我問道，「他在英國嗎？」

「對——對——他在英國，他沒辦法出國，我想——他現在哪兒都不能去了。」

這多麼令人痛苦啊！而這人卻似乎決心要吊人胃口。

「他現在全瞎了，」他最後終於說，「沒錯，他全瞎了，愛德華先生。」

我本來擔心更糟糕的事，我本擔心他是否瘋了。我鼓起勇氣問他，這慘事是怎麼發生的。

「都是因為他的勇氣啦，從另一方面說，也是因為他的仁慈，小姐。他非得要看著大家都離開房子，自己才願離開。在羅徹斯特夫人從城垛上跳下來之後，他終於從大樓梯上下來，這時卻轟隆一聲——房子全倒塌了。他被從倒塌的房子裡救出來，還活著，卻悲哀地受了重傷。一根橫梁倒下來，剛好能夠護住他的一部分，卻敲出了他一隻眼睛，一隻手也壓得嚴重，以至於外科醫師卡特先生必須立刻截斷它。另一隻眼睛被火灼傷，也同樣失去視力。現在他真是一點希望都沒有了——又盲、又殘廢。」

「他在哪裡？他現在住在哪裡？」

「在芬丁莊，是他的一個農莊式的領主宅邸，大約三十英里遠，是個相當荒僻的地方。」

「誰跟他在一塊？」

「老約翰和他老婆，他不要別人。他們說，他的身體幾乎全垮了。」

「你有沒有任何一種車子？」

「我們有輛輕型馬車，小姐，一輛很漂亮的馬車。」

「立刻把它準備好，如果你的馬伕能在今天天黑之前把我載到芬丁，我會付你們雙倍的車費。」

第三十七章

芬丁莊這棟領邸，是個相當古老的建築物，中等大小，沒有建築上的誇飾，深深隱匿在樹林裡。我以前就聽說過它。羅徹斯特先生常常講起它，有時候他也會來這裡。他的父親買下這棟宅子，純粹為了打獵用。他本可以把這棟宅子租出去，只不過找不到房客，因為地點不適宜居住，而且有害健康。於是芬丁莊就一直沒有人居住，也沒有佈置家具，只除了其中兩、三個房間有設備，好讓地主來打獵時，有地方住宿。

將近天黑的時候，我來到宅子附近，這個傍晚，天空陰慘慘的，颳著寒冷的大風，還不停下著透骨的綿綿細雨。我用兩倍酬金遣走馬車和車伕，徒步走完最後一哩路。儘管離莊園已經很近了，卻還是看不見它，周圍幽森的樹林子，林木濃密而陰溼。花崗岩柱間的鐵門，指引我進入，穿過它之後，我立刻發現自己站在一排排緊密的樹木間，籠罩於一片暮色裡。樹與樹之間的廊形通道上，在古色蒼然、盤根錯節的樹幹間，有著一條雜草叢生的小徑往下坡延伸，枝椏在其上方搭出拱頂。我沿著它走下去，期待能很快就抵達住宅，然而它一直不停地延伸下去，蜿蜒得越來越遠，全不見有住所或是庭園的跡象。

我想我是走錯方向，迷了路。周圍的天色跟林木的幽暗一樣，越來越深沉。我左右瞧瞧，想找尋別的路，沒有。周遭全是交纏的樹枝、石柱般的大樹幹和夏季的濃密葉簇——沒有任何開展之處。

我於是繼續走下去，道路終於豁然開朗，樹木稀疏了些，我立刻見到一堵籬柵，然後就是那棟房子——

在這昏暗的光線中，幾乎與樹林無法區分，它那正在腐爛的牆壁，如此潮濕，如此綠。穿過一道只繫著門子的門，我便來到一塊圍閉起來的空地上，樹木呈半圓形往外林列出去。沒有花，沒有花壇，只有一條寬廣的碎石步道，沿著一塊草地旁繞過去，周圍的背景是一片濃密的森林。這棟房子的正面，以兩座尖尖的三角牆呈現出來，格子狀窗戶窄窄的，前門也一樣窄窄的，門口有一級台階。整個看起來，就如同旅店老闆講的那樣，「是個相當荒僻的地方」。宛如工作日的教堂一樣死寂，周遭只聽得見雨點喋喋不休地打在森林樹葉上。

「這裡會有人在生活嗎？」我自問。

有，有某種生活存在；因為我聽見了活動的聲音——窄窄的前門打開了，有個影子正要從農莊裡面出來。

門慢慢地打開，一個人走了出來，走近暮色中，站在台階上——一個沒有戴帽子的男人。他伸出手，好像要感覺一下有沒有在下雨。儘管暮色蒼茫，我還是認出了他，他不是別人，正是我的主人，愛德華・菲爾法斯・羅徹斯特。

我凝住腳步，甚至凝住呼吸，站在那兒看他——端詳他，自己並沒有被看見，而且，唉！他也看不見。這是個猝不及防的會見，在這情況下，狂喜被痛苦完全抑制住了。所以我要收攝住想大喊的聲音，要收斂住想衝上前的腳步，真是一點都不難。

他的身形還是和以前一樣，有著健壯結實的輪廓，姿態也還挺直，頭髮依然烏黑，五官沒有改變或凹陷；他運動家一般的強健身子，並沒有讓一年來的任何哀傷折服，蓬勃的旺盛精力也沒有衰頹。不過我在他的表情上，看到了變化，它顯得絕望而抑鬱——讓我想起某些受傷害或被銬鍊住的野獸禽鳥，慍怒、悲慟，一靠近牠就有危險。被囚禁的鷹，當牠眼裡兇蠻的金色光輝熄滅之後，看來也許就跟失明的參孫一般模樣。

而讀者，你認為我會害怕他失明後的兇暴嗎？——如果你這麼想，就太不了解我了。我的哀愁，溶入了一抹淡淡希望，讓我很快就敢去親吻那岩石般的前額，以及在那之下嚴厲地緊閉著的嘴唇；不過，還不到時候，我現在還不想上前說話。

他走下那級台階，慢慢地朝草地那邊摸索前進。以往那勇往直前的大步伐哪兒去了呢？他停下，好像不知道該轉向哪個方向。他伸出手，睜開他的眼瞼，茫然地努力試著要望向天空，望向周圍競技場座位般的一排排樹木；可是看得出來，一切對他來說，只是空虛的黑暗。他伸出右手（切斷的左手藏在懷中），好像想藉著觸摸來弄清楚周圍有些什麼，卻仍只是摸到虛空罷了；因為樹木離他站立的地方，還有數碼遠。他放棄努力，疊起雙臂，靜靜地不發一言站在雨中，這雨，此刻正密密落在他沒戴帽子的頭上。這時候約翰從某個地方走出來，走近他。

「您要不要扶著我的手臂，先生？」他說，「快下起大雨了，您進屋裡去，是不是會比較好些？」

「別管我。」是他的回答。

約翰退下，沒有看見我。羅徹斯特先生現在試著要走動，沒有用——一切都太不確定了。他摸索著回房子那兒，進屋去，關上門。

我現在走過去，敲敲門，約翰的妻子打開門。「瑪麗，」我說，「妳好嗎？」

她好像見到鬼一樣驚跳了一下，我安慰她平靜下來。對她急急提出來的問題：「真的是妳嗎，小姐，在這麼晚的時間，來到這寂寞的地方？」我握住她的手作為回答；然後跟著她走進廚房，約翰現在在那裡面，坐在爐火邊。我簡單向他說明，我已知悉一切在我離開莿原莊之後發生的事，而來此尋找羅徹斯特先生。我要約翰到守路站那邊去取我的提箱，剛才我在那裡遺走馬車，寄放箱子。然後，脫掉我的帽子和披巾之後，我問瑪麗，宅子裡可有哪個房間能讓我住一晚；等我知道這儘管不容易安排，卻也並非不可能，就告訴她我要留下來。就在這個時候，客廳的鈴響了。

「妳進去的時候，」我說，「告訴妳的主人，說有個人想跟他說話，不過不要說出我的名字。」

「我想他不會想要見妳，」她答道，「他誰都不肯見。」

等她回來，我問她他說什麼。

「妳得說出妳的名字，有什麼事情。」她答道，隨即去倒了一杯開水，與蠟燭一起放在托盤裡。

「他拉鈴就是要這個嗎？」我問。

「天黑之後，他總是要人拿蠟燭進去，儘管他已經瞎了。」

「把托盤給我，我拿進去。」

我從她手中拿過托盤，她把客廳的門指給我看。托盤在我手中顫抖，水從玻璃杯中潑了出來，我的心臟急促而響亮地敲打在肋骨上。瑪麗為我打開門，並在我身後關上門。

這客廳看起來好陰暗，爐架上有一小把火兀自在熒熒燒著，房間裡的這位盲眼屋主，正斜倚向火堆，頭枕在那高高的老式壁爐框上。他的老狗派洛特，遠遠躺在一邊，蜷縮起來，好像害怕被不小心踩到。我進去的時候，派洛特豎起耳朵，隨即跳起來，吠了一聲，又嗚了一聲，朝著我跳過來；差點把我手上的托盤給撞掉。我把它放到桌子上，拍拍牠，輕聲說：「躺下！」羅徹斯特先生機械式地轉過來，要看這騷亂是怎麼回事；不過他什麼都沒看見，只好又轉過去，嘆了口氣。

我拿著現在只剩下半杯的水走向他，派洛特跟著我，仍然很興奮。

「把水給我，瑪麗。」他說。

「怎麼回事？」他問道。

「坐下，派洛特！」我再喝令一遍。他那杯水還沒拿到嘴邊，就停在半途，他好像在傾聽，然後他喝了水，放下杯子。「是妳嗎，瑪麗，是或不是？」

「瑪麗在廚房裡。」我回答。

他迅疾伸出手來，但是因為見不到我站立的位置，所以沒有碰到我。「這是誰？這是誰？」他問道，好像試著要用那雙沒有視力的眼睛來看——徒然的、惱人的嘗試啊！「回答我——再說一次話！」他命令，專橫又大聲。

「你還要多喝點水嗎，先生？半杯水被我潑光了。」我說。

「是誰？是什麼東西？誰在說話？」

「派洛特認識我，約翰和瑪麗也知道我在這裡。我今天傍晚才來的。」我回答道。

「偉大的神啊！——我面前是什麼幻覺啊？我陷入了什麼樣的甜蜜瘋狂當中啊？」

「沒有幻覺——也沒有瘋狂；你的心智太堅強了，先生，不會產生幻覺，你的身體太健康了，不會發瘋。」

「那麼說話的是誰呢？難道只是個聲音嗎？噢！我無法看見哪，但是我得摸一摸，不然我的心臟會停止跳動，我的腦子也要爆炸了。不管妳是什麼，是誰，求求妳要讓我摸得到，否則我活不下去了！」

他摸索著，我抓住他四處試探的手，用雙手握住它。

「這正是她的手指！」他叫道，「她嬌小纖細的手指！如果真是這樣，一定還有更多！」

這隻強壯的手掙脫了我的束縛，猛地抓住我的手臂，我的肩膀、頸子、腰——我被他一把摟住，拉向他。

「這是簡嗎？這是什麼東西呢？這是她的身材——這是她的大小——」

「還有她的聲音，」我接著說，「她整個人都在這裡：她的心也在這裡。上帝保佑你，先生！我很高興又能靠近你了。」

「簡愛！——簡愛！」他只說得出這樣。

「我親愛的主人，」我回答道，「我是簡，愛爾。我找到你了——我將回到你身邊。」

「以實體回來嗎？——以肉身回來嗎？我的活著的簡？」

「你摸到我了，先生——你抱著我了，而且抱得這麼緊。我可不是屍體般冰冷，不是空氣般虛無吧，我是嗎？」

「我的活著的簡！這些的確是她的肢體沒錯，而這些的確是她的五官；然而上帝不可能這麼庇佑我吧，在這麼多悲慘命運之後。這是個夢，就像我在夜裡夢到自己再次把她擁進懷中，就像現在這樣，親吻她，就像這樣——然後感覺到她愛我，也相信她不會離開我。」

「我永遠也不會離開你，先生，從今天起。」

「永遠不會，這幻象是這麼說的嗎？但是我總是在醒來的時候，發現它只是個空幻的譏諷罷了；發現我是獨自一人的、被遺棄的——發現我的生活黑暗、寂寞、毫無希望——我的靈魂渴望喝水卻被禁止——我的心非常飢餓，卻永遠吃不到食物。溫柔安詳的夢啊，現在舒適地靠在我懷裡吧，妳會飛走的，就像先前妳的姊妹們飛走那樣；不過在妳走之前，親吻我吧——擁抱我，簡。」

「喏，先生——喏！」

我把嘴唇壓在他曾經明亮而現在黯淡無光的眼睛上——我把他額上的頭髮撥開，也吻了吻那裡。他突然間似乎自個兒清醒過來，剎那間相信這一切都是實在的了。

「這是妳——是妳，對不，簡？這麼說，妳回到我身邊了？」

「是的。」

「這麼說，妳並沒有躺在某條溪流下的溝渠裡死去囉？也沒有在陌生人之間流浪而憔悴囉？」

「沒有，先生！我現在是個有獨立財產的女人了。」

「有獨立財產！什麼意思，簡？」

「我在馬德拉的叔叔去世了，留給我五千鎊。」

「啊！這是實際的——這是真實的事！」他叫道，「我不可能自己夢到這樣。此外，這是她那特有的聲音啊，如此惹人興奮、惹人痛快，同時又溫柔，它振奮了我枯萎的心靈，將生命灌注進去。什麼，簡！妳現在是個有財產的女人了嗎？是個富有的女人了？」

「相當富有了，先生。如果你不讓我跟你住，我有能力就在你門邊蓋一棟我自己的房子，那麼你就可以在傍晚需要人陪伴的時候，過來我家的客廳裡坐坐。」

「然而，既然妳現在富有了，簡，妳想必已有了一些照顧妳的朋友，不會讓妳獻身於我這樣一個瞎眼的殘廢了吧？」

「我告訴過你，我不但富有了，而且獨立，我是我自己的主人。」

「而妳要跟我在一起嗎？」

「當然——除非你反對。我要當你的鄰居，你的看護，你的管家。我發現你現在很孤獨，我要當你的伴侶——讀書給你聽，陪你散步、陪你同坐，伺候你，當你的眼睛和手。別再這麼憂鬱了，我親愛的主人，我活著的一天，你就不會被丟下，不會孤單的。」

他沒有回答，看起來很嚴肅——看起來心不在焉；他嘆口氣，半張開嘴好像要說話，卻又再闔上。我覺得有點尷尬。也許我過於輕率地逾越了禮教，而他就像聖約翰一樣，因為我的冒失，把我視為不端莊吧。我這提議確實是出於，我認定他必定會希望而且求我做他的妻子，這想法儘管沒有表達出來，卻並不因此而少了些肯定；這樣的期待鼓舞著我，讓我以為他會立刻就要求我成為他的人。然而他卻沒有透露出任何表示這意願的跡象，表情還變得更加陰沉，我突然間想起，也許我完全錯了，也許我正扮演著傻瓜的角色而渾不自覺；我開始輕輕掙脫他的懷抱——可是他急忙把我擁得更緊。

「不——不——簡，妳不能走。不——我已經摸到妳，聽到妳，感覺到有妳存在的舒服，感覺到妳給的安慰的甜美滋味；我無法放掉這些快樂。我自己已經沒剩下什麼了，一定得擁有妳。世間人也許會笑我——也許會說我荒唐、自私——那對我一點意義都沒有。我的靈魂需要妳，必須得到滿足，否則它會對它的軀殼展開死命的報復。」

「嗯，先生，我會留在你身邊的，我剛剛說過了。」

「是的，然而妳對於留在我身邊，有妳的理解，我對於它則有另一種理解。妳，也許可以下定決心，守在我的手和椅子旁邊——像個親切的小護士一樣伺候我（因為妳有顆深情的心和一個寬大的靈魂，會讓妳為妳所同情的人做犧牲），那必定會使我很快慰，毫無疑問。然而我想，我現在對妳，也許只能懷著父親般的感情了吧？妳是不是這麼想的？來，告訴我。」

「你要我怎麼想，我就怎麼想，先生；只當你的護士，我也心滿意足，如果你認為那樣比較好的話。」

「但是妳不能一直當我的護士啊，簡妮特：妳還年輕——妳有天一定得結婚的。」

「我不在乎結不結婚。」

「妳應該在乎，簡妮特：如果我是我以前那樣，就會試著要妳在乎，但是，我是這麼個瞎眼的、行動不便的人！」

他又再陷入陰鬱當中。我，則剛好相反，變得比較愉快了，而且還產生新的勇氣：最後那幾句話讓我知道困難出在哪裡；由於對我來說，那並不是困難，我於是鬆了口氣，不再像先前一樣尷尬了。我又回到較活潑的談話情緒裡。

「該有人來使你恢復人的氣息了，」我說，把他又長又濃密的沒有修剪的鬈髮理開，「因為，我看你已經快要變形成一頭獅子，或者那一類的東西了。你在你的活動範圍裡面，已經活像個尼布加尼撒了❷，這點是確定的；你的頭髮讓我想起老鷹的羽毛，而你的指甲有沒有像鳥爪，我還沒有看到。」

「在這隻手臂上，我既沒有手，也沒有指甲，」他說，把截肢的手從懷中抽出來讓我看。「它只是個殘肢了——真是恐怖的景象吧！妳說是不是，簡？」

「我很遺憾看到它這樣，也很遺憾看見你的眼睛這樣——還有你前額上的火紋，然而最糟糕的是，儘管這樣，別人還是有愛你愛得太深、把你看得太重的危險。」

「簡，我以為妳見了它，和我臉上的疤痕，會感到噁心。」

「你這樣想嗎？別說你是，否則我要說些貶低你判斷力的話了。現在，讓我離開你一下，去把火升旺一點，順便把爐前地面掃乾淨。如果火升得旺，你察覺得出來嗎？」

「可以，我可以從右眼見到一點光亮——微微發紅的一團朦朧。」

「那麼你看得見蠟燭嗎？」

「非常模糊——每根都像一朵亮亮的雲霧。」

「你看得見我嗎？」

「看不見，我的小仙女；不過能夠聽見妳，摸到妳，我就已經太感激了。」

「你什麼時候吃晚飯？」

「我從來不吃晚飯。」

「可是你今天晚上得吃一些。我餓了！我敢說你也是，只不過忘記自己肚子餓罷了。」

把瑪麗叫來之後，我很快就把房間弄成比較怡人的樣子：此外，我還為他準備了很舒適的一餐。我的精神很亢奮，在喜悅又輕鬆的心情之下，跟他談了整頓飯的話，飯後還一直談了很久。跟他在一起，沒有惱人的束縛，不必壓抑快樂與活潑，跟他在一起，我完全輕鬆自在，因為我知道我合他的意；我所說的、所做的一切，似乎都能使他安慰，或使他振奮。這樣的意識，多麼令人欣喜啊！它為我整個天性帶來了生機與光明，在他面前，我徹頭徹尾地活著，而他在我面前也一樣。儘管他盲，笑容還是洋溢在他的臉上，喜悅還是展現在他的額頭上，他的容貌變得柔和下來、溫暖起來。

晚飯之後，他開始問我許多問題，問我原來一直在哪裡，在做什麼，怎麼找到他的；不過我只給他相當不完全的回答，因為那天晚上太晚了，無法細述。此外，我希望不要在他的心上碰觸到會深深顫動的弦，不要挖出另一口情緒的井。如我所說，他很高興，然而卻是一陣陣的。只要在談話當中有一瞬間的沉默，他就會不安起來，摸摸我，叫一聲：「簡。」

「妳整個兒都是人吧，簡？妳確定嗎？」

「我誠心相信如此，羅徹斯特先生。」

「然而，在這漆黑哀愁的夜晚，妳怎麼能這麼突然地出現在我寂寞的壁爐前呢？我伸出手向僕人拿一杯水，卻是由妳遞給我；我問了個問題，本期待約翰的老婆來回答我，耳邊響起的卻是妳的聲音。」

「因為我代替瑪麗送托盤進來。」

❷尼布加尼撒（Nebuchadnezzar，605–562B.C.）：巴比倫國王，在位期間，曾摧毀耶路撒冷，將猶太人囚於巴比倫。舊約聖經〈但以理書〉第四章第三十三節敘述尼布加尼撒「被趕離世人，如牛般吃草，受雨露淋身，頭髮長長，宛若鷹鷲，指甲長長，恰似鳥爪。」

「而我現在正跟妳一同度過的這個小時，籠罩著一種魔力。誰能夠知道我過去幾個月，過的是多麼黑暗、淒涼、無望的生活啊。什麼事都不能做，什麼也無法期待，白天與黑夜都混在一起，只在爐火熄滅之後感到冷，在忘記吃飯的時候感到餓；然後，還有無止盡的悲哀，以及，時常感到一陣極渴望見到我的簡的心狂意亂。對，我渴望挽回她，遠比我渴望恢復視力還強烈。怎麼有可能，現在簡真的在我身邊，還說愛我呢？難道她不會像來時一般突然地離開嗎？明天，我害怕將再也找不到她。」

在他目前這種精神狀態下，我相信，跳出他的混亂思路，給他一個平淡無奇、現實生活式的回答，應該是最能令他安心了。我用手指撫過他的眉毛，說它們被燒焦了，還說我要塗點什麼上去，好讓它們再次跟從前一樣長得又濃又黑。

「不管用什麼方式來對我好，又有什麼用呢？善心的精靈啊，若是妳在某個命定時刻，又丟下我——像個影子一樣溜走，到哪裡去、怎麼離開的，我都不知道，之後就讓我怎麼也找不到妳呢？」

「你身邊有沒有小梳子，先生？」

「要幹什麼，簡？」

「只是想把你這些黑茸茸的蓬亂鬃毛給梳好。我靠過來細看，發現你樣子真的很嚇人，你說我像個小仙子，我卻覺得你肯定更像個棕妖❸。」

「我很可怕嗎，簡？」

「很可怕，先生；知道嗎，你一直都很可怕。」

「嗯！不管妳曾寄居過何處，那股頑皮勁兒還是沒有改掉。」

「然而我是跟一群好人住一起哪，比你好得多，好一百倍，擁有你生活中從來沒有過的想法與見解，而且更加優雅，更加高尚。」

「媽的，妳究竟跟誰住一起？」

「你如果再那樣扭頭，頭髮會被我給扯掉，到時候，我想你就不會再懷疑我確實存在了。」

「妳跟誰住一起，簡？」

「今天晚上，你是問不出來的，先生，你得等到明天；你懂嗎，我把故事講到一半，就是一種保證，我明天絕對會到你早餐桌前來把它講完。順便一提，到時候，我會提醒我自己別只是帶著一杯水出現在你的壁爐跟前，而得為你至少多帶個蛋，更別說帶煎火腿了。」

「妳這愛愚弄人的、妖精生的、凡人養的、仙子調包的醜小孩❹！妳讓我體會到這十二個月來沒有的感覺。如果掃羅有妳做他的大衛，那麼不用豎琴的幫助，就可以趕走惡魔了。❺」

「諾，先生，你現在整理好了，體面多了。我現在要離開你了：過去這三天，我一直在趕路，我相信我累了。晚安。」

「說一句話就好，簡：妳住的房子裡，只有女人嗎？」

❸棕妖（brownie）：傳說中會在夜間出來為農家做家事的小妖。
❹changeling：傳說中小仙子偷走一個小孩以後，會留一個替代的醜小孩。
❺舊約聖經〈撒母耳記上〉第十六章第十四至二十三節。聖靈離開之後，掃羅受惡魔之擾，聽從臣僕勸告，掃羅派人找來放羊的大衛，只要有惡魔來臨，大衛就彈豎琴趕走它們。

我笑著逃走，跑上樓的時候，還猶自笑著。「這是個好主意！」我愉快地想，「我看接下來一段時間內，我知道該怎麼惹他焦慮了，這樣可以使他走出陰霾。」

隔天早上很早的時候，我聽見他起床走動，從一個房間走到另一個房間。等瑪麗一下樓，我就聽見他問：「愛小姐在這裡嗎？」然後是：「妳讓她睡哪個房間？那房間乾燥嗎？她起床了沒有？去問她是否需要什麼東西，並問她什麼時候下樓來。」

我一覺得吃早飯的時間快到了，就下樓來。輕手輕腳走進那房間裡，在他發現我到來之前，就看見了他。眼見這麼活力充沛的意志，得屈服於肉體上的虛弱，真是叫人悲哀。他坐在他的椅子上——一動也不動，卻不是在休息，顯然是在期待；他剛強的五官上，現在已經明顯刻著習於悲哀的線條了。他的表情，讓人聯想到一盞已經熄滅、等著人來點亮的燈；而，唉！現在能夠點亮這盞表情生動的燈的人，已不是他自己了，他得靠別人來做這件事！我本是想表現得快快樂樂、無憂無慮，但是這個強壯的男人的虛弱無力，實在讓我錐心刺痛。不過，我還是盡可能活潑愉快地向他招呼：

「真是個陽光燦爛的早晨，先生，」我說，「雨已經停了，不會再下了，而且雨後的陽光溫柔和煦，你等會兒就可以去散散步了。」

我果然點醒了他的容光，他整個臉亮了起來。

「噢，妳真的在那兒，我的雲雀！過來我身邊。妳沒有走啊，沒有消失啊？我一個小時前，聽見了一隻妳的同類，在樹林子那邊高高的天空上唱著歌呢，只不過牠的歌聲對我來說不是音樂，就像那朝陽對我來說沒有光芒一樣。這世界上所有我聽得見的旋律都凝聚在我的簡的舌頭上了（我很高興它不是天性沉默）；所有我感覺得到的陽光，就是她的出現。」

聽到他如此公開承認自己的依賴，我不禁湧出了熱淚，這就好像一隻高貴的鷹，被鎖在棲木上，被迫必須要懇求麻雀來供應牠食物。然而我不能如此柔弱易哭，我迅速拭去眼淚，開始忙著準備早餐。

上午大部分的時間，都在戶外度過。我帶他走出潮濕荒涼的樹林，來到幾片風景怡人的田野上，向他描述它們是多麼地翠綠，花叢和樹籬看來是多麼地清新，天空是多麼地澄藍耀眼。我為他找了個隱密而美麗的地點，一個截斷的乾樹幹，讓他坐下；在他坐下之後，我也沒有拒絕讓他把我擺在他膝頭上。既然他和我都覺得靠近比分離令人愉快，為什麼要拒絕呢？派洛特躺在我們旁邊，一切都很恬靜。他把我緊抱在懷裡，突然開口說——

「殘忍的、殘忍的拋棄者啊！噢，簡，在我發現妳逃離荊原莊之後，我到處找不到妳，查看了妳的房間，確定妳沒有帶錢，也沒有帶任何有價值的東西，可知我是怎麼樣的感受啊！我送妳的一條珍珠項鍊，還放在它的小匣子裡，碰都沒碰；妳的行李箱都還維持著準備要度蜜月那樣，捆著、鎖著。我自問，我的小親親該怎麼辦呢，窮得連一毛錢都沒有？現在，讓我聽聽吧。」

他這麼催我，我就開始把過去這一年來的經歷告訴他。關於流浪挨餓的那三天，我把它講得十分平淡，因為若是一五一十告訴他，必定會引起不必要的痛苦；我所講的那丁點兒，就已經把他忠愛的心劃破了，劃得比我所希望的還深。

他說，我不應該這樣子，連為自己求生路的辦法都沒有，就離開他；我應該把我的意圖告訴他。我應該信任他，他絕對不會強迫我當他的情婦。儘管他在絕望時顯得非常兇暴，事實上卻是愛我愛得太深、太溫柔了，不會讓自己成為我的暴君。他願意給我一半的財產，不要求一個吻做回報，也不願我無親無故地，就這麼跳入外面世界中。他相信我所受的苦必定比我所吐露的還要多。

「啊，不管我吃了什麼樣的苦，都是很短暫的。」我回答，接著就開始告訴他，我如何被收容在澤汀府中，如何得到村校女教師的職位等等。繼承財產、找到親戚，也都依序講了。聖約翰的名字當然時常在我講故事的過程中出現，等我一說完，那個名字馬上就被提了出來。

「這麼說，這個聖約翰，是妳的表哥囉？」

「對。」

「妳常常講到他，妳喜歡他嗎？」

「他是個很好的男人，先生；我忍不住要喜歡他。」

「一個好男人。那指的是，一個值得尊敬的、品行端正的五十歲男人嗎？還是什麼意思？」

「聖約翰才二十九歲。」

「就如同法國人所說『青春年華』。那麼他是個身材矮小、遲鈍笨拙、相貌平庸的人吧？他的長處是在於沒有罪過，而不是在於德性高超吧？」

「他積極得不知疲倦，他活著就是為了要做出偉大、崇高的事。」

「但是他的腦子呢？可能很愚笨吧？他懷著好意，但是聽他說話，會讓妳聳聳肩膀就算了對不？」

「他很少說話，先生；然而他一說話，總能切中重點。我認為，他的腦子是第一流的，儘管不容易感動，卻很有生命力。」

「那麼，他是個能幹的人嗎？」

「十分能幹。」

「是個很有教養的人嗎？」

「聖約翰是個博學篤實的學者。」

「我想妳說過他的儀態不合妳口味吧？——古板衛道、一副牧師樣兒？」

「我從沒提到他的儀態，不過，除非我的品味太差，否則他的儀態倒是很合我口味：高雅、沉靜、文質彬彬。」

「他的外表——我忘了妳是怎麼描述他的外貌了；是否是那種被白領巾勒得半死，踩著厚底皮靴的鄉下牧師呢？」

「聖約翰穿戴得很好。他是個英俊的男人，高大、雅致，有著藍眼睛和希臘式的輪廓。」

（對著旁邊說）「去他的！」——（對著我說）「妳喜歡他嗎，簡？」

「是的，羅徹斯特先生，我喜歡他；但是你先前已經問過我了。」

我當然看得出我的對話者的意思。他被嫉妒抓住了，她螫了他一口，然而這一螫是有益健康的：讓他能從不停咬嚙著他的憂鬱毒牙底下解脫。因此，我不想立刻馴服那條蛇。

「也許妳寧願不要再坐在我的膝蓋上了吧，愛小姐？」是接下來有點出乎我意料的回答。

「為什麼不，羅徹斯特先生？」

「妳剛剛描繪出來的畫，點出了過於強烈的對比。妳的話中非常美麗地勾勒出一個優雅的阿波羅❻，他被妳深深記憶在想像中——高大、雅致、藍眼睛和希臘式輪廓。而妳的眼睛，卻望著一個法爾坎❼——一個十足的鐵匠，黝黑、寬肩，外加瞎眼和殘廢。」

「我以前從來沒有想到過，不過你倒真的很像法爾坎，先生。」

「那麼，妳可以離開我了，小姐；不過在妳走之前，」（他說著更用力地緊摟我一下）「請妳回答我一、兩個問題。」他停頓了一下。

「什麼問題，羅徹斯特先生？」

接著就是下面的嚴密追問了。

「聖約翰讓妳當村校女教師，是在他知道妳是他表妹之前嗎？」

「對。」

「妳常見到他嗎？他偶爾會去學校嗎？」

「他天天來。」

「他會贊同妳的教育計畫嗎，簡？我知道那些必定是很優秀的計畫，因為妳是個很有天分的傢伙。」

「他贊同——對。」

「他有在妳身上發現很多他意想不到的東西嗎？妳的一些才能並不平凡。」

「這點我不知道。」

「妳說妳在學校旁邊有間小屋子住；他有沒有去那裡找過妳？」

「時常。」

「有晚上去過嗎？」

「一、兩次。」

一陣沉默。

「在發現表兄妹關係之後，妳同他和他妹妹一起住了多久？」

「五個月。」

「里佛跟家裡面的女眷相處的時間多嗎？」

「是的，後客廳不但是他的書房，也是我們的書房。他坐在窗戶邊，我們坐在桌子邊。」

「他常讀書嗎？」

「很常。」

「讀什麼？」

「印度斯坦語。」

「妳那時候在做什麼？」

「一開始是學德語。」

「他教妳德語嗎？」

❻阿波羅（Apollo）：希臘神話中的太陽神，年輕俊美。
❼法爾坎（Vulcan）：希臘神話中，司火及鍛冶之神。

「他不懂德語。」

「他什麼都沒教妳嗎？」

「教一點印度斯坦語。」

「里佛教妳印度斯坦語？」

「是的，先生。」

「還教他妹妹們嗎？」

「沒有。」

「只教妳？」

「只教我。」

「是妳要求他教的嗎？」

「沒有。」

「是他想教妳？」

「對。」

又一次沉默。

「他為什麼要教妳？妳學印度斯坦語有什麼用處？」

「他要我跟他一起去印度。」

「啊！現在我找到事情的根柢了。他要妳嫁給他吧？」

「他要求我嫁給他。」

「那是虛構的事——厚臉皮的杜撰，想來惹我生氣的。」

「請原諒，這句句屬實；他要求過不只一次，而且跟你以前一樣，固執己見，毫不讓步。」

「愛小姐，我再說一次，妳可以離開我了。同一句話我得說幾遍啊？我已經通知妳走開了，為什麼妳還這麼頑固地坐在我腿上？」

「因為我坐在這裡很舒服。」

「不，簡，妳坐在這裡不舒服，因為妳的心已經沒有在我這裡了，它在那位表哥那裡——在那個聖約翰那裡。噢，我在此之前，還以為我的小簡完全是屬於我的呢！我相信她即使在離開我的時候，也還是愛我的，那是在很多痛苦中的一點點甜蜜啊。儘管我們分開這麼久，儘管我為我們的分離落下這麼多熱淚，我可從沒想到，在我為她悲傷的時候，她卻是在愛著別人哪！可是傷心是沒用的。簡，走吧，去嫁給里佛。」

「那麼，把我甩掉嘛，先生——把我推開嘛，因為我不會自己離開你的。」

「簡，我永遠喜歡妳的聲音，它仍然能使希望重生，它聽起來如此真摯。聽見它，讓我好像回到了一年以前。忘了妳已經有了新的關係。可是我並不是傻子——走吧——」

「我得走去哪裡，先生？」

「走妳自己的路啊——去跟妳選擇的丈夫在一起吧。」

「那是誰？」

「妳知道的——那個聖約翰啊。」

「他不是我的丈夫，也永遠不會是。他並不愛我，我也不愛他。他愛的是（以他所能愛的方式，那跟你所能愛的方式是不一樣的）一位叫做羅莎蒙德的美麗小姐。他想娶我，只是因為他認為我很適合當傳教士的妻子，這是那個小姐做不到的。他很善良而且偉大，但是卻很嚴厲，而且，在我看來，冷酷得跟冰山一樣。他不像你，先生。我在他身邊、靠近他，或與他在一塊兒，都不快樂。他一點都不寵愛我——也沒有喜愛。他在我身上見不到任何吸引他之處，甚至見不到我的青春，而只是看到心靈上幾個有用的特點罷了。這樣，我還得離開你，去找他嗎，先生？」

我不由自主地打了個寒噤，本能地更抱緊我盲眼的、心愛的主人。他露出笑容。

「什麼，簡！這是真的嗎？妳和里佛之間真的是這樣的狀況嗎？」

「一點兒都沒錯，先生。噢，你不需要嫉妒！我只是想稍微作弄你一下，減輕你的悲傷，我認為生氣比悲哀要好。但是，如果你是希望我愛你，那麼請看看我的確多麼地愛你，你就會覺得驕傲而滿足了。我整顆心都是你的，先生，它屬於你，而且會留在你身邊，即使命運把我的其他部分，從你身邊永遠趕走。」

又一次，在他親吻我的時候，痛苦的思緒又使他臉色黯淡下來。

「我燒壞的視力啊！我殘廢的力量啊！」他遺憾地抱怨著。

我輕撫他，為了安慰他。我知道他在想什麼，想幫他說出來，卻又不敢。他把臉別開一下，我看見他緊閉的眼皮底下滑出了一滴眼淚，順著他粗獷的臉頰流了下來。我心情十分激盪。

「我比起荊原莊果園裡那棵被雷擊中的老栗樹，好不到哪裡去，」不久他說，「那樣一個廢物，有什麼權力要求剛在發芽的忍冬來用新鮮覆蓋它的腐朽呢？」

「你不是廢物，先生──不是被雷擊壞的樹；你蒼翠蓬勃。不管你要不要，植物都會長在你的根部周圍，因為它們喜歡你的濃蔭，而且它們會越長越依附向你，纏繞在你身上，因為你的力量提供了它們如此安全的支柱。」

他又再露出笑容，因為我給了他安慰。

「你指的是朋友們吧，簡？」他問。

「是的，是指朋友們。」我非常遲疑地回答道，因為我知道我指的不只是朋友，然而卻不知道該用什麼別的字眼來代替。他幫了我。

「啊！簡，可是我想要個妻子。」

「是嗎，先生？」

「是的，這對妳是新聞嗎？」

「當然，你前面沒有提起過。」

「這是個不受歡迎的新聞嗎？」

「那得視情況而定，先生──視你的選擇而定。」

「這選擇，得交給妳來做，簡。我遵從妳的決定。」

「那麼，先生，就選擇最愛你的人吧。」

「我至少要選擇我最愛的人。簡，妳願意嫁給我嗎？」

「願意，先生。」

「一個可憐的瞎子，一個得由妳扶著走路的人？」

「是的，先生。」

「一個殘缺的人，大妳二十歲的人，必須由妳伺候的人？」

「是的，先生。」

「真的嗎，簡？」

「再真實不過了，先生。」

「噢！我親愛的！上帝保佑妳、報償妳！」

「羅徹斯特先生，如果我這輩子曾經做過什麼善事——如果我曾經有過什麼善念——如果我曾經做過什麼誠摯無瑕的祈禱——如果我曾經許過什麼正當的願望——我現在已經得到了報償。對我來說，做你的妻子，是世界上最讓我快樂的事了。」

「因為妳喜歡犧牲。」

「犧牲！我犧牲什麼？如果說我這是犧牲飢餓來換取食物，犧牲期望來換取滿足；能夠擁抱我所珍視的人——以我的嘴唇親吻我所心愛的人——依靠我所信任的人，如果說享受這樣的特權叫做犧牲，那麼我當然是喜歡犧牲了。」

「還得忍受我的殘疾，簡；還得忽視我的缺點呢。」

「對我來說，沒有這些東西，先生。我現在更愛你了，因為我可以真的對你有幫助，而不只是處在你驕傲的獨立狀態之下，處在你只想當施授者與保護者而不屑做其他角色的情況中。」

「到現在為止，我都痛恨被人幫助——被人牽著走；然而從現在起，我覺得我不再痛恨這樣了。我不喜歡把手放在僕人的手上，但是能感覺到簡的小手指正圈著我的手，卻讓我很高興。對於僕人的殷懃照顧，我寧願孤獨；然而簡的溫柔的輔助，卻是一輩子的快樂啊。簡合我的意，我合她的意嗎？」

「連我天性中最細微的那根纖維，都感到合意，先生。」

「既然如此，我們再也沒有什麼要等待的了，我們得立刻結婚。」

他的神情和語氣都十分急切：往日那股急躁的脾氣又升了起來。

「我們必須結為連理，絕不容耽擱了，簡；只需要拿到證書——然後我們就結婚。」

「羅徹斯特先生，我現在才發現，太陽已經遠遠離開中天，而派洛特實際上也已經回家去吃晚飯了。讓我看看你的錶。」

「把它繫在妳的腰帶上吧，簡妮特，從現在起就放在妳那裡吧，我用不著它。」

「已經將近下午四點了，先生。你不餓嗎？」

「三天後，必須是我們結婚的日子，簡。現在別管什麼漂亮衣服和首飾了，那些都不值得費心。」

「太陽已經把所有雨露都曬乾了，先生。沒有一點兒風，挺熱的。」

「可知道，簡，妳的小珍珠項鍊，此刻還戴在我領巾下的古銅色脖子上，打從失去我唯一珍寶的那天起，我就一直戴著它，作為對她的紀念。」

「我們從林子那裡回家吧，那應該是最陰涼的路徑了。」他沒有理會我，繼續著他自己的思緒。

「簡！我敢說，妳一定認為我是一條沒有信仰的狗吧，可是此時此刻我的心，對護佑塵世的上帝，卻充滿了感激之情。他看事情不像人類那樣，而要明鑑得多；他判斷事情也不像人類那樣，而要明智得多。我以前做錯了，那樣做會損毀我無辜的花朵，玷污它的純潔；所以全能的神便把它從我身邊奪走。我，處在死硬的叛逆心下，幾乎詛咒了這上天的安排，不但不順從天意，還反抗它。於是神施下報應，把災難重重降在我身上，我被迫穿過了死蔭之谷❽。祂的懲戒是強有力的，一次重擊就永遠挫折我的驕傲。妳也知道我向來都以自己的身強力壯為傲，然而現在它變得如何呢？我得把它交給別人來領導，就像小孩的軟弱一樣。最近，簡——只在——只在最近——我才開始看見，並承認，上帝的手在操縱我的命運，我開始體會到自責與悔悟，開始想要與我的創造者和好。我有時候甚至開始祈禱，是些很短的禱告，卻很真誠。

「就在幾天前，不，我可以數得出來——四天前，在星期一的午夜，突然有陣奇怪的情緒湧上心頭，一種悲傷蓋過瘋狂，哀愁蓋過憤怒的心情。我一直有種印象認為既然我到處都找不到妳，妳一定是死了。那天晚上很晚的時候——也許是在十一點到十二點之間吧——在我淒涼地回去就寢後不久，我祈求上帝，若是祂覺得適當，馬上就可以把我帶離這生命，讓我進入天國，在那裡，還有希望跟我的簡團圓。

「我在我自己的房間裡，坐在窗口，窗戶是打開的，香脂般的晚風讓我感到安慰，儘管我見不到任何星星，而且對於月亮，也只是藉著朦朦朧朧的一團霧光，才知道它的存在。我渴望著妳，簡妮特！噢，我是多麼渴望妳啊，不管是靈魂還是肉體！我既痛苦又謙恭地問上帝，我所受的孤獨、苦難與折磨，是否還不夠，難道還不能讓我重新品嘗幸福與寧靜嗎？我向祂承認我所受的一切苦痛都是罪有應得——並且向祂求懇，說我再也無法忍受下去了；這時，我心中的願望，從第一個到最後一個，瞬時不由自主地全從我嘴裡吐了出來——『簡！簡！簡！』」

「你這幾個字是大聲說出來的嗎？」

「是啊，簡。若是有任何人聽見，一定會認為我瘋了，因為我是以如此瘋狂的力量喊出來的。」

「那是星期一的夜晚，將近午夜的時候嗎？」

「對啊，不過時間不重要：接下來發生的事，才是重點。妳可能會認為我迷信——我血液裡是有點迷信成分的，向來都有；然而，這次卻是真實的——至少，我下面要講的，是我真真確確地聽見的。

「在我叫著『簡！簡！簡！』的時候，有個聲音——我不知道這聲音是從哪裡傳來的，但是我知道這是誰的聲音——它回答我『我來了，等我！』接著一會兒之後，又有話語從風中輕吟而來：『你在哪裡？』

「如果能夠的話，我要告訴妳這些話在我腦海中所展現的意念和畫面，然而要把我想表達的東西表達出來，實在很難。妳也見到了，芬丁莊埋在濃密的樹林深處，聲音在這裡面，都變得悶濁，也不會發出迴響。『你在哪裡？』卻顯得好似打山谷裡說出來的一樣，因為我聽見有個小山傳出了回音，重複了這句話。那時候，風似乎更加沁涼、清新地吹拂著我的額頭，讓我簡直認為自己正在某個荒涼、寂寞的地方，與我的簡相會了。我相信，我們必定有在精神上相會。那個小時，簡，妳無疑正毫無意識地睡著，也許是妳的靈魂離開了軀體，來安慰我的靈魂吧，因為那是妳的說話聲——那跟我現在是活著的一樣確定——那是妳的說話聲啊！」

❽死蔭之谷(the valley of the shadow of death)：聖經〈詩篇〉第二十三篇第四節：「我雖行經死蔭之谷，也不怕遭害，因為你與我同在，你的杖，你的竿，都安慰我。」

讀者，星期一的夜裡——接近午夜時分——我也聽到了這神祕的召喚哪，而那幾個字，也正是我對這召喚的回答啊。我聆聽著羅徹斯特先生的敘述，卻沒有向他透露什麼。這巧合讓我覺得太令人敬畏、太不可思議了，無法傳達、無法討論。如果我說了什麼，我的故事必然會在傾聽者心上留下非常深切的印象，而那顆心受過這麼多苦，已經太容易憂鬱了，不需要再讓超自然現象添上更深的陰影。我於是把這些留著沒說，自己在心裡面思忖琢磨。

「妳現在不會覺得奇怪了，」我的主人繼續說，「當妳昨天晚上出乎意料地出現在我面前的時候，我為什麼很難相信妳不是只是另一個聲音、另一個幻影，不是另一個會消失無聲消失無形的東西，像那消逝的午夜低語和空谷回音一樣。現在，我感謝上帝！我知道不是那樣了。是的，我感謝上帝！」

他把我從腿上放下來，站起來，虔敬地舉起額頭上的帽子，把他失明的眼睛垂向地面，站立在無聲的祈禱中。只有最後幾句禱詞聽得見——

「我感謝我的主，感謝祂在審判中記得慈悲。我謙卑地請求我的救主給我力量，讓我今後能過著比從前純淨的生活！」

然後他伸出手來讓我引導。我握住那親愛的手，拿到唇邊吻了一會兒，然後拉它繞過我的肩膀，身材比他矮這麼多，我於是既是他的支柱，又是他的導引者。我們走進林子裡，慢慢踱步回家。

第三十八章

讀者，我嫁給了他。我們舉行的是一個寧靜的婚禮，在場只有他和我、牧師和書記。從教堂回來之後，我走進宅邸的廚房，瑪麗正在那裡準備晚餐，約翰正在清洗餐刀，我說——

「瑪麗，我今天早晨和羅徹斯特先生結婚了。」這位管家和她先生都是屬於那種敦厚、沒什麼反應的人，你隨時都可以安心地向他們直說一件重大消息，而不必擔心耳朵被尖銳的叫聲刺痛，或被隨後滔滔迸出的講不完的驚嘆，給震得發聾。瑪麗確實抬起頭，確實呆瞪著我，她那柄正在為兩隻烤雞澆油的勺子，也確實在半空中停了三分鐘，這段時間，約翰也停下了擦拭餐刀的動作，但是瑪麗隨即彎身繼續烤她的雞，只說——

「是嗎，小姐？嗯，當然！」

過了一會兒，她繼續說：「我看見妳和主人一道出門，但是我不知道你們是要上教堂結婚。」然後她就繼續塗油。約翰呢，在我轉向他的時候，對我笑咧了嘴。

「我跟瑪麗說過事情一定會這樣，」他說，「我了解愛德華先生，（約翰是個老僕了，打從主人還是家裡的幼子之時，他就認識他，因此常以教名稱呼他）——「我知道愛德華先生會怎麼做，我也確定他不會久等。而在我看來，他這麼做是對的。我祝妳幸福，小姐！」說著，他客客氣氣地撥開額髮，行個英國鄉村禮。

「謝謝你，約翰。羅徹斯特先生要我把這個給妳和瑪麗。」

我把一張五鎊的鈔票塞到他手裡。沒等他們說什麼，就離開廚房。稍後我經過那房門口的時候，聽見了這些話——

「對他來說，她或許比其他貴族小姐都好，」然後是：「如果說她並非最美的，至少絕不笨，性情也很好；而且誰都看得出來，在他眼裡，她是非常漂亮的。」

我立刻寫信到澤汀府和劍橋去，告訴他們我做了什麼事，同時也充分解釋了我的行為。黛安娜和瑪麗毫無保留地贊同我這一步驟。黛安娜宣稱，她只給我一段度蜜月的時間，然後她就要來看我。

我把信讀給羅徹斯特先生聽，「她最好別等到那個時候，」他說，「否則，就太遲了，因為我們的蜜月將會照耀我們一輩子，它的光輝只會在妳我的墳墓上消褪。」

聖約翰收到這消息之後作何反應，我不知道，這封告知他結婚消息的信，他一直都沒有回；但是六個月之後，他寫信給我，只不過沒有提到羅徹斯特先生的名字或者我的婚姻。他那封信很平靜，儘管嚴肅，卻很親切。從那時起，他一直與我維持著即使不頻繁卻很規律的通信，他希望我快樂，相信我不是那種不信神而活在世上、只管凡塵俗事的人。

你還沒有完全忘記亞黛兒吧，對不，讀者？我沒有忘，我不久就求得羅徹斯特先生的同意，到他把她送去的那所學校看她。再次見到我，她那種欣喜若狂的樣子，讓我很感動。她看起來蒼白而清瘦，她說她過得不快樂。我發現，對她這年紀的小孩來說，這間學校的規矩太嚴格了，課程也太重，於是我把她帶回家來。

我本想繼續當她的家庭教師，不久就發現這不切實際，因為現在有別人需要我的時間和注意力——我的丈夫需要它們的全部。於是我另外找了間體制較寬鬆的學校，而且很近，我可以常常去看她，偶爾還能把她帶回家來。我留心絕不讓她缺少什麼能使她感到舒適的東西；她很快就適應了新環境，在那裡很快樂，課業上也有很大的進步。隨著她的成長，完善的英國教育很大程度改正了她的法國缺點；畢業後，她讓我覺得是個討人喜歡、嫻順親切的伴侶——溫馴、好脾氣，而且有規矩。從那時起，她出於感激，對我和我的家人，長久以來都很關懷，如果說我在我的能力範圍內，曾給過她什麼小小恩惠，那麼她已經對我做了很好的報答了。

我的故事接近尾聲，只需再講一點我的婚後生活，並對於我在這故事中經常提到的幾個人，做一下簡短的剪影，就結束。

我到現在已經結婚十年。我知道完全為世上最愛的人而活、生活上完全與他水乳交融，是怎樣的感覺。我認為我太有福了——這幸福是言語無法形容的，因為我是我丈夫全部的生命，就如同他是我全部生命一樣。再沒有哪個女人比我還親近丈夫了，沒有人比我更完全地與丈夫骨肉相連了。我的愛德華給我的陪伴，我從來不感到厭倦，對於我的陪伴，他也一樣；這就如同我們對自己胸膛裡的心跳永不厭倦一樣，因此，我們總是一直在一塊兒。對我們來說，在一起，既跟獨處時一樣自由，又跟有伴侶時一樣歡快。我相信我們整天都在聊天，跟對方說話，只不過是比較活潑而且聽得見的思考罷了。我的所有心事都向他吐露，他的所有心事也向我吐露；我們在個性上正好契合——結果就是完美的和諧。

我們婚後的頭兩年，羅徹斯特先生還一直眼盲，也許正是因為這樣，才將我們拉得如此近——把我們結合得如此緊密；因為那時的我，不但是他的視力，也是他的左右手。實在地說，我是他的心肝寶貝❶（他都是這麼叫我的）。他透過我的眼睛，看見了大自然，看見了書，而我也從未厭倦於代他凝視，從未厭倦於以言語描繪出田野、樹木、城鎮、河流、雲朵、日光，以及我們面前的風景、我們周遭的天氣——用聲音來在他耳朵裡構築印象，代替光線無法在他眼睛上造成的功效。我從不厭倦於讀書給他聽，從不厭倦於領他到他想去的地方，為他做他想做的事。而且我的服侍也讓我感受到一種即使帶點悲哀卻是最厚實、最強烈的喜悅——因為他要求這些服務，並沒有表現出羞恥，來令我痛苦；也不帶著屈辱，來叫我沮喪。他愛我愛得這麼真切，所以在受著我的照顧時，知道我並非不情不願；他能感覺到，我是如此寵愛他，以至於付出照料只是在放縱我的甜蜜意願罷了。

將滿兩年的時候，有天早晨，我正聽著他的口述代他寫信，他卻走過來彎下腰，對我說——

「簡，妳的脖子上，是否帶著亮晶晶的首飾？」

我戴著一條金錶鏈，我回答：「是啊。」

「而且妳穿著淺藍色的衣服？」

我是穿著。然後，他告訴我，好些日子來，他都覺得那遮住一隻眼睛的渾沌矇矓，好像越來越淡，而現在他確定了這個想法。

我們到倫敦去。他由一位赫赫有名的眼科醫師治療，逐漸恢復了那隻眼睛的視力。現在他還是不能看得非常清晰，無法讀書寫字太久，但已能不靠別人自己走路。天空對他來說不再是空白一片，地面也不再虛無空盪。當人家把他的頭胎子放在他手中的時候，他已經看得出那男孩承襲了他自己的眼睛，就跟他原來的一樣——又大又亮又黑。那時，他又一次心情激盪地，感謝上帝用仁慈減輕了審判。

於是，我的愛德華和我，都很快樂，而且我們最愛的人也一樣，這尤其使我們感到快樂。黛安娜和瑪麗都結婚了，我們一年一次，互相輪流探望對方。黛安娜的先生是個海軍上校，是位英勇的軍官，也是個好人。瑪麗的丈夫是牧師，是她哥哥的大學朋友，他的學識和品格都配得上這門婚事。費茲詹姆斯上校和渥頓先生都與妻子恩愛情深。

至於聖約翰，他離開英國，到印度去了。他走上了他為自己畫出來的路，至今猶然。在巉岩與險境中，再沒有哪個拓荒者比他更意志堅決、不屈不撓了。他堅定、虔信、忠實、積極、熾熱、真誠地，為他的族類勞動；在朝著美善之境前進的苦難道路上，他為他們作開路先鋒；他像個巨人般，劃開了教義偏見和種性制度❷對這條道路的阻礙。他也許嚴格，也許專制，也許野心勃勃。但是他的嚴厲，是大心武士的嚴格❸，護衛他的朝聖者不受亞玻倫❹的猛攻。他的專制，是使徒的專制，當他說：「誰要跟隨我，就得拋開自己，拿起他的十字架，跟我走」時，完全是為基督而言。他的野心，是崇高的領袖精神，目標是要在那些蒙獲救贖的人的第一列當中，佔據一個位置——他們毫無罪過地站在上帝的寶座之前，分享著羔羊名冊中最後的偉大勝利——這群羔羊，是上帝所召、上帝所選而忠誠虔信的人。

❶原文是the apple of his eye，有心肝寶貝、掌上明珠之意，意指在他眼裡最寶貴的東西，中文沒有與蘋果相關而意義貼切的詞語，便以心肝寶貝代替。
❷種性制度（caste）：印度世襲的社會階級，分為婆羅門（Brahman）、剎帝利（Kshatriya）、吠舍（Vaisya）、首陀羅（Sudra）四種階級，嚴明而封閉。
❸大心（Greatheart）：英國作家班揚（John Bunyan）所著之宗教寓言小說《天路歷程》中，引導克麗絲緹安娜進城的英雄。
❹亞玻倫（Apollyon）：無底坑（地獄）的使者，出自聖經《創世記》第九章第十一節。在《天路歷程》中，被基督徒趕走。

聖約翰沒有結婚，現在他再也不會結婚了。到現在為止，他一直滿足於他的苦行，而這苦行也即將結束了，他榮耀的日光正迅速趨於夕落。我收到的他的最後一封信，引出了我凡人的眼淚，然而卻讓我心靈上充滿了神聖的喜悅：他正期待著他確信可得到的報償：他的不朽榮冠。我知道，下次，將會是某個陌生人寫來的信，告訴我這位善良而忠誠的僕人，終於被召回他的主人身邊享受喜樂了。而我何必為此悲泣呢？聖約翰的臨終時刻，不會被死亡的恐懼蒙上陰影，他的思緒將會澄淨無雲，他的心靈將會毫不膽怯，他的希望是確定的，他的信仰忠貞不移。他自己所說的話，就是明證——

「我的主，」他說，「已經預先警告我了。他每天都更加明確地宣布：『我必定迅速到來！』而我也時時刻刻更加熱切地回答：『阿門，這樣正好，來吧，我主耶穌！』」

國家圖書館出版品預行編目（CIP）資料

簡愛 / 夏洛蒂・博朗特（Charlotte Brontë）著；
李文綺譯. -- 三版. -- 臺北市：遠流, 2019.07
面；　公分
譯自：Jane Eyre
ISBN 978-957-32-8575-5（平裝）

873.57　　　　108007565

簡愛

Jane Eyre

作者——夏洛蒂・博朗特（Charlotte Brontë）
譯者——李文綺

主編——曾淑正
責任編輯——洪淑暖
美術設計——丘銳致

發行人——王榮文
出版發行——遠流出版事業股份有限公司
地址——台北市中山北路一段11號13樓
劃撥帳號——0189456-1
電話——(02) 25710297　傳真——(02) 25710197

著作權顧問——蕭雄淋律師
2004年 6 月 1 日 初版一刷
2024年 6 月16日 三版七刷
售價——新台幣320元（平裝）
缺頁或破損的書，請寄回更換

ISBN 978-957-32-8575-5（平裝）

YLib 遠流博識網 http://www.ylib.com
E-mail: ylib@ylib.com